Ο ζωγράφος και το μοντέλο

Vasileios Diakovasilis

Published by Vasilis Diakovasilis, 2024.

Ο ΖΩΓΡΑΦΟΣ ΚΑΙ ΤΟ ΜΟΝΤΕΛΟ

First edition. March 22, 2024.

Copyright © 2024 Vasileios Diakovasilis.

ISBN: 979-8224862566

Written by Vasileios Diakovasilis.

Στην γυναίκα μου Μαίρη, που δίχως την παρότρυνσή της, οι συγγραφικές μου ανησυχίες δεν θα έβρισκαν ποτέ το δρόμο προς την έκδοσή τους.

Κεφάλαιο 1

Ιούνιος 2017

Η στενάχωρη αίθουσα των δικαστηρίων στην πόλη της Καβάλας ήταν γεμάτη από δημοσιογράφους, από την γύρω περιοχή, τη Θεσσαλονίκη αλλά και από την Αθήνα. Η υπόθεση, αν και οι λεπτομέρειες της είχαν γίνει από πολύ νωρίς γνωστές, εξακολουθούσε να κεντρίζει το ενδιαφέρον του κόσμου, διότι δικαζόταν η Βασιλική Κοράλλη, δολοφόνος του γνωστού μεγαλοδικηγόρου των Αθηνών, Μενέλαου Δρακόγλου. Ο κόσμος διψούσε να μάθει, η μάλλον να ακούσει και πάλι, για την παράνομη σχέση τους, την απιστία του (η γυναίκα του είναι γόνος γνωστής μεγαλοαστικής, αν και ξεπεσμένης, οικογένειας των Αθηνών), το κίνητρο που την ώθησε να σηκώσει το χέρι της για να τον μαχαιρώσει στον ύπνο του, τη σχέση της με τον γνωστό ζωγράφο Γιώργο Βερεμή, που τα προηγούμενα χρόνια είχε απασχολήσει την κοινή γνώμη με μια δική του δικαστική διαμάχη με απρόοπτη κατάληξη, όπου αντίδικος ήταν η ίδια η κατηγορούμενη.

Όλοι τους προσπαθούσαν να πιάσουν μια καλή θέση προκειμένου να έχουν την ευκαιρία να δουν από κοντά την κατηγορουμένη αλλά και τον Βερεμή, ο οποίος παρά την προδοσία της έμεινε δίπλα της, προσφέροντάς της κάθε δυνατή βοήθεια από τη σύλληψη της και μετά. Πολλοί επιχείρησαν να του πάρουν κάποια αποκλειστική συνέντευξη, αλλά αυτός αρνήθηκε κάθε πρόταση, πολλές φορές με απόλυτα άκομψο τρόπο. Κάμερες στήνονταν παντού, είχε δοθεί ειδική άδεια λόγω της ιδιαιτερότητας του θέματος, δεν είναι ψέμα ότι κάθε πλευρά προσδοκούσε κάποιο κέρδος από την επιπλέον δημοσιότητα. Νεαρές και αυθάδεις, εκκολαπτόμενες ρεπόρτερ στριμώχνονταν μέχρι να βρεθούν

1

κοντά στα πρώτα έδρανα ακολουθούμενες από ασθμαίνοντες συναδέλφους τους, που εκμεταλλεύονταν το γυναικείο θράσος για να κερδίσουν κι αυτοί μία καλύτερη θέση κοντά στο εδώλιο. Οι παλιότεροι τους κοίταζαν με σαφώς υποτιμητικό τρόπο από τις μπροστινές θέσεις του ακροατηρίου ενώ οι διαπληκτισμοί τους γίνονταν όλο κι πιο έντονοι. Η Κοράλλη, με βλέμμα αδιάφορο γι' αυτά που γίνονταν δίπλα της, κοίταζε σταθερά την άδεια έδρα του δικαστή ενώ η νεαρή δικηγόρος, που καθόταν δίπλα της, συμβουλευόταν για μία ακόμη φορά τις σημειώσεις της. Μέχρι την ώρα που άνοιξε η πλάγια πόρτα και άρχισαν να παίρνουν τη θέση τους στην έδρα οι δικαστές. Η πρόεδρος με αυστηρή ματιά κοίταξε προς το ακροατήριο, ήδη κάθε φωνή είχε χαθεί.

"Να πλησιάσει η κατηγορουμένη."

Εκείνη, παρά τον πολύμηνο εγκλεισμό της στις φυλακές των Διαβατών, έκανε τα λίγα βήματα ως το εδώλιο και στάθηκε αγέρωχη μπροστά στους δικαστές, με την γαλήνη να κυριεύει το πρόσωπό της, με μια σιγουριά που σίγουρα ξάφνιαζε.

"Πείτε μας το πλήρες ονοματεπώνυμό σας."

" Βασιλική Κοράλλη"

"Ποιος είναι ο τόπος γέννησης σας;"

"Ο Λιμένας της Θάσου."

"Και που κατοικείται κυρία Κοράλλη;"

"Στη Θάσο."

"Οι γονείς σας βρίσκονται εν ζωή;"

"Οχι, κυρία πρόεδρε."

"Είστε παντρεμένη;"

"Οχι!'"

"Με τον κύριο Γεώργιο Βερεμή, τι σχέση έχετε;"

"Απλώς συζούσαμε."

"Και ποιο είναι το επάγγελμα σας;"

"Δικηγόρος!"

Η κατηγορούσα αρχή άρχισε να απαγγέλλει το κατηγορητήριο. Όλα όσα είχαν προηγηθεί μέχρι την ημέρα της δίκης της, την σύλληψη της, την εξαντλητική ανάκριση, την απόδοση κατηγοριών από την εισαγγελία, την προφυλάκισή της, τα είχε αντιμετωπίσει με ψυχραιμία, δίνοντας σε όλους το μήνυμα ότι δεν αισθανόταν ότι είχε κάνει κάτι λιγότερο απ' ότι όφειλε στον εαυτό της. Αν και είχε ομολογήσει την ενοχή της από την πρώτη στιγμή που την μετέφεραν στην ασφάλεια της Καβάλας, με δυσκολία αναφερόταν στις λεπτομέρειες για το κίνητρο της πράξης της. Γνώριζε, ότι κανέναν δεν ενδιέφερε αυτό πραγματικά, ότι κανένας δεν επρόκειτο να καταλάβει την πράξη της. Όλοι έμεναν στο γεγονός της δολοφονίας του Μενέλαου Δρακόγλου, του μέγα ποινικού δικηγόρου Δρακόγλου, από την ερωμένη του. Στην δίκη όμως, σε συνεργασία με την δικηγόρο της, μια νέα συνάδελφό της, υπέρμαχο των γυναικείων δικαιωμάτων και πολέμια της εχθρότητας, που επιδείκνυε η κοινωνία προς της γυναίκες, είχε αποφασίσει, ότι έπρεπε τουλάχιστον να ειπωθεί, δίχως τίποτα να θεωρηθεί ως ασήμαντο, όλη η αλήθεια. Δεν είχε σημασία αν αυτή θα θεωρούνταν η δική της αλήθεια, μεγεθυμένη για να ισχυροποιήσει τα υπερασπιστικά της επιχειρήματα. Εδώ υπήρχε, πέρα από το γεγονός του φόνου, μια γυναίκα της οποίας της αρνήθηκαν το δικαίωμα της επιλογής της ζωής που ήθελε να ζήσει και την αδυναμία της να απαλλαγεί από τον δυνάστη της με οποιονδήποτε άλλο τρόπο. Θα επέρριπταν ευθύνες ακόμα και στον αρμόδιο εισαγγελέα αλλά και τον Πρόεδρο του Δικηγορικού Συλλόγου της Καβάλας, στους οποίους είχε προσφύγει η Κοράλλη, τότε που δεν διεκπεραιωνόταν η μεταγραφή της στον τοπικό δικηγορικό σύλλογο, οι οποίοι αδιαφόρησαν επιδεικτικά φοβούμενοι να εμπλακούν στα γρανάζια των δικαστικών κυκλωμάτων των Αθηνών. Το δύσκολο ήταν να πείσει το δικαστήριο, να λάβει σοβαρά υπόψη του τις ισχυρές σχέσεις διαπλοκής, που διατηρούσε ο Δρακόγλου μέσα στο δικαστικό σύστημα της χώρας και πόσο αυτές ήταν υπεύθυνες για την δική της παράδοση στις απαιτήσεις του. Να φανερώσει τον απέραντο εγωισμό με τον οποίο την αντιμετώπιζε και την βαθιά αρρωστημένη, ερωτική εμμονή του προς εκείνην. Να τους πείσει ότι η δικαιοσύνη θα έπρεπε να βάλει στην ίδια, απόλυτα σταθμισμένη ζυγαριά, από τη μία την πράξη του φόνου κι από την άλλη την ίδια την ύπαρξη της ως άτομο ελεύθερο, το οποίο είχε το δικαίωμα να επιλέξει με ποιον ήθελε να συνυπάρχει και ποιον να αφήσει πίσω της.

Μπορούσε να ξέρει όλα τα επιχειρήματα της απέναντι πλευράς, ο επικεφαλής δικηγόρος ήταν πρώην συνεργάτης της, από το γραφείο του Δρακόγλου. Θα ισχυρίζονταν ότι ποτέ δεν αναγνώρισαν την οποιαδήποτε πράξη καταναγκασμού από το πρώην αφεντικό τους προς το πρόσωπο της κατηγορουμένης. Θα φανέρωναν την μακροχρόνια και φανερή τους σχέση, που αν και παράνομη, όλοι όσοι δούλευαν μαζί τους, την γνώριζαν. Για τα ταξίδια που πάντα εκείνη τον συνόδευε. Θα ισχυρίζονταν ότι αν πραγματικά ήθελε να απαλλαγεί από αυτήν την σχέση, θα ήταν πάρα πολύ εύκολο, μιας που δεν έβλεπαν τον λόγο ο Δρακόγλου να κάνει τόσο μακρινά ταξίδια, μόνο και μόνο για να πλαγιάσει μαζί της. Ίσα ίσα, θα ισχυρίζονταν ότι εκείνη τον ακολουθούσε σε κάθε υπόθεση εκτός Αθηνών, ακόμη και το διάστημα που συζούσε με τον Βερεμή, μιας κι όλες τις συναντήσεις του, κρυφές και φανερές, τις κατέγραφε στο ημερολόγιο που κρατούσε στο γραφείο του. Κατά την άποψη τους ένα δικό της όχι, θα ήταν αρκετό για να διακόψει κάθε σχέση μαζί της. Τέλος, κατ' αυτούς το κίνητρο του φόνου ήταν ότι της ανακοίνωσε την απόφαση του να απαλλαγεί οριστικά από εκείνην, γεγονός που δεν άντεξε διότι ένιωθε ότι θα έχανε την υποστήριξη εκείνου που την κρατούσε στην επιφάνεια των δικαστικών αιθουσών, όλα τα χρόνια που γνωρίζονταν. Επιδίωκαν και το είχαν κάνει ξεκάθαρο από την πρώτη στιγμή, την καταδίκη της δίχως να της αναγνωριστεί κανενός είδους ελαφρυντικό.

Ο Βερεμής δεν επιτρεπόταν να βρίσκεται μέσα στην αίθουσα ως ένας από τους βασικούς μάρτυρες της υπόθεσης. Δεν έπαψε όμως ούτε για μια στιγμή, να βρίσκεται κοντά στο δικαστικό Μέγαρο κι όταν την πηγαινοφέρνανε από το δικαστήριο προς το κρατητήριο, της φώναζε δυνατά για να τον ακούσει, άλλοτε ότι είναι αθώα κι άλλοτε να κρατάει ψηλά το κεφάλι της. Όταν τον φώναξαν εντός της αίθουσας μαρτύρησε όλα όσα ήξερε, οι ισχυρισμοί του όμως γρήγορα καταρρίφθηκαν, αφού δεν είχε να τους πει κάτι άλλο εκτός από εκείνα που η ίδια η Κοράλλη του είχε ομολογήσει και ο ίδιος απλώς επανέλαβε. Η αλήθεια ήταν, ότι η μόνη γνώση που είχε σχετικά με τα πραγματικά γεγονότα και τα αίτια του φόνου, ήταν αυτή που του είχε φανερώσει η Κοράλλη στις λίγες ώρες που προηγήθηκαν της σύλληψής τους. Όταν οι αστυνομικοί μπούκαραν στην μονοκατοικία, που μόλις πριν από λίγους μήνες είχαν νοικιάσει για να ζήσουν, για δεύτερη φορά μαζί, τον συνέλαβαν κι αυτόν ως συνεργό. Εκείνος από την μία δεν ήξερε τι έπρεπε να πει για να μην επιβαρύνει την θέση της Βασιλικής του κι από την άλλη φοβόταν με τη ραγδαία εξέλιξη των γεγονότων, για τα οποία ήταν απόλυτα ανέτοιμος. Γρήγορα εκείνη πήρε πάνω της όλη την ευθύνη, δήλωσε ότι ήταν δική της η απόφαση, εκείνος όχι μόνο να μην γνωρίζει τίποτε από αυτά που συνέβαιναν τους τελευταίους μήνες αλλά και να τον παραπλανά, δηλώνοντας επιπρόσθετα ότι είχε βρει επιτέλους την ευτυχία κοντά του. Αυτό θα ήταν απολύτως αληθινό, αν την σχέση τους δεν την σκίαζαν οι εξωφρενικές απαιτήσεις του Δρακόγλου. Ήλπιζε ως το τέλος ότι θα έβρισκε έναν αξιοπρεπή τρόπο, να απαλλαγεί από τον δυνάστη της. Υπενθύμισε στον εισαγγελέα που είχε μπροστά της, ότι ο Βερεμής ήδη είχε δαρθεί μία φορά ανηλεώς από μπράβους του Δρακόγλου και δεν ήθελε να τον θέσει ξανά στο στόχαστρό του. Η αλήθεια ήταν, ότι όλοι οι παροικούντες στην Ιερουσαλήμ του δικαστικού κόσμου γνώριζαν τις σκοτεινές μεθόδους που χρησιμοποιούσε ο δολοφονημένος μεγαλοδικηγόρος και βαθιά μέσα τους, χαίρονταν για τον θάνατό του. Αυτό όμως ποτέ δεν επρόκειτο να το ομολογήσουν σε κανέναν. Αυτό που τους ικανοποιούσε σε αυτή τη φάση των γεγονότων, ήταν ότι είχαν στα χέρια τους την ένοχη, είχαν την λεπτομερέστατη μαρτυρία της την οποία απέσπασαν με ευκολία. Σίγουρα ο εισαγγελέας που διεξήγαγε την ανάκριση, μετά από αυτήν την επιτυχία του, θα έπαιρνε την πολυπόθητη μετάθεση, που χρόνια επιδίωκε για τη Θεσσαλονίκη. Τον άφησαν στο πρώτο σαρανταοχτάωρο ελεύθερο. Αν και ήταν γέννημα θρέμμα Αθηναίος, συνέχισε να μένει στην Θάσο όπου πρόλαβε μόνο λίγους μήνες ευτυχίας μαζί με την αγαπημένη του Βασιλική. Την επισκεπτόταν όσο πιο τακτικά γινόταν στη φυλακή και τον υπόλοιπο καιρό ζωγράφιζε.

Αυτή τη φορά γυναικεία και αντρικά πορτρέτα, μουντά και ψυχρά, όπου ο ανθρώπινος πόνος ξεχείλιζε από τα πρόσωπά τους.

Η γυναίκα του Δρακόγλου αν και αρχικά αρνήθηκε να παραστεί στην δίκη, στο τέλος πείστηκε από τα δικονομικά επιχειρήματα των συνεργατών του άντρα της, που ανέλαβαν την υπόθεση. Η αλήθεια ήταν ότι η παρουσία της κάθε άλλο θύμιζε την εικόνα της τεθλιμμένης χήρας. Απρόσμενα γρήγορα, σε κάποια από τις πρωινές κουτσομπολίστικες εκπομπές, δήλωσε ότι επιθυμούσε σφόδρα να ξεχάσει οτιδήποτε την συνέδεε με τον δολοφονημένο σύζυγό της, ότι έτσι κι αλλιώς ζούσαν ως ξένοι εδώ και χρόνια και θα φρόντιζε να φτιάξει από την αρχή την ζωή της, όπως θεωρούσε ότι της άξιζε. Την εκπλήρωση αυτής της επιθυμίας της, ούτε τα ίδια τα παιδιά της θα μπορούσαν να την εμποδίσουν. Συγχρόνως εμφανίστηκαν φωτογραφίες της δίπλα σε έναν γνωστό επιχειρηματία των Βορείων Προαστίων, κι άλλες όπου με πολύ τρυφερότητα οι δυο τους μοιράζονταν τον έρωτά τους. Όπως διέρρευσε, οι δυο τους συνδέονταν από τα μαθητικά τους χρόνια, διατηρούσαν ερωτική σχέση σχεδόν από την αρχή του γάμου της με τον Δρακόγλου και τώρα προχωρούσαν στο επόμενο στάδιο, τον γάμο, όπου όπως δήλωσε σε δεύτερο χρόνο, ήξερε ότι θα έβρισκε την αληθινή ευτυχία, αυτήν που η ζωή κοντά στον μακαρίτη σύζυγό της, της είχε στερήσει.

Η κατηγορούσα αρχή μεταξύ των άλλων θα υποστήριζε, ότι η Κοράλλη γνωρίζοντας την απόφαση του Δρακόγλου να θέσει ένα οριστικό τέλος στην βασανιστική για τον ίδιο σχέση, τον εξαπάτησε για να την συναντήσει στην Καβάλα, λέγοντάς του ότι ήθελε, ως τελευταία πράξη στην μακροχρόνια σχέση τους, να του παραδώσει η ίδια οποιοδήποτε στοιχείο τους συνέδεε. Ο πραγματικός σκοπός της ήταν να τον πείσει ότι τίποτα δεν είχε τελειώσει μεταξύ τους. Αντιλαμβανόμενη όμως ότι η προσπάθεια της είχε ναυαγήσει, σε μια καλά προσχεδιασμένη κίνησή της, τον σκότωσε.

Αφού τελείωσε η ανάγνωση του κατηγορητηρίου, η Πρόεδρος ρώτησε την Κοράλλη, τι είχε να δηλώσει επί αυτού, κι εκείνη δήλωσε ότι το αποδέχεται ως προς την πράξη αλλά διαφωνούσε ως προς το κίνητρο που της αποδιδόταν.

Στη συνέχεια παρέλασαν από την αίθουσα εκτός του Βερεμή, οι υπόλοιποι μάρτυρες. Η γυναίκα του Δρακόγλου η οποία ανέφερε ότι διαισθανόταν την απιστία του άντρα της αλλά ποτέ της δεν θέλησε να βάλει κάποιον ειδικό ερευνητή για να επιβεβαιώσει τις υποψίες της. Δεν την ενδιέφερε αφού μπορούσε κι αυτή να κάνει τη δική της ζωή δίχως να την ενοχλεί κανένας. Δήλωσε όμως ότι παρά την δική της αδιαφορία για το πρόσωπό του, θα ήθελε να είναι ζωντανός για τα παιδιά του με τα οποία υπήρχε ισχυρή σχέση αγάπης. Η ιδιαιτέρα του Δρακόγλου με απόλυτα κατηγορηματικό τρόπο επιβεβαίωσε τη σχέση που διατηρούσε η Κοράλλη με το αφεντικό της, τα πολλά κοινά τους ταξίδια εκτός Αθηνών, αλλά και τις συναντήσεις τους, πολλές από αυτές στην Καβάλα, ακόμα κι όταν εκείνη μετακόμισε στον τόπο καταγωγής της, τη Θάσο. Στη συνέχεια κλήθηκε ο πρόεδρος του Δικηγορικού Συλλόγου Αθηνών, ο οποίος εκθείασε την εργατικότητα και το πάθος για την δικηγορία του δολοφονημένου συναδέλφου του, αρνήθηκε ότι υπήρχε κάποια μη αναμενόμενη εμπλοκή στην μεταγραφή της Κοράλλη στον Δικηγορικό Σύλλογο της Καβάλας. Το άλλο μέλος όμως του συλλόγου της Αθήνας, η φίλη της Κοράλλη, επιβεβαίωσε ότι είχε επικοινωνήσει μαζί της η κατηγορούμενη για να ζητήσει την μεσολάβησή της, ώστε η υπόθεση της να διεκπεραιωθεί διότι καθυστερούσε ανεξήγητα. Διαβεβαίωσε ότι πράγματι υπήρχε μια ασυνήθιστη καθυστέρηση αλλά όταν παρενέβη, η υπόθεση της είχε ήδη πάρει το δρόμο της. Ο συνεργάτης δικηγόρος του Δρακόγλου στην Θεσσαλονίκη, ο Ευάγγελος Κοσμίδης, επανέλαβε πόσο καλός επαγγελματίας αλλά και φίλος ήταν ο δολοφονημένος συνάδελφός του. Την Κοράλλη την ήξερε, πάντα τον συνόδευε στα ταξίδια του στην συμπρωτεύουσα και τίποτε δεν τον υποψίασε ποτέ για την τραγική κατάληξη του φίλου του. Ο μπράβος του Δρακόγλου, Δημήτρης Αγγραφίδης, επιβεβαίωσε τον ισχυρισμό της Κοράλλη περί της απαγωγής της από τα Άνω Πατήσια τον Φλεβάρη του 2016, αλλά συμπλήρωσε ότι το επόμενο πρωινό, ο ίδιος την μετέφερε στο αεροδρόμιο, όπου αναχώρησε για την Καβάλα. Τίποτε πάνω της δεν μαρτυρούσε, ότι το προηγούμενο βράδυ είχε πάθει κάτι το οποίο δεν το επιθυμούσε η ίδια. Η συνήγορος υπεράσπισης προσπάθησε να απαλύνει την εντύπωση των λόγων του, ζητώντας να διαγραφεί η τελευταία αποστροφή του λόγου του. Στη συνέχεια στο εδώλιο ανέβηκε ο πρόεδρος του Δικηγορικού Συλλόγου της Καβάλας, ο οποίος ανέφερε ότι η Κοράλλη του είχε παραπονεθεί για κάποια προβλήματα που είχε κατά τους πρώτους μήνες της άφιξης της στη Θάσο, τα οποία όμως ενέπιπταν κυρίως στην αστυνομική έρευνα. Συμπλήρωσε ότι πράγματι υπήρχε μία περίεργη καθυστέρηση στη διεκπεραίωση της μετεγγραφής της από την Αθήνα προς την Καβάλα. Τέλος ο Εισαγγελέας που κλήθηκε, ανέφερε ότι είχε μία συνάντηση με την Κοράλλη κατόπιν δικού της αιτήματος, του εξέθεσε τις υποψίες της για την κωλυσιεργία του αιτήματός της, αλλά μέχρι να μαζέψει τα πρώτα στοιχεία, η μετεγγραφή της είχε ολοκληρωθεί. Οι ημερομηνίες συνέπιπταν, με την απαγωγή της από τον Δρακόγλου.

Εκείνη στην απολογία της, υποστήριξε ότι ο Δρακόγλου αρνούνταν να την αφήσει ελεύθερη, την εκβίαζε συστηματικά όλον τον τελευταίο χρόνο λέγοντάς της, ότι δεν θα σταύρωνε πελάτη αν δεν συνέχιζε να συνευρίσκεται μαζί του, κάτι που ήξερε ότι είχε τη δύναμη να το κάνει, έστω κι αν θα δικηγορούσε στην άλλη μεριά της Ελλάδας πλέον. Ανέφερε την υπόθεση με τις δυσκολίες που είχε για να εγγραφεί στον Δικηγορικό σύλλογο της Καβάλας και την γνώση της, ότι πίσω από αυτήν βρισκόταν εκείνος, ο ίδιος της το είχε ομολογήσει. Δεν απέκρυψε το γεγονός της απαγωγής της από τον Δρακόγλου, μίλησε για το βράδυ που πέρασαν στην μονοκατοικία με τον πίνακα που είχε φιλοτεχνήσει ο Βερεμής, που την απεικόνιζε γυμνή και κοσμούσε το καθιστικό αλλά αποσιώπησε την συμφωνία τους. Κανένας μάρτυρας δεν υπήρχε για να επιβεβαιώσει το γεγονός αυτό, αλλά και η ίδια η αποκάλυψη της συμφωνίας εκείνης, δεν θα την βοηθούσε. Ισχυρίστηκε ότι όλη η συμπεριφορά του έδειχνε έναν άνθρωπο, που εμμονικά είχε δεθεί μαζί της και για να ενισχύσει τον ισχυρισμό της, ανέφερε το γεγονός ότι όλοι σχεδόν οι πίνακες του Βερεμή, που την απεικόνιζαν, άγνωστο πως, βρέθηκαν στα χέρια του. Υποστήριξε ότι ο Δρακόγλου πεισματικά αρνούνταν να δεχτεί ότι εκείνη πια είχε σπάσει τα δεσμά που της είχε επιβάλλει και είχε βρει τη δύναμη να φύγει μακριά του. Μόνο εκβιαζόμενη είχε υποκύψει περιστασιακά στις επιθυμίες του, αλλά τον τελευταίο καιρό αρνούνταν να ικανοποιήσει την όποια απαίτησή του. Τότε ο ίδιος βρέθηκε στην Καβάλα, χωρίς να συνεννοηθεί εκ των προτέρων μαζί της, με σκοπό να την συνετίσει, απειλώντας την, ότι δεν θα δίσταζε να καλέσει τον ίδιο τον Βερεμή για να του αποκαλύψει αυτά, που εκείνη με τόση επιμέλεια του έκρυβε. Η ίδια πήγε στην συνάντηση που της όρισε, της υποσχέθηκε ένα τελευταίο βράδυ μαζί της και μετά θα την άφηνε να κάνει την ζωή της, όπως εκείνη επιθυμούσε. Κατά τη διάρκεια της συνεύρεσης τους, που περισσότερο έμοιαζε με βιασμό, εκείνος επαναλάμβανε ξανά και ξανά, ότι ποτέ δεν θα άφηνε να του φύγει. Τότε εκείνη κάτω από την πίεση των λόγων του, μη βλέποντας άλλον τρόπο για να απαλλαγεί από εκείνον, δίχως να το έχει καν σκεφτεί ποτέ μέχρι τότε, αποφάσισε σε μια μοιραία στιγμή να τον δολοφονήσει. Το όπλο του φόνου ήταν ένα κουζινομάχαιρο, το οποίο βρήκε στα συρτάρια του διαμερίσματος. Δεν το είχε προσχεδιάσει, απλώς δεν έβλεπε κάποια άλλη διέξοδο.

Από την πλευρά της, η συνήγορος υπεράσπισής της προσπάθησε να συνδέσει τα κομμάτια της υπόθεσης και να υποστηρίξει ότι ο φόνος διαπράχθηκε εν βρασμώ ψυχής, σε μια στιγμή που η κατηγορούμενη έβλεπε κάθε οδό διαφυγής από τον σφιχτό εναγκαλισμό του πρώην αφεντικού και εραστή της, να κλείνει ερμητικά. Ένιωθε ότι η ζωή της γκρεμιζόταν για μία ακόμα φορά, το μυαλό της θόλωσε, η επιμονή του Δρακόγλου στο πρόσωπο της πελάτισσάς της την είχε οδηγήσει σε αυτήν την απευκταία πράξη. Δεν παρέλειψε να αναφέρει ότι η σχέση τους ήταν μία σχέση που επιβλήθηκε από εκείνον, με την εξουσία που είχε ως αφεντικό της και συνεχίστηκε εκβιάζοντάς την, με τις διασυνδέσεις που είχε μέσα στον δικηγορικό σύλλογο των Αθηνών, κατορθώνοντας να επιμηκύνει τα πλοκάμια της διαπλοκής του ως την πόλη της Καβάλας. Επιπλέον υποστήριξε ότι η πράξη της Κοράλλη υποκινήθηκε από την απελπισία της που μετατράπηκε σε οργή, μην αντέχοντας πλέον να αποκρύπτει την αλήθεια από τον σύντροφό της, να βλέπει την ευτυχία που επιτέλους νόμιζε ότι βρήκε, την νέα αρχή που με τόσες ελπίδες είχε κάνει, να χάνεται από το αρρωστημένο πάθος του ισχυρού Δρακόγλου. Είχε πιστέψει για μια στιγμή, ότι τα πολλά χιλιόμετρα που την χώριζαν από εκείνον, συζώντας πλέον με τον μοναδικό άνθρωπο που την αγάπησε ποτέ πραγματικά, τον Βερεμή, ζώντας στον δικό της ήσυχο τόπο και όχι στη διαβρωμένη από κάθε είδους ανηθικότητα Αθήνα, ότι είχε βρει, επιτέλους, την αληθινή ευτυχία. Αυτό ήταν και το μοναδικό της λάθος.

....

Δεν θα σας πω από τώρα τι αποφάσισε το δικαστήριο, αν και ίσως το μαντεύετε. Πάντα, στην οποιαδήποτε ιστορία που φτάνει στα δικαστικά έδρανα, όσο εμπεριστατωμένα κι αν παρουσιαστούν τα γεγονότα, πάντα, πίσω της κρύβονται γεγονότα και καταστάσεις, που ουδέποτε εκτίθενται μπροστά στους δικαστές και τους ενόρκους. Οι δικονομικοί κανόνες είναι υπεύθυνοι γι' αυτό, που αναζητούν την αλήθεια, μέσα από την αποστεωμένη αφήγηση των γεγονότων και μόνο αυτών. Την ιστορία αυτήν, ολοκληρωμένη, με όλα τα γεγονότα και τις λεπτομέρειες που παραλείφθηκαν από τη δίκη, θέλω να σας διηγηθώ. Όχι για να δικαιώσω ή να ενοχοποιήσω την κατηγορούμενη, αλλά διότι πιστεύω ότι η αλήθεια αποδίδεται καλύτερα μέσα από την λογοτεχνική της αποτύπωση παρά τον άκαμπτο δικαστικό λόγο.

Είμαι ο Νίκος Μιχαηλίδης, φίλος του Γιώργου Βερεμή, δημοσιογράφος του πολιτιστικού (όχι του καλλιτεχνικού) ρεπορτάζ στην ηλεκτρονική εφημερίδα, **Η φωνή της Αθήνας**. Είχα την ατυχία να ζήσω από πολύ κοντά, όλα τα τραγικά γεγονότα που προηγήθηκαν της αποτρόπαιας πράξης, στην οποία εξωθήθηκε η Κοράλλη. Θα προσπαθήσω να κρατήσω μία ουδέτερη στάση στην αφήγησή μου, αν και είμαι σίγουρος, ότι δεν θα μπορέσω να κρύψω τα αληθινά μου αισθήματα για τους ήρωες της ιστορίας αυτής.

Κεφάλαιο 2

Γενάρης 2013

Κλείνοντας την πόρτα του γραφείου, ήξερε ποια θα ήταν η επόμενη στάση της. Θα σταμάταγε στο BLUE MIND, το μπαράκι που βρισκόταν στο διπλανό τετράγωνο, εκεί στο Κολωνάκι που άφηνε το αυτοκίνητο της κάθε πρωί. Πριν από λίγους μήνες κλείνοντας τα σαράντα της αποφάσισε ότι εδικαιούτο τουλάχιστον ένα ποτό, μόνη της, μιας και κανένας δεν την είχε θυμηθεί εκείνη την ημέρα. Οι γονείς της είχαν πεθάνει, η αδελφή της είχε διακόψει από χρόνια κάθε σχέση μαζί της, μα ούτε κι ο εραστής της είχε μπει ποτέ στον κόπο να ρωτήσει την ημερομηνία γέννησής της. Θα μπορούσε εύκολα, αν το ήθελε, να την γνωρίζει, όλα τα στοιχεία της είναι αρχειοθετημένα στο λογιστήριο της εταιρίας. Πιθανότατα την ήξερε, μα δεν τον ενδιέφεραν τέτοιου είδους αβρότητες μεταξύ τους. Από εκείνο το βράδυ, όλο και πιο τακτικά περνούσε από εκεί για ένα ποτό. Κάποιες φορές δεν δίσταζε να αναζητήσει τη συντροφιά κάποιων από τους μοναχικούς θαμώνες, που σύχναζαν εκεί. Κανένας δεν ήξερε για αυτήν της την παρασπονδία κι αυτό της έδινε μια αίσθηση ελευθερίας, που τόσο είχε ανάγκη. Αν και κάποια ερωτηματικά δεν έπαυαν το επόμενο πρωινό να την βασανίζουν, αυτή φρόντιζε γρήγορα να τα ξαποστέλνει, δεν ήθελε οι θλιβερές σκέψεις που έρχονταν από το παρελθόν, αλλά κι αυτά που ζούσε στην τωρινή ζωή της να βασανίζουν το μυαλό της.

Εκείνην την πρώτη φορά, πέρασε την πόρτα του μπαρ με δισταγμό. Το ημίφως στην αρχή την αποθάρρυνε, έκλεισε τα μάτια της για ελάχιστα δευτερόλεπτα και όταν τα άνοιξε ήδη όλα της φαίνονταν καλύτερα. Διέκρινε καθαρά την μπάρα με τα πολύχρωμα μπουκάλια στο φόντο της, κατευθύνθηκε προς εκεί, βολεύτηκε σε ένα σκαμπό και όταν ο μπάρμαν τη ρώτησε τι θα ήθελε, εκείνη ζήτησε ένα Μανχάταν. Δεν έμοιαζε με εκείνο που είχε πιει στη Μήλο το καλοκαίρι, δεν ήξερε ποιο ήταν το σωστό, δεν είπε τίποτε, έτσι κι αλλιώς το οινόπνευμα ήθελε για να την ζαλίσει μόνο. Φαινόταν τόσο καταπονημένη, τόσο αφημένη. Η πολύωρη δουλειά της εν μέρει δικαιολογούσε την εμφανή κούραση σε όλο το σώμα της. Τα μαλλιά της πέταγαν από εδώ κι εκεί, σίγουρα δεν είχαν καμία σχέση με τη φόρμα που τους είχε δώσει η κομμώτρια της, μόλις την προηγούμενη ημέρα. Το σκούρο μπλε ταγέρ την στένευε και οι ασορτί γόβες ενοχλούσαν τα πρησμένα πόδια της. Οι ρυτίδες του προσώπου της αν και αδιόρατες ακόμα για τους άντρες, για εκείνην γίνονταν όλο και πιο ορατές. Αυτές, που λίγα χρόνια πριν με τρόμο είχε ανακαλύψει, λίγο μετά το μεσημέρι, όταν μπήκε στην τουαλέτα της δουλειάς της για να φρεσκαριστεί. Αυτές ήταν η αιτία, για να υποκύψει εκείνη την ίδια ημέρα, στην ερωτική πολιορκία που από την πρώτη μέρα που πάτησε εκεί, της έκανε το νέο της αφεντικό. Τον άφησε να την πάρει εκεί μέσα, στο γραφείο του, λίγο πριν σκολάσει, όταν μπήκε για να του παραδώσει κάποια δικόγραφα. Αυτή τη φορά δεν χαμογέλασε σκύβοντας αυτάρεσκα το κεφάλι της κατευθυνόμενη προς την έξοδο αλλά τον πλησίασε μέχρι εκεί που ένιωσε την ανάσα του, ουσιαστικά τον αιφνιδίασε, για λίγο όμως, μέχρι εκείνος να ανακτήσει τον έλεγχο και να την ρίξει στο καναπέ, κάνοντάς την να κλάψει από ηδονή, αλλά και την απόλαυση που αισθάνθηκε νιώθοντας ότι μπορούσε να είναι ακόμα επιθυμητή. Από εκείνο το βράδυ έπαψε να είναι η Βάσω όπως την φώναζαν οι συνεργάτες της ή κυρία Κοράλλη με σεβασμό οι ασκούμενοι νέοι συνάδελφοί της. Το Βάσω, που με επιτακτικό τρόπο την καλούσε στο γραφείο του το αφεντικό της, μόλις έκλεινε την πόρτα πίσω της, γινόταν «μουνάρα μου», «καυλιάρα μου», «πουτανίτσα μου». Ήταν εκείνη, που σε μια έκρηξη όλων των καταπιεσμένων συναισθημάτων που έκρυβε μέσα της όλα τα τελευταία χρόνια, εγκατέλειψε σε μια στιγμή την μιζέρια της γεροντοκόρης για να κολυμπήσει στα θολά νερά μιας σχέσης, που σίγουρα δεν θα την οδηγούσε κάπου λιγότερο εξαντλητικά από ότι ένιωθε ήδη μέχρι τότε. Το αφεντικό της πενήντα ενός χρόνων, ο τρανός ποινικολόγος Μενέλαος Δρακόγλου, έγινε ο εραστής της μιας ξεπέτας στο γραφείο ή κάποιων ολιγοήμερων ταξιδιών μέχρι την συμπρωτεύουσα με την αφορμή κάποιας εκκρεμούς υπόθεσης. Δεν ζητούσε κάτι περισσότερο από εκείνον. Ούτε κάτι πιο σταθερό, ούτε βέβαια να διαλύσει την οικογένεια του που μόλις τα τελευταία χρόνια δημιούργησε, ούτε να δοκιμαστεί στα κλάματα της αρκετά νεότερης της γυναίκας του με τα δύο τους κακομαθημένα. Τα είχε δει στο γραφείο, αυθάδικα και αναιδή, με όλους όσους χρειάστηκαν να μιλήσουν μέχρι να δουν τον πατέρα τους.

Ήθελε να εξουσιάζει εκείνη τον εαυτό της, όπως απόψε, που δίπλα της κάθισε ένας καλοντυμένος νεαρός, με το ελικώδες τατουάζ στο λαιμό, που σίγουρα περνούσε ώρες πολλές σε κάποιο γυμναστήριο. Της χαμογέλασε, εκείνη ανταπέδωσε θετικά, ζήτησε να την κεράσει, εκείνη δέχθηκε, με το δάχτυλο του της έφτιαξε τα μαλλιά, εκείνη του χαμογέλασε και πάλι, της άρεσε να την περιποιούνται. Κανένας δεν το έκανε πια. Σε λίγη ώρα, αφού πρόλαβαν να πιουν δύο ακόμα ποτά, έφυγαν μαζί για το σπίτι της.

Δεν ήταν πάντα έτσι. Υπήρξε ευτυχισμένη στη ζωή της, τότε στα νεανικά της χρόνια. Τετριμμένο μονολογείτε μέσα σας, αλλά πείτε μου, σε ποιον συμβαίνει διαφορετικά;

Δύο αδελφές ήταν, με ένα χρόνο διαφορά γεννημένες. Αυτή ήταν η μικρότερη. Η μεγάλη γρήγορα παντρεύτηκε, ήδη η μια της ανιψιά φοιτούσε στη Νομική της Αθήνας, στην ίδια σχολή που τελείωσε κι εκείνη. Αυτή ήταν το καλό κορίτσι, που έκανε όλη την οικογένεια της να νιώθει υπερηφάνεια. Η καλύτερη στο σχολείο, σημαιοφόρος αλλά και τσαχπίνα, πάντα κάποιος ερωτοχτυπημένος υπήρχε, που την ικέτευε για την προσοχή της. Είχε τη σιγουριά ότι πάντα θα κατάφερνε ότι ήθελε στη ζωή της. Από μικρή έλεγε ότι ήθελε να γίνει δικηγόρος και έγινε. Στη σχολή διάλεξε ανάμεσα σε αυτούς που την φλέρταραν τον καλύτερο και η ίδια φρόντισε μετά από τέσσερα χρόνια δεσμού να τον διώξει. Κατά την περίοδο της εξάσκησης της ως νέα δικηγόρος, σε μια επίσκεψή της σε μια συλλογική έκθεση νέων καλλιτεχνών, γνωρίζει τον Γιώργο Βερεμή. Έναν νέο, ανερχόμενο ζωγράφο, αλλά και με πολλές ιδιορρυθμίες. Ξετρελάθηκε μαζί του! Η δική του αίσθηση ελευθερίας, στους χρόνους, τις υποχρεώσεις, η αδιαφορία του για το αν θα γίνει γνωστός, αν θα ακριβοπουλούσε τους πίνακες του, την έφερναν σε αντίθεση με όλα εκείνα, που αυτή έπρεπε με ευλάβεια να ακολουθεί. Πειθαρχία και χρονοδιαγράμματα, αυστηρή τήρηση των κανόνων και των πλαισίων, ακριβή ερμηνεία του νόμου. Γρήγορα εγκαταστάθηκε στο σπίτι του. Οκτώ χρόνια έμειναν μαζί. Χώρισαν το καλοκαίρι των Ολυμπιακών Αγώνων. Εκεί μέσα στην κάψα του Αυγούστου, εκείνη οριστικά άφηνε πίσω ένα κεφάλαιο της ζωής της, οργισμένη, αποφασισμένη να ξεχάσει ότι την είχε φέρει κοντά σ' εκείνον τον άνθρωπο.

Η ζωή όμως, συνήθως περιγελά τις άλλοτε αποφάσεις μας. Έτσι και για εκείνην το κεφάλαιο Βερεμής άνοιξε και πάλι, διαμέσου των δικαστηρίων αυτή τη φορά. Σε μια υπόθεση που η ίδια προκάλεσε. Ποτέ βαθιά μέσα της, δεν έπαψε να πιστεύει ότι έπρεπε κάποια στιγμή να εκδικηθεί εκείνον, που την είχε φέρει σε αυτήν την κατάσταση. Ποτέ δεν μπόρεσε να απαλλάξει τον εαυτό της από την πικρή θύμηση της άξεστης συμπεριφοράς του, εκείνη την τελευταία ημέρα που έζησαν μαζί, όταν ένιωσε ότι αυτός ο άνθρωπος όχι μόνο την βασάνιζε καθημερινά με τον τρόπο του, αλλά προσπαθούσε επιπλέον να μπει εμπόδιο σε κάθε επαγγελματική εξέλιξη που θα της προσφερόταν. Όλα είχαν πάρει τον δρόμο τους, έτσι πίστευε. Θα έπαιρνε επιτέλους την εκδίκησή της, θα ησύχαζε απ' όσα στενάχωρα βασάνιζαν το μυαλό της, θα γινόταν και πάλι άνθρωπος.

Μάρτης 2013

Βγαίνοντας από το γραφείο του δικηγόρου του σε κάποιο στενό του Γκύζη, ο Βερεμής, είχε ξεχάσει που είχε αφήσει το αυτοκίνητό του, μία ώρα μόλις πριν, κάπου στα γύρω δρομάκια. Κάθε τόσο σταματούσε, ακουμπούσε σε κάποιο ντουβάρι των γύρω άχρωμων κτιρίων, ωχρός σαν να του έπαιρναν τη ζωή, στη μασχάλη του έσφιγγε με πόνο τον φάκελο που μόλις είχε παραλάβει, με δυσκολία άναψε ένα τσιγάρο, το μισοκάπνισε και το πέταξε με μια αριστοτεχνική κίνηση των δακτύλων προς την άσφαλτο, συνέχιζε το ψάξιμο, ήταν αδύνατον να θυμηθεί που το είχε αφήσει. Σταμάτησε και πάλι. Ήδη είχε περπατήσει ολόγυρα δύο τετράγωνα, όταν σε μια αναλαμπή του μυαλού του θυμήθηκε, περπατούσε προς την τελείως αντίθετη πλευρά της διαδρομής, που θα έπρεπε να είχε ακολουθήσει. Άναψε ένα ακόμα τσιγάρο, το κάπνισε όλο μέχρι τέλους, πέταξε την γόπα κάτω, ούτε σκέφτηκε να την πατήσει. Έβαλε ακόμα ένα στο στόμα του κι αφού το άναψε, ξεκίνησε και πάλι, τον διπλωμένο πορτοκαλί φάκελο τώρα τον κρατούσε σφιχτά στο αριστερό του χέρι, σαν να ήθελε να τον διαλύσει Πέρασε μπροστά από το κτίριο από το οποίο είχε κατέβει πριν από ώρα, το προσπέρασε, μηχανικά απέφευγε τους λιγοστούς περαστικούς με τα μουντά μπουφάν που το ξεψύχισμα του χειμώνα τα έκανε ακόμη αναγκαία, ασυναίσθητα έσφιξε πάνω του το ξεθωριασμένο φοιτητικό του μοντγκόμερι, μπήκε στην πρώτη πάροδο που βρήκε μπροστά του, το ξεφτισμένο μπλε Φιατάκι της δεκαετίας του 80 ήταν εκεί. Άνοιξε την πόρτα, πέταξε τον φάκελο στη θέση του συνοδηγού, κάθισε πίσω από το τιμόνι, έβαλε το κλειδί στη μίζα, για λίγο δίστασε να το γυρίσει. Κοίταξε τον φάκελο δίπλα του. Ήξερε το περιεχόμενο του, του τα είχε αναλύσει όλα ο δικηγόρος του, δεν χρειαζόταν να τα διαβάσει κιόλας. Εξάλλου αν κάτι έβρισκε εντελώς ανιαρό και ακαταλαβίστικο, αυτό ήταν η γλώσσα των δικαστικών εγγράφων. Από τότε που ξεκίνησε αυτή η ιστορία, ο δικηγόρος του, ένας νέος στο επάγγελμα, αλλά με ειδίκευση στο δίκαιο των πνευματικών δικαιωμάτων, προσπαθούσε να του εξηγήσει την έννοια των δυσνόητων εγγράφων που υπέγραφε, να τον εντρυφήσει στις πολύπλοκες δικαστικές διαδικασίες και να οργανώσει τη δική του υπερασπιστική γραμμή. Δεν μπορούσε, δεν ήθελε να καταλάβει. Δεν ήθελε καν να παραβρεθεί στο δικαστήριο, η απόφαση βγήκε χωρίς την δική του παρουσία. Τη δίκη την έκαναν ουσιαστικά οι δύο δικηγόροι των αντιδίκων. Αυτού, του Γιώργου Βερεμή και της Βασιλικής Κοράλλη. Έβαλε το αυτοκίνητο μπροστά, πάτησε το πεντάλ του γκαζιού μια δυο φορές για να ζεστάνει πιο γρήγορα την μηχανή και ξεκίνησε για το σπίτι του στα Άνω Πατήσια. Οδηγούσε νευρικά, το πόδι συνεχώς στο γκάζι και τα πατήματα του φρένου συνεχόμενα. Μπαίνοντας στο σπίτι του, τρίφτηκε στα πόδια του η Μαύρα, έτσι, για την αντίθεση των συναισθημάτων όπως έλεγε, είχε ονομάσει την κάτασπρη γάτα που πριν λίγα χρόνια είχε υιοθετήσει από τον δρόμο. Μια πανέμορφη γάτα, που κάποιο ανήλικο θα είχε διώξει αφού βαρέθηκε την παρουσία της. Μπορεί πάλι να είχε παραστρατήσει στην αχανή Αθήνα και να ήταν αυτός ο τυχερός, που θα τον συντρόφευε από τότε και πέρα. Πήγε στην κουζίνα, άνοιξε το ντουλάπι, έπιασε το πακέτο με την φτηνή γατοτροφή, πήγε προς την πίσω αυλή, της γέμισε το τσίγκινο μπολ ως τη μέση, εκείνη άρχισε να τρώει με λαιμαργία. Έκλεισε την πόρτα πίσω του, μπήκε στην κουζίνα, δεν πεινούσε, ανέβηκε στον όροφο όπου βρισκόταν το εργαστήριο του, ήθελε τσιγάρο, έβαλε το χέρι του στη τσέπη του σακακιού, άδειο το πακέτο, το τσάκισε ρίχνοντας το κάτω, στο τραπέζι με τα χρώματα και τα πινέλα είχε άλλο, άναψε ένα στα γρήγορα, κάθισε σε μια μισο - διαλυμένη περιστρεφόμενη καρέκλα έχοντας απέναντι του τον πίνακα εκείνης. Ξαπλωμένη νωχελικά στο δίπλα ντιβάνι, γυμνή με τις καμπύλες της να διαγράφονται έντονα σε αντίθεση με το μαύρο φόντο. Η Βασιλική τον κοίταζε στα μάτια με λαγνεία, το δεξί της χέρι ελαφρά ανασηκωμένο τον καλούσε.

«Δεν υπάρχει περίπτωση, για καμιά πουτάνα, να σας καταστρέψω!» Τα οργισμένα λόγια του ήχησαν μέσα στο άδειο δωμάτιο μέχρι που χάθηκαν στα γύρω ντουβάρια. Πίστευε αυτά που έλεγε, ήταν έτοιμος για τα πάντα, αγνοούσε όμως τον τρόπο που ο ίδιος έπρεπε να ενεργήσει για να κερδίσει το δικαίωμά του, σε όλους εκείνους τις πίνακες που τον περιστοίχιζαν με την μορφή της παλιάς του αγαπημένης. Ο δικηγόρος του μέχρι πρότινος τον καθησύχαζε, λέγοντας του ότι όλα ήταν υπό έλεγχο, αλλά να, που η πρωτόδικη απόφαση βγήκε εναντίον του! Από την στιγμή που εκείνος του ανέλυσε την απρόσμενη δικαστική απόφαση όπως του είπε, ένιωθε τα κύματα της οργής να κτυπούν μέσα στο κεφάλι του, μα τώρα φτάνοντας στο ατελιέ του, αντικρίζοντας τους πίνακες μπροστά του, δεν μπόρεσε να συγκρατήσει τον εαυτό του από ένα ατελείωτο υβρεολόγιο και κοσμητικών επιθέτων για τον δικηγόρο του, τη δικαιοσύνη και την άλλοτε αγαπημένη του, τη Βασιλική. Δεν ήταν ασυνήθιστη η αθυροστομία του, αλλά τώρα μέσα του λειτουργούσε ευεργετικά, τον ανακούφιζε από την αδικία που τον έπνιγε. Ήταν ο μόνος τρόπος που διέθετε, για να μην τον πνίξει η αγανάκτηση, που ξεχείλιζε από μέσα του.

Κεφάλαιο 3

Tsoclis, εσύ ο τελευταίος λεπρός.

20 Αυγούστου 2013

Τα τουριστικά κάθε πρωί γεμίζουν με τους τελευταίους επισκέπτες του καλοκαιριού. Αυτοί αποδεχόμενοι την ευκαιριακή ομάδα στην οποία τους όρισε η εκπρόσωπος του πρακτορείου του ταξιδιών της χώρας τους, αν και στοιβαγμένοι στην κουβέρτα του τουριστικού πλοιαρίου, χαίρονταν τον ήλιο και τον δροσερό πρωινό αγέρα της θάλασσας. Κι αφού ο καπετάνιος λύσει του κάβους και βγάλει το πλεούμενο από το ασφαλές αραξοβόλι του, εκείνοι στη ζάλη των αλλεπάλληλων κυμάτων έχουν το κουράγιο, να απολαύσουν τις αποχρώσεις του μπλε μαζί με το καφέ - γκρι του τοπίου, ως που να οδηγηθούν στον τόπο του μαρτυρίου εκατοντάδων ανθρώπων. Ο εγκαταλειμμένος από το 1957 και λεηλατημένος οικισμός των Λεπρών, δεν εντυπωσιάζει πλέον για τα Ενετικά ή Οθωμανικά του απομεινάρια, αλλά για τη νεότερη ιστορία του. Ήταν ο τόπος εγκλεισμού των θυμάτων της μέχρι τότε ανίατης ασθένειας. Σε λίγο τα πολύβοα και πολύχρωμα καραβάνια των τουριστών, που αποβιβάζονται το ένα μετά το άλλο, θα πατούν την κάθε πλάκα των καλντεριμιών, θα ακουμπούν τον κάθε ορθοστάτη των μισογκρεμισμένων κατοικιών, θα δροσίζονται στην ελάχιστη σκιά των ντουβαριών, αδυνατώντας να αντιληφθούν το δράμα των ανθρώπων που εξορίστηκαν εδώ, αδυνατώντας να νιώσουν την απελπισία του εγκλεισμού τους.

Στην είσοδο του λιμανιού, μένουν σαβανωμένα με λινάτσες τα συντρίμμια του μεγαλειώδους, επενδυμένου με καθρέπτες, μεταλλικού σταυρού του Τσόκλη, που δέσποζε εκεί για έναν χρόνο, προτού οι αρμόδιες κρατικές υπηρεσίες διατάξουν την αποκαθήλωση του. Δεν ταίριαζε με το *περιβάλλον, δεν συμβάδιζε με την πολιτιστική κληρονομιά των ερειπίων, ενοχλούσε τα απέναντι ξενοδοχεία. Προφάσεις εν αμαρτία... Είχε γίνει μεγάλο πανηγύρι πέρσι εδώ. Ο σπουδαίος Κώστας Τσόκλης είχε στήσει εδώ την έκθεση με τίτλο «Tsoclis, εσύ ο τελευταίος λεπρός». Στην άλλοτε εξορκισμένη Σπιναλόγκα, εκείνη την ημέρα αποβιβάστηκε όλη η υψηλή κοινωνία της Αθήνας, για να θαυμάσει την έκθεση του καλλιτέχνη. Γλυπτά μικρά και μεγάλα, σε ξάφνιαζαν παντού συνοδευόμενα από τη μουσική του Νίκου Ξυδάκη, την οποία έγραψε ειδικά για την περίσταση. Με το κλείσιμο της έκθεσης άγνωστοι κλέβουν δέκα από τα εντοιχισμένα έργα, τα οποία θα έμεναν στο νησί ως ανάμνηση της εκδήλωσης. Ο Σταυρός είχε συμφωνηθεί με τον ίδιο τον τότε υφυπουργό Πολιτισμού να παραμείνει εκεί, στη Σπιναλόγκα, για να θυμίζει ότι ο τόπος δεν αποτελεί μια απλή τουριστική ατραξιόν, αλλά μνημείο προσκύνησης. Το Κεντρικό Αρχαιολογικό Συμβούλιο όμως είχε άλλη άποψη. Όλοι στο στήσιμο της εμπνευσμένης έκθεσης δήλωναν ενθουσιασμένοι, φρόντιζαν να σημειώνουν την παρουσία τους δίπλα στον καλλιτέχνη και τώρα έχουν χαθεί, κρύβοντας επιμελώς την τότε συνύπαρξή τους.*

Και οι τουρίστες περιδιαβαίνουν μέσα στα στενά της ερειπωμένης πόλης, φωτογραφίζουν τα ντουβάρια, τα παράθυρα, τη θάλασσα, φωτογραφίζονται πίσω από τις σιδεριές γελώντας ανυποψίαστοι, μέχρι που φτάνουν στο νεκροταφείο με τους λευκούς πέτρινους τάφους. Οι πιο τολμηροί περνούν ανάμεσα τους και τότε αντιλαμβάνονται ότι λείπουν όλα εκείνα τα στοιχεία που θα δήλωναν την ταυτότητα του κάθε χανσενικού, που άφησε την τελευταία του πνοή στον ξερόβραχο αυτόν. Δεν υπήρξαν ποτέ τέτοια στοιχεία, δεν επιτρεπόταν ποτέ κανείς να χαράξει πάνω στο τάφο κανένα ίχνος, που να δηλώνει ποιος ήταν από κάτω. Έπρεπε να ονόματά τους να περάσουν στη λήθη για πάντα, έπρεπε να ξεχαστούν ότι υπήρξαν κάποτε άνθρωποι υγιείς, χαρούμενοι, με όνειρα που στη συνέχεια βαθιά παραμορφωμένοι εξορίστηκαν σε εκείνον τον τόπο. Όφειλαν να προστατέψουν τη φήμη των οικογενειών τους, που μόνη επιλογή είχαν να συνεχίσουν τη ζωή τους, στον πολιτισμένο κόσμο, μακριά από τους καταραμένους που αγάπησαν κάποτε.

Ασφαλείς πληροφορίες αναφέρουν ότι ο μεγάλος καλλιτέχνης, ετοιμάζει την απάντηση, με τον τρόπο που αυτός γνωρίζει καλύτερα, μια νέα έκθεση στην Αθήνα αυτή τη φορά.

Νίκος Μιχαηλίδης

Μόλις είχα τελειώσει το άρθρο μου για την διαδικτυακή εφημερίδα που εργάζομαι, σχετικό με την αδιανόητη κατάληξη της έκθεσης, «Tsoklis, εσύ ο τελευταίος λεπρός». Πάντα η χώρα είχε μια δυσκολία να αποδεχθεί το νέο δίπλα στο παλιό. Αυτό το ξέρει οποιοσδήποτε ασχολείται στοιχειωδώς με την τέχνη, όπως κι εγώ, που για χρόνια εργάζομαι στο πολιτιστικό ρεπορτάζ της γνωστής ιστοσελίδας, **Η Φωνή της Αθήνας**. Η εντολή που είχα πάρει από τον αρχισυντάκτη μου, ήταν να βάζω λίγο παραπάνω συναίσθημα στα ρεπορτάζ μου. «Αρέσει αυτό στους αναγνώστες μας», μου έλεγε. Όπως αποδείχθηκε από την αύξηση της επισκεψιμότητας των εγγραφών μου, είχε δίκιο. Το πολιτιστικό ρεπορτάζ ήταν η ειδικότητα μου. Αν και δύσκολα χρόνια για τον πολιτισμό αυτά που ζούσαμε - ειδικά από τότε, που ο Παπανδρέου από το ακριτικό Καστελλόριζο μας ανακοίνωσε την ένταξη μας στο περίφημο μνημόνιο, ποτέ μου δεν κατάλαβα τον συμβολισμό του τόπου - οι μεγάλοι μας καλλιτέχνες εξακολουθούσαν να είναι παρόντες, ακολουθώντας το δικό τους, πάντα μοναχικό δρόμο.

Παράλληλα με τη δουλειά μου, παρακολουθούσα από κοντά και την υπόθεση του σχεδόν άγνωστου ζωγράφου Γιώργου Βερεμή, γιο του γνωστού καθηγητή της Ανώτατης Σχολής Καλών Τεχνών, Νίκου Βερεμή, του εκλιπόντα πια σημαντικότερου εκπρόσωπου του αφηρημένου εξπρεσιονισμού στην πατρίδα μας. Είναι μια από εκείνες τις ιστορίες, που δείχνουν τον παραλογισμό μέσα στον οποίο ζουν οι καλλιτέχνες, προκειμένου να υπερασπιστούν το έργο τους. Η υπόθεση όσο απλή κι αν φαίνεται στο πρώτο άκουσμα της, τόσο περίπλοκη κατέληξε να είναι από τότε, που έμπλεξε στα πλοκάμια της ελληνικής δικαιοσύνης. Μια απόφαση που έρχεται σε ευθεία αντίθεση με θεμελιώδεις αξίες του δυτικού πολιτισμού και με έκανε ακόμα πιο δύσπιστο για την ακεραιότητα των λειτουργών της. Η υπόθεση βρισκόταν στην αρχή της, όπως φαινόταν η δικαστική διαμάχη θα τραβούσε σε μάκρος, ποιος αμφιβάλλει ότι έτσι κινείται το δικαστικό σύστημα; Αλίμονο αν μπλέξεις στα νύχια των δικανικών κανόνων και της συνήθους αντικρουόμενης πολυνομίας που εκτρέφεται, όχι άδολα στην πατρίδας μας. Αν και η υπόθεση Βερεμή - Κοράλλη ήταν ξεκάθαρη για μένα - ο ζωγράφος προσπαθούσε να υπερασπιστεί την κυριότητα των δημιουργημάτων του - αρχικά αδιαφόρησα να εκφράσω υποστηρικτική θέση υπέρ του, θεωρώντας ότι η απαίτηση της ενάγουσας δεν επρόκειτο να έχει καμία τύχη στα δικαστήρια. Δεν ξέρω από που πήγαζε η αισιοδοξία μου, αν και δεν ήμουν ανυποψίαστος για το τι συνέβαινε πίσω από τα δικαστικά έδρανα.

Στα ρεπορτάζ μου κάνω αρκετά αφιερώματα σε νέους καλλιτέχνες, πιστεύω ακράδαντα ότι είναι στο χέρι τους να ξεχωρίσουν μέσα στο πλήθος των ομότεχνων τους κι ο δικός μου ρόλος απλώς περιορίζεται, στο να αναδείξω την όποια αξία τους. Έτσι γνώρισα και τον Βερεμή. Η δική του περίπτωση βέβαια δεν ήταν αναμενόμενη για έναν σαράντα τριάχρονο καλλιτέχνη, άσημο ακόμα, που δεν μπορούσε να αποτινάξει από πάνω του το πατρικό βάρος της σύγκρισης. Και που επιπλέον δεν έκανε κάτι ουσιαστικό για να δείξει ότι μπορούσε να καθιερωθεί στα εικαστικά δρώμενα, τουλάχιστον των Αθηνών. Αποκομμένος από τους πάντες, με ελάχιστη παρουσία στα σύγχρονα μέσα προβολής, επιβίωνε μόνο χάρις στις υπερπροσπάθειες της ατζέντισσας του, που για κάποιον λόγο πίστευε σε αυτόν. Από έναν καλλιτέχνη σε αυτήν την ηλικία, καλώς ή κακώς, περιμένεις να έχει κάνει ορατό το καλλιτεχνικό του στίγμα. Δυστυχώς παρέμενε στην αφάνεια, η αλήθεια είναι ότι δεν είχε να επιδείξει κάτι αξιόλογο για όσο καιρό ζωγράφιζε.

Η γνωριμία μας πραγματοποιήθηκε πριν από λίγα χρόνια, όταν τον επισκέφτηκα για πρώτη φορά στο εργαστήριο του. Η πρόσκληση της ατζέντισσας του, που εντέχνως με πληροφόρησε για την σχέση του με τον γνωστό καθηγητή, μου παρακίνησε το ενδιαφέρον. Αύγουστος ήταν, απεχθάνομαι τις καλοκαιρινές διακοπές, μου αρέσει το πως καταλαγιάζει η Αθήνα, τότε που την εγκαταλείπουν ασμένως οι περισσότεροι κάτοικοι της, όταν διάβηκα την πόρτα του σπιτιού του. Ψηλός και αδύνατος, φρεσκοξυρισμένος με κοντοκουρεμένο μαλλί εκείνη την ημέρα, φορούσε μία γκρι βερμούδα με ένα λευκό, κοντομάνικο μπλουζάκι και σαγιονάρες στα πόδια. Όλη την ώρα που μιλάγαμε, κρατούσε στο χέρι του ένα αναμμένο τσιγάρο. Δυσκολεύτηκα να τον βάλω να ποζάρει για να βγάλω κάποια φωτογραφία της προκοπής. Η εικόνα του κάθε άλλο θύμιζε κάποιον ανήσυχο ζωγράφο. Παρά την πρώτη αδιάφορη για μένα εντύπωση, τελικά συζητήσαμε για αρκετή ώρα. Για κάποιον λόγο, ο άντρας που βρέθηκε απέναντι μου, ανάμεσα στα πινέλα και τα διάσπαρτα παντού σωληνάρια χρωμάτων, τους πίνακες του, τον εγκαταλειμμένο από τον χρόνο χώρο και την κάτασπρη γάτα του να στριφογυρίζει στα πόδια μας, μου ασκούσε μια παράξενη γοητεία. Δύο πράγματα με εντυπωσίασαν περισσότερο τότε.

Το ένα ήταν αυτά που μου είπε σχετικά με τη ζωγραφική. Πρώτα πρώτα αρνούνταν να τοποθετήσει τον εαυτό του σε κάποιο από τα υπαρκτά ζωγραφικά ρεύματα. Υποστήριζε ότι η ένταξή του σε κάποιο από αυτά, θα μείωνε τις όποιες δυνατότητες του. Ζωγράφιζε διότι αισθανόταν ελεύθερος. Ότι ένιωθε, ότι ήθελε να πει, το εξέφραζε πάνω στον καμβά που είχε μπροστά του, δίχως κανένας να μπορεί να τον περιορίσει σε οτιδήποτε. Δεν ήταν όμως το σχέδιο ή τα χρώματα που του έδιναν αυτή την αίσθηση της ελευθερίας, αλλά η ένταση και η μέθη που διέτρεχε όλο το σώμα του, όση ώρα ζωγράφιζε. Αυτό τον έκανε να νιώθει ελεύθερος, απ' όσα φθαρτά, ασήμαντα και εφήμερα μπορούσαν να διαταράξουν την καθημερινότητα του. Δεν ζωγράφιζε με σκοπό να βγάλει χρήματα, αλλά για τη χαρά της δημιουργίας και της ελευθερίας, που του επέτρεπε να μεταλλάσσει αυτό που ένιωθε την κάθε στιγμή σε εικόνα. Μου κατηγόρησε κάποιους από τους πολύ γνωστούς ζωγράφους, κάποιους τους είχε και δασκάλους στη σχολή, ότι ξεπουλούσαν την υπογραφή τους στο χρηματιστήριο των σουπερμάρκετ. Απέφυγε οποιαδήποτε αναφορά στον πατέρα του και αρνήθηκε να μου απαντήσει όταν τον ρώτησα ευθέως, αρκέστηκε να μου πει ότι εκείνος χάραξε τον δρόμο που ήθελε, το ίδιο δικαίωμα ήθελε να αναγνωριστεί και για εκείνον. Ήξερε ότι από τη δουλειά αυτήν δεν θα κέρδιζε ποτέ πολλά χρήματα, ήταν όμως πεπεισμένος ότι ο πλούτος δεν ταιριάζει σε έναν σωστό καλλιτέχνη. Ένιωθε ζωντανός, απαλλαγμένος από κάθε φόβο, αυτό μου τόνισε, διότι αποδεχόταν τη χαρά της ζωγραφικής έναντι οποιουδήποτε τιμήματος.

Το δεύτερο ήταν, μια σειρά πορτρέτων, που απεικόνιζαν την ίδια γυναίκα, σκόρπιους σε όλον τον χώρο. Έναν πάνω σε ένα καβαλέτο σε περίοπτη θέση μέσα στο εργαστήριο του, κάμποσους στον τοίχο, σε μία σειρά ο ένας δίπλα στον άλλο και άλλους τόσους στο πάτωμα ν' ακουμπούν στον τοίχο. Τον ρώτησα αν οι πίνακες αυτοί ήταν για την επόμενη έκθεση του.

«Δεν είναι για πούλημα!» μου απάντησε. Ο τόνος της φωνής του έχασε τη ευδιαθεσία που είχε μέχρι τότε, το πρόσωπό του σκοτείνιασε, ο ίδιος έχασε την ζωντάνια του, σε λίγο με αποχαιρετούσε στην πόρτα ένας άλλος άνθρωπος, κατηφής, άτονος, ίσα που μπορούσε να σταθεί στα πόδια του.

Οι επισκέψεις μου στο εργαστήρι του συνεχίστηκαν. Μια δυο φορές το χρόνο έβρισκα τον χρόνο για να συζητήσουμε και να ανταλλάξουμε επιχειρήματα. Μου άρεσε ο τρόπος σκέψης του, κυρίως μου άρεσαν οι αντιπαραθέσεις μας σε διάφορα ζητήματα. Αυτός βαθιά αντισυστημικός, έτσι αυτοπροσδιοριζόταν, παθιασμένος από τα πιστεύω του Μπακούνιν, αρνούνταν κάθε δέσμευση, κάθε εξουσία σε οποιοδήποτε πλαίσιο. Αρνούνταν ακόμα και την οποιαδήποτε σχέση με τις διάφορες ομάδες ή συλλογικότητες του αναρχικού χώρου. Πίστευε ότι από τη στιγμή που δρούσαν εντός του πανίσχυρου καπιταλιστικού συστήματος, απλώς βαυκαλίζονταν με το όνειρο μιας δήθεν επανάστασης. Εγώ πάλι, εραστής της αστικής καθημερινότητας και των μικρών απολαύσεων, που αυτή σου προσφέρει, προσπαθούσα να αντιπαραβάλω στις δικές του πεποιθήσεις, με τη σκληρή αλλά αληθινή πραγματικότητα, που καθορίζει τις ζωές μας. Του τόνιζα ότι οφείλουμε να είμαστε περισσότερο ρεαλιστές και λιγότερο ιδεαλιστές. Φυσικά διαφωνούσε μαζί μου, ποτέ μας όμως δεν υπερβήκαμε τα όρια μιας ευπρεπούς συζήτησης, όσο κι αν υψώναμε τον τόνο της φωνής μας. Στη δική του σκέψη δεν υπάρχει χώρος για εντάσεις ή προσβολές, αυτό τον διαφοροποιεί από το αναρχικό κίνημα, δεν ασπάζεται την άποψη της βίαιης ρήξης με την εξουσία, κατά βάθος το μόνο που θέλει, είναι να μην τον ενοχλεί κανένας με απαιτήσεις που δεν του ταιριάζουν. Μια παράξενη, προκλητική χημεία κυριαρχούσε στις συζητήσεις μας. Αν και ο λόγος του διανθιζόταν από πολλά κοσμητικά επίθετα, τα οποία υπό άλλες συνθήκες θα με ενοχλούσαν, για μένα απλώς τόνιζαν το πάθος του. Αυτός δημιουργούσε τέχνη, είχε άποψη για τον σκοπό της, γνώριζε απίστευτες ιστορίες για κάθε καλλιτέχνη και μπορούσε να σου αναλύσει ολοκληρωμένα κάθε καλλιτεχνικό ρεύμα. Δεν του άρεσαν οι μαικήνες των τεχνών, ίσα ίσα που ανεχόταν την ατζέντισσα του. Εγώ πάλι ήμουν αυτός, που έπρεπε να παρουσιάζω τη δουλειά των καλλιτεχνών, να τους προβάλω ή να τους αγνοώ ή ακόμα και να τους κριτικάρω. Δεν του άρεσε αυτή η εξουσία που μου έδινε το μέσο στο οποίο εργαζόμουν, αλλά από την άλλη ήθελε να γνωρίζει κάθε φορά τον τρόπο της σκέψης μου. Ήθελε να γνωρίζει τα κριτήρια που πρότασσα στη δουλειά μου, ζητούσε να μάθει για τις δεσμεύσεις που μου επέβαλε το μέσο στο οποίο εργαζόμουν, τον ενδιέφερε το παρασκήνιο των ΜΜΕ. Ήμαστε τελείως διαφορετικοί μεταξύ μας ως προς τον τρόπο που αντιμετωπίζαμε τη ζωή, ένα μόνο κοινό είχαμε. Βιώναμε τη μοναξιά στην προσωπική μας ζωή, θέμα στο οποίο όμως, ποτέ μας δεν αναφερόμαστε, πέρα από τα πολύ τυπικά.

Πριν από κάμποσους μήνες, χειμώνας ήταν ακόμα, τυχαία πέφτει στα χέρια μου ένα σημείωμα, μιας μαθητευόμενης δημοσιογράφου που της άρεσε το δικαστικό ρεπορτάζ. Θεώρησε καλό να μου το δείξει μιας και η υπόθεση εμπλεκόταν με την τέχνη, με ένα τρόπο ακατανόητο και για την ίδια:

"Σήμερα εκδικάστηκε η υπόθεση της δικηγόρου Βασιλικής Κοράλλη εναντίον του ζωγράφου Γεωργίου Βερεμή, στο Μονομελές Πλημμελειοδικείο Αθηνών. Η Κοράλλη ζητεί την καταστροφή είκοσι πέντε πινάκων οι οποίοι την απεικονίζουν, φιλοτεχνημένοι από το χέρι

του Βερεμή σε παρελθόντα χρόνο. Η υπόθεση πιθανότατα δεν θα τελεσιδικήσει, αλλά θα εκδικαστεί και σε δεύτερο βαθμό. Η πρωτόδικη απόφαση, αναμένεται εντός του επόμενου διμήνου."

Έπεσα από τα σύννεφα, διότι σε καμία από τις συναντήσεις μας, ο Βερεμής δεν μου έκανε την παραμικρή νύξη για το ζήτημα αυτό. Αστραπιαία ήλθαν στο μυαλό μου τα ελάχιστα λόγια και οι αρνητικές του αντιδράσεις όταν προσπαθούσα να εκμαιεύσω κάποια πληροφορία για τους πίνακες που περιστοίχιζαν το ατελιέ του. Ήμουν σίγουρος, ότι αυτούς διεκδικούσε αυτή η Κοράλλη. Μα δεν μπόρεσα να κατανοήσω την απαίτησή της να καταστραφούν. Σίγουρα οι πίνακες απεικόνιζαν εκείνη. Μα και πάλι, γιατί να ζητά την καταστροφή τους; Πρώτη φορά άκουγα για κάτι τέτοιο. Επιπλέον, μου έκανε εντύπωση διότι σε παρόμοιες υποθέσεις, οι ίδιοι οι καλλιτέχνες διαρρέουν πλήθος πληροφοριών προς τα ΜΜΕ, για να δείξουν την αδικία στην οποία έχουν περιέλθει, αλλά κυρίως για να διαφημιστούν. Αυτός δεν μου είχε δώσει τίποτα, τα κρατούσε όλα για τον εαυτό του. Σίγουρα δεν είναι μια υπόθεση απλή, να ζητάς από έναν ζωγράφο να καταστρέψει το ίδιο το έργο του και ούτε και τόσο σύνηθες να συνομιλεί με έναν δημοσιογράφο για τόσον καιρό και να μην του έχει κάνει την ελάχιστη νύξη για ένα τόσο ανήκουστο ζήτημα. Ζήτησα από τη νέα συνάδελφο, που περίμενε όρθια μπροστά μου κάποιες επιπλέον πληροφορίες, που θεώρησα ότι έπρεπε να γνωρίζει, μου απάντησε κοκκινίζοντας ότι δεν ήξερε και έφυγε. Σε λίγο επέστρεψε με ένα πλατύ χαμόγελο στο πρόσωπό της, ενημερώνοντάς με για τον μεγαλοδικηγόρο Μενέλαο Δρακόγλου, που διαχειριζόταν την υπόθεση και για τον δικαστή, ο οποίος από φήμες που κυκλοφορούσαν, ήταν γνωστός για τις περίεργες σχέσεις του με τον υπόκοσμο. Τέλος μου ανέφερε και το ξάφνιασμα του δικηγορικού κόσμου με την πρωτάκουστη απαίτηση της ενάγουσας. Την ευχαρίστησα για τις πληροφορίες που μου μετέφερε, σίγουρα από την υπεύθυνη του δικαστικού ρεπορτάζ της εφημερίδας μας, μην παραλείποντας να την ενθαρρύνω για την καλή της δουλειά.

Την ίδια εκείνη ημέρα σήκωσα το τηλέφωνο, κτύπησα το νούμερο του Βερεμή και περίμενα να απαντήσει. Το ίδιο επανέλαβα και μετά από μία ώρα, το ίδιο και το απόγευμα, το ίδιο και την επόμενη μέρα. Τίποτε! Έβαλα την υπόθεση στην άκρη, άλλα ρεπορτάζ βγήκαν στην επιφάνεια, αν και είχα κολλήσει ένα κίτρινο χαρτάκι σημειώσεων στο γραφείο μου για να μου θυμίζει ότι έπρεπε να επικοινωνήσω με τον Βερεμή, δεν τον ξαναπήρα. Κάπου μέσα μου είχα πειραχτεί, ένιωθα θιγμένος που δεν μου είχε αποκαλύψει τίποτε για την υπόθεση αυτή, που φαινόταν ιδιαιτέρως σοβαρή. Πίστευα ότι όφειλε να το συζητήσει μαζί μου, τόσα και τόσα είχαμε πει μεταξύ μας και το πιο σημαντικό μου το είχε κρύψει.

Ένα πρωινό, πρέπει να είχε μπει ο Μάης, κτύπησε το τηλέφωνο του γραφείου μου. Αναγνώρισα αμέσως το νούμερο του τηλεφώνου του.

«Έλα Γιώργο, ήλπιζα να με πάρεις καιρό τώρα, τι κάνεις; πώς είσαι;» η δημοσιογραφική μου περιέργεια εκείνη τη στιγμή, εκφραζόταν με απόλυτη ειλικρίνεια.

«Καλά είμαι! Είδα τις κλήσεις σου, πριν από καιρό, αλλά δεν ήθελα να μιλήσω σε κανέναν. Ούτε και τώρα θέλω για να σου πω την αλήθεια, αλλά αισθάνομαι πολύ πιεσμένος. Είσαι του χώρου... του δημοσιογραφικού χώρου, εμπλέκεσαι με τα καλλιτεχνικά, γνωρίζεις πρόσωπα και πράγματα, θα ήθελα να κάνω μια κουβέντα μαζί σου.»

«Εννοείς για το ζήτημα των πορτρέτων;» τον ρώτησα ευθέως, αισθανόμενος πόσο ευάλωτος ήταν εκείνη τη στιγμή. Δεν είχα σκοπό να τον αφήσω να μου ξεφύγει.

«Ναι, για τα γαμημένα πορτρέτα πρόκειται! Δεν με ενδιαφέρει η δημοσιότητα γι᾽ αυτό το ζήτημα. Το μόνο που θέλω είναι να μιλήσουμε. Αν είσαι διατεθειμένος να με βοηθήσεις, θα το εκτιμούσα ιδιαιτέρως.»

«Φυσικά και θα σε βοηθήσω, στο μέτρο βέβαια που αυτό μου είναι δυνατό!» απάντησα με κάθε ειλικρίνεια.

«Μην φοβάσαι! Δεν θα σου ζητήσω κάτι πέρα από αυτά που μπορείς να μου δώσεις.»

Κλείσαμε ραντεβού για το ίδιο απόγευμα στο σπίτι του.

Μετά τη δουλειά επέστρεψα στο σπίτι, έκλεισα τα μάτια μου εκεί στον καναπέ με το laptop συντονισμένο στο Sohos Fm, ίσως και να κοιμήθηκα για λίγο. Χρειαζόμουν τον ύπνο, τα πρώιμα ζεστά βράδια δεν με άφηναν να κοιμηθώ καλά, δεν επέτρεψα όμως στον εαυτό μου να ξεκουραστεί, όπως το κορμί μου θα ήθελε. Με προσπάθεια σηκώθηκα, ετοιμάστηκα, τρόπος του λέγειν, τακτοποίησα απλώς τα ρούχα που φορούσα πάνω μου, μάζεψα λίγο τα μαλλιά μου με τα δάχτυλα και κατευθύνθηκα προς το αυτοκίνητο μου. Σε λίγη ώρα βρισκόμουν στη γειτονιά του, στα Άνω Πατήσια, σε μια παλιά μονοκατοικία στα όρια της εγκατάλειψης. Πέρασα την ανοικτή αυλόπορτα, κτύπησα την μεταλλική πόρτα με το χέρι μου, το κουδούνι δεν υπήρχε, μόνο τα καλώδια εξείχαν από το ντουβάρι, και περίμενα. Δεν άργησε να εμφανιστεί, εμφανώς καταβεβλημένος, με ένα τσιγάρο στο χέρι, πάντα ένα αναμμένο τσιγάρο υπήρχε στο χέρι ή το στόμα του, σίγουρα είχε να ξυριστεί για πολύ καιρό, οι τρίχες σκέπαζαν το πρόσωπό του με έναν άναρχο τρόπο, γερασμένος, παραδομένος σε μία αλλόκοτη μοίρα την οποία αδυνατούσα να κατανοήσω εκείνη τη στιγμή. Με μια κίνηση του χεριού με προσκάλεσε να περάσω μέσα, το μωσαϊκό έτριξε από την σκόνη που είχε μαζευτεί για καιρό. Ανεβήκαμε από την σκάλα με τα σκουριασμένα κάγκελα στο εργαστήριο του, μου έδειξε μια καρέκλα να καθίσω, κάθισε κι αυτός απέναντι μου.

«Χαίρομαι που σε βλέπω, φίλε!» ακούστηκε η φωνή του χωρίς ενθουσιασμό.

«Λοιπόν, Γιώργο, πες μου τι συμβαίνει;» τον ρώτησα δίχως να χρονοτριβήσω.

«Λογικά, θα έχεις μάθει. Δεν σε θέλω για ρεπορτάζ όμως, ούτε να γράψεις κάτι υπέρ μου, ούτε να μπω σε κάποιο ανούσιο παιχνίδι αντιπαραθέσεων στις φυλλάδες που κυκλοφορούν, για την τέχνη και τα δικαιώματα των καλλιτεχνών, να το ξέρεις αυτό! Η δημοσιότητα για άσχετους λόγους από το έργο μου, ποτέ δεν μου άρεσε, ιδιαιτέρως τώρα. Θέλω να με καταλάβεις! Ότι πούμε θα ήθελα να μείνει μεταξύ μας!»

Η φωνή του αν και αγωνιώδης, ήταν έντονη, επιτακτική, δεν άφηνε περιθώρια για αντιρρήσεις.

«Δεν είμαι εδώ με τη δημοσιογραφική μου ιδιότητα και το ξέρεις!» τον διαβεβαίωσα με φωνή απόλυτα ήρεμη. «Αλλά αυτή η υπόθεση, όπως την είδα διαβάζοντας τις λίγες πληροφορίες του δικαστικού ρεπορτάζ, έχει ενδιαφέρον. Να το ξέρεις, κάποια στιγμή θα τα χρειαστείς τα μέσα!»

«Ίσως! Αλλά όχι τώρα. Αυτό που θέλω σήμερα, είναι να μου εξηγήσεις τι γίνεται εδώ πέρα. Όλα μου τα χρόνια πάλευα και ο μαλάκας το πίστευα, ότι είχα μπορέσει να αφήσω μακριά μου οτιδήποτε έχει σχέση με το γαμημένο πλαίσιο που η εξουσία έχει επιβάλλει πάνω μας. Καμάρωνα, ότι μπορούσα να επιβιώνω, χωρίς τη βοήθεια κανενός τους. Ειδικά με το δικό σου σινάφι, όχι με κάποιους σαν εσένα, αλλά με όλο εκείνο το κύκλωμα των ξιπασμένων λακέδων, που ακόμα και στον ύπνο τους εφευρίσκουν γλοιώδεις διόδους για να εξυπηρετήσουν τα συμφέροντα των μεγαλοαστών και των παρατρεχάμενων πολιτικών που τους έχουν από κοντά! Ναι οι γελοίοι, κερδίζουν την αυταπάτη ότι αποτελούν μέρος του σάπιου συστήματος μέσα στο οποίο ζούμε όλοι μας! Πίστευα ο ανόητος, ότι τους την είχα φέρει! Τελικά μέσα στον ίδιο βούρκο επιπλέουμε όλοι μας, μαζί κι εγώ ο ανόητος!»

«Κοίτα, φίλε, σήμερα δεν θα αντιπαρατεθώ μαζί σου, ούτε κι αν στο τέλος γνωρίζω ότι οι απόψεις μας θα διασταυρωθούν στην ίδια συνισταμένη του ιδεατού κόσμου που θα θέλαμε να υπάρχει. Βρίσκομαι εδώ απλώς για να σε ακούσω, θέλω να μου πεις με απλά λόγια τι γίνεται με αυτά τα πορτρέτα. Η υπόθεση είναι αρκετά περίεργη, πρώτη φορά ακούω να ζητάνε από κάποιον καλλιτέχνη να καταστρέψει το ίδιο το έργο του. Και για όνομα του Θεού, δεν είμαστε στην εποχή των ιεροεξεταστών που σε απειλούσαν με την ίδια τη ζωή σου, αν δεν ταπεινωνόσουν ολοκληρωτικά μπροστά τους. Βρισκόμαστε πια στην εποχή που η καλλιτεχνική έκφραση είναι απόλυτα ελεύθερη, έστω κι αν τα περισσότερα παράγωγά της είναι ασήμαντα σκουπίδια. Είναι όμως ελεύθερη να υπάρχει, αυτό τουλάχιστον ήξερα μέχρι τώρα!»

Άναψε ένα τσιγάρο ακόμα, σίγουρα ένα από τα πολλά της ημέρας, αν και δεν καθόταν κοντά μου τα χνώτα του μύριζαν πολύ πιο έντονα από κάθε άλλη φορά, μου έγνεψε να συνεχίσω και σκύβοντας το κεφάλι πήρε μια βαθιά ανάσα, μέχρι να το σηκώσει και πάλι για να δω την παραδομένη του ματιά.

«Πρώτα πρώτα, η υπόθεση αυτή, έχει να κάνει με αυτούς τους πίνακες που βρίσκονται εδώ ολόγυρά μας;»

«Ναι, με αυτούς τους κωλο - πίνακες!»

«Αυτή που εικονίζεται πάνω τους, είναι η ενάγουσα, η Κοράλλη;»

«Αυτή είναι!»

«Από ότι καταλαβαίνω αυτούς τους πίνακες ζητά να καταστρέψει. Γνωρίζεις για ποιον λόγο;»

«Όχι γαμώτο, δεν ξέρω τι την έπιασε τώρα... όχι δεν ξέρω!»

«Ναι, αλλά ως ενάγουσα, στα δικόγραφα θα πρέπει να περιγράφει το λόγο που ζητά την καταστροφή τους.»

Σήκωσε το κεφάλι του ψηλά, τράβηξε μια τζούρα από το τσιγάρο του, φύσηξε τον καπνό με δύναμη και κάρφωσε το βλέμμα του πάνω μου.

«Κοίτα να δεις, εγώ αυτά τα δικολαβίστικα δεν τα καταλαβαίνω. Ένα θα σου πω, απ' όλα αυτά που διάβασα στα χαρτιά, τίποτα, μα τίποτα δεν μίλησε στην καρδιά μου, τίποτα δεν με έπεισε ότι υπήρχε κάποια αλήθεια πίσω απ' όλες εκείνες τις λέξεις. Ψέματα, μόνο ψέματα, πακεταρισμένες προτάσεις γεμάτες περικοκλάδες και βλακώδη φτιασίδια, από αυτά με τα οποία η νομική επιστήμη με περίσσιο θράσος εκφράζεται, αδιαφορώντας για τον άνθρωπο που έχει απέναντι της. Στην προκειμένη περίπτωση, αυτός είμαι εγώ, ο Γιώργος Βερεμής, που σε όλη μου τη ζωή δεν ήθελα καν να γνωρίζω την ύπαρξη τους, που ονειροβατούσα σε έναν άλλο κόσμο διαφορετικό από τον δικό τους. Εγώ, ο μαλάκας! Που δεν μπορώ ακόμα να καταλάβω τι γίνεται εδώ πέρα.»

«Την αλήθεια θα σου πω φίλε! Από τα λίγα που ξέρω, φαίνεται ότι αυτός ο Δρακόγλου που έχει αναλάβει την υπόθεση, έχει ισχυρά ερείσματα στα δικαστικά έδρανα. Επίσης, τόσα χρόνια κινούμενος στον δημοσιογραφικό χώρο αντιλαμβάνομαι, ότι για να φτάσει μια τέτοια υπόθεση στο ακροατήριο, κάποιο ισχυρό επιχείρημα πρέπει να διαθέτει αυτή η Κοράλλη»

«Μην το ψάχνεις πιο πέρα, δικηγόρος είναι. Δικηγόρος που να πάρει! Μέσα στα κόλπα είναι!»

«Την ξέρεις καλά;»

«Την ήξερα... για κάμποσα χρόνια ήμαστε μαζί, ζήσαμε μαζί σε αυτό εδώ το σπίτι.»

«Της έχεις μιλήσει πρόσφατα;»

«Όχι, δεν έχω να πω κάτι μαζί της και τίποτα δεν χρειάζεται να ακούσω από εκείνην!»

«Ούτε για να την ρωτήσεις τι συμβαίνει με αυτήν την υπόθεση;»

«Ό,τι έχει να μου πει, το γράφει στα κωλόχαρτα της δικογραφίας. Μαλακίες!»

«Χωρίσατε όμορφα ή ξέφυγε η κατάσταση;»

Άναψε ένα τσιγάρο ακόμα, σηκώθηκε όρθιος, νευρικά έκανε κάποια βήματα μέσα στον χώρο χωρίς προορισμό, γύρισε προς το μέρος μου.

«Εγώ την έδιωξα! Δεν θυμάμαι γιατί, αλλά εγώ την έδιωξα...έχω ξεχάσει το λόγο. Έκλαψε τότε, έκλαψε πολύ, ναι έκλαψε, αυτό το θυμάμαι! Την άλλη μέρα είχε εξαφανιστεί από τη ζωή μου.»

Αρνήθηκε να μου πει περισσότερα. Έφυγα από το σπίτι του, λέγοντάς του ότι δύσκολα θα ξέφευγε από τον Δρακόγλου, τον μεγαλοδικηγόρο που είχε αναλάβει την υπόθεση. Είχε την φήμη του ισχυρού άντρα στις αίθουσες των δικαστηρίων, με κρυφές και φανερές διασυνδέσεις με το πολιτικό κατεστημένο της χώρας ως τον κόσμο της νύχτας, που πάντα βρίσκει τα κατάλληλα κλειδιά για να κερδίσει κάθε δίκη, προς το συμφέρον του πελάτη του. Ήδη η πρωτόδικη απόφαση είχε βγει καταδικαστική, διατασσόταν να παραδώσει προς καταστροφή τους αναφερόμενους στη δικογραφία πίνακες. Επίσης του συνέστησα ότι σιγά σιγά θα έπρεπε να συνηθίζει στην ιδέα ότι η δίκη αυτή δεν μπορούσε να μείνει στις παρυφές των εντύπων, ήταν ήδη πολύ σοβαρή και σίγουρα χρειαζόταν μια πένα για να τον υποστηρίξει. Εξάλλου, η καταστροφή οποιονδήποτε έργων τέχνης, δεν είναι ένα ζήτημα που πρέπει να περάσει απαρατήρητο. Όφειλε να βγάλει το θέμα από την αφάνεια, που το είχε θάψει μέχρι τότε. Έδειξε με ένα νεύμα παραίτησης, ότι συμφωνούσε μαζί μου. Αν με ρωτούσε όμως ποιος θα τον υποστήριζε και με ποιον τρόπο, εκείνη τη στιγμή δεν είχα καμία απάντηση να του δώσω. Ούτε κι εγώ ήμουν σίγουρος, ότι μπορούσα να αναλάβω μία τέτοια ευθύνη, όσο κι αν τον θεωρούσα φίλο μου.

Κεφάλαιο 4

Φλεβάρης 2014

Εκείνο το πρωινό, περασμένες δέκα ήταν, όταν ο Γιώργος Βερεμής ανόρεχτα ανέβηκε στο εργαστήριο του, έβαλε στην πρίζα μια παλιά σόμπα με δύο αντιστάσεις που ήταν αδύνατον να ζεστάνουν τον τεράστιο χώρο από την παγωνιά του Φλεβάρη, έπιασε ένα μεγάλο, τετράγωνο, λευκό τελάρο, το στερέωσε πάνω στο καβαλέτο και στάθηκε απέναντι του. Το κάρβουνο στο χέρι του μετεωριζόταν αναποφάσιστο για ώρα, σε κάποια στιγμή έκανε μια κίνηση να αφήσει το ίχνος του αλλά γρήγορα ξαναγύρισε πίσω. Απογοητευμένος από την στέρηση οποιουδήποτε ερεθίσματος, αυτό του συνέβαινε για πολύ καιρό τώρα, πήγε προς το παράθυρο, που έβλεπε προς την πίσω αυλή. Τα κλαδιά των κάποτε περιποιημένων δέντρων άναρχα πια καταλάμβαναν όλο των χώρο, με τον ερχομό της άνοιξης όλα θα πρασίνιζαν και θα έκρυβαν την όποια ασχήμια. Κάποιος πελάτης πριν καιρό του είχε πει ότι έπρεπε να τα κλαδέψει, ούτε κατάλαβε τι ήταν αυτό που προσπαθούσε να του εξηγήσει με τη σπουδή εκείνου που γνώριζε το αντικείμενο, ενώ εκείνος απλώς προσποιούνταν ότι τον παρακολουθούσε. Άναψε ένα τσιγάρο, δεν ένιωθε καλά. Από μέρα σε μέρα βούλιαζε σ' ένα τέλμα αδιαφορίας, το μυαλό του νέκρωνε για ώρες, η έμπνευση του είχε χαθεί εδώ και καιρό. Μόνη σταθερή στη ζωή του η Μαύρα, η γάτα που κάθε μεσημέρι έδινε το παρόν στο ραντεβού της περιμένοντας το καθημερινό της συσσίτιο. Από κει και πέρα τριβόταν συνεχώς στα πόδια του μέχρι να σκοτεινιάσει. Τότε χανόταν, άγνωστο για πού, μέχρι την επομένη. Είχε να πουλήσει κάποιον πίνακα του εδώ και καιρό, φυτοζωούσε με το πενιχρό εισόδημα που προνοητικά του είχαν αφήσει οι γονείς του. Δεν ήξερε πια τι να φτιάξει, δεν τον ικανοποιούσε τίποτα. Για καιρό τώρα τα μπλοκ του γέμιζαν προσχέδια, δίχως κάποια συγκεκριμένη θεματολογία ή τεχνοτροπία, ψάχνοντας αυτό που θα του επανέφερε και πάλι την όποια έμπνευση. Μάταια! Είχε καλό χέρι, όλοι οι καθηγητές του τον είχαν διαβεβαιώσει γι' αυτό, όταν όμως επιχειρούσε να τα μεταφέρει στον καμβά, αδυνατούσε. Ένας φόβος τον κατέκλυζε, μια άρνηση να φτιάξει κάτι, οτιδήποτε. Εδώ και μήνες, από τότε που έλαβε στα χέρια του την δικαστική απόφαση, δεν είχε ζωγραφίσει τίποτε άξιο λόγου. Κι αν μετά από μεγάλη προσπάθεια κατόρθωνε, να τελειώσει κάποιον πίνακα, όταν τον παρατηρούσε από απόσταση, το αποτέλεσμα τον απογοήτευε τόσο, που δεν δίσταζε να τον διαλύσει και στη συνέχεια να πετάξει τα τσακισμένα τελάρα με τον κατακρεουργημένο καμβά στα σκουπίδια. Στη συνέχεια καθόταν στη θέση του, εκεί απέναντι στον πίνακα της Βασιλικής, κοιτάζοντάς την ακίνητος, ανέκφραστος για ώρα, χαμένος στις σκέψεις του, άπραγος, εξαϋλωμένος από την φρικτή πραγματικότητα που ζούσε.

Δεν ήταν καλά και το ήξερε. Δεν ήταν δυνατόν όλη αυτή η υπόθεση να τον αφήσει ανεπηρέαστο. Δεν ήταν μόνο η ανήκουστη δικαστική απόφαση που τον είχε φέρει στα όρια της κατάρρευσης. Ζούσε με την βεβαιότητα, ότι ούτε στο εφετείο θα δικαιωνόταν. Είχε να αντιμετωπίσει τον μεγαλοδικηγόρο Μενέλαο Δρακόγλου, ο οποίος με μια σειρά επιχειρημάτων περί προσωπικών δικαιωμάτων και παρουσιάζοντας διάφορα αληθινά ή κατασκευασμένα γεγονότα για να ενισχύσει τον ισχυρισμό, ότι η κυριότητα των πινάκων ανήκε στην Κοράλλη, είχε πείσει το δικαστήριο για την ορθότητα των δικών τους απόψεων. Ο δικός του δικηγόρος, ο Αλέξανδρος Προδρόμου, αν και ειδικευμένος στα θέματα περί των πνευματικών δικαιωμάτων έμοιαζε με μύγα απέναντι του. Πολλές φορές είχε αναρωτηθεί τι τον ενδιέφερε πιο πολύ σε αυτήν την υπόθεση. Για ποιον λόγο αρνούνταν πεισματικά να υποκύψει και να παραδώσει τα πορτρέτα της Βασιλικής για καταστροφή. Μήπως ο εγωισμός του καλλιτέχνη που αρνείται να υποκύψει σε μία τόσο αδιανόητη προσταγή, να καταστρέψει τα δικά του δημιουργήματα για τα οποία κόπιασε, κατέθεσε την ψυχή και την χαρά του. Ή μήπως δεν τον άφηναν οι αναμνήσεις των ευτυχισμένων στιγμών με την τότε αγαπημένη του, η οποία ικανοποιώντας και τη δική της αυταρέσκεια δέχτηκε να γίνει το μοντέλο του σε αυτή τη σειρά των πινάκων. Ο κάθε πίνακας του θύμιζε και μια διαφορετική φάση της κοινής ζωής τους. Όπως αυτός που πάντα στεκόταν εκεί μπροστά του, τον οποίο είχε ζωγραφίσει μια μέρα μετά από ένα ατελείωτο βράδυ ερωτικών εκρήξεων. Την περίμενε μέχρι να ξυπνήσει και τότε με εκπληκτική δεξιότητα σχεδίασε το περίγραμμα της, όπως του άπλωνε το χέρι για να τον προσκαλέσει κοντά της. Ή τον άλλο, που τον είχε ακουμπισμένο στον τοίχο, στον οποίο την είχε απεικονίσει να την κτυπά ανελέητα το φως του καλοκαιριού ενώ το μελτέμι της έπαιρνε τα μαλλιά. Παραδίπλα εκείνος που ζωγράφισε στις καλοκαιρινές τους διακοπές στην Πάρο, όταν εκείνη νωχελικά είχε απλώσει το αψεγάδιαστο γυμνό κορμί της στο πεζούλι της μεζονέτας που έμεναν, σίγουρη για τον εαυτό της, προκαλώντας τον να την ζωγραφίσει. Σε όλους αυτούς τους πίνακες το πάθος ξεχυνόταν από μέσα τους, ασυγκράτητο, όπως έζησαν τον έρωτα τους μέχρι που ξεθύμανε, μέχρι που δεν την άντεχε άλλο, έτσι της είπε, μέχρι που την έδιωξε, μέχρι που τον μίσησε. Ποτέ δεν του ανέφερε τίποτα για τους πίνακες. Ούτε όμως κι εκείνος ποτέ, τους έστησε σε κάποια από τις εκθέσεις που ακολούθησαν του χωρισμού τους. Σίγουρα από ότι είχε φτιάξει μέχρι τότε, αυτοί οι πίνακες ήταν ότι καλύτερο μπόρεσε να δημιουργήσει. Είχαν σωστή τεχνική, χρώμα, φως, σιγουριά, μα κυρίως εξέπεμπαν τον διάχυτο ερωτισμό της στιγμής, την ευτυχία την οποία απολάμβανε, την απόλυτη παράδοση της σε εκείνον.

Αυτός ήταν και ο λόγος, που αρνήθηκε να παρουσιαστεί ο ίδιος στη δίκη, ζητώντας από τον δικηγόρο του να βρει έναν οποιονδήποτε τρόπο να τον απαλλάξει από την δοκιμασία να βρεθεί απέναντι στην Κοράλλη. Να είναι αναγκασμένος να την κοιτά κι εκείνη να αποκαλύπτει μέσα από την έκφραση του προσώπου της, το ήξερε έτσι θα γινόταν, όλο το μίσος της, που τον έφτασε ως εδώ. Θα έπαιρνε την εκδίκησή της με τον μόνο τρόπο που ήξερε ότι θα τον πλήγωνε αληθινά. Δεν είχε το σθένος να την αντιμετωπίσει, δεν είχε τη δύναμη να αντιπαρατεθεί μαζί της, ούτε την όλο ικανοποίηση ματιά της θα μπορούσε να δεχτεί, βλέποντας την κατάντια του. Του ήταν αρκετό αυτό, που τόσο καιρό έκανε μέσα στον δικό του ασφαλή χώρο, να την αντιμετωπίζει δίχως αντίλογο, ποτέ δεν τελείωναν τα επιχειρήματά του, την προτιμούσε έτσι διάφανη και γλυκιά, ως εικόνα με τις όμορφες αναμνήσεις που την συνόδευαν.

Κεφάλαιο 5

Σεπτέμβρης 2014

Στο γραφείο του Δρακόγλου όλοι είχαν επιστρέψει στις θέσεις τους μετά τις σύντομες καλοκαιρινές τους διακοπές. Η Κοράλλη τακτοποιούσε τον φάκελο με όλα τα αναγκαία έγγραφα για την υπόθεση, που είχε αναλάβει πρόσφατα το γραφείο τους και θα εκδικαζόταν σε λίγες μέρες στην Θεσσαλονίκη. Υπόθεση που αφορούσε ένα θανατηφόρο ατύχημα ενός εργάτη σε κάποιο εργοστάσιο κονσερβοποιίας της περιοχής. Οι κατήγοροι είχαν ανασύρει όλο το ιστορικό των ατυχημάτων στο συγκεκριμένο συγκρότημα, με σκοπό να καταδείξουν ότι η εργοδοσία δεν λάμβανε κανένα ουσιαστικό μέτρο προφύλαξης για τους εργάτες τους, ώστε να ισχυριστούν στη συνέχεια ότι η υπόθεση δεν ενέπιπτε στα όρια της απλής αμέλειας, αλλά του ενδεχόμενου δόλου. Ο Δρακόγλου κλήθηκε από τους κατηγορούμενους να τεθεί επικεφαλής της ομάδας των δικηγόρων της Θεσσαλονίκης στις παρασκηνιακές συζητήσεις για συμβιβασμό, που γίνονταν μεταξύ της οικογένειας του θύματος και του εργοστασιάρχη. Η υπόθεση είχε πάρει αρκετές αναβολές μα αυτή τη φορά είχε κριθεί απ' όλους, ότι η υπόθεση έπρεπε να κλείσει με τρόπο, που θα ικανοποιούσε και τις δύο πλευρές.

Την ώρα που ετοιμαζόταν να κάνει ένα διάλειμμα, η Στέλλα, μια νεαρή, ασκούμενη δικηγόρος του γραφείου, της έφερε έναν ογκώδη φάκελο κατ' εντολή του Δρακόγλου. Σήκωσε την κούπα με τον καφέ της, της είπε να τον αφήσει εκεί δίπλα της, όπου μόλις είχε απελευθερωθεί ο χώρος, η κούπα για λίγο έμεινε στα χέρια της μην ξέροντας τι να την κάνει, ήπιε βιαστικά μια ακόμα γουλιά και την έδωσε στην νεαρή κοπέλα για να την τακτοποιήσει. Τον ήξερε καλά τον φάκελο που είχε μπροστά της, τον είχε πιάσει τόσες φορές στα χέρια της, τώρα απλώς έπρεπε να τσεκάρει αν όλα τα νέα δικόγραφα που προορίζονταν για την έφεση, είχαν την αρτιότητα που χρειαζόταν για να μην χαθεί η υπόθεση. Αυτή ήταν η ενάγουσα και συγχρόνως η πλέον κατάλληλη για να βεβαιώσει ότι όλα ήταν όπως έπρεπε. Υπόθεση Βασιλικής Κοράλλη εναντίον Γιώργου Βερεμή. Στα γρήγορα έκλεισε τον φάκελο της Θεσσαλονίκης, όλα τα απαραίτητα έγγραφα είχαν τοποθετηθεί με τη σωστή σειρά και τον άφησε στο ράφι δίπλα της με όλες τις εκκρεμείς υποθέσεις. Έσυρε και άνοιξε μπροστά της τον δικό της φάκελο. Ήξερε κάθε σελίδα, κάθε γραμμή, κάθε λέξη απέξω, πώς θα μπορούσε να είναι διαφορετικά; Τα χαρτιά που ήταν μπροστά της κι εκείνα που κρύβονταν στο βάθος με τα μεγαρόσημα, τις σφραγίδες και τις υπογραφές πάνω τους, περιέγραφαν εκείνο το κομμάτι της δικής της ζωής, που από τη μία ήθελε να το διαγράψει σαν να μην υπήρξε ποτέ, αλλά από την άλλη ζητούσε να ικανοποιήσει την πιεστική ανάγκη της για εκδίκηση.

Μετά τον χωρισμό της με τον Βερεμή, προσπάθησε να φτιάξει από την αρχή τη ζωή της, αφήνοντας πίσω ότι θα της θύμιζε τα χρόνια που πέρασε μαζί του. Για τη σειρά των πινάκων που την απεικόνιζαν, για κάποιον χρόνο τους είχε αγνοήσει. Ήξερε καλά τον πρώην αγαπημένο της, ήταν σίγουρη ότι εκείνος ποτέ δεν θα τους εξέθετε προς πώληση, υπήρξαν περιπτώσεις μεγάλης οικονομικής δυσπραγίας και χρεών τα οποία τους είχαν δημιουργήσει τεράστια προβλήματα, ούτε και τότε θέλησε να πουλήσει έστω κι έναν, όσο κι αν εκείνη τον είχε πιέσει, τότε που ακόμα μοιράζονταν τη ζωή τους. Είχε δει την λάμψη στα μάτια του, όταν εκείνος την είχε απέναντι του και με πρωτόγνωρη έξαψη την επανατοποθετούσε στον καμβά σαν ανοιχτό βιβλίο, που δεν μπορούσε να κρύψει τίποτα, ούτε τα πιο βαθιά της αισθήματα, ούτε τη λαχτάρα για έρωτα του νεανικού της κορμιού. Είχε γευτεί τα γλυκά του φιλιά, όταν γεμάτος υπερηφάνεια της αποκάλυπτε αυτό που είχε φτιάξει με τα χέρια και το μυαλό του και με αμοιβαίο ενθουσιασμό στη συνέχεια, δίνονταν ο ένας στο άλλον, με την έξαψη που χαρίζει η απόλυτη υποταγή στον άνθρωπο που μπορεί να διεγείρει το κάθε, ελάχιστο κύτταρο του σώματός σου. Δεν δημιουργήθηκαν οι πίνακες αυτοί για να πουληθούν και ήξερε ότι ο Βερεμής, ποτέ δεν θα αθετούσε την υπόσχεση, που είχε πρώτα πρώτα δώσει στο ίδιο τον εαυτό του. Ήταν βέβαιη, ότι αυτοί θα παρέμεναν για πάντα στο εργαστήριο του μέχρι να χάσουν τη λάμψη τους από τη σκόνη που θα τους κάλυπτε, ως που να ξεχαστούν και από τον ίδιο ακόμα τον δημιουργό τους. Όχι, δεν θέλησε να πάρει κάποιον μαζί της. Όχι μόνο δεν ήξερε τι να τον κάνει αλλά δεν ήθελε τίποτε από εκείνον, οτιδήποτε θα της θύμιζε το κοινό παρελθόν τους. Ήλπιζε ότι θα ξεχνούσε! Όχι μόνο τις καλές τους στιγμές αλλά και τις συχνές και άσχημες διενέξεις τους, που στα τελευταία χρόνια της κοινής τους συμβίωσης όλο και πύκνωναν. Η αλήθεια όμως είναι ότι ποτέ δεν έφυγαν από το μυαλό της εκείνα τα οκτώ χρόνια που έζησαν μαζί. Πάντα εκείνα, ίσως τα μόνα πραγματικά γεμάτα ζωντάνια και ένταση σε όλη της τη ζωή, έβρισκαν τον τρόπο να τρυπώνουν στο μυαλό της και να γρατζουνούν τη ψυχή της. Ιδιαίτερα στις ατέλειωτες ημέρες που ακολούθησαν του χωρισμού τους, προσπαθώντας να ξαναστήσει τη ζωή της από την αρχή, οι αναμνήσεις έρχονταν κι έφευγαν με έναν τρόπο επίπονο, οδηγώντας την στα όρια της κατάρρευσης. Αλλά και στους μετέπειτα καιρούς, σε ανύποπτες στιγμές, τα ξαφνικά πεταρίσματα της μνήμης, ήταν αρκετά για να την κάνουν να νιώθει για λίγο τη γλυκιά αίσθηση της ηδονής που μοιράζονταν, η οποία όμως πολύ γρήγορα χανόταν κάτω από τα βαριά λόγια που είχαν ανταλλάξει και την πικρή αίσθηση του χωρισμού τους. Το πιο αλλόκοτο είναι ότι ο χρόνος δεν απάλυνε τον πόνο της. Αντίθετα απ' ότι λένε, ότι έχει την ικανότητα να επουλώνει και τα πιο επώδυνα τραύματα, πιο τραγικό ψέμα από αυτό δεν υπάρχει. Ποτέ η ανθρώπινη θύμηση δεν χάνεται, ακόμη κι αν κάποιες φορές κατορθώνουμε να την παραχώνουμε στα πιο βαθιά και ανεξερεύνητα τμήματα του εγκεφάλου μας. Και στη δική της περίπτωση μπορεί οι αναδύσεις των εικόνων που έζησε με τον τότε μοναδικό έρωτα της ζωής της, να αραίωναν στον χρόνο αλλά σίγουρα κάθε φορά που έβρισκαν τον δρόμο προς την επιφάνεια, ήταν όλο και πιο οδυνηρές. Μέχρι που ο πόνος μετουσιώθηκε σε επιθυμία για εκδίκηση.

Η ευκαιρία της δόθηκε την ημέρα που έμαθε για αυτούς ο Δρακόγλου, όταν ένα βράδυ μετά από αρκετά ποτά, κάμφθηκαν οι όποιες αμφιβολίες της και του φανέρωσε όλα εκείνα, που για χρόνια την έκαναν να υποφέρει. Του φανέρωσε την προηγούμενη ερωτική ζωή της, του μίλησε για τον Βερεμή, τον μόνο άντρα που της επέτρεψε να σπάσει κάθε φράγμα αυστηρότητας, που η ίδια είχε επιβάλλει στον εαυτό της. Η αυστηρότητα και η πειθαρχία δεν της ταίριαζαν, έπρεπε όμως να διακρίνουν μια φιλόδοξη δικηγόρο, η οποία επιθυμούσε να κάνει καριέρα. Κοντά του συμπλήρωνε το κενό, που ένιωθε για καιρό στην ψυχή της. Ήταν μια νέα κοπέλα, που αναζητούσε μια αληθινή σχέση, δίχως τους καθωσπρεπισμούς του σιναφιού της, που μεθούσε από την αίσθηση ελευθερίας που απολάμβανε, που ζούσε κοντά του δίχως κανόνες και τυπικότητες, που τρελαινόταν όταν εκείνος εκστασιαζόταν μαζί της και μετέφερε με θαυμασμό το γυμνό της κορμί στο καμβά. Αναρωτήθηκε για την τύχη των πινάκων, που την απεικόνιζαν νέα και ποθητή. Δεν του έκρυψε τίποτα από τα παθιασμένα χρόνια της συμβίωσης τους, για την νεαρή, γεμάτη όνειρα Βασιλική, έτσι την φώναζαν μέχρι τότε, για τα ταξίδια τους, για τους συχνούς τσακωμούς, αλλά και τις πολλές στιγμές ευτυχίας που έζησαν, για το πόσο διαφορετικοί ήταν στην πραγματικότητα. Κι εκείνος την άκουγε ενώ την ίδια ώρα τα νύχια της ζήλιας τον πλήγωναν όλο και πιο βαθιά. Δεν έλεγε τίποτα όμως, μόνο της έλεγε να συνεχίσει, όπως κάνει ένας καλός δικηγόρος, όταν βλέπει το θύμα του έτοιμο να του αποκαλύψει την αλήθεια. Κι όταν εκείνη του εκμυστηρεύτηκε όσα χρειαζόταν να μάθει, τη ρώτησε:

«Θέλεις τους πίνακες πίσω;»

Εκείνη τον κοίταξε στο πρόσωπο, προσπαθώντας να διερευνήσει τις προθέσεις του. Με ένα ελαφρύ μειδίαμα στο πρόσωπο την ξαναρώτησε πιο έντονα, τα μάτια της τρεμόπαιξαν για λίγο μέχρι που ακούστηκε η φωνή της, σίγουρη, με κάθε φθόγγο ολοζώντανο:

«Όχι, δεν τους χρειάζομαι! Απλά, αν μπορείς... κατάστρεψέ τους!»
Ήξερε τι θα ακολουθούσε. Αν ο Δρακόγλου ήθελε, μπορούσε να στείλει κάποιον διαρρήκτη, γνώριζε κάμποσους από τον υπόκοσμο της Αθήνας,

και να ξεμπερδέψει στα γρήγορα με την πρόκληση της αγαπημένης του. Όμως δεν ήταν τέτοιος άνθρωπος, δεν είχε καμία διάθεση για διαδικασίες αθόρυβες και δίχως κέρδος για εκείνον. Θα έπαιζε το παιχνίδι του, όπως το γνώριζε καλύτερα και θα κέρδιζε. Θα τον έσερνε σε μια ατελείωτη δικαστική διαμάχη, θα του κατάρρακωνε όλη την αξιοπρέπεια και στο τέλος θα έπαιρνε και τους πίνακες για να της προσφέρει τη χαρά να τους καταστρέψει η ίδια. Εκείνη σαν να διάβασε τις σκέψεις του, ξαναείπε επιτακτικά αυτή τη φορά:

«Εσύ να τους καταστρέψεις! Εγώ δεν θέλω να τους ξαναδώ!».

Η πρόταση του Δρακόγλου δεν έγινε για να ικανοποιήσει την ερωμένη του αλλά διότι όση ώρα την άκουγε να του εκμυστηρεύεται τα γεμάτα πάθος και ζωντάνια χρόνια που έζησε με τον Βερεμή, ζήλεψε την τύχη της ερωμένης του. Διότι τέτοιου είδους παθιασμένου έρωτα δεν έζησε ποτέ με καμία από τις νεανικές του σχέσεις ούτε με την γυναίκα που είχε παντρευτεί, αλλά ούτε κατ᾽ ελάχιστο με την γυναίκα, που με έξαψη του μιλούσε εκείνη την στιγμή, αυτήν που μετά από χρόνια στενής πολιορκίας, είχε κατορθώσει επιτέλους να ρίξει στο κρεβάτι του. Η γυναίκα του, αρκετά νεότερη του, γόνος κάποιας ξεπεσμένης μεγαλοαστικής οικογένειας της παλιάς Αθήνας, το μόνο που ήθελε ήταν τα χρήματά του, τα οποία μπορούσαν να της προσφέρουν μια άνετη ζωή. Εκείνος γεμάτος ματαιοδοξία, την παντρεύτηκε, νομίζοντας ότι θα κέρδιζε την εύνοια του κύκλου αυτών των ψηλομύτηδων μεγαλοαστών, οι οποίοι όμως τον ανέχονταν, μόνο και μόνο για την ισχυρή θέση, που κατείχε στον δικηγορικό κόσμο. Η Βάσω, η οποία του πρόσφερε το κορμί της όποτε εκείνος το ζητούσε, το έκανε από ανάγκη για τον ίδιο τον εαυτό της, ελάχιστα όμως του ανταπέδιδε και αυτά πάντα με βιασύνη. Το ήξερε, ότι ποτέ δεν θα γινόταν για εκείνον η γεμάτη πάθος Βασιλική του Βερεμή. Αυτός όμως όσο πιο απόμακρη την αισθανόταν, τόσο πιο πολύ την ήθελε, τόσο περισσότερο πείσμωνε και ορκιζόταν στον εαυτό του, ότι κάποια στιγμή θα την κέρδιζε πραγματικά.

Η πρώτη δίκη κερδήθηκε πριν από ενάμιση χρόνο. Η πλευρά της Κοράλλη πρόβαλε τον ισχυρισμό ότι οι πίνακες ναι μεν είχαν τη συναίνεση της ενάγουσας όταν φιλοτεχνήθηκαν από τον Βερεμή αλλά υπήρχε μια συμφωνία μεταξύ τους, ότι της ανήκαν. Στην ένταση του χωρισμού τους εκείνη τους εγκατέλειψε, αλλά δεν αποποιήθηκε ποτέ την ιδιοκτησία τους. Ούτε όμως κι ο Βερεμής επιχείρησε ποτέ να αποκομίσει κέρδος από αυτούς, πράξη που επιβεβαίωνε ότι γνώριζε ότι δεν του ανήκαν. Τώρα η ενάγουσα, ήθελε πίσω τους πίνακες, με σκοπό να τους καταστρέψει, δεν ήθελε τίποτε να την συνδέει με τον παρελθόν της. Από την πλευρά εκείνου, ο δικηγόρος του αρνήθηκε την ύπαρξη μια τέτοιας συμφωνίας, επικαλέστηκε το δικαίωμα επί των έργων του καλλιτέχνη, επιστράτευσε δεκάδες επιχειρήματα από την ιστορία της τέχνης. Ξαφνικά, αιφνιδιάζοντας τους πάντες, ο Δρακόγλου ζήτησε από τον δικηγόρο του Βερεμή, που μόλις είχε τελειώσει την αγόρευση του, να του απαντήσει αν γνωρίζει για την ύπαρξη μίας αφιέρωσης του ζωγράφου προς την τότε αγαπημένη του, στην πίσω πλευρά ενός από τους πίνακες: "*Η κάθε μου πινελιά ανήκει στην Βασιλική, χάρη της οποίας η ζωή μου γίνεται όμορφη.*" Ο δικηγόρος του αιφνιδιάστηκε, ο πελάτης του δεν του είχε ποτέ αναφέρει τίποτε για την αφιέρωση αυτή, ούτε βρισκόταν εκεί για να επιβεβαιώσει ή να διαψεύσει τον ισχυρισμό, και η ερώτησή έμεινε αναπάντητη. Το δικαστήριο χωρίς να ψάξει παραπέρα στοιχεία δέχθηκε τον ισχυρισμό και η δίκη έκλεισε με συνοπτικές διαδικασίες, υπέρ τους.

Το ταξίδι στην Θεσσαλονίκη συνέπιπτε με την Διεθνή Έκθεση της πόλης. Ο Δρακόγλου και η Κοράλλη συναντήθηκαν αργά το μεσημέρι στο Ελευθέριος Βενιζέλος, θα ταξίδευαν με μια από τις απογευματινές πτήσεις. Τσέκαραν τα εισιτήρια τους, πέρασαν από το σημείο ελέγχου και στη συνέχεια προχώρησαν προς την αίθουσα αναμονής και κάθισαν δίπλα δίπλα περιμένοντας να ανοίξει η πύλη για την πτήση τους. Ο Δρακόγλου τοποθέτησε την μαύρη συρόμενη βαλίτσα του μπροστά του, το ίδιο έκανε και η Κοράλλη, κατακόκκινη η δική της, ενώ δίπλα της, σε μία άδεια θέση άφησε την τσάντα της, που φαινόταν ιδιαιτέρως βαριά. Εκείνος ψηλός και γεμάτος, ντυμένος κατάλληλα για την περίσταση, φορούσε ένα ανοιχτόχρωμο, λινό κουστούμι που μπορούσε να κρύβει όλες τις ατέλειες του σώματός του στα πενήντα έξι του χρόνια. Εκείνη φορώντας ένα στενό μπλουτζίν με ασημένια στρας στην μία πλευρά, ένα λευκό μπλουζάκι που κολλούσε πάνω της και αναδείκνυε αυτάρεσκα τις πλούσιες καμπύλες της. Τα μαλλιά της επιμελώς ατημέλητα, σε μια απόχρωση του καφέ που κοκκίνιζε. Τα μάτια της τα έκρυβε πίσω από ένα ζευγάρι μεγάλα, κόκκινα γυαλιά ηλίου, μια λεπτή κόκκινη ζώνη στη μέση και κόκκινες γυαλιστερές γόβες συμπλήρωναν την εμφάνιση της. Έμοιαζε να επιδεικνύει στον κόσμο, ότι όσο κι αν περνούσαν τα χρόνια, εκείνην δεν την άγγιζαν. Τα σαράντα δύο της όμως χρόνια, δύσκολα σε κάνουν παιδούλα και δυστυχώς αυτό το ήξερε πολύ καλά. Ήταν όμως περήφανη, διότι με την συχνή της παρουσία στο γυμναστήριο, που βρισκόταν κοντά στη δουλειά της και το προσεγμένο της διαιτολόγιο, διατηρούνταν σε άψογη κατάσταση. Οι δυο τους κάθονταν εκεί αμίλητοι, κοιτώντας στο πουθενά, περιμένοντας απλώς την αναγγελία της πτήσης τους. Αν τους έβλεπε κάποιος από μακριά, θα πίστευε ότι ήταν ένα ζευγάρι, χρόνια παντρεμένο, που ίσα ίσα ο ένας ανεχόταν τον άλλο, που επέστρεφε από ή πήγαινε διακοπές.

Φτάνοντας στη Θεσσαλονίκη, πήραν ένα ταξί και ο Δρακόγλου, ζήτησε να τους πάει στο Καψής, στα Λαδάδικα. Ήταν ένα ξενοδοχείο το οποίο προτιμούσε σταθερά εδώ και χρόνια. Πέρα από την άψογη εξυπηρέτηση, αυτό που εκτιμούσε ήταν η επαγγελματική συμπεριφορά, ευγένεια και διακριτικότητα των υπαλλήλων του. Με που μπήκαν στο δωμάτιο τους, η Κοράλλη έβγαλε τις γόβες της που ήδη την είχαν κουράσει, άνοιξε την βαλίτσα της και τακτοποίησε με προσοχή τα ρούχα της στην ντουλάπα, ενώ ο εραστής της ξάπλωσε το βαρύ του σώμα στο κρεβάτι αφήνοντας τα πόδια του με τα παπούτσια ακόμα στον αέρα. Εκείνη συνέχισε ανοίγοντας και τη δική του βαλίτσα και κρεμώντας τα δικά του ρούχα δίπλα στα δικά της. Αφού τελείωσε της ζήτησε να έλθει κοντά του. Δεν του απάντησε, ούτε τον κοίταξε, απλώς ξεκίνησε με αργές κινήσεις να βγάζει ένα ένα τα ρούχα της, τακτοποιώντας τα με προσοχή στην διπλανή πολυθρόνα. Όταν έμεινε τελείως γυμνή για ελάχιστα δευτερόλεπτα κοιτάχτηκε στον καθρέπτη που ήταν μπροστά της, γύρισε απότομα και κατευθύνθηκε προς την μπαλκονόπορτα, τράβηξε τις κουρτίνες και κοίταξε έξω προς την Μοναστηρίου. Δεν σκεφτόταν τίποτα εκείνη την ώρα, ήδη άρχισε να σουρουπώνει, απλώς χάζευε τα αυτοκίνητα, που μόλις είχαν ανάψει τα φώτα τους και κινούνταν βιαστικά στον δρόμο. Ο Δρακόγλου εκστασιασμένος παρακολουθούσε την κάθε της κίνηση, χαιρόταν τη σιλουέτα της πουτανίτσας του, έτσι την ήθελε, να διαγράφεται στο ημίφως, δεν επανέλαβε την προτροπή του, ήξερε ότι εκείνη σε λίγα λεπτά θα βρισκόταν κοντά του, έτοιμη να τον ευχαριστήσει. Δίχως αναστολές ή προφασισμένους πονοκεφάλους, θα του έδινε ότι της ζητούσε. Σηκώθηκε κι αυτός, πέταξε από πάνω του ότι φορούσε σκορπώντας τα δεξιά κι αριστερά, την πλησίασε από πίσω, την άρπαξε με τα βαριά του χέρια από την μέση της και την έριξε στο κρεβάτι, έπεσε πάνω της με βιασύνη, το μόνο που ακουγόταν ήταν το αγκομαχητό του, οι βρισιές του και οι ελάχιστοι ήχοι ηδονής που έβγαιναν από το στόμα της. Αφού τελείωσαν εκείνη επιτακτικά του ζήτησε να της κάνει χώρο, ξεγλίστρησε από κάτω του και μπήκε στο μπάνιο, στάθηκε κάτω από την ντουζιέρα, ρύθμισε το νερό στην επιθυμητή θερμοκρασία και άφησε για αρκετά λεπτά τις χλιαρές ριπές του να την χαϊδεύουν με ανακούφιση. Τελειώνοντας, σκέπασε το σώμα της με μια πετσέτα του ξενοδοχείου, μπήκε στο δωμάτιο όπου ο Δρακόγλου είχε αποκοιμηθεί, με μόνο φως να σπάει την μοναξιά της, αυτό που ερχόταν απ' έξω, από τις μαρκίζες και τους φανοστάτες της πόλης, που δεν της ήταν άγνωστη, αλλά τα τελευταία χρόνια το μόνο που την συνέδεε πια μαζί της, ήταν αυτές οι μέρες, που συνόδευε το αφεντικό και εραστή της στις δουλειές του. Άνοιξε το ψυγείο, έπιασε ένα μπουκαλάκι ουίσκι, βολεύτηκε στην κενή πλευρά του κρεβατιού, το άνοιξε και άρχισε να πίνει γουλιά γουλιά, ενώ ο βασανιστικός εσωτερικός μονόλογος που ήθελε να αποφύγει, ήδη είχε αρχίσει να την κυριεύει. Όσο κι αν ήθελε εκείνη την ώρα να αποφύγει τις όποιες ενοχλητικές επικρίσεις, οι οποίες αυθόρμητα ξεπήδαγαν από το μυαλό της, άλλο τόσο ήξερε, ότι έπρεπε να τις ανεχτεί, να ανοίξει κουβέντα μαζί τους, να τις πάρει με το καλό, να δικαιολογήσει τον εαυτό της, να τις ξεγελάσει μέχρι να καταλαγιάσουν.

Τι να προλάβει να σκεφτεί πρώτο; Τι περισσότερο περίμενε από τον Δρακόγλου, που το μόνο που ήθελε από αυτήν, ήταν πότε να την πηδήξει και μετά να ξεραθεί, εκεί, δίπλα της; Τι ζητούσε απ' αυτόν τον άνθρωπο, που δίχως κανέναν ενδοιασμό, είχε μάθει να παίρνει ότι ήθελε, χωρίς να υπολογίζει τα αισθήματά κανενός; Πώς να δικαιολογήσει την αδυναμία της, την δουλικότητά της, το πόσο ασήμαντη ένιωθε, όταν υπέμενε την κάθε του επιθυμία, ανήμπορη να ξεφύγει από τα νύχια του, που την είχαν γραπώσει και την πλήγωναν καθημερινά; Πώς να εξηγήσει την χαρά που απολάμβανε, όταν πηδιόταν με νεαρούς που είχαν τη μισή της σχεδόν ηλικία, του οποίους ψάρευε στο BLUE MIND, το κοντινό μπαράκι στη δουλειά της. Πώς να αρνηθεί την ηδονή που της χάριζαν τα νεανικά κορμιά τους, τον μεθυστικό ιδρώτα τους, τη δύναμή τους; Πώς να αποποιηθεί την αγάπη της για το ποτό, τον πιο πιστό της σύντροφο πλέον, τον μόνο αληθινό φίλο της όλα αυτά τα τελευταία χρόνια; Πώς να εξηγήσει την πτώση της, την αποξένωσή της από τον αληθινό κόσμο, την αδιαφορία της στις όποιες μικροχαρές αυτής της ζωής, την μετάλλαξη της σε ένα προσεχτικά προγραμματισμένο ρομπότ; Μια κουρασμένη μηχανή δίχως ψυχή! Μία μέτρια δικηγόρος, τυπική υπάλληλος και πρόθυμη ερωμένη του μεγαλοδικηγόρου των Αθηνών, Μενέλαου Δρακόγλου!

Και τότε μοιραία για να διώξει όλα εκείνα για τα οποία δεν είχε τις απαντήσεις, που θα ήθελε, το μυαλό της επέστρεφε στα μόνα χρόνια που γνώρισε την χαρά της ανεμελιάς, τον έρωτα που συχωρεί τα πάντα, το γλυκό πάθος που σε παρασέρνει σαν καρυδότσουφλο μετά τη βροχή, την αγάπη με την οποία υπομένεις το δύστροπο σύντροφό σου, τότε που μπορούσε ακόμα να ονειρεύεται. Τότε που χαιρόταν αληθινά με την συμφιλίωση που ακολουθούσε τις καθημερινές τους εντάσεις, το όλο παράπονο κλάμα της, που χανόταν στα μετανιωμένα αγγίγματα του, που ανακάλυπταν όλο έξαψη, για μία ακόμα φορά το νεανικό κορμί της. Ακόμα δεν μπορεί να πει αν γνώρισε την πραγματική ευτυχία τότε. Σίγουρα όμως, λαχταρούσε με όλη της την ψυχή, να νιώσει, έστω για μια στιγμή, την απλότητα των χρόνων εκείνων. Πονούσε κάθε φορά που άθελα της, σύγκρινε αυτό που ζούσε τώρα με αυτό που κάποτε είχε. Κι αυτός ο πόνος ήταν η αιτία, που το μίσος της για τον Βερεμή, αντί να σβήσει όλο και μεγάλωνε. Εγωιστής, ονειροπόλος, βλάκας, τρελαμένος, άπονος, δεν ήξερε πως να τον χαρακτηρίσει. Τα γκρέμισε όλα σε μια μόνο στιγμή! Κι εκείνη; Δεν της δόθηκε άλλη επιλογή, ο χωρισμός της ήταν μονόδρομος. Ή μήπως όχι, μήπως μπορούσε να διαχειριστεί τα πράγματα διαφορετικά τότε; Προχώρησε νομίζοντας ότι όλα εκείνα θα τα άφηνε πίσω της και δεν θα την ενοχλούσαν ποτέ πια. Αυτό, που επέλεξε τότε, την σπουδαία καριέρα που νόμιζε ότι θα έκανε, δεν ήλθε ποτέ! Εκείνος ξεροκέφαλος όπως πάντα, αρνήθηκε να της δώσει την ελάχιστη πίστωση χρόνου. Τον εκλιπαρούσε να της επιτρέψει να αποδεχθεί την πιο σημαντική ευκαιρία, που της είχε παρουσιαστεί μέχρι τότε. Κι εκείνος της την αρνήθηκε. Με πρωτοφανή αναίδεια της πέταξε κατάμουτρα, ότι το γραφείο εκείνο, δεν εκπλήρωνε της προϋποθέσεις που ήταν σύμφωνες με τα δικά του πιστεύω. Ναι, με τα δικά του, όχι με το τι ήταν καλό ή κακό για εκείνην. Τον θυμόταν να ουρλιάζει, δεν μπορούσε να δεχτεί κανέναν της ισχυρισμό, θεωρούσε ότι τον ξευτέλιζε με την επιμονή της. Ο Γρηγορίου, ένας από τους πιο ισχυρούς δικηγόρους των Αθηνών, είχε αποδεχθεί την αίτησή της. Ατυχώς για εκείνην, την ίδια περίοδο είχε μπει στο στόχαστρο των εξωκοινοβουλευτικών ομάδων της αριστεράς, διότι είχε κατορθώσει να αθωώσει τον ιδιοκτήτη μίας βιοτεχνίας, στην οποία σκοτώθηκε μία εργαζόμενή του. Για εκείνην όμως, ήταν η ευκαιρία που τόσο καιρό περίμενε. Αυτός δεν μπορούσε να το καταλάβει. Δεν την ήθελε πιόνι του συστήματος, που καταδυναστεύει τον κοσμάκη, έτσι της είπε. Και στο τέλος εκείνη η κόντρα τους έληξε με ένα λόγο δικό του, τον οποίο ποτέ δεν περίμενε να ακούσει: «Επέλεξε: τον Γρηγορίου ή εμένα!». Ωμά εκβιάζοντάς την, της έθεσε το πιο ανοίκειο δίλημμα εκείνη την ώρα. Την καριέρα της ή αυτόν. Κι αυτή επέλεξε την καριέρα της. Κι εκείνος την πέταξε έξω στην κυριολεξία.

Δεν του το συγχώρεσε. Δεν μπορούσε να του συγχωρέσει την απαράδεκτη από κάθε πλευρά στάση του εκείνης της νύχτας. Συχνά της επαναλάμβανε ότι ήταν ερωτευμένος μαζί της αλλά συγχρόνως ήθελε και να την εξουσιάζει. Να την κάνει ίδια με εκείνον. Αδιάφορη για την αληθινή ζωή, για αυτά που μπορείς να κερδίσεις από αυτήν, περιχαρακωμένη σε έναν φανταστικό κόσμο όπου «η αδικία που κυριαρχούσε αυτούς δεν θα τους έφτανε». Της απαριθμούσε με γελοία επιχειρήματα τα πλεονεκτήματα του κόσμου, αυτού που εκείνη ήθελε να ζήσει, ενώ δεν έβλεπε πόσο αυτή η ιδεολογία του, τελικά καταδυνάστευε αυτόν τον ίδιο όλο και πιο πολύ. Μα έτσι γίνεται στον καθένα, που φανατικά κλείνει το μυαλό του σε αυτά που θέλει να πιστέψει και απαξιώνει οποιαδήποτε άλλη ιδέα. Ήθελε να την κάνει να πιστέψει στην ουτοπία, που με τόσο πάθος της παρουσίαζε. Αυτή αρνούνταν, πατούσε γερά τα πόδια της στον κόσμο αυτόν, αδυνατούσε να ενστερνιστεί την πίστη του σε ένα άλλον κόσμο, ελευθερίας και δικαιοσύνης, δίχως καταδυναστευτικούς θεσμούς. Δεν πίστευε σε αυτά που της έλεγε. Της ήταν τόσο, μα τόσο παιδαριώδη, όμορφα παραμύθια που γαργαλούσαν το θυμικό... παραμύθια όμως. Παρ' όλα αυτά τον αγαπούσε. Κι ας μην υπήρχε πια το πάθος των πρώτων χρόνων. Κι ας λογόφεραν όλο και πιο συχνά. Φοβόταν ότι θα τον έχανε μια μέρα. Μα ξόρκιζε τους φόβους της και τους απόδιωχνε όταν εκείνος την κοίταζε στα μάτια. Γιατί όταν έσμιγαν οι δυο τους, πάντα ήταν τρυφερός μαζί της, πάντα έδινε και έπαιρνε από αυτόν ζωή, η αγκαλιά του εξακολουθούσε να είναι το σίγουρο αραξοβόλι της. Ποτέ δεν είχε φανταστεί την απίστευτη τραχύτητα με την οποία της φέρθηκε εκείνη την νύχτα. Τον αγαπούσε, ήταν ακόμα ερωτευμένη μαζί του, είχαν ζήσει υπέροχες στιγμές ευτυχίας μαζί, ποτέ δεν της πέρασε από το μυαλό, ότι θα τα γκρέμιζε όλα χάρη του ακατανόητου εγωισμού του. Ναι, την πέταξε στην κυριολεξία έξω από την σκηνή, που είχαν στήσει εκείνο το καλοκαίρι στην αγαπημένη τους παραλία, την άφησε να αναρωτιέται για το ποιος ήταν στην πραγματικότητα αυτός με τον οποίο ζούσε τα τελευταία χρόνια. Αισθάνθηκε εκεί στο σκοτάδι, κάτω από το αχνοφέγγισμα των αστεριών, ακούγοντας το σύρσιμο της θάλασσας στην άμμο, πιο μόνη από ποτέ. Δεν μπορούσε να βγάλει από το μυαλό της την οργή του, τα ουρλιαχτά του, το πρόσωπό του, που κάτω από το ψυχρό φως της λάμπας αερίου, της φάνηκε ξένο και απωθητικό, ενώ μόλις το ίδιο πρωί την είχε μεθύσει με τα φιλιά του, είχαν κάνει έρωτα με τρόπο που υποσχόταν ότι ποτέ του δεν θα την πλήγωνε.

Δεν μπόρεσε να τον συγχωρέσει ποτέ. Κι όσο δεν έβρισκε αυτό που ήθελε στη μετέπειτα ζωή της, όσο της διέφευγαν και τα ελάχιστα ψήγματα ευτυχίας που μπορεί να νιώσει κάποιος, τόσο τον μισούσε όλο και πιο πολύ. Ναι, τον μισούσε. Όχι μόνο για τον τρόπο που της φέρθηκε εκείνο το βράδυ, αλλά διότι τον θεωρούσε υπεύθυνο για την τωρινή της κατάντια. Ήθελε να τον κάνει να νιώσει τον ίδιο πόνο, που γευόταν κι εκείνη κάθε μέρα, μην μπορώντας να βρει τη γαλήνη σε τίποτα. Και ο καλύτερος τρόπος για να τον πληγώσει στα ίσα, ήταν να του δείξει, ότι όσα πίστευε ότι δεν θα τον άγγιζαν ποτέ, ήταν εκεί και μπορούσαν να τον διαλύσουν. Το σύστημα, ναι το «γαμημένο το σύστημα» με το οποίο την ζάλιζε κάθε μέρα, το οποίο με έπαρση έλεγε, ότι το είχε βγάλει από τη ζωή του, ότι με τον τρόπο του το είχε κερδίσει. Αυτό το σύστημα θα τον ξέσκιζε τώρα. Και ποιος άλλος καλύτερος εκπρόσωπός του απ' τον αδίστακτο Δρακόγλου, θα μπορούσε να κινήσει τα νήματα του μέχρι να τον συνθλίψει μέσα σε αυτό. Ο Βερεμής έπρεπε να καταλάβει ποια ήταν η πραγματικότητα, αυτήν που ποτέ του δεν ήθελε να αντιληφθεί. Κι όχι μόνο. Έπρεπε να μετανιώσει για την γεμάτη χολή διαγωγή του, απέναντι της. Γκρέμισε όλα όσα τους συνέδεαν επειδή δεν γινόταν το δικό του, μη αποδεχόμενος ότι η ζωή κινείται πιο πέρα από αυτόν και τα πιστεύω του. Μη αποδεχόμενος τα ίδια τα πιστεύω του περί ισότητας, που τελικά ήταν μόνο λόγια, αρνούμενος να αποδεχθεί ότι κι εκείνη είχε ιδανικά, όνειρα και δικαιώματα στη ζωή της. Ήθελε να τον δει να σέρνεται στα γόνατα, μετανιωμένος για την δυστυχία στην οποία την καταδίκασε. Ήθελε εκδίκηση για την ζωή της, η οποία βούλιαζε στον βούρκο όλο και πιο πολύ, με μοναδικό φταίχτη εκείνον. Έπρεπε να πληρώσει και θα πλήρωνε.

Τις σκέψεις της διέκοψε το χέρι του Δρακόγλου, που της ζούληξε το στήθος ζητώντας της να τον ακολουθήσει για φαγητό. Πείνασε της είπε. Εκείνη αρνήθηκε, δεν είχε όρεξη, ήθελε να μείνει μόνη της, θα τον περίμενε. Εκείνος δεν επέμεινε. Έκανε ένα ντους στα γρήγορα, ντύθηκε με επιμέλεια όπως φρόντιζε πάντα τον εαυτό του, τη φίλησε στα χείλη ζητώντας της με ένα νεύμα υπόσχεσης να τον περιμένει, δεν θα αργούσε της είπε. Όταν έκλεισε την πόρτα πίσω του εκείνη σηκώθηκε, άνοιξε το ψυγείο, βρήκε ένα δεύτερο μπουκαλάκι ουίσκι, το άνοιξε, αυτό το ήπιε μονορούφι. Δεν ήθελε να βασανίζεται άλλο απ' εκείνα που της έτρωγαν την ψυχή. Άνοιξε την τηλεόραση, οι ανούσιες ειδήσεις σιγά σιγά την ζάλισαν μέχρι που την πήρε ο ύπνος. Κάποια στιγμή, ένιωσε το ζεστό χέρι του εραστή της να την χαϊδεύει ανάμεσα στους μηρούς, της άρεσε η αίσθηση που κυρίευε το σώμα της, γύρισε να τον αγκαλιάσει, με τα νύχια της έσφιξε την πλάτη του, ήθελε να τα βυθίσει βαθιά μέσα στην σάρκα του αλλά ο φόβος να τον πονέσει δεν την άφηνε, απλώς του παραδόθηκε.

Το επόμενο πρωί σηκώθηκαν αργά, το ραντεβού με τον πελάτη τους θα γινόταν το μεσημέρι στα γραφεία του συνεργαζόμενου δικηγορικού γραφείου της Θεσσαλονίκης. Ο Δρακόγλου ανοίγοντας τα μάτια του την είδε να κάθεται με τα εσώρουχα μπροστά στον καθρέπτη, προσπαθώντας να τακτοποιήσει τα μαλλιά της. Ένα χαμόγελο ικανοποίησης διαγράφτηκε στα χείλη του. Του άρεσε αυτό που έβλεπε, την αψεγάδιαστη πλάτη της να την κτυπά το φως του ήλιου που ήδη είχε ανέβει ψηλά, τον δυνατό λαιμό της καθώς ανέβαζε τα μαλλιά της για να τα αφήσει στη συνέχεια να πέσουν κάτω, το καλογυμνασμένο της σώμα, τις κινήσεις ακριβείας που έκανε καθώς τόνιζε τα χαρακτηριστικά του προσώπου της με ένα ιδιαίτερα επιμελημένο μακιγιάζ, ενώ στη συνέχεια περνούσε το μολύβι γύρω από τα μάτια της και τέλος τόνισε τα χείλη της με ένα έντονο κόκκινο κραγιόν. Σηκώθηκε, κατευθύνθηκε προς εκείνον, άνοιξε την ντουλάπα που βρισκόταν δίπλα του, ξεκρέμασε ένα μπορντό ταγέρ και το φόρεσε προσεκτικά. Στη συνέχεια έβαλε τις άνετες μαύρες γόβες της, έπιασε την τσάντα της με όλα τα έγγραφα που αφορούσαν την υπόθεση.

«Θα σε περιμένω κάτω!» του είπε αδιάφορα και βγήκε από το δωμάτιο.

Εκείνος κοίταξε το ρολόι του, έπρεπε να σηκωθεί, το βαρύ του σώμα δεν τον εμπόδιζε ακόμη στις κινήσεις, αισθανόταν γερός και σίγουρος για τον εαυτό του. Είχε πετύχει όσα είχε ποτέ ονειρευτεί, όταν ως νεαρός φοιτητής διάβαινε για πρώτη φορά τα σκαλοπάτια της Νομικής. Δύναμη, πλούτη, μια γυναίκα να τον περιμένει στο σπίτι με δυο αξιαγάπητα παιδιά και ακόμα περισσότερα, να μπορεί να κουμαντάρει την Βάσω, που από την ώρα που του ζήτησε δουλειά στο γραφείο, εκείνος στοιχημάτισε με τον εαυτό του, ότι θα την έκανε δική του. Δεν του δόθηκε με την μία, αυτό έγινε μετά από κάμποσο χρόνο, αλλά η επιμονή του τον αντάμειψε. Ένιωθε ικανοποίηση διότι αυτή η γυναίκα είχε ότι χρειαζόταν για να τον κάνει να νιώθει πραγματικά ζωντανός. Του δινόταν με ευκολία στο κρεβάτι, συγχρόνως του έδινε την αίσθηση ότι ποτέ δεν θα γινόταν πραγματικά δική του. Ποτέ δεν του ζήτησε τίποτα, ποτέ δεν απαίτησε το παραμικρό από αυτόν, ποτέ στην καθημερινότητα τους δεν ξεπέρασε τις συμβάσεις που επέβαλε η σχέση εργοδότη και εργαζομένης. Ήταν η πιστή ερωμένη του, δίχως υποχρεώσεις και κουραστικές συζητήσεις. Ποτέ δεν ήξερε τι συνέβαινε μέσα στο μυαλό της, δεν τον ενδιέφερε όμως και πολύ. Του έφτανε που ήταν εκεί όποτε της το ζητούσε.

Την βρήκε να τον περιμένει στην τραπεζαρία, εκείνη ήδη είχε σερβίρει πρωινό στον εαυτό της, όταν με τον δικό του δίσκο γεμάτο κάθισε απέναντί της. Συνόψισαν τα βασικά σημεία της συμφωνίας που είχαν ετοιμάσει, η οικογένεια του θανόντος εργαζομένου που αρχικά είχε διεκδικήσει μία μεγάλη χρηματική αποζημίωση, δέχθηκε αιφνιδίως ένα αρκετά μικρότερο ποσό και μία δέσμευση τακτοποίησης του μεγαλύτερου γιου της οικογένειας στο εργοστάσιο του εναγομένου βιομηχάνου, άγνωστο πως, έτσι ανερυθρίαστα υποστήριξε ο Δρακόγλου, εκείνη όμως ήξερε, γνώριζε για τις διασυνδέσεις του με τον υπόκοσμο και τις μεθόδους που ακολουθούσε. Αφού τελείωσε με το πρωινό του, ζήτησε να του φέρουν μία από τις τοπικές εφημερίδες που ήδη το ξενοδοχείο είχε προμηθευτεί, κατά προτίμηση την ΜΑΚΕΔΟΝΙΑ, όπως τους είπε. Μόλις την πήρε στα χέρια του, χωρίς να πει κουβέντα σηκώθηκε και κατευθύνθηκε προς το σαλόνι, βρήκε μια αναπαυτική πολυθρόνα, κάθισε και την άνοιξε διάπλατα μπροστά του. Αυτό που τον ενδιέφερε ήταν να δει την συνέντευξη τύπου του νέου αριστερού ηγέτη στο Βελλίδειο, ο οποίος εκείνες τις ημέρες νιώθοντας ότι αργά ή γρήγορα θα είχε την εξουσία στα χέρια του, είχε μαζέψει αρκετά τις υποσχέσεις του για αυτά που θα εφάρμοζε ως μελλοντική κυβέρνηση. Μιλούσε πιο προσεκτικά, προσπαθούσε να δώσει τη σιγουριά ότι ένας δρόμος διαφορετικός από αυτόν των μνημονίων ήταν εφικτός και ότι η ιστορική καθαρότητά του κόμματός του απαλλαγμένη από υπόγειες σχέσεις διαπλοκής, αρκούσε για να επιβάλλει την άποψη του στο γερμανικό διευθυντήριο της Ευρώπης. Εμφορούνταν από την πίστη, ότι μπορούσε να ανατρέψει όλα εκείνα με τα οποία οι παλιοί εκπρόσωποι του πολιτικού συστήματος είχαν πληγώσει τη χώρα. Από τις δημοσκοπήσεις φαινόταν ότι είχε απορροφήσει το μεγαλύτερο κομμάτι του άλλοτε κραταιού ΠΑΣΟΚ, πολλά άλλοτε στελέχη του διαγκωνίζονταν πια για να φωτογραφηθούν δίπλα του. Συγκροτώντας ένα απρόσμενο αντιμνημονιακό μέτωπο με δυνάμεις που ασπάζονταν απόλυτα αντικρουόμενες ιδεολογίες συμφερόντων στη Βουλή, είχε πείσει μεγάλο μέρος του κόσμου, ότι θα τον απάλλασσε από τα ασήκωτα βάρη, που είχαν επωμισθεί λόγω των απαράδεκτων δανειακών συμβάσεων που είχαν συνάψει οι δέσμιες των δικών τους χρεοκοπημένων πολιτικών, προηγούμενες κυβερνήσεις της μεταπολίτευσης και μετά. Η πρώτη φορά αριστερά, όπως έλεγε, δεν θα πρόδιδε τις προσδοκίες του Λαού. Η Δεξιά παράταξη ήξερε ότι θα έχανε την εκλογική μάχη που διαφαινόταν μπροστά τους και ετοιμάζονταν για τη θέση της αντιπολίτευσης με σκοπό να κερδίσει χρόνο μέχρι να ανασυνταχθεί. Χαρισματικός ηγέτης σίγουρα ο Τσίπρας, αλλά για τον Δρακόγλου συνιστούσε έναν χυδαίο λαϊκιστή, που θα ανέκοπτε την χώρα από την πορεία ανάκαμψης την οποία είχε δρομολογήσει η συγκυβέρνηση Νέας Δημοκρατίας και ΠΑΣΟΚ και θα έθετε την χώρα σε απροσδιορίστου μεγέθους περιπέτειες. Αυτό που τον ενδιέφερε ήταν να δει το μέγεθος της κριτικής που θα μπορούσαν να του ασκήσουν οι δημοσιογράφοι του αντιπολιτευόμενου τύπου διαμέσου των ερωτήσεων τους. Η δεξιά παράταξη εμφανιζόταν αδύναμη, το σοσιαλιστικό κόμμα ήταν αποδεκατισμένο, του χρεώθηκε αδίκως πιστεύω, όλη η κατάντια της άθλιας οικονομικής κατάστασης της χώρας και ο νέος αριστερός πολιτικός, που ηγούνταν της αντιπολίτευσης, αποδεικνυόταν πανίσχυρος κι αυτό δεν φαινόταν να αλλάζει.

Η Κοράλλη τον πλησίασε, του είπε ότι θα έκανε μία βόλτα, εκείνος συναίνεσε θετικά με το κεφάλι του. Βρέθηκε στο δρόμο και κατευθύνθηκε προς την Λεωφόρο Νίκης. Ήθελε να νιώσει την αύρα της θάλασσας που τόσο αγαπούσε στο πρόσωπο της. Ακολουθώντας τον παραλιακό πεζόδρομο προς τον Λευκό Πύργο, ήλπιζε ότι το μυαλό της θα άδειαζε από τις περίσσιες σκέψεις που την πονούσαν, κάτι που ήθελε να αποφύγει τουλάχιστον για όλη την υπόλοιπη ημέρα. Η Θεσσαλονίκη δεν της ήταν αδιάφορη ως πόλη. Κάποτε είχε και κάποιες φίλες από εδώ, συμφοιτήτριες και συναδέλφισσες της πλέον, μάλιστα είχε φιλοξενηθεί κάποτε, κάπου στην Άνω Πόλη ήταν. Είχε χάσει όμως κάθε επαφή μαζί τους εδώ και χρόνια. Θυμήθηκε με νοσταλγία τις ανέμελες εκείνες μέρες. Γνώριζε τις φήμες για το πόσο ερωτική πόλη είναι και για την ζωντάνια της νεολαίας της αλλά αυτή το μόνο που γευόταν τα τελευταία χρόνια, ήταν τα μέρη στα οποία ήταν υποχρεωμένη να ακολουθεί τον Δρακόγλου. Το ίδιο ξενοδοχείο, το δικαστικό Μέγαρο, το δικηγορικό γραφείο του συνεργάτη τους Ευάγγελου Κοσμίδη, τις ψαροταβέρνες της Κρήνης και τώρα τελευταία και καμιά βόλτα στα Λαδάδικα. Δίπλα του πάντα σοβαρή, συνήθως δεν έβλεπε πότε να περάσει η ώρα να τελειώνουν και να γυρίσουν στο ξενοδοχείο τους, τίποτα δεν μπορούσε να την ευχαριστήσει. Συστηνόταν τυπικά ως η βοηθός του, όλοι όμως γνώριζαν ότι ήταν η ερωμένη του Δρακόγλου κι αυτή ήξερε ότι ήταν η πουτανίτσα του, της άρεσε όταν τη φώναζε έτσι, ο υποκοριστικός τύπος της λέξης της χάριζε την ψευδαίσθηση, ότι κέρδιζε πίσω τα χαμένα της νιάτα.

Στην Τσιμισκή χάζεψε τις βιτρίνες των καταστημάτων με τα γυναικεία ενδύματα, κατέβηκε με τον αργό βηματισμό εκείνου που προσπαθεί να σκοτώσει την ώρα του την Αριστοτέλους, βγήκε στον παραλιακό, για λίγο στάθηκε να απολαύσει τα γαλήνια νερά του Θερμαϊκού, συνέχισε αδιαφορώντας για τον κόσμο που χάζευε από τις απέναντι πολυτελείς καφετερίες, αδιαφορούσε και γι' αυτούς που την προσπερνούσαν με βιασύνη. Είχε φτάσει σχεδόν στον προορισμό της, όταν κτύπησε το κινητό της. Το έβγαλε από την βαριά τσάντα που κρεμόταν από τον ώμο της, είδε το νούμερο του Δρακόγλου, το άνοιξε και του είπε: «Επιστρέφω!» προτού προλάβει εκείνος να της πει οτιδήποτε, από την άλλη μεριά ακούστηκε ένα επιτακτικό «Περιμένω!» και διακόπηκε η κλήση.

Κοίταξε το ρολόι της, το προγραμματισμένο ραντεβού τους αργούσε ακόμα, αναρωτήθηκε για την βιασύνη του, δεν είχε όμως επιλογή, λίγο ακόμα ήθελε για να βρεθεί δίπλα από τον Λευκό Πύργο, ίσως και να ανέβαινε ως πάνω στο δώμα του, ποτέ δεν της δόθηκε η ευκαιρία, είχε ακούσει ότι από εκεί μόνο μπορούσες να αντιληφθείς την πραγματική ομορφιά της πόλης. Γύρισε προς τα πίσω, τάχυνε τον βηματισμό της, έπρεπε να επιστρέψει στο ξενοδοχείο που την περίμενε το αφεντικό της. Ο λαμπρός πρωινός ήλιος αποδείχτηκε ευεργετικός, της ζέστανε την ψυχή έστω και για λίγο. Τις περισσότερες ώρες της ημέρας τις περνούσε μέσα στα κλιματιζόμενα γραφεία της εταιρίας, στο σπίτι της, στο γυμναστήριο, στα ημιφωτισμένα μπαράκια κοντά στη δουλειά της ή στα ξενοδοχεία που κατέφευγε με τον Δρακόγλου. Η επαφή της με τον ήλιο, το θαλασσινό αεράκι, η απατηλή αίσθηση ελευθερίας, την έκαναν να σκεφτεί ότι θα έπρεπε να βρίσκει περισσότερες ευκαιρίες να ξεφεύγει από τον σφιχτό πλαίσιο που είχε εγκλωβίσει τη ζωή της. Όχι ότι είχε την δυνατότητα να αλλάξει την πορεία της ζωής της, ήδη είχε αναγκαστεί να το κάνει μία φορά αυτό και αποδείχθηκε καταστροφικό και δίχως επιστροφή. Η τωρινή ζωή της όσο κι αν την συνέθλιβε, από την άλλη της είχε χαρίσει τη σιγουριά των ελάχιστων απρόοπτων. Αισθανόταν αρκετά κουρασμένη για νέες περιπέτειες, δεν είχε τη δύναμη να ζητήσει απ' τον εαυτό της να αλλάξει οτιδήποτε. Θα έμενε πιστή σε αυτό που της επιφύλαξε η μοίρα της, ευχόταν να κρατήσει όσο περισσότερο γινόταν, όσο ο Δρακόγλου την ήθελε, αρνούμενη να φανταστεί το οποιοδήποτε τέλος. Το παρελθόν όταν το σκάλιζε της προκαλούσε αφόρητο πόνο, το ακαθόριστο μέλλον δεν ήθελε να το σκεφτεί καν, το μόνο στο οποίο μπορούσε να ελπίζει ήταν το παρόν, όσο σκληρό κι αν ήταν μαζί της.

Μπαίνοντας στο ξενοδοχείο βρήκε όρθιο τον Δρακόγλου, δεν την άφησε να πάρει ούτε ανάσα και της είπε ότι έπρεπε να βρεθούν με τον Κοσμίδη όσο πιο γρήγορα γινόταν, κάτι δυσάρεστο είχε προκύψει και η παρέμβασή του ήταν απαραίτητη. Το δικηγορικό του γραφείο ήταν τρία τετράγωνα παρακάτω, εκείνος ήθελε να καλέσει ταξί, εκείνη όμως τον προέτρεψε, τραβώντας τον από το χέρι να πάνε με τα πόδια. Το μόνο που δεν ήθελε να χάσει εκείνη την ώρα, ήταν η ελευθερία που της έδινε η περιπλάνηση στους δρόμους της πόλης. Εκείνος την ακολούθησε με προσποιητή δυσφορία, φοβόταν να παραδεχτεί μπροστά της, ότι εκείνη μπορούσε να έχει το πάνω χέρι σε οτιδήποτε. Μόλις βγήκαν στο δρόμο άφησε με προσοχή το χέρι της από το δικό του, δεν ήθελε να χαλάσει την ευδιαθεσία της, το πρόσωπό της είχε φωτιστεί από τον μικρό αυτόν περίπατο στη γεμάτη ζωντάνια πόλη του Θερμαϊκού. Μια καχυποψία ζήλιας πέρασε από το μυαλό του βλέποντας την τόσο ευδιάθετη, αλλά την προσπέρασε γρήγορα, όταν σκέφτηκε το βράδυ που είχαν περάσει μαζί. Το αισθανόταν κι αυτός, ότι δίπλα του είχε μια γυναίκα που δεν είχε τη δύναμη να πολεμήσει για τη ζωή της, να κερδίσει κάτι περισσότερο από αυτό, που ήδη είχε. Αυτό του έδινε την σιγουριά, ότι όσο ήθελε θα την είχε δική του, δεν του άρεσε να νιώθει ότι χάνει τον έλεγχο των πραγμάτων. Περπάτησαν με ένα σταθερά γρήγορο βηματισμό, εκείνος βγήκε ελαφρά πιο μπροστά της, προσπερνώντας τον κόσμο γύρω τους, αδιάφορος κόσμος γι᾽ αυτούς, κοσμάκης που καλύτερα θα ήταν να μην συναντηθεί ποτέ μαζί του στα δίκτυα των δικαστικών διαδρομών. Εκείνη τον ακολουθούσε κρατώντας την τσάντα με τα δικόγραφα και το συμφωνητικό που είχε ετοιμάσει, σφιχτά με το χέρι της, ανασηκώνοντάς την λίγο διότι είχε αρχίσει να την βαραίνει αρκετά πια. Μπήκαν στην σκοτεινή πολυκατοικία που βρίσκονταν τα γραφεία του συνεργάτη τους, κάλεσαν το ασανσέρ, στριμώχτηκαν σε αυτό, κοιτάχτηκαν στον καθρέπτη, αυτός τράβηξε τη γραβάτα του να ισιώσει κι αυτή μάζεψε μια τούφα από τα μαλλιά της, που είχε χάσει τη θέση της. Κτύπησαν το κουδούνι, η πόρτα άνοιξε αμέσως μπροστά τους και πέρασαν μέσα, ήδη ο συνομήλικος της Κοσμίδης ερχόταν για να τους υποδεχθεί. Τους χαιρέτησε με μια θερμή χειραψία και τους οδήγησε στο γραφείο του. Παραχώρησε τη θέση του πίσω από το βαρύ γραφείο του στον Δρακόγλου, κάθισε κι αυτός απέναντι του με την όποια άνεση του έδινε η μέχρι τότε επιτυχία του στην δικηγορική πιάτσα της πόλης, ενώ η Κοράλλη τακτοποιήθηκε μόνη της σε μια διπλανή πολυθρόνα. Χωρίς περίσσια λόγια του εξέθεσε το πρόβλημα που υπήρχε. Ο συνάδελφος τους που χειριζόταν την υπόθεση της οικογένειας του νεκρού εργάτη, τον ενημέρωσε πρωί πρωί, ότι υπαναχωρούσαν από τη συμφωνία που είχαν κάνει και δεν θα παρουσιάζονταν στο συμφωνημένο ραντεβού τους. Πίστευε ότι η συμφωνία στην οποία είχαν καταλήξει μετά από ώρες διαβουλεύσεων, τελικά αδικούσε τον πελάτη του και ήταν αισιόδοξος ότι μετά από την ακροαματική διαδικασία, θα κέρδιζε αυτά που πραγματικά άρμοζαν στην περίπτωσή τους.

Ο Δρακόγλου χαμογέλασε, το ήξερε το παιχνίδι, διαπραγμάτευση της τελευταίας στιγμής με την ελπίδα να τους δώσουν ακόμα κάτι περισσότερο. Η φωνή του ακούστηκε με φανερή ικανοποίηση:

«Αν θέλουν δίκη θα την έχουν και θα φροντίσουμε να την χάσουν! Ξέρεις, δεν λυπάμαι κάτι τέτοιους φουκαράδες, που παρασυρμένοι από τις φιλοδοξίες του δικηγόρου τους, πιστεύουν ότι μπορούν να παίξουν μαζί μου. Ο δικηγορίσκος αυτός και η οικογένεια που τον εμπιστεύτηκε, κάνουν λάθος αν νομίζουν ότι θα δείξω έλεος. Ωραία! Έτσι κι αλλιώς, οι συμφωνίες δεν ήταν ποτέ του γούστου μου.»

Στη συνέχεια γύρισε προς την Κοράλλη:

«Σκίσε το συμφωνητικό! Θα τραβήξουμε την υπόθεση αυτή για όσο μακρύτερο χρονικό διάστημα είναι δυνατόν, θα τους εξαντλήσουμε με όλα τα μέσα που διαθέτουμε και στο τέλος θα χάσουν και την οποιαδήποτε αξιοπρέπεια τους. Αυτοί το θέλησαν!»

Γύρισε και πάλι προς τον Κοσμίδη:

«Διεμήνυσε τους ότι θα τα πούμε στο ακροατήριο και μην δεχτείς οποιαδήποτε προσπάθεια μετάνοιας τους. Ενημέρωσε τον πελάτη μας για την απόφαση μας. Διαβεβαίωσε τον ότι η δίκη θα κερδηθεί, όπου κι αν προσφύγουν, αν έχουν βέβαια τη δύναμη για κάτι τέτοιο.»

Η απόφαση δεν ήταν βέβαια δική τους αλλά εκείνου, εξάλλου αυτός είχε το πάνω χέρι σε κάθε υπόθεση που έμπαινε και το δικό του όνομα και δεν σήκωνε καμία αντίρρηση επ' αυτού. Κανονικά η υπογραφή της συμφωνίας, που είχε φροντίσει από την Αθήνα να γίνει, δεν απαιτούσε στο ελάχιστο τη δική του παρουσία, αλλά ήταν μια ακόμα δικαιολογία για να περάσει ένα διήμερο με την ερωμένη του, δίχως ενοχλητικές ερωτήσεις από την γυναίκα του. Είχε εξοργιστεί με την αυθάδεια του δικηγόρου που χειριζόταν την υπόθεση από την άλλη πλευρά, δεν λυπόταν τους φουκαράδες που ζητούσαν δικαίωση, εκείνη τη στιγμή το μόνο που σκεπτόταν ήταν, πως να τους συντρίψει για την αποκοτιά τους, να υπαναχωρήσουν από αυτά που ήδη είχαν συμφωνήσει και να τον απειλούν ότι θα βρεθούν απέναντι του στα δικαστικά έδρανα. Ο συνεργάτης του συναίνεσε τείνοντας του το χέρι σε μία χειραψία απόλυτης συμφωνίας, ενώ η Κοράλλη έσκιζε το συμφωνητικό. Ήδη είχε μεσημεριάσει, ο Κοσμίδης τους πρότεινε να πάνε για φαγητό σε ένα από τα μεζεδοπωλεία που γέμιζαν με κόσμο κοντά στο λιμάνι. Ο Δρακόγλου, συμφώνησε με ένα επιφώνημα ικανοποίησης. Την Κοράλλη ούτε που την ρώτησε, έτσι κι αλλιώς δεν θα του έλεγε όχι. Ο Κοσμίδης αμέσως κάλεσε από το τηλέφωνό του ένα ταξί.

Όταν έφτασαν η περιοχή των Λαδάδικων ήδη είχε πλημμυρίσει από κόσμο και τα γύρω μαγαζιά γέμιζαν σιγά σιγά. Ένα τραπέζι σ' ένα εστιατόριο που έβλεπε το πίσω μέρος του κτιρίου της Εθνικής Τράπεζας τους περίμενε. Ο Κοσμίδης τα είχε τακτοποιήσει όλα, ήδη γνώριζε καλά τις γαστρονομικές προτιμήσεις του Αθηναίου συνεργάτη του, μίλησε λίγο με τον υπεύθυνο του μαγαζιού και κάθισαν. Αμέσως τα γκαρσόνια τους έφεραν ένα πλήθος από πιάτα της κρητικής κουζίνας. Το τσίπουρο όμως ήταν από την Καβάλα, διπλής απόσταξης με γλυκάνισο όπως τόνισε ο Κοσμίδης, που κρύβει όλα τα μυστικά των ξεριζωμένων της

Μικράς Ασίας, συνέχισε περήφανος για την προσφυγική καταγωγή του. Κανένας δεν έδειξε να συμμερίζεται τον ενθουσιασμό του. Η κουβέντα τους αφού ολοκλήρωσε τις επιδοκιμασίες για τα εδέσματα, που το ένα ήταν πιο νόστιμο από το άλλο, οδηγήθηκε στην τρέχουσα πολιτική κατάσταση της χώρας. Ο διαφαινόμενος καταποντισμός των δύο μέχρι τότε κομμάτων που εναλλάσσονταν στην εξουσία, παρά την φανερή αλλαγή προς το καλύτερο της ψυχολογίας του κόσμου, τους ήταν οδυνηρή αλλά όχι ανεξήγητη. Η αγωνία τους για τις συνεχείς τρικλοποδιές που έβλεπαν να βάζει η Τρόικα στην κυβέρνηση Σαμαρά – Βενιζέλου και η άρνηση της Γερμανίας να τους υποστηρίξει έναντι της ανόδου των αριστερών τους προβλημάτιζε. Κατέληξαν στο συμπέρασμα, ότι η Ευρώπη μάλλον επιζητούσε την άνοδο του Τσίπρα στην κυβέρνηση, σίγουρα για να εξυπηρετήσουν δικές τους πολιτικές σκοπιμότητες, που δεν θα ήταν για καλό της χώρας. Και οι δύο τους ανήκαν στον συντηρητικό χώρο, ξέροντας όμως καλά το παιχνίδι που παιζόταν στα παρασκήνια των δικαστικού κόσμου, δεν εκδήλωναν ποτέ ευθαρσώς τις πολιτικές τους συμπάθειες. Και οι δύο συμφώνησαν ότι το πολιτικό μόρφωμα της άκρας δεξιάς, το οποίο και οι δύο τους το έβλεπαν με συμπάθεια μέχρι πρότινος, είχε διαψεύσει κάθε προσδοκία τους για μία πραγματική πατριωτική κίνηση, που θα μπορούσε να νικήσει τις αριστερίζουσες ιδέες, οι οποίες κυριαρχούσαν στην χώρα από την μεταπολίτευση και μετά. Η δολοφονία Φύσσα πριν από έναν χρόνο και η απόφαση του πολιτικού κατεστημένου να δράσει εναντίον τους, το ήξεραν, ήταν η αρχή του τέλους γι' αυτούς. Οι αστικές δυνάμεις είχαν κάθε συμφέρον να τους βγάλουν από τη μέση. Έστω κι αν εισέρχονταν ενδυναμωμένοι στη Βουλή στις επόμενες εκλογές, αυτό θα ήταν πρόσκαιρο, σε λίγο καιρό τα περισσότερα από τα στελέχη του θα βρίσκονταν πίσω από τα κάγκελα.

Στη συνέχεια η κουβέντα τους ξαναγύρισε στα ζητήματα του κλάδου τους, αντάλλαξαν απόψεις για κάποιες τρέχουσες υποθέσεις που είχαν κερδίσει την δημοσιότητα, για κάποια κουτσομπολιά που ακούγονταν για δικαστικούς και συναδέλφους τους, αυτά ειδικά για τους δικαστές, τον Δρακόγλου τον ενδιέφεραν ιδιαιτέρως. Μετά ξαναγύρισαν στην τρέχουσα πολιτική επικαιρότητα εκφράζοντας πολλά ερωτηματικά για το μέλλον της χώρας.

Όλη αυτή την ώρα η Κοράλλη καθόταν αμίλητη, λίγο φαγητό είχε τσιμπήσει μόνο δοκιμάζοντας τα πιάτα, το ποτήρι της όμως με το τσίπουρο άδειαζε συνεχώς. Οι πολιτικές συζητήσεις της έφερναν πλήξη, ιδιαίτερα εκείνη την ώρα που το ποτό είχε αρχίσει να τη ζαλίζει κι αυτή απολάμβανε την γλυκιά αίσθηση του καλοκαιριού, που θα αποχαιρετούσε την πόλη σε λίγες μέρες. Σε ένα γύρισμα της κουβέντας τους, ο Κοσμίδης ζήτησε να μάθει για την εξέλιξη της υπόθεσης της Κοράλλη με τον Βερεμή, εκείνη ήταν η μόνη φορά που τους διέκοψε, ζητώντας τους να μην χαλάσουν την καλή της διάθεση. Δεν επέμειναν και ξαναγύρισαν στα δικά τους, σαν να μην ήταν εκείνη εκεί, δίπλα τους. Πολύ αργότερα ο Δρακόγλου, που είχε νιώσει επιτέλους την άκομψη κατάσταση που είχε δημιουργηθεί, προκάλεσε την Κοράλλη, λέγοντάς της.

«Βλέπω το πρόσωπό σου γαλήνιο, ευτυχισμένο θα έλεγα. Για να πω την αλήθεια, έχω πολύ καιρό να σε δω έτσι. Η Θεσσαλονίκη μάλλον σου κάνει καλό!»

Εκείνη για λίγα δευτερόλεπτα προτού μιλήσει τον κοίταξε για λίγο στα μάτια, ξαφνιασμένη για το ενδιαφέρον του, αλλά γρήγορα βρήκε την αυτοκυριαρχία της.

«Έχεις δίκιο... είναι περίεργο πως κάποια μικρά πράγματα, μια βόλτα δίπλα στη θάλασσα σήμερα για παράδειγμα, μπορούν να αποδειχθούν ευεργετικά για την διάθεση μας. Νοερά μπόρεσα να φύγω για λίγο από την πόλη που βρίσκομαι τώρα, από εσάς, από όλα τα ζητήματα που με πιέζουν καθημερινά και βρέθηκα ξανά εκεί στο νησί μου, κορίτσι αθώο ακόμα, γεμάτο όνειρα και πίστη, σίγουρη ότι θα κέρδιζα όλα όσα ήθελα για τη ζωή μου. Τότε που με δέος έβλεπα τη θάλασσα ως τ' απέναντι παράλια της Καβάλας, άκουγα το βουητό της, γευόμουν την αλμύρα της και βιαζόμουν να έλθει η μέρα που θα έσπαγα τα δεσμά της, για να γευτώ ελεύθερα όλα όσα μπορούσαν να μου προσφέρουν τα νιάτα μου, όλα εκείνα που το αίμα μου αναζητούσε, όλα κείνα που φανταζόμουν ότι η ζωή θα μου πρόσφερε απλόχερα, φτάνει να ήθελα να τα πιάσω εγώ. Και ήμουν ευτυχισμένη στη σκέψη αυτή και μόνο. Τότε! Γιατί σήμερα απλώς επιβιώνω, ώρες ώρες νιώθω σαν κάποιο στοιχειό, το οποίο έχει χάσει κάθε λόγο ύπαρξης και περιφέρεται άσκοπα στον κόσμο αυτό.»

Ο Δρακόγλου έσκυψε κοντά στο αυτί της: «Πρέπει να είσαι ένα πολύ ζωντανό στοιχειό, αν θυμηθώ το χθεσινό βράδυ.»

Δεν του απάντησε, αυτός αδιαφορούσε έτσι κι αλλιώς για τα συναισθήματά της, γιατί τώρα να την αντιμετώπιζε διαφορετικά; Σήκωσε το ποτήρι της και το άδειασε με τη μία.

Εκείνος την τράβηξε κοντά του αναζητώντας τα χείλη της κι εκείνη, για μία ακόμα φορά, ανταποκρίθηκε σε αυτό που της ζητούσε.

Κεφάλαιο 6

Θεσσαλονίκη: Αισθητή η παρουσία του μίσους στην πόλη.
10 Γενάρη 2015

Οι μεσήλικες αθλούμενοι της Νέας Παραλίας της Θεσσαλονίκης, ντυμένοι με τα ισοθερμικά τους εσώρουχα για να αποφύγουν το πρωινό αγιάζι του Θερμαϊκού, δεν έχουν χρόνο για να προσέξουν την ανόητη πράξη, που κατά τη διάρκεια της νύχτας είχε συντελεστεί, εκεί δίπλα τους, στον κήπο των Γλυπτών. Σε εμένα έγινε γνωστή από τον κύριο Νικοφορίδη, τον παθιασμένο μελετητή της πόλης. Σύμφωνα με τα λεγόμενα του, ο βανδαλισμός έγινε αντιληπτός από έναν περιπατητή, από αυτούς που δεν τους αρέσει ούτε το τρέξιμο ούτε το τζόκινγκ ούτε η κρύα αύρα της θάλασσας. Καθημερινά κάνει την ίδια διαδρομή από την πάνω πλευρά του πεζόδρομου, μακριά από εκεί που ακούγεται ο παφλασμός του νερού καθώς κτυπά το τσιμεντένιο κρηπίδωμα, συνήθως χαμένος στις σκέψεις του, όταν το μάτι του ξαφνιάστηκε από την λάμψη του ανοξείδωτου μετάλλου το οποίο κτυπούσε ο παγωμένος ήλιος. Δίπλα του, μέσα στη βρώμικη, ρηχή, μα άδεια δεξαμενή που φιλοξενούσε το γλυπτό το Ζογγολόπουλου, βρισκόταν ο χαλύβδινος κύκλος, ξεριζωμένος από το αρχικό έργο που δέσποζε εγκαταλειμμένο εκεί. Ένα σύστημα τριών υδροκίνητων κύκλων, το οποίο τοποθετήθηκε σε αυτή τη θέση όταν αναπλάστηκε ο παραλιακός, με παραχώρηση χρησικτησίας από το ίδρυμα του καλλιτέχνη, προς το Δήμο Θεσσαλονίκης. Κι ο Δήμος αδύναμος να διαφυλάξει την ομορφιά του έργου που ο ίδιος χρυσοπλήρωσε για να στηθεί, το έχει αφήσει έρμαιο του κάθε ελεεινού, μικρόψυχου βανδάλου. Ούτε μια πινακίδα δεν τοποθέτησαν, που να ενημερώνει ποιος είναι ο δημιουργός του έργου. Όλοι οι Βορειοελλαδίτες ένιωσαν περήφανοι πριν από δύο μόλις χρόνια, όταν με φανφάρες και τυμπανοκρουσίες παραδόθηκε η αναπλασμένη παραλιακή ζώνη της πόλης. Όλοι τόνιζαν την σπουδαιότητα του έργου. Άνοιξε η πόλη προς τη θάλασσα, όμορφες στη σύλληψη τους οι θεματικές ενότητες, φωτίστηκε με ιδανικό τρόπο, στολίστηκε με έργα διάσημων καλλιτεχνών. Πράγματι, λίγο παρακάτω δεσπόζουν οι πασίγνωστες "Ομπρέλες" του ίδιου καλλιτέχνη, εμβληματικό έργο για την πόλη πλέον. Στη συγκεκριμένη περίπτωση όμως, ούτε τη σύνδεση με το ρεύμα δεν μπόρεσαν να κάνουν, ώστε οι κύκλοι να ξεκινήσουν τις ατελείωτες περιστροφές τους, όπως τις είχε σχεδιάσει ο γλύπτης, μεταφέροντας σε όλους το κρυφό μήνυμά τους. Όπως πληροφορήθηκα, ο βαρύς μεταλλικός κύκλος σήμερα φυλάσσεται στις αποθήκες του Δήμου, μέχρι συνεργείο του να προχωρήσει στην αποκατάσταση του έργου. Ο γνωστός λογοτέχνης της πόλης, κύριος Μακραντώνης, σε ερώτηση μου για το ζήτημα μου ανέφερε: «Αγαπώ τις τέχνες, αγαπώ την πόλη μου και θλίβομαι βλέποντας μέρα με την μέρα, αυτό το υπέροχο, νέο απόκτημα της Θεσσαλονίκης μου, να καταστρέφεται. Δεν μου είναι εύκολο να καταλάβω, ούτε στο ελάχιστο, όλους εκείνους, νεαροί πρέπει να είναι, που κάθε βράδυ εφορμούν προς την παραλία με μόνη έννοια τους να χαλάσουν την ομορφιά αυτού του τόσο αναγκαίου για την πόλη μας έργου. Χρόνια περιμέναμε την ανάπλαση αυτή, να ανοίξει η μοναδική μας διέξοδος προς τη θάλασσα, να ανασάνουμε από την ανοιχτωσιά του Θερμαϊκού. Κι όταν επιτέλους τελείωσαν τα έργα και η παραλία παραδόθηκε στους πολίτες της πόλης, η αίσθηση της αλμύρας, οι πολλαπλές διαθέσεις της θάλασσας, τα χρώματα του ορίζοντα όταν δύει ο ήλιος προς τα μέρη του Αξιού, γλύκανε και πάλι η ψυχή μας. Καμιά φορά προσπαθώ να βάλω τον εαυτό του στη θέση τους. Όχι! Δεν μπορώ να τους καταλάβω! Περπατώ και μονολογώ, ενίοτε τα λόγια μου ακούγονται δυνατά, οργισμένα... ευτυχώς συνήθως είμαι μόνος μου. Τι τα χαλάει αυτά τα παιδιά τόσο, που μ᾽ ένα σπρέι χρώματος, λατρεύουν το μαύρο, θέλουν να αφήνουν παντού το αποτύπωμά τους, χαλώντας την αρχική αισθητική του χώρου; Γκράφιτι τα ονομάζουν, όχι δεν είναι γκράφιτι διότι εκείνο μπορεί να μετατρέπει τα χρώματα σε τέχνη, αυτά εδώ είναι συνθήματα, που θέλουν να σημαδέψουν τον κόσμο με τις *ανασφάλειες του καθενός τους. Συνθήματα για τις ομάδες τους, ακατανόητα μηνύματα που οριοθετούν με θράσος τις περιοχές τους, ευφυολογήματα με το σήμα της αναρχίας, κραυγές μίσους με πρόσχημα την πατρίδα ακολουθούμενα από μια σβάστικα, υπενθυμίσεις για τους προαιώνιους γείτονες εχθρούς, πού και πού βλέπεις και κανένα σύνθημα για την απελπισμένη αγάπη κάποιου τους. Πόσο μεγάλη διαφορά χωρίζει αυτούς τους λίγους μα τόσο διακριτούς έναντι εκείνων των συνομηλίκων τους, διαφορετικούς από όλους εμάς, θαρραλέους όμως, που τολμούν να εκτίθενται σε όλον τον κόσμο, που κάνει τη βόλτα του κάθε σούρουπο στην παραλία; Νεαρές χορεύτριες που με χάρη δεν φοβούνται να κατακτήσουν τον χώρο κάτω από το Βασιλικό Θέατρο, την μπάντα από την Τούμπα που θα παίζει τα ροκ μιας εποχής που ποτέ δεν γνώρισαν κάτω από το άγαλμα του Μεγάλου Αλέξανδρου, το ζευγάρι από την Ανδαλουσία που με τα ακροβατικά του μαζεύουν γύρω τους τα παιδιά, ενώ οι μαμάδες τα τραβούν για να συνεχίσουν τη βόλτα τους. Καθένας δίνει τη δική του παράσταση, όμορφη, γοητευτική, υμνώντας ανυποψίαστα τα νιάτα τους, που δεν μπορούν να κρυφτούν. Κάποτε μου είπε ένας φίλος, αν με προβληματίζει που οι βάνδαλοι εμφανίζονται τον χειμώνα, ενώ οι ονειροπόλοι νέοι καταλαμβάνουν την παραλία τότε, που τα βράδια αποκτούν την γλύκα του καλοκαιριού. Δεν μπόρεσα ποτέ μου να δικαιολογήσω κανέναν, συσχετίζοντας τον με την εποχή. Το μόνο που ξέρω είναι ότι το μίσος κάνει αισθητή την παρουσία του, όλο και πιο πολύ, στην πόλη μας. Κι εμένα το χρέος μου είναι, όπως όλων μας, να μην το αφήσουμε ποτέ να κυριαρχήσει στη Θεσσαλονίκη μας. »*

Νίκος Μιχαηλίδης

Μετέφερα το αρχείο στον κεντρικό σέρβερ της εταιρίας για να πάρει τη σειρά του για δημοσίευση. Το πότε και το που, τα κανόνιζε ο διευθυντής με τον νεαρό κομπιουτερά και ευφάνταστο γραφίστα, ο οποίος πρόσφατα εγκαταστάθηκε δίπλα στο γραφείο του. Βιαζόμουν να σχολάσω εκείνη την ημέρα, έπρεπε να περάσω απ' το σπίτι του Βερεμή, με ένα σύντομο μήνυμα στο κινητό ζητούσε να τον επισκεφτώ οπωσδήποτε εκείνο το απόγευμα. Του απάντησα θετικά, έτσι κι αλλιώς οι συναντήσεις μας είχαν πολλαπλασιαστεί τον τελευταίο χρόνο, από τότε δηλαδή που με είχε καλέσει απογοητευμένος στο σπίτι του για να συζητήσουμε σχετικά με την πρωτόδικη απόφαση. Οι συζητήσεις μας πάντα περιστρέφονταν γύρω από την υπόθεση, αναζητούσε μια διέξοδο, δυστυχώς ότι και να σκεφτόμαστε στο τέλος αντιλαμβανόμαστε ότι ήταν τελείως ανεφάρμοστο. Ακόμη δεν μπορούσε να χωνέψει το γεγονός ότι κάποιος, έστω κι αν ήταν το μοντέλο των έργων, έστω κι αν ήταν αυτή που είχαν ζήσει μαζί οχτώ παθιασμένα χρόνια, έστω κι αν οι πίνακες της ανήκαν κατά κάποιον τρόπο, είχε το δικαίωμα να ζητά από αυτόν που τους δημιούργησε, να τους καταστρέψει. Ο μέχρι πρότινος αδιάφορος για τα ζητήματα αυτά Βερεμής, τώρα μανιωδώς μάζευε ότι θεωρούσε σχετικό με την υπόθεση του, πάντα είχε να μου δείξει κάποιο διαφορετικό άρθρο από παρόμοιες υποθέσεις ή κάποιο νομικό έγγραφο, σχετικό με τα ζητήματα της πνευματικής ιδιοκτησίας. Έψαχνε στο διαδίκτυο, άνοιξε και πάλι τη βιβλιοθήκη του με τα σκονισμένα πανεπιστημιακά συγγράμματα, ζήτησε απ' τον δικηγόρο του καθετί σχετικό έγγραφο, οποιοδήποτε σχετικό βιβλίο. Από εμένα αυτό που κυρίως ήθελε να ακούσει, ήταν τα αντι - επιχειρήματά μου, που κατά η γνώμη του συνόψιζαν όλον τον αστικό καθωσπρεπισμό, αλλά στην πραγματικότητα, κατά τη γνώμη του πάντα, ήταν τα επιχειρήματα των δυνατών του κόσμου, για να ξεγελούν του αφελείς αστούς, ότι τάχατες αυτοί έχουν το πάνω χέρι στη ζωή τους. Υποστήριζε, ότι η δική του συνεισφορά στην τέχνη δεν είχε τίποτα από το ψεύτικο μεγαλείο όλων εκείνων, που εμείς συνηθίζουμε να αποκαλούμε αναγνωρισμένους δημιουργούς. Για έναν απλό λόγο. Ποιος καθορίζει την αξία ενός έργου; Σίγουρα όχι ο καλλιτέχνης ούτε βέβαια οι κριτικοί. Αλλά η ιστορική περίοδος και οι κυρίαρχες αντιλήψεις μέσα στον οποίο δημιουργείται αυτό. Αυτόν δεν τον ενδιέφερε η ρήξη με κανέναν ή με καμία ιστορική παράμετρο, το μόνο που τον ενδιέφερε ήταν να μπορεί να ζωγραφίζει αυτό που η καρδιά και η ψυχή του του υπαγόρευαν κάθε φορά. Μου άρεσαν αυτές οι συζητήσεις έστω κι αν κάποιες ήταν αρκετά έντονες, μου άρεσε η ανταλλαγή επιχειρημάτων με έναν δύσκολο συνομιλητή, που όμως ήξερε καλά τι πίστευε για την τέχνη, την οποία υπηρετούσε τόσο πιστά. Στο τέλος πάντα κάτι περισσότερο είχαμε κερδίσει και ικανοποιημένοι αποχαιρετιζόμαστε δίνοντας τα χέρια μας.

Αυτή τη φορά δεν με ήθελε για συζήτηση. Ανοίγοντας η πόρτα του σπιτιού του, αμέσως αντιλήφθηκα ότι απέναντι μου είχα έναν διαφορετικό άνθρωπο. Φρεσκοξυρισμένο, περιποιημένο σαν να ετοιμάστηκε για κάποια κοινωνική εκδήλωση, μα κυρίως με ένα χαμόγελο να διαγράφεται στο πρόσωπό του. Με χαιρέτησε εγκάρδια και προλαβαίνοντας τις ερωτήσεις μου, μου είπε ότι ήταν πολύ χαρούμενος, διότι είχε βρεθεί η λύση στην υπόθεσή του. Ακουμπώντας με ενθαρρυντικά στην πλάτη ανεβήκαμε στο εργαστήριο του. Μπαίνοντας βλέπω μία γυναικεία φιγούρα να διαγράφεται κοντά στο μεγάλο παράθυρο, που έβλεπε προς τον κήπο. Για λίγο στάθηκα έκπληκτος κοιτώντας μια εκείνον και μια την άγνωστη γυναίκα. Προτού προλάβω να τον ρωτήσω οτιδήποτε, κάνει τις αναγκαίες συστάσεις.

«Από εδώ η κυρία Τζώρτζια Πάππας, καλλιτεχνική ατζέντισσα, κι από εδώ ο κύριος Νίκος Μιχαηλίδης, δημοσιογράφος στο πολιτιστικό ρεπορτάζ και καλός φίλος!»

Εκείνη μου άπλωσε το χέρι της για χειραψία, το έσφιξα ελαφρά όπως αρμόζει όταν χαιρετάς μία κυρία. Κάτω από τα λεπτά της δάχτυλα αισθάνθηκα τη σιγουριά της γυναίκας που ήξερε ότι έλεγχε όλον τον χώρο. Εντυπωσιακή δίχως καμία αμφιβολία, γύρω στα είκοσι οχτώ, δεν έκανα λάθος, το επιβεβαίωσε αργότερα η ίδια σε μια συζήτηση μας. Μετρίου αναστήματος, με τα καστανά μαλλιά της τραβηγμένα προς τα πίσω να φανερώνουν έναν ολόλευκο γυμνό λαιμό. Τα φρύδια της όμορφα σχηματισμένα σκέπαζαν τα αμυγδαλωτά μάτια της που τονίζονταν με μαύρο μολύβι ενώ τα χείλη της ήταν βαμμένα στο κόκκινο της λάβας. Στους βολβούς των αυτιών της δύο μαργαριταρένια σκουλαρίκια ήταν τα μόνα αξεσουάρ που την στόλιζαν. Το σώμα της το προστάτευε ένα πολύχρωμο παλτό, το ύφασμα θύμιζε κάτι από τους πίνακες του Κλιμτ, και στα πόδια της φορούσε καστόρ γόβες σε σκούρο κίτρινο χώμα. Τον ρώτησα χαριτολογώντας για την προηγούμενη του ατζέντισσα και καλύπτοντας τις τελευταίες συλλαβές μου, απάντησε με ενθουσιασμό:

«Η Τζώρτζια, φίλε μου, είναι η νέα μου συνεργάτης, εδώ και πολύ λίγο καιρό για να ξέρεις. Σε κάλεσα γιατί θέλουμε τη βοήθεια σου πάνω σε κάτι που σκεφτήκαμε. Ας καθίσουμε!»

Ο Βερεμής μας έδειξε τρεις άθλιες καρέκλες που είχε τοποθετήσει περιμετρικά στο κέντρο του εργαστηρίου του - σίγουρα παράταιρες με την όλη εμφάνιση της καλεσμένης του - και κάθισε πρώτος δίχως να μας περιμένει. Η Τζώρτζια βολεύτηκε ανοίγοντας το παλτό της, αναδεικνύοντας το πλούσιο στήθος της προς εμάς, ενώ ένα ασορτί με τις γόβες της φόρεμα, φανέρωνε το νεανικό της κορμί. Κάθισα κι εγώ, ενώ τα μάτια μου αδυνατούσαν να απομακρυνθούν από την μυστηριώδη Τζώρτζια, που καθόταν απέναντι μου.

«Ξέρεις Νίκο, με την Τζώρτζια κάναμε κάποιες πολύ ενδιαφέρουσες συζητήσεις σχετικά με το ζήτημα των πινάκων... της σειράς Κοράλλη. Πρέπει να σου πω ότι εκείνη με βρήκε, εκείνη με ξεσήκωσε, είχα πολλές επιφυλάξεις, κάποιες της διατηρώ ακόμα, αλλά είμαι έτοιμος για το επόμενο βήμα!»

Ο ενθουσιασμός στη φωνή του ήταν κάτι παραπάνω από έκδηλος. Έβγαλε το πακέτο με τα τσιγάρα του, μας πρόσφερε από ευγένεια, κανένας μας δεν δέχθηκε, άναψε ένα και συνέχισε.

«Η Τζώρτζια έρχεται από τη χώρα του αχαλίνωτου καπιταλισμού, τις Ηνωμένες Πολιτείες της Αμερικής! Μου πρότεινε ένα σχέδιο, για την υλοποίηση του οποίου θα χρειαστούμε και τη δική σου, μικρή βοήθεια. Καταλαβαίνω την αμηχανία σου γνωρίζοντας τις μέχρι τώρα απόψεις μου, αλλά πίσω από όλα αυτά έχω κι εγώ το δικό μου σκεπτικό. Το ζητούμενο για μένα, από τότε που πήρα στα χέρια μου την απόφαση των δικαστηρίων, ήταν να καταλάβω πως παίζεται αυτό το κωλοπαιχνίδι, στα πλαίσια της δήθεν ανεξάρτητης δικαιοσύνης, της λεγόμενης ελεύθερης αγοράς και της τάχατες προστασίας των ατομικών δικαιωμάτων. Φτάνει να είσαι του συστήματος και όλα είναι εντάξει, αλίμονο σου αν σταθείς απέναντί τους. Αυτά όμως, φίλε μου, τα έχουμε αναλύσει διεξοδικά πολλές φορές, δεν ενδιαφέρουν και ιδιαίτερα τη Τζώρτζια, λογικά ούτε κι εσένα αυτή την στιγμή.»

Ο Βερεμής με κοίταξε επίμονα στο πρόσωπα προσπαθώντας να διαβάσει με ικανοποίηση θα έλεγα, την φανερή απορία του προσώπου μου. Η κίνηση του αυτή μου προκάλεσε κάποιον εκνευρισμό, δεν είχα διάθεση για παιχνίδια, το μόνο που ήθελα ήταν να μου λύσει τις απορίες που ήδη σχηματίζονταν το μυαλό μου.

«Σε ακούω, Γιώργο! Οφείλω να πω ότι δυσκολεύομαι να καταλάβω που το πας, ποιο μπορεί να είναι αυτό το σχέδιο το οποίο η κυρία Πάππας, πολύ πετυχημένα όπως διαισθάνομαι, σου εξέθεσε. Έχεις όλη την προσοχή μου!»

«Για μένα φίλε μου, αυτό που προέχει στη δεδομένη συγκυρία είναι να μη καταστραφούν αυτοί οι πίνακες, οι δικοί μου πίνακες, που βλέπεις ολόγυρα σου. Η σειρά Κοράλλη για μένα δεν έχει καμία άλλη αξία, πέρα από το γεγονός, ότι είναι δικά μου έργα, δικά μου δημιουργήματα, τα οποία έφτιαξα σε χρόνο που ένιωθα μεγάλη ευφορία, που είχα βρει αυτό που λέμε πραγματική έμπνευση. Όλα μου έβγαιναν όπως τα προσδοκούσα. Το σχέδιο, το χρώμα, η ένταση, όσα μου γαργαλούσαν τις αισθήσεις μου, όλα αποδίδονταν στον καμβά ακριβώς όπως τα ήθελα! Αν προσέξεις τα μάτια της σε κάθε έναν πίνακα, αυτό που στην πραγματικότητα βλέπεις είναι τις δικές μου προσδοκίες από την σχέση μου με εκείνη. Οι πίνακες αυτοί είναι δικοί μου και κανένας πούστης δεν θα με αναγκάσει να τους καταστρέψω. Θα παίξω λοιπόν το παιχνίδι με τους δικούς σας κανόνες, φίλοι μου!»

Αυτό το «φίλοι μου» ακούστηκε λίγο παράταιρα, ο τόνος της φωνής του έγινε επιθετικός, ήξερα όμως ότι εμένα, σίγουρα και την νέα του ατζέντισσα που βρισκόμασταν εκεί, μας κατέτασσε στο ίδιο στρατόπεδο με τους αντίδικους του, θεωρώντας μας υπηρέτες του κυρίαρχου συστήματος. Μου το είχε πετάξει κατάμουτρα πολλές φορές στις συζητήσεις μας, δεν ήθελα όμως να με προκαλεί για πράγματα που γνώριζε ότι διαφωνούσα, μπροστά σε μία γοητευτική γυναίκα, που μόλις πριν από λίγο μου είχε συστήσει. Το προσπέρασα ρωτώντας τον ευθέως, νιώθοντας ότι για πρώτη φορά ήταν έτοιμος να μου φανερώσει τα αληθινά του αισθήματα, για την εικονιζόμενη γυναίκα, αυτά που μέχρι τότε πεισματικά αρνούνταν να μου πει:

«Το ξέρεις ότι συμμερίζομαι απόλυτα την θέση σου γι' αυτούς του πίνακες. Γνωρίζω πολύ καλά πόσο σημαντικοί είναι για εσένα. Αλλά εκείνη, η Κοράλλη, που βρισκόταν στη θέση του μοντέλου, δεν έπαιξε κανέναν ρόλο στη δημιουργία τους; Τόσο ξένη ήταν σε όλη αυτή την διαδικασία; Μου είναι δύσκολο να την φανταστώ να στήνεται έτσι απλά σαν τα μοντέλα της αγοράς για να την ζωγραφίσεις!» τον πρόγκηξα αλλά απογοητεύοντάς με, δεν μου απάντησε. Με κοίταξε απλώς με δυσφορία για λίγο στα μάτια, μέχρι που και οι δύο μας γυρίσαμε προς την Πάππας, η οποία είχε ήδη σηκωθεί από την θέση της και με μία απότομη κίνηση των χεριών της μας έκανε νόημα να την προσέξουμε.

«Sorry, κύριοι, αλλά νομίζω ότι πρέπει να συζητήσουμε για το θέμα μας. Πως δεν θα μας πάρουν τους πίνακες!»

Έκανε λίγα βήματα προς το παράθυρο, το σώμα της διαγράφτηκε σε αυτό με μια απρόσμενη για μένα δυναμική, γύρισε απότομα με τα χέρια σε θέση διάλεξης, το πρόσωπο της σκλήρυνε καθώς προσπαθούσε να οργανώσει την σκέψη της. Η ματιά της εστίασε πάνω μου.

«Με τον κύριο Βερεμή τα έχουμε πει, συμφωνήσαμε και τώρα θέλουμε τη δική σου βοήθεια ή όποιου άλλου ξέρεις εσύ ότι μπορεί. Είσαι δημοσιογράφος, γράφεις για τα artists, It's very interest for me all this. Ξέρεις, ο καλύτερο τρόπος για να προστατέψεις ένα έργο είναι να το διαφημίσεις, να το κάνεις γνωστό. Όταν το αγαπήσει ο κόσμος, τότε είναι πολύ δύσκολο να έλθει ο άλλος, η miss Κοράλλη, και να σου πει κατέστρεψέ το τώρα. Αυτή είναι η αλήθεια. So, εμείς πρέπει να κάνουμε γνωστούς αυτούς τους πίνακες! Πρέπει να τους δείξουμε σε όλον τον κόσμο, πρέπει ο κόσμος να ακούσει μια ωραία ιστορία γι' αυτούς!».

Οι κινήσεις της είχαν κάτι το θεατρικό, ο τόνος της φωνής της αυξομειωνόταν και χρωματιζόταν κατάλληλα, το πρόσωπο της άλλαζε συχνά με τις μικρές παύσεις που έκανε ανάμεσα στις προτάσεις της, οι κινήσεις των χεριών της κάλυπταν όλον τον χώρο. Σίγουρα η γυναίκα αυτή ήξερε τον τρόπο να κερδίζει αυτό που ήθελε, ήξερε πως να ασκεί την γοητεία της πάνω στους άλλους για να τους προδιαθέσει θετικά υπέρ της. Δεν θα αρνηθώ ότι η όλη παρουσία της, μόνο αδιάφορο δεν με άφηνε.

«Με τον Γιώργο συζητήσαμε πολύ, εγώ τον βρήκα, έμαθα για την υπόθεσή του από τον φίλο μου, μάλλον τον ξέρεις, τον κύριο Προδρόμου, τον δικηγόρο του, είμαστε μαζί από παλιά. Πιστεύω ότι μπορούμε εύκολα να κερδίσουμε την συμπάθεια του κόσμου! Θα κάνουμε μία έκθεση με τους πίνακες αυτούς, σε μια γνωστή gallery της Αθήνας και εσύ πρέπει να γράψεις για την αδικία που υπάρχει εδώ και να διαφημίσεις την έκθεση που θα γίνει. Βέβαια, όσο περισσότεροι υποστηρίξουν τον Γιώργο, τόσο καλύτερα θα είναι τα πράγματα για εμάς.»

Για λίγο έμεινα άφωνος, ήταν το τελευταίο που περίμενα να ακούσω μέχρι τότε. Στις πολλές συζητήσεις μου με τον Βερεμή, κάθε κουβέντα γι' αυτούς τους πίνακες ήταν σχεδόν απαγορευμένη. Ελάχιστα πράγματα μπόρεσα να εκμαιεύσω από αυτόν και μάλιστα ένιωθα τη δυσφορία του, που είχα κατορθώσει να του πάρω εκείνα τα λίγα λόγια. Μιλάγαμε για την τέχνη, για τις συμβάσεις της σε κάθε εποχή, για τη δίκη και το απρόσμενο αποτέλεσμα της, για το σύστημα που καταπιέζει τους πάντες, για οτιδήποτε μπορείς να φανταστείς, αλλά όταν έκανα μια οποιαδήποτε νύξη για την έκθεση των πινάκων αυτών, τους οποίους προσωπικά θεωρούσα σπουδαίους, μου το ξέκοβε μεμιάς. Γύρισα προς εκείνον:

«Εσύ είσαι σύμφωνος με αυτήν την πρόταση απ' ότι καταλαβαίνω!»

«Σου το είπα προηγουμένως, το σύστημα θα το κερδίσουμε με τα δικά του εργαλεία.»

«Ναι, ναι το κατάλαβα αυτό, αλλά οφείλω να πω, πως με εξέπληξε αυτή η μεταστροφή σου. Σίγουρα ήταν το μόνο που δεν περίμενα ν' ακούσω σήμερα!»

Η Τζώρτζια είχε επιστρέψει στη θέση της, έκανε ότι τακτοποιούσε το παλτό της. Δεν μπορούσα να μην της επισημάνω τον θαυμασμό μου για όλα αυτά που τόσο παραστατικά είχα ακούσει εκείνη την στιγμή.

«Κυρία Πάππας, σίγουρα ξέρετε τη δουλειά σας πολύ καλά!»

«Τζώρτζια, κύριε Μιχαηλίδη! Or maybe Νίκο;» μου απάντησε με ένα αφοπλιστικό χαμόγελο.

«Ναι, Νίκο, αυτό είναι το όνομα μου, Νίκος, ok» παρασύρθηκα αμήχανα κι εγώ από το χαμόγελό της.

«Να σας ρωτήσω όμως κάτι. Για όλη αυτή τη διαδικασία είναι σύμφωνος ο δικηγόρος σου; Υπάρχει μια πρωτόδικη απόφαση, διατάσσει κάτι πολύ συγκεκριμένο, μπορείτε να το παρακάμψετε αυτό; Δεν ξέρω, απλώς αναρωτιέμαι αν μπορεί να γίνουν όλα αυτά που σχεδιάζετε;»

«Όλα είναι εντάξει φίλε, είναι ενήμερος, αλλά σε αυτή τη φάση ζητά να μην είναι στην πρώτη γραμμή. Έχει τους λόγους του, όπως μου είπε και τον εμπιστεύομαι. Μας έδωσε τα φώτα του, ήδη προχωρά όλες εκείνες τις νομικές διαδικασίες, που πρέπει να γίνουν σε αυτό το διάστημα. Με τη Τζώρτζια συζήτησε κάποιες ουσιώδεις λεπτομέρειες τις οποίες εμείς πρέπει να λάβουμε υπόψη μας, αλλά εδώ ο σκοπός μας είναι να προσπεράσουμε το δικονομικό πλαίσιο στο οποίο ήδη μας έχει εγκλωβίσει η Κοράλλη και ο μεγαλοδικηγόρος της.»

Παραδόξως ήταν πολύ ψύχραιμος σε αυτά που μου έλεγε, είχε αφήσει όλους εκείνους τους δυσνόητους ιδεολογικούς βερμπαλισμούς που χρησιμοποιούσε στις μέχρι τότε κουβέντες μας, μιλούσε απλά, με είχε πείσει ότι ήταν έτοιμος να βγει από το αραχνιασμένο του καβούκι, ότι ήταν έτοιμος να αντιμετωπίσει την μίζερη κατάσταση στην οποία είχε βυθιστεί μέχρι τότε.

«Νίκο, είσαι σύμφωνος;» με ρώτησε η Τζώρτζια με εμφανή αγωνία στον τόνο της φωνής της.

Της ένεψα θετικά. «Ναι, ναι συμφωνώ! Και βέβαια θα βοηθήσω! Όχι μόνο για τον Γιώργο αλλά για την ουσία της υπόθεσης. Δεν θέλω να καταστραφούν αυτοί οι πίνακες, δεν με ενδιαφέρει ποια απεικονίζουν αλλά έχω κουραστεί στη δουλειά μου, να γράφω για έργα τέχνης, μικρά ή μεγάλα, δεν έχει σημασία, που βανδαλίζονται από τον οποιοδήποτε που είναι ανίκανος να γευτεί την τέρψη, που μας προσφέρει η τέχνη. Ιδιαίτερα για αυτήν την υπόθεση, που μία δικαστική απόφαση, έστω κι αν δεν έχει τελεσιδικήσει, διατάσσει την καταστροφή των έργων του Γιώργου. Αλίμονο αν φτάσουμε στο σημείο εκείνο, όπου η κατάσταση δεν θα είναι αναστρέψιμη πια, χωρίς να έχουμε κάνει κάτι!»

Στο πρόσωπο της Τζώρτζιας έλαμψε ένα χαμόγελο ικανοποίησης.

«Excellent! Για αρχή θέλω να κάνεις γνωστή την υπόθεση του Γιώργου. Θέλω να γράψεις ένα ωραίο άρθρο και να φροντίσεις να δημοσιευτεί και σε άλλα sites. Νομίζω ότι μπορείς να το κάνεις αυτό. Σιγά σιγά θα το παίξουμε και στην τηλεόραση, ραδιόφωνο, anywhere. Τώρα μόνο την υπόθεση θέλουμε να μάθει ο κόσμος. Πρόσεξε! Δεν θα γράψεις τίποτα για την έκθεση! Αυτήν θα την ετοιμάσω μυστικά, όπως εγώ ξέρω.»

Η κάθε της πρόταση τονιζόταν αργά και προσεχτικά, σίγουρα επιτακτικά, μου έδινε το ξεκάθαρο μήνυμα, ότι αυτή θα κινούσε από δω και πέρα τα νήματα. Μου άρεσε η ιδέα που ξεδιπλωνόταν μπροστά μου. Πέρα από αυτά που τους είπα, με ενδιέφερε ο Βερεμής. Μέχρι πρόσφατα τον έβλεπα να έχει παραδοθεί στην μοίρα του, να κρύβεται πίσω από μία ιστορία για την οποία αρνούνταν να μου δώσει οποιοδήποτε στοιχείο, πέρα από αυτά που ήταν γνωστά λόγω της δίκης, να εγκλωβίζεται σε ένα δικαστικό αδιέξοδο, έχοντας στην πραγματικότητα ηττηθεί χωρίς μάχη, χάρις στα δικανικά τερτίπια του Δρακόγλου και της Κοράλλη. Επιπλέον υπήρχε ένα ακόμα ιδιαιτέρως σοβαρό ζήτημα για μένα, που δεν ήταν άλλο, από την ίδια τη δικαστική απόφαση. Δεν μου ήταν διόλου εύκολο να αποδεχθώ ότι στην εποχή μας, αυτή μπορούσε να είναι η ετυμηγορία ενός οποιουδήποτε δικαστηρίου. Ο τρόπος που ένιωθα ότι χειριζόταν το αίτημα της Κοράλλη η δικαιοσύνη της Πατρίδας μας, σίγουρα παρέπεμπε σε σκοτεινές πρακτικές, ασύμβατες με όλα όσα πίστευα μέχρι τότε. Αμφισβητούσε το δικαίωμα του καλλιτέχνη να διαχειρίζεται όπως ο ίδιος επιθυμεί τα έργα του. Πώς μπορείς να αναγκάζεις έναν καλλιτέχνη, όχι μόνο να απαρνηθεί το έργο του, αλλά και να τον διατάζεις να το καταστρέψει; Ήθελα, να είμαι μέσα σε αυτήν την μάχη που μόλις ξεκινούσε, ήθελα να δω την υπόθεση να ανατρέπεται υπέρ του Βερεμή.

«Φίλε μου! Τζώρτζια!» Τους κοίταξα με πίστη και τους δύο αυτή τη φορά. «Είμαι σύμφωνος! Θα έχετε τη βοήθεια μου! Χαίρομαι Γιώργο, ειλικρινά χαίρομαι, που επιτέλους σε βλέπω έτοιμο να βγεις εκεί έξω και να αντιμετωπίσεις καταπρόσωπο τον αληθινό κόσμο!» Άπλωσα το χέρι μου για να σφραγίσω τη συμφωνία, ο Βερεμής μου το έδωσε αφού. δίστασε για λίγο, σίγουρα η τελευταία μου πρόταση δεν του πολυάρεσε, για δεύτερη φορά έσφιγγα το χέρι της Τζώρτζιας μέσα σε λίγη ώρα, αυτή τη φορά μου το έσφιξε με δύναμη, ένιωσα την ένταση της ικανοποίησης της.

Κεφάλαιο 7

Λίγες μόνο μέρες είχαν περάσει όταν απρόσμενα δέχθηκα την επίσκεψη της Τζώρτζια στο γραφείο μου. Ξαφνιάστηκα, δεν είναι συνηθισμένο να γίνονται τέτοιου είδους συναντήσεις στα στενάχωρα γραφεία μας. Στην αρχή προσπάθησα να βολέψω μια καρέκλα στον ελάχιστο χώρο που μου αναλογούσε, αλλά όταν την είδα να κάθεται, είχε στριμωχτεί σε μία τελείως άβολη θέση σαν παγιδευμένη και στο πρόσωπο της η δυσφορία ήταν εμφανής. Αμέσως σηκώθηκα, της πρότεινα να πάμε κάπου πιο άνετα, δέχθηκε με ανακούφιση την πρόταση μου. Πέταξα πάνω μου το βαρύ, πολυφορεμένο για αρκετούς χειμώνες μπουφάν μου, ενώ εκείνη ήταν απόλυτα προσεγμένη, όπως σίγουρα θα την ανέμενε κάποιος. Ήμαστε ένα παράταιρο ζευγάρι που προσδοκούσε να ανατρέψει μια άσχημη κατάσταση για έναν καλλιτέχνη, που είχε πιστέψει το αυτονόητο, ότι δηλαδή είναι κύριος τους έργου του. Κατεβήκαμε στην πλατεία Συντάγματος, που παρά τις συνεχείς καταλήψεις, διαδηλώσεις και συγκρούσεις των τελευταίων μνημονιακών χρόνων δεν είχε χάσει τίποτε από τη γοητεία της. Καθίσαμε σε ένα από τα πολλά καφέ που υπήρχαν, βγαίνοντας από τη Ερμού. Τότε την παρατήρησα πιο καλά, αυτή τη φορά φορούσε ένα κατάμαυρο, στυλ Παναμά καπέλο με γκρι κορδέλα, σίγουρα της πρόσθετε κομψότητα, στα αυτιά της τα μαργαριταρένια σκουλαρίκια είχαν αντικατασταθεί με κάποια κρεμαστά, που θύμιζαν έντονα νοτιοαμερικάνικα μοτίβα και τα χείλη της ήταν βαμμένα σε ένα πολύ ελαφρύ ροζ. Μόνο τα μάτια της, διατηρούσαν το έντονα τονισμένο, αμυγδαλωτό σχήμα τους. Δεν μπόρεσα παρά να της επισημάνω τη διαφορά, που έβλεπα πάνω της, εκείνη χαμογέλασε αυτάρεσκα, λέγοντας μου: «Νίκο, πάντα αλλάζω style! Κάθε μέρα θέλω να είμαι διαφορετική. I just like it!» Της χαμογέλασα επιδοκιμαστικά και εκείνη φάνηκε να ικανοποιήθηκέ με την προσοχή που επέδειξα στην εμφάνισή της.

Παράγγειλα ένα φραπέ, εκείνη έναν εσπρέσο, στα λίγα λεπτά μέχρι να εκτελεστεί η παραγγελία μας, πρόλαβε να με ρωτήσει ένα σωρό πράγματα, αν μου άρεσε η δουλειά μου, ποιο ήταν το αγαπημένο μου στέκι στην Αθήνα, αν ζούσα μόνος. Προσπάθησα να είμαι όσο πιο ευγενής γινόταν, έδινα τις βασικές πληροφορίες που μου ζητούσε χωρίς περιττές λεπτομέρειες, βλέπεις ποτέ δεν μου άρεσαν αυτού του είδους οι «ανακρίσεις» για τα προσωπικά μου. Εκείνη σαν να το κατάλαβε, σταμάτησε μόλις η σερβιτόρος έφερε τους καφέδες μας. Δεν έχασα την ευκαιρία να πάρω την σκυτάλη των ερωτήσεων εγώ:

«Αυτό το Πάππας είναι από το Παπαδόπουλος;»

«That's right, Νίκο. Ο πατέρας μου, το άλλαξε το Πα-πα-δό-πουλος ήταν πολύ μεγάλο και δύσκολο για την Αμερική.»

«Μήπως έχετε κάποια συγγένεια με τον γνωστό επιχειρηματία Τομ Πάππας;»

«Ποιος είναι αυτός; Όχι, δεν ξέρω κανέναν Τομ Πάππας!»

«Κάποιος μεγάλος επιχειρηματίας που έδρασε στην χώρα μας στα χρόνια της Δικτατορίας. Ξέχασέ το! Εσύ, πώς και βρέθηκες στην Ελλάδα; Πόσο καιρό είσαι εδώ;»

«Είμαι εδώ, στην Αθήνα, ένα χρόνο... just a year only. Την ξέρω όμως την Ελλάδα καλά! Κάθε καλοκαίρι ερχόμουν με τους γονείς μου, όχι στην Αθήνα αλλά στην Μυτιλήνη. Εκεί μένει η γιαγιά μου. Μου αρέσει εδώ! That's all!»

Επέμεινα: «Ναι, σου αρέσει η Αθήνα, αλλά γιατί να προσπαθήσεις να κάνεις καριέρα στην Ελλάδα, τώρα που τα πράγματα δεν πάνε και πολύ καλά. Η οικονομική κρίση δεν έχει αφήσει και πολλά όρθια και να υποστηρίζεις νέους ζωγράφους δεν είναι και πολύ εύκολο. Δεν ξέρω αν αγοράζει πια κανένας πίνακες για να στολίσει το σπίτι του;»

«You are wrong, Νίκο! Πάντα κάποιοι έχουν λεφτά! Ακόμα και τώρα, πρέπει να το ξέρεις αυτό. Μου αρέσει η Ελλάδα! Μου αρέσει και η Αθήνα! Όλα είναι so exciting! Μου αρέσει η ζωή εδώ. Μπορώ κάθε μέρα να είμαι κάπου και να διασκεδάζω. Ακόμα και ένα ποτό είναι για μένα διασκέδαση. Είμαι σίγουρη ότι μπορώ να κάνω καριέρα εδώ. Στην Αμερική δεν είναι τόσο εύκολο. Εδώ έχω περισσότερες ευκαιρίες.»

Σίγουρα ο τόνος της φωνής της πρόδιδε τον ενθουσιασμό της για την πόλη που ζούσε πια. Θεώρησα ότι ήταν μια καλή ευκαιρία να μάθω όσα περισσότερα γινόταν για την εμπλοκή της στην υπόθεση του Βερεμή, έτσι συνέχισα τις ερωτήσεις μου:

«Πιστεύεις ότι η δημοσιότητα θα κάνει καλό στην ιστορία του Γιώργου;»

«Σίγουρα! Κανένας δεν θα τολμήσει να καταστρέψει αυτά τα έργα. Θα είναι γνωστά έργα τέχνης πια και εμείς ζούμε στον εικοστό πρώτο αιώνα. Oh my God, όλο αυτό που συμβαίνει, αν το σκεφτείς καλά, είναι τόσο τρομερό!»

«Ποια είναι η συμφωνία με τον Γιώργο; Τι θα κερδίσεις εσύ;»

«Μα, θα γίνω γνωστή. Αυτό είναι καλό για τη δουλειά μου. Και έχω κι ένα μικρό ποσοστό από κάθε πίνακα που θα πουληθεί. It's ok.»

«Ειλικρινά απορώ όμως, τον Βερεμή πώς τον κατάφερες; Σε εμένα με δυσκολία μιλούσε για αυτούς τους πίνακες και ποτέ δεν φανταζόμουν ότι θα τους πουλούσε κιόλας. Μου φαίνεται πολύ παράξενο όλο αυτό!»

Το πρόσωπο της σκοτείνιασε για λίγο, η ματιά της καρφώθηκε πάνω μου, γρήγορα ξαναβρήκε την αυτοκυριαρχία της και μου χαμογέλασε προκλητικά.

«Ξέρω τη δουλειά μου, Νίκο!»

Της ανταπέδωσα το χαμόγελο με ένα νεύμα συγκατάβασης.

«Είμαι σίγουρος γι' αυτό, Τζώρτζια!»

«Πέρασα για να δω αν έχεις γράψει κάτι. Πρέπει μέχρι τον Μάιο να είμαστε έτοιμοι. Τότε θα γίνει η έκθεση. Αλλά εσύ πρέπει να γράψεις τώρα, όσο πιο γρήγορα μπορείς!»

«Μάλλον, απ' ότι καταλαβαίνω, με τον Βερεμή τα έχετε συμφωνήσει εδώ και καιρό. Διαισθάνομαι ότι έχεις προχωρήσει πολύ τις ετοιμασίες, θα έχεις βρει και την γκαλερί απ' ότι καταλαβαίνω. Μέχρι τον Μάη δεν είναι πολύς καιρός.»

«Όλα είναι έτοιμα! Αλλά δεν θέλουμε να το μάθει κανένας από τώρα. Καταλαβαίνεις! Πρέπει να... we have to surprise them. Δεν είναι εύκολοι αντίπαλοι! Δεν μου απάντησες όμως.»

«Κοίτα, έχω αρχίσει να ετοιμάζω το κείμενο μου, σε λίγες ημέρες θα δημοσιευτεί. Θα αναφέρεται σε περιπτώσεις καλλιτεχνών που μόνοι τους αποφάσισαν να καταστρέψουν τα δικά τους έργα και στη συνέχεια θα θέτει το ερώτημα για την ανήκουστη αυτή απόφαση του δικαστηρίου, να διατάσσει δίχως καμία επιφύλαξη την καταστροφή των πινάκων του Βερεμή.»

«Ακούγεται... έξυπνο!»

«Το Γιώργο τον συμπαθώ! Είναι καλός φίλος! Πιστεύει σε έναν ιδεατό κόσμο, όμορφο, όπου οι άνθρωποι μπορούν να ζουν με δικαιοσύνη και ελευθερία. Δυστυχώς τα πράγματα δεν είναι τόσο αγνά στην πραγματική ζωή. Αυτός προτιμά να το ξεχνά αυτό!»

«You' re right, είναι καλός άνθρωπος. Και οι δύο θα τον βοηθήσουμε. Εγώ κάνω τη δουλειά μου και εσύ βοηθάς γράφοντας για τον φίλο σου.»

«Πιστεύεις ότι οι πίνακες μπορούν να πουληθούν;»

«Νίκο! I am absolutely sure. Και ποιος δεν θέλει να έχει έναν τέτοιο πίνακα με τέτοια ιστορία; Αν μπορέσουμε να πούμε και λεπτομέρειες από την ιστορία τους, πώς ζωγραφίστηκαν, αν αγαπούσε ο ένας τον άλλο, γιατί τους θυμήθηκε τώρα η Κοράλλη, γιατί θέλει να τους καταστρέψει... Ναι, ναι, θα πουληθούν και πολύ καλά!»

«Απ' ότι καταλαβαίνω, ούτε κι εσένα ο Βερεμής σου έχει πολλά για την σχέση του με την Κοράλλη.»

«Όχι πολλά! Ξέρω όμως κάποια. Σίγουρα θα μάθω περισσότερα. Να είσαι σίγουρος γι' αυτό!»

Έκλεισε την πρόταση της με ένα αινιγματικό χαμόγελο. Έδειχνε αποφασισμένη να διεκπεραιώσει την αποστολή της, δίνοντας μου την εντύπωση ότι αυτό θα γινόταν με οποιοδήποτε τίμημα. Την ώρα που ετοιμαζόμουν να της προτείνω να πάμε για μεσημεριανό, σηκώθηκε από τη θέση της, μου ζήτησε συγνώμη, έπρεπε να φύγει, είχε μια άλλη υποχρέωση κι έπρεπε να προλάβει. Θα μου τηλεφωνούσε σύντομα. Την αποχαιρέτησα αιφνιδιασμένος, δεν πρόλαβα καν να της πιάσω το χέρι, ήθελα να μάθω περισσότερα για το σχέδιο της, μα κυρίως ήθελα να μου πει κι άλλα για τον εαυτό της. Σίγουρα είχα εντυπωσιαστεί μαζί της, ήταν μια γοητευτική γυναίκα, που επιπλέον ήξερε τι ζητούσε και είχε τον τρόπο να το πετυχαίνει.

Κεφάλαιο 8

Γιώργος Βερεμής! Μια ανήκουστη δικαστική απόφαση!

19 Φεβρουαρίου 2015

Στις αρχές του εικοστού αιώνα, ο Κλωντ Μονέ, ετοιμαζόταν να παρουσιάσει μία σειρά από τους περίφημους πίνακες του με τα νούφαρα, αυτή που θα τον έκανε παγκοσμίως γνωστό ως έναν από τους μεγαλύτερους ιμπρεσιονιστές ζωγράφους. Εμμονικά απεικόνιζε στους πίνακες του, όλη την ομορφιά του κήπου που είχε σχεδιάσει ο ίδιος στο νέο του σπίτι, στο Giverny, εξήντα πέντε χιλιόμετρα έξω από το Παρίσι. Μέσα στο μυαλό του είχε την αίσθηση που επιθυμούσε να δίνουν αυτοί, αλλά τα μάτια του δεν ικανοποιούνταν με αυτό που έβλεπαν στον καμβά. Απόλυτα τελειομανής, ανικανοποίητος για το αποτέλεσμα, λίγες μέρες πριν την επικείμενη έκθεση του, καταστρέφει με μανία ένα μεγάλο μέρος των πινάκων αυτών. Όσο κι αν προσπάθησαν οι φίλοι του να τον ενισχύσουν θετικά, αυτός με κλωτσιές διέλυε τους πίνακες, απλά και μόνο διότι δεν έβλεπε αυτό που ήθελε.

Το 1954, ο νεαρός Αμερικανός καλλιτέχνης της ποπ αρτ, Τζάσπερ Τζόουνς, αποφασίζει να καταστρέψει όλη την πρότερη δουλειά του, η οποία ήταν επηρεασμένη από διάφορες τεχνοτροπίες και σχολές με σκοπό να ξεκινήσει από την αρχή, δημιουργώντας κάτι απόλυτα δικό του. Και τα καταφέρνει. Την ίδια χρονιά, μόλις στα είκοσι τέσσερα του, φτιάχνει το πιο εμβληματικό του έργο: «The flag», ένα μείγμα ζωγραφικής και κολλάζ και ουσιαστικά καθιερώνει το δικό του στυλ. Σήμερα οι πίνακες του που επαναλαμβάνουν το αρχικό μοτίβο, πουλιούνται σε αστρονομικές τιμές.

Τέλος, υπάρχει η σπουδαία Γαλλιδοαμερικανίδα γλύπτρια Λουίζ Μπερζουά, που στα τελευταία χρόνια της ζωής της, προκάλεσε αίσθηση με τις τεράστιες αράχνες που δημιούργησε. Μια καλλιτέχνιδα με έντονο άγχος, με μία δύσκολη παιδική ηλικία που οι αναμνήσεις της την καταδίωκαν συνεχώς, με κρίσεις αϋπνίας, υστερίας και αστάθειας, έβρισκε ξανά την ηρεμία της μόνο αφού κατέστρεφε ότι δικό της έργο, έβρισκε εκείνη την στιγμή μπροστά της.

Τρεις περιπτώσεις καλλιτεχνών, οι οποίοι δεν δίστασαν, καθένας για τους δικούς του λόγους, να καταστρέψουν τα δημιουργήματα τους, πάνω στα οποία είχαν ξοδέψει χρόνο, κόπο και έμπνευση. Και ερχόμαστε στην πατρίδα μας, ίσως να είναι και παγκόσμια πρωτοτυπία στον σύγχρονο δυτικό κόσμο, όπου ένα δικαστήριο αποφασίζει ότι ένας καλλιτέχνης πρέπει να παραδώσει τα ίδια τα έργα του, τα οποία κατέχει από την αρχή της δημιουργίας τους, στην πρώην σύντροφό του... για να καταστραφούν. Μιλάμε για την υπόθεση του ζωγράφου Γιώργου Βερεμή, όπου η αντίδικος του, η Βασιλική Κοράλλη, πετυχαίνει αυτήν την ανήκουστη απόφαση. Απόφαση που καταστρατηγεί κάθε έννοια ενός από των βασικών ατομικών δικαιωμάτων, την ελεύθερη έκφραση των ανθρώπων. Κι αν το δικαίωμα αυτό το θεωρούμε δεδομένο για κάθε απλό πολίτη αυτής της χώρας, τότε ειδικά για έναν καλλιτέχνη η ελευθερία της έκφρασης αλλά και τα πνευματικά δικαιώματα επί του έργου του, πρέπει να θεωρούνται ιερά. Παντού, πλην της χώρας μας, όπως φαίνεται, ισχύει αυτός ο κανόνας! Στην περίεργη αυτή απόφαση πρώτα αμφισβητείται το δικαίωμα της ιδιοκτησίας του καλλιτέχνη επί του έργου του, δεύτερον αμφισβητείται η άυλη πνευματική δικαιοδοσία επί αυτού και τρίτον διατάσσεται η καταστροφή του. Η δικαστική αυτή απόφαση θα έκανε υπερήφανους ακόμα και τους ιεροεξεταστές του θλιβερού μεσαίωνα, αλλά το πλέον σημαντικό είναι ότι εγείρει σοβαρά ερωτήματα για την ποιότητα της δικαιοσύνης στη χώρα μας. Η υπόθεση δεν εξαντλείται στην πρωτόδικη απόφαση βέβαια, σίγουρα θα τελεσιδικήσει στον ανώτερο δυνατόν βαθμό, μέχρι να δικαιωθεί ο καλλιτέχνης. Είναι άξιο απορίας όμως, η σιωπή που επικρατεί για ένα τόσο σοβαρό ζήτημα από τους ανθρώπους της τέχνης στην χώρα μας, τους εναπομείναντες διανοούμενους μας, αλλά και από το υπουργείο Πολιτισμού, που οφείλει να πάρει θέση. Η άγνοια δεν είναι πλέον αποδεκτή!

Νίκος Μιχαηλίδης

Τις επόμενες ημέρες το άρθρο αναπαράγεται και σε άλλες ιστοσελίδες, κοινοποιείται από διάφορους φιλότεχνους και νέους εικαστικούς στις αναρτήσεις τους στο facebook, με πλήθος σχολίων από εξοργισμένους ακόλουθους που αδυνατούν να κατανοήσουν ένα τόσο παράταιρο για την εποχή γεγονός. Κυρίως αυτό που τρομάζει τον κόσμο είναι ότι κάποια πράγματα που θεωρούνται κατακτήσεις του σύγχρονου πολιτισμού μας, αμφισβητούνται από ένα δικαστήριο, από τη δικαιοσύνη δηλαδή, έναν από τους θεσμούς που συγκροτούν το ισχυρό, πολιτειακό σύστημα εξουσίας κάθε χώρας. Κάποιοι δημοσιογράφοι αντιλαμβάνονται τη σοβαρότητα του θέματος, πιεζόμενοι από τις συνεχείς αναδημοσιεύσεις, κάποιοι αποφασίζουν να πλησιάσουν τον Βερεμή για να τους δώσει περισσότερα στοιχεία, εκείνος τους παραπέμπει στην Πάππας ή τον δικηγόρο του. Μέχρι που το θέμα αναδεικνύεται ως μείζον πολιτικό ζήτημα, βρισκόμαστε στις αρχές της νέας διακυβέρνησης της χώρας από την πρώτη αριστερή κυβέρνηση και το όλο θέμα από τα προσκείμενα σε αυτούς μέσα, ανάγεται ως σημείο των ισχυρών δεσμών διαπλοκής στη δικαιοσύνη, που το προηγούμενο πολιτικό σύστημα εξέθρεψε. Ο νέος υφυπουργός πολιτισμού, πρώην δημοσιογράφος Νίκος Γλύκατζης, δηλώνει ότι: "σέβεται το θεσμό της δικαιοσύνης αλλά η απόφαση αυτή εγείρει πολλά ερωτηματικά, τα οποία το υπουργείο οφείλει να διερευνήσει" ενώ ο αρμόδιος υπουργός δικαιοσύνης Νίκος Κυριακόπουλος, δηλώνει με φανερή αμηχανία, ότι "έχει εμπιστοσύνη στην ελληνική δικαιοσύνη".

Συγχρόνως μια σειρά από ραδιοφωνικές και τηλεοπτικές συνεντεύξεις της δαιμόνιας Πάππας συντηρούν το θέμα για αρκετές ημέρες. Δεν ήταν καθόλου εύκολο αυτό, το μείζον θέμα την περίοδο αυτή για το οποίο όλος ο κόσμος αγωνιά να δει θετικά αποτελέσματα, είναι η επαναδιαπραγμάτευση που ζητούσε η κυβέρνηση για το χρέος από τις κυβερνήσεις της Ευρωπαϊκής Ένωσης. Όλοι αισθάνονται ότι η χώρα βρίσκεται για μία ακόμα φορά στην μέγγενη των ισχυρών Γερμανικών συμφερόντων, που εξουσιάζουν όλη την Ευρώπη. Στην Αθήνα οργανώνονται μεγάλα συλλαλητήρια υποστήριξης της κυβέρνησης στο Σύνταγμα, και στην κυβέρνηση γίνεται φανερό ότι υποβόσκουν δυο αντίθετες πολιτικές. Η μία που ζητά την έξοδο της χώρας από τον ασφυκτικό εναγκαλισμό, που της έχει επιβάλλει το διευθυντήριο των Βρυξελλών και η άλλη που αντιλαμβάνεται τις ανυπέρβλητες δυσκολίες που θα προκύψουν για τη χώρα. αν χαθεί η ταμειακή ρευστότητα που η Ένωση μπορεί να προσφέρει, έστω και με βασανιστικά ανταλλάγματα.

Η Πάππας γρήγορα αντιλαμβάνεται ότι οι δυνατότητες της να συντηρήσουν το θέμα για περισσότερο καιρό περιορίζονται σημαντικά όσο ή άλλη πλευρά δεν αντιδρά. Καταλαβαίνει ότι ο έμπειρος Δρακόγλου, δεν είχε κανέναν λόγο να εκθέσει την Κοράλλη στα ΜΜΕ, γνωρίζει πολύ καλά ότι στη δεδομένη στιγμή δεν μπορούσε να κερδίσει την εύνοια του κόσμου με δικανικές προσεγγίσεις. Κάποιες προσπάθειες γνωστών του δημοσιογράφων να απαντήσουν στις αιτιάσεις της πλευράς του Βερεμή, όχι μόνο δεν τους πρόσφεραν κάποιο κέρδος στην υπόθεση, αλλά η επιχειρηματολογία τους πολύ εύκολα γύριζε ενάντια τους. Αντιλαμβανόμενοι τη μειονεκτική τους θέση, έπαψαν να διοχετεύουν οποιαδήποτε σχετική απάντηση. Μετά από έναν μηνά κανένας δεν αναφέρει τίποτα για το θέμα αυτό, σε κανένα μέσο, η υπόθεση κινδυνεύει να ξεχαστεί τόσο γρήγορα όσο ήλθε στην επιφάνεια.

Τότε ήταν που ο Δημήτρης Ντόμπρος, ο διευθυντής μου, με κάλεσε στο γραφείο του για να δούμε μαζί την υπόθεση Βερεμή – Κοράλλη. Από την πρώτη στιγμή ήξερα ότι κάτι σοβαρό συμβαίνει, η επιθυμία του να συζητήσει μαζί μου ιδιαιτέρως δεν αποτελούσε μια συνηθισμένη διαδικασία στην λειτουργία του μέσου που εργάζομαι, όπου τα ζητήματα που μας απασχολούσαν συζητούνταν παρουσία όλης της συντακτικής ομάδας. Αυτός, γκριζομάλλης πλέον, έχει περάσει τα πενήντα εδώ και λίγο καιρό, με αρκετά παραπανίσια κιλά, με αρκετές αποτυχημένες απόπειρες στο παρελθόν στον χώρο των ΜΜΕ, αλλά εδώ και δέκα χρόνια το ηλεκτρονικό μέσο που διεύθυνε και οι παράλληλες αναδημοσιεύσεις των πάντα έγκυρων ρεπορτάζ του, τον είχαν καταστήσει ως έναν από τους κύριους παίκτες στα ηλεκτρονικά μέσα ενημέρωσης, της πατρίδας μας. Γνωριζόμαστε χρόνια, πάντα με εμπιστευόταν και σε όλα τα χρόνια που συνεργαζόμαστε ο ένας έτρεφε για τον άλλο αμοιβαία θετικά αισθήματα. Εκείνος έδινε τον δικό του, καθημερινό αγώνα ώστε τα μέσα που είχε υπό τη διαχείριση του να επιβιώνουν σε ένα άκρως ανταγωνιστικό περιβάλλον και εγώ από την άλλη, ήμουν ο παλιός, καταξιωμένος δημοσιογράφος του πολιτιστικού ρεπορτάζ, που με περιέβαλλε με τυφλή εμπιστοσύνη. Πάντα κατόρθωνα να έχω έτοιμο ένα καλό ρεπορτάζ για τα μέσα του ομίλου, που ο ίδιος είχε δημιουργήσει.

Με το που μπήκα στο γραφείο του, παράτησε κάποιο έγγραφο που διάβαζε, μου είπε να κλείσω την πόρτα και να καθίσω. Συνήθως τα λόγια του ήταν λίγα και από εμάς ήθελε πάντα να είμαστε ειλικρινείς μαζί του.

«Λοιπόν Νίκο, θα μπω κατευθείαν στο ψητό! Θέλω να μάθω ότι ξέρεις για την υπόθεση Βερεμή – Κοράλλη, τα πάντα - όλα, με καταλαβαίνεις πιστεύω. Με κάθε λεπτομέρεια για οτιδήποτε γνωρίζεις!»

«Κατά την άποψή μου, Δημήτρη, πρόκειται για μία κλασσική περίπτωση κακοδικίας, ύποπτης θα έλεγα, χωρίς να μπορώ να το αποδείξω όμως.»

«Το υποψιάζομαι κι εγώ αυτό, έτσι όπως παρακολούθησα όσα γράφτηκαν τις τελευταίες εβδομάδες. Σίγουρα η υπόθεση αυτή δεν είναι τόσο αθώα. Πως εμπλέκεσαι εσύ, πέρα από τη δημοσιογραφική σου ιδιότητα, νομίζω με καταλαβαίνεις;»

«Με τον Βερεμή γνωρίστηκα τα τελευταία χρόνια με την ευκαιρία μίας παρουσίασης που έκανα για το πρόσωπό του. Οι επαφές μας συνεχίστηκαν και μπορώ να πω ότι έχουμε αναπτύξει μια ιδιαίτερη σχέση παρά τις διαφορές που μας χωρίζουν. Ο άνθρωπος βρισκόταν στα όρια της κατάρρευσης, αφότου έλαβε στα χέρια του την πρωτόδικη απόφαση. Φαντάζεσαι πιστεύω, πως μπορεί να νιώθει ένας καλλιτέχνης, όταν βλέπει ένα δικαστήριο να διατάσσει την καταστροφή μιας σειράς πορτρέτων, που ο ίδιος δημιούργησε σε ανύποπτο χρόνο, έστω κι αν τα έργα αυτά απεικονίζουν την κατήγορό του, την Βασιλική Κοράλλη. Από την έρευνα που έχω κάνει, δεν υπάρχει τέτοιο προηγούμενο, τουλάχιστον στον δυτικό κόσμο.»

«Αυτά είναι γνωστά, γιατί τώρα; Η πρωτόδικη απόφαση βγήκε δύο χρόνια πριν, την υπόθεση δημοσιογραφικά την ανακίνησες τώρα. Αυτό δεν είναι τυχαίο, θέλω να ξέρω τι γίνεται!» Η ένταση της φωνής του μου έδειχνε ότι απαιτούσε να μάθει, με κάθε λεπτομέρεια, δίχως να του κρύψω οτιδήποτε σχετικό με την υπόθεση αυτή, που το δικό του μέσο ανέδειξε πρώτο. Ζητούσε σαφείς απαντήσεις, δίχως υπεκφυγές, ήταν σίγουρος ότι γνώριζα και δεν ήταν διατεθειμένος, όσο καλή σχέση κι αν είχαμε, να με αφήσει να παίξω μαζί του. «Όλη αυτή η φασαρία των τελευταίων εβδομάδων που αποσκοπεί; Θέλω να ξέρω τι γίνεται στο μέσο που διαχειρίζομαι! Νομίζω ότι καταλαβαίνεις τι περιμένω από σένα!»

Για λίγη ώρα έμεινα αμίλητος, ήξερα ότι όφειλα να πω όλη την αλήθεια στο εργοδότη μου, εξάλλου αυτός σήκωνε στους ώμους του όλη την ευθύνη του μέσου στο οποίο εργαζόμουν. Εξάλλου, είχαμε αναπτύξει μια σχέση εμπιστοσύνης όλα αυτά τα χρόνια που συνεργαζόμαστε, το τελευταίο που ήθελα, ήταν να δημιουργηθεί οποιοδήποτε ρήγμα μεταξύ μας.

«Τους τελευταίους μήνες ο Βερεμής γνώρισε μια Ελληνοαμερικανίδα, Τζώρτζια Πάππας την λένε, η οποία δηλώνει καλλιτεχνική ατζέντης. Με λίγα λόγια έχει αναλάβει να τον βοηθήσει, μαζί με τον δικηγόρο του βέβαια, τον Αλέξανδρο Προδρόμου, να σώσει τους πίνακές του. Μόνο, που οι δικές της μέθοδοι δεν είναι τόσο συμβατικές, όσο αυτές που χρησιμοποιεί η δικαιοσύνη. Δέχθηκα να βοηθήσω, διότι για πρώτη φορά είδα τον Βερεμή έτοιμο να αντιδράσει, ενώ μέχρι πρότινος έδειχνε απόλυτα αδύναμος να αντιμετωπίσει όλες της αιτιάσεις της κάποτε συντρόφου του, της Κοράλλη. Πιστεύω ότι ποτέ του δεν αποδέχθηκε τον χωρισμό τους, για τον οποίο αγνοώ την αιτία του. Αυτό που έχω καταλάβει είναι ότι μέχρι τώρα ζούσε ουσιαστικά παραιτημένος από την ίδια τη ζωή. Από καλλιτεχνικής άποψης, αυτά που δημιουργεί δεν έχουν καμία έμπνευση. Οι εν λόγω πίνακες είναι οι μόνοι που ξεχωρίζουν απ' όλα τα έργα του μέχρι σήμερα. Όλα αυτά τα χρόνια, από τον χωρισμό τους κι εδώ, αρνούνταν να τους αποχωριστεί, μα και ούτε έκανε καμία συζήτηση γι' αυτούς. Για κάποιον λόγο, που δεν μου είναι γνωστός, η Κοράλλη με τον Δρακόγλου, τον έσυραν στα δικαστήρια με αυτό το ανήκουστο αίτημα, όχι μόνο να της παραδώσει τους πίνακες, αλλά αυτή να έχει το δικαίωμα να τους καταστρέψει! Το σχέδιο της Πάππας και του Βερεμή είναι σχετικά απλό. Θα πρέπει να δημιουργήσουν όση περισσότερη φασαρία γίνεται για το θέμα αυτό. Η περίεργη αυτή δικαστική απόφαση να δημοσιοποιηθεί με κάθε τρόπο, ο κόσμος να εξοργιστεί ακούγοντάς όσα ανήκουστα πράττει η δικαιοσύνη της χώρας μας, να γίνει αρκετός ντόρος σχετικά με τα έργα αυτά και το όνομα του Βερεμή. Στη συνέχεια τα πορτρέτα του να εκτεθούν και να πουληθούν χάρη της δημοσιότητας που θα έχουν αποκτήσει, ώστε να μην είναι πλέον εύκολο σε κανένα δικαστήριο να επαναλάβει μία τέτοια αναίσχυντη απόφαση. Η Κοράλλη και ο ισχυρός δικηγόρος της, δεν θα έχουν απέναντι τους έναν φτωχό και άγνωστο καλλιτέχνη, αλλά πολλούς αγοραστές, σίγουρα ανθρώπους με κύρος, δύναμη και εξουσία, οι οποίοι σίγουρα θα θελήσουν να διαφυλάξουν τα αποκτήματά τους.»

«Οι πίνακες αυτοί έχουν εκτεθεί ποτέ, κάπου, στο παρελθόν;»

«Όχι, είναι μία σειρά πορτρέτων, που όλα απεικονίζουν την Κοράλλη σε διάφορες αισθησιακές πόζες, από την εποχή που συζούσαν. Καμιά εικοσιπενταριά πρέπει να είναι. Για κάποιον λόγο, αυτοί παρέμειναν στα χέρια του Βερεμή κι όπως σου είπα εκείνος αρνούνταν κάθε κουβέντα γι' αυτούς, ακόμα και σε μένα που ομολογώ, έχουμε κάνει συζητήσεις πολλών ωρών μεταξύ μας. Η Κοράλλη για εννέα ολόκληρα χρόνια ήταν εξαφανισμένη από τη ζωή του Βερεμή, μέχρι που τον αιφνιδιάζει καταθέτοντας μια αγωγή εναντίον του διεκδικώντας τα πορτρέτα, όχι για να τα κρατήσει ή να τα πουλήσει η ίδια αλλά για να τα καταστρέψει. Αληθινά παράξενη ιστορία θα έλεγα!»

«Κατά την άποψή σου Νίκο, αυτοί οι πίνακες έχουν κάποια αξία, εννοώ από καλλιτεχνικής άποψης;»

«Αυτό, που σίγουρα μπορώ να σου πω, διότι τους έχω δει, είναι ότι έχουν ψυχή. Όσο περίεργο κι αν ακούγεται αυτό, όταν στέκεσαι μπροστά τους νιώθεις την ευτυχία και τη δύναμη που σου προσφέρει ο έρωτας. Το σώμα της Κοράλλη λάγνο, οι κινήσεις της προκλητικές μα κυρίως τα μάτια της σε κοιτούν επίμονα, όλο υποσχέσεις. Αλλά κι από τεχνικής άποψης θεωρώ ότι είναι άρτιοι. Τα χρώματα τους, οι αντιθέσεις τους, η ίδια η σύλληψη της διαφορετικής έκφρασης κάθε φορά, με το φως να την προβάλλει δίχως να ενοχλεί, η μοντέρνα τους, φωτογραφική φόρμα, όλα είναι άρτια. Σου το είπα, ότι άλλο κι αν έχει δημιουργήσει, αυτή εξακολουθεί να είναι με διαφορά η καλύτερη μέχρι τώρα δουλειά του.»

«Μάλιστα! Και μια τελευταία ερώτηση Νίκο. Αυτή η ατζέντισσα, η Πάππας όπως την είπες, τι κουμάσι είναι; Γιατί νομίζεις ότι αναλαμβάνει να διαχειριστεί μια τέτοια υπόθεση με αυτόν τον τρόπο;»

«Η Πάππας; Εντυπωσιακή γυναίκα θα έλεγα, σου ξυπνά όλες τις αισθήσεις σου όταν βρίσκεσαι κοντά της. Χρειάζεται να είσαι σε εγρήγορση όταν μιλάς μαζί της, έξυπνη, το μαρτυρεί η όλη συμπεριφορά της, φαίνεται ότι ξέρει πολύ καλά τι θέλει, παθιασμένη με τη δουλειά της και σίγουρα φιλόδοξη. Εμένα με έπεισε ότι έχει ένα σχέδιο, που μπορεί να το φέρει εις πέρας. Αυτά που μου είπε, μου φαίνονται πολύ λογικά. Το βαθύτερο της κίνητρο πιστεύω είναι ότι κερδίζοντας αυτήν την ομολογουμένως δύσκολη υπόθεση, θα κερδίσει τη δημοσιότητα που χρειάζεται για να καθιερωθεί στον χώρο της. Όπως μου έχει πει, ονειρεύεται να κάνει καριέρα στη Πατρίδα μας.»

Ο Ντόμπρος σηκώθηκε από το γραφείο του, πήγε ως το παράθυρο που έβλεπε προς την Ερμού, το άνοιξε και ο κρύος ακόμα αέρας του Μαρτίου ξεχύθηκε μέσα στο γραφείο. Για λίγο έμεινε εκεί ακίνητος, σαν να είχε παγώσει η εικόνα του, με μια απότομη κίνηση έκλεισε και πάλι το παράθυρο και ξανακάθισε στη θέση του. Έριξε μια ματιά στο κινητό του, αμήχανα έγραψε κάτι στο ημερολόγιο που είχε μπροστά του, κάτι ήθελε να μου πει, σίγουρα, φαινόταν ότι δυσκολευόταν, συνήθως ότι ήθελε το έλεγε με τη μία, δίχως καν εισαγωγές... τώρα όμως φαινόταν καθαρά ο προβληματισμός του.

«Κοίτα Νίκο, πολλές φορές στη δουλειά μας ξεπέρασα διάφορους σκοπέλους, αλλά αυτή τη φορά η κατάσταση ξεφεύγει. Φαίνεται ότι κάποιος από εμάς έχει βρεθεί στο στόχαστρο του Μενέλαου Δρακόγλου. Ποιον στοχεύει; Εμένα; Εσένα; Αυτόν τον Βερεμή; Δεν ξέρω! Άκου λοιπόν: Χθες δέχθηκα μία επίσκεψη, εδώ μέσα, σε αυτό το γραφείο. Πρέπει να ήταν κάποιο από τα τσιράκια του. Όχι σωματώδης αλλά σίγουρα απειλητικός. Καλοντυμένος, μάλλον ήταν κάποιος από τους δικηγορίσκους που διεκπεραιώνουν τις βρομοδουλειές του. Αυτό που με φόβισε ήταν το σκοτάδι που σκέπαζε το πρόσωπό του. Αν και τα μάτια του κρύβονταν πίσω από τα σκούρα γυαλιά που φορούσε, ένιωθες, ότι ήταν ικανός για οτιδήποτε. Σίγουρα γνώριζε τι έλεγε και πως το έλεγε για να με φοβίσει. Χρησιμοποιούσε την κάθε λέξη με απόλυτη ακρίβεια, επιπλέον δεν μου έδωσε την ευκαιρία να του κάνω καμία ερώτηση. Μας κατηγόρησε για μονομέρεια στην ενημέρωση, για κρυφά σημεία της υπόθεσης τα οποία αγνοούμε και τα οποία ούτε πρόκειται να μάθουμε, για αδυναμία να κατανοήσουμε τη λειτουργία του δικαστικού συστήματος. Με διαβεβαίωσε, να μην έχουμε αυταπάτες, η υπόθεση με τον ένα ή το άλλο τρόπο θα κερδηθεί από το αφεντικό του. Μιλούσε χωρίς να αναφέρει, ούτε μία φορά κανένα όνομα, σίγουρα όμως μιλούσε για την υπόθεση αυτή. Πριν φύγει κλείνοντας μόνος του την πόρτα, τονίζοντας μία μία τις λέξεις, μου είπε ότι δεν θα ήθελε να μας δει να εμπλεκόμαστε άλλη φορά στην υπόθεση αυτή. Μου έδωσε την εντύπωση ότι περιμένει τη συνέχεια της αντεπίθεσης του Βερεμή, φαντάζομαι ότι δεν ξέρει ποιας μορφής θα είναι αυτή, αλλά το σίγουρο είναι ότι θέλει να μην δημιουργηθεί ξανά ο ντόρος, που προκάλεσε το δημοσίευμά σου.»

Έμεινα αποσβολωμένος στη θέση μου. Ποτέ στην καριέρα μου δεν είχα νιώσει να απειλούμαι, εξάλλου το πολιτιστικό ρεπορτάζ συνήθως δεν κρύβει τέτοιου είδους εκπλήξεις. Έχω επαφές με ανθρώπους που έχουν ιδιαίτερες ευαισθησίες, που επιζητούν τη θετική προβολή, συνήθως τους καλλιτέχνες τους αντιμετωπίζω με καλή προδιάθεση κι αν καμιά φορά αναγκάζομαι να αναφέρω κάποια αρνητικά σχόλια, το ξέρω, μπορεί να με βρίζουν όπου σταθούν κι όπου βρεθούν, αλλά σίγουρα κανένας τους δεν είχε φτάσει στο σημείο να με απειλήσει.

«Δημήτρη, πώς σκέπτεσαι να αντιδράσουμε;» τον ρώτησα περισσότερο για να διώξω τις μαύρες σκέψεις που είχαν ήδη αρχίσει να κατακλύζουν το μυαλό μου. Ήμουν σίγουρος ότι εκείνος δεν θα με απέκοπτε από την υπόθεση αλλά ήθελα να ακούσω τον ίδιο να με διαβεβαιώνει ότι είχε τον τρόπο να μας προστατέψει.

«Κοίτα να δεις! Τέτοιου είδους απειλές δέχομαι καθημερινά. Άλλες απροκάλυπτες, ωμές, δίχως ίχνος ευγένειας, και άλλες... παιδαριώδεις. Οι πρώτες ανάγονται κυρίως στη σφαίρα της πολιτικής και των μεγάλων επιχειρηματικών συμφερόντων κι έχουν ως στόχο τους να μας πείσουν να πάμε με τα νερά τους. Το όπλο τους είναι οι πηγές χρηματοδότησης μας. Το μερίδιο από τη διαφημιστική πίτα, οι τραπεζικές ροές. Τις περισσότερες φορές δεν είναι τόσο δύσκολο αυτό που ζητούν. Όταν όμως το διακύβευμα είναι πάνω από αυτό που εγώ θεωρώ σωστό, τότε δεν διστάζω να συγκρουστώ μαζί τους. Έχω τον δικό μου αξιακό κώδικα στον οποίο δεν κάνω εκπτώσεις, τις δικές μου πολιτικές πεποιθήσεις και νιώθω υπερήφανος που μέχρι σήμερα δεν έχω απαρνηθεί τίποτα από αυτά, για χάρη κανενός τους. Αυτή όμως η περίπτωση μου φαίνεται πιο σκοτεινή, δεν ξέρω... αυτή την αίσθηση αποκόμισα μετά τη χθεσινή επίσκεψη. Έχεις δίκιο ότι η υπόθεση είναι παράλογη, ότι υπάρχει μια ακατανόητη δικαστική απόφαση, που έρχεται σε αντίθεση με βασικές αξίες του πολιτισμού μας. Εσύ θα συνεχίσεις να κάνεις αυτό που πρέπει! Κι όπου πάει! Οφείλουμε στη δουλειά μας, να παραμερίζουμε τον φόβο, που πιθανόν κάποιες στιγμές να σκοτεινιάζει τις σκέψεις μας. Κοιτάμε μπροστά. Αυτή είναι δουλειά μας!»

«Συνεχίζουμε λοιπόν, αφεντικό! Γιατί η υπόθεση αυτή δεν θα σταματήσει εδώ. Δεν ξέρω αν φοβάμαι αλλά όπως και να το κάνεις, έχω ταραχθεί αρκετά. Η υπόθεση αυτή αποκτά διαστάσεις πέρα από αυτά που έχω μάθει μετά από τόσα χρόνια στη δουλειά αυτή, νόμιζα ότι απλά και μόνο θα βοηθούσα στη δικαίωση του Βερεμή, αλλά βλέπω ότι αυτοί, αδίστακτα επεκτείνουν τα πλοκάμια τους σε όποιους τους αντιπαρατίθενται. Δεν ξέρω αλλά αναρωτιέμαι, ποια εξουσία τους επιτρέπει να συμπεριφέρονται με τόσο θράσος.»

«Δεν είναι θράσος, Νίκο! Είναι ο τρόπος που έχουν μάθει να διεκπεραιώνουν τις υποθέσεις τους. Είναι η παραεξουσία των παρασκηνίων, όχι κατ' ανάγκη των πολιτικών, αλλά αυτών που με τον τρόπο τους έχουν μάθει σαν τυφλοπόντικες να κινούνται στο σκοτάδι και να ελέγχουν το σύστημα. Συνεχίζουμε, αλλά θα με ενημερώνεις για ότι γίνεται σχετικά με την υπόθεση αυτή, για την οποιαδήποτε εμπλοκή σου και σου συνιστώ να προσέχεις!»

Τα λόγια αυτά τα τόνισε ιδιαιτέρως, συγχρόνως όμως η φωνή του είχε μια φιλική χροιά σαν να μου έλεγε ότι δεν ήθελε να πάθω κάτι κακό.

Επέστρεψα στο γραφείο μου ταραγμένος, για αρκετή ώρα προσπαθούσα να συγκεντρωθώ σε ένα άρθρο που έπρεπε να παραδώσω ως την επομένη. Αφορούσε έναν πρόσφατο βανδαλισμό δημόσιου κτιρίου. Κατά τη δική μου άποψη ήταν βανδαλισμός αλλά υπήρχαν κι εκείνοι που το θεωρούσαν μια απλή καλλιτεχνική παρέμβαση. Στη γωνία Στουρνάρη και Πατησίων μια άγνωστη ομάδα, η Icos & Case, γέμισαν με μαύρα γκράφιτι και τις δύο προσόψεις της Παλιάς Πολυτεχνικής Σχολής. Μια παρέμβαση διαμαρτυρίας για την οικονομική κρίση που βιώναμε κατά την ομάδα αυτή αλλά συγχρόνως, όπως πίστευα κι εγώ, μία αισθητική κακοποίηση ενός κλασσικού κτιρίου της πρωτεύουσας. Σίγουρα η ομάδα είχε ιδιαίτερες ικανότητες μιας κι όλο το έργο το έφεραν εις πέρα σε λίγες μόνο ώρες, δουλεύοντας μέσα στη νύχτα με μέθοδο και σβελτάδα. Το μυαλό μου όμως συνεχώς έφευγε προς την υπόθεση του Βερεμή και τη συζήτηση που είχα με το Διευθυντή μου. Σηκώθηκα από τη θέση μου, κατευθύνθηκα προς την άλλη πλευρά του ορόφου όπου εργαζόταν η Νίκη Χάντρου, η εξειδικευμένη ρεπόρτερ της εταιρίας για τα δικαστικά και πάντα πολύ καλά ενημερωμένη για οτιδήποτε συμβαίνει στον χώρο. Την βρήκα με έναν ζεστό καφέ στα χέρια, τον οποίο απολάμβανε με μικρές γουλιές, αγαπημένη της συνήθεια από πάντα, ενώ κοιτούσε επίμονα τον υπολογιστή της.

«Καλημέρα Νίκη, να σε απασχολήσω για πέντε λεπτά;»

Εκείνη ακούμπησε προσεκτικά το καφέ της στο γραφείο ενώ το δυνατό άρωμα του γέμιζε όλο τον χώρο. Μου έκανε νόημα να καθίσω.

«Σε ακούω, συνάδελφε.»

«Θέλω να μου πεις, τι γνωρίζεις, οτιδήποτε, για τον Δρακόγλου!»

«Τον δικηγόρο εννοείς!»

«Ναι, αυτόν, σίγουρα το ξέρεις, είναι αυτός που έχει αναλάβει την υπόθεση Βερεμή – Κοράλλη. Πριν κάμποσο καιρό είχε κερδίσει την πρώτη δίκη για την πελάτισσα του.»

«Πελάτισσα, ωραίο! Δεν ξέρεις τίποτα απ' ότι φαίνεται. Και φαντάσου ότι το ρεπορτάζ σου έκανε πάταγο, με τη βοήθεια βέβαια, εκείνης της ατζέντισσας του φίλου σου, την πώς την είπαμε... αυτής της Ελληνοαμερικάνας...»

«Πάππας, Τζώρτζια Πάππας, » συμπλήρωσα με βιασύνη, ενώ καταλάβαινα ότι η Χάντρου ήξερε πολλά περισσότερα απ' ότι περίμενα. Γεγονότα που εγώ ανεπίτρεπτα αγνοούσα.

Ξαναέπιασε το φλιτζάνι με τον καφέ της, ήπιε μια γουλιά αργά, απολαμβάνοντας την αίσθηση της αγωνίας μου, στη συνέχεια με κοίταξε κατευθείαν στο πρόσωπο.

«Έπρεπε να με είχες επισκεφτεί από την αρχή, όταν αποφάσισες να μπλεχτείς με τον Δρακόγλου. Η υπόθεση σου αφορά το δικαστικό ρεπορτάζ. Βέβαια εσύ είσαι πιο ελεύθερος στη γραφή σου, εγώ από την πλευρά μου οφείλω να παρουσιάζω τις υποθέσεις στεγνά, μέσα στα πλαίσια που ορίζει η νομική ορολογία, αλλά και πάλι υπάρχουν ζητήματα που αν με ρώταγες, καλό θα σου έκαναν οι πληροφορίες που θα μπορούσα εκ των προτέρων να σου δώσω.»

Ουσιαστικά εκείνη τη στιγμή με επίπληττε, είχα μπει στα δικά της χωράφια, είχα κάνει μια δημοσιογραφική επιτυχία, σίγουρα είχε ενοχληθεί.

«Ξέρεις, συνάδελφε, το πρωί είχα μια συζήτηση με το αφεντικό μας. Τον έχει αναστατώσει απ' ότι κατάλαβα αυτή η υπόθεση, δεν μου εξήγησε για ποιον λόγο, μπορώ όμως να φανταστώ. Λοιπόν! Δεν θα σου πω διαφορετικά πράγματα. Ο Δρακόγλου είναι ένας από τους μεγαλοδικηγόρους των Αθηνών με ισχυρές διασυνδέσεις σε όλο το πλέγμα της πολιτικής και οικονομικής ζωής της χώρας. Πληρώνεται αδρά για κάθε υπόθεση που αναλαμβάνει και συνήθως τις κερδίζει. Το ενδιαφέρον είναι ότι στην υπόθεση σου, η ενάγουσα, η Κοράλλη είναι εργαζόμενη στο γραφείο του και από ότι φημολογείται, κατά την άποψη μου δεν πρέπει να είναι απλώς φήμη, είναι και ερωμένη του. Η Κοράλλη είναι μια δικηγόρος της σειράς, δεν έχει ξεχωρίσει σε κάποια υπόθεση αλλά σταθερά βρίσκεται στο πλευρό του, και στην Αθήνα αλλά και στις υποθέσεις που αναλαμβάνει στην υπόλοιπη Ελλάδα. Κάνουν πολλά ταξιδάκια μαζί, οι δυο τους, πάντα για επαγγελματικούς λόγους, λέμε τώρα. Να ξέρεις επιπλέον ότι ο Δρακόγλου, κι αυτό είναι το επικίνδυνο, έχει σχέσεις με τον υπόκοσμο, έχει υπερασπιστεί πολλούς από δαύτους και διαχειρίζεται πολλές από τις υποθέσεις τους. Να είστε προετοιμασμένοι για όλα, όταν θέλει κάτι, πάντα βρίσκει τον τρόπο να το κερδίσει.»

«Τι εννοείς, ρε Νίκη;»

«Τίποτα λιγότερο, τίποτα περισσότερο από αυτό που άκουσες. Απλώς θα σας συμβούλευα, το αφεντικό δεν μου έδωσε την ευκαιρία να του το πω, εξάλλου πιστεύω ότι ξέρει να αποφεύγει τις κακοτοπιές, το λέω σε σένα όμως, να προσέχετε!»

Την τελευταία της πρόταση την τόνισε σε κάθε συλλαβή της, φαινόταν ότι ανησυχούσε στα αλήθεια. Ήταν η δεύτερη φορά που μου έλεγαν να προσέχω μέσα σα σε λίγη ώρα. Την ευχαρίστησα και γύρισα στο γραφείο μου, ήδη αυτά που είχα ακούσει και από το αφεντικό μου και από την Χάντρου, δεν μπορούσαν να μείνουν κρυφά από τον Βερεμή και την Πάππας.

Επιστρέφοντας στο γραφείο μου, πριν ακόμα καθίσω, έπιασα το τηλέφωνο και πήρα πρώτα την Πάππας, στη συνέχεια τον Βερεμή, έκλεισα ένα ραντεβού μαζί τους για το ίδιο βράδυ, αυτή τη φορά ζήτησα να βρεθούμε κάπου στο κέντρο, τους ξεσήκωσα λέγοντάς τους ότι είχα ανησυχητικές πληροφορίες, τις οποίες έπρεπε οπωσδήποτε να τις μοιραστώ μαζί τους. Πίσω από το Χίλτον υπήρχε ένα μπαράκι, το Utopia, σχετικά ήσυχο παρά τον κόσμο που μάζευε, ήθελα να αποφύγω το εργαστήρι του Βερεμή, το τελευταίο που ήθελα εκείνη την ημέρα, ήταν να βρεθώ στον χώρο του με όλα τα κάδρα της Κοράλλη να με περιστοιχίζουν, θυμίζοντας μου ότι όλη αυτή η φασαρία γινόταν για μια δικηγόρο της σειράς η οποία όμως πηδιόταν με το ισχυρό αφεντικό της.

Βρέθηκα εκεί λίγο πριν τις εννέα το βράδυ, κάθισα σε ένα από τα σκαμπό του μπαρ και παράγγειλα ένα σκέτο ουίσκι. Κοίταξα γύρω μου μήπως έβλεπα κάποια ύποπτη κίνηση. Το μαγαζί είχε λιτές γραμμές, οι προθήκες του μπαρ απέναντι μου ήταν γεμάτες μπουκάλια γνωστών εταιριών αλκοολούχων ποτών, σε διάφορα σχήματα και χρώματα. Πάντα, όποτε βρισκόμουν σε κάποιο μπαρ, αναρωτιόμουν αν ήταν γεμάτα, έτοιμα να χρησιμοποιηθούν ή απλώς τοποθετούνταν άδεια εκεί για να στολίζουν τον χώρο. Ποτέ δεν ρώτησα κάποιον απ᾽ αυτούς που με σέρβιρε για να μου λύσει αυτήν την απορία μου. Ο απαλός κόκκινος φωτισμός που αναδυόταν από όλους τους χώρους του μαγαζιού έδινε μια αίσθηση ερωτισμού, κρυφής δύναμης αλλά και ζεστασιάς. Δεν πρόσεξα τίποτα παράξενο, καθησύχασα τον εαυτό μου, λέγοντάς ότι δεν ήμουν εγώ αυτός που κυνηγούσε ο Δρακόγλου. Προσπαθούσα να μαντέψω την αντίδραση του Βερεμή όταν θα μάθαινε όλα όσο είχα πληροφορηθεί εκείνη την ημέρα. Φοβόμουν ότι θα είχαμε κανένα από εκείνα τα γνωστά του ξεσπάσματα, ήλπιζα ότι θα συγκρατούνταν σε ανεκτά όρια, λογαριάζοντας τον χώρο που βρισκόμαστε. Όσο για την Τζώρτζια ήμουν σίγουρος, θα έψαχνε τον τρόπο, αγνοώντας τους πιθανούς κινδύνους, για να κάνει ακόμα πιο γνωστή την υπόθεση που είχε αναλάβει.

Στις εννέα ακριβώς, όπως ήμουν χαμένος στις σκέψεις μου, ένιωσα ένα κτύπημα στην πλάτη, γύρισα και πριν καλά καλά καταλάβω την μορφή της, ένιωσα την ανάσα της να μου ψιθυρίζει στο αυτί:

«I'm here, Νίκο!»

Γύρισα, της έπιασα το χέρι όπως το έτεινε προς το μέρος μου, εκείνο αφέθηκε στην παλάμη μου, μέχρι να της το σφίξω το πήρε πίσω.

«Εδώ θα καθίσουμε;» ακούστηκε και πάλι η φωνή της.

«Όχι, όχι! Θα πάμε κάπου πιο ήσυχα, εκεί στη γωνία καλύτερα. Δεν θέλω να μας ενοχλήσει κανένας!»

Πήρα το ποτό μου, εκείνη ζήτησε ένα μοχίτο χαμογελώντας στον μπάρμαν, συμπλήρωσε ότι ήθελε κάτι που να θυμίζει καλοκαίρι, εκείνος έγνεψε επιδοκιμαστικά καρφώνοντας τα μάτια του πάνω της. Αγνοώντας την πρόκλησή του κατευθύνθηκε προς το τραπεζάκι που της υπέδειξα, έβγαλε το παλτό της, το τακτοποίησε με επιμέλεια και το τοποθέτησε με προσοχή στην πολυθρόνα δίπλα της. Αυτή τη φορά το κατάμαυρο μαλλί της έπεφτε ελεύθερο στους ώμους της, και ανάμεσα στον λαιμό και το ντεκολτέ της κρεμόταν ένα χρυσό κόσμημα, οι δύο μέλισσες σύμβολο γονιμότητας της Μινωικής μητριαρχικής Κρήτης. Αφού τακτοποιήθηκε, κάθισα κι εγώ απέναντί της.

«Νίκο, I'm a little bit nervous, τι είναι αυτό το τόσο σημαντικό που θέλεις να μας πεις;»

«Καλύτερα να περιμένουμε και τον Γιώργο, δεν θέλω να επαναλαμβάνω τα λόγια μου. Εσύ πώς τα περνάς όλο αυτόν το καιρό; Αν θυμάμαι καλά έχω να σε δω από τότε που ήλθες και με βρήκες στο γραφείο.»

«Δουλειά Νίκο, πολλή δουλειά, πρώτα με όλη την φασαρία που έπρεπε να κάνουμε για τους πίνακες, τους δημοσιογράφους, όλο και κάτι περισσότερο ήθελαν να μάθουν για τον Γιώργο, δεν μπορείς να φανταστείς σε πόσα τηλεφωνήματα απάντησα. Τώρα έχω κι άλλους πελάτες, νέα παιδιά, που θέλουν να δείξουν τη δουλειά τους, ωραίοι άνθρωποι. Υπέροχα!»

«Είσαι ικανοποιημένη από όλη την παρουσίαση της υπόθεσης;»

«Ναι, ναι! Είμαι πολύ χαρούμενη! Όλα πήγαν πολύ καλά! Τρεις εβδομάδες! Δεν το περίμενα, να συζητάνε για τον Γιώργο τόσο πολύ, πολύ καλά, excellent!»

Την ώρα εκείνη μας διέκοψε ο μπάρμαν με το ποτό, το άφησε μπροστά της, εκείνη τον ευχαρίστησε. Ενώ τα λόγια της υποδήλωναν ενθουσιασμό, ο τόνος της φωνής της μου έλεγε ότι κάτι άλλο την βασάνιζε εκείνη την στιγμή.

«Δεν σε βλέπω πολύ ενθουσιασμένη όμως. Συμβαίνει κάτι;»

«Κοίτα Νίκο, σου το είπα νομίζω, ο δικηγόρος του Γιώργου είναι ο φίλος μου. Κάτι παραπάνω από φίλος μου θα έλεγα, πιστεύω καταλαβαίνεις. Χτες μου είπε κάτι που δεν μου άρεσε και τώρα θέλεις κι εσύ να μας πεις κάτι πολύ σημαντικό. Νομίζω ότι θα μας πεις το ίδιο πράγμα.»

«Πόσο φίλοι είστε με τον δικηγόρο του Γιώργου;»

«Με τον Αλέξανδρο; Πολύ φίλοι! Anyway... εγώ και ο Αλέξανδρος είμαστε μαζί. Τον ξέρω από την Αμερική, όταν έκανε Master of Arts in Law.»

«Άρα δεν ήλθες επειδή σου αρέσει η Αθήνα!»

«Μου αρέσει η Ελλάδα, μου αρέσει η ζωή εδώ, μπορώ να κάνω καριέρα στη Αθήνα και μπορώ να είμαι κοντά στο αγόρι μου. That's all, Νίκο!»

«Ο Αλέξανδρος, δεν ήθελε να έλθει απόψε εδώ, να ακούσει τι θέλω να σας πω;»

«Δεν θέλει να μπλέκεται στη δουλειά μου. Ούτε κι εγώ μπλέκομαι στη δική του δουλειά. Έτσι είναι καλύτερα και για τους δύο μας.»

Την ώρα εκείνη εμφανίστηκε ο Βερεμής, κοντοστάθηκε στη είσοδο, η Τζώρτζια του έγνεψε με το χέρι της, ανταπέδωσε και κατευθύνθηκε μπρος το μπαρ, πήρε μια μπύρα και ήλθε στο τραπέζι μας. Αφού κάθισε, μας χαιρέτησε τσουγκρίζοντας με το μπουκάλι του τα ποτήρια μας. Αυτό, που αμέσως διέκρινα πάνω του ήταν ότι το πρόσωπο του έλαμπε, σίγουρα ήταν ικανοποιημένος κι αυτός από την όλη εξέλιξη του σχεδίου τους και από όλη τη δημοσιότητα, που είχαμε κατορθώσει να κερδίσει η υπόθεση του το προηγούμενο διάστημα. Πέρα των άλλων ήταν περιποιημένος, καλοντυμένος, ελαφριά για την εποχή αλλά κομψά, με ένα σουέτ σακάκι στο χρώμα της γης, το οποίο έδενε όμορφα με το μπεζ μπλουζάκι που φορούσε. Έσκυψα και του έπιασα το χέρι για να τον χαιρετίσω, χάρηκα που τον έβλεπα για πρώτη φορά, έτοιμο να ξαναπιάσει τη ζωή του απ' την αρχή.

«Γιώργο, δεν σε έχω δει τόσο αισιόδοξο ξανά! Είναι ολοφάνερο ότι η εμπλοκή της Τζώρτζια στην υπόθεση Βερεμή – Κοράλλη, άλλαξε τα πράγματα προς το καλύτερο.»

«Καλύτερα να μην συνδέεις το όνομα μου με το δικό της, όπως κάνουν οι δικολάβοι κι εσείς του σιναφιού σου. Είσαι φίλος μου, κάνε μου τη χάρη!»

Άφησε το χέρι μου φανερά ενοχλημένος, όπως καταλαβαίνετε, κάποια πράγματα δεν ξεπερνιούνται εύκολα. Αυτή η Κοράλλη ακόμα τον βασάνιζε.

«Όπως σου έχω ήδη πει φίλε μου, το σύστημα θα το πολεμήσουμε με τα δικά του τα όπλα και μέχρι τώρα τα πάμε περίφημα. Ναι είμαι ευχαριστημένος! Όλα πήγαν όπως τα σχεδιάσαμε και ακόμα καλύτερα. Ειδικά εκεί που ένιωσα την αδυναμία τους, βλέποντας τους ανίκανους να αντιδράσουν στην οργή του κόσμου, ναι, είμαι απόλυτα ικανοποιημένος, πιστεύω πλέον, ότι στο τέλος θα την κερδίσουμε την γαμημένη δίκη. Και το πιο ωραίο της υπόθεσης ξέρεις ποιο είναι; Δουλεύουν ξανά τα χέρια μου, ναι, μπορώ και πάλι να βάλω πάνω στον καμβά που έχω μπροστά μου, την εικόνα που θέλω, όπως την έχω πλάσει στο μυαλό μου και αυτό που τελικά φανερώνεται, να μην με απογοητεύει. Ναι, φίλε μου, είμαι χαρούμενος! Εις υγείαν μας και πάλι!»

Τσούγκρισε τα ποτήρια μας για δεύτερη φορά, κοντοστάθηκε όμως σχεδόν αμέσως, όταν δεν διέκρινε από εμάς καμία ανάλογη κίνηση ενθουσιασμού, μάλλον αυτό που είχε φανταστεί και δεν το έβλεπε, ήταν ότι θα κάναμε εκείνο το βράδυ κάποιο είδος γιορτής για την θετική εξέλιξη του σχεδίου τους.

«Κοίτα, Γιώργο, το σύστημα έχει κι άλλα όπλα, τα οποία δεν θα διστάσει να χρησιμοποιήσει, βίαια πολλές φορές, τα οποία μέχρις στιγμή δεν έχει εμφανίσει. Τα περί αντίδρασης του συστήματος, κι ο Δρακόγλου ηγείται ενός τέτοιου ανήθικου κυκλώματος, εσύ μου τα έχεις αναλύσει προ πολλού. Φοβάμαι ότι τα πράγματα περιπλέκονται πέρα από εκεί, που θα ήμουν έτοιμος να αντιμετωπίσω.»

«Δεν καταλαβαίνω τι λες! Εγώ ήλθα εδώ με όλη την καλή μου διάθεση κι εσύ μου μιλάς για βία και όπλα που δεν έχουν χρησιμοποιηθεί ακόμα. Τζώρτζια, τι λέει εδώ ο φίλος μας;»

«I' m not sure Γιώργο, αλλά καλύτερα να μιλήσει ο Νίκος.»

Ο Βερεμής έκανε νόημα με το χέρι του να περιμένουμε για λίγο, ανακάθισε στη θέση του, φώναξε στο μπαρ να μας φέρουν μια ακόμα σειρά από τα ποτά μας, έπιασε το πακέτο με τα τσιγάρα του κι άναψε ένα.

«Θα σας πω εγώ, τι είναι αυτό που τόσο φοβάται ο φίλος μου από εδώ να ξεφουρνίσει. Ο Δρακόγλου τώρα που βλέπει, ότι η υπόθεση ξεφεύγει από τα χέρια του, χρησιμοποιεί τα μεγάλα μέσα. Από την έκφραση σου, καταλαβαίνω ότι φοβάσαι. Σε απείλησε, αυτό είναι, σε απείλησε! Ναι, ο καριόλης! Κι εσύ δεν ξέρεις πως να μου το πεις. Λοιπόν για να ξέρετε, αυτό το περίμενα, ήμουν σίγουρος ότι έτσι θα αντιδρούσε. Τέτοια λαμόγια, λακέδες του συστήματος δεν μένουν μόνο στα δικολαβίστικα. Μόλις δουν ότι κάτι δεν πάει καλά, χρησιμοποιούν τα βρώμικα μέσα που κρατούν καβάντζα για κάθε ανάγκη. Μην μου πεις! Κάποιος μπράβος του σε στρίμωξε σε κάποια γωνία. Σου έβγαλε μαχαίρι; Σου έριξε καμιά ψιλή; Θρασύδειλοι, τέτοιοι ήταν και θα είναι για πάντα.»

«Όχι, δεν απείλησαν εμένα τον ίδιο. Όχι τουλάχιστον ακόμα κι ειλικρινά εύχομαι να μην συμβεί ποτέ... αν και τώρα που το σκέφτομαι, ίσως ο τύπος που επισκέφτηκε το αφεντικό μου, να ήθελε να προειδοποιήσει εμένα βασικά. Ναι! Μου μετέφεραν ένα μήνυμα διαμέσου του αφεντικού μου. Το μήνυμα του ήταν διττό. Από τη μια ζητούσε από εκείνον να μην δημοσιοποιηθεί τίποτα άλλο για την υπόθεσή σου στα μέσα που ελέγχει κι από την άλλη, επιχείρησε να με φοβίσει ώστε να μην τολμήσω άλλη φορά, να κάνω ένα τέτοιο ρεπορτάζ, που θα ξεσηκώνει τον κόσμο υπέρ σου. Ναι, φίλε μου, αν το πιστεύεις! Έστειλε ένα από τα τσιράκια του για να φοβίσει το αφεντικό μου, ελπίζοντας ότι κι αυτός με τη σειρά του, θα μου απαγορεύσει κάθε παραπέρα ενασχόληση με την υπόθεσή σου. Το φαντάζεστε;»

«Είσαι αφελής, φίλε μου! Κατηγορείς εμένα ότι ζω εκτός του πραγματικού κόσμου αλλά μήπως εσύ είσαι τελικά που ονειροβατείς; Πόσες φορές σου έχω πει, ότι το σύστημα που υπηρετείς δεν είναι τόσο αγγελικά πλασμένο όσο εσύ θέλεις να πιστεύεις. Είδες πόσο δίκιο έχω σε αυτά που υποστηρίζω;»

Η Τζώρτζια μέχρι εκείνην η στιγμή δεν μιλούσε, άκουγε με ένα αινιγματικό χαμόγελο στο πρόσωπό της, δεν φαινόταν φοβισμένη, ίσως και να το διασκέδαζε λίγο.

«My dear, Νίκο! Νομίζεις ότι δεν ήξερα τι μπορούσε να γίνει; Να μην μου μίλησε ο Αλέξανδρος για το ποιος είναι ο κύριος Δρακόγλου; Από την πρώτη στιγμή που του εξήγησα το σχέδιο μας, μου είπε να προσέχω, διότι αυτός... is moving in the dark . Τώρα λοιπόν έφτασε αυτή η ώρα. Δεν θα του δώσουμε την ευκαιρία να αντιδράσει, όλα θα γίνουν χωρίς να το περιμένει. Και μετά θα τα έχει χάσει όλα. Don't worry, συνεχίζουμε όπως το έχουμε σχεδιάσει. Όλα καλά!»

«Ειλικρινά, μένω άναυδος με την ψυχραιμία σας. Δεν φοβάστε;»

«Κοίτα, φίλε μου! Εμένα, ως εναγόμενο, πιστεύω ότι δεν θα τολμήσουν να μου κάνουν κακό. Από εμένα θέλουν μόνο τους πίνακες. Αν ήθελαν εμένα, θα μπορούσαν, όποτε τους έκανε κέφι να με τουλουμιάσουν στο ξύλο, δεν τα έχουν σε τίποτε κάτι τέτοια. Και για τα πορτρέτα, ειλικρινά ώρες ώρες απορώ πώς δεν έχουν μπουκάρει ακόμα μέσα στο σπίτι μου για να τα εξαφανίσουν. Κάτι τέτοια τους είναι πολύ εύκολα. Το καταλαβαίνεις πιστεύω! Για τη Τζώρτζια πάλι, δεν ξέρω σίγουρα, αλλά πιστεύω, ότι δεν έχουν κανένα συμφέρον να στραφούν ενάντια αυτής ή του Αλέξανδρου. Αντίθετα, εσείς που έχετε τη δυνατότητα να δημοσιοποιήσετε την υπόθεση και σε όλους είναι γνωστό ότι είστε δεκτικοί σε εκβιασμούς ή και εξαγοράζεστε, είστε ο εύκολος στόχος. Όλοι ξέρουν ότι παίζετε παιχνίδια, πουλάτε τον έναν για να υποστηρίξετε τον άλλο, ότι γενικά κάνετε ότι σας επιτάσσει το συμφέρον των ισχυρών της χώρας! Είστε εύκολος στόχος, φίλε! Εξάλλου, για να σε καθησυχάσω, δεν θα σε χρειαστούμε τόσο πολύ πια. Τα πράγματα έχουν πάρει τον δρόμο τους.»

Ο Βερεμής δεν έχασε την ευκαιρία να τα βάλει για μία ακόμα φορά με τον αγαπημένο του στόχο, που δεν ήταν άλλος από τον τύπο. Αυτό όμως ήταν το τελευταίο που με ένοιαζε εκείνη την στιγμή. Σίγουρα η ψυχραιμία με την οποία αντιμετώπιζαν το όλο ζήτημα με καθησύχαζε λίγο αλλά δεν μπόρεσα να καταλάβω τι εννοούσε, λέγοντας ότι τα πράγματα έχουν πάρει το δρόμο τους. Τον ρώτησα. Κοίταξε τη Τζώρτζια στα μάτια για ελάχιστα δευτερόλεπτα, τόσο χρειάστηκε για να συνεννοηθούν και μου λέει:

«Νίκο, πιστεύω ότι είσαι καλός φίλος, να το ξέρεις αυτό. Εσένα ο δικός σου ρόλος, ήταν να ανάψεις το φιτίλι ώστε να αναδυθεί από τον βυθό των χαμένων ειδήσεων η δική μου υπόθεση. Και το έκανες αυτό με τον καλύτερο τρόπο. Σου οφείλω ένα μεγάλο ευχαριστώ, βοήθησες πολύ περισσότερο απ’ ότι είχαμε υπολογίσει στην αρχή. Είχα εμπιστοσύνη στις ικανότητες σου και δεν με διέψευσες! Παρακολουθώ από καιρό την αρθρογραφία σου σχετικά με τα θέματα βανδαλισμού έργων τέχνης, είναι εμπεριστατωμένη και συναισθηματικά φορτισμένη. Αυτά τα δύο είναι τα απαραίτητα συστατικά για να ταρακουνηθεί το θυμικό των ανθρώπων. Από δω και πέρα τα πράγματα έχουν πάρει τον δρόμο τους. Το είδες. Ο Δρακόγλου, η πλευρά Κοράλλη, προσπάθησε να αντιδράσει, αλλά το δικό σου άρθρο δεν άφηνε περιθώρια για παρερμηνείες. Προχώρησαν σε μια από τις προσφιλείς τους μεθόδους, τις απειλές. Νομίζεις ότι θα σταματήσουν εδώ; Εγώ, όχι! Είμαι βέβαιος ότι πολύ γρήγορα θα ρίξουν στην αρένα και τα άλλα όπλα τους.»

Τη σκυτάλη ανέλαβε η Τζώρτζια.

«Νίκο, όλα θα γίνουν όπως είπαμε. Τον Μάιο θα γίνει η έκθεση, όλα είναι έτοιμα να ξέρεις και κανένας δεν πρέπει να μάθει τίποτα μέχρι τότε. Εσύ, όπως και οι άλλοι δημοσιογράφοι, θα πείτε μόνο την είδηση. That's all, Νίκο!»

Η φωνή τους ήταν σταθερή, βέβαιη για τον σχέδιο που είχαν καταστρώσει με τον Βερεμή. Και οι δύο τους ήταν υποψιασμένοι για τα επόμενα βήματα του Δρακόγλου και πίστευαν ότι είχαν τον τρόπο να τα αντιμετωπίσουν. Μου έδωσαν την εντύπωση ότι δεν φοβούνταν. Ο Βερεμής ξανακέρδιζε την χαμένη του αξιοπρέπεια και η Τζώρτζια κέρδιζε την προβολή, που τόσο ήθελε. Κανένας τους δεν υπολόγιζε το οποιοδήποτε ρίσκο. Σήκωσα το ποτήρι μου ζητώντας τους να τσουγκρίσουμε ως ένδειξη της δικής μου παράδοσης στην πίστη τους για θετική έκβαση του στοιχήματος, που είχαν αναλάβει. Ο δικός μου φόβος όμως, δεν εξέλειπε.

«Ξέρεις, Γιώργο, πρέπει να σου πω ακόμα κάτι, δεν ξέρω πως θα το πάρεις, δεν ξέρω αν σε ενδιαφέρει καν, αλλά η πληροφορία αυτή, πιστεύω, ότι πρέπει να φτάσει σε εσένα.»

«Τι άλλη πληροφορία έχεις φίλε, από τα πολυδαίδαλα μονοπάτια της δημοσιογραφίας;»

«Η Κοράλλη! Δεν είναι απλά ενάγουσα στην υπόθεση αλλά φαίνεται ότι είναι και ερωμένη του Δρακόγλου.»

Η ματιά του Βερεμή για λίγο με κάρφωσε.

« Αυτό, γιατί μου το λες;» ακούστηκε τραχιά η φωνή του.

«Απλώς πιστεύω, ότι θα έπρεπε να το γνωρίζεις.»

«Κοίτα να δεις, φίλε! Κάποτε ήμασταν μαζί. Οι πίνακες για τους οποίους γίνεται όλη αυτή η ιστορία, ναι, αυτήν έχουν ως θέμα τους. Ναι, ήμασταν μαζί τότε. Αν το θέλεις, ήμουν ερωτευμένος μαζί της. Αλλά εγώ την έδιωξα! Τι κάνει στη ζωή της δεν με αφορά πλέον. Αν θέλει αυτή να ξεπέσει τόσο στη ζωή της, δικό της θέμα. Εμένα, δεν με αφορά καθόλου. Νομίζω ότι γίνομαι κατανοητός!»

Αν και προσπαθούσε να δείξει αδιάφορος, η φωνή του έκρυβε οργή, πρώτη φορά ξεστόμισε σε εμένα τουλάχιστον, αυτό που όλοι φανταζόμασταν όταν βλέπαμε τα πορτρέτα της, ότι ήταν ερωτευμένος μαζί της. Αυτός την έδιωξε αλλά σίγουρα δεν την έχει ξεχάσει ακόμα. Με μια νευρική κίνηση έσβησε στο τασάκι, που ήδη είχε γεμίσει με γόπες, το καμένο τσιγάρο που κρατούσε στο χέρι του, σήκωσε το μπουκάλι του, ήπιε μια γουλιά και με πικρόχολη διάθεση συμπλήρωσε: «Εις υγείαν φίλοι μου, της δικηγόρου Κοράλλη!»

Κεφάλαιο 9

Είχαν περάσει δυο βδομάδες περίπου από την τελευταία μας συνάντηση, το Πάσχα ήταν κοντά, όταν μια έκπληξη με περίμενε καθώς έψαχνα βαριεστημένα στις εφημερίδες τα πολιτιστικά των άλλων εντύπων. Στην φιλοκυβερνητική *Αυγή* υπήρχε μία ολόκληρη σελίδα, όπου η Κοράλλη έδινε συνέντευξη, με σκοπό να ανατρέψει τον αρνητικό αντίκτυπο, που είχε στην υπόθεση της το άρθρο μου. Η Αυγή, όπως όλη η αριστερίζουσα διανόηση της Πατρίδας μας, στα πλαίσια της πολιτικής ορθότητας που υποστήριζε με σθένος τα τελευταία χρόνια, όπου έβλεπε προσβεβλημένη γυναίκα, θεωρούσε υποχρέωση της να την υποστηρίξει, χωρίς πολλά πολλά προαπαιτούμενα. Βολεύτηκα στην πολυθρόνα του γραφείου μου, άνοιξα το φύλλο της εφημερίδας διάπλατα και η ματιά μου στάθηκε στην φωτογραφία της Κοράλλη. Καθόταν σε μία άνετη, ανοιχτόχρωμη πολυθρόνα ενώ αυτή φορούσε ένα γυαλιστερό, σμαραγδί ταγέρ. Το πρόσωπό της κοίταζε με σιγουριά ευθεία προς την κάμερα. Διέκρινα μια σκληράδα την ματιά της, ίσως όμως να ήμουν προκατειλημμένος εναντίον της, ίσως πάλι αυτό να ήθελε να δείξει στην φωτογραφία. Ήξερα την ηλικία της, σίγουρα κρατιόταν σε πολύ καλή κατάσταση, κάποιος εύκολα θα την θεωρούσε αρκετά μικρότερη. Έριξα μια γρήγορη ματιά στους τίτλους. Αμέσως κατάλαβα ότι προσπαθούσε να ανατρέψει την εις βάρος της αρνητική εικόνα δείχνοντας ότι αυτή ήταν το θύμα στη διαμάχη της με τον Βερεμή. Η πλευρά Κοράλλη έκανε την αντεπίθεση της, αυτή τη φορά πιο οργανωμένα, προσαρμόζοντας την στρατηγική τους στους κανόνες που είχε επιβάλει η Πάππας. Έψαξα την δημοσιογράφο που είχε πάρει την συνέντευξη, ήταν η Ξένια Γκούση, την ήξερα, παλιά συνάδελφος στο πολιτιστικό ρεπορτάζ, απόφοιτος της

Σχολής Καλών Τεχνών της Θεσσαλονίκης, του τμήματος θεατρικών Σπουδών, που τελικά διάλεξε τη δημοσιογραφία. Ξεκίνησα την ανάγνωση του άρθρου:

«Επισκέφτηκα τη δικηγόρο Βασιλική Κοράλλη στο σπίτι της, ένα αισθητικά άψογο δυάρι στο Κουκάκι, όπου είχα την χαρά να την ακούσω να μου μιλά για την διαμάχη της με τον ζωγράφο Γιώργο Βερεμή και όχι μόνο. Για όσους αγνοούν την υπόθεση, η κ. Κοράλλη δια της δικαστικής οδού, ζητά την ανάκτηση μια σειράς πορτρέτων, που την απεικονίζουν και παρακρατούνται καταχρηστικά από τον ζωγράφο. Επιπλέον ζητά οι πίνακες αυτοί, στη συνέχεια να καταστραφούν. Στην αρχή μου συστήθηκε ως μία εργαζόμενη γυναίκα, που μεγάλωσε στην καταπράσινη Θάσο μαζί με την αδελφή της, σε μια φτωχή οικογένεια, ορφανή από πατέρα, με πολλές στερήσεις. Αυτό δεν την εμπόδισε όμως να βάλει ψηλά το πήχη στη ζωή της, να υπερβεί το σκληρό περιβάλλον στο οποίο μεγάλωνε και να πραγματοποιήσει το όνειρο της, να αποφοιτήσει από την Νομική Σχολή των Αθηνών. Σήμερα εργάζεται δίπλα σε γνωστό ποινικολόγο των Αθηνών και χειρίζεται πλήθος δύσκολων υποθέσεων.

Μιλώντας μου για την υπόθεση Βερεμή – Κοράλλη, η οποία θα εκδικαστεί σε δεύτερο βαθμό μέσα στους επόμενους μήνες, θέλησε να κάνει γνωστή την άποψη και της δική της πλευράς, μετά την μεγάλη προσοχή που δόθηκε το προηγούμενο διάστημα σε όσα της καταμαρτυρούσαν οι συνάδελφοι μου μέσα από τα άλλα δημοσιογραφικά μέσα. Τα επιχειρήματα της ήταν ανθρώπινα, απλά αλλά νομικά στέρεα. Πιστεύω ότι ήταν απόλυτα ειλικρινής μαζί μου.

Στην ερώτηση μου, τι την έκανε να θέλει να ανακτήσει την κυριότητα των πινάκων μετά από τόσα χρόνια, μου απάντησε ότι οι πίνακες της ανήκαν. Μετά από τον βίαιο χωρισμό της με τον Γιώργο Βερεμή τους άφησε πίσω αν και η κυριότητά τους δεν αμφισβητούνταν από τον τότε σύντροφό της. Απλώς δεν τους διεκδίκησε πίσω για τόσο μεγάλο χρονικό διάστημα, περισσότερο εξαιτίας της άρνησής της να συναντήσει ξανά τον ζωγράφο. Επέμεινα στην ερώτηση μου αυτή, και τότε εκείνη με φανερή την θλίψη της, συμπλήρωσε ότι της ήταν πολύ οδυνηρό να συναντηθεί με τον άνθρωπο εκείνο, που την υποβίβασε ως γυναίκα, αρνήθηκε τα δικαιώματά της, δεν υπολόγιζε την αυτόνομη προσωπικότητα της. Όταν ο χρόνος απάλυνε τον πόνο της και οι ενδοιασμοί της έπαυσαν να υπάρχουν, διεκδίκησε αυτό που της ανήκε. Επέλεξε τη δικαστική οδό, ήταν ο μόνος τρόπος για να μην αναγκαστεί να μπει σε μία ανώφελη και ψυχοφθόρα συζήτηση μαζί του, εξαιτίας της αλαζονείας του. Ήταν σίγουρη ότι ο Βερεμής θα αρνούνταν να της παραδώσει τους πίνακες, γνώριζε πολύ καλά τον χαρακτήρα του και τον τρόπο που αντιδρούσε. Αν είχε σκοπό να το πράξει από μόνος του, θα είχε φροντίσει από καιρό να τους παραδώσει σε αυτήν ευθύς μετά τον χωρισμό τους. Από το πρώτο διάστημα του χωρισμού της ήταν σίγουρη για τις προθέσεις του και αυτό αποδείχθηκε, όταν του επιδόθηκε το εξώδικο παράδοσης των έργων κι αυτός δεν το αποδέχθηκε. Η αναζήτηση δικαιοσύνης στις δικαστικές αίθουσες ήταν αναπόφευκτη.

Στην αυτονόητη ερώτηση μου για τη θεματολογία των πινάκων μου απάντησε ότι απεικόνιζαν εκείνη, ήταν πορτρέτα δικά της, για τα οποία είχε σταθεί ώρες ακίνητη μέχρι εκείνος να τα ολοκληρώσει. Όταν προσπάθησα να κάνω μια αντιπαραβολή με τον Μοντιλιάνι και την ερωμένη του, την όμορφη, νεαρή Ζαν Εμπιρτέν, όπου ο ζωγράφος χρησιμοποιώντας την ως μοντέλο φιλοτέχνησε είκοσι πέντε πορτρέτα της, μου απάντησε ότι δεν ήταν η ερωμένη του αλλά ο δεσμός του, με τον οποίο έζησε μαζί οχτώ χρόνια, με προβλήματα αλλά και καλές στιγμές παρά τον δύσκολο χαρακτήρα του. Τα πορτρέτα για τα οποία βρίσκονται στα δικαστήρια, έγιναν με την συμφωνία ότι δεν είναι για πώληση και της ανήκουν. Πράγμα, που αποδεικνύεται πολύ εύκολα, όπως ισχυρίζεται, από την ιδιόχειρη αφιέρωση που βρίσκεται στο πίσω μέρος ενός από αυτούς, αλλά κι από το γεγονός, ότι μέχρι σήμερα δεν έχει τολμήσει να τους εκθέσει κάπου είτε να πουλήσει κάποιον από αυτούς. Ομολόγησε χαριτολογώντας, ότι το μόνο που την συνέδεε με την Εμπιρτέν, ήταν ότι επέδειξε την ίδια αφοσίωση όπως κι εκείνη στον ζωγράφο για τον οποίον πόζαρε. Αυτή όμως είχε την προνοητικότητα να απεμπλακεί γρήγορα από τα δίχτυα του, ώστε να μην έχει την τραγική τύχη της. Για όσους δεν γνωρίζουν η Ζαν Εμπιρτέν, μετά τον θάνατο του καταπονημένου από τις καταχρήσεις

Μοντιλιάνι, μόλις στα τριάντα πέντε του, τον ακολούθησε σε αυτόν, πηδώντας από το παράθυρο του διαμερίσματός τους στον πέμπτο όροφο, αν κι κυοφορούσε το δεύτερο παιδί τους.

Απαντώντας σε ερώτηση μου για τους χαρακτηρισμούς που απέδωσε στον Βερεμή, στην αρχή της συνέντευξης, μου απάντησε ότι ήταν δύσκολος χαρακτήρας, με πολλές ιδιορρυθμίες, τις οποίες τυφλωμένη από έρωτα δεν ήθελε να δει, αλλά ευτυχώς ο χρόνος της άνοιξε τα μάτια ώστε να μπορέσει να ανακτήσει την ελευθερία της. Την χρησιμοποιούσε ως μοντέλο, ως έμπνευση στο υπόλοιπο έργο του, ως την γυναίκα που τον φρόντιζε αλλά όταν θέλησε αυτή να κάνει το επόμενο βήμα στην καριέρα της, αντιτάχθηκε στη θέληση της δίχως κανένα ίχνος αυτοσυγκράτησης, αγνοώντας ακόμα και τα δικά του πιστεύω, περί ίσων δικαιωμάτων που πρέπει να απολαμβάνουν τα δύο φύλα, που με κομπασμό εξέφραζε, αλλά ποτέ του δεν πίστεψε.

Στο καίριο ερώτημά μου, γιατί πέρα από την κατοχή των διαφιλονικούμενων πινάκων ζητούσε και την καταστροφή τους, δίχως ενδοιασμό μου απάντησε ότι σε αυτούς απεικονίζεται η ίδια, απόλυτα γυμνή και ήταν αδιαπραγμάτευτο δικαίωμα της στα πλαίσια της αυτοδιάθεσης του σώματος της, έστω και σε αντικατοπτρισμό στους πίνακες αυτούς, να το διαθέσει όπως εκείνη επιθυμούσε. Σε μία ύψιστη κίνηση συμβολισμού ενάντια στις ιδεοληψίες του αντρικού φύλου, που επιμένει να θεωρεί εαυτόν το κυρίαρχο είδος, θα τους κατέστρεφε. Ο Βερεμής διεκδικούσε κάτι δικό της, με την αλαζονεία που διακρίνει τους καλλιτέχνες που πιστεύουν, ότι η δημιουργία των χεριών τους τους καθιστά αμέσως κύριους του δημιουργήματος τους, χωρίς να λαμβάνουν υπόψη τους το υποκείμενο του έργου, που στην συγκεκριμένη περίπτωση δεν είναι ένα άψυχο αντικείμενο, αλλά μια γυναίκα με αληθινά αισθήματα, με δική της ζωή και κυρίως με δικαιώματα. Δεν ήταν ένα ψυχρό μοντέλο, που στάθηκε απέναντι του παίρνοντας πόζες σύμφωνα με τις ορέξεις του ζωγράφου με σκοπό να πληρωθεί για την εργασία της. Ήταν η σχέση του, την οποία ζωγράφιζε με την συναίνεσή της, υποσχόμενος ότι τα έργα αυτά θα της αποδίδονταν. Κι αυτή εξακολουθεί να θεωρεί ότι έχει τον απόλυτο έλεγχο επί αυτών, ακόμα και για να τους καταστρέψει. Εξάλλου, όπως ευθαρσώς ανέφερε, δεν πιστεύει ότι οι πίνακες έχουν κάποια ιδιαίτερη καλλιτεχνική αξία!

Η υπόθεση για πρώτη φορά ανακινεί ένα σοβαρό θέμα, που άπτεται των δικαιωμάτων των γυναικών. Κατά πόσο η εικόνα του γυμνού τους σώματος συνεχίζει να είναι ιδιοκτησία τους κι αν έχουν το δικαίωμα να διαχειριστούν αυτήν την εικόνα, όπως και το ίδιο το σώμα τους, όπως εκείνες επιθυμούν. Είναι η πρώτη τέτοια υπόθεση που αφορά ζωγραφικούς πίνακες. Σε φωτογραφικές απεικονίσεις έχουμε δεδικασμένα υπέρ του εικονιζόμενου προσώπου και είναι μια καλή ευκαιρία να λυθεί και αυτή η δυσαρμονία μεταξύ ζωγράφων και των μοντέλων τους, ειδικά όταν τους συνδέει κάτι περισσότερο από μια αδιάφορη, επαγγελματική σχέση.»

Η απαξίωση των πορτρέτων σίγουρα αποτελούσε ένα καρφί εκδίκησης, για ποιο πράγμα όμως; Πολύ σκληρό να δημοσιοποιείς μια τέτοια άποψη δημοσίως για έναν καλλιτέχνη, οποιονδήποτε καλλιτέχνη. Κι εδώ είχε μια ξεχωριστή σημασία, διότι αυτή που απαξίωνε τα πορτρέτα ήταν το ίδιο το μοντέλο τους, η «σχέση» του ζωγράφου την εποχή που φιλοτεχνήθηκαν οι πίνακες. Η δημοσιογράφος επιτυχώς παρουσίασε τις απόψεις της Κοράλλη, παρουσιάζοντας την ως το θύμα στην όλη υπόθεση. Άφησε ανοιχτό το θέμα του ιδιόρρυθμου χαρακτήρα του Βερεμή, υπονοώντας ότι δεν περνούσε καλά στα χέρια του. Για την δημοσιογράφο, η Κοράλλη, ήταν μία γυναίκα, η οποία στοιχειοθετούσε με επιτυχία τα δικαιώματα της, εξάλλου δικηγόρος ήταν ήξερε από αυτά. Είχε το δικαίωμα να ζητά την καταστροφή όλων εκείνων των πορτρέτων που την απεικόνιζαν γυμνή, στα πλαίσια της αυτοδιάθεσης του σώματός της, έστω κι αν αυτά δημιουργήθηκαν με τη δική της συναίνεση, έστω κι αν το θέμα το ανακινούσε αρκετά χρόνια αργότερα. Το δικαιώματά του καλλιτέχνη επί του έργου του, η ελευθερία της έκφρασης, η αξία των έργων, η ίδια η μαρτυρία της ψυχής του καλλιτέχνη έρχονται πια σε δεύτερη μοίρα. Η Κοράλλη ως δικηγόρος, βασιζόταν πάνω σε δύο ακλόνητους ισχυρισμούς κατά την κρίση της. Την ιδιοκτησία των πινάκων και την αυτοδιάθεση του γυμνού σώματός της. Σύμφωνα με τον πρώτο, οι πίνακες έπρεπε να αποδοθούν στον νόμιμο ιδιοκτήτη τους και σύμφωνα με τον δεύτερο, εφόσον το επιθυμούσε, μπορούσε να τους καταστρέψει. Ομολογώ ότι η συνάδελφος μου έκανε μια πολύ καλή δουλειά και σίγουρα όποιος διάβαζε τη συνέντευξη αυτή, είναι βέβαιο ότι θα έβλεπε με θετική ματιά πλέον "την γυναίκα που τολμούσε επιτέλους να διεκδικήσει τα δικαιώματά της, έναντι του αλαζόνα καλλιτέχνη". Προτού καλά καλά χωνέψω αυτό που μόλις είχα διαβάσει, κτύπησε το τηλέφωνο μου.

«Καλημέρα, Νίκο!» Ήταν η φωνή της Πάππας, ευδιάθετη, σχεδόν πανηγυρική.

«Διάβασες τη συνέντευξη της Κοράλλη; Oh my God, what a success! Είμαι πολύ χαρούμενη. Τα πράγματα πάνε πολύ καλύτερα απ' ότι περίμενα.»

«Την διάβασα, αλλά δεν καταλαβαίνω τι είναι αυτό που σε κάνει τόσο χαρούμενη!»

«Μα δεν καταλαβαίνεις; Κερδίζουμε ακόμα περισσότερη δημοσιότητα! Ο κόσμος θα μιλά κι άλλο για αυτούς τους πίνακες, αυτό δεν θέλουμε; I'm so glad!»

«Ο Γιώργος έχει διαβάσει την συνέντευξη;»

«Τώρα επιστρέφω στο σπίτι του, δεν νομίζω ότι ξέρει κάτι. Θα του μιλήσω εγώ, έχω την εφημερίδα μαζί μου. Τέλεια!»

«Πρόσεχέ τον, σε παρακαλώ. Δεν θα του αρέσουν αυτά που λέει η Κοράλλη...» Προσπάθησα να την προσγειώσω αλλά εκείνη ήδη είχε κλείσει το τηλέφωνο της. Δεν έβρισκα φρόνιμο να επιδείξει τον ίδιο ενθουσιασμό μπροστά του. Όσο κι αν είχε αποδεχθεί αυτό το παιχνίδι δημοσιότητας, η Κοράλλη, κάθε άλλο παρά φειδωλή ήταν σε σκληρούς χαρακτηρισμούς και διαπιστώσεις για το πρόσωπό του. Επιπλέον, μου έκανε εντύπωση η έκφραση «επιστρέφω στο σπίτι του». Η ώρα ήταν 10 το πρωί ακόμα, άρα ήταν και προηγουμένως στο σπίτι του; Για ποιον λόγο; Ή μήπως απλώς ήταν ένα απλό εκφραστικό λάθος; Άφησα κατά μέρους τις σκέψεις μου αυτές, σημείωσα να κάνω ένα τηλεφώνημα στην Βερεμή κατά τη διάρκεια της ημέρας και συνέχισα με ένα άρθρο σχετικό με την σκανδαλώδη για την εποχή της, Οπερέτα του Θεόφραστου Σακελλαρίδη: *Θέλω να δω τον Πάπα,* που σκηνοθετούσε εκείνον τον καιρό ο Βασίλης Παπαβασιλείου στο θέατρο Ολύμπια. Αργά το απόγευμα πήρα τηλέφωνο τον Βερεμή, δεν απάντησε, τον ξαναπήρα και πάλι δεν σήκωνε το τηλέφωνό του, πήρα την Τζώρτζια, μου είπε ότι όλα ήταν καλά και θα με έπαιρνε όποτε μπορούσε εκείνος.

Τις επόμενες ημέρες, όπως ήταν αναμενόμενο, η πλάστιγγα της διάθεσης του κόσμου έγειρε προς την πλευρά της Κοράλλη. Η συνέντευξή της αναδημοσιεύτηκε σε πολλά άλλα έντυπα, φίλα προσκείμενα στην Αυγή κι από εκεί στα κοινωνικά δίκτυα. Ο πολύς κόσμος θεώρησε ότι έπρεπε να υπερασπιστεί την γυναίκα Κοράλλη, κανένας δεν ενδιαφερόταν πια για την προτεινόμενη καταστροφή των έργων. Κι αν κάποιος τολμούσε να αντιπαρατεθεί διαμέσου των σχολίων που ακολουθούσαν την εγγραφή, βρισκόταν μόνος, δίχως υποστήριξη, χτυπιόταν αλύπητα, δίχως έλεος, από τους υπέρμαχους των δικαιωμάτων των γυναικών. Αυτή τη φορά, η τότε Γενική Γραμματέας Ισότητας, Φωτεινή Ψωμιάδη, που λίγες μέρες πριν είχε αναλάβει καθήκοντα, θεώρησε υποχρέωση της να πάρει θέση υπέρ της Κοράλλη.

Κεφάλαιο 10

Η Πάππας με την *Αυγή* στο χέρι της, άνοιξε την πόρτα του σπιτιού του Βερεμή με το κλειδί που της είχε δώσει ο ίδιος πριν από λίγες μόλις μέρες. Κρέμασε το παλτό της σε έναν ξύλινο καλόγηρο, που μετά βίας στεκόταν στη θέση του και ανέβηκε στον επάνω όροφο, όπου εκείνος βρισκόταν μπροστά σε ένα μεγάλων διαστάσεων τελάρο, που το είχε στερεώσει στον τοίχο, να ζωγραφίζει έναν πίνακα. Γυναίκες, πολλές γυναίκες διαχέονταν σε όλον τον διαθέσιμο χώρο, ευδιάθετες με χορευτικές κινήσεις και αέρινα, ελαφριά φορέματα, κάποιες σκόρπιες ανάμεσα στις άλλες, επιδείκνυαν προκλητικά την γύμνια τους. Την άκουσε καθώς αυτή ανέβαινε και τα ξύλινα σκαλοπάτια έτριζαν αλλά δεν διέκοψε αυτό που συνεπαρμένος προσπαθούσε να δημιουργήσει εκείνην την στιγμή. Τον πλησίασε από πίσω και τον αγκάλιασε σφιχτά πιέζοντάς τον με το στήθος της, ενώ τα χέρια της χάιδευαν το στέρνο και τον λαιμό του. Στάθηκε για λίγο ακίνητος, με την παλέτα και τα πινέλα του να αιωρούνται αμήχανα στο χέρι του, μέχρι που αποφάσισε χρησιμοποιώντας το εκτόπισμα του σώματος του να απελευθερωθεί, άτσαλα άφησε κάτω ότι κρατούσε και τότε την πήρε αυτός στην δική του αγκαλιά, αναζητώντας τα χείλη της. Εκείνη ανταποκρίθηκε αμέσως στο κάλεσμά του, εκείνος συνέχισε αφαιρώντας με βιασύνη την ζακέτα της, της σήκωσε την φούστα χαϊδεύοντας ψηλά τους γλουτούς της, το πρόσωπο της ήδη είχε αναψοκοκκινίσει και τα μεγάλα, αμυγδαλωτά μάτια της τον κοίταζαν με πόθο, ενώ του έλυνε την ζώνη. Σε ελάχιστο χρόνο τα γυμνά κορμιά τους κυλιούνταν στο κρύο πάτωμα, παλεύοντας σαν αγρίμια, τραβώντας ο ένας τον άλλο προς την πλευρά του, ανταγωνιζόμενοι σαν ο χρόνος τους να είχε τελειώσει, θέλοντας να κερδίσει ο καθένας τους την ελάχιστη χαρά της ικανοποίησης, που μόνο η ηδονή του αχόρταγου σώματος μπορεί να χαρίσει. Ολόγυρα τους, οι πίνακες της Κοράλλη τους κοίταζαν από παντού, δίπλα τους με δέος, πιο πέρα με λαγνεία, από απέναντι με οργή, πιο πάνω ζηλότυπα, παραδίπλα με παραίτηση. Μέχρι που αποκαμωμένοι πια, τα κορμιά τους χαλάρωσαν, αφέθηκαν από το παθιασμένο σφιχταγκάλιασμα, εκείνη κόλλησε ευχαριστημένη πάνω του, σαν να ήθελε να γίνει ένα με αυτόν, ενώ το χέρι της συνέχισε, πιο ήρεμα τώρα να του χαϊδεύει τον λαιμό, εκείνος την κρατούσε με το ένα χέρι από την μέση και με το άλλο έπαιζε με τα μαλλιά της.

«Πρέπει να σου έλειψα πολύ, κάτι συνέβη με σένα, έγινε κάτι χτες βράδυ, αφότου έφυγες από εδώ;» έσπασε την σιωπή πρώτος ο Βερεμής.

Εκείνη του ψιθύρισε στο αυτί: «Μην μιλάς, σε παρακαλώ... μου αρέσει η ησυχία που υπάρχει τώρα.» Το κεφάλι της ακουμπούσε στο στέρνο του, ενώ το μεταλλικό της σκουλαρίκι, βυζαντινής τεχνοτροπίας τον κέντρισε, αλλά εκείνος δεν φανέρωσε την οποιαδήποτε ενόχληση. Τα δάχτυλα του συνέχισαν να παίζουν με τα ανακατωμένα μαλλιά της, τυλίγοντας τα σφιχτά ενώ στη συνέχεια τα άφηνε, αποτελειώνοντας την όποια φόρμα είχαν.

«Με αγαπάς;» τον ρώτησε.

«Γιατί το ρωτάς τώρα αυτό;»

«It's just a simple question! Με αγαπάς;»

«Ναι, σε αγαπώ.»

Έσπρωξε το χέρι του από πάνω της και σηκώθηκε. Μάζεψε τα ρούχα της, που ήταν πεταμένα σε όλον τον χώρο, φόρεσε τα εσώρουχα της και κάθισε σε μια καρέκλα κοιτάζοντας τον, ενώ εκείνος παρέμεινε εκεί, στην ίδια θέση, παρακολουθώντας την κάθε της κίνηση, απολαμβάνοντας το θέαμα, που του χάριζε το νεανικό της σώμα.

«Γιώργο, έχω νέα να σου πω!»

Εκείνος χωρίς να κουνηθεί από τη θέση που βρισκόταν, της έγνεψε με το χέρι ότι ήταν έτοιμος να την ακούσει.

«Είναι από την Κοράλλη!»

Η όψη του άλλαξε, την κοίταξε για λίγο στα μάτια ενοχλημένος, σηκώθηκε και άρχισε να ντύνεται.

«Τι έχει να μας πει η κυρία Κοράλλη, Τζώρτζια;» Ο ήχος της φωνής του ακούστηκε σκληρός, απότομα είχε χαλάσει όλη η καλή διάθεση, που είχε μέχρι τότε.

«Έχει δώσει μία συνέντευξη και μιλά για σένα!»

«Μάλιστα! Η κυρία Κοράλλη έχει δώσει μία συνέντευξη και μιλά για μένα!» επανέλαβε τα λόγια της με φανερά ειρωνική διάθεση.

«Γιώργο, δεν θα σου αρέσει!»

«Μη μου λες! Κι εγώ που νόμιζα ότι όλα όσα κάνει μου αρέσουν!»

Εκείνη χωρίς να του απαντήσει, σηκώθηκε και έψαξε στον χώρο την εφημερίδα, την είχε αφήσει σε μια καρέκλα μπαίνοντας στο ατελιέ, την άνοιξε στη σελίδα της συνέντευξης και του την πρόσφερε.

«Διάβασε μόνος σου!»

Εκείνος την έπιασε στο χέρια του, κάθισε στην αγαπημένη του θέση, μια ταλαιπωρημένη από τον χρόνο και τις μπογιές πολυθρόνα, το πρόσωπό του συνοφρυώθηκε καταλαβαίνοντας ότι κρατούσε την ΑΥΓΗ. «Βλέπω ότι τα μεγάλα μέσα άρχισαν να λειτουργούν. Από πότε τα ψευτοσυντρόφια κάνουν πλάτες στους αστούς; Άστο, δεν έχει σημασία, αυτοί έτσι κι αλλιώς ξέρουν να χρησιμοποιούν την εξουσία κατά πως τους βολεύει κάθε φορά.»

Γύρισε το πρόσωπο του και την κοίταξε καθώς ντυνόταν μπροστά σε έναν θαμπό καθρέφτη, που ακουμπούσε στο τοίχο.

«Πιστεύεις ότι πρέπει να διαβάσω τις μαλακίες που γράφει εδώ μέσα;»

«Ναι, Γιώργο! Πρέπει! Πρέπει να ξέρεις!»

Για μια στιγμή μόνο, τα μάτια του τρεμόπαιξαν προσπερνώντας την φωτογραφία της παλιάς αγαπημένης του. Όση ώρα διάβαζε, η έκφραση του αλλοιωνόταν όλο και πιο πολύ, το πρόσωπο του κοκκίνιζε, τα χέρια του έσφιγγαν όλο και πιο πολύ το χαρτί. Στο τέλος σήκωσε τα μάτια του, κοίταξε την Τζώρτζια που προσπαθούσε να τακτοποιήσει με το χέρι της τα μαλλιά της και της πέταξε την εφημερίδα φανερά οργισμένος.

«Ο κλέφτης με τους όρκους του και η πουτάνα με τα δάκρυά της!»

«Δεν καταλαβαίνω, Γιώργο!»

«Λέω ότι είναι μεγάλη πουτάνα! Γράφει ένα κάρο μαλακίες με σκοπό ο κόσμος να την λυπηθεί. Και απευθύνεται σε ένα κοινό πρόθυμο να την ακούσει. Πέρασε άσχημα μαζί μου, είμαι αλαζόνας, της υποσχέθηκα ότι οι πίνακες είναι δικοί της, ότι έχει δικαίωμα στο σώμα της, ότι θα τους καταστρέψει για να δείξει σε όλους μέχρι που φτάνουν τα δικαιώματά της, ότι κατόρθωσε, αν είναι δυνατόν να λέγονται τέτοιες μαλακίες, να μην έχει την ίδια τραγική κατάληξη με την γκόμενα του Μοντιλιάνι! Μάλιστα, η κυρία Βάσω Κοράλλη! Αναρωτιέμαι από πότε έγινε Βάσω; Εγώ Βασιλική την ήξερα! Έτσι μου είχε συστηθεί, έτσι την έλεγα όσο καιρό είμαστε μαζί. Όσο την ζωγράφιζα, όσο την γαμούσα, όσο την ανεχόμουν να μπερδεύεται στα πόδια μου, Βασιλική, γαμώτο μου, την έλεγαν. Και τώρα μας κάνει μάθημα για τα δικαιώματα των γυναικών, για την τέχνη και δικολαβίστικες αμπελοφιλοσοφίες. Η Βάσω... να γελάσω!»

Σώπασε και έμεινε αμίλητος, ακίνητος, το σώμα του χαλάρωσε τα χέρια του έπεσαν βαριά προς τα κάτω, χάθηκε κάθε τόνος έντασης από πάνω του. Η Τζώρτζια τον πλησίασε, γονάτισε μπροστά του για να τον φιλήσει όταν είδε τα βουρκωμένα μάτια του. Έκανε πίσω.

«Γιώργο, ακόμα την αγαπάς!»

«Μην λες μαλακίες.»

«Ναι, την αγαπάς, γι αυτό...»

«Γι' αυτό;»

«Γι' αυτό κρατάς ακόμα αυτούς τους πίνακες εδώ. Και δεν θέλεις να τους χάσεις. Oh my God! Ήμουν τυφλή μα τώρα καταλαβαίνω...την αγαπάς ακόμα!»

«Λες μαλακίες τώρα.» Η φωνή του όμως μαρτυρούσε ότι δεν πίστευε σε ότι μπορούσε να την πείσει.

«Μου είπες ότι αγαπάς μόνο εμένα.»

«Σου είπα να αφήσεις τον Αλέξανδρο.»

«Δεν είναι αυτό το θέμα μας τώρα!»

«Και ποιο είναι; Ότι τον κερατώνεις για τα ωραία μου μάτια; Έτσι λες; Ότι ήλθες εδώ όλο χαρά για να μου δείξεις αυτή την κωλοφυλλάδα και τις μαλακίες που γράφει, για ποιο λόγο; Πες μου, για ποιο λόγο;»

Ο Βερεμής είχε βρει και πάλι την αυτοκυριαρχία του αλλά η γυναίκα που είχε απέναντι του δεν ήταν από αυτές που παραδίδονται εύκολα.

«Για ποιον λόγο κύριε Βερεμή; Για ποιον λόγο; Κάνουμε μια δουλειά εδώ και πρέπει να ξέρεις τι γίνεται. Η παλιά σου γκόμενα μιλά για σένα! Για τους πίνακες! Αυτή είναι η δουλειά μου, Γιώργο!»

«Αυτή λοιπόν είναι η δουλειά σου εδώ, Τζώρτζια; Κι εγώ ο αφελής που νόμιζα ότι με ερωτεύτηκες! Και ζητάς τώρα να μάθεις αν σε αγαπώ! Μα τι μαλάκας είμαι!»

Η Τζώρτζια σηκώθηκε από μπροστά του, έκανε μερικά βήματα προς τα πίσω, ακούμπησε σε μια καρέκλα από τις πολλές που υπήρχαν στον χώρο και κάθισε. Για λίγο έμειναν και οι δύο αμίλητοι, μην ξέροντας αν θα έπρεπε να συνεχίσουν την κουβέντα που είχαν ανοίξει. Μέχρι που ακούστηκε η φωνή της, ήρεμη πια, απολογητική: «Νομίζω ότι σου εξήγησα τι θα κάνω μαζί του.»

«Ναι μου εξήγησες, γαμώτο μου!»

«Τον Αλέξανδρο δεν θα τον αφήσω τώρα. Δεν ξέρω πότε, αλλά όχι τώρα.»

«Τότε τι σε ενδιαφέρει αν αγαπώ εγώ ακόμα την μαλακισμένη; Ωραία είσαι!»

«Νόμιζα, ότι όταν έλεγες, ότι με αγαπάς, το έλεγες αλήθεια. That's all. Ξέχασέ το!»

«Θα σου πω την αλήθεια, λοιπόν. Όταν ήλθες εδώ, την πρώτη φορά με τον Αλέξανδρο, το πρώτο πράγμα που πέρασε από το μυαλό μου ήταν: τι κάνει αυτή η γυναίκα με αυτόν τον ανθρωπάκο; Γιατί είσαι γυναίκα με όλη τη σημασία της λέξης κι αν θυμάσαι κατόρθωσες με την παρουσία σου και μόνο, να με βγάλεις απ' τον βούρκο που πνιγόμουν και να μου χαρίσεις και πάλι τη ζωή. Μαζί σου έγινε αυτή η μεταμόρφωση. Τα γεμάτα υποσχέσεις μάτια σου, το χαμόγελό σου, που μπόρεσε να σπάσει την μαυρίλα που επικρατούσε εδώ μέσα, το κορμί σου, που διαγραφόταν πίσω από το φουστάνι σου, προκλητικό, έσφυζε από αισθησιασμό, οι κινήσεις σου όλο χάρη και αισιοδοξία, ως και η ανάσα σου όταν μου μιλούσες με διέγειρε. Μου έδωσες πίσω τη ζωή μου, αυτήν που έθαψα εδώ μέσα μαζί με τη αναμνήσεις μιας καταθλιπτικής ζωής, την οποία θα έπρεπε να είχα διαγράψει προ πολλού. Και τώρα, που λες ότι είσαι δική μου, συγχρόνως θέλεις να είσαι και κάποιου άλλου. Την ώρα που ανοίγεις την πόρτα και μπαίνεις εδώ μέσα, την ίδια ώρα σχεδιάζεις το πότε θα φύγεις για να επιστρέψεις σε κείνον. Το ότι λοιπόν πέφτω στο κρεβάτι μαζί σου, όποτε εσύ το αποφασίσεις, όποτε εσύ έχεις χρόνο, δεν μου φτάνει!»

«Έχεις δίκιο! Αλλά αν δεν τελειώσω με την δουλειά που ξεκίνησα, δεν μπορώ να σου δώσω περισσότερα. Σου τα έχω πει αυτά, νόμιζα ότι είχαμε κάνει μια συμφωνία....»

«Δεν είναι όλα συμφωνίες στη ζωή μας!»

«Τώρα καταλαβαίνω γιατί είσαι τόσο νευριασμένος, oh yes, πρέπει σίγουρα να βγάλω από δω μέσα αυτά τα πορτρέτα. Αυτή είναι ένα φάντασμα, που έχει γεμίσει αυτό το σπίτι και δεν μπορείς να ησυχάσεις. Αν σε γνώριζα αλλιώς, θα τα πετούσα αμέσως από το παράθυρο, μα τώρα πρέπει να τελειώσω αυτό που ξεκίνησα, αυτό που συμφωνήσαμε να κάνουμε. Αυτή είναι η δουλειά μου, Γιώργο!»

«Ναι, είναι η δουλειά σου! Απορώ τι νιώθεις στα αλήθεια για μένα;»

«Σε αγαπώ, αλλά μην ζητάς να κάνεις κουμάντο σε όλα! Πάρε αυτό που μπορώ να σου δώσω τώρα, σε παρακαλώ, είναι το καλύτερο που μπορώ να κάνω.»

«Ωραία!... να πάρω αυτό που μπορείς να μου δώσεις τώρα! Δεν μου φτάνει, Τζώρτζια! Το καταλαβαίνεις, δεν μου φτάνει!»

«Πες μου, την αγαπάς ακόμα; Την αλήθεια, Γιώργο! Μόνο την αλήθεια θέλω να ακούσω από εσένα τώρα!»

«Δεν ξέρω που να πάρει, δεν ξέρω ποια είναι η αλήθεια. Τόσα χρόνια ζώντας μαζί της, έχοντας την εδώ μέσα, επιτρέποντάς της να στοιχειώνει καθημερινά τη ζωή μου... ίσως τελικά όλο αυτό να είναι κάτι πολύ άρρωστο. Ίσως το καλύτερο για όλους μας να είναι, να την καλέσουμε εδώ, να έλθει με ένα φορτηγό, να πετάξω πάνω του και τους πίνακες κι αυτήν και να τους αφήσω να πάνε στο διάολο.»

«Δεν είναι αυτή η λύση , Γιώργο!»

«Τελικά τι θέλεις, ρε Τζώρτζια;»

«Θέλω να την νικήσεις, να την κάνεις να κλάψει και εγώ να ξέρω ότι τα δάκρυα της, δεν σε ενδιαφέρουν. Αυτό θέλω, Γιώργο!»

Σηκώθηκε από την πολυθρόνα του, έκανε κάποια βήματα χωρίς προορισμό στον χώρο, ήταν φανερό ότι δεν είχε τις απαντήσεις που χρειαζόταν εκείνη τη στιγμή.

«Καλύτερα, να φύγεις, Τζώρτζια! Έλα αύριο, μεθαύριο, έλα όποτε θέλεις. Φύγε όμως τώρα, σε παρακαλώ!»

Αυτή τη φορά δεν του απάντησε. Μάζεψε τα πράγματά της και του γύρισε την πλάτη. Την άκουσε να κατεβαίνει τα σκαλοπάτια και να κλείνει πίσω της, την πόρτα. Έπιασε και πάλι την εφημερίδα και η ματιά του άρχισε να διερευνά τις λεπτομέρειες του προσώπου της Βασιλικής. Σοβαρό, προσπαθούσε να δώσει την αίσθηση ότι έλεγχε την όλη κατάσταση, ότι είχε το δίκιο με το μέρος της. Η επιδερμίδα της καθαρή, τα χρόνια της κρύβονταν, σαν να μην είχε περάσει ούτε μια μέρα από τότε, που την είχε δει για τελευταία φορά, προσπαθούσε να διακρίνει τις λεπτομέρειες εκείνες που θα πρόδιδαν αν η φωτογραφία είχε ρετουσαριστεί, ίσως κατόπιν δικής της υπόδειξης. Γιατί τον μισούσε τόσο, γιατί ανακίνησε αυτή την ιστορία τώρα; Αν ήθελε τους πίνακες, θα μπορούσε να του κτυπήσει την πόρτα, να του πει ότι ήθελε κάποιους από αυτούς, όλους, κι αυτός δίχως δεύτερη κουβέντα θα τους της έδινε. Όχι όμως για να τους καταστρέψει. Κανένας δεν έχει αυτό το δικαίωμα. Σε κανέναν δεν επιτρέπεται να πληγώνει με τέτοιον τρόπο, έναν καλλιτέχνη. Καταλάβαινε ότι τον μισούσε. Ίσως η κακία που του κρατούσε να μην ήταν και τόσο ανεξήγητη. Αν τα γεγονότα εκείνης της νύχτας είχαν εξελιχθεί διαφορετικά, αν δεν έφταναν τα πράγματα ως τα άκρα, αν είχε βάλει λίγο νερό στο κρασί του. Μα και πάλι δεν ήταν η πρώτη φορά που τσακώνονταν και μάλιστα έντονα μεταξύ τους. Πάντα όμως η επόμενη μέρα τους έβρισκε μαζί, ίσως κάποια ναζιάρικα παράπονα να ακούγονταν από εκείνη, ένα φιλί του όμως τα επισκίαζε όλα. Δεν μπορούσε αυτή τη φορά να κατανοήσει το μέγεθος του μίσους της.

Δεν ήταν όλα μαύρα στην σχέση τους. Ίσα ίσα θα έλεγε κάποιος ότι ήταν από τα πιο ερωτευμένα ζευγάρια, που είχε γνωρίσει ποτέ. Αυτή είναι και η αλήθεια κατά την άποψη του. Υπήρχαν διαφωνίες, ναι, πάντα τα κανονικά ζευγάρια διαφωνούν, αλλά τον περισσότερο καιρό, έτσι πίστευε τουλάχιστον αυτός, όλα πήγαιναν καλά μεταξύ τους. Εκείνη είχε αποδεχθεί ότι ζούσε με έναν καλλιτέχνη με όλες τις ιδιοτροπίες του, αλλά κι αυτός έβλεπε ότι η ζωή δίπλα της, τον ολοκλήρωνε και ως άνθρωπο αλλά και ως ζωγράφο. Το ήξερε ότι αυτοί οι πίνακες που αφέθηκαν στον χώρο, που ζούσε όλα αυτά τα χρόνια, ήταν τα καλύτερα του έργα και αυτό δεν ήταν τυχαίο. Είχαν ζωγραφιστεί σε διάφορες περιόδους της κοινής τους ζωής, οι περισσότεροι εδώ σε αυτό το ατελιέ και οι υπόλοιποι στη Σίκινο, στην Κρήτη ή όπου αλλού συνήθιζαν να κάνουν διακοπές. Του άρεσε να την τοποθετεί δίπλα στο παράθυρο, εκεί όπου το απογευματινό φως τόνιζε τις καμπύλες της και να της ζητά να τον κοιτά στα μάτια. Ναι, ήθελε η ματιά της να είναι καρφωμένη πάνω του, αν ήταν δυνατόν να τον κοιτάζει ίσα μέσα στα δικά του μάτια. Έτσι μόνο είχε κάποια ελπίδα να διαβάσει την ψυχή της. Το χρειαζόταν αυτό για να μπορέσει να μεταφέρει την παρουσία της στην ολότητά της, πάνω στον άδειο καμβά που είχε μπροστά του.

Και το πετύχαινε. Ακόμα και μετά τον χωρισμό τους, είναι ολοφάνερο αυτό που συνέβαινε για χρόνια μέσα σε εκείνο το εργαστήριο. Αυτή του μιλούσε, τον τσιγκλούσε συνεχώς, δεν τον άφηνε να ζήσει τη ζωή του ελεύθερος, ήταν πάντα παρούσα, να τον διαβάζει με τα μάτια της και να ξεγυμνώνει την ψυχή του, κάθε μέρα, κάθε ώρα, κάθε στιγμή. Κι αυτός αδυνατούσε να αποχωριστεί αυτό το βάσανο σαν να φοβόταν ότι θα έχανε το πικρό ίαμα, το μόνο που μπορούσε να τον κρατήσει στη ζωή.

Δεν υπήρχε κανένας εξαναγκασμός της σε αυτές τις πόζες. Το ήθελε κι εκείνη, να μένει ακίνητη, για όση ώρα χρειαζόταν μέχρι με τα πινέλα του να τοποθετήσει με ακρίβεια τα χρώματα που ήθελε πάνω στο καμβά.

Ακίνητη, πολλές φορές σε στάσεις άβολες, ναι, τα χέρια και τα πόδια της πονούσαν, λίγο τα τέντωνε μόνο για να επανέλθει και πάλι στην πρότερη θέση της. Το έκανε χωρίς ποτέ να του παραπονεθεί, ίσα ίσα το χαιρόταν, της άρεσε να βλέπει όμορφο, νεανικό κορμί της, ικανό να τον προκαλεί κι εκείνος να της παραδίδεται άνευ όρων και με το σώμα και με την ψυχή του. Ναι, γιατί μετά από κάποια ώρα, του ήταν αδύνατον να συνεχίσει και τότε αφαιρούσε με βιασύνη ότι ρούχα φορούσε, την πλησίαζε κι εκείνη άπλωνε τα χέρια της τραβώντας τον κοντά της σε ένα ζωώδες σμίξιμο μέχρι που και οι δύο να πέσουν ξέπνοοι. Και μέχρι οι ανάσες τους να βρουν και πάλι τον κανονικό τους ρυθμό, κυριαρχούσαν και πάλι οι ανάγκες της νεανικής τους ορμής ώσπου τα χέρα, τα πόδια, τα κορμιά, τα χείλη, ο ιδρώτας και οι αναστεναγμοί τους, όλα συμπλέκονταν και πάλι μέχρι να χαθεί και το τελευταίο ίχνος της ικμάδας τους. Το ήξερε, η μοίρα που φρόντισε με χαρά να τους σμίξει, την ίδια στιγμή τους καταράστηκε, ώστε ποτέ τους να μην μπορέσουν να ησυχάσουν αν τολμούσαν να ακολουθήσουν διαφορετικούς δρόμους στη ζωή τους. Κι αυτός, αν ήθελε να ζήσει ξανά, έπρεπε να βρει το ξόρκι εκείνο, που θα το ελευθέρωνε από τα βασανιστικά της δεσμά.

Έτσι είχαν τα πραγματικά γεγονότα και όχι αυτά που έλεγε ότι *«την υποβίβασε ως γυναίκα, αρνήθηκε τα δικαιώματά της, δεν υπολόγισε την αυτόνομη προσωπικότητά της».*

Κεφάλαιο 11

Μάης 2015

Με το που κάθισα στο γραφείο μου, είδα την πρόσκληση μπροστά μου. Το όνομά μου ήταν τυπωμένο με έντονα, μεγάλα γράμματα στον φάκελο επάνω. Τον πήρα στα χέρια μου και με βιασύνη τον άνοιξα. Ανακοίνωνε ότι στις 16 Μαΐου, θα πραγματοποιούνταν η έκθεση των διαφιλονικούμενων – έτσι έγραφε - πινάκων του Γιώργου Βερεμή στην γκαλερί ΘΕΑΣΗ, στο κέντρο του Πειραιά! Στη δεξιά πλευρά της, μαζί με τις ώρες λειτουργίας, σε ένα χρυσό τετράγωνο κάδρο είχε τοποθετηθεί μία λεπτομέρεια από πίνακα, που περιλάμβανε τμήμα του λαιμού και του στήθους της Κοράλλη, αρκετά τολμηρό για να εξάψει την φαντασία του οποιουδήποτε. Βλέποντας την ημερομηνία, το πρώτο που σκέφτηκα ήταν, ότι ο αιφνιδιασμός πρέπει να έχει πετύχει μιας και η πρόσκληση έφτασε σε εμένα, ασφαλώς και στα άλλα δημοσιογραφικά γραφεία, μόλις δύο μέρες πριν από το άνοιγμα της έκθεσης στον κόσμο. Πρώτα πρώτα ενημέρωσα τον διευθυντή μου, είχαμε κάνει μία συμφωνία την οποία θα τηρούσα. Αυτός την έπιασε στα χέρια του, την έπαιξε για λίγο στο φως.

«Ωραία δουλειά, Νίκο! Φαίνεται ότι αυτή η Πάππας ξέρει καλά τη δουλειά της.»

«Είναι αλήθεια αυτό! Ό,τι κάνει, το κάνει με πάθος.»

«Μεθαύριο ανοίγει! Λυπάμαι αλλά μάλλον δεν θα προλάβουν.»

«Δηλαδή;»

«Τι δηλαδή, ρε Νίκο! Δικηγόροι είναι, ήδη θα έχουν ξεκινήσει τη διαδικασία για τα ασφαλιστικά μέσα, μέχρι το μεσημέρι θα έχουν την απόφαση στα χέρια τους. Νομίζω, ότι καταλαβαίνεις τι σημαίνει αυτό;»

«Ναι... φοβάμαι πως καταλαβαίνω! Και θα λήξει έτσι άδοξα όλο το σχέδιο, που με τέτοιον ενθουσιασμό έστησαν;»

«Δεν ξέρω αλλά κάτι μου λέει ότι τα πράγματα δεν είναι τόσο καθαρά όσο εμφανίζονται αυτή την στιγμή. Αυτή η Πάππας, μου έχεις πει ότι συζεί με τον δικηγόρο του Βερεμή. Είναι δυνατόν να μην τους έχει συμβουλέψει ότι αυτή η κίνηση τους δεν έχει καμία ελπίδα, ειδικά ενώ εκκρεμεί το εφετείο; Σίγουρα κάτι δεν πάει καλά και δεν τους έχω για τόσο αφελείς. Εσύ κάνε τη δουλειάς σου και βλέπουμε.»

Γύρισα στο γραφείο. Ετοίμασα ένα σύντομο άρθρο, θυμίζοντας το ιστορικό της υπόθεσης και μαζί με την πρόσκληση τα έστειλα για δημοσίευση με την απαίτηση αυτό να γίνει άμεσα.

Πήρα το κινητό μου στα χέρια και κάλεσα τον Βερεμή! Σχεδόν αμέσως μου απάντησε:

«Έλα, φίλε, έλαβες την πρόσκληση;»

Ο ενθουσιασμός στη φωνή του ήταν κάτι παραπάνω από εμφανής.

«Ναι, την πήρα και ήδη στάλθηκε για δημοσίευση. Να σου πω, ρε Γιώργο! Δεν φοβάστε την αντίδραση του Δρακόγλου; Έχει αρκετό χρόνο μπροστά του, νομίζω καταλαβαίνεις ότι ήδη θα έχει κινήσει κάθε ένδικο μέσο για να σας σταματήσει και έχει αυτήν την δυνατότητα.»

«Μην φοβάσαι, φίλε μου! Όλα είναι υπό έλεγχο, τίποτα δεν μπορεί να χαλάσει αυτό που σχεδιάσαμε με την Τζώρτζια. Το μόνο που μπορώ να σου πω, είναι ότι όλα έχουν ήδη τελειώσει.»

«Τη εννοείς;»

«Περισσότερα δεν μπορώ να σου πω αλλά πολύ γρήγορα όλα θα γίνουν γνωστά. Και τότε πολλοί θα εκπλαγούν, πολύ περισσότερο απ' ότι μπορείς να φανταστείς! Όλα είναι υπό έλεγχο. Οι πίνακες αυτοί θα σωθούν, μη σου πω ότι ήδη έχουν σωθεί.»

«Για να πω την αλήθεια, θα ήθελα κάτι περισσότερο από τους γρίφους που μου παρουσιάζεις και την αισιοδοξία σου.»

«Μην σε πιάνει τώρα η επαγγελματική σου διαστροφή. Όλα στον καιρό τους! Σύντομα θα ξέρεις. Να σε αφήσω φίλε, γιατί όπως καταλαβαίνεις έχω πολύ δουλειά. Θα τα πούμε σύντομα.»

Άφησα το τηλέφωνο στο γραφείο μου μένοντας εμβρόντητος. Σίγουρα, κάτι συνέβαινε που εγώ αγνοούσα. Από την σύντομη στιχομυθία μου με τον Βερεμή, κατάλαβα ότι το περίφημο σχέδιο τους προχώρησε δίχως τη δική μου συμμετοχή. Εκείνη τη στιγμή ένιωσα προδομένος, διότι πίστευα ότι είχαν την υποχρέωση να με ενημερώσουν για κάθε αλλαγή του σχεδίου τους, στο οποίο ζήτησαν τη βοήθεια μου και δεν τους την αρνήθηκα. Από την άλλη, η Τζώρτζια με είχε ενημερώσει ότι η δική μου συμμετοχή είχε τελειώσει. Δεν έδωσα σημασία τότε. Αλλά εδώ διαφαινόταν, ότι το σχέδιο ήταν διαφορετικό από αυτό που μου παρουσίασαν. Δεν μου άρεσε η αίσθηση ότι απλώς με είχαν χρησιμοποιήσει σαν ένα πιόνι στις κινήσεις που έκαναν και το οποίο πούλησαν από νωρίς, όπως φαινόταν.

Δεν έδωσα συνέχεια στα ερωτήματα, που με έκαναν να αμφισβητώ όλο και πιο πολύ την φιλία μου με τον Βερεμή και τον επαγγελματισμό της Πάππας. Έσκυψα στο γραφείο μου με σκοπό να διεκπεραιώσω διάφορες άλλες εγγραφές, προσπαθώντας να τους ξεχάσω. Αν και δεν ήταν τόσο εύκολο, κατόρθωσα να ολοκληρώσω μία κριτική για το βιβλίο μίας πρωτοεμφανιζόμενης Αυστραλής συγγραφέας της Χάνα Κεντ, με τίτλο: Έθιμα Ταφής. Κριτικές έγραφα σπάνια αλλά διαβάζοντας αυτό το βιβλίο, ήθελα να γράψω κάτι όσο είχα νωπά ακόμα μέσα μου όλα τα ανάμικτα συναισθήματα, που μου δημιούργησε η ανάγνωσή του.

Όπως ήταν αναμενόμενο, τα ασφαλιστικά μέτρα είχαν βγει μέχρι το απόγευμα, όλα τα έντυπα, που το προηγούμενο διάστημα ανέδειξαν την υπόθεση έκαναν και πάλι μνεία στην υπόθεση, αυτή τη φορά πιο διστακτικά, τους ήταν δύσκολο να κατανοήσουν την υπόθεση σε βάθος. Την άποψη αυτή αποκόμισα από μία συζήτηση που είχα με κάποιους συναδέλφους του πολιτιστικού ρεπορτάζ, σε μία μεσημεριανή τυχαία συνάντηση την επόμενη ημέρα, όπου όλοι μας είχαμε βγει για καφέ και πρόχειρο φαγητό. Δεν ήταν ικανοποιημένοι από τα στοιχεία που είχαν στα χέρια τους και δεν ρίσκαραν να πάρουν πια θέση ανοιχτά υπέρ της μίας πλευράς ή της άλλης στη δεδομένη στιγμή. Όλοι τους κάτι περίμεναν χωρίς να μπορούν να το προσδιορίσουν. Το μεγάλο αίνιγμα ήταν ο Βερεμής, τον οποίον ο μόνος που τον είχε πλησιάσει ήμουν εγώ. Τα λίγα στοιχεία όμως που γνώριζα, άφηναν ακάλυπτα όλα τα ζητήματα που είχε παρουσιάσει η Κοράλλη στη δική της συνέντευξη. Κι εκείνος παρέμεινε ακριβοθώρητος για τον δημοσιογραφικό κόσμο. Αντιθέτως η ατζέντισσα του, η Πάππας, επικοινωνούσε με όλους και τους έλεγε να κάνουν υπομονή. Το μόνο που τους επαναλάμβανε ήταν: «Everything will be done on time» κι αυτοί το επαναλάμβαναν με σαρκασμό, κοροϊδεύοντας τον τρόπο που μιλούσε. Περισσότερο τους άκουγα, δεν είχα κάτι περισσότερο να προσθέσω σε όλα αυτά εκτός του ότι εγώ, ως κύριο συνομιλητή μου είχα τον Βερεμή, ο οποίος όμως κι αυτός όπως είχα καταλάβει, τα σπουδαιότερα μου τα έκρυβε. Αλλά και αυτό τους το απόκρυψα.

Την ημέρα της έκθεσης με περίμενε μία έκπληξη. Μία ώρα μόλις, πριν την προγραμματισμένη ώρα έναρξης της έκθεσης, μου έρχεται ένα μήνυμα στο κινητό, που έλεγε ότι παρά τα ασφαλιστικά μέτρα, η έκθεση θα πραγματοποιηθεί παρουσία του Βερεμή, ο οποίος και θα μιλούσε για τα έργα του. Στην αρχή είπα να το αγνοήσω, θεώρησα ότι ήταν ένα ακόμα δικό τους παιχνίδι στο οποίο δεν ήθελα να συμμετάσχω. Ακόμα δεν είχα χωνέψει, ότι οι «φίλοι μου» δεν θεώρησαν αναγκαίο να με πάρουν ένα τηλέφωνο για να με ενημερώσουν τι σχεδίαζαν. Ο Βερεμής γνώριζε πολύ καλά ότι δεν επρόκειτο να τον πουλήσω, η μέχρι τότε συμπεριφορά μου απέναντι του το αποδείκνυε αυτό. Παρ' όλα αυτά, επικοινώνησα με τον διευθυντή μου, ο οποίος δίχως δεύτερη σκέψη με διέταξε, με έντονο τρόπο, να πάρω τα πόδια μου για να βρεθώ εκεί στην ώρα μου. Φτάνοντας, βρήκα κι άλλους πολλούς συναδέλφους, κυρίως νέους, να περιμένουν μπροστά στην κλειστή είσοδο. Μετά από κάποια ώρα αναμονής, άνοιξε ελάχιστα η πόρτα, κάποιος κοίταξε από μέσα προς εμάς και την έκλεισε και πάλι. Επικράτησε εκνευρισμός, ο ένας έσπρωχνε τον άλλο για να πλησιάσει πιο κοντά, κάποια άβγαλτη συνάδελφος που είχε στριμωχτεί άσχημα, έβγαλε μία φωνή πόνου, σαν να συνήλθαν κάπως, όλοι έκαναν ένα βήμα πίσω, δίνοντας της χώρο να αναπνεύσει. Βλέποντας την πόρτα να παραμένει κλειστή, κάπως ηρέμησαν καταλαβαίνοντας ότι δεν υπήρχε λόγος για αχρείαστη ένταση. Εγώ έμενα σε μία απόσταση βλέποντας την όλη σκηνή φαινομενικά αδιάφορα, μέσα μου όμως αγωνιούσα όπως κι αυτοί. Το ερώτημά μου ήταν αν με αυτόν τον τρόπο ήθελε ο Βερεμής, να καταγγείλει την όλη διαδικασία απλώς και το καλλιτεχνικό φίμωμα του ή αν θα άνοιγε την πόρτα για να παρουσιάσει του ακριβοθώρητους πίνακες της Κοράλλη, σπάζοντας τα προσωρινά μέτρα με όλες τις συνέπειες γι' αυτόν.

Τότε κάποιος με ακούμπησε στον ώμο. Γύρισα και είδα τη Τζώρτζια, να έχει πλησιάσει το πρόσωπό μου. Το άρωμά της μεθυστικό, τα μάτια της να με κοίταζαν θριαμβευτικά με την έκφραση που έχει κάποιος που έχει κερδίσει μία αποφασιστική μάχη.

«Πάρε με από το χέρι και ανέβασέ με στην είσοδο!»

Έμεινα ακίνητος μη κατανοώντας τι επιδίωκε εκείνη την στιγμή.

«Θέλεις να με φάνε αυτοί όλοι; Βοήθησε με να περάσω από εκεί!»

Η φωνή της ήταν επιτακτική δίχως να δέχεται καμία αντίρρηση. Πέρασε με σιγουριά το χέρι της ανάμεσα στο μπράτσο μου και έσφιξε την παλάμη μου.

«Και μετά; Τι πρόκειται να κάνετε με όλους αυτούς;»

«Πάμε και θα μάθεις! Κανένας δεν θα μείνει παραπονεμένος.»

Δίχως να σκεφτώ τίποτα άλλο, ανταποκρίθηκα στην κίνηση της, την τράβηξα κοντά μου, το σώμα της κόλλησε πάνω μου κι εγώ άνοιγα δρόμο ανάμεσα στους συναδέλφους μου. Κάποιοι πήγαν να με βρίσουν αλλά μόλις είδαν ποιος ήμουν, παραμέριζαν σεβόμενοι το χρόνια μου στο επάγγελμα. Φτάνοντας στο πλατύσκαλο της εισόδου με άφησε κι εγώ παραμέρισα στην άκρη. Γύρισε προς τον κόσμο που είχε πλησιάσει, πιο ήρεμα αυτή την φορά. Ήταν όμορφη γυναίκα, το ήξερε, δεν την έφτανε όμως μόνο αυτό, ήθελε να δείχνει ότι ήταν ικανή να φέρει εις πέρας κάθε υπόθεση που χειριζόταν. Στάθηκε για λίγο ακίνητη μέχρι να κερδίσει την προσοχή των συναδέλφων μου. Τα μαλλιά της πιασμένα ψηλά σε αλογοουρά, στα αυτιά της κρέμονταν δύο ασύμμετρα μαύρα σκουλαρίκια που θύμιζαν γκλιν γλον, οι καμπύλες της αναδεικνύονταν κάτω από το ανάλαφρο καλοκαιρινό φόρεμα με μοτίβα από την φύση, που θύμιζαν τις ιαπωνικές τεχνικές ζωγραφικής με μελάνι, ενώ στο πόδια της φορούσε κατακόκκινες μπαλαρίνες.

«Κυρίες και κύριοι, δεν θα σας κρατήσω εδώ έξω, μόλις ανοίξω την πόρτα θα μπορέσετε να μπείτε μέσα.»

Ένα σούρσιμο ακούστηκε από την μετακίνηση των αδημονούντων δημοσιογράφων, εκείνη με το χέρι της τους έκανε νόημα ότι δεν είχε τελειώσει.

«Μέσα είναι ο κύριος Βερεμής! Θα έχετε την ευκαιρία, να τον ρωτήσετε ότι θέλετε για τα έργα του!»

Έσπρωξε την πόρτα κι εκείνη άνοιξε διάπλατα, ενώ στην κυριολεξία από πίσω της ορμούσαν με βιασύνη οι συνάδελφοι μου. Τελευταίος μπήκα εγώ. Το πρώτο πράγμα που μου κίνησε την περιέργεια, μόλις άνοιξε μπροστά μου ο ορίζοντας, ήταν ότι οι γύρω τοίχοι ήταν άδειοι με τους προβολείς να φωτίζουν τα σημεία που θα έπρεπε να υπάρχουν οι πίνακες. Οι ψίθυροι άρχισαν να δυναμώνουν, κάποιες φωνές δυσανασχέτησης ακούστηκαν στη συνέχεια, οι διαμαρτυρίες άρχισαν να γίνονται όλο και πιο έντονες. Στο βάθος της αίθουσας στεκόταν ο Βερεμής, που έδειχνε ότι τα είχε ελαφρά χαμένα και δίπλα του η Τζώρτζια, με ένα χαμόγελο θριάμβου στο πρόσωπό της. Αφού άφησε τις διαμαρτυρίες να εκτονωθούν κάπως, έπιασε το μικρόφωνο και ουσιαστικά τους διέταξε να καθίσουν στις καρέκλες, που υπήρχαν περιμετρικά του χώρου για να κάνουν τις ερωτήσεις τους. Αφού όλοι την υπάκουσαν και τακτοποιήθηκαν στα καθίσματα, κάθισαν κι αυτοί. Τότε, τελείως απρόσμενα, απηύθυνε τον λόγο σε εμένα.

«Κύριε, Μιχαηλίδη! Μπορείτε να κάνετε την πρώτη ερώτηση!»

Εγώ που παρέμεινα όρθιος, στην θέση μου, αιφνιδιασμένος διότι αντιλαμβανόμουν ότι για μία ακόμα φορά εκείνη φρόντισε να με βάλει στην πρώτη σειρά των γεγονότων, τα οποία όμως εγώ αγνοούσα, της είπα ότι παραχωρώ την θέση μου σε έναν νεότερο συνάδελφο. Αμέσως σηκώθηκαν τα χέρια από αυτούς και με φωνές προσπάθησαν να κερδίσουν την ερώτηση.

Η Τζώρτζια, κρύβοντας την απογοήτευση της, έδωσε τον λόγο σε μία κοπέλα, που καθόταν κοντά της. Εκείνη σηκώθηκε όρθια και με φωνή γεμάτη εκνευρισμό είπε:

«Κύριε Βερεμή! Μας καλέσατε σήμερα εδώ για μία έκθεση! Παρά τα ασφαλιστικά μέτρα που έχουν ληφθεί, εσείς υπονοήσατε ότι θα δούμε τους πίνακες σας με την Κοράλλη, με ένα μήνυμα στα κινητά μας, μόλις πριν από λίγη ώρα. Αν ήταν για μια απλή πρες κόνφερανς, θα μπορούσατε να μας το πείτε και να την κανονίζατε σε μία ώρα πιο κανονική. Πιστεύω να γνωρίζετε ότι είναι Σάββατο απόγευμα και όλοι μας έχουμε προσωπική ζωή. Η ερώτηση μου λοιπόν είναι, γιατί μας καλέσατε εδώ;»

Η Τζώρτζια ευχαρίστησε την δημοσιογράφο για την ερώτηση και έδωσε το μικρόφωνο στον Βερεμή. Εκείνος έχοντας αποκτήσει την αυτοκυριαρχία του, σηκώθηκε όρθιος, έβηξε ελαφριά σαν να ήθελε να καθαρίσει την φωνή του και απάντησε.

«Κυρία μου!... Σας κάλεσα εδώ... για μία έκθεση που θα έπρεπε να υπάρχει στον χώρο αυτό, με έργα δικά μου, τα οποία υπό κανονικές συνθήκες θα μπορούσα να διαχειριστώ όπως εγώ, ο δημιουργός τους θα επιθυμούσα. Γνωρίζετε όμως, ότι εξαιτίας κάποιας παράδοξης δικαστικής απόφασης και των ανεξήγητων δικαστικών κανόνων, αυτό το δικαίωμα δεν το έχω πια. Σας προκαλώ αν θέλετε, να ψάξετε αν η περίπτωση μου κατέχει την παγκόσμια μοναδικότητα, από έναν ζωγράφο να του αφαιρείται το δικαίωμα να παρουσιάζει το έργο του, και φυσικά μιλώ για τον δυτικό κόσμο, όπου όλοι σας επαίρεστε για τα δικαιώματα του ανθρώπου, στην περίπτωσή μου, για τις περίφημες ατομικές ελευθερίες και το δικαίωμα της έκφρασης. Τα πορτρέτα που θα έπρεπε να βρίσκονται αυτή την στιγμή στους τοίχους, γύρω σας, έγιναν με την απόλυτη συναίνεση της κυρίας Κοράλλη. Πώς θα μπορούσε να γίνει διαφορετικά; Τα μοντέλα δεν στήνονται δέσμια για να μεταφέρει την εικόνα τους ο ζωγράφος στον καμβά. Όσο για την κυριότητα αυτών των πινάκων, το μόνο που μπορώ να σας πω, είναι ότι δεν βρίσκονται πλέον υπό την κατοχή μου.»

«Τους παραδώσατε στην κυρία Κοράλλη;» ακούστηκε μια άλλη φωνή και όλοι σώπασαν περιμένοντας την απάντηση.

«Στην κυρία Κοράλλη; Όχι βέβαια! Δεν πιστεύω κάποιος ή κάποια από εσάς να θεωρεί ότι πρέπει οι πίνακες μου να καταστραφούν, όπως εκείνη επιθυμεί. Υπάρχει κάποιος από εσάς που πιστεύει σε αρλούμπες του τύπου, ότι διεκδικείς το δικαίωμά σου στο σώμα σου καταστρέφοντας τους πίνακες που το απεικονίζουν; Η ερώτηση μου απευθύνεται ιδιαιτέρως σε εσάς, τις γυναίκες δημοσιογράφους, που κάνετε το πολιτιστικό ρεπορτάζ. Όχι, δεν τους έχει η κυρία Κοράλλη!»

«Πού βρίσκονται οι πίνακες κύριε Βερεμή;» φώναξε ένας δημοσιογράφος που καθόταν κοντά μου.

«Οι πίνακες έχουν πουληθεί! Αυτό κάνουν οι ζωγράφοι. Φτιάχνουν πίνακες και τους πουλούν. Έτσι λοιπόν κι αυτοί έχουν προπωληθεί και ήδη έχουν παραληφθεί από τους αγοραστές τους, μιας και η έκθεση δεν μπορεί να γίνει. Νομίζω ότι καμία δικαστική απόφαση δεν το απαγορεύει αυτό.»

«Μπορείτε να μας πείτε τα ονόματα των αγοραστών;»

«Όχι κυρία μου, δεν μπορώ! Οι πίνακες δεν είναι στην ιδιοκτησία μου πλέον, άρα όπως καταλαβαίνετε κάτι τέτοιο δεν μπορεί να γίνει. Το μόνο που μπορώ να σας πω είναι ότι αυτοί που τους αγόρασαν, δεν δίστασαν να προσφέρουν το ποσό που τους ζήτησα. Τα πορτρέτα αξίζουν τα λεφτά τους, όπως και να το κάνεις!»

«Μας ρωτήσατε κύριε Βερεμή, απευθυνόμενος στις γυναίκες συναδέλφους, αν εμείς θεωρούμε σωστή την καταστροφή των πινάκων, με δικαιολογία την αυτοδιάθεση του γυναικείου σώματος. Θα μου επιτρέψετε, από τη θέση μου, να ρωτήσω εγώ: Εσείς τι πιστεύετε επ' αυτού του θέματος. Οι γυναίκες μπορούμε να αποφασίζουμε για το δικό μας σώμα, όπως επιθυμούμε, σε κάθε στιγμή της ζωής μας;» Την ερώτηση την έκανε μια δημοσιογράφος, την ήξερα, υπέρμαχος των δικαιωμάτων των γυναικών, δεν δίσταζε να βρίσκεται στην πρώτη γραμμή κάθε αγώνα, που το διακύβευμα του ήταν τα δικαιώματα όλων εκείνων που η κοινωνία μας τους κρατούσε, με οποιονδήποτε τρόπο στο περιθώριο.

«Κυρία μου, από ότι καταλαβαίνω, δεν κατανοήσατε την ερώτησή μου. Δεν συζητώ για τα δικαιώματα του γυναικείου φύλου, τα οποία είναι απόλυτα σεβαστά από εμένα, ακόμα και αυτό στο οποίο αναφερόμαστε. Η ερώτησή μου είναι, αν αυτό το δικαίωμα μεταφέρεται, εξ ανακλάσεως όπως υποστηρίζει η κυρία Κοράλλη, στους πίνακες που εγώ δημιούργησα. Δηλαδή σας ρωτώ, μπορεί κάποιο δικαστήριο, με οποιοδήποτε πρόσχημα, να διατάσσει την καταστροφή κάποιου έργου Τέχνης; Αυτό είναι, κυρία μου, το ερώτημα μου!»

«Γιατί, κύριε Βερεμή, αντιμετωπίζετε τόση εχθρότητα από την πρώην σύντροφό σας;»

«Καλύτερα αυτήν την ερώτηση να την απευθύνετε σε εκείνην. Δεν είμαι εγώ αυτός που θα απαντήσει εξ ονόματός της»

«Γιατί κρατάγατε για τόσον καιρό κρυμμένους τους πίνακες στο σπίτι σας, κύριε Βερεμή; Και για ποιον λόγο αποφασίσατε να τους εκθέσετε, μόνον όταν αμφισβητήθηκε η ιδιοκτησία τους;»

«Κάθε καλλιτέχνης έχει το δικαίωμα να διαχειρίζεται τους πίνακες που φιλοτέχνησε με τους δικούς του όρους. Οι πίνακες αυτοί ήταν κομμάτι της δικής μου ζωής. Και της Κοράλλη, δεν την εξαιρώ. Η έκθεση και η πώλησή τους, να την θεωρήσετε ως μία πράξη άμυνας εκ μέρους μου. Επιδίωξα να μην καταστραφούν οι πίνακές μου, όπως ζητεί η Κοράλλη και το σύστημα συνεπικουρεί σε αυτό το αίτημά της. Τα δικαστήρια έχουν ήδη προαποφασίσει κι εσείς οι δημοσιογράφοι όπως αντιλαμβάνομαι, δεν θα είχατε καμία αντίρρηση στην απίστευτη αυτή πράξη για τον πολιτισμό μας. Θα ήταν μια χαρά θέμα για να κλάψετε με κροκοδείλια δάκρυα, ενώ τώρα που πρέπει να υπερασπιστείτε τις ελευθερίες της Τέχνης, αναρωτιέστε για κατασκευασμένα δικαιώματα, τα οποία εμφανίστηκαν, μόνο και μόνο για να καταστραφούν οι δικοί μου πίνακες, κυρία μου!»

«Έχετε μιλήσει τον τελευταίο καιρό με την κυρία Κοράλλη;»

Την ερώτηση διέκοψε η Τζώρτζια, πήρε το μικρόφωνο από τον Βερεμή, δίνοντας το σήμα ότι η συνέντευξη είχε περαιωθεί. Οι φωνές έγιναν εντονότερες, όλοι ήθελαν να ρωτήσουν για την σχέση τους, για την αιτία αυτής της διαμάχης, αν οι πίνακες θα εκτεθούν κάποια στιγμή, αν εκείνος την μισεί. Οι ερωτήσεις διαδέχονταν η μία την άλλη με ένταση, η Τζώρτζια σηκώθηκε όρθια και με σταθερή φωνή ανακοίνωσε:

«Κυρίες και κύριοι, Πρώτα πρώτα, σας ευχαριστούμε που ήλθατε εδώ! The real news here... η είδηση εδώ είναι, ότι οι πίνακες δεν ανήκουν πλέον στον κύριο Βερεμή. Έχουν πουληθεί και οι νέοι ιδιοκτήτες τους, δεν θέλουν να γίνει γνωστό το όνομά τους. Για εσάς, έχουμε τον κατάλογο με τα έργα του, τον οποίο είχαμε ετοιμάσει για αυτήν την έκθεση, μπορείτε να πάρετε έναν από το τραπεζάκι δίπλα στην έξοδο. Σας ευχαριστούμε!»

Μιας και βρισκόμουν εκεί δίπλα, άπλωσα το χέρι μου, έπιασα έναν και προχώρησα ελάχιστα προς τα μέσα ενώ οι συνάδελφοι μου συνωστίζονταν στην έξοδο. Υπήρχε είδηση, το σχέδιο όπως το είχαν επεξεργαστεί οι δυο τους, κρυφά απ᾽ όλους μας, φαινόταν ότι είχε εκτελεστεί άψογα, κάτι όμως δεν μου άρεσε στην υπόθεση, είχα την διαίσθηση ότι δεν θα κράταγαν για πολύ τα χαμόγελα, που έβλεπα στα πρόσωπά τους. Συνειδητοποιούσα ότι το παιχνίδι που έπαιξαν όχι στην Κοράλλη, αλλά στον Δρακόγλου, ήταν πολύ πιο πάνω από μία καλή κίνηση στην σκακιέρα μιας συνηθισμένης δικαστικής διαμάχης και η οποία διαισθανόμουν, ότι δεν θα έμενε αναπάντητη. Ακινητοποιήθηκα στην θέση μου, αμφιταλαντευόμενος αν θα έπρεπε να μείνω και να μοιραστώ την χαρά τους ή αν θα έπρεπε να απομακρυνθώ λόγω του άσχημου προαισθήματος που ένιωθα. Δεν είχα καμία διάθεση να βρεθώ ανάμεσα στα μυστικά που συνέδεαν τον Βερεμή με την Κοράλλη και τον πληγωμένο εγωισμό του Δρακόγλου.

«Νίκο, φίλε μου, έλα κοντά μας!» άκουσα τον Βερεμή να με φωνάζει με ενθουσιασμό.

Έσκασα ένα χαμόγελο με προσπάθεια και τους πλησίασα. Μου άπλωσε το χέρι για να με χαιρετήσει. Ένιωσε την διστακτικότητά μου.

«Δεν είσαι ευχαριστημένος από την εξέλιξη αυτή;» με ρώτησε με απορία.

«Ναι, τα πράγματα εξελίχθηκαν ακριβώς όπως τα σχεδιάσατε με την Τζώρτζια. Μεγάλη επιτυχία. Συγχαρητήρια λοιπόν!»

«Δεν μου αρέσει ο τόνος που το λες, φίλε μου! Σαν να μην σου άρεσε το όλο κόλπο μας. Δεν σε καταλαβαίνω. Νιώθω ότι κάτι μου κρύβεις και δεν μου αρέσει!»

«Τι έχω να σου κρύψω, Γιώργο; Όχι, βέβαια! Απλά κάτι δεν μου αρέσει εδώ!»

«Ίσως σε καταλαβαίνω. Νιώθεις την ίδια αγωνία με την δική μου, σχετικά με την αντίδραση του Δρακόγλου. Ξέρεις όμως ότι δεν μου είχαν αφήσει καμία άλλη επιλογή. Έλα, πάμε να πιούμε μια μπύρα και τα λέμε με την ησυχία μας. Πού θέλεις να πάμε; Τι λες για το Γκάζι;»

«Η Τζώρτζια;»

«Άφησέ την αυτήν τώρα. Δεν θα έλθει μαζί. Θα βγει με τον δικό της.» Ακούστηκε σαν παράπονο το τελευταίο.

«Να την χαιρετίσουμε!»

«Ναι, ναι, βεβαίως! Τζώρτζια!»

Εκείνη άκουσε τη φωνή του Βερεμή να την καλεί, γύρισε και μας είδε, με βιασύνη αποχαιρέτισε μια νέα δημοσιογράφο με την οποία μιλούσε εκείνη την ώρα και ήλθε κοντά μας.

«Ευχαριστημένος, Νίκο;» με ρώτησε με ένα θριαμβευτικό χαμόγελο στο πρόσωπό της, το οποίο εκείνη την στιγμή αδυνατούσα να συμμεριστώ.

«Δεν ξέρω γιατί θα πρέπει να είμαι εγώ ευχαριστημένος, Τζώρτζια! Αυτό πρέπει να μας το πει ο Γιώργος καλύτερα!» τον προκάλεσα κοιτώντας τον στο πρόσωπο. Δεν ανταπέδωσε την πρόκληση.

«Τζώρτζια, εμείς θα πάμε για μία μπύρα με τον Νίκο. Δώσε τους χαιρετισμούς μου στον Αλέξανδρο.» Αυτό το τελευταίο το είπε με έναν μυστηριώδη τόνο ελπίδας, θα έλεγα. Η Τζώρτζια τον κοίταξε στα μάτια σαν να ήθελε να τον μαλώσει, μα αντί αυτού, τον πλησίασε κοντά στο πρόσωπο και τον φίλησε κάτω από το αυτί.

«Ναι, Γιώργο, θα του πω... καλά να περάσετε!» Διέκρινα την αγωνία στη φωνή της.

Βγαίνοντας να πάμε προς τα αυτοκίνητα μας, δεν μπόρεσα να μην του επισημάνω αυτό που έβλεπα να συμβαίνει. Τον σταμάτησα πιάνοντας το χέρι του από τον αγκώνα και τον ρώτησα ευθέως.

«Τι συμβαίνει με την Τζώρτζια;»

Εκείνος με κοίταξε τελείως παραδομένος σκάζοντας έναν μορφασμό αδυναμίας, ενώ τα μάτια του έλαμψαν.

«Δεν βλέπεις; Την πάτησα μαζί της! Κι απ' ότι καταλαβαίνω φαίνεται!»

«Πολύ επικίνδυνο... αλλά και άκομψο δεν νομίζεις;»

«Ότι και να πεις έχεις δίκιο αλλά αυτό που συμβαίνει δεν ελέγχεται πια. Πάμε, προτιμώ να τα πούμε κάπου καθιστοί κι όχι εδώ στη μέση του δρόμου.»

Τον άφησα και δώσαμε ραντεβού στο Γκάζι.

Προτού μπω στο αυτοκίνητο μου για να συναντήσω τον Βερεμή, πήρα το αφεντικό μου. Τον ενημέρωσα όπως είχαμε συμφωνήσει για κάθε εξέλιξη στην υπόθεση. Η φωνή του ακούστηκε ανήσυχη.

«Νίκο, θα έχουμε άσχημες εξελίξεις!»

«Ναι, το φαντάζομαι! Παίζουν με την φωτιά και φοβάμαι ότι είναι εκτός ελέγχου πια η κατάσταση.»

«Έτσι φαίνεται. Τι κάνεις τώρα;»

«Έχουμε κανονίσει να πιούμε μια μπύρα και να συζητήσουμε. Μου έδωσε την εντύπωση ότι γνωρίζει τι θα ακολουθήσει. Θέλω να δω αν έχουν κάποιο, οποιοδήποτε σχέδιο αντιμετώπισης της καταιγίδας, που φοβάμαι ότι θα ξεσπάσει πολύ γρήγορα. Αλλά δεν είναι μόνο αυτό.»

«Υπάρχει κι άλλο;»

«Ναι! Φαίνεται ότι τα έχει μπλέξει με την ατζέντισσα του, την γκόμενα του δικηγόρου του.»

Για λίγο σιωπή από την άλλη μεριά της γραμμής.

«Μάλιστα! Ωραίος ο τύπος! Κοίτα, να είσαι προσεχτικός όσο είσαι μαζί του. Εντάξει; Δεν υπάρχει κανένας λόγος να χαντακωθείς μαζί του κι εσύ. Κατάλαβες;»

«Ναι, εντάξει, θα προσέχω!» είπα άτονα και έκλεισα το τηλέφωνο.

Σε λίγη ώρα βρισκόμαστε σε ένα από τα πολλά μπαράκια που βρίσκονται δίπλα στην Τεχνόπολη, να έχουμε παραγγείλει τα ποτά μας και ο Γιώργος να έχει ανάψει ήδη το πρώτο του τσιγάρο. Πιάσαμε ένα τραπεζάκι στην άκρη του δρόμου, εκεί που η ένταση της μουσικής μας άφηνε να ακούει ο ένας τον άλλο δίχως να ξελαρυγγιαζόμαστε.

Τσουγκρίσαμε τα ποτήρια μας και εκείνος δίχως να προλάβω να του πω οτιδήποτε, σαν να ήθελε να ξεφορτωθεί κάτι βαρύ από πάνω του, ξεκίνησε τις εξομολογήσεις.

«Λοιπόν, φίλε, τώρα καταλαβαίνεις αρκετά από αυτά που συμβαίνουν. Με την Τζώρτζια είμαστε μαζί εδώ και καιρό. Μου την έφερε στο σπίτι μια μέρα ο Αλέξανδρος, για να βοηθήσει στην υπόθεση. Ήξερε από αυτά, μου είπε. Από την πρώτη στιγμή με ενημέρωσε ότι είχαν σχέση και ότι γνωρίζονταν από την Αμερική, από τότε που έκανε το μεταπτυχιακό του. Για να πω την αλήθεια, τον κοίταξα με έκπληξη, ήμουν σίγουρος ότι μια τέτοια γυναίκα δεν θα μπορούσε να μείνει για πολύ δίπλα του. Αυτή πληθωρική, χαρούμενη, με μια απίστευτη σπιρτάδα στα μάτια της, ήταν ολοφάνερο ότι διψούσε για ζωή. Εκείνος, όπως τον ήξερα μέχρι τότε, ένας απλός δικηγόρος με εξειδίκευση σε υποθέσεις όπως τη δική μου, ήσυχος κατά τα άλλα, παιδί για σπίτι όπως λέμε.

Κάποια στιγμή εκείνος έφυγε, έπρεπε να προλάβει μια δουλειά είπε και μας άφησε μόνους. Το μόνο που σκεφτόμουν εκείνη την στιγμή, ήταν πως θα την ξεφορτωθώ. Την δέχτηκα μόνο και μόνο επειδή δεν ήθελα να κακοκαρδίσω τον Προδρόμου, που χειριζόταν την υπόθεσή μου. Δεν ένιωθα καλά! Τίποτε δεν πήγαινε όπως το ήθελα. Η ζωγραφική μου είχε γίνει αδιάφορη, είχα να πουλήσω πίνακα μου για πολλούς μήνες, αντί να με ευχαριστεί η τέχνη μου, με βασάνιζε. Είχα αφήσει τον εαυτό μου να βουλιάζει όλο και πιο πολύ στη μιζέρια, όλα μου έφταιγαν, μισούσα ότι βρισκόταν παραέξω από εμένα, ότι μπορούσε να κάνει ευτυχισμένους τους άλλους ανθρώπους. Τίποτε δεν με ικανοποιούσε από τότε που χώρισα με την Βασιλική, έτσι την ήξερα εγώ την κυρία Βάσω Κοράλλη, κι όταν έλαβα την αγωγή της και βγήκε η πρώτη απόφαση, τα ξέρεις αυτά, πίστεψα ότι είχα τελειώσει οριστικά, ότι πια είχα καταγραφεί στο πάνθεο των μεγάλων αποτυχημένων του καλλιτεχνικού χώρου! Των διπλά αποτυχημένων, διότι έπρεπε να υπομείνω και το καλλιτεχνικό βάρος του πατέρα μου, ήμουν ο αποτυχημένος γιος του σημαντικού ζωγράφου, γνωστού στον κόσμο των φίλων της Τέχνης, αγαπητού καθηγητή Νίκου Βερεμή.

Τα λόγια μου ήταν λίγα μαζί της, απέφευγα να της απαντήσω ευθέως σε ότι με ρωτούσε, ακόμα και στα πιο απλά πράγματα. Της έδειξα την ενόχλησή μου, έκανα ότι θεωρούσα ικανό για να της διαλύσω τις όποιες προσδοκίες έτρεφε για την υπόθεσή μου. Αυτή όμως δεν το έβαλε κάτω. Την πρώτη μέρα με είχε φέρει στα όρια μου, σχεδόν την πέταξα έξω από το σπίτι, ζητώντας την να μην με επισκεφτεί ποτέ ξανά και ότι δεν χρειαζόμουν την βοήθεια κανενός. Πολύ περισσότερο μιας αμερικανοθρεμμένης ατζέντισσας. Δεν το έβαλε κάτω, σε λίγες μέρες εμφανίστηκε και πάλι! Της άνοιξα την πόρτα και δίχως να μου ζητήσει την άδεια, με προσπέρασε και ανέβηκε στο ατελιέ μου. Την ακολούθησα και την βρήκα να έχει σταθεί μπροστά στον πίνακα της Κοράλλη, εκείνον για τον οποίο με ρώτησες κι εσύ αρκετές φορές κι εγώ αρνιόμουν να σου πω το παραμικρό. Χαμογελούσε ενώ με τα μάτια της ερευνούσε πολύ προσεκτικά κάθε τμήμα του πίνακα. Στάθηκα και την παρατηρούσα. Ήταν σαν εκείνη την ώρα να προσπαθούσε να ανοίξει κουβέντα μαζί της, ή καλύτερα σαν να ήθελε να αποκρυπτογραφήσει την κάθε της σκέψη. Δεν μπορώ να το αρνηθώ... έτσι όπως στάθηκα αμήχανος και την έβλεπα δυνατή, σίγουρη για τον εαυτό της, αποφασισμένη να πάρει αυτό που ήθελε... όμορφη, ερωτική, με το φόρεμα της κολλημένο στο σώμα της να αναδεικνύει τις καμπύλες της, με τα κατάμαυρα, ατίθασα μαλλιά της να πέφτουν στην πλάτη της, το μακιγιάζ της απλώς τόνιζε τα χαρακτηριστικά της αλλά και χωρίς αυτό άνετα θα μπορούσε να τρελάνει τον οποιονδήποτε, ναι, εκείνη την στιγμή έσπασα και αποφάσισα να της δώσω μια δεύτερη ευκαιρία. Να δω τι περισσότερο μπορούσε να μου πει, μπας και ξεμπλέξω απ' όλη την οδυνηρή κατάσταση που βρισκόμουν. Ναι, φίλε μου! Το καταλάβαινα ότι δεν πήγαινα καλά και ότι αυτή η κατάσταση στην οποία είχα βυθιστεί, δεν θα είχε καλό τέλος για μένα. Της είπα να καθίσει, κάθισα κι εγώ απέναντι της. Για αρκετή ώρα δεν μιλούσα μόνο την κοίταζα. Κι εκείνη με κοίταζε, απόλυτα σιωπηλή, κατορθώνοντας όμως με τη ματιά της και μόνο να διεισδύσει στο μυαλό μου, στην ψυχή μου, στην καρδιά μου. Ήταν πολύ παράξενο αυτό που συνέβαινε, με είχε κυριεύσει ένα έντονα διεγερτικό αίσθημα εκείνη την στιγμή, ήταν σαν να πετούσε από πάνω μου πρώτα τα ρούχα μου, στη συνέχεια να σκίζει τις σάρκες μου και στο τέλος να της αποκαλύπτομαι όπως πράγματι είμαι. Ένα παιδί ακόμα, με όνειρα τσακισμένα αλλά παρόντα, μα και με πολλές φαντασιώσεις για την πραγματικότητα. Ένα παιδί γεμάτο εγωισμούς, εσωστρεφές και αδύναμο να βάλει τις σωστές προτεραιότητες στη ζωή του, που δεν μπορούσε να αγνοήσει το βάρος αυτού που ήταν ο πατέρας του, προσκολλημένο στα λάθη του παρελθόντος για τα οποία ζητούσε την αυτοτιμωρία του, αναίτια και μαζοχιστικά, που αρνούνταν να προχωρήσει τη ζωή του παρακάτω.

Φίλε, δεν ξέρω αν υπάρχει ίχνος πιθανότητας, αυτά που σου λέω να γίνονται, αλλά εκείνη την στιγμή κάτι έκανε πάνω μου και με άλλαξε. Από τη μια στιγμή στην άλλη έγινα άλλος άνθρωπος! Να πω ότι με μάγεψε; Ναι, είναι αλήθεια, το πιστεύω! Δεν ξέρω τι χρησιμοποίησε, τι έκανε, αλλά αυτή είναι η πραγματικότητα. Ένας άλλος Βερεμής αναγεννήθηκε από εκείνη την στιγμή! Στην πραγματικότητα ξαναγύρισα στα νεανικά μου χρόνια, όπου ήμουν έτοιμος για κάθε πρόκληση, σίγουρος ότι μπορούσα να κάνω τα πάντα καλύτερα από τον καθένα, τότε που η χαρά της ζωής ήταν ο πρώτος μου στόχος. Δεν ξέρω! ίσως να είναι στα αλήθεια μια μάγισσα, μια Κίρκη που ξέρει να σκλαβώνει ευεργετικά τους ανθρώπους! Εγώ ο ορθολογιστής, ο πραγματιστής, ο ουτοπιστής στην πολιτική μου σκέψη, σου λέω ότι είναι μάγισσα και είμαι δεμένος πια πάνω της, έτοιμος να καώ, όταν κι όποτε εκείνη μου το ζητήσει. Και δεν φοβάμαι τίποτα και το κυριότερο, δεν με συνδέει τίποτα πια με το φρικτό παρελθόν μου.

«Ξέρεις τι πιστεύω εγώ φίλε; Ότι δάγκωσες γερά την λαμαρίνα μαζί της και απλώς προσπαθείς τώρα να δικαιολογηθείς για όλο αυτό που σου συμβαίνει.»

«Δεν ξέρεις! Άκουσε με! Εκείνη λοιπόν την ημέρα μου ζήτησε να της μιλήσω για την Κοράλλη και την σχέση μας. Κι εγώ, αν το πιστεύεις, σαν καλός μαθητής καθόμουν εκεί και της απαντούσα σε κάθε της ερώτηση. Όταν, σε σένα για παράδειγμα, άλλαζα με οργή την κουβέντα κάθε φορά, που μου ζητούσες ένα μικρό μόνο στοιχείο για αυτήν την γυναίκα ή για τους πίνακες, τους οποίους αρνιόμουν ακόμα και να τους πιάσω στα χέρια μου, σαν να φοβόμουν ότι η όποια θύμησή της θα με συνέθλιβε οριστικά. Στην Τζώρτζια, ότι ζήτησε να μάθει ή μάλλον ότι ήθελε να βγάλω από μέσα μου, εγώ ήμουν πρόθυμος... πρόθυμος; Όχι! Λαχταρούσε η ψυχή μου να αδειάσει απ' όσα ήταν φορτωμένη μέχρι τότε και να της τα προσφέρω για να τα κάψει στη δική της φλόγα, που ήδη είχε αρχίσει να με καίει. Αυτό έγινε φίλε μου! Πήρε όλα όσα με είχαν διαλύσει σαν άνθρωπο, σαν Γιώργο Βερεμή και με έναν ανεξήγητο τρόπο τα εξαφάνισε. Με απελευθέρωσε επιτέλους, φίλε μου!

Την άλλη μέρα, έρχεται και πάλι, κτυπά την πόρτα, αυτή την φορά την περίμενα. Φορούσε ένα μπλε παλτό το οποίο έσφιγγε πάνω της σαν να φοβόταν μην το χάσει. Ήταν άβαφη, ναι, αυτό μου έκανε εντύπωση, μα εξακολουθούσε να είναι το ίδιο όμορφη και σαγηνευτική όπως την προηγούμενη. Την ανέβασα στο ατελιέ γεμάτος χαρά να της δείξω όλο ενθουσιασμό έναν νέο πίνακα, τον οποίο ξεκίνησα ευθύς μόλις με αποχαιρέτησε την προηγούμενη. Αυτή κοίταξε τον πίνακα, μου χαμογέλασε αινιγματικά, σαν να είχε κάτι άλλο στο μυαλό της, κινήθηκε προς το παράθυρο που εκείνη τη στιγμή ο ήλιος έστελνε τις ακτίνες του ίσα σε μία καρέκλα, που ήταν εκεί μπροστά του. Έβγαλε το παλτό της και μου αποκάλυψε το γυμνό κορμί της. Το άπλωσε στην καρέκλα, άφησε τα μαλλιά της να πέσουν γύρω από τον λαιμό της και κάθισε πάνω του, έτσι όπως θα έκανε μία σωστή, επαγγελματίας μοντέλο. "Ζωγράφισέ με", μου λέει. Υπακούω χωρίς καμία αντίρρηση, πιάνω αμέσως καινούριο καμβά, προσπαθώ να αφήσω το ίχνος του κάρβουνου πάνω του, οι καμπύλες του σώματός της με μπερδεύουν, το χέρι μου δεν ακολουθεί, αυτό που συμβαίνει εκείνη τη στιγμή εκεί μπροστά μου, είναι αδύνατον να το αντιμετωπίσω με την ψυχραιμία που οφείλει ένας καλλιτέχνης προς το μοντέλο του. Εκεί που εγώ παλεύω να ξεκινήσω, μόνο να ξεκινήσω ήθελα εκείνη τη στιγμή, την ακούω να μου λέει: "Έλα κοντά μου!". Την πλησιάζω απλώνει τα χέρια της, με τραβά με δύναμη, πέφτω σχεδόν πάνω της, ζητά τα χείλη μου, τα χέρια της αναζητούν πάνω μου κάθε σημείο που θα κάμψει την όποια αντίσταση μου, μα εγώ ήδη είμαι δικός της. Αυτή είναι η μοναδική αλήθεια, φίλε μου, είτε την πιστεύεις είτε όχι!»

Για λίγη ώρα έμεινα αμίλητος προσπαθώντας να βάλω σε μια σειρά όλα όσα ήθελα να τον ρωτήσω, κοιτώντας τον στο πρόσωπο, στο οποίο έβλεπα να αναμειγνύεται η ευτυχία με την αγωνία ενός άβγαλτου νεαρού. Μόνο, που ο Βερεμής, ήταν ένας άντρας σαράντα πέντε χρόνων, παραδομένος όμως ολότελα σε μια νέα, δυναμική και αισθησιακή γυναίκα, που για να πω την αλήθεια, δεν μπορούσα να κατανοήσω τι γύρευε σε εκείνον, ειδικά στην άθλια κατάσταση που βρισκόταν τότε, που τον πρωτογνώρισε.

«Το ξέρει κανένας άλλος αυτό;»

«Όχι, προς το παρόν όχι!»

«Δηλαδή τον δικηγόρο σου, τον κερατώνει κανονικά!»

«Όχι για πολύ ακόμα.»

«Δηλαδή;»

«Είναι ζήτημα λίγων λεπτών να τον αφήσει.»

«Λεπτών;»

«Απόψε του ανακοινώνει τα μαντάτα κι όταν επιστρέψω στο σπίτι μετά από εδώ, θα είναι εκεί να με περιμένει.»

«Μάλιστα! Αληθινά με εξέπληξες! Δεν το περίμενα με τίποτε αυτό, φίλε μου!»

«Ούτε κι εγώ!»

Ζήτησε να μας φέρουν ξανά μία από τα ίδια ποτά, άναψε ένα ακόμα τσιγάρο, μου πρόσφερε αν και ήξερε ότι δεν κάπνιζα, με το χέρι μου αρνήθηκα.

«Λέγε! Τι άλλο θέλεις να μάθεις, δημοσιογράφε;»

«Ξέρεις, ότι έχεις μπει στο στόχαστρο του Δρακόγλου; Είναι αδύνατον να φάει αυτήν την εξέλιξη αμάσητη. Καταλαβαίνεις τι θα γίνει όταν η είδηση της πώλησης κυκλοφορήσει σε κάθε έντυπο, αν δεν κυκλοφορεί ήδη. Ο εγωισμός φοβάμαι, ότι θα τον οδηγήσει σε ακραίες αντιδράσεις.»

«Είμαι προετοιμασμένος!»

«Τι προετοιμασμένος;»

«Για κάθε σενάριο, ακόμα και το χειρότερο!»

«Δηλαδή;»

«Σου έχω δώσει ήδη την απάντηση. Με την Τζώρτζια δίπλα μου, δεν φοβάμαι και να καώ. Ξέρεις το έχουμε συζητήσει, το γνωρίζουμε βαθιά μέσα μας, ότι σίγουρα ο μεγαλοδικηγόρος θα αντιδράσει. Είτε με κάποια δικαστική προσφυγή, είτε με κάποιο ανελέητο κυνηγητό μου, ίσως να μου κάνει μηνύσεις κάθε μέρα, ακόμα και να βάλει και τους μπράβους του να μας δώσουν ένα καλό μάθημα. Είμαι έτοιμος για όλα. Φτάνει που δεν πέρασε το δικό τους.»

«Την Κοράλλη την υπολογίζεις μέσα σε αυτή την εξίσωση; Σκέψου, αυτή ζητούσε να καταστραφούν οι πίνακες της και τώρα, σίγουρα, κάποιος από αυτούς τους μυστηριώδεις αγοραστές θα τον εκθέσει στην πιο περίοπτη θέση του σπιτιού του και θα τον επιδεικνύει κομπάζοντας στους φίλους του για την καπατσοσύνη του και σχολιάζοντας την κάθε λεπτομέρεια του σώματός της. Επιπλέον, από τη στιγμή που μοίρασες τον κατάλογο, όλα τα γυμνά πορτρέτα της θα περαστούν στις βάσεις των δικτύων, θα διανέμονται ελεύθερα και κανείς δεν θα μπορεί να το σταματήσει αυτό.»

«Ποιος τη λογαριάζει αυτή, ρε φίλε; Ξεκίνησε μια υπόθεση, για την οποία ακόμη δεν ξέρω ποια ήταν τα βαθύτερα κίνητρά της. Γιατί τώρα, μετά από τόσα χρόνια και όχι όταν χωρίσαμε; Στο διάστημα αυτό θα μπορούσα να τους είχα πουλήσει και ούτε που θα έπαιρνε κανείς είδηση.»

«Δεν το έκανες όμως!»

Ο Βερεμής σήκωσε το ποτήρι του και το τσούγκρισε με το δικό μου.

«Ναι, δεν το έκανα γιατί είχα χάσει κάθε πίστη στον εαυτό μου, πιστεύοντας ότι οι πίνακες αυτοί αποτελούσαν κάτι ανεπανάληπτο, το οποίο δεν θα μπορούσα ποτέ ξανά να φτιάξω. Δεν άφηνα κανέναν να με πλησιάσει κι όσοι το τολμούσαν φρόντιζα να τους πληγώνω. Απορώ, πώς κι εσύ με ανεχόσουν; Φυλακίστηκα σε έναν αδιέξοδο κόσμο, που όλοι και όλα μου έφταιγαν και δεν μπορούσα να διαβάσω τι γινόταν μέσα μου. Παρέδωσα τη ζωή μου στο φάντασμά της κι αυτή θέλησε να με αποτελειώσει. Η Τζώρτζια επιμένει ότι είχα κατάθλιψη. Μαλακίες! Διώχνοντάς την από τη ζωή μου, απλά έπεισα τον εαυτό μου, ότι θα έπρεπε να αυτοτιμωρηθώ, που δεν της έδωσε μια δεύτερη ευκαιρία. Και στη συνέχεια όλο αυτό με πήρε από κάτω, για κάποιον λόγο που μόνο το μέσα μου το ξέρει. Συνήθισα τη λειψή ζωή που έκανα, συνήθισα την κακομοιριά μου. Μέχρι που βρέθηκε ο κατάλληλος άνθρωπος να με ανασύρει από τον βούρκο που κυλιόμουν και να με ξαναστήσει στα πόδια μου.»

«Γιατί χώρισες με την Κοράλλη;»

«Άστο αυτό! Δεν βγάζει πουθενά η κουβέντα αυτή!»

«Μάλιστα... Το σχέδιο αυτό, που απόψε φανερώθηκε σε όλο το μεγαλείο του, να υποθέσω ότι ήταν ιδέα της Τζώρτζια.»

«Ναι, στο μεγαλύτερο μέρος ήταν δική της ιδέα. Το μόνο που ζήτησα εγώ, ήταν να μην καταστραφούν οι πίνακες.»

«Και πως σε έπεισε να τους αποχωριστείς;»

«Σου είπα φίλε! Η Τζώρτζια είναι μια μάγισσα. Δεν χρειάστηκε να με πείσει. Μου είπε ότι αυτό πρέπει να γίνει και εγώ δέχθηκα. Τόσο απλά! Εξάλλου, νομίζω ότι το καταλαβαίνεις αυτό, δύο γυναίκες στο ίδιο σπίτι δεν χωρούν. Κι εγώ είμαι αποφασισμένος να κρατήσω την Τζώρτζια!»

«Μάλιστα! Βλέπω ότι είσαι στα αλήθεια ερωτευμένος μαζί της και χαίρομαι, Ως φίλος σου όμως, το μόνο που θα σου ζητήσω είναι να κρατήσεις και μια πισινή. Το καταλαβαίνεις ότι είστε δύο άτομα τελείως διαφορετικά. Εκείνη είναι προσαρμοσμένη σε όλα αυτά που επιτάσσει η κοινωνία που ζούμε κι εσύ μέχρι πρότινος στεκόσουν απέναντί τους. Αλήθεια, πώς το αντιμετωπίζεις αυτό;»

«Σου επαναλαμβάνω φίλε μου, γιατί μάλλον δεν μπορείς να το χωνέψεις. Η Τζώρτζια είναι η γυναίκα της ζωής μου και δεν πρόκειται να κάνω τίποτα για να το χαλάσω αυτό. Πόσο δύσκολο είναι να καταλάβεις τι σου λέω; Εξάλλου θα ήταν τελείως ηλίθιο εκ μέρους μου να επαναλάβω ξανά το ίδιο λάθος. Μη φοβάσαι!»

«Αν σου ζητούσα να μου μιλήσεις για τη ζωή σου με την Κοράλλη, θα το έκανες;»

Με κοίταξε παραδομένος στο πρόσωπο, ύστερα καρφώθηκε η ματιά του προς τον δρόμο όπου μια παρέα νεαρών φοιτητών περνούσε έχοντας μια ζωηρή συζήτηση, άναψε ένα τσιγάρο ακόμα και με το βλέμμα του καρφωμένο στο κενό, είπε:

«Ναι! Νομίζω ότι τώρα μπορώ να το κάνω!»

«Ωραία, καλό σημάδι αυτό! Τι σε συνέδεσε λοιπόν μαζί της;»

«Μαζί της; Δεν είμαι σίγουρος! Μάλλον τα νιάτα μας. Δεν μπορώ να πω, όμορφη γυναίκα ήταν, ένιωθα ότι με θαύμαζε, διαφωνούσαμε σε πολλά, υπήρξαν πολλές στιγμές έντασης στη σχέση μας, πολλές φορές πληγώναμε ο ένας τον άλλο εκτοξεύοντας ότι χειρότερο κρύβαμε μέσα μας, αλλά όλα τα ξεχνάγαμε όταν κάναμε κρεβάτι. Τότε μου παραδιδόταν σαν να μην υπήρχε αύριο και το πρωί μας έβρισκε ξανά μονοιασμένους σαν να μην συνέβη τίποτε άσχημο την προηγούμενη. Έτσι πορευτήκαμε όλα τα χρόνια που ζήσαμε μαζί.»

«Της άρεσε η ζωγραφική σου;»

«Δεν ξέρω! Μάλλον όχι! Αυτή είχε μια επιφανειακή σχέση με τη τέχνη, της άρεσε να πηγαίνει σε εκθέσεις, έτσι γνωριστήκαμε κιόλας, αλλά δεν μπορούσε να εκτιμήσει σε βάθος έναν πίνακα. Αναμάσαγε όλες εκείνες τις κοινοτοπίες που λένε οι περισσότεροι. Ξέρεις, αυτά που κι εσείς οι δημοσιογράφοι πολλές φορές λέτε, για να κρύψετε την άγνοια σας: Ας προσπαθήσω να μπω στη θέση του καλλιτέχνη! Άραγε σε ποιο καλλιτεχνικό ρεύμα ανήκει ο ζωγράφος μας; Τι ωραία που χρησιμοποιεί τα χρώματα, πόσο σωστά εκμεταλλεύεται το φως και τα λοιπά. Ούτε όμως κι εμένα μου άρεσε όταν μιλούσε για τη δουλειά της. Ίσα ίσα που απεχθανόμουν κάθε τι που την συνέδεε με δίκες και νόμους και της το έδειχνα.»

«Δεν είχατε κοινά ενδιαφέροντα; Μοιραζόσαστε κοινά όνειρα για τη ζωή σας, για το μέλλον σας;»

«Κοινά ενδιαφέροντα; Τα μπαράκια! Κάθε βράδυ έπρεπε να πιούμε δυο τρία ποτά για να είμαστε καλά! Ας μην την αδικώ, εγώ έπινα, εκείνη αρκούνταν και με ένα μόνο. Τα ταξίδια, ναι, μας άρεσαν τα ταξίδια. Κάθε μήνα έπρεπε να πάμε κάπου. Εντός ή εκτός, αυτά τα κανόνιζε εκείνη κι εγώ την ακολουθούσα απλώς. Τσίμα τσίμα τα φέρναμε, δεν είχαμε πολλά χρήματα, ότι πιο φτηνό υπήρχε το έβρισκε αλλά ποιος τα υπολογίζει αυτά όταν είσαι στα είκοσι. Δεν μπορώ να το αρνηθώ, μου άρεσαν αυτές οι αποδράσεις μας.»

«Όνειρα;»

«Όχι, ποτέ δεν κάναμε όνειρα για κάτι μόνιμο στο μέλλον, για οικογένεια, για τέτοια θα λες! Με φαντάζεσαι εμένα στα δεσμά του γάμου; Όχι, φίλε μου! Δεν είμαι για οικογένεια εγώ! Είχα και το παράδειγμα των δικών μου, αλλού η μάνα μου κι αλλού ο πατέρας μου. Δυο ξένοι στο ίδιο σπίτι, που λένε. Μα ούτε κι εκείνη ποτέ, μου ανέφερε κάτι τέτοιο και από την τωρινή της ζωή, μάλλον δεν την ενδιέφερε καν. Σε αυτό ταιριάζαμε, όπως φαίνεται.»

«Πόσο καιρό ζήσατε μαζί;»

«Κάπου οκτώ χρόνια πρέπει να ήταν. Πέρασαν γρήγορα για να πω την αλήθεια. Δεν ανακατευόταν στη δουλειά μου ούτε κι εγώ στη δική της, βρισκόμαστε συνήθως το βράδυ τρώγαμε κάτι πρόχειρο και βγαίναμε έξω. Τα Σαββατοκύριακα ήταν πιο δύσκολα, μοιραζόμαστε περισσότερο χρόνο μαζί, έπρεπε να συζητήσουμε για κάτι και συνήθως καταλήγαμε οργισμένοι ο ένας για τον άλλο. Διαφωνούσαμε για ότι μαλακία μπορεί να σκεφτείς. Για το πατάκι της εξώπορτας που έπρεπε να αλλαχθεί, εκείνη το έβλεπε φθαρμένο εγώ μια χαρά. Για την πολιτική κατάσταση της χώρας, είχε μάθει να λατρεύει τον Αντρέα από το σπίτι της, εγώ πάλι απεχθανόμουν ότι είχε σχέση με αυτά. Για ένα βιβλίο που διάβαζε κι εκείνη το εγκωμίαζε, ενώ εγώ το θεωρούσα ότι αναπαρήγαγε της καθιερωμένες μικροαστικές αντιλήψεις. Το ίδιο γινόταν σε κάποιο θεατρικό ή ταινία που βλέπαμε, άσπρο αυτή μαύρο εγώ και το αντίθετο, αν εκείνης δεν της άρεσε εγώ φρόντιζα να το εγκωμιάζω. Γάμησε τε, φίλε μου!»

«Γιατί χωρίσατε;»

«Αυτό είναι κάτι, σου το είπα, που δεν θέλω ακόμα να το συζητήσω.»

«Ωραία! Κάτι όμως πρέπει να υπήρχε που σε κράτησε κοντά της για τόσα χρόνια. Δεν μπορεί να ήταν όλα χάλια! Δεν μένεις με κάποια μαζί για τόσο καιρό, αν δεν υπάρχει έρωτας, αγάπη! Δεν νομίζεις;»

«Μάλλον έχεις δίκιο! Μου άρεσε σαν γυναίκα. Είχε ένα κορμί με τέλειες αναλογίες, σφιχτό, με τις καμπύλες της να μπορούν να κολάσουν και τον πιο ανέραστο. Ανέδυε αισθησιασμό σε κάθε της κίνηση. Όταν ξυπνούσε το πρωί και τεντωνόταν δίπλα μου, όταν την έβλεπα σκυμμένη στα βιβλία της, όταν ρουφούσε το ποτό της. Ακόμα κι όταν εγώ επέμενα στην δική μου αντίληψη των πραγμάτων κι αυτή τσίτωνε για να έχει τον τελευταίο λόγο. Κι ενώ οι περισσότερες γυναίκες τότε αγριεύουν κι εσύ μισείς στην οργή τους, στα δικά μου μάτια αναδυόταν η απόλυτη θεά του έρωτα την οποία το μόνο που ήθελα, ήταν να την πηδήξω. Σίγουρα ήμουν τρελός για εκείνην.»

«Τα πορτρέτα, πότε τα έφτιαξες;»

«Στη διάρκεια των χρόνων που ζήσαμε μαζί. Όχι σε κάποια συγκεκριμένη περίοδο. Στο πρώτο καθόταν σταυροπόδι σε μια καρέκλα, στο εργαστήρι μου, κάνοντας ότι διαβάζει αλλά στην πραγματικότητα παρακολουθούσε την κάθε μου κίνηση καθώς γέμιζα έναν πίνακα με χρώματα. Η ματιά της, που με ακολουθούσε συνεχώς, μου δημιούργησε εκνευρισμό. Γενικά δεν θέλω κανέναν, να με παρακολουθεί όταν ζωγραφίζω. Τα παράτησα, αντικατέστησα το τελάρο με ένα καινούριο. Εκείνη προσποιούνταν ότι ήταν απορροφημένη στο βιβλίο της. Της ζήτησα να γδυθεί. Δεν κατάλαβε τι εννοούσα. Της είπα ότι ήθελα να την ζωγραφίσω γυμνή. Πρέπει να ένιωσε έκπληξη διότι για λίγο έμεινε ακίνητη να με κοιτάζει. Της επανέλαβα την προσταγή μου. Σηκώθηκε από η θέση της και άρχισε να γδύνεται με αργό, αγωνιώδες και προκλητικό τρόπο. Τοποθέτησα μια από τις πολυθρόνες κοντά στο παράθυρο και της ζήτησα να βολευτεί όπως εκείνη ένιωθε πιο άνετα. Για ώρα προσπαθούσε να βρει την κατάλληλη πόζα. Εγώ την παρακολουθούσα αμίλητος, ξέροντας ότι δεν θα πρόδιδε ότι περίμενα από εκείνην. Στην αρχή ήθελε να κρύψει την γύμνια της, τοποθετούσε τα χέρια της μια στο στήθος της και μια στο μουνί της, κοίταζε πως να τοποθετήσει σωστά τα πόδια της, μετακινούσε το σώμα της στην πολυθρόνα μέχρι που κάποια στιγμή κατέληξε. Τα πόδια της μαζεμένα ψηλά, με τα γόνατα να κρύβουν το στήθος, το ένα της χέρι να πέφτει στο μπράτσο της πολυθρόνας και το άλλο να μπλέκεται στα μαλλιά της. Της ζήτησα να με κοιτά, δίχως καμία έκφραση. Ήμουν τόσο ξαναμμένος βλέποντας την, που έπιασα τα πινέλα και τα χρώματα στα χέρια μου και δίχως προσχέδιο μπόρεσα να την αποτυπώσω με ευκολία πάνω στον καμβά. Αν και της είπα να μείνει ανέκφραστη, ο φόβος της για αυτό που έκανε για πρώτη φορά, η ικανοποίηση της που με έβλεπε παθιασμένο να την ζωγραφίζω, ο ερωτισμός που εξέπεμπε ήταν τα συναισθήματα που χρειαζόμουν για να δημιουργήσω έναν καλό πίνακα. Έμεινε ακίνητη όπως την ήθελα, για όση ώρα ο φωτισμός το επέτρεψε, σαν να είχε κάνει τη δουλειά του μοντέλου πολλές φορές, στο παρελθόν. Τον πίνακα τον τελειοποίησα τις επόμενες μέρες δίχως να χρειαστεί να πάρει ξανά την ίδια πόζα μπροστά μου. Είχα πάρει ότι ήθελα από εκείνη, κυρίως είχα αποτυπώσει στην ψυχή μου τα αντικρουόμενα συναισθήματα, που την είχαν κατακλύσει την ώρα που στήθηκε απέναντί μου. Όταν σε λίγες μέρες της τον παρουσίασα, για κάμποση ώρα δεν είπε τίποτα, την ένιωθα όμως καθώς είχε μαζευτεί στην αγκαλιά μου, ότι αυτό που έβλεπε της άρεσε. Φοβόταν, μου είπε, ότι θα την έκοβα σε κομμάτια όπως έκανε ο Πικάσο. Γέλασα! Όμορφη είμαι τελικά, συνέχισε με θαυμασμό. Την έσφιξα στην αγκαλιά μου. Εκείνη έβλεπε την γυμνή ομορφιά της και εγώ ήμουν ικανοποιημένος για τα αλληλοσυγκρουόμενα συναισθήματα, που αβίαστα αναδύονταν μέσα από τα χρώματα. Έμεινε έτσι για ώρα, μην τολμώντας να κινηθεί μήπως και χάσει την ευτυχία της στιγμής. Ήταν από τις πιο καλές στιγμές μας.»

«Οι υπόλοιποι πίνακες;»

«Κάπως έτσι φτιάχτηκαν και οι άλλοι. Σε διαφορετικούς χρόνους της σχέσης μας, τις περισσότερες φορές στο ατελιέ, αρκετές φορές και στις διακοπές μας, πάντα όποτε το ήθελα εγώ αλλά κι εκείνη ουδέποτε αρνήθηκε να την ζωγραφίσω, σε οποιαδήποτε πόζα επιθυμούσα. Δεν ντρεπόταν πια να εκθέσει το σώμα της, είχε μάθει να εμπιστεύεται τον τρόπο που την ζωγράφιζα.»

«Συζητήσατε ποτέ για την ιδιοκτησία τους;»

«Ναι, πολλές φορές της είπα ότι οι πίνακες αυτοί είναι δικοί της και μπορεί να τους κάνει ότι ήθελε. Εκείνη όμως, μου έλεγε ότι δεν ήξερε τι να τους κάνει. Πούλα τους, της έλεγα. Δεν θέλω το κορμί μου στον τοίχο κάποιου άγνωστου, μου απαντούσε. Σε κάποια τέτοια συζήτηση μας έγραψα και την αφιέρωση στο πίσω μέρος του πίνακα.»

«Δηλαδή, σήμερα με την Τζώρτζια, διαπράξατε μια μικρή ατιμία, φίλε μου!»

«Ο κόσμος είναι γεμάτος ατιμίες. Ξέρω τι λες! Της είπα πούλα τους, ποτέ δεν θα της έδινα την άδεια να τους καταστρέψει. Αυτή και ο ξεφτιλισμένος δικηγόρος της, είναι οι μόνοι υπεύθυνοι για ότι έγινε απόψε.»

Η υπόλοιπη βραδιά συνεχίστηκε ως αργά μετά τα μεσάνυχτα, είχαμε καταναλώσει αρκετά ποτά, ένας Θεός ξέρει πως καταλήξαμε στα σπίτια μας αλλά σίγουρα δεν είπαμε κάτι πιο ενδιαφέρον. Εκτός, ίσως, από την δική μου αγαμία, που είχε καταντήσει χρόνια κατάσταση τον τελευταίο καιρό, έχοντας αρκεστεί στην δουλειά μου και την μοναξιά μου.

Κεφάλαιο 12

Από το ίδιο εκείνο βράδυ και για αρκετές ημέρες, σε όλα τα μέσα υπήρχαν ρεπορτάζ για την πώληση των πινάκων από τον Βερεμή. Όλοι υπενθύμιζαν την ιστορία, όπως την ήξεραν από την αρχή και βέβαια, την συνόδευαν με φωτογραφίες των πορτρέτων που είχαν πάρει από τον κατάλογο, που τους είχε διανεμηθεί. Το ίδιο έκανα κι εγώ κατ' απαίτηση του αφεντικού μου, κράτησα όμως μία ουδέτερη στάση στην κριτική μου για το ποιος είχε δίκιο στην υπόθεση. Στα υπόλοιπα μέσα, έντυπα και ηλεκτρονικά, οι συνάδελφοι μου είχαν χωριστεί σε δύο στρατόπεδα, που άλλοι υπερασπίζονταν την Κοράλλη, αυτοί ήταν και οι περισσότεροι, και άλλοι που έπαιρναν το μέρος του Βερεμή. Ο ιδιότυπος αυτός δημοσιογραφικός πόλεμος εμένα δεν με ενδιέφερε καθόλου. Το μεγάλο ερώτημα που με βασάνιζε, ήταν το πως θα αντιδρούσε ο Δρακόγλου. Είχε φροντίσει βέβαια η Κοράλλη, αμέσως την επομένη, να διαμηνύσει προς όλους ότι η υπόθεση δεν είχε κλείσει γι' αυτούς, ότι θα κατηγορούσαν πλέον τον Βερεμή για οικειοποίηση και παράνομη αγοραπωλησία των πινάκων και ότι θα τους διεκδικούσαν με κάθε νόμιμο μέσο και από τους αγοραστές. Η διαίσθησή μου έλεγε, ότι δεν θα αρκούνταν απλά και μόνο σε μια ατέρμονη διαμάχη εντός των δικαστικών αιθουσών και κάποιες αψιμαχίες στα ΜΜΕ. Φοβόμουν για τα χειρότερα!

Ένα πρωινό, της επόμενης μόλις εβδομάδας από την υποτιθέμενη έκθεση, με πήρε τηλέφωνο η Τζώρτζια, ζητώντας μου να πάρω συνέντευξη από εκείνην και τον Βερεμή. Δεν εξεπλάγην καθόλου, καταλάβαινα ότι αυτή έκανε κουμάντο στην σχέση τους, άρα το πιο πιθανόν ήταν ότι τον είχε πείσει, ότι αυτός θα ήταν ο καταλληλότερος τρόπος για να δώσουν την απάντησή τους στην πλευρά της Κοράλλη. Της εξήγησα με απλό τρόπο, ότι η κίνηση τους αυτή θα τους έθετε σε επιπλέον κίνδυνο. Κατά την άποψη μου, θα ήταν φρόνιμο, να μην προκαλέσουν περισσότερο την τύχη τους. Το γέλιο της αντήχησε έντονα από την άλλη πλευρά της γραμμής και στη συνέχεια ακούστηκε η φωνή της, με απόλυτη σιγουριά:

«Oh, come on, Nikos! Δεν είμαστε στην Αμερική! Στην Ελλάδα δεν γίνονται αυτά! Είστε καλοί άνθρωποι εσείς!»

Της αρνήθηκα κάθε παραπέρα ανάμειξή μου, της είπα ότι μπορούσαν να πάνε όπου αλλού ήθελαν, αλλά όχι σε μένα. Φάνηκε να αιφνιδιάζεται από την απάντησή μου, προσπάθησε να με μεταπείσει, αλλά εγώ ήμουν ανένδοτος και δεν χρειαζόμουν καν την συναίνεση του αφεντικού μου σε αυτήν μου την απόφαση. Δεν ήθελα καμία επιπλέον εμπλοκή σε αυτήν την υπόθεση, για την οποία πέρα από το ότι δεν κατανοούσα πια την χρησιμότητά της, ήξερα ότι θα έριχνε κι άλλο λάδι στη φωτιά, που ήδη είχε ανάψει. Μου έκλεισε το τηλέφωνο εμφανώς τσατισμένη από την απροσδόκητη για εκείνην απάντησή μου.

Οι μέρες πέρασαν γρήγορα καθώς φρόντισα να με απορροφήσει ολότελα η δουλειά μου. Νέα καλλιτεχνικά δρώμενα στήνονταν παντού, όλοι ετοιμάζονταν για το καλοκαίρι, ειδικά οι θίασοι και τα μουσικά σχήματα ήδη μου είχαν στείλει τα προγράμματα των περιοδειών τους και έκλειναν ραντεβού για συνεντεύξεις. Αρχές Ιουλίου πρέπει να ήταν, όταν δημοσιεύτηκε η συνέντευξή τους στο ιλουστρασιόν, γυναικείο περιοδικό ELLE. Με παραξένεψε η επιλογή, το συγκεκριμένο μηνιαίο περιοδικό δεν είχε ασχοληθεί ποτέ με το θέμα αλλά και γενικότερα δεν εμπλεκόταν με τέτοια ζητήματα, που δίχαζαν τους αναγνώστες του. Στο εξώφυλλο μαζί με άλλους τίτλους να περιστοιχίζουν το μοντέλο του μήνα, υπήρχε ο τίτλος κράχτης: «Το ζεύγος Βερεμή - Κοράλλη μιλάει για όλα». Εσωτερικά δύο φωτογραφίες τους μεσαίου μεγέθους, μία του αλλόκοτα φροντισμένου Βερεμή μπροστά στο άδειο ακόμα καβαλέτο του, με δυναμική κίνηση στο χέρι του, να ετοιμάζεται να βάλει την πρώτη του πινελιά, ενώ στην δεύτερη, το πρόσωπο της Πάππας στα τρία τέταρτα, τα πλούσια, κατάμαυρα μαλλιά της να πέφτουν γύρω από το πρόσωπό της σε ένα περίτεχνο χτένισμα, τα μάτια της με αυτοπεποίθηση να κοιτάνε με σιγουριά προς το μέλλον το οποίο φάνταζε λαμπρό, στα κατακόκκινα χείλη της να διαγράφεται ένα αδιόρατο χαμόγελο, ενώ ο λαιμός κρυβόταν από ένα φαρδύ, χρυσό φο μπιζού με μαιάνδρους που μπλέκονταν μεταξύ τους. Ο φωτογράφος του περιοδικού είχε κάνει καλή δουλειά και οι δύο πρωταγωνιστές του έδιναν την εντύπωση ότι πατούσαν την κορφή του κόσμου. Στην κοινή τους συνέντευξη δεν έλεγαν κάτι περισσότερο από αυτά που ήδη γνώριζα, σίγουρα ο σκοπός τους δεν ήταν να μιλήσουν για την υπόθεση των πινάκων. Μία δήλωση μόνο του Βερεμή, επαναλάμβανε την πάγια θέση του, ότι όλα έγιναν για να σωθούν οι πίνακες από την καταστροφή, που τους επιφύλασσε η Κοράλλη. Το σημαντικό ήταν ότι για πρώτη φορά παρουσιάζονταν οι δυο τους ως ζευγάρι, σε μία ιστορία διανθισμένη με έντονες ρομαντικές πινελιές. Η καλλιτεχνική ατζέντισσα που γνώρισε τον αδίκως κυνηγημένο ζωγράφο με το ανήκουστο αίτημα καταστροφής του έργου του, το στενό δέσιμο τους για να βρουν μία λύση στην υπόθεση του «Γιώργου», ο αμοιβαίος έρωτας τους από την πρώτη στιγμή που γνωρίστηκαν και ο οποίος ομολογούσαν ότι ήταν η αιτία για να καλυτερεύσει η ζωή και των δύο. Ζούσαν την ευτυχέστερη περίοδο της ζωής τους, συμπλήρωσε η Πάππας. Ο Βερεμής, δήλωνε ότι η υπόθεση των πινάκων της Κοράλλη ήταν μία υπόθεση που είχε αφήσει οριστικά πίσω του και ότι τώρα με μεγάλο ενθουσιασμό ετοίμαζε μία σειρά πινάκων με τίτλο: «αιθέριες υπάρξεις», όπου επιχειρούσε να μεταφέρει στον καμβά, γνωστές Ελληνίδες από την ιστορική διαδρομή της χώρας μας, την στιγμή που ο έρωτας της έχει καταβάλει. Σε ερώτηση της δημοσιογράφου για τα χρόνια που έζησε με την Κοράλλη, ανέφερε ότι έζησε μια έντονη σχέση μαζί της, με πολλές καλές στιγμές, όπως αυτές στις οποίες δημιουργήθηκαν οι πίνακες αλλά και δύσκολες καταστάσεις, στις οποίες δεν ήθελε να αναφερθεί. Η Πάππας πάλι από τη δική της πλευρά, μιλούσε για τη δουλειά της, για τις σπουδές της στην Αμερική και τον λόγο που ήθελε να εργαστεί στην Ελλάδα, για την ικανοποίηση που ένιωθε καθώς μια ομάδα νέων καλλιτεχνών την είχε εμπιστευτεί για να προωθήσει το ταλέντο τους στη δύσκολη αγορά της χώρας μας και για την σιγουριά της, ότι είχαν τα φόντα να διακριθούν διεθνώς. Πουθενά λόγος για τη συνέχεια της δικαστικής διαμάχης για τα πορτρέτα της Κοράλλη, καμία νύξη για επιπλέον επιχειρήματα τα οποία θα ενίσχυαν τη θέση τους. Αυτό που αντιλαμβανόμουν από την συνέντευξη τους, ήταν ότι η Πάππας έκανε μια ακόμα προσπάθεια για να εδραιώσει την επαγγελματική της θέση, ενώ σίγουρα ο Βερεμής κάθε άλλο μιλούσε για όλα όπως διατείνονταν ο τίτλος του περιοδικού.

Την ώρα που προσπαθούσα να βάλω σε μια σειρά όλα αυτά που μόλις είχα διαβάσει, στο τηλέφωνο μου ακούστηκε ο χαρακτηριστικός ήχος των μηνυμάτων. Κοίταξα για τον αποστολέα, ήταν με απόκρυψη, μα η λέξη: «Τσούλα». που πρόλαβα να δω, μου κίνησαν την περιέργεια για να το ανοίξω και να το διαβάσω ολόκληρο. «Τσούλα Πάππας! Δες την ΚΛΕΙΔΑΡΟΤΡΥΠΑ!». Κατάλαβα ότι εννοούσε την κουτσομπολίστικη φυλλάδα, η οποία όμως δεν ήταν ανάμεσα σε αυτές που κυκλοφορούσαν στο γραφείο μας. Δεν είχα λαθέψει στην εκτίμησή μου. Η αντεπίθεση του Δρακόγλου, μόλις είχε ξεκινήσει. Σε λίγο βρέθηκα μπροστά στο περίπτερο που βρισκόταν κοντά μας, την ζήτησα λίγο αμήχανα, οι εφημερίδες αυτού του είδους όχι μόνο δεν ήταν του είδους που συμπαθούσα αλλά ένιωθα μια έντονη αντιπάθεια για αυτούς που εργάζονταν σε αυτές, γράφοντας μόνο και μόνο για να ικανοποιήσουν τα πιο ταπεινά ένστικτα των ανθρώπων. Την πήρα στα χέρια μου και κατευθύνθηκα σε μια καφετέρια της περιοχής. Κάθισα σε ένα τραπεζάκι που ο όγκος της απέναντι οικοδομής το σκίαζε και παράγγειλα έναν κρύο, μέτριο φραπέ. Από το εξώφυλλο κατάλαβα περί τίνος επρόκειτο. Την ξεφύλλισα μέχρι που βρήκα την σελίδα, που αναφερόταν στην Πάππας. Γεμάτη από γυμνές φωτογραφίες της, σε κάποια παραλία, όλες πεντακάθαρες αν και είχαν τραβηχτεί σίγουρα από απόσταση με τη βοήθεια τηλεφακού, εστίαζαν στο στήθος της αλλά δεν αγνοούσαν και το υπόλοιπο κορμί της. Κάποια επεξήγηση από κάτω, περιέγραφε ποια ήταν: «Η Ελληνοαμερικανίδα, Τζώρτζια Πάππας, καλλιτεχνική ατζέντισσα, που εμπλέκεται στην πολύκροτη υπόθεση διεκδίκησης των πορτρέτων της δικηγόρου Κοράλλη από τον ζωγράφο Γιώργο Βερεμή.» Παρακάτω παρουσίαζε περισσότερα στοιχεία για την σχέση της με τον Βερεμή: «...Ένας μεγάλος έρωτας έχει αναπτυχθεί μεταξύ τους, αφού δεν δίστασε να εγκαταλείψει την πολύχρονη σχέση, που διατηρούσε επί σειρά ετών...» και παρακάτω συμπλήρωνε με κακεντρέχεια: «...Η όλη απρόσμενη τροπή της υπόθεσης του Βερεμή, θα πρέπει σίγουρα να πιστωθεί στα ιδιαίτερα σωματικά προσόντα της καυτής ατζέντισσας...» Την στιγμή που είχα σχεδόν ολοκληρώσει την ανάγνωση του άρθρου, κάθεται δίπλα μου ένας παράταιρα για την εποχή κουστουμαρισμένος τύπος με μαύρα γυαλιά, που έκρυβαν τα μάτια του.

«Ωραία γκόμενα!» τον ακούω να μου λέει με την μπάσα φωνή του. Αμέσως το μυαλό μου πήγε στα τσιράκια του Δρακόγλου, ευτυχώς σκέφτηκα είμαι σε σημείο με τόσον κόσμο γύρω μου, είναι αδύνατον να μου κάνει κακό.

«Μην μου πεις ότι δεν εντυπωσιάστηκες, κύριε Μιχαηλίδη, θα είστε ψεύτης!»

«Τι θέλετε...;»

«Εγώ προσωπικά τίποτα. Τα αφεντικά μου θέλουν να μεταφέρεις ένα μήνυμα στο φιλικό σου ζευγαράκι.»

«Δεν έχω ιδιαίτερες σχέσεις μαζί τους...»

«Γνωρίζουμε ακριβώς τη σχέση σας! Ένα μήνυμα μόνο θα τους μεταφέρεις. Μόλις τους ζητηθεί, να έχουν έτοιμη τη λίστα με τα ονόματα των αγοραστών των πινάκων. Μην διανοηθούν να μας αρνηθούν ή πολύ περισσότερο να μας ξεγελάσουν.»

«..........»

«Ωραία, νομίζω ότι συνεννοηθήκαμε. Δεύτερη προειδοποίηση πες τους, δεν θα υπάρξει!»

«Γιατί εγώ;»

«Πληρώνεις το ανάλογο τίμημα της εμπλοκής σου. Καθένας θα πάρει αυτό που του αναλογεί. Την πολύ καλημέρα μου, κύριε Μιχαηλίδη!»

Όπως ξαφνικά εμφανίστηκε δίπλα μου, έτσι σηκώθηκε και χάθηκε μέσα στον πλήθος που περνούσε από μπροστά μου. Για κάμποσα λεπτά, προσπαθούσα να συνειδητοποιήσω τι είχε συμβεί. Ήταν τόσο απρόσμενη η όλη σκηνή, που για κάποια στιγμή θεώρησα ότι απλώς το φαντάστηκα. Μάλλον δεν ήθελα να είχε συμβεί. Πήρα την φυλλάδα στα χέρια μου, ανέβηκα σέρνοντας τα πόδια μου ως το γραφείο μου, πήρα και το περιοδικό με την συνέντευξη και κατευθύνθηκα προς το γραφείο του αφεντικού μου. Κτύπησα την πόρτα του, από την πρώτη μέρα που βρέθηκα στα γραφεία αυτά διατηρούσα μια πολύ καλή σχέση μαζί του και στην περίπτωση της υπόθεσης Βερεμή, θεωρούσα τον εαυτό μου τυχερό, που μπορούσα να έχω την άποψη του όποτε την χρειαζόμουν. Η φωνή του μου επέτρεψε να μπω, χωρίς να σηκώσει τα μάτια του από αυτό που έγραφε μου έκανε νόημα να καθίσω. Σε λίγο με μια απότομη κίνηση της πένας του, έκλεισε υπογράφοντας το κείμενο του. Αμέσως του έδειξα τη συνέντευξη στο περιοδικό, του ανέφερα ότι μου ζητήθηκε να γίνει από μένα, του εξήγησα τους λόγους της άρνησής μου, τον ενημέρωσα για την εξέλιξη της σχέσης τους και στη συνέχεια του έδειξα τις γυμνές φωτογραφίες της Πάππας στην φυλλάδα. Στο τέλος του είπα και για την προσέγγιση του αγνώστου και τις απειλές του. Εκείνος ενώ με άκουγε συγχρόνως μελετούσε και το υλικό που είχα απλώσει μπροστά του. Μόλις τελείωσα γύρισε προς το μέρος μου και με ψύχραιμη φωνή, την οποία χρειαζόμουν εκείνη την στιγμή μου είπε:

«Πρώτα πρώτα, καλά έκανες και αρνήθηκες τη συνέντευξη. Το ένστικτο σου, για μία ακόμα φορά λειτούργησε σωστά και είμαι ικανοποιημένος γι' αυτό. Απ' ότι βλέπω εδώ, η συνέντευξη αυτή δεν προσφέρει κάτι αξιόλογο στον φίλο σου. Μπράβο του, πολύ καλά έκανε και κράτησε χαμηλούς τόνους. Περισσότερο θέλει να προβάλλει τον εαυτό της, αυτή η Πάππας. Από την επιλογή του περιοδικού, αν και πολύ καλό, διαισθάνομαι ότι και αρκετοί άλλοι συνάδελφοι σου της αρνήθηκαν. Τώρα για τις γυμνές φωτογραφίες της, αυτή είναι μια πρακτική που πίστευα ότι δεν θα την ξαναζούσα. Αναφέρομαι στις περίφημες γυμνές φωτογραφίες της Μιμής για να ξευτελίσουν τον

Αντρέα Παπανδρέου. Αλλά δυστυχώς, αυτοί που εργάζονται σε αυτές τις φυλλάδες για κάτι τέτοια ζούνε. Ίσως, εμείς πρέπει να γράψουμε κάτι για να στηλιτεύσουμε αυτήν την ανέντιμη μορφή δημοσιογραφίας, που ως μόνο της σκοπό έχει να εκβιάσει καταστάσεις. Είναι μια πρακτική, που κάποια στιγμή, πρέπει να σταματήσει. Η Πάππας, έχω την εντύπωση, ότι δεν θα ιδρώσει ούτε κατ' ελάχιστο με αυτές, δεν ξέρω αν ο φίλος σου έχει τα κότσια να μείνει το ίδιο ψύχραιμος. Περισσότερο βλέπω εδώ ένα μήνυμα, ότι βρίσκονται πολύ κοντά τους πλέον, θα πρέπει να λάβουν σοβαρά υπόψιν την παρουσία τους και γι' αυτό καλό θα ήταν να μην φέρουν αντιρρήσεις σε ότι τους ζητήσουν. Το καταλαβαίνεις πιστεύω, πρώτη φορά κάποιος έχει τολμήσει να εναντιωθεί στον Δρακόγλου με έναν τέτοιον ανορθόδοξο τρόπο, έχει πληγωθεί σε πολύ μεγάλο βαθμό ο εγωισμός του και φοβάμαι ότι δεν υπάρχει κανένας πια ικανός να τον σταματήσει. Πάρε τους φίλους σου τηλέφωνο, καλύτερα να μην τους συναντήσεις, ενημέρωσε τους με όση πειθώ διαθέτεις, για τον κίνδυνο που διατρέχουν. Δεν ξέρω αν μπορούν να δώσουν τα ονόματα των αγοραστών, πιθανότατα δεσμεύονται από τα συμβόλαια πώλησης, αλλά πες τους να λάβουν τα μέτρα τους. Αν και δεν μπορώ να σκεφτώ με ποιον τρόπο μπορούν πλέον να προστατέψουν τον εαυτό τους. Έτσι που τα έκαναν...θα έχουμε άσχημες εξελίξεις!»

«Τον Βερεμή τον προειδοποίησα σε ανύποπτο χρόνο, από τότε που έγινε η υποτιθέμενη έκθεση των πορτρέτων. Μου είπε ότι τα έχουν υπολογίσει όλα!»

«Εσύ, Νίκο, προειδοποίησε τους ξανά, και τους δύο, και δώσε τους να καταλάβουν, ότι η κατάσταση είναι πολύ σοβαρή. Δεν ξέρω τι θα κάνουν, αν γίνεται ας εξαφανιστούν από προσώπου γης. Έτσι πες τους! Ας πάνε στην Αμερική, ας χωθούν σε κάποια τρύπα, ότι θέλουν. Αν πάλι δεν τους ενδιαφέρει η ζωή τους, ας κάνουν σαν να μην συμβαίνει τίποτα!»

Τα τελευταία του λόγια ήταν σε πολύ έντονο ύφος, φανέρωναν την αγωνία του για αυτά που προδίκαζε ότι θα συνέβαιναν στους δυο τους και ουσιαστικά με διάταξε να τους προειδοποιήσω όσο πιο γρήγορα και έντονα μπορούσα. Γύρισα στο γραφείο μου και κάθισα στην θέση μου. Τα λόγια του αφεντικού μου, αντί να με καθησυχάσουν, επέτειναν την αγωνία μου. Δεν φοβόμουν για το εαυτό μου, ήμουν όμως θυμωμένος μαζί τους για την επιπολαιότητα με την οποία αντιμετώπισαν την όλη κατάσταση. Ως ένα βαθμό θεωρούσα τον εαυτό μου συνεργό στο σχέδιο τους, αλλά από την άλλη ήξερα ότι δεν ήμουν εγώ αυτός που οργάνωσε αυτήν την ηλίθια κομπίνα. Αναρωτήθηκα όμως, αν τελικά μπορούσε να υπάρξει άλλος τρόπος για να γλιτώσουν οι πίνακες. Πήρα τον Βερεμή στο τηλέφωνο. Χωρίς πολλά πολλά, του είπα ευθέως ότι είχα ένα σημαντικό μήνυμα να τους μεταφέρω, από τον Δρακόγλου. Εκείνος, ενώ άκουγε την φωνή μου, που είχε σχεδόν σβήσει από την αγωνία και τον φόβο, λέει:

«Τόσο γρήγορα άλλαξες στρατόπεδο, φίλε;» Το φίλε σε έντονο ειρωνικό τόνο. Δεν κρατήθηκα.

«Α! γαμήσου, μαλάκα! Γνωρίζεις ποιος είμαι και σίγουρα ξέρεις ότι εγώ δεν προδίδω τους φίλους μου! Έχεις τυφλωθεί τελείως και δεν καταλαβαίνεις τι σου γίνεται! Σε τραβάει από την μύτη προς την καταστροφή σου κι εσύ το μόνο που λες είναι ότι είναι μια μάγισσα που σε άλλαξε...»

«Τι θέλεις;»

«Θέλω μόνο, να σας μεταφέρω το μήνυμα και να με διαβεβαιώσεις ότι παίρνετε τα μέτρα σας! Αυτό θέλω!»

«Δεν χρειάζεται να ακούσω τίποτε, αν λειτουργείς ως μαντατοφόρος του μεγαλοδικηγόρου.»

«Άκου με, προσεχτικά! Θέλουν τον κατάλογο με τα ονόματα αυτών που αγόρασαν τους πίνακες. Ζητούν να τον δώσετε με το καλό! Προσωπικά δεν με ενδιαφέρει αν τον δώσετε ή όχι. Απλώς, θέλω να πάρετε τα μέτρα σας, αυτοί οι τύποι δεν αστειεύονται και το ξέρετε...»

«Σου το έχω πει ήδη, έχουμε υπολογίσει όλα τα ενδεχόμενα, είμαστε έτοιμοι για όλα.»

Άκουσα την τηλεφωνική γραμμή να πέφτει. Μου έκλεισε το τηλέφωνο. Έβρισα μέσα μου, δεν είχα άλλον τρόπο να τον πείσω, το ήξερα, όταν κόλλαγε κάπου, ήταν αδύνατον να τον μεταπείσεις. Πήρα την Τζώρτζια. Ακούστηκε η φωνή της ευδιάθετη όπως συνήθως.

«Γεια σου, Νίκο! Τι ωραία έκπληξη!»

«Γεια σου, Τζώρτζια! Θα ήθελα να μιλήσουμε λίγο από κοντά.»

«Oh! Είδες το περιοδικό με την συνέντευξη;»

«Ναι! Αλλά είδα και τις φωτογραφίες σου στην άλλη εφημερίδα.»

«Είδες; Πολύ καλή δουλειά έκαναν οι φωτογράφοι και στα δύο πρότζεκτ.»

«Δεν ξέρω αν είναι ακριβώς πρότζεκτ, Τζώρτζια! Είσαι κάπου στο κέντρο; Πρέπει να σε δω από κοντά για να σου πω κάτι σημαντικό για την υπόθεση με την Κοράλλη.»

«Είμαι, αλλά έχω ένα ραντεβού με έναν ηθοποιό και δεν πρέπει να το χάσω.»

«Τζώρτζια, είναι μεγάλη ανάγκη να σου μιλήσω. Μπορείς να με ακούσεις δύο λεπτά με προσοχή;»

«Ναι, ναι! Πες μου!»

«Ο Δρακόγλου, ο δικηγόρος, ζητά να του δώσετε τη λίστα με τα ονόματα αυτών που αγόρασαν τους πίνακες του Γιώργου. Αν δεν τους δώσετε, θα σας κάνουν κακό. Μου είπαν να σας προειδοποιήσω, ότι αν αρνηθείτε θα έχετε κακά ξεμπερδέματα. Φοβάμαι ότι θα πραγματοποιήσουν τις απειλές τους.»

«Don't worry, Nikos! Κανένας δεν θα μας πειράξει. Είστε καλοί άνθρωποι στην Ελλάδα. δεν έχετε mafia.»

«Κάνεις λάθος, Τζώρτζια! Δεν είμαστε τόσο καλοί όσο μας θεωρείς, βλέποντάς μας μόνο στα μπαράκια και τις ταβέρνες. Φύγετε για λίγο καιρό, πάτε στην Αμερική, εξαφανιστείτε, δεν ξέρω τι να κάνετε αλλά να ξέρεις, αυτοί δεν αστειεύονται!»

«Ok, Νίκο! θα μιλήσω με τον Γιώργο, όταν γυρίσω στο σπίτι το βράδυ. Sorry, αλλά έχω δουλειά τώρα. Bye!»

Κατάλαβα ότι ούτε με εκείνην θα έβγαζα άκρη. Αισθανόμουν ότι δεν είχα κανέναν άλλον τρόπο να τους πείσω. Στο κάτω κάτω της γραφής, ότι όφειλα να κάνω εγώ το έπραξα. Ήξερα ότι κινδύνευαν, το ένιωσα ως το τελευταίο κύτταρό μου από την στιγμή που ο μπράβος του Δρακόγλου κάθισε δίπλα μου και άρχισε να μου μιλά, ότι οι τύποι αυτοί δεν θα σταματούσαν πουθενά. Δεν ξέρω πως τα είχαν μελετήσει τα πράγματα οι δυο τους, αλλά ήθελα να πιστεύω ότι είχαν βάλει στο σχέδιο τους και κάποιον δικό τους τρόπο άμυνας, στην όποια αντίδραση του Δρακόγλου. Ήθελα να πιστέψω ότι δεν ήταν τόσο αφελείς ώστε να θεωρούν ότι είχαν καταφέρει αυτοί να κλείσουν την υπόθεση με μία δική τους κίνηση ματ σε μια σκακιέρα, που διαισθανόμουν ότι δεν υποπτεύονταν καν ποιον είχαν πραγματικά απέναντί τους. Νομικές συμβουλές δεν ήξερα αν είχαν πια, ήταν σίγουρο ότι ο Προδρόμου τους είχε εγκαταλείψει, το θεωρούσα αδιανόητο να παραμείνει στην υπόθεση μετά το κεράτωμα της Τζώρτζιας με τον πελάτη του, πολύ περισσότερο που αυτό γινόταν για καιρό πίσω από την πλάτη του.

Κεφάλαιο 13

Τις επόμενες ημέρες τα περισσότερα μέσα αγνόησαν την συνέντευξη του Βερεμή και της Πάππας. Περισσότερος ντόρος έγινε για τις γυμνές της φωτογραφίες, οι οποίες διαμοιράζονταν στο διαδίκτυο με προσβλητικά σχόλια κι ελάχιστους μόνο χρήστες τους να την υπερασπίζονται. Από τη δική τους πλευρά υπήρχε σιωπή, μέχρι λίγες μέρες μετά, που η Τζώρτζια με κάλεσε στο τηλέφωνο του γραφείου μου.

«Καλημέρα, Νίκο! Θα ήθελα να σε ρωτήσω κάτι. Μπορώ να έλθω εκεί;»

«Θέλεις να βρεθούμε στην καφετέρια που καθίσαμε την προηγούμενη φορά;»

«Ok! Σε μισή ώρα;»

«Θα σε περιμένω!»

Πέρα από την αγωνία μου, να μάθω τον λόγο που η Τζώρτζια ήθελε να μιλήσει μαζί μου, το τηλεφώνημα αυτό με χαροποίησε. Αισθάνθηκα ότι είχα μία ακόμα ευκαιρία να διερευνήσω τις προθέσεις τους, προσδοκώντας να ακούσω ότι οι επόμενες κινήσεις τους θα είχαν κάποια λογική αντίδραση, απέναντι στις απαιτήσεις του Δρακόγλου. Κυρίως με ενδιέφερε να ακούσω ότι είχαν βρει τον τρόπο να απεμπλακούν από μια απειλή που όσο περνούσε ο χρόνος, θεωρούσα ότι αυτοί κινδύνευαν όλο και πιο πολύ.

Κατέβηκα πιο νωρίς από την προβλεπόμενη ώρα. Εκείνη ήδη με περίμενε. Όπως πάντα, προσεγμένη, αυτή το φορά φορούσε ένα λινό ταγέρ, σε μια απόχρωση της φωτιάς, το πρόσωπο της είχε ένα διακριτικό μακιγιάζ, τα χείλη της έντονο κόκκινο, ο λαιμός της όμως ήταν γυμνός, ούτε σκουλαρίκια φορούσε όπως συνήθως, ενώ στα περιποιημένα μαλλιά της ήταν σκαλωμένα τα μαύρα γυαλιά της. Δεν πρόλαβα καλά καλά να ζητήσω να μου φέρουν ένα καφέ, όταν με απελπισία σχεδόν μου είπε:

«Νίκο, θέλω τη βοήθεια σου!»

Αμέσως σκέφτηκα, ότι ήθελε τη βοήθεια μου για να πειστεί ο Βερεμής να δώσει την απαιτούμενη προσοχή έναντι των απειλών του Δρακόγλου. Διαψεύστηκα!

«Μέρες προσπαθώ να δώσω μια απάντηση για όλα αυτά που συμβαίνουν. Προσπαθώ να δώσω μια συνέντευξη σε κάποιο μέσο και κανένας δεν θέλει να με ακούσει. Όλοι μου λένε, ότι δεν τους ενδιαφέρει η γνώμη μου! Σε παρακαλώ! Βοήθησε με! Μόνο εσύ μπορείς!»

«Φοβάμαι, ότι ούτε εγώ μπορώ να κάνω κάτι περισσότερο εδώ που έχουν φτάσει τα πράγματα. Έχεις σκεφτεί όμως, γιατί κανένας δεν θέλει να σε ακούσει;»

«Όχι, δεν ξέρω! Είναι παράξενο, πολύ παράξενο!»

«Με τον Γιώργο, το συζητήσατε;»

«Ναι, μα είπε ότι δεν ξέρει κανέναν να με βοηθήσει. Εγώ όμως ξέρω ότι εσύ δεν θα μας αφήσεις μόνους αυτή την ώρα.»

«Καλά, δεν καταλαβαίνεις ότι ο Δρακόγλου θέλει να σας εκδικηθεί για το κόλπο, που του στήσατε; Όταν σας προειδοποίησα ότι δεν είναι κάποιος, που μπορείς αψήφιστα να παίξεις μαζί του, εσείς λέγατε ότι τα έχετε υπολογίσει όλα. Μάλλον κάνατε λάθος υπολογισμούς όπως φαίνεται!»

«Μάλλον!»

«Συζήτησες με τον Γιώργο αυτά που σου είπα στο τηλέφωνο;»

«Ναι, ναι!»

«Και;»

«Τίποτα! Ο Γιώργος λέει ότι δεν φοβάται! Δεν μπορούν να του πάρουν τίποτα πια. Μόνο αυτό λέει!»

«Εσύ τι λες ότι συμβαίνει, Τζώρτζια; Είσαι έξυπνη γυναίκα, πρέπει να καταλαβαίνεις πια τι γίνεται.»

«Κοίτα, Νίκο! Νομίζω ότι είχες δίκιο! Τώρα το βλέπω! Αυτό που συμβαίνει δεν είναι πολύ κανονικό. Δεν φαντάστηκα τα πράγματα έτσι.»

«Τζώρτζια, ο Δρακόγλου μπορεί να σας κάνει κακό, όποτε το αποφασίσει. Μάλλον έχει απειλήσει με διάφορους τρόπους πολλούς στην δημοσιογραφική πιάτσα αυτή την στιγμή. Είναι μία ακόμα προειδοποίηση προς εσάς. Πρέπει να τον πάρετε στα σοβαρά και να αποφασίσετε με τον Γιώργο τι θα κάνετε. Μπορείτε να του δώσετε τα ονόματα; Δώστε τα! Έτσι κι αλλιώς, για να βγάλει άκρη με τα δικαστήρια, θα περάσει κι εγώ δεν ξέρω πόσος καιρός. Δεν θέλετε; Σηκωθείτε και φύγετε. Το έχετε χάσει το παιχνίδι, Τζώρτζια! Αυτή είναι η αλήθεια!»

«Ο Γιώργος λέει ότι δεν θα κρυφτεί σαν ποντίκι.»

«Ο Γιώργος σε αγαπά και θα κάνει ότι του πεις εσύ. Φτάνει να το πεις με τον κατάλληλο τρόπο, ξέρεις εσύ.»

«Δηλαδή;»

«Πώς τον έπεισες να δώσει τους πίνακες της Κοράλλη, ρε Τζώρτζια; Με τον ίδιο τρόπο θα τον πάρεις από εδώ, όσο πιο γρήγορα γίνεται. Κατάλαβες;»

«Δεν ξέρω! Θα του μιλήσω πάλι! Anyway! Εσύ μπορείς, να γράψεις για μένα και τις φωτογραφίες; Κάτι καλό;»

«Δηλαδή;»

«Anything, Nikos. Πρέπει να δείξω ότι είμαι εδώ και ότι δεν φοβάμαι!»

«Φοβάσαι, όμως!»

«Ναι, Νίκο! Φοβάμαι! Και ο Γιώργος δεν κάνει τίποτα γι' αυτό!»

«Το αφεντικό μου, κάτι σκέφτεται να γράψει, αλλά δεν νομίζω να θέλει να μιλήσεις εσύ η ίδια. Ο Γιώργος, τι είπε για τις φωτογραφίες σου;»

«Θύμωσε αλλά δεν ξέρει τι άλλο να κάνει. Ούτε δικηγόρο όπως καταλαβαίνεις, έχει πια. Προσπάθησα να βρω εγώ, αλλά ακόμα δεν κανόνισα με κάποιον. Στην Σύρο πήγαμε, για λίγες μέρες μόνο, μόνοι μας, δεν είπαμε σε κανέναν τίποτα. Σε μια παραλία που κατεβήκαμε με τα πόδια. Αρμ-ε-ο, something like that. Μας παρακολούθησαν, είπε ο Γιώργος. Στην αρχή χάρηκα, αλλά τώρα καταλαβαίνω, ότι δεν ήταν κάποιος παπαράτσι που απλώς έπεσε πάνω μας. It's so scary, Νίκο!»

«Αρμεός λέγεται η παραλία. Κοίτα, Τζώρτζια, οφείλω να σου το πω, μάλλον μας παρακολουθούν και τώρα. Πήγαινε στο σπίτι, πάρε τον Γιώργο από το χέρι και προσπαθήστε να εξαφανιστείτε.»

«Δεν είναι εύκολο...»

«Κάνε το να γίνει εύκολο ρε Τζώρτζια! Και πες στον Γιώργο να με πάρει τηλέφωνο! Δεν είμαι εγώ ο εχθρός του, πες του το αυτό!»

Μου έγνεψε με το κεφάλι ότι θα το έκανε, σηκώθηκε, μου έδωσε το χέρι της, την χαιρέτησα κρατώντας το για λίγο για να της δείξω ότι ήθελα το καλό τους και έφυγε. Αμίλητη, φοβισμένη, μπερδεμένη, χωρίς τον ενθουσιασμό που είχε μέχρι πρότινος, συναισθανόμενη ότι τα γεγονότα έτρεχαν πολύ πιο γρήγορα απ' ότι μπορούσε να ελέγξει. Ήθελα να είμαι αισιόδοξος για την παραπέρα εξέλιξη των πραγμάτων, αλλά δεν μπορούσα. Όσο κι αν προσδοκούσα ότι η "Μάγισσα" Τζώρτζια, θα τον τύλιγε στην αγκαλιά της και θα την ακολουθούσε δίχως πολλές πολλές ερωτήσεις, ήξερα ότι αυτό δεν θα γινόταν. Για έναν απλό λόγο. Εκείνη μπορούσε να μπει στα αεροπλάνο και να γυρίσει στην Αμερική όποτε το ήθελε, εκείνος κι αν ακόμα ήθελε να την ακολουθήσει, δύσκολα θα έπαιρνε βίζα. Δεν είχε πουθενά να πάει, πέρα από την μονοκατοικία του στα Πατήσια.

Η Πάππας βγήκε στον δρόμο, για λίγο στάθηκε μέχρι να αποφασίσει προς ποια πλευρά να πάει. Ήθελε όσο πιο γρήγορα να φτάσει στο σπίτι του Βερεμή. Βγήκε στην Μητροπόλεως και κατευθύνθηκε προς το Μοναστηράκι. Τάχυνε το βήμα της, προσπερνώντας τον αδιάφορο για εκείνην κόσμο που βάδιζε δίπλα της. Την είχε κυριεύσει η αγωνία εκείνου που ξέρει, ότι κάτι άσχημο θα συμβεί και έλπιζε ότι είχε ακόμη μία ευκαιρία να το αποφύγει. Κατέβηκε από την πλευρά που πήγαινε για Κηφισιά, είδε στο καντράν που έδειχνε την αναμονή, ότι για ένα λεπτό είχε χάσει τον προηγούμενο συρμό. Έπιασε το κινητό της και κάλεσε τον Βερεμή. Δεν απάντησε! Αν εκείνη την ώρα ζωγράφιζε δεν υπήρχε περίπτωση να το σηκώσει. Έβρισε από μέσα της. Ήθελε να του πει να μην δεχθεί κανέναν μέχρι να έλθει. Έβρισε και μένα, που ήμουν η αιτία να της επαναφέρω όλους τους φόβους της, αυτούς που ο Βερεμής είχε κατορθώσει για λίγο να σβήσει από το μυαλό της. Επέμενε, ότι κανένας δεν θα τους πείραζε. Τι είχαν να κερδίσουν από αυτό, την ρωτούσε. Την κρατούσε σφιχτά στην αγκαλιά του, καθησυχάζοντάς την, ότι γρήγορα θα ξεφούσκωναν όλα και η ζωή τους θα ξανάβρισκε την κανονική της ροή. Τον πίστεψε, ήθελε να ακούει ότι όλα ήταν υπερβολές του φίλου τους του Μιχαηλίδη. Οργίστηκε με τον εαυτό της. Πώς ήταν δυνατόν να δέχεται με τόση αφέλεια τις διαβεβαιώσεις του εραστή της, ότι όλα ήταν εντάξει; Τίποτε δεν πήγαινε καλά πια και ώρα με την ώρα το καταλάβαινε όλο και πιο έντονα. Ο συρμός με τη συρικτό φρενάρισμά του, σταμάτησε μπροστά της. Ο επιβάτες κατέβηκαν και εκείνη ακολούθησε εκείνους που βιαστικά στριμώχνονταν για μια καλή θέση. Ακούμπησε στο παράθυρο, στην πίσω μεριά του βαγονιού. Εδώ και δύο μέρες είχε εξαντλήσει κάθε γνωριμία της για να της δώσουν λίγο μόνο χώρο στο έντυπο που δούλευαν, για να εκθέσει τον αποτροπιασμό της για τη δημοσίευση των γυμνών φωτογραφιών της. Δεν την πείραζαν οι φωτογραφίες. Δεν ντρεπόταν για τίποτα, ίσα ίσα το σώμα της διατηρούσε όλη τη νεανική του φρεσκάδα, σίγουρα μόνο ζήλεια θα ένιωθαν οι γυναίκες αναγνώστριες και πόθο οι άντρες. Ήταν όμως μια καλή ευκαιρία, να δηλώσει την παρουσία της. Το θέμα της ήταν, ότι είχε χάσει κάθε πρόσβαση στα μέσα και αυτό ήταν κάτι που την πλήγωνε, γνωρίζοντας ότι έτσι έχανε τον σημαντικότερο συνεργάτη στη δουλειά της. Τον Τύπο. Κάποιος είχε δώσει σήμα στη πιάτσα να της κοπεί κάθε πρόσβαση στα ΜΜΕ. Ποιος άλλος εκτός από τον Δρακόγλου; Ο Βερεμής ήταν αδύνατον να μην καταλάβαινε τι συνέβαινε; Γιατί της έκρυβε την αλήθεια; Τι προσδοκούσε κρατώντας την στο σκοτάδι της Αθηναϊκής πραγματικότητας; Για να την καθησυχάσει απλά και μόνο; Βλακεία του αν σκεφτόταν έτσι. Εδώ τα γεγονότα έδειχναν ότι αυτοί ήταν ικανοί για το χειρότερο. Κι αυτή, πώς άφησε να την παρασύρει τόσο ο ενθουσιασμός της; Τι όνειρο ήταν αυτό που την είχε αποκοιμίσει και τώρα που ξυπνούσε καταλάβαινε ότι αυτή έπρεπε να πάρει κάθε πρωτοβουλία αν ήθελαν να γλιτώσουν από την οργή του μεγαλοδικηγόρου, εραστή της πρώην γκόμενας, του δικού της πλέον Βερεμή. Πρώτα πρώτα έπρεπε να δείξει σ' εκείνον ότι δεν την αποκοίμιζαν πλέον οι διαβεβαιώσεις του. Όφειλαν να πάρουν τα μέτρα τους. Τι μπορούσαν να κάνουν όμως; Έπρεπε να τον πείσει ότι έπρεπε να προστατευτούν. Ήξερε τον τρόπο. Αν το επιθυμούσε πραγματικά, τον έκανε ότι ήθελε. Αυτό ήταν το εύκολο κομμάτι. Ποιο όμως θα έπρεπε να είναι το επόμενό τους βήμα για να προστατευτούν; Να φύγουν, αλλά πού να πάνε; Αυτή ήθελε να φτιάξει τη ζωή της στην πόλη αυτή. Σε αυτήν την άσχημη πόλη, που ήξερε να σε ταλαιπωρεί σε κάθε σου βήμα, ακόμα και μέσα σε αυτό το βρώμικο βαγόνι. Και τώρα προστίθεντο κι ένα σύνολο ανθρώπων, αγνώστων της μέχρι χτες, που είχαν αποφασίσει να την εξοντώσουν. Της άρεσε όμως η πόλη αυτή. Η χαλαρότητα της, η αίσθηση της ελευθερίας που σου έδινε, η πλανεύτρα νυχτερινή της ζωή. Είχε πείσει και τον Βερεμή να την ακολουθεί αγόγγυστα, σπάζοντας την απομόνωση που είχε επιβάλλει στον εαυτό του για τόσα χρόνια. Και το διασκέδαζε. Αυτός που μέχρι χτες περιφρονούσε όλους όσους πέρναγαν καλά με αυτό τον τρόπο, τώρα είχε γίνει μέρος της νυχτερινής Αθήνας, δίπλα της, να χαίρεται σαν μικρό παιδί για τις γνωριμίες που εκείνη του πρότεινε. Αυτά μέχρι χτες. Γιατί τώρα κανένας πια, δεν ήθελε να τους ξέρει. Κατέβηκε στα Άνω Πατήσια. Σε πέντε λεπτά θα ήταν στο σπίτι του. Αυτό ήταν τώρα και το δικό της σπίτι, από τότε που της πέταξε τα πράγματα της έξω στο δρόμο, ο Αλέξανδρος. Είχε πληγωθεί, φυσικό ήταν, την αγαπούσε. Η σχέση τους μπορεί να ήταν πολλών χρόνων, της έλειπε όμως η ένταση. Αργά ή γρήγορα θα τελείωνε. Απλά εκείνος δεν το πήρε καλά, ειδικά όταν έμαθε ότι το πρόσωπο, που τον αντικατέστησε ήταν ο κακομοίρης πελάτης του, ο Βερεμής. Της το είπε, ότι δεν μπορούσε να χωνέψει ότι προτίμησε το αποτυχημένο ζωγράφο από εκείνον. Της είπε οργισμένος και άλλα πολλά, προσβλητικά, τα οποία της πλήγωσαν βαθιά. Κάποια δάκρυα μούσκεψαν το πρόσωπό της, δεν ήθελε να του πει κάτι που θα τον εξόργιζε παραπάνω, μάζεψε τα πράγματά της κι έφυγε όσο πιο γρήγορα μπορούσε, αφήνοντάς του πίσω τα κλειδιά του διαμερίσματος. Τον διέγραψε όμως οριστικά από την ψυχή της. Έφυγε, χωρίς να κοιτάξει ούτε για μια στιγμή πίσω της.

Πέρασε την βαριά, σκουριασμένη εξώπορτα της αυλής, η πόρτα του σπιτιού ήταν ξεκλείδωτη, παραξενεύτηκε, αμέσως κατευθύνθηκε προς το ατελιέ. Ανεβαίνοντας την σκάλα άκουσε μια γυναικεία φωνή να αντιδικεί με τον Βερεμή. Ακινητοποιήθηκε εκεί, προσπαθώντας να καταλάβει τι έλεγαν. Οι φράσεις τους δεν είχαν σειρά, αισθανόταν όμως ότι και οι δυο του βρίσκονταν σε φοβερή ένταση. Συνέχισε και μπήκε στο ατελιέ. Εκείνος καθόταν στην πολυθρόνα του κι εκείνη όρθια, απέναντι του σε κάποια απόσταση. Μόλις την είδαν οι δυο τους, σώπασαν. Η Τζώρτζια αμέσως κατάλαβε ποια ήταν. Η φωτογραφία της που είχε δημοσιεύσει η Αυγή πριν από λίγους μήνες, είχε αποτυπωθεί με κάθε λεπτομέρεια στο μυαλό της. Μπροστά της στεκόταν η Κοράλλη, το ίδιο γοητευτική και δυναμική, όπως την είχε πλάσει στο μυαλό της διαβάζοντας την συνέντευξή της. Ο Βερεμής διέκοψε τη σιωπή της στιγμής πρώτος, χωρίς να σηκωθεί από τη θέση του:

«Τζώρτζια, να σου συστήσω την κυρία Βασιλική Κοράλλη! Μετά την απόφασή της να με σύρει στα δικαστήρια, διεκδικώντας να καταστρέψει τα πορτρέτα της, τα οποία εγώ δημιούργησα, έρχεται εδώ για να ζητήσει και τα ρέστα.»

«Τι θέλετε από εμάς, κυρία Κοράλλη;» την ρώτησε η Τζώρτζια πλησιάζοντας κοντά της. Εκείνη έκανε ένα βήμα πίσω για να διατηρήσει μια απόσταση ασφαλείας.

«Αυτό που θέλω, είναι να λάβετε σοβαρά υπόψιν σας την απειλή, την οποία έχετε δεχθεί πρόσφατα. Να κατανοήσετε ότι τα πράγματα για εσάς, δεν είναι πια τόσο απλά, ότι δεν αποτελούν πλέον μέρος μιας συνηθισμένης δικαστικής διαμάχης.»

Εκείνος έβαλε και πάλι τις φωνές: «Βρε κακό μπελά που μας βρήκε σήμερα! Πού ήσουν χαμένη όλον αυτόν τον καιρό; Τώρα μας θυμήθηκες μόνο και μόνο για να παίξεις τον ρόλο που σου ανέθεσε ο αγαπητικός σου; Είσαι χυδαία! Μια κοινή εκβιάστρια, σαν αυτές που ανερυθρίαστα υπερασπίζεστε στα δικαστήρια!»

Η Τζώρτζια, ασυναίσθητα έκανε κάποια βήματα και βρέθηκε καθισμένη στο μπράτσο της πολυθρόνας, δίπλα στον Βερεμή. Ακούμπησε το χέρι της στον ώμο του και το πίεσε με δύναμη, δίνοντας του το μήνυμα ότι ήθελε να την ακούσει.

«Κυρία Κοράλλη, τι θέλετε να πείτε ακριβώς;»

«Η ανόητη πράξη σας κυρία μου, να μοιράσετε τους πίνακες μου στον κάθε βλάκα νεόπλουτο αυτής της πόλης, παρακάμπτοντας κάθε έννοια δίκαιης δικαστικής διαμάχης, καταλαβαίνετε ότι δεν μπορεί να αφεθεί δίχως απάντηση από τον Δρακόγλου. Ως πρώτη καλή ένδειξη αλλαγής της στάσης σας... μετάνοιας σας, θα θέλαμε να μας παραδώσετε τον πλήρη κατάλογο, των εξίσου με εσάς ανόητων αγοραστών των πινάκων, που μου ανήκουν και ο κύριος Βερεμής από εδώ γνωρίζει πολύ καλά, ότι αυτή είναι η μοναδική αλήθεια! Μην απατάστε, την λίστα αυτή θα την έχουμε στα χέρια μας σύντομα και δίχως τη δική σας βοήθεια, απλώς θα θεωρηθεί ως μια θετική χειρονομία εκ μέρους σας για να αποφευχθούν τα χειρότερα.»

Ο Βερεμής κάτι πήγε να πει πάλι, μα η Τζώρτζια τον σταμάτησε βάζοντας την παλάμη της μπροστά στο στόμα του. Εκείνος αντέδρασε υπάκουα στην προτροπή της.

«Μάλιστα! Κι εσείς γιατί ενδιαφέρεστε τόσο για την υγεία μας;» ακούστηκε η φωνή της με μια υποψία ζήλιας στη φωνή της. Η Κοράλλη έκανε μερικά βήματα μπροστά. Από ψηλά η ματιά της καρφώθηκε στο πρόσωπο της Τζώρτζιας.

«Αγαπητή μου! Καρφάκι δεν μου καίγεται για σένα! Παρά τον αναίσχυντο τρόπο που μου φέρθηκε, ενδιαφέρομαι ειλικρινά για την υγεία του γκόμενου σου και δεν θα ήθελα να πάθει κακό. Δεν ξέρω, αν κι εσείς έχετε το ίδιο, πραγματικό ενδιαφέρον για εκείνον, όπως εγώ!»

«Δεν ξέρετε τι λέτε!»

«Τον παρασύρατε κυρία μου, σε ένα παιχνίδι, που καλό είναι να γνωρίζετε ότι στο τέλος θα το χάσετε. Μόνο και μόνο, για την δική σας αυτοπροβολή. Ο κύριος Βερεμής για εσάς είναι απλώς ένα πιόνι στην σκακιέρα της φαντασίας σας, για να καθιερωθείτε ως επαγγελματίας. Σε αυτόν βρήκατε μια μοναδική ευκαιρία, να κάνετε γνωστό το όνομά σας και να γίνετε γνωστή ως η Αμερικάνα ιμπρεσάριος, που δίνει λύσεις και στα πιο δύσκολα προβλήματα των καλλιτεχνών! Αυτό προσπαθούσα να του εξηγήσω, μέχρι που μπήκατε.»

«Η απόφαση ήταν δική μου, Βασιλική! Μόνος εγώ πήρα την γαμημένη απόφαση να πουληθούν τα πορτρέτα. Η Τζώρτζια βοήθησε μόνο στο διαδικαστικό κομμάτι, γαμώ την τύχη μου!»

«Βλέπω, παραμένεις ακόμα αθυρόστομος. Ξαφνιάστηκα όταν σε άκουγα προηγουμένως να φωνάζεις, δίχως να διανθίσεις τον λόγο σου με κάποια χυδαιότητα. Κατά βάθος είσαι ίδιος, όπως σε ήξερα. Ένας εγωιστής, που ποτέ δεν ενδιαφέρθηκε για τα συναισθήματα κανενός άλλου!»

«Τι θέλεις, Βασιλική; Ή μήπως προτιμάς το Βάσω;»

«Είσαι βλάκας! Ήλθα εδώ μόνο και μόνο, για μην σε δω να κυλιέσαι αιμόφυρτος και ανίκανος, μόνος και ξεχασμένος από όλους. Μόνο γι αυτό βρίσκομαι εδώ, κύριε Βερεμή!»

«Μάλιστα! Ένα τελευταίο μόνο να μου πεις και μετά θέλω να ξεκουμπιστείς απ' εδώ. Γιατί δεν μπήκες στον κόπο, όλον αυτόν τον καιρό που ήσουν χαμένη στον κόσμο που πάντα ονειρευόσουν, να έρθεις εδώ μόνη σου και να μου ζητήσεις η ίδια τους πίνακες σου; Μόνο εμφανίστηκες ξαφνικά από το πουθενά, βάζοντας τον καριόλη τον εραστή σου μπροστά, ζητώντας το ανήκουστο, να τους καταστρέψεις. Μόνο αυτό πες μου και μετά ξεκουμπίσου απ' εδώ!»

«Ήθελα να πονέσεις Γιώργο! Να πονέσεις όπως πόνεσα κι εγώ όταν επέλεξες να κάνεις στην άκρη εμένα κι όχι τις ηλίθιες ιδεοληψίες σου. Αυτό δεν σου συγχώρεσα ποτέ, κύριε Βερεμή!»

Η Κοράλλη τους γύρισε την πλάτη και κατευθύνθηκε προς την έξοδο. Κατέβηκε την σκάλα με αργό και σταθερό βηματισμό. Πίσω της άκουγε το Βερεμή να βρίζει, ενώ η Τζώρτζια προσπαθούσε να τον ηρεμήσει. Δεν αισθανόταν καμία ικανοποίηση μετά από αυτό που αντίκρισε. Λύπη μόνο! Δεν ήταν αυτή η εξέλιξη των γεγονότων όπως την είχε φανταστεί. Το μόνο που ήθελε ήταν να τον πληγώσει με τον τρόπο που ένας καλλιτέχνης νιώθει περισσότερο. Καταστρέφοντας τα έργα του. Η κατάσταση όμως ξέφυγε κάθε ελέγχου. Για πρώτη φορά είχε δει τον Δρακόγλου τόσο εξαγριωμένο. Είχε ξεφτιλιστεί από μία άγνωστη ατζέντισσα, η οποία εκπροσωπούσε έναν ασήμαντο ζωγράφο. Εκεί, που ήταν σίγουρος ότι η υπόθεση θα έκλεινε υπέρ τους στο εφετείο, τώρα ή μόνη του διέξοδος ήταν μία δικαστική διαμάχη, με πολλούς διαδίκους, που σίγουρα είχαν χρήμα για να ξοδέψουν, μόνο και μόνο για την πλάκα τους. Όσο για τον Βερεμή; Πέρα από μια δίκη για κλοπή έργων τέχνης που θα έστηνε εναντίον του, για να κατηγορήσει στη συνέχεια και τους αγοραστές ως κλεπταποδόχους, δεν θα ησύχαζε αν δεν τον συνέτριβε με τον πιο σκληρό τρόπο. Για την Πάππας, ήδη είχε αποφασίσει ότι δεν υπήρχε επαγγελματικός χώρος γι' αυτήν στην Αθήνα. Καρφάκι δεν της καιγόταν για αυτήν. Έτσι κι αλλιώς ήξερε ότι ήταν μια καιροσκόπος, που με την πρώτη ευκαιρία θα άφηνε τον Βερεμή να βασανίζεται και πάλι στην μοναξιά του! Για εκείνον όμως, παρά το μίσος που ένιωθε ώρες ώρες για το πρόσωπό του, δεν ήθελε να ήταν αυτή, η αιτία να σακατευτεί από το μένος του εραστή της. Το είχε δει πολλές φορές να παίζεται αυτό το παιχνίδι, το προσπερνούσε πείθοντας τον εαυτό της ότι αυτοί είναι οι κανόνες που κρύβονται πίσω από τα δικαστικά έδρανα για τις λεγόμενες σκοτεινές υποθέσεις, αλλά για τον Βερεμή, τον πρώην αγαπημένο της, αυτόν που την πούλησε για το δικό του πείσμα και μόνο, που την καταδίκασε στην δική της μοναξιά και δίχως νόημα ζωή, δεν το ήθελε. Και η ίδια αναρωτιόταν με τον εαυτό της. Έκλεισε την πόρτα πίσω της, πέρα από την εμφανή εγκατάλειψη του σπιτιού, ελάχιστα είχαν αλλάξει μέσα σε αυτό. Δεν την ήθελε αυτή την εξέλιξη. Στην προσπάθεια της να τον πληγώσει, δεν φανταζόταν ότι θα γινόταν συνένοχος σε ένα έγκλημα, που ο εραστής της προετοίμαζε με την μεθοδικότητα που αντιμετώπιζε κάθε υπόθεση του. Έκανε μια προσπάθεια να πείσει τον ανυποψίαστο Βερεμή, ότι μία δική του χειρονομία καλής θέλησης θα εξευμένιζε κάπως τον Δρακόγλου και θα αποφευγόταν το ακραίο σενάριο, που ήδη πλήγωνε την σκέψη της. Η παράδοση της λίστας των αγοραστών ήταν μία τέτοια πράξη. Βαθιά μέσα της ευχήθηκε, να τον είχε πείσει. Αυτή τη φορά τουλάχιστον, ήθελε να τον είχε πείσει.

Πίσω, μέσα στο σπίτι, αφού ηρέμησε ο Βερεμής, ακούγοντας τα γλυκόλογα που του ψιθύριζε η Τζώρτζια στο αυτί, αποφάσισε ότι έπρεπε να βρουν έναν τρόπο για να αντιμετωπίσουν την κατάσταση. Καταλάβαινε ότι η γυναίκα που είχε δίπλα του, δεν θα άντεχε για πολύ ακόμα όλη αυτήν την πίεση. Την ρώτησε αν είχε τη δύναμη να μείνει δίπλα του μέχρι το τέλος. Ένιωθε τον φόβο της εξαιτίας της απόρριψης που εισέπραττε τις τελευταίες ημέρες από παντού, καταλάβαινε την απογοήτευσή της, βλέποντάς το όνειρό της για μια λαμπρή καριέρα στην πόλη που αγαπούσε, την Αθήνα, να γκρεμίζεται. Εκείνη σηκώθηκε από την αγκαλιά του, άνοιξε την τσάντα της, έβγαλε ένα στριφτό τσιγάρο, το έπαιξε για λίγο στα δάκτυλά της,

«Όχι, Γιώργο, δεν θα φύγω. Δεν θα έπρεπε να με ρωτάς τέτοια πράγματα. Το βλέπω, έχουν γίνει δύσκολα τα πράγματα, αλλά εγώ δεν έχω σκοπό να φύγω. Μια δυσκολία είναι μόνο, θα τελειώσει. Θέλω να είμαι μαζί σου και αυτό δεν αλλάζει.»

Άναψε το τσιγάρο, τράβηξε την πρώτη ρουφηξιά και μετά κάθισε και πάλι πάνω στον Βερεμή και του το έδωσε. Εκείνος το πήρε στο χέρι του και το έβαλε στο στόμα του.

«Καλά έκανες, μου χρειαζόταν τώρα.»

«Το ξέρω.»

Το ξαναέβαλε στο στόμα του γεμίζοντας τα πνευμόνια του με τον ευεργετικό καπνό, που έδιωχνε από πάνω του κάθε στενοχώρια. Της το έδωσε πίσω.

Δεν θα υπέκυπτε σε κανενός είδους εκβιασμό, το είχε υποσχεθεί στον εαυτό του και θα έμενε πιστός σε αυτήν του την απόφαση, με οποιοδήποτε τίμημα. Παρέμειναν έτσι για πολύ ώρα, εκείνη να έχει κουρνιάσει στην αγκαλιά του, ο ένας να προσπαθεί να εμψυχώσει τον άλλο, ανταλλάσσοντας ιδέες που κάθε άλλο από ρεαλιστικές ήταν. Και οι δύο τους ένιωθαν τον κίνδυνο που τους απειλούσε, να γίνεται όλο και πιο ορατός, δεν θα το έσκαγαν όμως, όταν θα έφτανε η ώρα που θα βρίσκονταν αντιμέτωποι με τους μπράβους του Δρακόγλου, θα έβρισκαν τρόπο να προσπεράσουν ανώδυνα τις απειλές τους. Ήταν σίγουροι γι' αυτό. Ο Βερεμής αναθεμάτισε για μία ακόμα φορά την Κοράλλη που είχε κατορθώσει να τον αιφνιδιάσει, δείχνοντάς του ποιος έχει πια το πάνω χέρι, αλλά και να τον επαναφέρει στην πραγματικότητα, που εκείνος μέχρι τότε ήθελε να αγνοεί.

Κανένας τους όμως, παρά την χαλαρότητα της στιγμής, δεν τόλμησε να αποκαλύψει στον άλλο τις πιο βαθιές του σκέψεις. Ο Βερεμής, για την απροσδόκητη χαρά που ένιωσε βλέποντας την Βασιλική ξανά μετά από τόσον καιρό και η Τζώρτζια για τη διαίσθησή της, ότι η γυναίκα αυτή, παρά την δική της κυριαρχία πάνω στον ζωγράφο της, θα εξακολουθούσε να ρίχνει τη σκιά της για πάντα πάνω τους.

Κεφάλαιο 14

Λίγες μέρες πριν τον Δεκαπενταύγουστο ήταν, από το γραφείο κανένας μας δεν είχε φύγει για διακοπές, οι πολιτικές εξελίξεις ήταν ραγδαίες μιας και η χώρα μετά από μήνες διαπραγματεύσεων με την Τρόικα των δανειστών μας, αποδέχθηκε ένα σχέδιο το οποίο άνετα θα μπορούσε να είχε αποδεχθεί μήνες πριν και να μην φέρει τη χώρα στο χείλος της οικονομικής κατάρρευσης. Οι οικονομικές συναλλαγές πλέον γίνονταν με αδιανόητους περιορισμούς μιας και είχαν επιβληθεί τα περίφημα capital controls, τα διαθέσιμα αποθέματα της χώρας σε ρευστό, ίσα ίσα που εξυπηρετούσαν τις τρέχουσες εσωτερικές ανάγκες και κανένας δεν ήταν πρόθυμος να μας δανείσει αν προηγουμένως η Βουλή δεν επικύρωνε την συμφωνία, που ο πρωθυπουργός της χώρας συνομολόγησε με τους δανειστές μας. Όλων αυτών είχε προηγηθεί κι ένα δημοψήφισμα με ένα παραπλανητικό ερώτημα, που ο καθένας το εκλάμβανε όπως ήθελε, διχάζοντας τον Λαό για μία ακόμα φορά. Με την τροπή των γεγονότων, όλο και περισσότεροι αναρωτιούνταν για ποιον λόγο κλήθηκαν στην κάλπη εκείνη την ημέρα. Μια νότα αισιοδοξίας διαφάνηκε όταν τα πρώην κυβερνητικά κόμματα δήλωσαν ότι θα ψήφιζαν το νέο μνημόνιο, δείχνοντας προς τους δανειστές μας ένα κλίμα συναίνεσης, ενώ περίπου το ένα τρίτο του κυβερνώντος συνασπισμού δήλωνε προς κάθε κατεύθυνση, ότι δεν θα στήριζε το σχετικό νομοσχέδιο στη Βουλή. Όλα αυτά κράταγαν τα ΜΜΕ σε εγρήγορση και τους περισσότερους δημοσιογράφους να έχουν στερηθεί τις άδειες τους. Από τη δική μου πλευρά, αν και ήμουν από αυτούς που άνετα θα μπορούσαν να φύγουν, εγώ αρνήθηκα. Για χρόνια ήμουν από τους ελάχιστους συναδέλφους, που κρατάγαμε τη «Φωνή της Αθήνας» ζωντανή μέσα στην καλοκαιρινή ραστώνη του Αυγούστου, δεν είχα σκοπό να πάω διακοπές ούτε κι εκείνο το καλοκαίρι. Αν και μεγάλωσα σε ένα από τα χωριά του ορεινού Μπράλου, είχα αγαπήσει αυτήν την πόλη και ειδικά αυτήν την εποχή την απολάμβανα περισσότερο. Οι κάτοικοι της την εγκατέλειπαν με κάθε μέσον, μεταφέροντας στην επαρχία όλη την βαρβαρότητά τους, αφήνοντας την Αθήνα, έστω και για λίγες μέρες μόνο, να ανασάνει ελεύθερη. Κι εγώ είχα μάθει να την απολαμβάνω έτσι κάθε χρόνο, αφουγκραζόμενος τους αναστεναγμούς της λύτρωσής της. Στα ζεστά αλλά γαλήνια βράδια της, απολάμβανα την ησυχία και την καθαρότητά της με λίγους ακόμα μοναχικούς τύπους, παράξενους και ιδιότροπους όπως εμένα, κρατώντας στο χέρι ένα ποτό στο μπαράκι της γειτονιάς μου.

Και τότε έσκασε η είδηση. Μου την μετέφερε ένας συνάδελφος του αστυνομικού ρεπορτάζ που γνωριζόμαστε από παλιά, ο Γεωργίου, τότε δούλευε στο κρατικό κανάλι. Βρεθήκαμε τυχαία ένα από εκείνα τα ζεστά βράδια και με χαρά μοιραστήκαμε την μοναξιά μας, συζητώντας περί ανέμων και υδάτων, όπως λένε. Την προηγούμενη μόλις μέρα, ένα περίεργο γεγονός καταγράφηκε στο αστυνομικό δελτίο: Ο άγριος ξυλοδαρμός του ζωγράφου Γιώργου Βερεμή στο ατελιέ που διατηρούσε στο σπίτι του, ενώ δεμένη και φιμωμένη σε μια καρέκλα, ακριβώς απέναντι από την σκηνή του ξυλοδαρμού, βρέθηκε η ατζέντισσα του, η Τζώρτζια Πάππας. Ότι βρισκόταν στο ατελιέ καταστράφηκε, πίνακες, τελάρα, το καβαλέτο του, τα έπιπλα. Το σπίτι είχε ψαχτεί από άκρη σε άκρη, αυτοί που είχαν προβεί σε αυτήν την πράξη κάτι γύρευαν, ακόμα κανένας δεν ήξερε τι ήταν αυτό κι αν το βρήκαν. Τελειώνοντας την αφήγησή του, γνωρίζοντας από την πιάτσα τη στενή μου σχέση με τον Βερεμή, αγνοώντας όμως τον ακριβή βαθμό εμπλοκής μου στην υπόθεση, με ρώτησε αν ήξερα κάτι περισσότερο. Τι να του έλεγα και τι να έκρυβα; Πέρα από την φανερή έκπληξή μου, προσποιήθηκα τον ανήξερο, λέγοντάς του μόνο ότι τον γνώριζα από την δικαστική διαμάχη που είχε με την Κοράλλη. Δεν πείστηκε και συνέχισε τις ερωτήσεις. Τελικά η συνάντηση μας δεν πρέπει να ήταν και τόσο τυχαία.

«Το δικό σου άρθρο, δεν ήταν η αιτία για να έλθει αυτή η υπόθεση στην δημοσιότητα;»

«Ναι, κι εγώ εντυπωσιάστηκα από τον ντόρο που έκανε. Δεν το περίμενα!»

«Γιατί δεν κτύπησαν την Πάππας;»

«Μήπως γιατί είναι γυναίκα;»

«Λέγεται ότι ο Βερεμής και η Πάππας βρίσκονται σε σχέση.»

«Έτσι ακούγεται.»

«Κι ότι πρωτύτερα αυτή διατηρούσε μακροχρόνιο δεσμό με τον δικηγόρο του.»

«Δεν το ξέρω αυτό.»

«Μήπως ξέρεις, τι έψαχναν αυτοί που μπούκαραν στο σπίτι του;»

«Γιατί να ξέρω εγώ;»

«Λες να κρύβεται πίσω από τον ξυλοδαρμό η πλευρά Κοράλλη; Το ξέρεις, αυτός ο δικηγόρος της που είναι και εραστής της, ο Δρακόγλου, είναι γνωστό σε όλους ότι είναι βρώμικος τύπος.»

«Δεν ξέρω τίποτα περισσότερο, παρά μόνο ότι έχει σχέση με την υπόθεση, όπως έφτασε στις δικαστικές αίθουσες. Γιατί πρέπει να ξέρω κάτι περισσότερο;»

Η αμηχανία μου πρόδωσε την προσπάθεια που έκανα να παραστήσω τον ανήξερο. Δεν πείστηκε από τις απαντήσεις μου, το ήξερα, αλλά δεν με ένοιαζε. Την δουλειά του έκανε, αλλά δεν επρόκειτο να μάθει τίποτε παραπάνω από εμένα γι' αυτήν την υπόθεση, που τελικά εξελισσόταν τόσο άσχημα, όσο με είχαν προειδοποιήσει τα τσιράκια του Δρακόγλου.

Αφού είδε ότι δεν ήμουν διατεθειμένος να του πω τίποτα περισσότερο απ' ότι ήδη γνώριζε, τσούγκρισε το ποτήρι του και είπε:

«Δεν πειράζει, φίλε! Σέβομαι την φιλία σου με τον Βερεμή και δεν θα επιμείνω, αν και είμαι σίγουρος, ότι γνωρίζεις πολλά περισσότερα.»

Εγώ είχα ιδρώσει πολύ περισσότερο απ' ότι δικαιολογούσε η ζέστη που εξέπεμπαν οι τσιμεντένιες πολυκατοικίες και η άσφαλτος της περιοχής, το πρόσωπο μου είχε γίνει κατακόκκινο ενώ στο μυαλό μου φτιάχνονταν η μία μετά την άλλη, οι εικόνες του κτυπημένου Βερεμή στο διαλυμένο ατελιέ του με την δεμένη Τζώρτζια. Αφού μου έδωσε λίγο χρόνο για να ανασυγκροτηθώ, η κουβέντα γύρισε στη δύσκολη οικονομική κατάσταση της χώρας, απαντούσα δίχως να έχω πλέον όρεξη για ατέρμονες αναλύσεις, με μικρές προτάσεις, που στην ουσία επιβεβαίωναν τα λόγια του συνομιλητή μου. Το μυαλό μου βρισκόταν στον Βερεμή και την κατάστασή του. Λίγο μετά τα μεσάνυχτα σηκωθήκαμε για να επιστρέψουμε στα σπίτια μας. Την ώρα που του έδωσα το χέρι μου, τον ρώτησα.

«Πού βρίσκεται τώρα ο Βερεμής;»

Εκείνος χαμογέλασε με ικανοποίηση, διότι δεν έκανε λάθος στην εκτίμησή του για μένα.

«Στο ΚΑΤ τον έχουν. Διαγνώστηκε με πολλαπλά κατάγματα και κρίθηκε αναγκαία η μεταφορά του εκεί. Μάλλον είναι σοβαρή η κατάστασή του.»

Τον ευχαρίστησα άκεφα κι εκείνος μου ζήτησε να μου ξαναμιλήσει για την υπόθεση. Του υποσχέθηκα αόριστα, ότι κάποια στιγμή θα ικανοποιούσα την επιθυμία του.

Μπαίνοντας στο σπίτι μου έπεσα έτσι όπως ήμουν στο καναπέ που βρισκόταν στο σαλόνι, ζαλισμένος από το ποτό, με τις εικόνες να πηγαινοέρχονται στο μυαλό μου, του Βερεμή να προσπαθεί να με πείσει ότι δεν φοβόταν τίποτα, τον φόβο που αντίκρισα για πρώτη φορά στα μάτια της Τζώρτζιας, όταν ήλθε να μου ζητήσει βοήθεια, το ψυχρό πρόσωπο εκείνου που με προειδοποίησε ότι αυτή θα ήταν η κατάληξη των πραγμάτων. Ο ύπνος με πήρε γρήγορα, ήξερα ότι η επομένη δεν θα ήταν μια εύκολη ημέρα.

Το επόμενο πρωί ξύπνησα νωρίς, παραδόξως αισιόδοξος, έτοιμος να αντιμετωπίσω την οποιαδήποτε πρόκληση. Έκανα ένα ντους στα γρήγορα και κατέβηκα σε ένα από τα λίγα ανοικτά μαγαζιά της περιοχής μου. Πήρα καφέ κι ένα σάντουιτς, κάθισα σε ένα τραπεζάκι που η πρωινή σκιά έκρυβε ακόμα τον ήλιο και προσπάθησα να βάλω σε μια σειρά τις σκέψεις μου, να αποφασίσω ποια ακριβώς θα ήταν η αντίδρασή μου σε όλα αυτά που είχα μάθει το προηγούμενο βράδυ. Το πρώτο ζήτημα που έπρεπε να λύσω με τον εαυτό μου ήταν αν θα έπρεπε να παραμείνω ακόμα αμέτοχος στην όλη δυσμενή κατάσταση, όπως είχε εξελιχθεί για τον φίλο μου. Κανονικά θα έπρεπε να κάνω μια συζήτηση με το αφεντικό μου, αλλά αποφάσισα να τον παρακάμψω. Εκείνος το μόνο που θα έκανε, θα ήταν να μου πει να μην εμπλακώ παραπέρα στην υπόθεση αυτή και να μεγεθύνει τον φόβο που ήδη ένιωθα, για όλα αυτά τα πρωτόγνωρα που ζούσα στην δημοσιογραφική μου καριέρα. Ίσως να μου επέτρεπε μια άχρωμη περιγραφή των γεγονότων και σίγουρα θα απαιτούσε να διοχετεύσω αυτά που γνώριζα για τον φίλο μου και το παιχνίδι που έστησε με τη Τζώρτζια, στον συνάδελφο που κάλυπτε το αστυνομικό ρεπορτάζ της εφημερίδας. Θα με επαινούσε που απέκρυψα αυτά που γνώριζα από τον φίλο μου, τον δημοσιογράφο της ΕΡΤ. Η από δύο μήνες επαναλειτουργία του κρατικού ραδιοτηλεοπτικού φορέα ως ΕΡΤ open, από εργαζόμενους της που είχαν μείνει άνεργοι από τότε που η κυβέρνηση Σαμαρά αποφάσισε να ρίξει μαύρο στο πρόγραμμα του ιστορικού καναλιού, τους είχε χαρίσει και πάλι το χαμόγελο στο πρόσωπό τους. Αυτό ήταν κάτι περισσότερο από εμφανές στην χθεσινοβραδινή μας συνάντηση με τον Γεωργίου. Στα ρεπορτάζ τους δεν μάσαγαν τα λόγια τους, προσπαθούσαν να είναι όσο πιο αντικειμενικοί γινόταν και δεν παρέλειπαν να δείχνουν τα δόντια τους σε όλους όσους εντάσσονταν στο κατεστημένο της χώρας. Αν η εφημερίδα μας έχανε ένα τέτοιο ρεπορτάζ εξαιτίας μου, σίγουρα το αφεντικό μου δεν θα μου το συγχωρούσε. Αποφάσισα ότι για την ώρα, δεν θα μιλούσα σε κανέναν. Αυτό που έθεσα ως βασική μου προτεραιότητα εκείνο το πρωί, ήταν να προσπαθήσω να έλθω σε επαφή με τον Βερεμή. Διαισθανόμουν την μοναξιά του, πάντα αμφέβαλλα για την προσήλωση της Τζώρτζιας σε αυτόν, κάποια στιγμή πέρασε από το μυαλό μου η σκέψη αν θα τον προλάβαινα ζωντανό.

Σηκώθηκα αμέσως, κατευθύνθηκα προς την περιοχή που είχα αφήσει το αυτοκίνητό μου και ξεκίνησα για το ΚΑΤ. Έφτασα πολύ πιο γρήγορα από το αναμενόμενο, η άδεια πόλη έμοιαζε στα μάτια μου απόκοσμη, αλλά συγχρόνως αυτή η εικόνα της εγκατάλειψης από τους κατοίκους της μου άρεσε. Ρώτησα στην είσοδο χρησιμοποιώντας τη δημοσιογραφική μου ταυτότητα και με έστειλαν στο θάλαμο που νοσηλευόταν. Εκεί, στην στάση των Νοσοκόμων, ζήτησα να τον δω, εκείνες μου είπαν ότι πέρα από το γεγονός, ότι δεν ήταν η ώρα επισκεπτηρίου, εκείνος ήταν ακόμη σε καταστολή μετά από ένα δύσκολο μα αναγκαίο χειρουργείο. Επέμεινα σηκώνοντας την ένταση της φωνής μου, να δω κάποιον υπεύθυνο, κάποιον που θα μπορούσε υπεύθυνα να με ενημερώσει για την κατάστασή του. Μου απάντησαν ότι αυτό μπορούσε να γίνει μόνο αν ήμουν συγγενής του. Με απελπισία της είπα ότι δεν είχε συγγενείς, ότι ήμουν φίλος του, ίσως ο μοναδικός φίλος που είχε ποτέ. Έβγαλα την δημοσιογραφική μου ταυτότητα και πάλι, τους την άφησα στον πάγκο που βρισκόταν ανάμεσά μας και προσπαθώντας να βρω και πάλι την αυτοκυριαρχία μου, τους ανακοίνωσα ότι δεν θα έφευγα, αν δεν μιλούσα με κάποιον υπεύθυνο γιατρό. Η προϊσταμένη σήκωσε το τηλέφωνο και ζήτησε τον κύριο Λουιζή. Κρατώντας την ταυτότητά μου στα χέρι της, την άκουσα να εξηγεί στο τηλέφωνο ότι είχε έλθει κάποιος κύριος Μιχαηλίδης, ο οποίος γνώριζε προσωπικά τον Βερεμή και επέμενε να μιλήσει με κάποιον υπεύθυνο. Εκείνος κάτι της είπε, έκλεισε το τηλέφωνο, μου επέστρεψε την ταυτότητα και μου είπε να περιμένω πιο πέρα, δείχνοντας με το χέρι της ότι ήθελε να απομακρυνθώ από κοντά τους, συμπληρώνοντας αμέσως ότι θα ερχόταν σε λίγο ο γιατρός που εφημέρευε. Κατευθύνθηκα προς την πλευρά που μου έδειξε, για λίγο στάθηκα ακίνητος κοιτάζοντας τον ψυχρό διάδρομο που απλωνόταν μπροστά μου, ψάχνοντας κάποιο σημάδι που να μου φανέρωνε σε ποιο δωμάτιο βρισκόταν ο Βερεμής. Φοβόμουν ότι δεν θα μπορούσα τελικά να τον δω, συγχρόνως αντιλαμβανόμουν την σοβαρότητα της κατάστασης του, ήλπιζα όμως ότι θα μου έδιναν κάποιες θετικές πληροφορίες για την πορεία της υγείας του.

Από τις σκέψης μου με έβγαλε ένας γιατρός, γύρω στα τριάντα πέντε, με λεπτά μυωπικά γυαλιά. Στάθηκε απέναντι μου και με ρώτησε:

«Εσείς είστε ο κύριος Μιχαηλίδης;»

«Ναι, εγώ είμαι!»

«Είστε φίλος του κυρίου Βερεμή;»

«Ναι, φίλος του! Ίσως ο μοναδικός φίλος του!»

«Ελάτε λίγο στο γραφείο μου. Θα ήθελα να συζητήσουμε κάποια πράγματα για τον νοσηλευόμενο.»

Χωρίς να περιμένει την απάντηση μου ξεκίνησε, τον ακολούθησα μέχρι που άνοιξε μια από τις πολλές ομοιόμορφες πόρτες του διαδρόμου και μπήκαμε σε ένα μικρό δωμάτιο με ένα γραφείο, δυο τρεις καρέκλες, διάφορες αφίσες με σκελετούς και οστά με το λογότυπο της φαρμακευτικής εταιρίας που διαφήμιζε από κάτω κι ένα κρεβάτι στην άκρη του. Κάθισε πίσω από το γραφείο και μου έκανε νόημα να καθίσω κι εγώ.

«Είμαι ο κύριος Λουιζής, εφημερεύω σήμερα και θα ήθελα να σας κάνω κάποιες ερωτήσεις για τον ασθενή μας, τον κύριο Βερεμή.»

«Ναι, μπορείτε να με ρωτήσετε ότι θέλετε.»

«Πόσο καλά γνωρίζετε τον κύριο Βερεμή;»

«Είμαστε φίλοι, έχουμε κάνει πολλές συζητήσεις πάνω σε πολλά θέματα για ώρες, κάποιες φορές διαφωνούσαμε αλλά πάντα ο ένας εκτιμούσε τον άλλο.»

«Μάλιστα! Μήπως γνωρίζετε αν έχει στενούς συγγενείς, πέρα από τους γονείς του, που ήδη η αστυνομία μας έχει ενημερώσει ότι δεν ζουν πια;»

«Απ’ ότι ξέρω, ήταν μοναχοπαίδι. Ποτέ δεν μου ανέφερε για άλλους συγγενείς με τους οποίους να έχει κάποια σχέση. Διατηρεί όμως μία σχέση με...»

«Με την κυρία Πάππας, ναι αυτό το γνωρίζουμε. Βρίσκεται εδώ από την πρώτη στιγμή, αλλά δεν μπορεί να μας πει τίποτα περισσότερο απ᾿ ότι ήδη γνωρίζουμε.»

«Για ποιον λόγο ενδιαφέρεστε για άλλους συγγενείς του;»

«Η κατάσταση του φίλου σας είναι πολύ σοβαρή. Χρειαζόμαστε την συναίνεση κάποιου στενού συγγενικού του προσώπου, για μια σειρά επεμβάσεων που πρέπει να γίνουν. Μέχρι τώρα προχωράμε με δική μας ευθύνη, με μόνο γνώμονα να σώσουμε τη ζωή του. Η μέχρι τώρα κλινική του εικόνα δεν μας επιτρέπει να είμαστε τόσο αισιόδοξοι, όσο θα επιθυμούσαμε. Η φίλη του, η κυρία Πάππας, τα έχει και αυτή χαμένα, παρουσιάζεται εδώ σαν να μην ξέρει τι έχει συμβεί, νομίζοντας ότι σε λίγες μέρες ο ασθενής θα πάρει εξιτήριο. Δεν μας βοηθάει καθόλου αυτό.»

«Πόσο σοβαρή είναι η κατάσταση του γιατρέ;»

«Κανονικά δεν θα έπρεπε να σας πω τίποτα, υπάρχει το ιατρικό απόρρητο, είστε και δημοσιογράφος... αλλά ελλείψει κάποιου δικού του προσώπου, οφείλω να βγάλω κάποια άκρη. Διακομίστηκε εδώ, με πολλά κατάγματα και εσωτερική αιμορραγία στην κοιλιακή χώρα. Μετά από ένα πολύωρο χειρουργείο, κατορθώσαμε να τον σταθεροποιήσουμε. Δυστυχώς, δεν ξέρουμε ακόμα αν θα τα καταφέρει. Βρίσκεται υπό μηχανική υποστήριξη με έναν πολύ ταλαιπωρημένο οργανισμό, όχι μόνο εξαιτίας των κτυπημάτων του.»

«Κάπνιζε πολύ γιατρέ.»

«Οι εξετάσεις έδειξαν ότι έκανε χρήση μαριχουάνας.»

«Ο Βερεμής που ήξερα εγώ, ήταν κάθετα εναντίον των ναρκωτικών. Πίστευε ότι αυτά ήταν ο τρόπος της εξουσίας, για να διαλύσει κάθε νέον άνθρωπο, που ήθελε να της αντιταχθεί.»

«Κοιτάξτε κύριε, Μιχαηλίδη! Κανονικά αυτά θα έπρεπε να τα ερευνά η αστυνομία. Όταν τους το αναφέραμε, ως οφείλαμε, η απάντηση τους ήταν: ένα ακόμα πρεζόνι, που μπλέκεται με τον αμαρτωλό κόσμο του υποκόσμου. Δεν νομίζω να καίγονται ιδιαιτέρως για την πάρτι του. Δεν με ενδιαφέρει κιόλας! Εγώ ψάχνω εδώ μια διέξοδο, για να τον γλιτώσω αν βέβαια συνέλθει ποτέ από την κατάσταση που βρίσκεται τώρα.»

«Δεν ήταν τέτοιος ο Βερεμής, γιατρέ! Δεν ξέρω τι να σας πω παραπάνω.»

«Μάλιστα, κύριε Μιχαηλίδη! Νομίζω ότι ούτε εγώ έχω κάτι περισσότερο να σας πω.»

Έβγαλα από το πορτοφόλι μου, μία επαγγελματική κάρτα μου και του την έδωσα.

«Αν νομίζετε ότι μπορώ να βοηθήσω σε κάτι άλλο, πάρετε με τηλέφωνο, ότι ώρα κι αν είναι. Ειδικά αν συνέλθει θα ήθελα να το ξέρω!»

Την πήρε στα χέρια του και χωρίς να την δει την έβαλε στο συρτάρι, δίπλα του.

Βγήκα από την πόρτα του ζαλισμένος από τις πληροφορίες που μόλις είχα πάρει. Ο Βερεμής ήταν μεταξύ ζωής και θανάτου και η κλινική του εικόνα δεν ενέπνεε αισιοδοξία για την παραπέρα πορεία του. Πέρα από το τσιγάρο, έκανε χρήση μαριχουάνας. Ίσως αυτή να ήταν η εξήγηση της περίεργης μεταστροφής του, μετά την γνωριμία του με την Τζώρτζια. Δεν φτάνει μόνο ο έρωτας, για να αλλάξει τόσο ο άνθρωπος. Ένας άνθρωπος οργισμένος, μοναχικός, πιθανόν καταθλιπτικός, σε μια μέρα μέσα να μεταλλάσσεται σε έναν ζωηρό και αισιόδοξο καλλιτέχνη με την συμβολή της «μάγισσας» Τζώρτζιας Πάππας! Μα είναι φανερό, οι μάγισσες χρησιμοποιούν ξόρκια και μαντζούνια κι αν τα ξόρκια ήταν το σώμα της που του χάρισε, τότε τα μαντζούνια ήταν η μαριχουάνα.

«Να χέσω ατζέντισσα που βρήκε!» ακούστηκε αυθόρμητα, με δύναμη η φωνή μου, καθώς έμπαινα στο ασανσέρ.

Σε λίγα δευτερόλεπτα, φτάνοντας στο ισόγειο κι ενώ άνοιγε η πόρτα, μπροστά μου εμφανίστηκε η Τζώρτζια. Ο εκνευρισμός που ένιωθα ήταν εμφανής, σίγουρα τον αισθάνθηκε κι εκείνη μένοντας ακίνητη στη θέση της. Βγήκα και στάθηκα μπροστά της, ενώ κάποιοι άλλοι επισκέπτες μας προσπέρασαν σπρώχνοντάς μας. Με κοίταξε στα μάτια και με ρώτησε:

«Τι κάνει;»

«Τα ίδια, τι νομίζεις ότι μπορεί να αλλάξει από χτες ως σήμερα;»

«You're right. Θέλεις να μιλήσουμε;»

«Έχεις κάτι να μου πεις;»

«Πάμε, σε παρακαλώ! Χρειάζομαι έναν καφέ.»

Βγήκαμε έξω, περάσαμε το δρόμο απέναντι και κατευθυνθήκαμε προς ένα μικρό ταχυφαγείο. Πήραμε τους καφέδες μας αμίλητοι και καθίσαμε στα πρόχειρα καθίσματα που ήταν στημένα εκεί, με ελάχιστο κόσμο γύρω μας.

«Σε ακούω Τζώρτζια!»

«Γιατί είσαι τόσο θυμωμένος;»

«Νομίζω ότι ξέρεις!»

«Δεν φταίω εγώ γι' αυτό που έγινε στον Γιώργο.»

«Φταις Τζώρτζια! Το ξέρεις ότι την μεγαλύτερη ευθύνη την έχεις εσύ με τις ηλίθιες ιδέες σου! Φταις, διότι πήρες έναν άνθρωπο που σκεφτόταν, του διέλυσες το μυαλό με τα ναρκωτικά που του πάσαρες, τον έκανες να μην σκέφτεται λογικά πλέον.»

«Ο Γιώργος είναι μεγάλος άντρας, Νίκο! Ξέρει τι έκανε μαζί μου! Λίγη μαριχουάνα μόνο κάναμε, πολλοί καλλιτέχνες την χρειάζονται και στον Γιώργο έκανε καλό. Το είδες και συ Νίκο, ήταν χαρούμενος, ζωγράφιζε και πάλι. Δεν του έκανα εγώ κακό!»

«Ξέρεις τι μου είπε για σένα Τζώρτζια; Ότι είσαι μια μάγισσα! Ότι θα έκανε ότι του έλεγες! Και δες που τον έφτασες. Οι γιατροί δεν ξέρουν αν θα ζήσει ή αν θα πεθάνει. Κι αν τελικά τα καταφέρει, πώς θα είναι, το σκέφτηκες αυτό; Όχι! Δεν σε ενδιαφέρει! Εσύ το μόνο που ήθελες ήταν να δείξεις στην πιάτσα, ότι μπορούσες να καταφέρεις τα πάντα, ότι ήσουν η νέα, φοβερή ατζέντισσα, η οποία μπορούσε να κάνει πραγματικότητα όλα τα όνειρα των παιδιών, που θα σε εμπιστεύονταν. Για δείτε τον Βερεμή τους έλεγες, πως τον ανέστησα. Αυτό ήταν το μόνο που σε ενδιέφερε, κυρία Πάππας!»

«Δεν ξέρεις τι λες Νίκο! You 're an idiot. Εγώ ήμουν εκεί όταν τον κτυπούσαν! Εγώ, μόνη μου εγώ! Και δεν άκουγαν τίποτα, μόνο τον κτυπούσαν, συνέχεια, παντού. Πετούσαν και έσπαγαν ότι βρισκόταν εκεί μέσα κι εκείνος χωρίς να μπορεί να μιλήσει, έβλεπε μόνο. Και μετά τον κτύπησαν και πάλι μέχρι που λιποθύμησε. Εγώ ήμουν εκεί, Νίκο, και τα έβλεπα όλα! Τα άκουγα όλα! Τις φωνές του, τον πόνο του, το αίμα του που έτρεχε. Το μόνο που μπορούσα να κάνω για να τον σώσω, ήταν να τους δώσω την λίστα και την έδωσα. Αλλά αυτοί δεν σταμάτησαν. Συνέχισαν να τον χτυπάνε.»

«Γιατί ρε Τζώρτζια, δεν κάνατε κάτι όταν σας είπα ότι έπρεπε να προσέχετε. Σας το είπα, αλλά εσείς δεν ακούγατε. Γιατί;»

«Δεν ξέραμε τι να κάνουμε. Πού να πάμε; Μόνο εγώ μπορούσα να φύγω για την Αμερική! Ο Γιώργος δεν ήταν εύκολο να βγάλει βίζα. Μα δεν θέλαμε να φύγουμε. Νομίζαμε ότι θα μπορούσαμε να συνεννοηθούμε μαζί τους.»

«Με ποιους, ρε Τζώρτζια; Δεν καταλάβατε τι σας έλεγα;»

«Την τελευταία φορά που μιλήσαμε, ήξερα τι γινόταν, Νίκο! Δεν ξέραμε τι να κάνουμε. Που να πάμε. Νομίζεις ότι είχαμε χρήματα για να φύγουμε κάπου μέχρι να μας ξεχάσουν;»

«Δεν ξέρω! Το μόνο που ξέρω είναι ότι τα σκατώσατε! Αυτό ξέρω! Τι έγιναν τα χρήματα από τους πίνακες που πουλήσατε;»

«Δεν ξέρω! Ο Γιώργος κάπου τα έκρυψε. Δεν ήταν δικά του έλεγε! Ναι αυτό έλεγε και δεν με άκουγε.»

«Τίνος ήταν;»

«Δεν καταλαβαίνεις; Αυτής της Κοράλλη. Όσο και αν προσπάθησα, δεν την έβγαλε ποτέ από το μυαλό του! Του είπα να τα πάρουμε τώρα και να της τα δώσουμε μετά, αλλά δεν μου έλεγε τίποτα. Δεν ξέρω αν με αγαπά περισσότερο από εκείνην. Και αυτό με πονά, Νίκο!»

«Δεν ξέρεις, πού είναι τα χρήματα λοιπόν;»

«Σου είπα, δεν ξέρω!»

«Η αστυνομία τι σου είπε;»

«Ότι θα βρουν ποιος κτύπησε τον Γιώργο.»

«Εσένα γιατί δεν σε κτύπησαν;»

«Δεν ξέρω! Με έδεσαν και μου κράταγαν το κεφάλι να βλέπω μόνο που τον κτυπούσαν.»

«Και τι θα κάνεις τώρα;»

«Δεν ξέρω! Η Ελλάδα δεν μου φαίνεται τόσο καλή πια. Πρέπει να δω πρώτα, αν θα γίνει καλά ο Γιώργος. Μετά θα σκεφτώ. I'm so confused. Δεν ξέρω!»

«Κατάλαβα!»

«Τίποτα δεν κατάλαβες, Νίκο! Όλα... γκρεμίστηκαν! Τον αγαπώ τον Γιώργο αλλά...»

«Αλλά;»

«Τίποτα! Τίποτα!»

Την άφησα εκεί και έφυγα. Πήρα το αυτοκίνητό μου και επέστρεψα στην δουλειά μου. Όλη την ημέρα έβαζα σε μια σειρά τα δελτία τύπου για τις θεατρικές παραστάσεις και τις συναυλίες που γίνονταν σε κάθε γωνιά της Ελλάδας. Έψαξα για την είδηση του ξυλοδαρμού του Βερεμή. Την βρήκα μόνο στα ψιλά των δελτίων, στο αστυνομικό ρεπορτάζ. Κανένας δεν ασχολήθηκε με το θέμα. Μέρες που ήταν, αυτό που ενδιέφερε τον κόσμο ήταν η διασκέδαση και η ξεκούρασή του. Τέτοιες ειδήσεις τον άφηναν αδιάφορο. Δεν μίλησα σε κανέναν. Δεν ήθελα να μιλήσω σε κανέναν. Έφυγα από τη δουλειά αργά, τσακισμένος από όσα είχαν γίνει και υποψιαζόμενος την συνέχεια. Αν τελικά ο Βερεμής συνερχόταν, θα ήταν μόνος. Και δεν ήξερα αν θα είχε τη δύναμη να ξανασταθεί στα πόδια του. Ούτε το βράδυ, πέρασα από το συνηθισμένο μου στέκι. Κάθισα στο σπίτι, παράγγειλα μια πίτσα και κάμποσες μπύρες, βρήκα μια χαζοχαρούμενη ταινία στο λαπ τοπ, ίσα ίσα για να περάσει όσο πιο ανώδυνα γινόταν η νύχτα. Είδα και δεύτερη, με πήρε ο ύπνος αρκετή ώρα μετά τα μεσάνυχτα.

Κεφάλαιο 15

Ο Δρακόγλου με την οικογένειά του βρισκόταν στο εξοχικό τους στην Νάξο. Το είχε κτίσει αμέσως μετά τον γάμο του, με την προτροπή της γυναίκας του. Δεν της άρεσαν οι ολιγοήμερες διακοπές, έστω κι αν ήταν στα πιο πολυτελή και ακριβά ξενοδοχεία του είπε. Ήθελε το καλοκαίρι, αυτή και τα παιδιά της να φεύγουν από την Αθήνα και να χαίρονται πραγματικά το καλοκαίρι. Κι εκείνος της έκανε το χατίρι. Αγόρασε το οικόπεδο, βρήκε έναν από τους ανερχόμενους αρχιτέκτονες της περιόδου εκείνης και του ανέθεσε εν λευκώ να φτιάξει το πιο όμορφο κτίσμα της περιοχής. Το οικόπεδο ήταν λίγο πιο έξω από την Χώρα, κοντά στην Μονή το Αγίου Ιωάννη του Χρυσοστόμου. Από εκεί έβλεπε το λιμάνι, την Πορτάρα και την άπλα της θάλασσας. Κι εκείνος δικαιώνοντας την φήμη του, τους έφτιαξε ένα αρχιτεκτονικό αριστούργημα, απόλυτα εναρμονισμένο με την γύρω περιοχή. Πολλά περιοδικά το παρουσίασαν εκθειάζοντας την έμπνευση του αρχιτέκτονα και την πλήρη αποδοχή του ιδιοκτήτη στις απαιτήσεις του.

Εκείνη το πρωινό, λίγες μέρες μετά το Δεκαπενταύγουστο, κτύπησε το κινητό του. Το αγνόησε. Καθόταν με το μαγιό και ένα πουκάμισο να πέφτει πάνω του, σε μία αναπαυτική πολυθρόνα από μπαμπού, προσπαθώντας να διαβάσει την εφημερίδα του, ενώ τα παιδιά του με θόρυβο διασκέδαζαν στην πισίνα. Η γυναίκα του φορώντας ένα λευκό μπικίνι ασορτί με τα μεγάλα γυαλιά ηλίου που φορούσε, έκανε ηλιοθεραπεία, ξαπλωμένη παραδίπλα σε μια ξύλινη σεζλόνγκ, βάζοντας κάθε λίγο αντηλιακό και γυρίζοντας πλευρά. Είχε μαυρίσει ομοιόμορφα σε κάθε σημείο του σφικτού κορμιού της, που έμενε ακάλυπτο.

Το τηλέφωνο επέμενε. Το σήκωσε από κάτω και είδε ότι ήταν η Κοράλλη. Της είχε πει να μην τον ενοχλήσει, θα την έπαιρνε αυτός τηλέφωνο όποτε έβρισκε ευκαιρία. Το έκλεισε. Σε λίγο εκείνη ξαναπήρε.

«Ποιος είναι;» τον ρώτησε η γυναίκα του χωρίς να ανοίξει τα μάτια της.

«Κάποιος πελάτης! Ούτε να ξεκουραστούμε λίγο δεν μας αφήνουν.»

«Σου είπα να το απενεργοποιείς.»

«Αφού ξέρεις ότι αυτό δεν γίνεται, τι επιμένεις;»

«Εσύ χαλάς τις διακοπές σου!»

«Θα τον πάρω από μέσα. Πρέπει να δω τι θέλει; Τον άλλο μήνα αρχίζει η δίκη του.»

«Κάνε ότι θέλεις!»

Σηκώθηκε από την θέση του, πήρε το κινητό, μπήκε μέσα και κάθισε σε ένα σημείο που έβλεπε προς την πισίνα.

«Έλα, τι θέλεις;»

«Ασφαλώς και θα έμαθες τα αποτελέσματα των μπράβων σου;»

«Δεν καταλαβαίνω!»

«Μάλιστα, δεν καταλαβαίνεις! Ωραία! Μας δουλεύεις κιόλας!» ακούστηκε η φωνή της να τον ειρωνεύεται.

«Τι συμβαίνει;»

«Μου αρέσει που κάνεις τον ανήξερο. Τον Βερεμή...»

«Τι τον Βερεμή;»

«Σοβαρά τώρα; Μα πόσο γελοίος γίνεσαι ώρες ώρες...»

«Ηρέμησε λίγο. Δεν την έχω εγώ την υπόθεση. Τι συνέβη;»

«Μάλιστα, όπως συνήθως έβαλες άλλους να κάνουν την βρώμικη δουλειά. Αλλά όχι κι έτσι. Τον τσάκισαν οι δικοί σου! Ζει, δεν ζει, αυτή είναι η κατάσταση.»

«Δεν ήταν δική μου εντολή.»

«Όχι σε μένα αυτά! Αν δεν είσαι εδώ απόψε, θα έλθω εγώ εκεί!»

«Ηρέμησε σε παρακαλώ!»

«Ή θα είσαι απόψε εδώ ή έρχομαι εγώ από εκεί!»

Το τηλέφωνο έκλεισε στο αυτί του. Απ' έξω κανένας δεν έδωσε σημασία στην προσπάθεια του να κρατηθεί όσο πιο ψύχραιμος γινόταν. Σηκώθηκε, μπήκε στο μπάνιο, έριξε λίγο νερό στο πρόσωπό του και βγήκε πάλι έξω.

«Αγάπη μου, δυστυχώς πρέπει να φύγω για την Αθήνα.»

Τα παιδιά σταμάτησαν το παιχνίδι τους στο νερό και γύρισαν προς την πλευρά του. Η γυναίκα του ανακάθισε βεβιασμένα, σήκωσε τα γυαλιά της στα κατάμαυρα μαλλιά της και τον κοίταξε κατάματα.

«Μας υποσχέθηκες, ότι θα μείνεις μαζί μας μέχρι το τέλος του μήνα.»

«Αύριο θα γυρίσω. Δεν γίνεται διαφορετικά! Ένας πελάτης μου, έκανε απόπειρα αυτοκτονίας. Πρέπει να δω τι έγινε! Μέχρι αύριο το βράδυ το αργότερο, θα είμαι πίσω. Δυστυχώς αυτά έχει η δουλειά!»

«Ειλικρινά δεν καταλαβαίνω, σε τι θα βοηθήσεις εσύ; Δεν με ενδιαφέρει! Κάνε ότι νομίζεις!» είπε και άπλωσε το κορμί της στη σεζλόνγκ αλλάζοντας και πάλι θέση. Τα παιδιά συνέχισαν να τον κοιτούν. Εκείνος τους υποσχέθηκε ότι θα επιστρέψει γρήγορα, τσίριξαν κάτι σαν επιφώνημα ικανοποίησης και γύρισαν στο παιχνίδι τους.

Ετοίμασε στα γρήγορα μια μικρή βαλίτσα με λίγα ρούχα, πήρε τηλέφωνο για να μάθει τι ώρα είχε πλοίο για τον Πειραιά, του είπαν ότι σε μία ώρα θα έφευγε το γρήγορο, κάλεσε ταξί και κατέβηκε στο λιμάνι. Το μόνο που σκεπτόταν ήταν πως θα ηρεμούσε την ερωμένη του, η οποία ακούστηκε αρκετά ταραγμένη στο τηλέφωνο και φυσικά, για κανέναν λόγο δεν θα ήθελε να την δει να έρχεται να τους βρει, στο εξοχικό τους όπου περνούσε λίγες ημέρες ηρεμίας, όπως είχε υποσχεθεί στην οικογένειά του. Χαιρόταν να παρακολουθεί τα παιδιά του, δύο ζωηρά αγόρια, να του αποκαλύπτονται οι διαφορετικοί χαρακτήρες τους και να ονειρεύεται το μέλλον τους. Λίγες φορές μόνο μέσα στον χρόνο είχε την ευκαιρία να τα ζήσει από κοντά, να τους μιλήσει για τον αληθινό κόσμο φροντίζοντας από πολύ νωρίς να διαλύσει την παιδική αφέλεια τους. Αν και χαιρόταν, που τα έβλεπε να παίζουν ανέμελα, ήθελε να τα βλέπει και να προοδεύουν στο σχολείο τους. Τα καλλιτεχνικά και τα αθλήματα δεν τον ενδιέφεραν, αυτά τα φρόντιζε η μάνα τους, στενοχωριόταν κυρίως με τον μεγάλο του, για την αδιάφορη στάση του σε πολλά από αυτά που τους έλεγε προσπαθώντας να τους πονηρέψει. Στα μάτια του έβλεπε την γυναίκα του, δυστυχώς της είχε μοιάσει. Θα ήταν ευτυχισμένος αν κι εκείνη δεν κρατούσε αυτήν την ίδια αδιάφορη στάση από τον πρώτο καιρό που παντρεύτηκαν ακόμα. Ίσως τότε να της έμενε πιστός. Εντελώς παθητικά του δινόταν, όλο και σπανιότερα πια, όποτε εκείνος της το ζητούσε, δίχως ποτέ να του προσφέρει κάτι, το ελάχιστο παραπάνω από αυτό που εκείνη θεωρούσε αναγκαίο. Είχε αποδεχθεί πια ότι τίποτα δεν θα άλλαζε και παρίστανε τον ευτυχισμένο σύζυγο για το χατίρι των αγοριών του.

Αργά το απόγευμα έφτασε στο σπίτι του στην Κηφισιά. Έκανε ένα ντους για να φύγει από πάνω του κάθε ίχνος ταλαιπωρίας από το ταξίδι και πήρε τηλέφωνο την Κοράλλη.

«Είμαι εδώ αγάπη μου, μπορείς να έρθεις όποτε θέλεις.»

«Πού εδώ; Στο σπίτι σου;»

«Ναι!»

«Περίμενέ με!»

Η αλήθεια είναι ότι κι αυτός δεν ήξερε πως ακριβώς είχαν στραβώσει τα πράγματα. Ο ανελέητος ξυλοδαρμός του Βερεμή, ενός ασήμαντου γι' αυτόν αντίδικου δεν ήταν στα σχέδια του. Δεν ήταν ανάγκη να τον στείλει στον άλλο κόσμο για να πάρει αυτό που ήθελε. Φόβο μόνο έπρεπε να νιώσει, τόσον όσο δεν είχε νιώσει ποτέ του μέχρι τότε, έτσι τους είπε, ώστε να τους δώσει πιο γρήγορα αυτό που ζητούσαν. Στο πλοίο μίλησε με τον έμπιστο συνεργάτη του για τέτοιες υποθέσεις, τον Χαδιάρη όπως του άρεσε να τον φωνάζουν για το βαρύ του χέρι. Εκείνος του είπε ότι δεν ήταν δική του απόφαση ο άγριος ξυλοδαρμός αλλά εκείνου του νέου δικηγόρου, που τώρα τελευταία παρουσιάστηκε από μόνος μπροστά τους, ζητώντας να τον πάρει στην δούλεψη του. Κατάλαβε! Ο βλάκας ο Προδρόμου δεν επιζητούσε απλώς να ενταχθεί στην σφαίρα της δικής του επιρροής αλλά ήλθε κοντά του για να μπορέσει να πάρει εκδίκηση, εκμεταλλευόμενος τους δικούς του τρόπους.

Κι αυτός την πάτησε. Η αλεπού ο Δρακόγλου, που πάντα μυριζόταν τις στραβές της δουλειάς, ξεγελάστηκε από αυτό το παιδαρέλι, που μόνο κίνητρο είχε να τιμωρήσει τον πρώην πελάτη του, που του έφαγε την γκόμενα. Του είχε αναθέσει εν λευκώ να διαχειριστεί την υπόθεση των αγοραστών των πορτρέτων, έθεσε στη διάθεσή του κάθε μέσο και αυτός εκμεταλλευόμενος την ευκαιρία, έκανε αυτό που από την αρχή σχεδίαζε, να βγάλει από την μέση τον Βερεμή. Βλαστήμησε για το πόσο αφελής φάνηκε σε αυτήν την περίπτωση. Που δεν μπόρεσε από την αρχή να καταλάβει τα πραγματικά κίνητρα του δικηγορίσκου που προσέλαβε ανυποψίαστος για την συνέχεια. Ένα χαμόγελο ζωγραφίστηκε στο πρόσωπό του. Ήδη είχε σκεφτεί τον τρόπο να τον τιμωρήσει για το θράσος του και επιπλέον να διώξει από πάνω του τις όποιες υποψίες. Το θέμα που τον απασχολούσε όμως περισσότερο τώρα ήταν, για ποιον λόγο η Κοράλλη τον εκβίασε να έλθει στην Αθήνα. Γιατί ήταν τόσο οργισμένη όταν του μίλησε. Ένα λάθος έγινε, αν και πάντα ήταν προσεκτικοί, κάποιες φορές η δουλειά στραβώνει. Τα έχουν ξαναπεράσει αυτά. Όπως θα γινόταν και τώρα, πάντα έβρισκε την λύση για να ξελασπώσουν. Γιατί τόσο καημός για τον Βερεμή, αναρωτήθηκε. Έπρεπε να βρει τον τρόπο να την ηρεμήσει, το μόνο που δεν ήθελε τώρα ήταν να την έχει απέναντί του, θυμωμένη, αρνούμενη να του δώσει αυτό που ήδη είχε επιθυμήσει στις στεγνές μέρες που πέρασε στη Νάξο.

Πήγε στην κουζίνα, άνοιξε το ψυγείο, το βρήκε άδειο, λογικό σκέφτηκε για κάποιους που λείπουν σε διακοπές. Έφτιαξε έναν φραπέ, κάνοντας άνω κάτω τα ντουλάπια μέχρι να βρει όσα χρειαζόταν. Στο σαλόνι άνοιξε την τηλεόραση, περιπλανήθηκε στα κανάλια, χωρίς να μπορεί να αποφασίσει αν ήθελε να δει κάτι από αυτά που έπαιζαν εκείνη την ώρα. Όταν θα ερχόταν η Βάσω, θα της ζητούσε να πάνε για φαγητό μαζί.

Πέρασε ένα μισάωρο, μία ώρα, δύο ώρες κι εκείνη δεν είχε εμφανιστεί ακόμα. Εκνευρίστηκε. Πού διάολο βρίσκεται και κάνει τόση ώρα να εμφανιστεί, βλαστήμησε από μέσα του. Την ώρα που ετοιμαζόταν να την πάρει τηλέφωνο, κτύπησε το κουδούνι. «Επιτέλους!» αναφώνησε.

Σηκώθηκε και πήγε να ανοίξει την πόρτα. Μόλις την είδε έκανε ένα βήμα να την πάρει στην αγκαλιά του. Εκείνη τον απώθησε με το χέρι της και πέρασε μέσα.

«Έλα, κάθισε να δούμε τι σε στενοχώρησε! Εγώ είμαι εδώ! Όλα θα πάνε καλά. Έλα προσπάθησε να ηρεμήσεις λίγο. Μήπως θέλεις να πάμε κάπου έξω, να πιούμε ένα ποτό και να τα πούμε; Ότι θέλεις εσύ!» προσπάθησε να την ηρεμήσει μα εκείνη δεν έδειξε να συγκινείτε. Με γρήγορα βήματα κατευθύνθηκε προς το εσωτερικό του σπιτιού.

«Δεν καταλαβαίνεις τίποτα! Ποτέ σου δεν κατάλαβες!»

«Είμαι εδώ τώρα. Πες μου, τι συνέβη;»

«Μα τι υποκριτής είσαι! Η αθώα περιστερά που πρέπει εγώ να τον ενημερώσω γι' αυτό, που αυτός κανόνισε να γίνει. Θεέ μου!»

«Άσε τον Θεό ήσυχο, δεν έχει καμιά δουλειά εδώ!. Έλα!» κι έκανε να την πιάσει από το χέρι. Εκείνη με μια βίαια κίνηση τον απέφυγε και έκανε ένα βήμα πίσω.

«Την αλήθεια θέλω μόνο και μετά θα ακούσεις και μένα.»

«Εντάξει, εντάξει, ηρέμησε λίγο, κάθισε όπου θέλεις και άκουσέ με.»

Εκείνη έψαξε με τα μάτια της και κάθισε σε μια πολυθρόνα προς την πλευρά της εξόδου.

«Σε ακούω.»

Κάθισε και εκείνος απέναντι της, τρία τέσσερα μέτρα τους χώριζαν μέσα σε κείνο το υποφωτισμένο σαλόνι με όλες τις ζεστές αποχρώσεις του λευκού.

«Άναψε τα φώτα! Θέλω να σε βλέπω όταν θα μου μιλάς.» του είπε. Εκείνος σηκώθηκε απρόθυμα, προσπαθώντας να κρύψει τον εκνευρισμό του, άναψε όλα τα φώτα και επέστρεψε στη θέση του.

«Ορίστε! Ευχαριστημένη τώρα;»

«Θέλω όλη την αλήθεια!»

«Γιατί τόσο ενδιαφέρον για τον Κύριο Βερεμή;»

«Κάθε πράγμα στην ώρα του. Σε ακούω!»

«Θυμάσαι που με επισκέφθηκε ο Αλέξανδρος Προδρόμου, ο δικηγόρος του Βερεμή, στο γραφείο μου; Ξέρεις τι ήθελε;»

«....»

«Δεν ξέρεις. Εκδίκηση! Πρέπει να το ξέρεις, αυτή η Πάππας τον χώρισε για να ζήσει τον μεγάλο της έρωτα με τον Βερεμή. Για κάποιο διάστημα του τα φορούσε κανονικά ενώ εκείνος κοιμόταν τον ύπνο του δικαίου. Μέχρι το βράδυ που έγινε η περίφημη αποκάλυψη της πώλησης των πορτρέτων. Τότε του ανακοίνωσε, ότι τον παρατούσε γιατί δεν μπορούσε να της προσφέρει αυτά, που εκείνη επιθυμούσε. Δεν της το συγχώρεσε. Πρέπει να ενοχλήθηκε πολύ, θίχτηκε ο εγωισμός του, ίσως να πόνεσε, ίσως να ήταν αληθινά ερωτευμένος μαζί της, σίγουρα ζήλεψε. Αποφάσισε να καταστρέψει τον Βερεμή. Δεν μπορούσε να το χωνέψει ότι αυτός ο αποτυχημένος ζωγράφος, που τον εκπροσωπούσε στη δίκη ενάντια μας, που αρνούνταν να παραστεί καν, που μετά βίας τον πλήρωνε, του είχε φάει την γυναίκα με την οποία ονειρευόταν ότι θα έφτιαχναν το δικό τους σπιτικό. Αυτό μου είπε εκείνη την ημέρα στο γραφείο μου. Ότι ήθελε να τον δει να σέρνεται, ζητώντας έλεος και κανένας να μην μπορεί να τον βοηθήσει. Δεν φαντάστηκα ότι κυριολεκτούσε. Ζήτησε να συνεργαστεί μαζί μου, εναντίον του. Δέχτηκα και του ανέθεσα να πάρει τον κατάλογο με τα ονόματα των αγοραστών, όσο εγώ θα ήμουν στη Νάξο. Του έδωσα και την στήριξη του Χαδιάρη, για να τον βοηθήσει σε ότι ήθελε. Κι ενώ πήραν γρήγορα στα χέρια τους την λίστα με τους αγοραστές, αυτός έδωσε εντολή στον Χαδιάρη να τον αποτελειώσει. Εκείνος υπάκουσε, αυτό του είχα ζητήσει, δεν θα παρέβαινε ποτέ τις εντολές μου. Ποτέ όμως δεν περίμενα αυτή την εξέλιξη. Ήμουν σίγουρος ότι με την πρώτη «ψιλή» θα έσπαγαν, όπως κι έγινε. Θα έπαιρναν την κωλο λίστα, άντε θα του έδιναν και καμιά δυο σφαλιάρες, μέχρις εκεί. Δεν ήταν όμως αυτός ο σκοπός αυτού του ηλίθιου του Προδρόμου. Ήθελε να βγάλει από την μέση τον αντίζηλό του κι εγώ δυστυχώς του έδωσα το κατάλληλο όπλο.»

«Θέλεις να πιστέψω ότι είσαι τόσο αφελής που δεν κατάλαβες, πού το πήγαινε. Δεν το χάβω εγώ αυτό το παραμύθι!»

«Ναι, είτε το πιστεύεις είτε όχι, μου την έφερε. Ένα ανθρωπάκι είναι ο Προδρόμου, παλεύει να κερδίσει κάποια δίκη κάθε μέρα στα δικαστήρια, που να φανταστώ ότι αυτό ήθελε στην πραγματικότητα. Και το χειρότερο, όλοι τώρα θα φαντάζονται, ότι πίσω από τον ξυλοδαρμό του Βερεμή κρυβόμαστε εμείς. Κι αυτό είναι ένα ζήτημα που πρέπει να το λύσω εγώ, τώρα, όσο πιο γρήγορα γίνεται. Κατάλαβες σε τι μπελάδες μας έβαλε ο βλάκας αυτός;»

«Αυτό που ζήτησα από εσένα ήταν να πάρεις πίσω τους πίνακες μου. Μόνο αυτό. Ήξερα ότι, ενώ μπορούσες να ζητήσεις από τα τσιράκια σου να μπουκάρουν ένα βράδυ στο σπίτι του και να τους εξαφανίσουν, εσύ θα τον έσερνες στα δικαστήρια για να τον εξευτελίσεις. Δεν με ένοιαζε. Αυτό που ήθελα ήταν να αποκτήσω και πάλι τους αναθεματισμένους πίνακες, να έχω τη χαρά εγώ η ίδια να τους καταστρέψω έναν έναν. Αυτή θα ήταν η τιμωρία του για την αλαζονεία που επέδειξε απέναντί μου. Όταν έμαθες για την κομπίνα που σου έπαιξαν με την Πάππας, κατάλαβα από την όλη στάση σου, ότι δεν θα άφηνες αναπάντητη αυτή την κίνησή τους. Κι όχι με τα συνήθη δικαστικά μέσα, όπως με έβαλες να δηλώσω. Ήμουν σίγουρη ότι θα έπαιρνες το αίμα σου πίσω με τον πιο σκληρό τρόπο. Ήδη είχες δώσει εντολή να αποκλείσουν την Πάππας από κάθε πιθανή πρόσβαση στα μέσα επικοινωνίας, με δική σου εντολή δημοσιεύτηκαν οι γυμνές φωτογραφίες της. Μην μου πεις ότι ο Προδρόμου τα έκανε κι αυτά! Περιέργως, δεν είχες ενοχλήσει τον Βερεμή μέχρι τότε. Και τώρα, μετά από αυτές τις αστειότητες που μου αράδιασες εδώ, είμαι ακόμη πιο σίγουρη, ότι με δική σου εντολή έδρασε ο Χαδιάρης σου. Εσύ, ο τόσο μεθοδικός, που δεν αφήνεις τίποτα στην τύχη, μου λες ότι άφησες εν λευκώ τη διαχείριση αυτής της υπόθεσης στον μέχρι χθες, άγνωστο σε σένα, Αλέξανδρο Προδρόμου. Ας γελάσω! Έκανες τη δουλειά σου και έχεις έτοιμο και τον φταίχτη. Μενέλαε, σε έχω μάθει καλά μετά από τόσον καιρό, για να με κοροϊδέψεις, δεν νομίζεις;»

«Ότι και να πιστεύεις, ότι σου είπα είναι η μόνη αλήθεια! Δεν θα προχωρούσα ποτέ σε τόσο δραστικά μέτρα χωρίς να το συζητήσουμε. Το ξέρεις! Έτσι δεν είναι;»

«Άκου τώρα! Έκανα ένα τεράστιο λάθος, όταν σε ενέπλεξα σε αυτήν την υπόθεση. Μάλλον δύο λάθη. Το πρώτο, που ενώ ήξερα πόσο αδίστακτος είσαι, σου ανέθεσα να κάνεις κάτι που θα μπορούσα να το φέρω εις πέρας μόνη μου. Το δεύτερο λάθος μου, το κυριότερο μάλλον, ότι προτού ξεκινήσω όλη αυτή την ηλίθια διαδικασία, έπρεπε να μιλήσω μαζί του και να του ζητήσω εγώ η ίδια, να μου δώσει αυτά που και οι δυο μας ξέραμε ότι μου ανήκουν. Δεν θα μου το αρνούνταν. Άκου τώρα: Πριν από λίγες μέρες τον επισκέφτηκα στο σπίτι του. Του ζήτησα να προσέχει. Ήξερα τι θα ακολουθούσε. Εκείνος εγωιστής όπως ήταν πάντα στη ζωή του, έκανε ότι δεν τον ενδιέφερε να ακούσει τι του έλεγα. Του ζήτησα να σου δώσει την λίστα. Μπορώ να πω, ότι μετά τις πρώτες στιγμές έκπληξης, που με είχε μπροστά του μετά από τόσον καιρό, η κατάσταση ήταν υπό έλεγχο. Ζήτησε να μάθει γιατί ήθελα να καταστρέψω τους πίνακες. Του απάντησα, για να ξεφύγω, δεν ξέρω για ποιον λόγο, ότι ήταν ένα τερτίπι, που εσύ αποφάσισες να προσθέσεις στην υπόθεση, για να της δώσουμε επιπλέον ενδιαφέρον; Άρχισε να χάνει την ψυχραιμία του, δεν με πίστεψε. Εκείνη την ώρα μπήκε μέσα η Πάππας. Χάσαμε και οι δυο μας τον έλεγχο, ήμαστε σαν δυο αφηνιασμένες ύαινες, που η μία ήθελε να επιβληθεί στην άλλη. Δεν ξέρω γιατί εγώ αντέδρασα έτσι. Με ξαναρώτησε γιατί ζητούσα την καταστροφή των έργων του. Τελικά του είπα την αλήθεια. Ήθελα να τον κάνει να πονέσει, όπως είχε κάνει κι εκείνος κάποτε σε μένα. Μόνο αυτό! Φεύγοντας από εκεί, ήμουν σίγουρη ότι τους είχα φοβίσει αρκετά ώστε να μην κάνουν καμιά βλακεία. Εξάλλου μου το επιβεβαίωσες, την κατάστασή σας την έδωσαν, αλλά έπρεπε να τον δείτε να σέρνεται στα πατώματα αβοήθητος, όπως μου είπες.»

«Λάθος σου η επίσκεψη αυτή. Είστε αντίδικοι...»

«Δεν τελείωσα. Άκου! Λίγες μέρες πριν από αυτήν την επίσκεψη, έλαβα μία επιστολή επί αποδείξει. Από εκείνον. Όταν είδα το όνομά του στον φάκελο αναρωτήθηκα τι μπορούσε να περιέχει. Μα πιο πολύ ξαφνιάστηκα, τρελάθηκα, όταν στα χέρια μου πήρα με επιταγή με τριάντα χιλιάρικα και ένα σημείωμα που έγραφε: «*Οι πίνακες αυτοί σου ανήκαν. Γι' αυτό και τα χρήματα από την πώληση τους είναι δικά σου. Κι εγώ μένω με την ικανοποίηση ότι δεν πρόκειται να καταστραφούν.*» Τον επισκέφθηκα λοιπόν, διότι αισθάνθηκα ότι τον είχα αδικήσει, ότι τον είχα εμπλέξει σε μια αχρείαστη δικαστική διαμάχη, διότι... του όφειλα μία συγνώμη. Πίστευα ότι η προειδοποίησή μου ήταν το καλύτερο που μπορούσα να κάνω για εκείνον στη δεδομένη στιγμή.»

«Και γι' αυτό τώρα όλοι αυτοί συναισθηματισμοί; Μην ξεχνάς ότι οι πίνακες είναι δικοί σου, είναι το ελάχιστο που όφειλε να κάνει. Επιπλέον, αυτό το σημείωμα που λες, είναι ένα ακόμα τεκμήριο για τις δίκες που θα ακολουθήσουν. Μαζί με την επιταγή, καταρρίπτουν οποιονδήποτε ισχυρισμό του.»

«Αυτά που λες, μου είναι τόσο, μα τόσο αδιάφορα πια! Κάνε μου την χάρη και άκου με μόνο. Ο χωρισμός μας δεν ήταν βελούδινος. Με έδιωξε με τον πιο αισχρό τρόπο. Διακοπές κάναμε, είχαμε στήσει μια σκηνή και μέναμε σε μια απομακρυσμένη παραλία μόνοι μας, ειδικά τα βράδια κανένας δεν μας ενοχλούσε. Τέλος Αυγούστου έπρεπε να παρουσιαστώ για δουλειά στο γραφείο του Γρηγορίου. Με ήθελε στο γραφείο του κι εγώ αισθανόμουν ότι επιτέλους θα ξεκίναγα την καριέρα στα ποινικά, που ονειρευόμουν. Ο Βερεμής μόλις το άκουσε, έπαθε αμόκ. Ο Γρηγορίου ήταν γνωστός από την υπόθεση της εργάτριας που την σκότωσε ένα όχημα της εταιρίας του, στον προαύλιο χώρο του εργοστασίου του, κι αυτός κατόρθωσε όχι μόνο να αθωωθεί το αφεντικό της, αλλά και να μην επιδικαστεί καμία αποζημίωση στην οικογένειά της. Καυγαδίζαμε συχνά, αλλά πρώτη φορά τον έβλεπα σε τέτοια κατάσταση. Συνήθως ο ένας δεν μπερδευόταν στις δουλειές του άλλου. Εκείνη την ημέρα όμως, όταν με είδε ότι δεν υποχωρούσα, με πέταξε στην κυριολεξία έξω από την σκηνή που μέναμε. Το βράδυ το πέρασα βλέποντας τα άστρα, άλλοτε γελώντας για την ηλιθιότητα του και άλλοτε κλαίγοντας για την κατάστασή μου. Την αυγή διαλυμένη απ' την τραγική θέση στην οποία είχα ανέλπιστα βρεθεί, σήκωσα τα κομμάτια μου και περπάτησα χωρίς να είμαι σίγουρη για τίποτα, μέχρι που έφτασα στη στάση του λεωφορείου, δύο ώρες μακριά. Δεν ξαναμιλήσαμε από τότε. Είχα η ανόητη, το όνειρο να γίνω ποινικολόγος! Μέχρι που έμαθα από πρώτο χέρι, τι σκατά δικηγορία είναι αυτή. Γι' αυτό κι εγώ ποτέ, δεν πρόκοψα σε αυτή τη δουλειά.»

«Δεν φταίει η δικηγορία. Δεν νομίζω ότι μπήκες στο επάγγελμα χωρίς να ξέρεις τι γίνεται στην πραγματικό κόσμο. Ξέρεις τι πιστεύω εγώ; Ότι έφυγες από εκείνον μολυσμένη με τις βλακώδεις ιδεοληψίες του. Γι' αυτό κορίτσι μου, δεν προσαρμόστηκες ποτέ. Κοντά μου όμως βρήκες αυτό που ήθελες! Έναν προστάτη, που σε κράταγε στο επάγγελμα, παραβλέποντας όλες τις ανοησίες σου.»

«Ναι, κοντά σου ήρθα γιατί ήθελα κάποιον, που να νοιάζεται για μένα. Δεν με ενδιέφερε να έχω οικογένεια με έναν άντρα να με κερατώνει με την πρώτη τυχούσα γραμματέα του, ούτε παιδιά ήθελα. Αυτά τα γλίτωσα. Γιατί εσένα; Σου το είπα. Δεσμός δίχως υποχρεώσεις και κάποιον που να με προστατεύει. Κι αν το τίμημα ήταν να με γαμάς όποτε σου έκανε κέφι, το αποδέχτηκα. Θα μπορούσαν να είναι και χειρότερα τα πράγματα για μένα.»

«Τι ζητάς τώρα ρε Βάσω, από μένα; Για να μου εκμυστηρευτείς τον πόνο σου, με εκβίασες να επιστρέψω στην Αθήνα; Ή έρχεσαι ή έρχομαι εγώ; Τι μαλακίες είναι αυτές; Έγινε ένα λάθος! Εντάξει! Το διορθώνουμε και πάμε παρακάτω. Έτσι δεν κάνουμε πάντα;»

«Μάλλον δεν καταλαβαίνεις! Θα σου το πω όσο πιο ήρεμα μου επιτρέπει η κατάστασή μου. Φεύγω! Από κοντά σου, από τη δουλειά σου, από τον Χαδιάρη σου, από τον ηλίθιο τον Προδρόμου, από τον Βερεμή, απ' όλους σας. Δεν σας χρειάζομαι πια!»

«Μάλιστα, κυρία Βάσω! Φεύγεις! Τσέπωσες τα τριάντα χιλιάρικα και τώρα δεν μας χρειάζεσαι πια. Αυτή είναι η αλήθεια και όλα τα υπόλοιπα που μου αραδιάζεις εδώ, είναι μαλακίες.»

«Ο κραταιός Δρακόγλου χάνει την ψυχραιμία του! Τελείωσα πια μαζί σου Μενέλαε! Μην νομίζεις ότι σε αγάπησα κιόλας. Άκου κι αυτό!

Όποτε έβρισκα ευκαιρία, όταν εσύ γύριζες στο σπίτι σου, στη γυναίκα και τα παιδιά σου, στην ιερή οικογένειά σου, εγώ γαμιόμουν με όποιον έβρισκα εύκαιρο, φτάνει να μου γυάλιζε στο μάτι, να μου έδινε την εντύπωση, ότι θα με ικανοποιούσε αληθινά. Γιατί, όσο κι αν κομπάζεις, ακόμα και σε αυτό, ήσουν λίγος.»

«Μια πουτάνα είσαι! Μια πουτάνα και το ξέρεις!»

«Με σένα και την κωλο εταιρία σου σπατάλησα όσα όνειρα μου είχαν μείνει ζωντανά. Ανάθεμα την ημέρα εκείνη, που αποφάσισα να γίνω η δική σου πουτάνα. Ήξερα το τίμημα! Το πλήρωνα κάθε μέρα που σε έβλεπα, κάθε βράδυ που γύριζα στο σπίτι μου. Μια νεκρή ζωντανή έχω καταντήσει δίπλα σου. Μένοντας μαζί σου, υπέμενα απλώς την τιμωρία που μου άξιζε, για όλα τα λάθη που έκανα στη ζωή μου. Τελειώσαμε, Μενέλαε!»

Με την τελευταία της λέξη πιάνει την τσάντα της, σηκώνεται από την θέση της και κατευθύνεται προς την έξοδο. Δεν προλαβαίνει να κάνει λίγα βήματα, όταν ο Δρακόγλου που την ακολούθησε, της πιάνει το χέρι από πίσω και με δύναμη, την γυρίζει και την κολλά πάνω του. Εκείνη προσπαθεί να του ξεφύγει αλλά εκείνος την σφίγγει όλο και περισσότερο μέχρι που το πρόσωπό της ακούμπησε το δικό του. Φιλώντας την με λύσσα, τον ακούει οργισμένο να γρυλίζει:

«Δεν έκανα το ταξίδι τσάμπα από την Νάξο. Μου χρωστάς! Δεν φεύγεις από εδώ αν δεν σε γαμήσω Έτσι όπως εγώ ξέρω ότι σου αρέσει, ότι μαλακίες και να μου λες.»

Την σπρώχνει ως τον ολόλευκο καναπέ, την ρίχνει εκεί με την δύναμη του σώματός του, με το ένα του χέρι την κρατά κάτω και με το άλλο ανοίγει χώρο ανάμεσα στα πόδια της. Εκείνη γνωρίζοντας ότι δεν θα έφευγε αν ο Δρακόγλου δεν έπαιρνε αυτό που ήθελε, μηχανικά τον διευκόλυνε, το μόνο που ήθελε, ήταν να τελειώνει όσο πιο γρήγορα γινόταν και να σηκωθεί να φύγει από την ζωή του. Τελειώνοντας, απελευθερώνει το κορμί της από το ιδρωμένο σώμα του, τακτοποιεί τη φούστα και το πουκάμισο που φορούσε, πιάνει και πάλι την τσάντα της και φεύγει προς την πόρτα.

«Στο διάολο μαλακισμένη! Πουτάνα! Άχρηστη! Να μην ξαναπατήσεις στο γραφείο...» τον ακούει να ουρλιάζει μέχρι που χάνεται στο βάθος του δρόμου. Για καλή της τύχη περνά ένα ταξί, του κάνει σήμα, εκείνο σταματάει, ανοίγει την πόρτα, χώνεται μέσα του, δίνει τη διεύθυνσή της κι εκείνο κατευθύνεται προς την Βενιζέλου. Δεν ξέρει τι την περιμένει στο μέλλον αλλά είναι σίγουρη ότι με τον ισχυρό Δρακόγλου έχει τελειώσει οριστικά. Ούτε ένα δάκρυ δεν τρέχει από τα μάτια της, μετά από πολύ καιρό αισθάνεται ότι η ζωή της μπορεί να βρει την γαλήνη, όπως θα την όριζε εκείνη πια. Δεν ξέρει ακόμα με ποιον τρόπο αλλά είναι σίγουρη ότι η επόμενη μέρα θα ήταν καλύτερη για εκείνην.

Κεφάλαιο 16

Ο Σεπτέμβριος είχε έλθει για καλά, αυτό ήταν πια εμφανές στο γραφείο, όσοι συνάδελφοι είχαν επιστρέψει πρόσφατα από τις διακοπές τους με το καμένο από τον ήλιο πρόσωπό τους διηγούνταν αυτάρεσκα πόσο όμορφα είχαν περάσει και μουρμούριζαν από τώρα για τον χειμώνα που θα ερχόταν. Αν κι ο καιρός ήταν ακόμα καλοκαιρινός, αυτοί βιάζονταν να αλλάξει αυτό για να κρυφτούν και πάλι μέσα στα βαριά τους ρούχα, προσδοκώντας την γρήγορη έλευση του επόμενου καλοκαιριού, το οποίο θα τους έφερνε ίσως, αυτό που δεν κέρδισαν εκείνη τη χρονιά και μάλλον ποτέ τους δεν θα το κέρδιζαν. Οι υπόλοιποι τους έβλεπαν με μισό μάτι, ειδικά αυτοί του πολιτικού ρεπορτάζ, που δεν τους επιτράπηκε να φύγουν, ούτε για λίγες μέρες, επαναφέροντάς τους στην πραγματικότητα, θυμίζοντάς τους τα κάπιταλ κοντρόλς και τις επερχόμενες εκλογές. Εμένα πάλι κανένας δεν μου άνοιγε την οποιαδήποτε κουβέντα, ξέροντας ότι ήμουν από αυτούς που δεν συμμεριζόμουν τον ενθουσιασμό τους για τις καλοκαιρινές διακοπές. Κάποιοι νέοι συνάδελφοι, που δεν με ήξεραν αρκετά καλά, με θεωρούσαν αρκετά εκκεντρικό εξαιτίας της επιλογής μου να μένω όλο το καλοκαίρι στην Αθήνα που καιγόταν, ιδίως οι κοπέλες που μόλις είχαν γυρίσει από κάποιο Κυκλαδονήσι.

Η υπόθεση του Βερεμή με κρατούσε σε εγρήγορση όλο αυτό το διάστημα. Τις τελευταίες ημέρες είχα επισκεφτεί και πάλι το ΚΑΤ, μόλις έμαθα ότι εκείνος όχι μόνο είχε διαφύγει τον κίνδυνο, αλλά είχε ανακτήσει και τις αισθήσεις του. Οι γιατροί μου επέτρεψαν να τον δω από κοντά, προειδοποιώντας με να είμαι προσεκτικός για να μην τον συγχύσω με κανέναν τρόπο. Το πρόσωπό του είχε ακόμα τα σημάδια από τα κτυπήματα που δέχθηκε, στο λαιμό φορούσε κολάρο, το ένα του χέρι και το πόδι, από την δεξιά πλευρά, ήταν στο γύψο ενώ το υπόλοιπο σώμα του ήταν καλυμμένο με το λευκό σεντόνι του νοσοκομείου, μην δίνοντας μου την ευκαιρία να δω την υπόλοιπη ζημιά στο σώμα του. Δεν μπορούσε να κάνει καμία κίνηση έτσι για να με δει, αναγκάστηκα να βάλω εγώ το δικό μου πρόσωπο μπροστά στο δικό. Μου χαμογέλασε και με φωνή που ίσα ακούστηκε, είπε:

«Ευχαριστώ, φίλε!» ενώ ένα δάκρυ έτρεξε στο μάγουλο του.

«Δεν έχεις λόγο να με ευχαριστείς.» του είπα μην κατανοώντας εκείνη την στιγμή, για ποιον λόγο με ευχαριστούσε. Αργότερα έμαθα από τις νοσοκόμες, ότι ήμουν η πρώτη επίσκεψη, που είχε δεχθεί από τότε που ανέκτησε τις αισθήσεις του. Μίλησα και με τον γιατρό, επιβεβαιώνοντας μου ότι είχε διαφύγει τον κίνδυνο, αλλά ο χρόνος της ανάρρωσής του θα ήταν μακρύς. Με ξαναρώτησε αν ήξερα κάποιον δικό του, του είπα για την Τζώρτζια. Το μόνο που ήξερε ήταν ότι ενώ έδινε το παρόν σε καθημερινή βάση, από τότε που της είπαν ότι μπορούσε να του μιλήσει, εκείνη είχε εξαφανιστεί. Εκείνη την πρώτη μέρα, δεν είπαμε τίποτε άλλο, έτσι και αλλιώς η φωνή του έβγαινε με δυσκολία ακόμα. Όταν σηκώθηκα να φύγω, τα μάτια του δάκρυσαν και πάλι. Του υποσχέθηκα, ότι θα τον επισκεπτόμουν τακτικά. Ίσα που ακούστηκε η φωνή του να με ρωτά για την Τζώρτζια, απέφυγα την οποιαδήποτε απάντηση, εκείνη την στιγμή δεν ήξερα τι να του έλεγα. Φεύγοντας από εκεί, η πρώτη μου δουλειά ήταν να επικοινωνήσω μαζί της. Μου σήκωσε το τηλέφωνο της αμέσως.

«Γεια σου Νίκο!»

«Τι κάνεις; Πού βρίσκεσαι;»

«Φεύγω!»

«Φεύγεις; Πού πας;»

«Στην Αμερική...Σου το είπα νομίζω.»

«Όχι δεν μου το είπες.»

«Εσύ δεν το κατάλαβες, Νίκο!»

«Και ο Γιώργος;»

«Δεν μπορώ να τον βοηθήσω εγώ, Νίκο! Θα γίνει καλά, έτσι είπε ο γιατρός.»

«Σε χρειάζεται!»

«Θα με ξεχάσει.»

«Γιατί το κάνεις αυτό;»

«Σου είπα Νίκο! Δεν είναι η Ελλάδα όπως νόμιζα. Δεν μπορώ να καθίσω άλλο εδώ. Μόλις έφυγα από την αστυνομία και μου είπαν ότι μπορώ να ταξιδέψω. Είμαι στο αεροδρόμιο.»

«Θέλεις να πω κάτι στον Γιώργο!»

«Όχι! ... Κάποια στιγμή θα τον πάρω εγώ τηλέφωνο.».

Με ανακούφιση άκουσα την κλίση να διακόπτεται, τα είχα χάσει ακούγοντάς την με πόση κυνικότητα μου μιλούσε. Το μόνο που την ενδιέφερε πια ήταν το τομάρι της αγνοώντας ότι αυτή ήταν η βασική υπαίτιος της όλης κατάντιας του Βερεμή. Θυμήθηκα τι μου είπε για τα λεφτά από τους πίνακες. Εκείνη ήθελε να τα χρησιμοποιήσουν για να φύγουν, αλλά ο Βερεμής θεωρούσε ότι ανήκαν στην Κοράλλη. Πληγώθηκε, διότι ο αγαπημένος της θυσίαζε τα πάντα προκειμένου να μείνει πιστός σε αυτό που εκείνος θεωρούσε σωστό, αρνούμενος να δει τις δικές της αγωνίες και φόβους. Δεν μπορούσα όμως, ούτε και με αυτό το δεδομένο να τη δικαιολογήσω.

Την επόμενη μέρα, αρκετά φορτισμένος από την όλη κατάσταση, αναρτώ την παρακάτω εγγραφή, στην στήλη μου:

Πρωτόγνωρες καταστάσεις στην Πατρίδα μας: Άγριος ξυλοδαρμός καλλιτέχνη.

16 Σεπτεμβρίου 2015

Σου όλους του αναγνώστες μας είναι γνωστή η δικαστική διαμάχη Γιώργου Βερεμή – Βασιλικής Κοράλλη. Πρόκειται για μία υπόθεση διεκδίκησης της κυριότητας των πορτρέτων, που ζωγράφισε ο Βερεμής με μοντέλο του την Κοράλλη. Επιπλέον η Κοράλλη απαιτεί και την καταστροφή αυτών των πινάκων. Η πρωτόδικη απόφαση αποφάνθηκε ότι οι πίνακες θα πρέπει να αποδοθούν στην ενάγουσα. Αναμένοντας την εκδίκαση της υπόθεσης σε δεύτερο βαθμό, ο Βερεμής προχώρησε στην πώληση των πινάκων αυτών σε άγνωστους, μέχρι τώρα αγοραστές. Αυτό, που μάλλον διέφυγε από το ευρύ κοινό μας, εξαιτίας της έντονης πολιτικής κατάστασης που βιώνει η χώρα μας αλλά και της καλοκαιρινής ραστώνης, είναι ότι λίγες μέρες πριν τον Δεκαπενταύγουστο, άγνωστοι εισήλθαν στην οικία του ζωγράφου, τον κτύπησαν ανηλεώς και κατέστρεψαν ολοκληρωτικά το εργαστήριο του. Είναι μια πράξη πρωτόγνωρη για την παγκόσμια καλλιτεχνική κοινότητα, μόνο μία παρόμοια πράξη μπόρεσα να βρω από την σύγχρονη ειδησιογραφία. Τον άγριο ξυλοδαρμό του σκιτσογράφου Αλί Φερζάτ, στην εμπόλεμη Συρία, τον Αύγουστο του 2011. Ο ξυλοδαρμός του Βερεμή, μιας και δεν ζούμε τις καταστάσεις της Συρίας, δεν μπορεί να μην συνδέεται με την υπόθεση της διεκδίκησης των πορτρέτων που απεικονίζουν την Κοράλλη στα νιάτα της. Με την δημοσιογραφική μου πένα, το μόνο όπλο που διαθέτω, θα ήθελα να ευχηθώ στον καλλιτέχνη γρήγορη ανάρρωση - ευτυχώς διέφυγε τα χειρότερα και η αστυνομία να μπορέσει να διαλευκάνει την αήθη αυτήν πράξη, δίχως εκπτώσεις.

Το κείμενο μου συνοδευόταν από τη φωτογραφία του πορτραίτου της Κοράλλη, εκείνου που ο Βερεμής είχε πάντα μπροστά του όταν τον επισκεπτόμουν, την οποία δανείστηκα από τον κατάλογο που μας μοίρασε η Τζώρτζια στην υποτιθέμενη έκθεση των πινάκων. Το κείμενο μου το διένειμα και σε άλλα φιλικά έντυπα, αλλά όπως ήταν αναμενόμενο, λίγες μέρες από τις εκλογές ελάχιστοι ασχολήθηκαν μαζί του. Ο κόσμος αγωνιούσε για το μέλλον του, μετά από τρεις εκλογικές αναμετρήσεις μέσα στο έτος, ανυπομονούσε πλέον για μια σταθερή κυβέρνηση, η οποία παρά το σκληρό μνημόνιο που υπέγραψε η κυβέρνηση με τους δανειστές της χώρας, ήλπιζε ότι θα χάριζε στην χώρα μια κάποια ηρεμία. Το ζήτημα πλέον δεν ήταν ποιος θα κέρδιζε τις εκλογές, οι δημοσκοπήσεις προεξοφλούσαν ότι ο ΣΥΡΙΖΑ, παρά τη διάσπαση και τις παλινωδίες του θα κέρδιζε εύκολα και αυτή την φορά και θα συγκροτούσε κυβέρνηση, πιθανότητα με το ακραίο δεξιό κόμμα του Καμμένου. Το θέμα που απασχολούσε περισσότερο τον κόσμο ήταν, με ποιον τρόπο θα εφάρμοζε τα σκληρά οικονομικά μέτρα, που όφειλε να ψηφίσει αμέσως μετά την εκλογή του.

Τελειώνοντας, τις ελάχιστες έτσι και αλλιώς δουλειές που είχα την παραμονή των εκλογών, σήκωσα το τηλέφωνο και πήρα τον Γεωργίου, τον δημοσιογράφο του αστυνομικού ρεπορτάζ. Του ζήτησα να βρεθούμε για φαγητό. Εκείνος, στην ίδια κατάσταση με μένα, δίχως κάτι σημαντικό να κάνει, δέχθηκε. Βρεθήκαμε σε ένα φτηνό ψητοπωλείο στην Αιόλου, παραγγείλαμε στα γρήγορα και τσουγκρίζοντας τα ποτήρια μας, είπε:

«Στην ανταλλαγή των πληροφοριών μας!»

«Είσαι καλός! Βλέπω δεν χάνεις καθόλου τον χρόνο σου.»

«Από την φωνή σου στο τηλέφωνο, κατάλαβα ότι ήθελες να μάθεις περισσότερα για την υπόθεση του Βερεμή. Και είμαι σίγουρος ότι είσαι διατεθειμένος να μου δώσεις και εσύ κάτι. Έτσι δεν είναι;»

«Έτσι είναι! Ο Βερεμής διέφυγε τον κίνδυνο, ευτυχώς. Σε κάμποσο καιρό θα επιστρέψει στο σπίτι του, σίγουρα όχι σε καλή κατάσταση. Είναι μόνος του. Δεν έχει κανέναν πλέον δίπλα του, μάλλον εγώ θα πρέπει να σταθώ στο πλάι του, όσο γίνεται, μέχρι να συνέλθει. Φαίνεται ότι είμαι ο μόνος φίλος, που είχε ποτέ.»

«Κι εκείνη η φιλενάδα του, η Πάππας, με την οποία συζούσε, τι έγινε;»

«Τι έγινε; Έφυγε! Επέστρεψε στην χώρα των θαυμάτων. Πήρε, λέει, το ok από την αστυνομία. Δεν το κατάλαβα αυτό, είναι η βασική μάρτυρας στην υπόθεση. Άραγε θα γυρίσει ποτέ; Δεν νομίζω! Το ήξερα ότι θα φύγει, όπως ήξερα και τι κουμάσι ήταν. Αλλά ο Βερεμής είχε τρελαθεί μαζί της. Ότι ήθελε τον έκανε.»

«Συμφωνώ, φίλε μου! Οι πληροφορίες που έχω, λένε ότι τα χρήματα από την πώληση των πινάκων κατατέθηκαν στο όνομα της Κοράλλη. Δεν νομίζω μια αριβίστρια, όπως η Πάππας, θα συναινούσε σε κάτι τέτοιο.»

«Ναι; Αν και το υποψιαζόμουν, δεν ήξερα ότι το είχε κάνει κιόλας. Κι έχεις δίκιο, αυτός είναι ένας πολύ καλός λόγος για να τον εγκαταλείψει, ειδικά τώρα που κάποιος θα πρέπει να τον υπηρετεί μέχρι να σταθεί στα πόδια του και πάλι. Ξέρεις για τι ποσό μιλάμε;»

«Μου είπαν για ένα σημαντικό ποσό, παράξενα μεγάλο για την φήμη του άσημου Βερεμή.»

«Φαίνεται ότι η Πάππας έκανε καλή δουλειά εδώ. Αυτή ανέλαβε την πώληση των πινάκων. Σκέψου και το όλο κλίμα τότε. Και ποιος νεόπλουτος δεν θα ήθελε ένα γυμνό πορτρέτο, μιας γυναίκας για την οποία γινόταν τόσο ντόρος; Μιας γυναίκας, η οποία μάλιστα συνδεόταν με τον ισχυρό άντρα των δικαστικών αιθουσών και του παρασκηνίου αυτών, τον κραταιό Δρακόγλου. Σίγουρα θα έγινε σφαγή για το ποιος θα προλάβει να κατοχυρώσει έναν από αυτούς. Ομολογώ, η Πάππας, ήξερε τη δουλειά της.»

«Έτσι φαίνεται!»

«Ξέρεις, ο Βερεμής την θεωρούσε μάγισσα! Ναι, όσο αστείο και να σου φαίνεται, έτσι μου την παρουσίασε. Εν μέρει δεν είχε άδικο. Τον έβγαλε από την κατάθλιψη που τον κατέτρωγε όλα τα χρόνια που τον ήξερα, του ξανάβαλε τα πινέλα στο χέρι, ώστε να αρχίσει να δημιουργεί και πάλι αλλά και...»

«Του έμαθε την χαρά της μαριχουάνας. Όλα αυτά μου είναι γνωστά. Αυτό που θέλω να μου πεις εσύ είναι ποιος, κατά την άποψη σου, κρύβεται πίσω από τον ξυλοδαρμό του;»

«Ποιος άλλος εκτός από τον Δρακόγλου; Αυτός είχε κάθε λόγο να το κάνει. Είμαι σίγουρος ότι η πώληση των πινάκων ήταν μία κίνηση που τον αιφνιδίασε, σίγουρα θα θύμωσε που ήταν πλέον υποχρεωμένος να κινηθεί σε πολλά μέτωπα για να διεκδικήσει τους πίνακες, σίγουρα εξοργίστηκε για το πόσο ανόητος φάνηκε στα μάτια των συναδέλφων του. Τέτοιοι άνθρωποι δεν συγχωρούν παιχνίδια αυτού του τύπου. Κάποιες μέρες πριν τον ξυλοδαρμό, αυτό δεν θέλω να το μεταφέρεις πουθενά, με πλησίασε ένας σκοτεινός τύπος, από αυτούς που διεκπεραιώνουν τις βρώμικες υποθέσεις αυτών των μεγαλόσχημων και με ύφος που δεν σήκωνε καμία αντίρρηση, μου ζήτησε να προειδοποιήσω τον Βερεμή και την Πάππας. Ή τους παραδίδουν τη λίστα με τα ονόματα των αγοραστών ή θα έχουν άσχημα ξεμπερδέματα. Όπως είναι φυσικό, δεν ανέφερε ονόματα, αλλά ήταν εμφανές για ποιον δούλευε. Προσπάθησα να τους πείσω πόσο δύσκολη ήταν η κατάσταση και να πάνε με τα νερά του Δρακόγλου. Καταλάβαινα πολύ καλά τι ερχόταν, αλλά αυτοί ήταν στον κόσμο τους. Ο Βερεμής θύμωσε μαζί μου, πίστευε ο βλάκας ότι ήμουν βαλτός του Δρακόγλου. Η Πάππας πάλι αντιλήφθηκε την όλη κατάσταση όπως είχε, μόλις λίγες μέρες πριν τον ξυλοδαρμό. Ήταν απογοητευμένη που έβρισκε όλες τις πόρτες κλειστές και κανένας δεν δεχόταν να δημοσιεύσει κάτι δικό της. Αυτό την απασχολούσε περισσότερο. Μόνο κάποιος με τις υπόγειες διασυνδέσεις του Δρακόγλου, έχει τέτοια δύναμη. Ο Δρακόγλου, ποιος άλλος;»

«Αναρωτήθηκες ποτέ, γιατί δεν κτύπησαν καθόλου την Πάππας;»

«Δεν έχω κάποια πειστική απάντηση, φίλε μου. Ίσως γιατί είναι γυναίκα; Δεν ξέρω!»

«Κάτι τύποι σαν τον Δρακόγλου, να είσαι σίγουρος, δεν έχουν τέτοιου είδους ευαισθησίες. Την Πάππας την ακινητοποίησαν, την φίμωσαν και την έδεσαν σε μία καρέκλα, στραμμένη προς τον Βερεμή που τον τσάκιζαν δίχως έλεος. Πίσω από εκείνην στεκόταν κάποιος. Δεν άκουσε καμία φορά τη φωνή του. Αυτός της τραβούσε συνεχώς τα μαλλιά για να παρακολουθεί ότι γινόταν όταν απέστρεφε το πρόσωπό της. Εκείνη είναι σίγουρη, ότι αυτός έδινε την κάθε εντολή, που οι δύο μπράβοι εκτελούσαν. Είναι θαύμα, έτσι λένε, που επιβίωσε ο Βερεμής μετά από τόσα κτυπήματα.»

«Τι θέλεις να πεις;»

«Οι πληροφορίες που έχω είναι μέσα από την ΓΑΔΑ. Αυτός που οργάνωσε τον ξυλοδαρμό ήταν ο Αλέξανδρος Προδρόμου. Ο δικηγόρος του Βερεμή και δεσμός της Πάππας για πολλά χρόνια. Πληγώθηκε που ο πελάτης του, ο ιδιόρρυθμος και αφελής ζωγράφος, του πήρε την γκόμενα, την οποία πίστευε ότι θα παντρευόταν κάποια μέρα κι έτσι αποφάσισε να τον εκδικηθεί. Βρήκε δύο τύπους του υπόκοσμου, έχουν ήδη ομολογήσει τα πάντα, και κατέστρωσε το σχέδιο του. Φυσικά όλοι θα υποψιάζονταν τον Δρακόγλου, προς τα εκεί κινήθηκε η αστυνομία στα πρώτα βήματα της έρευνας, αλλά παρουσιάστηκε αυτοβούλως ο ένας εκ των δύο τους και ομολόγησε τα πάντα. Ο Προδρόμου δεν έχει πει πολλά μέχρι στιγμής, αλλά δεν αρνήθηκε την ευθύνη του για όσα έγιναν.»

«Πρέπει να την βόλεψε πολύ την αστυνομία, η παρουσίαση ενός μάρτυρα από το πουθενά. Που ομολογεί τα πάντα, για ποιον λόγο όμως; Υπάρχει απάντηση σε αυτό; Ή θεωρούν ήδη ότι η υπόθεση έχει κλείσει;»

«Μάλλον το δεύτερο! Άκου, συμμερίζομαι απόλυτα το σκεπτικό σου. Επιπλέον να σου πω ότι η Πάππας ή ο Βερεμής, δεν μπόρεσαν με σιγουριά να τους αναγνωρίσουν ως δράστες. Λογικό, αφού φορούσαν μάσκες. Αυτό όμως δεν έχει όμως καμία σημασία, αφού υπάρχουν οι ομολογίες τους, το καταλαβαίνεις! Δυστυχώς, τα μεγάλα πουλιά, πάντα πετούν πολύ ψηλά, για να μην πέφτουν στις ξόβεργες των οργάνων της τάξης. Ενώ τα μικρά, εύκολα την πατάνε. Έτσι έχουν τα πράγματα, φίλε μου.»

«Κινδυνεύει απ' αυτούς ακόμα ο Βερεμής;»

«Νομίζω όχι! Λένε ότι τον Δρακόγλου τον εγκατέλειψε η Κοράλλη μετά τον ξυλοδαρμό, προς το παρόν αγνοούνται τα ίχνη της. Το σίγουρο είναι, ότι έχει παραιτηθεί από την παραπέρα διεκδίκηση των πινάκων.»

«Το σίγουρο είναι ότι δεν είναι κορόιδο. Πήρε τα χρήματα, τι ανάγκη τον έχει πια; Έτσι λοιπόν κλείνει η υπόθεση εδώ! Για σκέψου λίγο! Σε μια στιγμή, όλοι οι πρωταγωνιστές της ιστορίας αυτής χάνονται από την σκηνή. Η Πάππας στην Αμερική, ο Προδρόμου φυλακή και ο Δρακόγλου εκτός υπόθεσης. Ο Βερεμής δεν ξέρουμε σε τι κατάσταση θα επιστρέψει και η Κοράλλη κάπου, με ένα ανέλπιστο ποσό στα χέρια της από την πώληση των πορτρέτων της, που στην πραγματικότητα αξίζουν ελάχιστα. Μάλλον καλά τα κατάφερε η λεγάμενη.»

«Λες ότι όλοι τους μπλέχτηκαν σε ένα γαϊτανάκι τυχαίων εξελίξεων, που στο τέλος η μόνη ωφελημένη ήταν εκείνη;»

«Αυτό είναι σίγουρο! Δεν ξέρω μόνο κατά πόσο, την είχε προβλέψει αυτή την εξέλιξη, όταν ζήτησε πίσω τους πίνακες.»

«Νομίζω ότι η φαντασία σου οργιάζει, φίλε!»

«Ίσως! Πάντως η μόνη ωφελημένη μέχρι τώρα είναι η Κοράλλη. Δεν νομίζω ότι διαφωνείς;»

«Μάλλον όχι! Κοίτα τώρα τι θέλω εγώ από σένα. Να με φέρεις σε επαφή με τον Βερεμή, να του πάρω μια συνέντευξη, off the record αν το επιθυμεί, προκειμένου να κάνω μια αρχή για να αναδείξω τον πραγματικό ένοχο του ξυλοδαρμού του.»

«Πιστεύεις ότι έχεις τη δύναμη να τα βάλεις μαζί του; Σε μια υπόθεση που ήδη θεωρείται ότι έχει εξιχνιαστεί απολύτως, πόσο εύκολα θα μπορέσεις να την ανοίξεις και πάλι; Δεν είμαι του αστυνομικού, αλλά υποψιάζομαι ότι δεν έχεις καμία ελπίδα.»

«Δεν με ενδιαφέρει αυτή, καθαυτή η υπόθεση. Για να πιάσεις από κάπου τέτοια κουμάσια, ο μόνος τρόπος είναι να ερευνήσεις όλες τις υποθέσεις στις οποίες εμπλέκονται. Δεν γίνεται, κάπου θα υπάρχει ένα λάθος. Πάντα γίνεται το λάθος, όσο σαΐνι κι αν είσαι. Ύστερα δεν είμαι μόνος, είμαστε μία ομάδα καλών συναδέλφων, που πιστεύουμε ότι έφτασε η ώρα να καθαριστεί η κόπρος του Αυγεία. Και ο μεγαλοδικηγόρος σας είναι ένα από τα μεγαλύτερα αποστήματα αυτής της χώρας.»

«Θα σου πω τι αισθάνομαι εγώ. Προσωπικά δεν θέλω καμία παραπέρα εμπλοκή με το απόστημα αυτό. Ήδη η όλη υπόθεση ήταν πέρα από τις δυνάμεις μου. Βλέπεις εμείς του πολιτιστικού ρεπορτάζ, δεν εμπλεκόμαστε με τέτοια και οφείλω να σου πω, ότι αρκετές φορές φοβήθηκα για τον εαυτό μου. Επειδή όμως σε θεωρώ φίλο, κάποια στιγμή, αφού αναρρώσει πλήρως ο Βερεμής, θα του μεταφέρω την επιθυμία σου. Δεν ξέρω αν θα θέλει να σε βοηθήσει, αλλά η δική μου εμπλοκή, ότι και αν αποφασίσει, θα τελειώσει εκείνην τη στιγμή. Νομίζω με καταλαβαίνεις.»

Οι επόμενες μέρες κύλησαν δίχως κάποιο απρόοπτο. Οι εκλογές έγιναν, επιβεβαιώθηκαν οι προβλέψεις, ένα ακόμα μνημόνιο θα εφαρμοζόταν, όλοι μας ελπίζαμε ότι θα ήταν το τελευταίο. Ο Προδρόμου προφυλακίστηκε, κάτι προσπάθησε να πει για τον Δρακόγλου, αλλά οι συνεργοί του τον διέψευσαν, στο τέλος πήρε όλη την ευθύνη πάνω του. Στην εισαγγελία που εμφανίστηκε για να καταθέσει, δίπλα του στάθηκε κάποιος από το δικηγορικό γραφείο του Δρακόγλου. Κι εγώ συνέχισα τις επισκέψεις μου στο ΚΑΤ, όσο πιο συχνά μπορούσα. Ήμουν ο μόνος που πήγαινε και τον έβλεπε και ρωτούσε τους γιατρούς για την εξέλιξη της υγείας του. Μου ζήτησε να πάω από το σπίτι του, να δω τι κάνει η γάτα του, δεν την βρήκα, άφησα φαγητό όπως μου είπε στο μπαλκόνι, όταν ξαναπήγα το βρήκα σχεδόν όπως το είχα αφήσει. Τα μυρμήγκια μόνο το είχαν μυριστεί και προσπαθούσαν κάνοντας μια σειρά ως τον κήπο, να το μεταφέρουν στη φωλιά τους. Με βεβαίωσε, ότι θα εμφανιζόταν μόλις εκείνος επέστρεφε στο σπίτι του. Για ώρες καθόμουν δίπλα του κάνοντας του παρέα, συζητώντας όπως τον παλιό καιρό. Μόνο που τώρα το ζητούμενο δεν ήταν το πολιτικό σύστημα και τα παιχνίδια των μεγάλων παικτών στην πλάτη των Λαών του κόσμου, αλλά τα μπερδέματα που προκαλούσαν στη ζωή των αντρών οι γυναίκες. Η δυσκολία σύγκλισης μεταξύ των δικών μας θέλω και των πρέπει που οφείλεις να σέβεσαι σε μία σχέση. Οι κουβέντες μας ήταν μακριές και οι δυο μας ανοίξαμε τις ψυχές μας, εξομολογούμενοι στον άλλο, ότι μας πλήγωνε. Μου μίλησε για τα παιδικά του χρόνια, την αδιάφορη μητέρα του και το βαρύ φορτίο που του κληροδότησε ο πατέρας του. Στο τέλος μου είπε: «Τυχεροί αυτοί που δεν αρνούνται τη βοήθεια του σπουδαίου ονόματος που κληρονομούν και άτυχοι αυτοί, που φοβούνται να σταθούν δίπλα του. Δυστυχώς εγώ ανήκω στους δεύτερους.» Μου μίλησε για την σχέση του με την Κοράλλη, χωρίς να αφήσει πίσω τίποτε από την κοινή συμβίωσή τους, ούτε τα μικρά και ασήμαντα, κατά την δική μου άποψη βέβαια. Όταν του είπα για τις υποψίες μου σχετικά με την πρώην αγαπημένη του και το παιχνίδι που θεωρούσα, ότι είχε στήσει με τα πορτρέτα, γέλασε και τις απέρριψε μεμιάς: «Η Βασιλική, είναι ανίκανη για τέτοιου είδους παιχνίδια, μάλλον η συγκυρία την ευνόησε και η δική μου εμμονή στον λόγο που της έδωσα κάποτε.» Μου συμπλήρωσε όσα μου είχε κρύψει για την Τζώρτζια, για τα μαγικά της μαντζούνια τα οποία κάπνιζαν μαζί και τη γοητεία της, στην οποία είχε παραδοθεί ολοκληρωτικά. Όταν τον ενημέρωσα ότι η Τζώρτζια επέστρεψε στην

Αμερική, το πρόσωπο του σκοτείνιασε. Για αρκετά λεπτά έμεινε σιωπηλός, μέχρι που μου είπε: «Καλά έκανε! Και για μένα και για εκείνην. Εδώ πια ήταν τελειωμένη. Ο πελάτης και εραστής της ξυλοκοπείται από τον πρώην δεσμό της, με εμπλοκή του υποκόσμου. Ποιος θα την εμπιστευόταν πια; Αλλά και εγώ γλίτωσα! Αν πραγματικά με αγαπούσε όπως έλεγε, τώρα θα ήταν εδώ, δίπλα μου! Να είσαι σίγουρος, μπορώ να ζήσω και χωρίς αυτήν.» Μου ανέλυσε την σχέση του με την μαριχουάνα: «Τα ναρκωτικά δεν τα ήθελα ποτέ στη ζωή μου. Ούτε στις πιο δύσκολες στιγμές της ζωής μου τα αναζήτησα. Εξάλλου, η δική μου εξάρτηση είναι το τσιγάρο και είναι πολύ πιο θανατηφόρο από τα διάφορα ναρκωτικά της πιάτσας. Ξέρεις πόσοι πεθαίνουν κάθε χρόνο από τις συνέπειες του καπνού; Εκείνη μου έδωσε να δοκιμάσω από το δικό της, από τις πρώτες μέρες της γνωριμίας μας. Μετά από ένα τρελό ερωτικό ξέσπασμα, ενώ οι αναπνοές μας ακόμη δεν είχαν ξαναβρεί τον κανονικό τους ρυθμό, άναψε ένα και το πέρασε από το στόμα της στο δικό μου. Το επανέλαβε μέχρι που τελείωσε. Μου άρεσε, μου χάρισε μια πρωτόγνωρη αίσθηση ευεξίας και γρήγορα βρεθήκαμε και πάλι αγκαλιασμένοι να αναζητούμε την ηδονή, την οποία χαιρόμουν μετά από πολύ καιρό. Εκείνη τη στιγμή είχα αποστασιοποιηθεί από τα πάντα, το μόνο που ήθελα ήταν να μπω και πάλι μέσα της, ενώ εκείνη μου παραδιδόταν με όλο το είναι της. Βρήκα και πάλι την έμπνευση που μου έλειπε, γενικά ήμουν πάντα ευδιάθετος, τίποτε δεν με στενοχωρούσε, τίποτα δεν με φόβιζε. Κι σε ότι μου ζητούσε εκείνη, εγώ συμφωνούσα δίχως δεύτερη σκέψη. Θυμάσαι που σου είπα ότι ήταν μια μάγισσα; Ήταν! Για πρώτη φορά στη ζωή μου αφέθηκα με τέτοιον τρόπο στα χέρια μιας γυναίκας και να που έφτασα.» Του θύμισα την μεταφορά των χρημάτων στην Κοράλλη και του αντέτεινα ότι αυτή, σίγουρα ήταν μια πράξη που δεν έβρισκε σύμφωνη την Τζώρτζια. «Έπρεπε να το κάνω!» μου απάντησε. «Ήταν ο μόνος τρόπος για να κλείσω οριστικά τους λογαριασμούς μου με εκείνη. Θυμήσου πόσο οργισμένος ήμουν, τόσο που όσες φορές θέλησες να μου ανοίξεις κουβέντα για εκείνην, εγώ άλλαζα θέμα ή σου ζητούσα με θυμό να σωπάσεις. Ολόγυρά μου, κάθε μέρα, κάθε ώρα, βρίσκονταν οι πίνακες της. Επιτέλους μπόρεσα να τους ξεφορτωθώ. Το κορμί της, η ματιά της με ακολουθούσε παντού, αρνιόμουν να παραδεχτώ την μεγαλύτερη μαλακία που έκανα στη ζωή μου, αυτομαστιγωνόμουν στην κυριολεξία τιμωρώντας με για την απερισκεψία μιας στιγμής, αποτέλεσμα του εγωισμού μου και μόνο. Βασανιζόμουν καθημερινά από την θύμησή της. Και ήμουν εντελώς ανίκανος να πιάσω εκείνα τα πορτρέτα και να τα διαλοστείλω στον κάδο των σκουπιδιών. Ναι, η Τζώρτζια με βοήθησε να απαλλαγώ απ' όλο αυτό! Εγώ όμως έπρεπε να κλείσω κάθε λογαριασμό μαζί της. Έπρεπε να πάψω να κοιτάζω πίσω, ήθελα επιτέλους να κάνω ένα νέο ξεκίνημα στη ζωή μου.» Δεν έδειξε κανένα ενδιαφέρον για την πιθανή εμπλοκή του Δρακόγλου: «...εξάλλου αυτοί οι τύποι πάντα μένουν στο απυρόβλητο, η κάθε τους κίνηση έχει προβλέψει την αμέσως επόμενη. Δεν τους πιάνεις αυτούς.» μου είπε. Όταν τον ενημέρωσα για την επιθυμία του Γεωργίου να τον δει και να του μιλήσει για την υπόθεση του, μου απάντησε: «Δεν θέλω καμία σχέση πλέον με οτιδήποτε συνδέεται με τη υπόθεση αυτή. Εξάλλου δεν τους εμπιστεύομαι αυτούς. Τσιράκια της αστυνομία ήταν και θα είναι, μάλλον κάποιοι έχουν αποφασίσει να φάνε το Δρακόγλου κι αυτοί τον εξυπηρετούν. Το μόνο που επιθυμώ είναι να ξεκινήσω και πάλι τη ζωή μου από την αρχή. Αυτό μόνο!» Του επισήμανα, ότι κατά την γνώμη μου, η παράδοση των χρημάτων στη Κοράλλη, πρέπει να ήταν μία από τις βασικές αιτίες που τον εγκατέλειψε η Τζώρτζια. Δεν μου απάντησε. Τον ρώτησα αν ήταν έτοιμος να μου πει γιατί χώρισε με την Κοράλλη. «Θα σου πω, πρέπει να σου πω. Είσαι ο μόνος άνθρωπος, που με ακούει δίχως να με επιτιμά. Και να ξέρεις το εκτιμώ αυτό σε σένα. Διακοπές κάναμε. Στον Ξερόκαμπο της Κρήτης. Μια υπέροχη παραλία ζωσμένη ολόγυρα με ελαιώνες και άγρια κρινάκια στις άκρες της. Εκεί είχαμε στήσει την σκηνή μας, ελάχιστοι οι παρείσακτοι που μας ενοχλούσαν και αυτό μόνο ως το απόγευμα. Αρχές Αυγούστου εγκατασταθήκαμε εκεί έχοντας προγραμματίσει να επιστρέψουμε στην Αθήνα μετά από έναν μήνα. Από τον Δεκαπενταύγουστο και μετά εκείνη κάθε μέρα τηλεφωνούσε ψάχνοντας για κάποια δουλειά με καλύτερες προοπτικές. Το θεώρησα λογικό. Μέχρι τότε δούλευε από το ένα γραφείο στο άλλο, ήθελε κάτι πιο σταθερό. Μέχρι που μου το ξεφούρνισε. Θα έπιανε δουλειά σε εκείνον τον ποινικολόγο που είχε αναλάβει την υπεράσπιση του βιοτέχνη, που στην αυλή του εργοστασίου του σκοτώθηκε μια εργάτρια του. Δεν θυμάμαι ονόματα, αλλά η υπόθεση είχε κάνει πολύ ντόρο τότε. Αυτός τον είχε αθωώσει, χρησιμοποιώντας κάθε ανήθικο επιχείρημα. Η δικαιοσύνη φίλε μου, δεν είναι τυφλή. Πάει με αυτούς που έχουν τα λεφτά, την εξουσία, όχι πάντως με μία εργάτρια. Της ζήτησα να το ξανασκεφτεί. Επέμενε να πάει, το όνειρό της ήταν μου έλεγε, να γίνει ποινικολόγος. Της ζήτησα να μην είναι αυτός, ο νέος της εργοδότης. Δεν είχε πολλές ευκαιρίες μέχρι τότε και δεν θα την έχανε και αυτήν, που μόλις είχε βρει, μου απάντησε Της εξήγησα ότι δεν ήθελα να δουλεύει για κάποιον που είναι μπλεγμένος με την βρωμιά του δικαστικού συστήματος και να θεωρεί ότι μπορεί να κοιμάται με ήσυχη τη συνείδηση της. Θύμωσε! Πάντα θύμωνε, αλλά κι εγώ εγωιστής, νομίζοντας ότι κατέχω την απόλυτη αλήθεια των πραγμάτων, δεν κατανόησα το αυτονόητο. Ότι η ζωή της ήταν δική της και εγώ έπρεπε να την σέβομαι, όπως εκείνη μέχρι τότε είχε σεβαστεί κάθε δική μου επιλογή, ειδικά για το πως διαχειριζόμουν την τέχνη μου, που παρά τις αντιρρήσεις της ποτέ δεν τόλμησε να παρέμβει σε κανένα σημείο της δουλειάς μου. Έχασα κάθε έλεγχο εκείνο το βράδυ. Την έσυρα έξω από την σκηνή και στη συνέχεια πέταξα έξω και τα ρούχα της. Ήξερα ότι δεν μπορούσα να την σταματήσω, θα έκανε αυτό που ήθελε και όταν όλα ηρεμούσαν, πίστευα ότι θα ξαναγύριζε κοντά μου. Δεν ήταν η πρώτη φορά που τσακωνόμαστε. Πάντα τα βρίσκαμε. Δεν ξαναγύρισε όμως. Με το δίκιο της! Την άφησα εκεί έξω, μόνη, στο σκοτάδι και την υγρασία της θάλασσας, ενώ εγώ κοιμόμουν μέσα στη σκηνή του καλού καιρού. Άκουγα τα αναφιλητά της, τα άκουγα... μα τι μαλάκας ήμουν! Αρνήθηκα να την αναζητήσω, να κάνω αυτό που έπρεπε, να της ζητήσω συγνώμη. Ασχέτως αν θα επέστρεφε σε μένα ή όχι. Περίμενα ο ηλίθιος, ότι εκείνη θα επέστρεφε σε μένα κάποια μέρα, μετανιωμένη για την επιλογή της. Εγκλωβίστηκα σε αυτήν την ανόητη προσδοκία και αρνιόμουν να την ξεχάσω και να πάω τη ζωή μου παραπέρα. Μέχρι που βρέθηκε μπροστά μου η Τζώρτζια. Δεν μισώ καμία τους! Αυτές έκαναν αυτό που ήθελαν στη ζωή τους. Εγώ ήμουν πάντα χαμένος στον κόσμο μου, ποτέ δεν ήξερα που ήθελα να πάω, πάντα στο τέλος, έχανα το δρόμο μου!»

Δεν έγιναν όλα αυτά αυτόματα, ούτε αβίαστα. Τον πρώτο καιρό απέφευγε να ελαφρώσει την ψυχή του, οι κουβέντες μας ήταν οι συνήθεις, εγώ όμως επέμενα, τον ρωτούσα για τα πάντα, από τις αντιδράσεις του καταλάβαινα ότι γρήγορα οι όποιες αντιστάσεις του θα κατέρρεαν, το ένιωθα ότι κι αυτός βασανιζόταν με το να κρύβει μέσα του όλα όσα τον πονούσαν. Μέχρι εκείνη την ημέρα, που με το με είδε να κάθομαι δίπλα του, ο ίδιος πήρε πρώτος τον λόγο. Ήταν έτοιμος να μιλήσει, επιτέλους κάθε αναστολή του εξέλειπε, ήθελε όπως μου είπε, να ακούει τη φωνή του να παραδέχεται όλα τα λάθη που έκανε, ήθελε να ταπεινωθεί για πρώτη φορά στη ζωή του, ήθελε να παραδεχθεί την τυφλότητα που τον είχε κυριεύσει εξαιτίας του άκρατου εγωισμού του. Να βγάλει από μέσα του κάθε φόβο που του είχε προκαλέσει η επιτυχία του πατέρα του, ήθελε να σπάσει τα δεσμά που τον έδεναν μαζί του αληθινά και όχι φερόμενος σαν παιδάκι, που φοβάται τη όποια σύγκριση μαζί του. Το ήξερε, μου το είπε, ότι μόνο αν φανέρωνε την ψυχή του μπροστά σε έναν πρόθυμο ακροατή, εγώ ήμουν τέτοιος, τότε μόνο θα ήταν έτοιμος να ξεκινήσει και πάλι τη ζωή του από την αρχή.

Οι πληγές του σώματος του μέρα με την μέρα γιατρεύονταν, είχε αποφύγει τα χειρότερα, ήδη είχε κάνει και τα πρώτα του βήματα, έστω υποβασταζόμενος από ένα φυσιοθεραπευτή. Σε λίγο καιρό θα μπορούσε να γυρίσει στο σπίτι του, συνεργαζόταν απόλυτα με τους γιατρούς, ήθελε να βρεθεί και πάλι στον γνώριμο χώρο του δικού του σπιτιού. Εκείνη την ημέρα μου μιλούσε για ώρες, μέχρι που αργά τη νύχτα οι νοσοκόμες της βάρδιας με έδιωξαν.

Συζητήσαμε και άλλες φορές. Κάθε φορά μου ξεδίπλωνε κι ένα μικρό κομμάτι της ζωής του. Θαρρείς, πως σε μένα είχε βρει ένα ψυχοθεραπευτή που ρωτούσε ελάχιστα κι εκείνος άνοιγε την καρδιά του και μιλούσε, αβίαστα, άφοβα, για να ξεφορτωθεί ότι τον βάραινε. Το θετικό ήταν ότι τον έβλεπα πια πιο αισιόδοξο, σίγουρα αποφασισμένο για μια νέα αρχή δίχως κανένα βάρος του παρελθόντος του να τον σκιάζει.

Τέλος Οκτωβρίου, οι γιατροί με ενημέρωσαν ότι μπορούσε να φύγει. Πήρα λίγες μέρες άδεια από την δουλειά μου. Έβαλα ένα συνεργείο να καθαρίσει το σπίτι του, μετέφερα ότι είχε σωθεί από το ατελιέ του στον κάτω όροφο και τα τακτοποίησα εκεί, γιατί ήταν αδύνατον να ανεβοκατεβαίνει τόσα σκαλοπάτια, τα πόδια του θα αργούσαν να αναρρώσουν πλήρως. Τακτοποίησα τον λογαριασμό του ρεύματος, ήδη μια κίτρινη ειδοποίηση στην εξώπορτα προειδοποιούσε την διακοπή του, κανόνισα για φαγητό με ένα κοντινό εστιατόριο. Τον μετέφερα εγώ με το αυτοκίνητο μου. Με δυσκολία μπόρεσε να διαβεί τα λίγα μέτρα ως το σπίτι, στο νοσοκομείο τον είχαν μεταφέρει με ένα καροτσάκι ως το αυτοκίνητό μου, έκανα την προσευχή μου να βρει ξανά τις δυνάμεις του, όσο ποιο γρήγορα γινόταν. Δεν είχε κάποια μη αναστρέψιμη ζημιά, αλλά η ακινησία τόσων εβδομάδων είχε αποδυναμώσει τους μύες του. Κάποιες επιπλέον φυσιοθεραπείες ήταν απαραίτητες, αλλά εκείνος επέμενε να φύγει από εκεί μέσα, αφού και οι γιατροί συναινούσαν σε αυτό. Με προειδοποίησε η ψυχολόγος που τον παρακολουθούσε, ότι ή επιστροφή στο σπίτι του δεν θα ήταν τόσο εύκολη. Όταν θα ερχόταν σε επαφή και πάλι με όσα ήταν υποχρεωμένος να κάνει μόνος του, θα έπρεπε να διαθέτει αρκετά ψυχικά αποθέματα για να ανταπεξέλθει, ακόμα και στις μικρές, καθημερινές προκλήσεις που θα αντιμετώπιζε. Αν έχανε την πίστη στον εαυτό του, θα ήταν πολύ εύκολο να υποτροπιάσει και η κατάθλιψη να κάνει και πάλι την εμφάνισή της. Σύμφωνα με αυτά που είχε διαγνώσει, ήταν παρούσα σχεδόν σε όλη τη ζωή του. Πίστευε ότι την έκρυβε πίσω από την προσδοκία της επιστροφής του στο σπίτι και του στόχου που είχε θέσει, να κάνει πολύ γρήγορα μια νέα έκθεση, με έργα που θα ξόρκιζαν το παρελθόν και θα έβλεπαν προς το μέλλον, όπως της είχε πει. Το ίδιο είχε με αποφασιστικότητα πει και σε μένα.

Το πρώτο πράγμα που αναζήτησε προτού ακόμη μπούμε στο σπίτι του, ήταν να μην ξεχάσω να ελέγξω αν επέστρεψε η γάτα του, η Μαύρα. Εκείνη, μετά από τόσον καιρό απουσίας του, ήταν αμφίβολο αν θα επέστρεφε ποτέ. Στην απαισιοδοξία μου απάντησε ότι τώρα που επιτέλους ξαναγύρισε στο σπίτι του, σίγουρα πολύ γρήγορα θα εμφανιζόταν κι αυτή. Περάσαμε μέσα και κάθισε στην πρώτη καρέκλα που βρήκε εύκαιρη μπροστά του, αφήνοντας τις πατερίτσες του προσεχτικά να ακουμπήσουν στο τραπέζι που βρισκόταν δίπλα του. Παρατήρησε με απογοήτευση το νέο του ατελιέ, που βρισκόταν δίπλα στην κουζίνα με όσα σύνεργα ζωγραφικής είχα τοποθετήσει εκεί, ευτυχώς το καβαλέτο του δεν είχε πάθει κάτι. Δίπλα έβαλα το κρεβάτι του ώστε να μην χρειάζεται να κάνει δύσκολες μετακινήσεις μέσα στο σπίτι. Στενοχωρήθηκε που δεν μπορούσε να εγκατασταθεί στον συνηθισμένο χώρο εργασίας του και μου ορκίστηκε ότι θα επέστρεφε σε αυτόν πολύ γρήγορα. Μου είχε ζητήσει από το νοσοκομείο που βρισκόταν ακόμη, να του αγοράσω κάποια χρώματα, πινέλα, τελάρα και διαλυτικά από συγκεκριμένο κατάστημα, τα οποία του τα δώρισα ως ένδειξη της χαράς μου, που τον έβλεπα αισιόδοξο και πάλι. Κάθισα μαζί του μέχρι που βράδιασε, συζητώντας κυρίως γι' αυτά που είχαν σχέση με την διαβίωση του, μέχρι να συνέλθει εντελώς. Του υπενθύμισα για μία ακόμα φορά, να κάνει όλες τις ασκήσεις που του συνέστησαν οι γιατροί, ήταν αναγκαίο να γίνονται ώστε το σώμα του να αρχίσει να κινείται κανονικά και πάλι. Τέλος του ζήτησα να μου επιβεβαιώσει την απόφασή του να μην ξαναβάλει τσιγάρο στο στόμα του. Έφυγα από το σπίτι του αισιόδοξος, διότι εκείνος μου έδινε πια την εντύπωση ότι ήθελε όσο πιο γρήγορα να ξεπεράσει τις δυσκολίες. Σκόπευε όπως μου επαναλάμβανε ξανά και ξανά, να αντιμετωπίσει τη ζωή κατάματα και να την κερδίσει αυτή τη φορά, δίχως λάθη.

Την άλλη μέρα τον επισκέφτηκα και πάλι. Τον βρήκα καθιστό μπροστά στο χαμηλωμένο καβαλέτο του, να ζωγραφίζει έναν πίνακα στον οποίο μπερδεύονταν τα ζεστά χρώματα με τα ψυχρά, δίχως κάποια συγκεκριμένη μορφή κάπου, όπως συνήθως έκανε σε όλη την προηγούμενη ζωγραφική του. Τον ρώτησα και εκείνος δίχως να με κοιτάξει, προσηλωμένος στο έργο του, μου απάντησε ότι θα έφτιαχνε μια σειρά με θέμα την αντίθεση μεταξύ ζωής και θανάτου. Του επεσήμανα ότι αυτό που έφτιαχνε εκείνη την ώρα, δεν πατούσε πάνω στην φόρμα που συνήθως δούλευε, δηλαδή στο επίκεντρο να βρίσκεται πάντα το γυναικείο σώμα.

«Μην γελιέσαι, για να μπορέσω να συνεχίσω, θα πρέπει πρώτα πρώτα να βγάλω από μέσα μου όλο το συνονθύλευμα των αντικρουόμενων συναισθημάτων, που έχουν πλακώσει το μυαλό μου. Έφτασα πολύ κοντά στον θάνατο. Ένιωσα την ανάσα του πάνω μου και ήμουν σίγουρος ότι όλα είχαν τελειώσει για μένα. Και δεν το ήθελα. Εκείνη την στιγμή παρακαλούσα τον Θεό, αν υπάρχει, να μην μου στερήσει τη ζωή. Μου αρέσει η ζωή! Ακόμα και μέσα στην μιζέρια της όπως την ζούσα εγώ, βρίζοντας και υποτιμώντας τον καθένα, ποτέ μου δεν δέχτηκα ότι η ιδέα του ανελέητου θανάτου θα με συντρόφευε ούτε για μια στιγμή. Δεν πρόκανα ακόμα να φτιάξω αυτά που θέλω, δεν έφτασε η ώρα ακόμα για την δίχως επιστροφή κάθοδό μου στον Άδη.»

Για λίγο έμεινα έκπληκτος ακούγοντας τον να μου μιλά για τον Θεό. Ποτέ του δεν μου είχε δώσει την εντύπωση, ότι τον απασχολούσαν τέτοιου είδους ζητήματα. Τον ρώτησα:

«Πιστεύεις στον Θεό;»

«Σου είπα, δεν ξέρω αν υπάρχει. Πώς μπορώ να είμαι σίγουρος για κάτι, το οποίο απέρριψα πολύ νωρίς στη ζωή μου, δεν με απασχόλησε ποτέ μέχρι την στιγμή που, ενώ το σώμα μου με εγκατέλειπε εγώ ζητούσα τη βοήθεια του. Δεν ξέρω πως μου ήρθε! Είναι κάποια εσωτερική, καλά κρυμμένη συνήθεια που ενστικτωδώς εκφράστηκε εκείνη την στιγμή; Δεν ξέρω! Το μόνο που ξέρω είναι ότι δεν ήθελα να πεθάνω. Τώρα αν υπάρχει ή όχι Θεός, σίγουρα κάποιος, πέρα από εμάς, αποφάσισε ότι έπρεπε να ζήσω. Οι γιατροί μου εκμυστηρεύτηκαν ότι οι ελπίδες τους για να ξεπεράσω την κατάσταση στην οποία με παρέλαβαν ήταν ελάχιστες, από την άλλη πάλι λέω, ποιος είμαι εγώ, ο τόσο σημαντικός που έπρεπε να ζήσω και οι θεϊκές δυνάμεις θα συνέδραμαν σε αυτό; Δεν ξέρω! Το μόνο που με ενδιαφέρει τώρα, είναι να δείξω στα επόμενα έργα μου, ότι το φως υπερισχύει πάνω στο σκοτάδι. Ο θάνατος είναι το απόλυτο κενό, ενώ η ζωή, ακόμα και στην ασχήμια της, είμαστε εμείς οι ίδιοι παρόντες, εδώ, αγωνιζόμενοι να υπάρξουμε αλλά κυρίως είμαστε άνθρωποι. Και αυτό δεν πρέπει να το υποτιμούμε.»

«Πάντα σου άρεσε το φως να έχει πρωτεύοντα ρόλο στο έργο σου. Το φως και το γυναικείο κορμί.»

«Ναι, έτσι είναι και δεν νομίζω αυτό να αλλάξει. Μόνο που τώρα έχω γνωρίσει και την αντίπερα όχθη των πραγμάτων. Στο μυαλό μου έχω πια όλη την εικόνα! Και θέλω να την εκφράσω με τον μόνο τρόπο που ξέρω, ζωγραφίζοντάς την. Το γυναικείο κορμί δεν εκφράζει μόνο την χαρά, αλλά και τον πόνο. Όχι μόνο την χαρά που λαμβάνεις εσύ που το θαυμάζεις ή το ποθείς. Αλλά και τον πόνο που βιώνει και συγχρόνως σου τον προσφέρει. Πόνος ο οποίος είναι ικανός να σου μαυρίσει την ζωή στην κυριολεξία, φίλε μου»

«Φοβάμαι ότι βλέπεις την γυναίκα μόνο από την σκοπιά εκείνου που δέχεται τη θετική ή αρνητική αύρα της. Κι εκείνες χαίρονται, λυπούνται, αγωνιούν, φοβούνται, ποθούν, αγαπούν. Κι εκείνες αναρωτιούνται πολλές φορές για τη δική μας συμπεριφορά.»

«Δεν αντιλέγω, αλλά εγώ δεν έχω μάθει να βρίσκομαι στη δική τους πλευρά των πραγμάτων. Αμφιβάλλω αν κανείς άλλος το έχει πετύχει αυτό. Είμαστε δέκτες, όχι μόνο της δικής τους εικόνας, αλλά και όλων όσων αποφασίζουν εκείνες να μας δώσουν. Ποτέ μου δεν κατάλαβα τι δέχονται ή τι απορρίπτουν από εμάς. Είμαι ανίκανος να βρεθώ στην σκέψη τους και να μπερδευτώ με τις ατέλειωτες αναλύσεις που κάνουν. Δεν με ενδιαφέρει αυτή η πτυχή των πραγμάτων. Προτιμώ να μένω στην πλευρά την απ' εδώ, του δέκτη.»

«Εμείς δεν οφείλομαι να εκφράσουμε προς εκείνην, να εκπέμψουμε ένα μέρος έστω, των συναισθημάτων μας;»

«Ότι σκεφτόμαστε, με όποιον τρόπο το εκφράζουμε, αυτό εκπέμπουμε. Το θέμα είναι αν το αντιλαμβάνονται αυτές με τον ίδιο τρόπο. Συνήθως όχι. Αυτό λοιπόν που με ενδιαφέρει πια σε αυτό που κάνω, είναι η γυναίκα, όπως την αντιλαμβάνομαι εγώ, είτε στο φως είτε στο σκοτάδι. Τη μορφή της, τα συναισθήματά της, τις σκέψεις της. Αν τα ερμηνεύω σωστά ή αν εκείνες αρνούνται να δουν αυτό που βλέπω εγώ, δεν με απασχολεί. Κανένας καλλιτέχνης δεν δημιουργεί λογαριάζοντας τα δικά τους συναισθήματα. Ικανοποιημένος;»

«Κουβέντα κάνουμε. Απλώς προσπαθώ να καταλάβω πως σκέφτεσαι. Τίποτα άλλο!»

Επέστρεψε στις πινελιές του, εγώ καθόμουν εκεί και τον έβλεπα, αυτός προσηλωμένος απόλυτα στα χρώματα του, με λεπτομέρεια σχεδίαζε κάτι που ακόμα δεν μπορούσα να κατανοήσω τι ήταν.

Τον επισκέφτηκα πάλι μετά από δύο μέρες. Μαζί μου είχα κάποια πράγματα που μου ζήτησε, όχι τσιγάρα, αυτό το είχε κόψει με το μαχαίρι ως δώρο στην δεύτερη ευκαιρία που του έδινε η ζωή. Ανάμεσα τους υπήρχε και ένα από τα κουτσομπολίστικα περιοδικά που κυκλοφορούσαν.

«Δεν ζήτησα περιοδικό!» μου είπε νομίζοντας ότι είχα κάνει λάθος.

«Δεν είναι δικό σου. Το έφερα μόνο και μόνο για να δεις μια συνέντευξη του Δρακόγλου.»

«Και τι με ενδιαφέρει εμένα, τι μαλακίες λέει ο Δρακόγλου;»

«Το μόνο που έχει ενδιαφέρον είναι η προσπάθεια να δείξει πόσο ευτυχισμένος οικογενειάρχης είναι, με την γυναίκα και τα παιδιά του, στην όμορφη κατοικία του στην Κηφισιά. Η υποκρισία σε όλο της το μεγαλείο!»

Ο Βερεμής πήρε το περιοδικό στα χέρια του, το ξεφύλλισε μέχρι που βρήκε το άρθρο, εστίασε στις φωτογραφίες με τα ουδέτερα χρώματα του σαλονιού τους, το λαμπερό χαμόγελό τους μπροστά στην κάμερα, τη διστακτικότητα με την οποία η γυναίκα του τον ακουμπούσε. Πήρε μία πατερίτσα από δίπλα του, στηρίχθηκε για να σηκωθεί, αρνήθηκε την βοήθεια μου και μετακινήθηκε με δυσκολία ως την άλλη πλευρά του δωματίου.

«Ήθελα να ήξερα, τι γύρευε η Βασιλική με ένα τύπο σαν αυτόν; Γιατί ξέπεσε τόσο στη ζωή της; Γιατί ενέπλεξε εμένα στον δρόμο αυτού του καθάρματος;»

«Μίσος; Εκδίκηση μήπως;»

«Ίσως! ...Δεν έπρεπε όμως. Εγώ το καλό της ήθελα μόνο, αλλά όπως συνήθως συμβαίνει, οι δικές μου επιφυλάξεις δεν την ενδιέφεραν. Όπως και να το κάνεις έκανα λάθος τότε.»

«Για σκέψου! Την αγαπούσες όπως αποδείχθηκε με τον πιο έντονο τρόπο, όταν της μετέφερες όλα τα χρήματα στο όνομά της. Φτάνει αυτό νομίζεις; Ήθελε να ζήσει το όνειρο της. Εσύ της το αρνήθηκες. Τη διαλόστειλες μόνη στην ερημιά, μέσα στη νύχτα, δεν την αναζήτησες ποτέ, αν και υπέφερες που σου έφυγε. Σου έλειπε κι εσύ αντί να την βρεις και τα ζητήσεις τη συγχώρεσή της, κλείστηκες εδώ μέσα κλαίγοντας τη μοίρα σου. Άραγε γνωρίζεις σε τι περιπέτειες μπορεί να ενεπλάκη, δίχως κανέναν δίπλα της για να την στηρίξει;»

«Υποθέτεις! Δεν ξέρεις αν μπλέχτηκε ή αν αυτός ήταν ο δρόμος που συνειδητά επέλεξε!»

«Το ζήτημα είναι ότι ενώ την αγαπούσες, ο βλακώδης εγωισμός σου, δε σου επέτρεψε να κάνεις ένα βήμα πίσω εκείνο το βράδυ, αλλά και ούτε σε άφησε να την ψάξεις στη συνέχεια. Να την βρεις και να της ζητήσεις να επιστρέψει σε εσένα.»

«Ούτε κι εκείνη το έκανε!»

«Πιστεύω φίλε μου, ότι εσύ όφειλες να κάνεις πρώτος αυτό το βήμα. Εσύ ήσουν αυτός, που την έδιωξες από δίπλα σου.»

Δεν συνέχισε, με δυσκολία, υποβασταζόμενος σε μία πατερίτσα, επέστρεψε στο καβαλέτο του και κάθισε με όλο το βάρος του στην καρέκλα του. Έπιασε την παλέτα και το πινέλο του και αφοσιώθηκε στον πίνακα, που τώρα είχε πάρει πιο ξεκάθαρη μορφή. Πίσω από τα χρώματα ξεπήδαγαν δύο γυναικεία πρόσωπα, με τα χαρακτηριστικά γνωρίσματα και της Κοράλλη και της Πάππας ανάκατα, μία ταιριαστή μίξη και των δύο τους. Το ένα πρόσωπο χανόταν μέσα στα ψυχρά χρώματα ενώ το άλλο αναδυόταν μέσα από τα φωτεινά και ζεστά χρώματα της χαράς.

«Τι βλέπεις, φίλες μου;»

«Τις δυο γυναίκες της ζωής σου, όσο κι αν τις καμουφλάρεις είναι ξεκάθαρο ότι αυτές είναι, ικανές για το χειρότερο αλλά και για το καλύτερο.»

«Σου αρέσει;»

«Τεχνικά είναι άρτιος. Το θέμα ενδιαφέρον. Κι όπως πάντα, το φως παρόν. Κι όπως αρμόζει στην πλευρά του καλού. Τώρα που το σκέφτομαι, αυτό δεν έκανες και σε όλα τα πορτρέτα σου. Πάντα τα μοντέλα σου τα έλουζες στο φως. Τα τοποθετούσες αυτόματα στην πλευρά του καλού. Τα εξιδανίκευες χωρίς να ξέρεις, αν όντως έτσι ήταν.»

«Πίστευα στην καλή πλευρά των ανθρώπων, μέχρι την στιγμή που ένιωσα στο πετσί μου και την άλλη τους πλευρά.»

Συνέχιζε να ζωγραφίζει δίχως να μιλά, προσηλωμένος σε αυτό που έκανε.

«Δεν έχεις πολύ όρεξη για κουβέντα σήμερα.» του είπα. Εκείνος έγνεψε το κεφάλι του θετικά, τον αποχαιρέτισα αφήνοντας τον μόνο με τις σκέψεις του.

Οι επισκέψεις μου συνέχισαν να είναι τακτικές μέχρι και μετά την Πρωτοχρονιά του 2016, όταν ανάρρωσε ικανοποιητικά και μπόρεσε, με τη βοήθεια μου φυσικά, να εγκαταστήσουμε και πάλι το ατελιέ του στον όροφο. Όταν τελειώσαμε η χαρά του ξεχείλιζε από παντού. Ένιωθε ότι είχε κλείσει ένας σκοτεινός κύκλος στη ζωή του και με αισιοδοξία ήθελε να κερδίσει όσα είχε χάσει όλα τα προηγούμενα χρόνια. Η σειρά των πινάκων που είχε φτιάξει, διαφορετικοί απ' ότι έκανε ως τότε, παρουσίαζαν ολοκληρωμένα την άποψη του, για την γυναίκα ως φορέα της καλύτερης αλλά και της χειρότερης επιρροής πάνω σε έναν άντρα. Από την μία πίνακες λουσμένοι στο φως, που εξέπεμπαν θετικά συναισθήματα, όπως εκείνος με την μητέρα που κρατάει στην αγκαλιά το αγόρι της και του μιλά ενώ η ευτυχία που εκπέμπουν σε κατακλύζει ολοκληρωτικά. Ή ο άλλος, που ενώ η γυναίκα αγκαλιάζει σφιχτά τον εραστή της με ικανοποίηση, εκείνος έχει κλείσει τα μάτια του, με εμφανή την ευτυχία στο πρόσωπό του, νιώθοντας την ολοκλήρωση στο πλάι της. Από την άλλη, πίνακες σκοτεινοί, φοβικοί, όπως εκείνον με την τρομερή μάγισσα, με τα φίδια στα μαλλιά της, την ματιά της να λαμπυρίζει σαν αναμμένο κάρβουνο, το ημίγυμνο κορμί της ικανό να κολάσει τον οποιονδήποτε, και στα πόδια της να σέρνεται ο άντρας, παραδομένος σαν τον Δράκο στον πίνακα του Άη Γιώργη, που τον διαπερνά το δόρυ του.

Έκτοτε οι επισκέψεις μου αραίωσαν, δεν με χρειαζόταν πλέον στα πόδια του, ήταν ικανός να ικανοποιεί τις όποιες ανάγκες του, παρά την αδυναμία του να πατήσει το αριστερό του πόδι κανονικά. Ήταν το κουσούρι, που όπως έλεγε ο ίδιος, θα του θύμιζε να μην ξανακάνει ποτέ τα ίδια λάθη στη ζωή του. Μιλάγαμε τακτικά στο τηλέφωνο, κάποιες φορές τον επισκεπτόμουν και κάποιες λίγες φορές μπορέσαμε να βρεθούμε, στο κέντρο για φαγητό.

Κεφάλαιο 17

Ο Φλεβάρης είχε μπει πια για τα καλά, όταν άκουσε το κουδούνι του σπιτιού του να κτυπά. Συνέχισε να τοποθετεί με προσοχή το χρώμα στον καμβά που είχε μπροστά του, όταν εκείνο ακούστηκε και πάλι. Ήρεμο, σύντομο, διστακτικό θα έλεγες. Η πόρτα ήταν αμπαρωμένη με διπλές κλειδαριές, δεν είχε καμία διάθεση να αντιμετωπίσει ξανά κάποια ανεπιθύμητη επίσκεψη. Σηκώθηκε και κατευθύνθηκε προς το παράθυρο που έβλεπε προς την εξώπορτα του. Το άνοιξε, έβγαλε το κεφάλι του και είδε μία γυναίκα να στέκει μπροστά στην πόρτα. Τη χαιρέτησε για να δει ποια ήταν, εκείνη γύρισε το πρόσωπό της προς τα πάνω και τον αντιχαιρέτισε διστακτικά. Ήταν η Κοράλλη. Για λίγο έμενε να την κοιτάζει μην ξέροντας τι να κάνει. Εκείνη τον έβγαλε από την αμηχανία της στιγμής ζητώντας του να της επιτρέψει να περάσει μέσα. Κατέβηκε αργά την σκάλα προσπαθώντας να ανασυγκροτηθεί, δεν περίμενε με τίποτα αυτήν την επίσκεψη, το μυαλό του δεν μπορούσε να σκεφτεί τι μπορούσε να θέλει από εκείνον. Άνοιξε την πόρτα και στάθηκε μπροστά της με το ψιλόλιγνό του κορμί, που είχε αρχίσει να παίρνει και πάλι τα πάνω του. Εκείνη βλέποντας τον να μην αντιδρά, του ζήτησε και πάλι να μπει μέσα. Παραμέρισε και την άφησε να περάσει. Του ζήτησε να κλείσει την πόρτα και εκείνος μηχανικά υπάκουσε.

«Θα ήθελα να μιλήσουμε λίγο, Γιώργο!»

«Για ποιο πράγμα Βασιλική! Ή προτιμάς να σε φωνάζω Βάσω! Ή μήπως κυρία Κοράλλη!» ακούστηκε η φωνή του περισσότερο πληγωμένη παρά ειρωνική.

«Είναι κάποια πράγματα, που πρέπει οπωσδήποτε να τα βγάλω από μέσα μου. Δεν έχω κανέναν άλλο κοντά μου πια. Μάλλον ποτέ μου δεν είχα, αλλά αυτό δεν είναι το θέμα μου αυτή την στιγμή. Ξέρω ότι θα με ακούσεις!»

«Πώς είσαι τόσο σίγουρη;»

«Κανένας άλλος δεν θα έκανε αυτό που έκανες εσύ. Κανένας! Μετά από την περιπέτεια στην οποία βλακωδώς σε έσυρα, νομίζοντας ότι έτσι θα έσβηνα από μέσα μου όλον τον πόνο που είχε πλακώσει την ψυχή μου ζώντας μια ζωή δίχως προορισμό, εσύ για να με τιμωρήσεις, μου χάρισες το ποσό των πινάκων που πούλησες, έστω κι αν σε αυτήν την πώληση συνέβαλε αυτή, η Τζώρτζια.»

«Οι πίνακες ήταν δικοί σου. Δεν κατάλαβα ποτέ την ηλίθια ιδέα σου, να τους καταστρέψεις. Αυτή η επιλογή σου με τρέλαινε. Δεν νομίζω να πίστευες, ότι θα παρέμενα με σταυρωμένα τα χέρια στο απίστευτο αίτημά σου!»

«Από την παραδοχή ότι είναι δικοί μου μέχρι του σημείου να μου παραδώσεις τα χρήματα, υπάρχει τεράστια απόσταση.»

«Τι θέλεις, Βασιλική;»

«Μπορούμε να καθίσουμε κάπου;»

Ο Βερεμής προχώρησε προς την σκάλα και άρχισε να την ανεβαίνει βαριά, σκαλί - σκαλί, δίχως να της πει τίποτα. Εκείνη τον ακολούθησε. Όταν έφθασαν στο εργαστήριο του, της ζήτησε να καθίσει. Εκείνη τράβηξε μια καρέκλα κοντά της και κάθισε. Δεν ήταν όπως την προηγούμενη φορά που τον είχε επισκεφτεί, όταν του ζητούσε με το αγέρωχο ύφος της, να πράξει το σωστό, για να μην του κάνει κακό ο Δρακόγλου. Φαινόταν ταλαιπωρημένη, το σώμα της είχε αρχίσει να δείχνει τις ατέλειες του, ενώ στον λαιμό της οι ρυτίδες ήταν κάτι παραπάνω από εμφανείς. Το πρόσωπό της παρέμενε αψεγάδιαστο αλλά σαν να είχε μαλακώσει η σκληράδα με την οποία τον αντιμετώπισε εκείνη την ημέρα. Κάθισε κι εκείνος απέναντι της, στην ίδια πολυθρόνα που δέχθηκε την επίθεση της, όταν τον είδε με την Τζώρτζια.

«Σε ακούω!»

«Πρώτα πρώτα οφείλω να σου ξεκαθαρίσω, ότι δεν είχα καμία εμπλοκή σε αυτό που έγινε εδώ...»

«Με προειδοποίησες! Εδώ μέσα! Ήξερες! Πώς γίνεται να μην έχεις καμία εμπλοκή;»

«Άκουσε με, σε παρακαλώ! Σε προειδοποίησα γνωρίζοντας τις πρακτικές που χρησιμοποιεί ο Δρακόγλου. Ποτέ δεν με ενημέρωνε για τις σκατοδουλειές του, αλλά εγώ ήξερα. Ήμουν σίγουρη, ότι εκεί θα έφταναν τα πράγματα! Και δεν έπεσα έξω.»

«Ο Προδρόμου, πώς μπλέχτηκε στην υπόθεση; Από πότε τον είχε του χεριού του ο δικός σου;»

«Ο Προδρόμου εμφανίστηκε από μόνος του στον Δρακόγλου ζητώντας εκδίκηση για την γκόμενα που του έφαγες κι ο «δικός μου»... σε παρακαλώ μη χρησιμοποιήσεις ξανά αυτήν την έκφραση, σε αυτόν βρήκε το κατάλληλο πρόσωπο, το οποίο θα έκανε την βρώμικη δουλειά δίχως να φανερώνεται εκείνος πουθενά. Μου ορκίστηκε ότι δεν είχε δώσει εντολή να σε κτυπήσουν μέχρι θανάτου, αλλά εγώ ξέροντας τον τρόπο σκέψης του είμαι σίγουρη, ότι από την στιγμή που ανέθεσε στον Προδρόμου αυτήν την αποστολή, δίνοντας εντολή στους μπράβους του να τον υπακούσουν τυφλά, γνώριζε τι θα γινόταν. Ο βλάκας ο Προδρόμου, έπεσε θύμα της δικής του ζήλιας και των κρυφών σχεδιασμών του Δρακόγλου. Αυτός πέρα από την καταδίκη του, δύσκολα θα δικηγορήσει ξανά, ουσιαστικά κατέστρεψε τη ζωή του. Ο Δρακόγλου θα συνεχίσει να είναι αυτός που ήταν. Τόσο απλά είναι τα πράγματα.»

«Αυτή η επιμονή σου να θεωρείς τα πράγματα απλά, όταν στα γρανάζια της λεγόμενης δικαιοσύνης υπάρχει τόση βρωμιά, με εκνεύριζε πάντα σε εσένα.»

«Είμαι ρεαλίστρια και γνωρίζω πως κινείται η πραγματική ζωή εκεί έξω. Εσύ, πάντα ήσουν ιδεαλιστής, ονειροπόλος. Πάντα πίστευες ότι μένοντας μακριά τους, αυτοί θα σε αγνοούσαν. Πίστευες αφελώς, ότι οι απόκληροι του κόσμου έχουν τη δύναμη να μένουν μακριά απ' τους σχεδιασμούς όλων αυτών που τους καταδυναστεύουν. Ποτέ δεν κατάλαβες, ότι αυτοί θα έχουν πάντα το πάνω χέρι. Πιστεύω να έχεις πια καταλάβει τι γίνεται. Με το που έθιξες ελάχιστα τον εγωισμό τους, αυτοί αντέδρασαν. Δυστυχώς, τα έμαθες όλα αυτά με πολύ σκληρό τρόπο. Δεν έπρεπε να φτάσουν τα πράγματα έως εδώ! Ούτε εγώ, που γνώριζα την πραγματικότητα, μπορούσα να φανταστώ αυτό που έγινε. Η ιδέα που είχατε με την Πάππας, να εκμεταλλευτείτε τον ντόρο γύρω από την υπόθεση αυτή για να μπορέσετε να πουλήσετε τους πίνακες, σε ανέλπιστα καλή τιμή, ήταν κάτι που δεν ήταν μέσα στους σχεδιασμούς μας. Φαινομενικά καλή κίνηση αλλά με ρίσκο, το οποίο δεν μπορέσατε να διαχειριστείτε. Πού είναι η Πάππας τώρα; Εξαφανίστηκε. Κι εσύ; Σου άξιζε όλο αυτό;»

«Προσπαθώ να το δω όσο πιο θετικά γίνεται. Έκλεισα τους λογαριασμούς μου με το παρελθόν μας, οριστικά ελπίζω. Υψηλό το τίμημα, αλλά βαδίζω πλέον με αισιοδοξία, ελπίζοντας ότι μπορώ να κάνω τα όνειρα μου πραγματικότητα. Κοίταξε γύρω σου! Βλέπεις τη δουλειά μου; Ξέρεις πόσο καιρό είχα να δουλέψω με τόσο καλή διάθεση, με την έμπνευση να βρίσκεται παρούσα και αβίαστα στα χέρια μου με το που πιάνω τα πινέλα; Ούτε που θυμάμαι! Εξακολουθώ να πιστεύω σε ένα διαφορετικό κόσμο, τώρα όμως γνωρίζω επίσης ότι ο κόσμος αυτός, όχι μόνο κρύβει την βρωμιά του αλλά είναι έτοιμος να την ξεράσει κατάμουτρα σε όποιον του αντιστέκεται. Πάντα το ήξερα αυτό. Πρώτη φορά όμως το ένιωσα στο πετσί μου. Πόνεσε, Βασιλική! Δεν ήξερα αν θα ζήσω ή αν θα πεθάνω! Οι γιατροί μου είπαν ότι τα κτυπήματα ήταν δολοφονικά. Γλίτωσα όμως! Κι οφείλω να προχωρήσω.»

« Μακάρι να είχα την αισιοδοξία σου!»

«Γιατί να μην την έχεις; Αποδεσμεύτηκες πια από τον δυνάστη σου, έχεις την ελευθερία σου, έχεις τα χρήματα, τι άλλο θέλεις;»

«Τα χρήματα ας τα αφήσουμε για λίγο στην άκρη. Είναι το επόμενο που θέλω να συζητήσουμε. Για την ελευθερία μου, όπως είπες. Νομίζεις, ότι έτσι εύκολα απελευθερώνεσαι από ανθρώπους όπως τον Δρακόγλου; Δυστυχώς όχι! Έφυγα από κοντά του, από την Αθήνα, από ότι είχε σχέση με την ζωή που έκανα μέχρι πρότινος. Γύρισα στο νησί μου, αποφασισμένη να εγκατασταθώ εκεί. Νοίκιασα ένα μικρό γραφείο, οι πρώτοι πελάτες γρήγορα εμφανίστηκαν. Απλά πράγματα. Εξουσιοδοτήσεις, το κτηματολόγιο, τέτοια. Περίμενα από μέρα σε μέρα να μεταφερθούν τα επαγγελματικά μου δικαιώματα στον τοπικό δικηγορικό σύλλογο. Τίποτα! Μια απλή γραφειοκρατική διαδικασία. Μια απλή αίτηση με αιτιολογία την αλλαγή της μόνιμης κατοικίας σου. Οι βδομάδες περνούν και η αίτηση μου δεν διεκπεραιώνεται. Ξέρω τι συνέβη! Ο Δρακόγλου με είχε προειδοποιήσει, ότι ήμουν τελειωμένη. Δεν ξέρω για πόσο έχει την δύναμη να μπλοκάρει την διαδικασία. Αυτός είναι και ο λόγος, που βρίσκομαι αυτές τις ημέρες εδώ. Θέλω να δω από κοντά τι γίνεται κι επιτέλους, να τελειώσω με αυτήν την εκκρεμότητα.»

«Δεν ξέρω τι να πω. Καλά ξεμπερδέματα!»

«Και δεν είναι μόνο αυτό. Με το που πατώ το πόδι μου στην Αθήνα, με πλησιάζει ένας δικός του, ένα από αυτά τα ρεμάλια που τον ακολουθούν πιστά σαν τα σκυλιά και μιλώντας εκ μέρους του, μου ζητά να επιστρέψω κοντά του. Εκείνος με έχει συγχωρέσει, μου λέει. Ακούς; Με έχει συγχωρέσει! Πίστεψα η ανόητη, ότι φεύγοντας στην άλλη άκρη της Ελλάδας, είχα τελειώσει οριστικά μαζί του. Τόσους μήνες δίχως την παρουσία του, ζώντας στη γαλήνη του μικρού και ήρεμου τόπου μου, πίστεψα ότι με είχε διαγράψει, με είχε αφήσει οριστικά πίσω του. Τον ξέρω καλά! Τώρα αρχίζει ο δικός μου Γολγοθάς. Δεν πρόκειται να με αφήσει σε χλωρό κλαδί. Και δεν ξέρω πως μπορώ να τα βγάλω πέρα μαζί του!»

«Γιατί έμπλεξες μαζί του; Τι περίμενες από μία τέτοια σχέση; Γιατί φέρθηκες τόσο επιπόλαια;»

«Αν σου πω ότι εσύ φταις, θα μπορέσεις να το χωνέψεις;»

«Λες σαχλαμάρες για να δικαιολογήσεις την βλακεία σου.»

«Άκου λοιπόν! Πιστεύω ότι θυμάσαι καλά το βράδυ, που διαλύθηκε ότι είχαμε μεταξύ μας. Τι έκανα εγώ; Νομίζεις ότι έκλαψα σαν μωρό παιδάκι για την δική σου επιμονή στις ανόητες ιδεοληψίες σου; Ότι ήταν λάθος να δουλέψω σε κανένα μεγάλο γραφείο, διότι αυτοί δεν έχουν ιερό και όσιο; Ότι πρωί πρωί μετανιωμένη θα σου έλεγα ότι είχα κάνει λάθος και όλα μέλι γάλα; Όχι! Πείσμωσα περισσότερο και ορκίστηκα στο εαυτό μου, ότι θα σου αποδείκνυα ότι είχες λάθος.»

«Είχα δίκιο όμως!»

«Άκουσε με για λίγο. Μόνο αυτό σε παρακαλώ! Άκουσέ με! Ποτέ δεν ήσουν ικανός να ακούς τον άλλο... Νύχτα ήταν ακόμα όταν ξεκίνησα για την στάση. Περπατούσα στα τυφλά, έπεσα, πλήγωσα τα πόδια μου στα κατσάβραχα, μάτωσαν τα χέρια μου, αλλά δεν έκλαψα ούτε για μια στιγμή. Το μόνο που ήθελα ήταν να είμαι στην στάση πρωί πρωί για να φύγω από κοντά σου όσο πιο γρήγορα γινόταν. Όταν έφτασα στο Άγιο Νικόλαο, μπήκα σε ένα φαρμακείο και ο άνθρωπος βλέποντάς με στην κατάσταση που βρισκόμουν, μου καθάρισε τις πληγές ζητώντας μου επίμονα να του πω ποιος ήταν υπεύθυνος γι' αυτό. Δεν του είπα τίποτα, τον ευχαρίστησα και μπήκα στο επόμενο λεωφορείο για το Ηράκλειο. Ξημερώματα, της επόμενης μέρας, βρισκόμουν στην Αθήνα. Η πόλη γιόρταζε, γίνονταν οι Ολυμπιακοί Αγώνες. Αν θυμάσαι ένας λόγος που απομονωθήκαμε στον Ξερόκαμπο, ήταν για να μην μαθαίνουμε τίποτα γι' αυτούς. Τι αστείοι που ήμαστε! Ήλθα αμέσως εδώ, μάζεψα τα πράγματά μου και έφυγα. Έμεινα σε μια πανσιόν για λίγες μέρες μέχρι που βρήκα κάπου πιο μόνιμα. Τη συνέντευξη την έχασα. Έπρεπε να συνέλθω πρώτα από την κατάσταση στην οποία βρισκόμουν, για να μπορέσω να εμφανιστώ μπροστά στους πιθανούς υποψήφιους εργοδότες μου. Δεν ήταν μόνο οι πληγές που φαίνονταν, τα γδαρσίματα και το ιώδιο αλλά κυρίως πονούσε η ψυχή μου, Γιώργο! Ήμουν πληγωμένη, θυμωμένη από τη συμπεριφορά σου, απογοητευμένη που τα χρόνια που ζήσαμε μαζί δεν σήμαιναν τίποτε για σένα. Αρχές Σεπτεμβρίου γύρισα στην δουλειά μου. Συνέχισα όμως να στέλνω αιτήσεις στα γραφεία των μεγάλων ποινικολόγων της πόλης. Θυμάσαι την απογοήτευσή μου για το γραφείο που δούλευα, κάναμε όλες τις χαμαλοδουλειές, αυτές που κανένας από τους μεγάλους δεν καταδεχόταν να αναλάβει. Ήθελα κάτι καλύτερο για μένα. Κι εσύ μου έλεγες παπαριές περί δικαίου και διαπλοκής, σαν να μην ήξερα ποια ήταν η πραγματικότητα. Είχα κάθε δικαίωμα να διεκδικήσω το καλύτερο στη ζωή μου. Είχα όνειρα, δεν είχα δικαίωμα να τα ξεγράψω απλά και μόνο επειδή μου το ζητούσες εσύ. Το καταλαβαίνεις αυτό; Κι όσο περνούσαν οι μέρες και εσύ συνέχιζες να δηλώνεις την απουσία σου, τόσο το δικό μου πείσμα μεγάλωνε και τόσο ήθελα να πετύχω σε αυτό που εσύ μου εναντιώθηκες.»

«Τελείωσες; Διότι ακόμα δεν μου είπες πώς βρέθηκες στο κρεβάτι του εργοδότη σου. Τι ζητούσες από έναν τέτοιο άνθρωπο, πέρα από την εξουσία που έχει. Τόσο καλός γαμιάς είναι;»

«Είσαι χυδαίος! Έτσι ήσουν πάντα, αλλά τυφλή από έρωτα για σένα δεν έβλεπα τίποτα! Είμαι σίγουρη ότι αν δεν με ανάγκαζες να φύγω εκείνο το βράδυ, θα είχα φύγει από μόνη λίγο καιρό αργότερα. Είχες αρχίσει να γίνεσαι ανυπόφορος. Θα τα άνοιγα τα μάτια μου! Θα έβλεπα πόσο χαμένος ήσουν! Κάποτε όλοι μας ξυπνάμε!»

«Και βρήκες όλα αυτά που δεν έβρισκες σε μένα, στον Δρακόγλου;»

«Άκου λοιπόν! Μετά από έναν χρόνο με πήρε στη δουλειά του ο Δρακόγλου. Από την πρώτη μέρα που πέρασα στα γραφεία του, με πολιορκούσε. Διακριτικά, δίχως χυδαιότητες αλλά με επιμονή. Για τέσσερα χρόνια αντιστεκόμουν στις συνεχείς του προσπάθειες να γίνω δική του. Έλπιζα μέσα μου ότι μπορούσα ακόμα να φτιάξω τη ζωή μου. Να βρω κάποιον με τον οποίο θα μπορούσα να κάνω οικογένεια, να βρισκόμαστε στο δικό μας σπίτι, να μοιραζόμαστε αυτά που περάσαμε στην ημέρα μας, να βρω την γαλήνη που τόσο πολύ ποθούσα τότε. Αυτό όμως δεν ερχόταν. Σε κάθε σχέση που ξεκινούσα, ένα μαύρο πέπλο την σκίαζε από την πρώτη μέρα. Ήταν η δική σου συμπεριφορά, Γιώργο! Το ξέρω, δεν ήταν η ζωή μας στρωμένη με ροδοπέταλα. Πάντα ήμαστε σε ένταση, υπήρχαν στιγμές που ο ένας κοιτούσε τον άλλο με μίσος, αλλά πολύ γρήγορα, όλα αυτά πήγαιναν στην μπάντα όταν βρισκόμαστε μαζί στο κρεβάτι. Το είχα συνηθίσει, γιατί ήμουν δοσμένη σε εσένα με όλη μου την καρδιά. Δεν ξέρω αν εσύ ένιωσες ποτέ το ίδιο! Γι' αυτό όταν εκείνο το βράδυ συνειδητοποίησα τι έκανες, ήμουν πια σίγουρη ότι πρόδωσες όλα αυτά που με έδεναν μαζί σου. Και αυτή την ίδια την προδοσία δυστυχώς εξακολουθούσα να την βλέπω στο πρόσωπο καθενός που γνώριζα. Και δεν ήθελα να ξαναζήσω την απογοήτευση, που ένιωσα μαζί σου. Αυτός ήταν ο λόγος που αποφάσισα να υποκύψω στο Δρακόγλου. Είχα μια σχέση δίχως σοβαρές υποχρεώσεις, είχα έναν προστάτη, δεν με ενδιέφερε να προχωρήσω πιο πέρα από αυτό που είχα μαζί του. Ήμουν η ερωμένη του και μόνο αυτό. Ούτε τον αγαπούσα ούτε φοβόμουν την προδοσία του. Κατάλαβες;»

«Ωραία όλα αυτά, αρκετά μελοδραματικά θα έλεγα, αλλά ακόμα αδυνατώ να κατανοήσω τη συμπεριφορά σου. Και για πες μου, ποιος ήταν ο λόγος που με θυμήθηκες ξαφνικά; Για ποιον λόγο θέλησες να με βάλεις ξανά στη ζωή σου με τόσο... άστοχο τρόπο, βάζοντάς με σε μια περιπέτεια, την οποία ούτε την θέλησα ούτε την φαντάστηκα ποτέ; Τι ήθελες να πετύχεις με την υπέροχη ιδέα σας να καταστρέψετε τους πίνακες; Το ήξερες ότι δεν υπήρχε καμία περίπτωση να μην αντιδράσω σε κάτι τέτοιο.»

«Την απόφαση την πήρα ένα βράδυ που βρισκόμουν ξαπλωμένη δίπλα στον Δρακόγλου. Ένιωθα το αδιέξοδο της κατάστασής μου, την κατάντια μου, σερνόμουν πίσω από εκείνον μόνο και μόνο για να διασφαλίσω αυτά τα ελάχιστα που είχα πετύχει μέχρι τότε στη ζωή μου. Να προσποιούμαι ότι δίπλα μου είχα έναν άνθρωπο που ενδιαφερόταν για μένα πραγματικά. Να κρύβομαι από τη ζοφερή πραγματικότητα που ζούσα. Ήξερα ότι όλα αυτά ήταν μια φούσκα! Μία διέξοδος μόνο στην ανικανότητα μου να φτιάξω διαφορετικά τη ζωή μου. Και ήξερα πολύ καλά ποιος ήταν ο αίτιος όλης αυτής της απάτης, να ζω δίπλα σε έναν χοντρόπετσο, τον οποίο είχα εγώ η ίδια αποδεχθεί, νομίζοντας ότι επιτέλους θα έβρισκα κάποια ηρεμία στη ζωή μου. Ήξερα, ποιος θα μπορούσε να είχε ανατρέψει όλη αυτήν την βλακώδη πορεία μου, προτού υποκύψω στα κελεύσματα του Δρακόγλου. Ήξερα ποιος ήταν εκείνος που αρνήθηκε τα χρόνια που ζήσαμε μαζί, τα όνειρα που είχαμε μοιραστεί, τις αντιθέσεις που εκφράζαμε με πάθος αλλά που ποτέ μέχρι τότε δεν μας είχαν απομακρύνει τον έναν από τον άλλο. Δεν ξεχνούσα την ευτυχία που ένιωθα όταν άφηνα το κορμί μου στην αγκαλιά του κάθε βράδυ, την έξαψη που έβλεπα στο πρόσωπό του όταν με ήθελε για μοντέλο του και με τα πινέλα του με έφτιαχνε όπως νόμιζε ότι είμαι. Δεν λέω, κι εμένα μου άρεσε όλη αυτή η κατάσταση. Ικανοποιούμουν που ήμουν εγώ το μοναδικό του μοντέλο, αυτή που του έδινε έμπνευση. Ήξερα ποιος ήταν αυτός που τα διέγραψε όλα αυτά εξαιτίας του ηλίθιου εγωισμού του και των άκαιρων ιδεοληψιών του. Αυτόν τον άνθρωπο ήθελα να τιμωρήσω! Και ο μόνος τρόπος που ήξερα ότι θα σε πόναγε πραγματικά, ήταν να ζητήσω πέρα από το εύκολο, την παράδοση σε μένα των πορτρέτων μου, να έχω και το δικαίωμα να τα καταστρέψω. Φυσικά, αν ήθελα να καταστρέψω τους πίνακες αυτούς, θα μπορούσα να το κάνω οποτεδήποτε, αφού τους έπαιρνα στα χέρια μου, χωρίς καμία δικαστική απόφαση, δίχως καν να πάρεις είδηση. Μία τέτοια όμως προσθήκη στην υπόθεση ήμουν απόλυτα βέβαιη ότι θα σε διέλυε. Αυτό ήθελα, Γιώργο. Να διαλύσω τον γαμημένο εγωισμό σου κι έτσιπίστευα, ότι θα ξόρκιζα την απάτη μέσα στην οποία ζούσα.

Τα πράγματα όμως δεν πήγαν όπως τα περίμενα. Δεν ξέρω πως μπήκε στη ζωή σου αυτή η Πάππας και δεν με ενδιαφέρει για να πω την αλήθεια, αλλά ήταν η παράμετρος που δεν είχαμε υπολογίσει. Είχα μάθει ότι έφτιαχνες και πάλι τη ζωή σου μαζί της, ζήλεψα. Ζήλεψα γι αυτό που δεν είχα εγώ. Έναν άνθρωπο να με αγαπά με πάθος κι εγώ να ανταποκρίνομαι με όλη τη ψυχή μου. Όταν έλαβα την επιταγή σου, κατάλαβα ότι δεν είχες αλλάξει καθόλου. Παρέμενες ο ίδιος άνθρωπος, όπως σε ήξερα τότε. Πιστός στους δικούς σου άγραφους νόμους περί δικαίου, που όχι μόνο τους διακήρυσσες, αλλά και τους έκανες πράξη, δίχως καμία υποχώρηση. Κι εγώ τι προσπαθούσα να κάνω; Να πατήσω πάνω στους γραπτούς κανόνες δικαίου για να σε τελειώσω. Τι ανόητη που υπήρξα. Θυμήθηκα πόσες φορές τα είχαμε συζητήσει όλα αυτά, τους καυγάδες μας, την υποστήριξη των αντικρουόμενων θέσεων μας με πάθος, δίχως κανένας από τους δυο μας να βάζει λίγο νερό στην άποψή του. Εσύ όμως παρέμεινες εκεί, σταθερός, ενώ εγώ, αν και ζούσα κάθε μέρα την αδικία, την έβαλα μέσα στη ζωή μου, συμβιβάστηκα μαζί της, δούλευα για έναν από τους χειρότερους λειτουργούς της δικαιοσύνης και γινόμουν, όποτε το επιθυμούσε αυτός, η ερωμένη του.»

«Κοίτα Βασιλική, αν σε παρηγορεί, δεν πέρασα κι εγώ καλά τα χρόνια μακριά σου...»

«Το ξέρω! Σταθήκαμε και οι δύο ανόητοι. Δεν αλλάζει αυτό όσο κι αν το θέλουμε. Ο δεύτερος λόγος που σε επισκέφτηκα, ήταν για να σου επιστρέψω τα χρήματα ή τουλάχιστον, μέρος αυτών. Δεν μου ανήκουν και το ξέρεις. Εσύ πιστεύεις ότι έκανες το σωστό αλλά και οι δύο μας ξέρουμε ότι αυτό το ποσό αντικατοπτρίζει την πλασματική αξία των πινάκων που εσύ δημιούργησες με την Πάππας. Αυτά τα χρήματα προέρχονται από μία απάτη και δεν μπορώ να τα δεχθώ.»

«Μήπως θέλεις να δώσω μερίδιο και στην Πάππας; Μήπως νομίζεις ότι δεν ήξερα τι έκανα; Κοίτα, Βασιλική, εμένα το μόνο που με ενδιέφερε ήταν να σώσω την δουλειά μου από την παρανοϊκή ιδέα σου. Τις συνέπειες τις ήξερα πολύ καλά. Απλώς επέλεξα αυτό που θεωρούσα λιγότερο οδυνηρό για μένα. Οι πίνακες ήταν δικοί σου, και οι δύο το ξέραμε, τα χρήματα σου ανήκουν, εγώ έχω την προσδοκία ότι αυτοί που τους αγόρασαν, κάποια στιγμή θα θελήσουν να κάνουν γνωστή την επένδυση τους και θα ακουστεί το όνομά μου. Τόσο απλά ορίζονται για μένα τα πράγματα, Βασιλική!»

«Γιώργο, ήξερα ότι θα αντιμετώπιζα την άρνηση σου. Θα σου το πω διαφορετικά. Δεν αισθάνομαι καλά με αυτά τα χρήματα στα χέρια μου. Ένιωσα, ότι μου τα πέταξες στα μούτρα μου, ίσα ίσα για να κλείσεις κάθε πιθανότητα να σε ενοχλήσω στο μέλλον. Ήθελες να κλείσεις κάθε λογαριασμό μαζί μου και τα χρήματα αυτά ήταν ο καταλληλότερος τρόπος. Δεν είναι όμως έτσι! Ήδη κάθομαι τόση ώρα εδώ, συζητάμε, με ένταση, αλλά έτσι κάναμε πάντα. Θα ήταν αναμενόμενο, να μου δείξεις την πόρτα από την πρώτη στιγμή που σε επισκέφθηκα, αλλά είμαι ακόμα εδώ. Δεν θέλω αυτά τα χρήματα, δεν θέλω να μου κλείσεις κάθε χαραμάδα της ζωή σου. Σε μίσησα γιατί με πόνεσες! Γιατί με εγκατέλειψες! Δεν έπαψα όμως ποτέ να σκέφτομαι ότι μαζί σου έζησα τα πιο όμορφα χρόνια της ζωής μου!»

«Ειλικρινά εκπλήσσομαι! Είσαι αξιοθρήνητη! Δοκίμασες τη γλύκα των μεγαλοδικηγορικών γραφείων και απέτυχες! Ξέπεσες στην έσχατη κατάντια, να πηδιέσαι με το αφεντικό σου απλά και μόνο για να υπάρχεις! Ξεκίνησες ένα πόλεμο μαζί μου μετά από χρόνια απουσίας σου, μόνο και μόνο για να με πληγώσεις! Με έμπλεξες με όλα αυτά τα αποβράσματα τα οποία περιτριγυρίζουν την κάθε εξουσία και όλοι μαζί θελήσατε, να με στείλετε στον τάφο, έτσι, για το γινάτι σας και μόνο! Έζησα μια κόλαση μέχρι να σηκωθώ και πάλι στα πόδια μου! Δεν αισθάνεσαι καλά με τα χρήματα; Έχεις δίκιο! Είναι αυτό που είπες. Ήθελα να πετάξω από πάνω μου, ότι με συνέδεε με σένα. Ήθελα να κάνω μια νέα αρχή. Ούτε κι αυτό θα μου το επιτρέψεις; Τώρα, που έχω επιτέλους βρει την ηρεμία μου, εμφανίζεσαι εσύ για να μου πεις, τι; Ότι ποτέ δεν ξέχασες τα όμορφα χρόνια που περάσαμε μαζί; Δεν το πιστεύω ότι αυτό συμβαίνει στα αλήθεια!»

«Έχεις δίκιο να εξοργίζεσαι. Αλλά δες με κι εμένα σαν θύμα όλης της νεανικής μου αλαζονείας. Της ίδιας αλαζονείας που κι εσύ ο ίδιος επέδειξες. Εγώ δεν κέρδισα τίποτα! Το μόνο που σου ζητώ, είναι να πάρεις πίσω τα χρήματα, δεν θα σε ενοχλήσω ξανά, θα φύγω, εγώ είμαι υπεύθυνη, μόνο εγώ, να ξεμπλέξω την κατάσταση στην οποία βρίσκομαι.»

«Κοίτα, Βασιλική! Τα χρήματα είναι δικά σου! Αν πραγματικά τα ήθελα, να ξέρεις, θα τα είχα χρησιμοποιήσει τότε, που η Τζώρτζια με ικέτευε να φύγουμε από εδώ για να γλυτώσουμε τις ζωές μας, όπως εσύ η ίδια με είχες προειδοποιήσει. Το θέμα αυτό έχει κλείσει για μένα προ πολλού. Τώρα για το δικό σου μπλέξιμο, ειλικρινά δεν είμαι εγώ αυτός που μπορεί να σε βοηθήσει. Όσο για την δική μου νεανική αλαζονεία, την πλήρωσα παραπάνω απ' ότι πιστεύεις. Κλείστηκα εδώ μέσα, ανίκανος να κάνω οτιδήποτε αξιόλογο, αρνούμενος να διεκδικήσω την ζωή μου πίσω, βασανιζόμενος από την μία για το αν έπραξα σωστά που σε πέταξα από τη ζωή μου και από την άλλη γιατί δεν είχα το κουράγιο να σε διεκδικήσω πίσω. Χρόνια έζησα σε αυτή την κόλαση, άπραγος, άβουλος, αρνούμενος να προχωρήσω τη ζωή μου. Γιατί ενώ μου έλειπες, είχα γύρω μου συνεχώς όλα τα δικά σου πορτρέτα, με την μυρωδιά του κορμιού σου παρούσα, την ματιά σου να καρφώνει την καρδιά μου, την αίσθηση των ευτυχισμένων στιγμών που ζήσαμε, για να με στοιχειώνουν. Και μόνο όταν τα ξεφορτώθηκα, ξαναβρήκα τον εαυτό μου! Απαλλάχτηκα από εκείνη την αχρείαστα μίζερη ζωή, που είχα καταδικάσει το εαυτό μου. Μακάρι να τα είχες πάρει μαζί σου από την πρώτη στιγμή που έφυγες, κανένα να μην άφηνες, κανένα ίχνος της παρουσίας σου, ώστε να μην έμπλεκα σε όλες αυτές τις μαλακίες.»

«Λες ψέματα, Γιώργο! Βλέπω τόσην ώρα αυτόν τον πίνακα σου, που βρίσκεται απέναντι μου. Καλή δουλειά! Ξέρεις τι διακρίνω μέσα του! Την δική μου μορφή. Δεν με έχεις διαγράψει ακόμα από τη ζωή σου, όσο κι αν λες ότι το θέλεις.»

«Όχι μόνο τη δική σου μορφή, αν προσέξεις καλύτερα!»

«Έχεις δίκιο! Θυμίζει και αυτήν την Πάππας. Αλλά το σημαντικό είναι ότι μας εμφανίζεις ως μέρος της καλής και της άσχημης πλευράς της ζωής. Της δικής σου ζωής! Υπάρχει μια σαφή παραδοχή, ότι δεν έχω πάψει να σε επηρεάζω!»

«Ή ότι κλείνω οριστικά κάθε παρτίδα μαζί σας...»

«Όπως πιστεύεις, Γιώργο! Θα φύγω τώρα! Πρέπει να πάρω κι εγώ τη δική μου ζωή πίσω. Και δεν θα είναι εύκολο.»

Σηκώθηκε από τη θέση της, ο Βερεμής παρέμεινε ακίνητος στη δική του, εκείνη έκανε μερικά νευρικά βήματα ως το παράθυρο και πίσω, έπιασε την τσάντα της και άρχισε να κατεβαίνει τη σκάλα.

«Κλείσε την πόρτα!» της φώναξε. Σε λίγο άκουσε τον ήχο της που έκλεινε πίσω της δίχως βιασύνη. Άφησε τα πινέλα του, κατέβηκε και αυτός στον κάτω όροφο, ασφάλισε την πόρτα από συνήθεια περισσότερο, ήξερε ότι δεν θα έφτιαχνε τίποτα άλλο εκείνη την ημέρα. Αυτή η γυναίκα ακόμα τον αναστάτωνε.

Κεφάλαιο 18

Κλείνοντας την πόρτα πίσω της, σφίχτηκε στο παλτό της και βγήκε στον δρόμο. Έπρεπε να είναι μέχρι το μεσημέρι στο κέντρο, είχε ραντεβού με μία γνωστή συνάδελφό της, που στις τελευταίες εκλογές είχε κερδίσει μία θέση στο Διοικητικό Συμβούλιο του Δικηγορικού Συλλόγου των Αθηνών. Ήδη είχαν μιλήσει στο τηλέφωνο δυο τρεις φορές για την υπόθεσή της και σύμφωνα με το πρόγραμμά της σε λίγο θα έπρεπε να τη συναντήσει, για να συζητήσουν το θέμα της από κοντά. Με αργό βηματισμό κατευθυνόταν μηχανικά προς τον σταθμό του Μετρό, χαμένη μέσα στις σκέψεις της, αποκομμένη απ' όσα γίνονταν γύρω της. Οι γύρω πολυκατοικίες μετά από έναν κρύο χειμώνα που ακόμα συνεχιζόταν, έριχναν την βαριά γκρίζα σκιά τους στον δρόμο εμποδίζοντας τον ήλιο να κάνει αισθητή την παρουσία του. Τα λιγοστά δέντρα που είχαν επιβιώσει από την ταλαιπωρία της πόλης τα προσπερνούσε σαν να μην ήταν εκεί, ενώ τα αυτοκίνητα περνούσαν αδιάφορα από δίπλα της. Δεν βιαζόταν, είχε αρκετό χρόνο στη διάθεση της, το μόνο που ήθελε ήταν να σπαταλήσει τον χρόνο της και οι σκέψεις που στριφογύριζαν, η μία μετά στην άλλη, στο μυαλό της, φρόντιζαν πολύ καλά γι' αυτό.

Έπρεπε να βρει τρόπο να στείλει στο νησί τα έπιπλα και ένα σωρό χαρτονένιες κούτες, που ο παλιός της ιδιοκτήτης της είχε κάνει τη χάρη να τα φυλάξει σε μια δική του αποθήκη, μα τώρα την πίεζε, όλο και πιο έντονα, να τα πάρει επιτέλους. Ήθελε να ξεκλέψει και λίγο χρόνο για να ψωνίσει κάποια ρούχα, τώρα που είχε την ευκαιρία. Το ζήτημα των ελάχιστων συναδέλφων της που δεν είδαν την εγκατάσταση της στο νησί με καλό μάτι, ήταν ακόμα ένα θέμα που την απασχολούσε. Οι λίγες δουλειές που υπήρχαν μοιράστηκαν ακόμα περισσότερο μεταξύ τους κι αυτοί την αντιμετώπιζαν πλέον σαν ισχυρό ανταγωνιστή, μιας και είχε γίνει γνωστό ότι η προηγούμενη δουλειά της ήταν σε μεγάλο δικηγορικό γραφείο των Αθηνών και διέθετε μεγάλη εμπειρία από δύσκολες υποθέσεις. Μην έχοντας όμως την άδεια ακόμα στα χέρια της, αναγκαζόταν να εργάζεται ατύπως για ένα δικηγορικό γραφείο της Καβάλας, κρατώντας ένα μικρό ποσοστό της αμοιβής για τον εαυτό της μόνο. Βρήκε λίγες από τις παλιές της συμμαθήτριες και φίλες, προσπάθησε να τις επαναπροσεγγίσει, αλλά αυτές χαμένες στις οικογενειακές τους υποχρεώσεις και τον τρόπο ζωής του μικρού νησιού που ζούσαν, της ήταν πλέον εντελώς ξένες. Το πατρικό της ήταν σε άθλια κατάσταση μετά από τόσον καιρό εγκατάλειψης, μόνο η αδελφή της ερχόταν τα καλοκαίρια με τα ανίψια της, αλλά θαρρείς και το γκρέμιζαν μόνο αντί να φροντίζουν κατ' ελάχιστο την συντήρησή του. Δεν ήταν δικό της το σπίτι, το είχε πάρει η αδελφή της ως προίκα, εκείνη είχε κερδίσει τα έξοδα των σπουδών της, έτσι της εξηγήθηκε ο πατέρας της. Προσωρινά έμενε εκεί, αλλά διαισθανόταν τη δυσαρέσκεια της αδελφής της, όσο δεν την έβλεπε να βρίσκει δικό της σπίτι. Κι εκείνη το ήξερε ότι έτσι έπρεπε να γίνει, να βρει ένα μικρό διαμέρισμα για να μπορέσει να στήσει και πάλι τη ζωή της από την αρχή, αλλά ακόμα δεν είχε την οικονομική ευχέρεια για κάτι τέτοιο, δύο ενοίκια ήταν πολύ πέρα από τις δυνατότητες της. Ίσως να είχε δίκιο ο Βερεμής, επιμένοντας ότι τα χρήματα ήταν δικά της. Θα την διευκόλυναν αφάνταστα στην κατάσταση που βρισκόταν. Τα είχε κρατήσει ανέγγιχτα, την επιταγή ακόμα δεν την είχε εξαργυρώσει, δεν μπορούσε να είναι δικά της αυτά τα λεφτά, ένιωθε ότι έπρεπε να έλθει σε κάποια συνεννόηση μαζί του, μα ούτε κι εκείνος τα ήθελε. Υποσχέθηκε στον εαυτό της να αντιμετωπίσει την ύπαρξη τους, πιο σοβαρά. Πολλές φορές τον τελευταίο καιρό αναρωτήθηκε, αν τελικά ήταν σοφή η σκέψη της να εγκατασταθεί στο νησί της καταγωγής της. Ιδίως τις ατέλειωτες ώρες που καθόταν άπραγη στο γραφείο της, περιμένοντας κάποιον πελάτη. Αν και τα πράγματα έδειχναν να καλυτερεύουν τώρα τελευταία, ακόμα βρισκόταν πολύ μακριά από το να είναι ικανοποιημένη. Το μόνο που εξακολουθούσε να την ευχαριστεί, όπως στα χρόνια της εφηβείας της, ήταν ο καθημερινός, απογευματινός και πάντα μοναχικός της περίπατος, στον μακρύ παραλιακό που ένωνε την παλιά πόλη με το νέο λιμάνι. Δεν είχε άλλη επιλογή, παρηγορούσε τον εαυτό της. Όπου αλλού στην Αθήνα κι αν αναζητούσε δουλειά, ήξερε ότι οι νέοι εργοδότες της, όποιοι κι αν ήταν αυτοί, θα την αντιμετώπιζαν πάντα ως την πρώην του Δρακόγλου. Άσε που δεν υπήρχε καμία περίπτωση να επιτρέψει εκείνος να βρει δουλειά αλλού, στα όρια τουλάχιστον της δικής του «επικράτειας».

Ενώ οι σκέψεις της ακόμα έτρεχαν, ένιωσε δύο χέρια να την πιάνουν σφιχτά, το ένα εγκλωβίζοντας με δύναμη τα χέρια της στο σώμα της και το άλλο να της κλείνει το στόμα. Πριν καταλάβει καλά καλά τι γινόταν, βρέθηκε στο πίσω κάθισμα ενός αυτοκινήτου, που ήδη είχε σταματήσει δίπλα της και μόλις έκλεισαν οι πόρτες, κάποια ελάχιστα δευτερόλεπτα διήρκεσε η όλα σκηνή, το αυτοκίνητο ξεκίνησε δίχως βιασύνη συνεχίζοντας τον δρόμο του με κανονική ταχύτητα. Προσπάθησε να φωνάξει, μα το χέρι που της κρατούσε το στόμα σφαλιστό συνέχισε να την σφίγγει.

«Άφησέ την σιγά σιγά, Μήτσο!»

Ήταν η φωνή του Δρακόγλου. Επιτακτική μα και σίγουρη ότι είχε την κατάσταση υπό τον έλεγχο του. Όσο ο μπράβος του την άφηνε από τα χέρια του, εκείνη γύρισε προς την πλευρά, που ακούστηκε η φωνή. Βρισκόταν δίπλα της, ογκώδης να γεμίζει το κάθισμα, φορώντας σκούρα γυαλιά στα μάτια του για να μην γίνεται εύκολα αναγνωρίσιμος. Εκείνη χαλάρωσε, ποτέ της δεν τον φοβήθηκε, ούτε και τώρα, ήταν σίγουρη ότι ποτέ δεν θα της έκανε κακό. Τον κοίταξε κατά πρόσωπο, τα μάτια της αναζητούσαν τα δικά του με τη βεβαιότητα ότι έλεγχε την κατάσταση, ήταν αποφασισμένη να μείνει στον δρόμο που επέλεξε, όσο δύσκολος κι αν γινόταν:

«Πότε θ' αποδεχθείς ότι τελειώσαμε! Ότι δεν σε χρειάζομαι πια! Ότι θέλω να ξεκινήσω από την αρχή τη ζωή μου, μακριά απ' όλους σας!»

Της έπιασε το χέρι σφιχτά, έδωσε εντολή να σταματήσει το αυτοκίνητο για να κατέβει ο μπράβος του, δεν τον χρειαζόταν πια. Έμεινε μόνο ο οδηγός. Όσο εκείνος αποβιβαζόταν, συνέχισε να της σφίγγει με δύναμη το χέρι, μέχρι που το αυτοκίνητο ξεκίνησε και τότε μόνο το άφησε.

«Με πόνεσες!»

«Απλώς έλαβα τα μέτρα μου.»

«Ξέρεις ότι δεν σε φοβάμαι!»

«Ίσως κάνεις λάθος. Θα έπρεπε!»

«Δεν έχουμε τίποτα πια εμείς οι δύο μεταξύ μας. Τελειώσαμε Μενέλαε!»

«Όχι τόσο εύκολα, κορίτσι μου.»

«Άσε με να φύγω! Θα φωνάξω!»

«Δεν θα το κάνεις! Πρώτα θα εξηγηθούμε δυο τρία πραγματάκια και μετά θα αποφασίσω εγώ τι θα γίνεις. Τι ήθελες με εκείνον τον χαμένο;»

Το αυτοκίνητο είχε παρακάμψει όλες τις κεντρικές οδούς και πήγαινε μέσα από στενούς παράδρομους.

«Δική μου δουλειά, Μενέλαε, δεν είμαι υποχρεωμένη να σου δίνω λογαριασμό πια.»

«Θα ήταν έτσι τα πράγματα, αν δεν με ενέπλεκες μαζί του. Τι ήθελες από αυτόν;»

Η φωνή του παρέμεινε σταθερή αλλά και επίμονη, σαν να εξέταζε έναν μάρτυρα σε κάποια δικαστική αίθουσα. Εκείνη κατάλαβε ότι δεν θα ξέμπλεκε εύκολα μαζί του.

«Του χρωστούσα κάτι!»

«Μάλιστα! Του χρωστούσες κάτι! Και τι είναι αυτό το κάτι που του χρωστούσες κι έκανες τόσο δρόμο από την άλλη άκρη της Ελλάδας για να του το δώσεις;»

«Δεν σε αφορούν οι δουλειές μου. Εξάλλου, είμαι σίγουρη ότι ξέρεις για ποιον λόγο αναγκάστηκα να κατέβω στην Αθήνα!»

«Δεν μου απαντάς. Τι του χρωστάς κι έπρεπε να τον δεις;»

«Τα χρήματα, Μενέλαε! Τα χρήματα που δεν μου ανήκουν και που δεν τα θέλω. Προσπάθησα να διορθώσω την βλακεία που έκανα, αλλά ξέρεις; Τα χρήματα δεν ανοίγουν τις πόρτες όλων των ανθρώπων.»

«Μάλλον δεν του πρόσφερες το κατάλληλο ποσό! Πήγες να τον ξεγελάσεις με ψίχουλα!»

«Όχι Μενέλαε, δεν είναι όλοι οι άνθρωποι όπως εσύ θα ήθελες να είναι! Ήθελα να του επιστρέψω όλο το ποσό, αρνήθηκε να το πάρει. Είναι πιο έντιμος από αυτούς που εσύ συναναστρέφεσαι... ευτυχώς!»

«Μήπως να τα έδινες σε εμένα;»

«Σε σένα; Πολύ άνοστο το αστείο σου!»

«Τόσα έξοδα έκανα γι’ αυτήν την υπόθεση.»

«Πληρώθηκες και με το παραπάνω. Σου έδινα και μου έδινες. Το ξέχασες; Με το κορμί μου σε πλήρωνα, το έπαιρνες όποτε γούσταρες. Σου έχω ξεπληρώσει όχι μόνο το κεφάλαιο, αλλά και τους τόκους!»

Για λίγο έμειναν και οι δύο αμίλητοι. Το αυτοκίνητο είχε μπει στην κεντρική λεωφόρο προς Λαμία!

«Μενέλαε, έχω δουλειά στο κέντρο! Πρέπει να επιστρέψουμε!»

«Ξέρω τι δουλειά έχεις. Όπως ξέρω τα πάντα για σένα! Τι κάνεις εκεί, πού πήγες, με ποιους συναλλάσσεσαι, με ποιους βρίσκεσαι για καφέ, για τις μεγάλες δυσκολίες που αντιμετωπίζεις στη δουλειά... για τη μοναξιά σου!»

«Με παρακολουθείς;»

«Πάντα!»

«Γιατί το κάνεις αυτό;»

«Θα σου το πω όσο πιο απλά γίνεται, Βάσω! Δεν έχω αποδεχθεί, ούτε πρόκειται να το κάνω ποτέ, ότι δεν θα σε έχω δική μου πια. Ξέρεις το πόσο απολάμβανα τις στιγμές που ήμαστε μαζί! Και ότι μαλακίες κι αν λες, το ξέρεις ότι δεν είμαι κακός. Δέχομαι ότι για κάποια στιγμή βαρέθηκες, ήθελες κάτι άλλο για τη ζωή σου, ότι δεν άντεξες την πίεση αυτής της κωλο - υπόθεσης, ότι ένιωσες ότι δεν σε υπολόγιζα. Αλλά εγώ δεν μπορώ να σε ξεχάσω. Σε θέλω πίσω, Βάσω!»

«Έχω πάρει τις αποφάσεις μου!»

«Το καταλαβαίνω αυτό. Σέβομαι την απόφασή σου. Αφού αποφάσισες να επιστρέψεις στο νησάκι σου, ίσως να είναι καλύτερα για σένα. Αν και δεν μου αρέσει, είμαι έτοιμος να το χωνέψω. Άκουσε με λίγο. Είμαι διατεθειμένος, να αποδεχθώ την απόφασή σου να φύγεις απ᾽ εδώ! Να άρω κάθε αντίρρηση μου στην μετακίνηση σου εκεί, έστω κι αν θα μας χωρίζουν τόσα χιλιόμετρα. Φτάνει να ξέρω, ότι όποτε είναι δυνατόν, είτε εδώ είτε κάπου αλλού, θα μοιραζόμαστε την ημέρα μας, όπως παλιά.»

«Πού πάμε;»

«Να σου αποδείξω ότι αυτά που λέω, τα εννοώ!»

«Δηλαδή;»

«Ας ξεκινήσουμε από σήμερα! Ζούμε αυτήν την μέρα μας όπως παλιά, σαν να μην προηγήθηκε τίποτα άσχημο μεταξύ μας και αύριο το πρωί θα είσαι στο αεροδρόμιο για να επιστρέψεις στο νησί σου. Δίχως να παρακαλείς δεξιά κι αριστερά τον κάθε τυχαίο, θα έχει ολοκληρωθεί η μετεγγραφή σου από τον δικηγορικό σύλλογο και δεν θα είσαι αναγκασμένη να πουλάς καμία δουλειά σου. Επιπλέον, θα έχεις τη στήριξη μου σε κάθε υπόθεση σου! Θα ζεις όπως επέλεξες, εκεί που επέλεξες, μη λησμονώντας ποτέ ότι παραμένω κομμάτι της ζωής σου. Αληθινά, αναρωτιέμαι όμως, τι κάνεις εκεί;»

«Είσαι τρελός!»

«Τρελός που έχω αποδεχθεί να παίξω με κανόνες, που υπό άλλες περιστάσεις θα απέρριπτα γελοιοποιώντας αυτόν που θα μου τους πρότεινε; Ναι, είμαι!»

«Πού πάμε;»

«Είσαι σύμφωνη;»

«Κι αν απορρίψω την πρότασή σου;»

«Δεν θα το κάνεις!»

«Είσαι ελεεινός! Προτιμώ να αποδεχθείς τη δική μου πρόταση: Καθένας μας θα έχει την απόλυτη ελευθερία να επιλέγει τον σύντροφο που επιθυμεί την κάθε φορά, εμένα καθόλου δεν με ενδιαφέρει τι κάνεις εσύ, ούτε και εσύ θέλω να έχεις καμία περαιτέρω ανάμιξη στη ζωή μου.»

«Φτάνει όποτε στο ζητώ, να δίνεις το παρόν.»

«Να δίνω το παρόν; Δεν κατάλαβες ότι δεν σε θέλω στη ζωή μου; Μα για τον Θεό, τι ζητάς από μένα;»

«Νομίζω ότι θα έπρεπε να το έχεις καταλάβει μέχρι τώρα Βάσω! Σε αγαπώ τόσο, που είμαι διατεθειμένος να δεχθώ αυτόν τον παραλογισμό, που εσύ δημιούργησες δίχως να υπολογίσεις την αγάπη μου για σένα, φτάνει... να μην κάνεις το λάθος να με βγάλεις τελείως από τη ζωή σου.

«Με αγαπάς; Είναι το τελευταίο πράγμα που περίμενα να ακούσω από εσένα! Μου φαίνεται ότι τα έχεις χάσει!»

Την ώρα εκείνη το αυτοκίνητο έστριψε δεξιά στο κόμβο της Βαρυμπόμπης, μετά από λίγο μπήκε σε κάποιους στενούς παράδρομους, μέχρι που σταμάτησε μπροστά σε μια απομονωμένη διώροφη μονοκατοικία. Ο οδηγός πάτησε ένα τηλεχειριστήριο και η βαριά πόρτα άρχισε να ανοίγει τα δυο της φύλλα μπροστά τους. Πέρασαν μέσα, ενώ η πόρτα έκλεινε πίσω τους.

«Τι είναι εδώ;»

«Ένα μέρος που δεν θα μας ενοχλήσει κανένας.»

«Πώς είμαι σίγουρη ότι δεν θα μου τη φέρεις;»

«Δεν έχεις επιλογή Βάσω! Ή παίζεις με τους δικούς μου κανόνες ή είσαι τελειωμένη!»

«Αγάπη το λες εσύ αυτό;»

«Πες το όπως θες εσύ! Άντε βγες!»

Η πόρτα δίπλα του ήδη είχε ανοίξει από τον οδηγό, ενώ εκείνη έβγαινε από την άλλη.

«Φέρε τα πράγματα της κυρίας μέσα Γιώργο, και μετά είσαι ελεύθερος. Αύριο στις 6 το πρωί να είσαι εδώ.»

Γύρισε σε εκείνην και της είπε:

«Το ξενοδοχείο τακτοποιήθηκε και όλα σου τα πράγματα είναι εδώ.»

Ο Δρακόγλου άνοιξε με ένα κλειδί που έβγαλε από την τσέπη του και μπήκαν μέσα. Ο οδηγός του ακολούθησε, άφησε τη βαλίτσα της κάτω, χαιρέτισε το αφεντικό του και ανανέωσε το ραντεβού τους για το επόμενο πρωινό. Μόλις έκλεισε η πόρτα, η Κοράλλη νιώθοντας τη γλυκιά αίσθηση της ζέστης, έβγαλε το παλτό της και το πέταξε σε μία πολυθρόνα. Η θέρμανση πρέπει να δούλευε συνεχώς κάνοντας την να θυμηθεί τις ανέσεις που απολάμβανε, όσο καιρό ζούσε υπό την προστασία του. Έκανε κάποια διστακτικά βήματα για να δει καλύτερα τον χώρο. Βρισκόταν σε ένα σαλονάκι, που στο βάθος φαινόταν η κουζίνα, δίπλα της ήταν το κλιμακοστάσιο, ενώ από ένα μεγάλο παράθυρο μπροστά της, το δωμάτιο δεχόταν αρκετό φως. Η επίπλωση λιτή και μοντέρνα. Τα διακοσμητικά στοιχεία ελάχιστα, σίγουρα καμία δεν είχε ορίσει ακόμα το στίγμα της εκεί μέσα. Κάνοντας μερικά επιπλέον βήματα προς τα μέσα, τον είδε: Στον τοίχο που κρυβόταν η θέα του μέχρι τότε, δέσποζε ένας πίνακας που αναγνώρισε αμέσως. Ήταν ένα από τα πορτρέτα του Βερεμή. Εκείνη καθόταν σε έναν βράχο δίπλα στην ταραγμένη θάλασσα, ο άνεμος έπαιζε με τα μαλλιά της, ο ήλιος με το γυμνό κορμί της, ενώ το πρόσωπό της ήταν στραμμένο προς τον ζωγράφο. Τον κοίταζε με τα μάτια της που μισοέκλειναν από την ένταση του ήλιου και του αγέρα, ενώ το πρόσωπό της γυάλιζε από την αλμύρα της θάλασσας, που είχε στεγνώσει πάνω της. Την θυμόταν εκείνη την ημέρα. Της είχε ζητήσει να κάνει το πορτραίτο της στο καταμεσήμερο, ενώ τα μελτέμια τους έδερναν από μέρες. Ο δυνατός βορειοδυτικός άνεμος του έπαιρνε τα σύνεργα, αναγκάστηκε να κρατά το τελάρο με το ένα του χέρι ενώ με το άλλο ζωγράφιζε. Ήθελε, έτσι της είπε, να φαίνεται η ταλαιπωρία της από τις άγριες διαθέσεις του καιρού. Κι εκείνη το δέχθηκε. Πάντα έκανε ότι της ζητούσε, όταν ήθελε να την ζωγραφίσει. Είχε καεί τόσο το δέρμα της, που το βράδυ δεν μπορούσε να ακουμπήσει την πλάτη της στο σλίπινγκ μπανγκ που κοιμούνταν. Εκείνος έφυγε μέσα στη νύχτα και μετά από μια δυο ώρες γύρισε με μία τσάντα γιαούρτια με τα οποία άλειψε την καμένη της πλάτη. Τις επόμενες δύο μέρες δεν βγήκε από την σκηνή τους. Όταν συνήλθε έφυγαν. Αναρωτήθηκε γιατί έκανε όλες αυτές τις βλακείες στη ζωή της. Γιατί υπέκυπτε πάντα σε κάθε απαίτηση, όσο ηλίθια κι αν ήταν, που της ζητούσαν οι άντρες με τους οποίους μπλεκόταν. Θυμήθηκε ότι στο ξεκίνημα της ζωής της, ποτέ δεν ήταν τόσο ανασφαλής, αυτή φρόντιζε να έχει πάντα το πάνω χέρι απέναντι στους άντρες που την πλησίαζαν. Κι όλα αυτά άλλαξαν από τότε, που δέχθηκε ότι ο Βερεμής ήταν ο πιο κατάλληλος σύντροφος για εκείνην.

«Πού τον βρήκες αυτόν;»

«Τον πήρα από τον βλάκα που τον αγόρασε.»

«Έδωσες πολλά;»

«Δεν θα ήθελες να μάθεις. Αυτό που πρέπει να σε ενδιαφέρει είναι ότι βρίσκεται εδώ. Τον πήρα, όπως μπορώ να αποκτήσω και τους υπόλοιπους αν συνεχίζεις να τους θέλεις. Αν θέλεις να τον καταστρέψεις, μπορείς να το κάνεις τώρα αμέσως!»

«Όχι, δεν με ενδιαφέρει πια. Ήταν εντελώς βλακώδες αυτό που σου ζήτησα! Εξάλλου τιμωρήθηκε πολύ περισσότερο απ' όσο έπρεπε. Μόνο για το δικό μου χατίρι τον πήρες;»

«Ήθελα κάτι που να μου θυμίζει πάντα, πόσο πολύ σε θέλω!»

«Πότε αγόρασες αυτό το σπίτι;»

«Πριν κάποιους μήνες. Χρειάζομαι ένα ησυχαστήριο.»

«Και η οικογένεια σου;»

«Αν δεν ήταν τα παιδιά ούτε που θα πατούσα εκεί. Η γυναίκα μου συμπεριφέρεται ακόμα σαν ένα κακομαθημένο, ανέραστο κοριτσάκι, που δεν μπορεί να αποδεχθεί, ότι εγώ είμαι ο άντρας που παντρεύτηκε με όλες τις υποχρεώσεις του γάμου. Επιπλέον εξακολουθεί να με θεωρεί έναν άξεστο μεγαλοδικηγόρο και υποκρίνεται ότι η ζωή που της προσφέρουν τα χρήματά μου δεν είναι και τίποτα σπουδαίο. Μάλλον πηδιέται με κάποιον, αλλά ούτε κι αυτό με ενδιαφέρει.»

«Φέρνεις κι άλλες εδώ;»

«Τι σε ενδιαφέρει; Εσύ δεν μίλησες για ελεύθερη σχέση;»

«Ναι, εγώ μίλησα. Και τι θέλεις τώρα;»

«Κάθισε λίγο να σε δω! Ή αν προτιμάς να φρεσκαριστείς πρώτα, το μπάνιο βρίσκεται στον όροφο. Βολέψου σαν το σπίτι σου.»

«Μενέλαε, εκτός από μια ξεπέτα, τι άλλο θέλεις από εμένα;»

«Μην γίνεσαι χυδαία! Κάθισε, δεν βιαζόμαστε! Θέλω να μάθω τι σκέπτεσαι; Αν είσαι ικανοποιημένη με την ζωή που κάνεις τώρα; Δεν σου λείπει η ένταση της δουλειάς που είχες στο γραφείο μου; Πώς αρκείσαι σε μια τόσο... άδεια ζωή; Είσαι νέα ακόμα! Γιατί παραιτείσαι από τώρα από την ζωή;»

«Πιστεύεις δηλαδή ότι ήταν ζωή αυτή, που έκανα δίπλα σου;»

«Εσύ την επέλεξες Βάσω, δεν σου την επέβαλα εγώ! Εγώ απλώς σε φλέρταρα, εσύ έπεσες με τα μούτρα σε αυτήν την σχέση. Τι σε εμπόδισε για παράδειγμα να κάνεις οικογένεια, εγώ;»

«Δεν θέλω οικογένεια. Σου εξηγήθηκα νομίζω! Ποτέ μου δεν ήθελα οικογένεια, ούτε τις υποχρεώσεις της.»

«Έλα χαλάρωσε! Ας μιλήσουμε πρώτα λίγο. Θέλω μόνο να μάθω τι κάνεις;»

Με αργά βήματα επέστρεψε και κάθισε δίπλα του.

«Βάλε μου ένα ποτό!»

Εκείνος σηκώθηκε αμέσως, πήγε προς την κουζίνα και έφερε ένα μπουκάλι Southern Comfort και δύο ποτήρια, τα άφησε μπροστά της, ξαναπήγε στην κουζίνα και μετά από λίγο επέστρεψε με μία γαβάθα παγάκια. Η Κοράλλη γέμισε τα ποτήρια τους, έβαλε και παγάκια, ήξερε πως το έπινε εκείνος, έσπρωξε ελαφρά το δικό του προς το μέρος του και στη συνέχεια ήπιε μια μεγάλη γουλιά από το δικό της.

«Αυτά που είπες τα εννοείς; Θα έχω την ζωή μου με μόνο αντίτιμο να με πηδάς όποτε μπορείς.»

«Όποτε θέλω, Βάσω! Εξάλλου έτσι δεν γινόταν πάντα; Δεν ζητώ κάτι διαφορετικό τώρα!»

«Δεν ξέρω! Μέχρι πριν από λίγο νόμιζα ότι θα έκανες ότι περνούσε από το χέρι σου για να μην καταφέρω τίποτα στη νέα ζωή μου. Πίστευα ότι δεν θα σε έβλεπα ποτέ ξανά. Ότι αυτό που είχαμε μεταξύ μας τελείωσε, ότι το είχα οριστικά αφήσει πίσω μου και το μόνο που με ενδιέφερε πια ήταν το πως να οργανώσω τη ζωή μου από εδώ και πέρα. Γιατί με δυσκολεύεις τόσο, γιατί το κάνεις αυτό; Γύρνα στη γυναίκα και τα παιδιά σου, βρες καμιά ασκούμενη να ικανοποιείς τις ορέξεις σου κι άσε με στη ησυχία μου.»

«Δεν καταλαβαίνεις τίποτα!»

«Έχεις δίκιο, δεν καταλαβαίνω! Γιατί το κάνεις αυτό;»

«Σε αγαπώ!»

«Εμένα; Από πότε;»

«Από τότε που μπήκες στη ζωή μου. Δεν περνώ καλά μετά την φυγή σου, Βάσω! Θέλω να πιστέψω ότι εξακολουθείς να είσαι δική μου. Χρειάζομαι τη διαβεβαίωσή σου, ότι όλα μπορούν να γίνουν όπως ήταν.»

«Είπες ότι δέχεσαι τη νέα μου ζωή.»

«Ναι, αλλά χωρίς να μου αρνηθείς τη χαρά, να γεύομαι την ευτυχία δίπλα σου! Μου λείπεις, Βάσω! Η ανάγκη να νιώθω το κορμί σου πάνω μου, είναι κάτι που δεν μπορώ να ξεπεράσω. Είσαι κομμάτι της ζωής μου, που αδυνατώ πλέον να αποχωριστώ.»

«Κι αν αρνηθώ;»

«Δεν μπορεί να υπάρξει αυτή η επιλογή! Θα κάνω πράγματα που δεν θα έπρεπε καν να περνούν από το μυαλό μου.»

Η Κοράλλη σηκώθηκε από τη θέση που καθόταν κρατώντας το ποτήρι στα χέρια, έκανε μερικά βήματα ως το πορτρέτο με το γυμνό κορμί της, άδειασε το ποτήρι της κοιτώντας το γυμνό της κορμί ανέκφραστη, γύρισε προς τον Δρακόγλου, το γέμισε και πάλι, το άδειασε με τη μία. Στάθηκε εκεί μπροστά του, αμφιταλαντευόμενη για το ποια θα έπρεπε να ήταν η επόμενη κίνησή της, άφησε το ποτήρι της κάτω και κατευθύνθηκε αυτή τη φορά προς το παράθυρο. Στάθηκε εκεί κοιτώντας προς τα έξω ενώ ο Δρακόγλου παρατηρούσε το σώμα της, που τόσο ποθούσε εκείνη τη στιγμή. Σηκώθηκε και την πλησίασε από πίσω της, χωρίς να την ακουμπήσει.

«Τι σκέφτεσαι;»

«Πόσο σκατά κατάντησα τη ζωή μου!»

«Είδες που σου λέω ότι η ζωή στο νησί δεν σου ταιριάζει;»

«Δεν φταίει το νησί. Ίσα ίσα, σε αυτό ξαναβρίσκω τον εαυτό μου, ηρεμώ, μπορώ να σκέφτομαι πιο καθαρά. Όταν τελείωσα το Λύκειο και έφυγα από εκεί, δεν ήμουν έτσι, τόσο παραδομένη, ίσα ίσα, είχα όνειρα και ήξερα ότι μπορούσα να τα διεκδικήσω. Ήξερα τη δύναμη, που τα νιάτα και η ομορφιά μου μού έδιναν. Ποτέ δεν θα παρέδιδα τη ζωή μου σε έναν άντρα όπως το έκανα πρώτα με τον Βερεμή και μετά με σένα. Ακόμα αναρωτιέμαι για τις επιλογές μου.»

«Τι γύρευες με εκείνον τον χαμένο; Ψάξε το και ίσως βρεις την απάντηση που θέλεις. Ήταν η κατάλληλη επιλογή για σένα; Τι προοπτικές μπορούσες να έχεις μαζί του; Έκανες λάθος να δέσεις τη ζωή σου με τη δική του.»

«Λάθος που έμπλεξα μαζί του ή λάθος που τον άφησα να παίζει με τους δικού του κανόνες;»

«Δεν ξέρω, αυτά βρες τα με τον εαυτό σου. Ξέρεις; Αν σε ανακάλυπτα πριν από τον γάμο μου, σίγουρα θα σε έκανα γυναίκα μου.»

«Τώρα το χοντραίνεις! Ξέρεις ότι ποτέ δεν θα παντρευόσουν μια άσημη δικηγόρο, που δεν είχε κάτι χειροπιαστό να σου προσφέρει.»

«Αυτό είναι το δικό μου λάθος, Βάσω!»

Μετακινήθηκε από την θέση της και κατευθύνθηκε προς το κλιμακοστάσιο. Άρχισε να ανεβαίνει τις σκάλες, προς τον όροφο.

«Θα έλθεις; Πάνω δεν είναι η κρεβατοκάμαρα;»

«Πρώτη πόρτα αριστερά!» την κατεύθυνε και με αργά βήματα την ακολούθησε, ενώ στο πρόσωπό του ήταν διάχυτη η ικανοποίηση.

Κεφάλαιο 19

Ένας ακόμα Βανδαλισμός, στην πόλη μας.

26 Μάη 2016

Ένα ακόμα θλιβερό γεγονός παρέλαβε τη σκυτάλη από μια σειρά βανδαλισμών σε έργα τέχνης, που κοσμούν εξωτερικούς χώρους της Πατρίδας μας. Άγνωστοι αφαίρεσαν τις ορειχάλκινες προτομές σημαντικών πνευματικών δημιουργών της χώρας, από την υπαίθρια γλυπτοθήκη του Δήμου Αθηναίων, έξω από το Πνευματικό Κέντρο της πόλης που ζούμε. Ξεκίνησαν με αυτές των Κώστα Ουράνη, Άγγελου Τερζάκη, Κωστή Μπαστιά και Γιώργου Θεοτοκά, ενώ την επόμενη νύχτα επανήλθαν, αποκαθηλώνοντας και αυτήν του Παντελή Χορν. Όσο κι αν κάποιοι, πολιτικοί ή μη, προσπαθούν να αποδώσουν πίσω λίγη από την λαμπρότητα που αρμόζει στην πόλη των Αθηνών, γύρω μας υπάρχουν εκείνοι, που ανενόχλητοι μπορούν να κινούνται και να την ασχημαίνουν με οποιονδήποτε τρόπον. Από την μία είναι οι ρυπαρογράφοι των σπρέι, και δεν αναφέρομαι σε αυτούς που επιδίδονται στην έστω εφήμερη τέχνη του γκράφιτι, αλλά σε αυτούς που γεμίζουν την πόλη με κάθε είδους συμβολισμούς, ευφυολογήματα ή εκφράσεις μίσους. Στην άλλη πλευρά εκείνοι που μισούν καθετί που αδυνατούν να καταλάβουν, όπως είναι τα τόσα γλυπτά με τα οποία οι δήμαρχοι φροντίζουν να στολίζονται οι πόλεις τους. Και στην μέση, ο καθένας από εμάς που δεν του επιτρέπεται να συμπεριλάβει τον εαυτό του, ως θετικό κομμάτι της πόλης στην οποία ζει, κινείται και δημιουργεί. Η κατάσταση πλέον έχει εκτραχυνθεί, δεν γνωρίζω άλλη πόλη του κόσμου, στην οποία τα όποια μνημεία της έχουν ανάλογη, βάρβαρη αντιμετώπιση και από την άλλη οι αρχές του τόπου να δείχνουν τόση αδιαφορία για την πάταξη αυτού του αισχρού φαινομένου.

Θα ήθελα πραγματικά να έβλεπα την σύλληψη κάποιων από αυτών των καλών παιδιών, όπως και θα επικροτούσα την άμεση αντίδραση του Δήμου Αθηναίων, αντικαθιστώντας τις προτομές, με πανομοιότυπα αντίγραφα, δίνοντας στους βανδάλους το μήνυμα, ότι δεν θα περάσει η δική τους άποψη περί τέχνης ή ιδιαίτερων συμβολισμών που πιθανόν να έβλεπαν στις κλεμμένες προτομές των σημαντικών ανθρώπων της τέχνης που απεικόνιζαν, ακόμα κι αν μιλάμε για απλούς κλέφτες μεταλλικών αντικειμένων.

Κλείνοντας, θα ήθελα να θυμίσω στους αναγνώστες μου, την ιστορία από την αρχαία Αθήνα, του σπασίματος σχεδόν όλων των Ερμαϊκών κεφαλών την παραμονή του απόπλου του στόλου για τη Σικελία (415 π.Χ.) με κύριο κατηγορούμενο τον μέγα στρατηγό των Αθηναίων, τον Αλκιβιάδη. Η διαφορά με το σήμερα είναι ότι τότε κινητοποιήθηκαν όλοι οι μηχανισμοί της πόλης, επικηρύχτηκαν οι πιθανοί ένοχοι, δόθηκε ασυλία σε αυτούς που θα κατέδιδαν τους ενόχους, διότι η πράξη αυτή θεωρήθηκε υβριστική για την πόλη. Σε αντίθεση με εμάς σήμερα, που σφυρίζουμε αδιάφορα.

Το άρθρο μου αυτό δημοσιεύτηκε την ίδια ημέρα, που είδα με τα μάτια μου την αποτρόπαια εικόνα των κενών βάθρων. Το έγραψα εν βρασμώ ψυχής που λένε και οι δικηγόροι για να υπερασπιστούν τον πελάτη τους, δεν το μετανιώνω όμως. Αρνήθηκα στον εαυτό μου να το αφήσει για την επομένη, φοβούμενος ότι θα καταλάγιαζε όλη η οργή που ένιωσα όταν βρέθηκα στον χώρο του εγκλήματος, εξοργισμένος για την απαξίωση με την οποία αντιμετωπίζονται τα έργα τέχνης στη χώρα μας, ειδικά αυτά που εκτίθενται σε δημόσιο χώρο. Όσο κι αν προσπάθησα να κατανοήσω τα αίτια της επαίσχυντης εικόνας που αντίκρισα εκείνο το πρωί, δεν μπόρεσα να δώσω κανενός είδους ελαφρυντικό στον οποιονδήποτε.

Την ίδια ημέρα είχα κανονίσει μία συνάντηση με την Μαρίνα Αναγνωστάκη, μία φίλη φιλόλογο. Αν και είχαμε μια ηλικιακή διαφορά γύρω στα δέκα χρόνια, μεγαλύτερη εκείνη από εμένα, όποτε βρισκόμουν μαζί της ένιωθα ιδιαίτερα ευτυχής με τη συντροφιά της. Όσο κι αν προσπαθούσα να το αρνηθώ στον εαυτό μου, μάλλον ήμουν ερωτευμένος μαζί της. Βρισκόμαστε τρεις τέσσερις φορές μέσα στον χρόνο, απολαμβάναμε τις συζητήσεις μας, συνήθως γύρω από την τέχνη κι εγώ πάντα έφευγα γοητευμένος από τη θετική αύρα που μου μετέδιδε. Πέρα από την εργασία της σε δημόσιο σχολείο του Πειραιά, είχε δημοσιεύσει κάποιες ποιητικές συλλογές, οι περισσότερες με αναφορές στο νησί της, την Ομηρική Ανεμόεσσα, όπως με υπερηφάνεια ονόμαζε την ακριτική Κάρπαθο. Είχαμε κανονίσει να βρεθούμε για φαγητό αργά το μεσημέρι, ήθελε κάπου μέσα στου Ψυρρή κι εγώ αποδέχθηκα την πρότασή της. Ποτέ κανένας από τους δυο μας δεν αρνούνταν το κάλεσμα του άλλου. Δεν είχε πολύ καιρό που είχαμε βρεθεί, εκείνη με πήρε τηλέφωνο, ήθελε όπως μου είπε, να ξεφύγει λίγο από το συνεχές διόρθωμα των γραπτών των μαθητών της, μιας που η εξεταστική είχε ξεκινήσει από μέρες. Δεν ήταν η αγαπημένη της περίοδο, αυτό μου το είχε πει και άλλες φορές, προτιμούσε την διδασκαλία, τις εξετάσεις τις θεωρούσε ως ένα άχαρο πάρεργο στη δουλειά της.

Συναντηθήκαμε μπροστά στο εκκλησάκι της Παναγίας, στην έξοδο από τον Ηλεκτρικό στο Μοναστηράκι. Αγκαλιαστήκαμε με χαρά που ο ένας έβλεπε τον άλλον και πάλι, εκδήλωσα τον θαυμασμό μου για την κοκεταρία της, με μάλωσε, έτσι έκανε πάντα, που άφησα τον καιρό να περάσει δίχως να με συναντήσει, της θύμισα ότι δεν πέρασαν ούτε δυο μήνες από την τελευταία φορά που βρεθήκαμε, το προσπέρασε, με ρώτησε αν είχα χρόνο για μια μικρή βόλτα στην Ερμού, της απάντησα θετικά, δεν υπήρχε καμία περίπτωση να της αρνηθώ οτιδήποτε μου ζητούσε. Για αρκετή ώρα απολάμβανα τον τρόπο που σταματούσε μπροστά στην κάθε βιτρίνα με τις καλοκαιρινές κολεξιόν των γυναικείων ρούχων και σαν μικρό κοριτσάκι να κάνει παρατηρήσεις για τα χρώματά τους, τα σχέδια τους, κατά πόσο θα προσέδιδαν κομψότητα σε αυτήν που θα τα φορούσε. Εγώ το μόνο που μπορούσα να κάνω ήταν να επιβεβαιώνω την άποψή της, ήταν αδύνατον να συναγωνιστώ τις γνώσεις της για τη γυναικεία κομψότητα ή να την φαντάζομαι στις γνώριμες περιοχές τις χώρας μας που πρόβαλλαν οι αφίσες του ΕΟΤ, όπως μου ζητούσε εκείνη, φορώντας τα ρούχα που μου έδειχνε. Αυτό το παιχνίδι της μου άρεσε ιδιαίτερα, έστω κι αν δυσκολευόμουν να απαντήσω. Μου είχε επισημάνει αρκετές φορές, ότι παραμελούσα τον εαυτό μου, αναγνώριζα ότι είχε δίκιο αλλά ποτέ δεν προχώρησα σε κάποια βελτίωση της εικόνας μου. Όταν βρεθήκαμε τελικά στα στενά σοκάκια του Ψυρρή, ο πολύς κόσμος είχε φύγει κι έτσι μπορέσαμε εύκολα να βρούμε ένα τραπεζάκι για δύο σε μια ψησταριά. Καθίσαμε νιώθοντας ευτυχείς, που μπορέσαμε να ξεκουραστούμε μετά από τόση ώρα που ήμαστε όρθιοι, έστω κι αν προχωρούσαμε σε απόλυτα χαλαρό ρυθμό και δεν κουβαλούσαμε καμία τσάντα με ψώνια.

«Λοιπόν Νικολάκη, πώς πάει η καλλιτεχνική κίνηση της πόλης μας;»

«Τι να σου πω Μαρίνα, εκτός από τη σωρεία βανδαλισμών που καθημερινά βιώνουμε σε αυτήν την χώρα, επιπλέον έχω την αίσθηση ότι λείπει το πραγματικά μεγάλο γεγονός που θα μπορούσε να ανατάξει τα καλλιτεχνικά δρώμενα αυτής της χώρας. Βλέπεις οι εκάστοτε υπουργοί διαχειρίζονται το ζήτημα του πολιτισμού ανάλογα με τα ατομικά τους πιστεύω, δίχως κάποιο σχέδιο, δίχως να μπορούν να κατανοήσουν τη δύναμη της κουλτούρας ενός τόπου, σε κάθε επίπεδο, ακόμα και στο οικονομικό.»

«Υπήρξαν και εξαιρέσεις, δεν ήταν όλοι ανίδεοι.»

«Ξέρω, θα μου πεις για τη Μελίνα και τον Μικρούτσικο, καλύτεροι από τους άλλους, δεν αντιλέγω, έκαναν πράγματα αν αναλογιστούμε το πλαίσιο μέσα στο οποίο κινήθηκαν, αλλά σήμερα τίποτα δεν φαίνεται να κινείται. Δεν ξέρω αν φταίει μόνο η κρίση ή απλώς ως λαός δεν είμαστε ικανοί για κάτι αληθινά μεγάλο.»

«Ποια η γνώμη σου για την αποπομπή του Γιαν Φαρμπ από το Φεστιβάλ των Αθηνών;»

«Η καλλιτεχνική του αξία είναι αδιαμφισβήτητη. Είναι στην πρωτοπορία των σημερινών καλλιτεχνικών δρώμενων. Η επιλογή του όμως σε αυτήν τη θέση, ήταν άστοχη. Συμφωνώ με εκείνους που υποστηρίζουν ότι απέκλεισε την εγχώρια αγορά του πολιτισμού έναντι κάποιων ομάδων από το Βέλγιο, τη χώρα του. Είχα την ευκαιρία μίας σύντομης συζήτησης μαζί του, λίγο μετά την ανάληψη των καθηκόντων του. Αμέσως κατάλαβα ότι δεν θα μακροημέρευε στην χώρα μας. Ξέρεις την άποψη μου! Οι ελάχιστοι εθνικοί πόροι που κατευθύνονται προς τον πολιτισμό, πρέπει να τους απολαμβάνουν κατά κύριο λόγο οι δημιουργοί κάθε είδους τέχνης της πατρίδας μας. Και αυτοί που δρουν επί της σκηνής αλλά και όλοι οι υπόλοιποι, εικαστικοί, συγγραφείς, ποιητές.»

«Είναι και το κομμάτι των αρχαιοτήτων μας. Ένα κομμάτι των πόρων, υποχρεωτικά πρέπει να πηγαίνει και προς τα εκεί. Και ελλείψει χρημάτων γίνονται επιλογές στην ανάδειξη των χώρων αυτών. Ίσως όλα αυτά αλλάξουν κάποτε, αν αποδεχθούμε ως λαός, ότι ο πολιτισμός και η παιδεία αξίζουν μεγαλύτερης προσοχής απ' όλους μας.»

«Το ξέρεις ότι ο πολιτισμός εκφράζει πολιτικές. Άρα δεν είναι μόνο το ζήτημα των χρημάτων αλλά κυρίως κατά την άποψη μου, οι κυρίαρχες πολιτικές που θέλουν να εφαρμόσουν οι εκάστοτε πολιτικοί μας. Και πίστεψε με, εδώ πολλές φορές λειτουργούν με απόλυτα μικροπολιτικές λογικές. Για παράδειγμα, δες το ζήτημα των ανασκαφών στην Αμφίπολη. Πόσος ντόρος γινόταν με την κυβέρνηση Σαμαρά και πόσο έχει θαφτεί το θέμα σήμερα!»

«Λένε ότι οι διαθέσιμοι πλέον πόροι θα διοχετευθούν προς τις ανασκαφές των πρώτων μακεδονικών πόλεων της Δυτικής Μακεδονίας.»

«Είναι αλήθεια! Βλέπεις, σήμερα οι ανασκαφές εκείνες αξιολογούνται από την πολιτεία, ως πιο σημαντικές. Αύριο, ίσως πάλι αλλάξει αυτό και η προσοχή τους ξαναγυρίσει στην Αμφίπολη. Δυστυχώς μια τόσο σπουδαία αρχαιολογική ανακάλυψη, αμαυρώνεται από τις μικρότητες των πολιτικών και αναφέρομαι και στις δύο κυβερνήσεις που την διαχειρίστηκαν! Τέλος πάντων. Εσύ τι κάνεις; Ετοιμάζεις κάτι;»

«Ναι, ναι! Πάντα γράφω, έστω κι αν είναι κάποιες λίγες λέξεις αυτές που τελικά παραμένουν στο χαρτί. Ναι κάτι κάνω! Πιστεύω σε κανέναν χρόνο να έχω έτοιμη μια νέα συλλογή ποιημάτων μου.»

«Πάλι με εκείνη τη διάχυτη αίσθηση της αγάπης, που αναδύεται μέσα από τους στίχους για το νησί σου;»

«Πάντα! Η αγάπη μου αυτή τρέφει την κάθε μου έμπνευση. Είναι ο τόπος που μεγάλωσα, ο τόπος που ξεκουράζομαι αληθινά κάθε καλοκαίρι, ο τόπος που με βοηθά να μην χαθώ στην ομογενοποιημένη πόλη που ζούμε. Για πες μου όμως, τι γίνεται με εκείνη την υπόθεση του ζωγράφου που μου έλεγες, του Βερεμή, που τον κτύπησαν ανηλεώς και ευτυχώς δεν έχασε τη ζωή του. Του φίλου σου, που χάρη σε σένα στάθηκε και πάλι στα πόδια του. Πώς πάει;»

«Είναι καλά! Σου το είχα πει, αφιέρωσα πολλές ώρες μαζί του, μέχρι να γίνει καλά και πάλι, αλλά τώρα είναι υγιής και δυνατός. Μάλιστα σε λίγους μήνες θα είναι έτοιμη και η πρώτη του έκθεση με τη νέα του δουλειά, κατά την άποψη μου, η πιο ώριμη μέχρι τώρα. Πιστεύω ότι θα έχει επιτυχία! Ξέρεις, έχω ανάγκη να το συζητήσω αυτό, θα ήθελα μια γυναικεία ματιά, σε κάποια ερωτήματα που δεν είναι εύκολο να τα αποκωδικοποιήσω μόνος μου. Ξέρεις Μαρίνα, αυτή η υπόθεση μου έχει δημιουργήσει πολλά αναπάντητα ερωτήματα στο διάστημα που ασχολούμαι μαζί της.»

«Όπως; Για πες μου ένα από αυτά.»

«Να! Πόσο πολύ μπορεί να πληγωθεί μία γυναίκα από την αλλοπρόσαλλη συμπεριφορά του συντρόφου της, με τον οποίο μάλιστα είχαν ζήσει μαζί για ένα διάστημα εφτά χρόνων περίπου; Μια συμπεριφορά, που είχε ως αποτέλεσμα τη βίαιη διακοπή της σχέσης τους. Αν ήσουν εσύ στη θέση της Κοράλλη, πώς θα αντιμετώπιζες στη συνέχεια τον Βερεμή;»

«Ξέρεις ότι κάθε περίπτωση, είναι αυστηρά προσωποποιημένη. Ποτέ οι άνθρωποι δεν αντιδρούν βάση κάποιου αυστηρού μαθηματικού τύπου. Τα δεδομένα από την μία μεριά και το αποτέλεσμα από την άλλη. Κι σε αυτό το σημείο έγκειται η ομορφιά της ζωής. Ότι είναι απρόβλεπτη, όχι τυποποιημένη, θα έλεγα ανεξέλεγκτη!»

«Ναι, αλλά αν αυτός ο χωρισμός ήταν αποτέλεσμα μίας στιγμιαίας διαφωνίας, έστω και για ένα φαινομενικά πολύ σοβαρό ζήτημα, δικαιολογεί το κόψιμο κάθε σχέσης μαζί του και την εμφάνιση της μετά από τόσα χρόνια, με μόνο σκοπό να τον καταστρέψει;»

«Πρέπει οι πληγές του χωρισμού της να ήταν πολύ βαθιές. Μην γελιέσαι, κάτι πρέπει να υπήρχε και πριν, το οποίο ίσως το κρύβανε πολύ καλά, αλλά όταν το διέλυσαν, δεν τους άφηνε κανένα περιθώριο επαναπροσέγγισης. Κατά τη γνώμη μου, αυτό δικαιολογεί το κόψιμο κάθε σχέσης μεταξύ τους. Το ότι εμφανίστηκε η Κοράλλη μετά από χρόνια, ζητώντας την καταστροφή του... το μόνο που μπορώ να σκεφτώ είναι ότι η ψυχή της ζητούσε εκδίκηση για κάτι που και οι δύο τους μάλλον, είναι οι μόνοι που πραγματικά γνωρίζουν. Ή πάλι, ίσως να θεωρούσε εκείνον υπεύθυνο για την μετέπειτα ζωή της, που απ' ότι κατάλαβα δεν ήταν στρωμένη με ροδοπέταλα. Ναι μπορώ κι έτσι να την δικαιολογήσω!»

«Άκου τώρα και αυτό. Μετά την πώληση των πινάκων, ο Βερεμής εισπράττει ένα σεβαστό ποσό, που σίγουρα ξεπερνούσε την κάθε του προσδοκία. Δεν το κρατά για τον εαυτό του και παρά την έντονη διαφωνία της νέας του αγαπημένης, της Τζώρτζιας Πάππας, το μεταβιβάζει όλο στην Κοράλλη. Ναι, σε αυτήν που μέχρι εκείνη τη στιγμή, ήταν στα μαχαίρια. Παρά τις εκκλήσεις της νέας του αγαπημένης να χρησιμοποιήσουν ένα ποσό για να φύγουν μακριά, διότι οι απειλές του Δρακόγλου είχαν αρχίσει να γίνονται πιεστικές, αυτός της έδωσε όλο το ποσόν δίχως να κρατήσει ούτε ένα ευρώ για τον εαυτό του. Το φαντάζεσαι;»

«Μένω έκπληκτη!»

«Κι όμως είναι αλήθεια! Καταθέτει όλο το ποσό στην Κοράλλη. Σε αυτήν, που ήταν η αιτία της όλης κατάντιας του. Πώς σου φαίνεται;»

«Ως μία ένδειξη ειλικρινούς μεταμέλειας για τον πόνο που της χάρισε;»

«Ή ως το κλείσιμο κάθε ανοικτού λογαριασμού μαζί της. Εσύ αν λάβαινες μια μέρα αυτά τα χρήματα, πώς θα τον αντιμετώπιζες πλέον;»

«Σίγουρα θα αναθεωρούσα πολλά από αυτά που σκεφτόμουν για εκείνον μέχρι τότε. Σίγουρα επίσης θα αναζητούσα μία εξήγηση αυτής της χειρονομίας του.»

«Αν αυτός της απαντούσε ότι το έκανε, διότι ήθελε απλώς να κλείσει κάθε χαραμάδα, που τον συνέδεε με το κοινό τους παρελθόν;»

«Θα ήμουν αρκετά απογοητευμένη, θα προτιμούσα την μεταμέλεια για να πω την αλήθεια.»

«Κι ερχόμαστε τώρα στο κρίσιμο ερώτημα. Θα μπορούσες να φανταστείς τους δυο τους σε μία νέα σχέση;»

«Δύσκολα! Μα όχι κι αδύνατον. Τα παιχνίδια της καρδιάς, όπως ξέρεις, δεν έχουν λογική. Θα έπρεπε οι δύο τους αποφασιστικά να αφήσουν πίσω όλα εκείνα που τους πλήγωσαν, όλα εκείνα που τους πονούν ακόμα. Γιατί να το κάνουν όμως; Ίσως οι ζωές τους έχουν τελματώσει ολότελα κι αυτοί νιώθουν ότι έχουν χάσει κάθε ελπίδα να την βελτιώσουν. Και ως μία έσχατη, απέλπιδα προσπάθεια να ξαναβρούν και πάλι κάποιο νόημα σε αυτές, να αναζητήσει ο ένας στο άλλον τη δική του σωτηρία. Θα πρέπει βέβαια από κοινού να διεκδικήσουν και πάλι τη συνέχεια του νήματος της δικής τους ιστορίας. Η μνήμη τους θα προβάλει σθεναρή αντίσταση σε κάθε βήμα προόδου που θα κάνουν, αγωνιζόμενοι σκληρά να επουλώσουν τις άσβηστες πληγές της ψυχής τους. Για μένα, αν υπήρχε περίπτωση μιας τέτοιας επαναπροσέγγισης, η όλη, εκ νέου κοινή τους πορεία, θα αποτελούσε απλώς μια ουτοπική κατάσταση δίχως μέλλον. Θα έπρεπε να κάνουν δεκάδες υπερβάσεις, σε καθημερινή βάση, για να βρουν κάτι από την όποια σπίθα τους ένωσε κάποτε.»

«Το καταλαβαίνω, ακόμα κι αν το έβλεπα να συμβαίνει μπροστά στα μάτια μου, θα δυσκολευόμουν να το πιστέψω. Σε ρωτώ όμως διότι, ο ίδιος ο Βερεμής μου ανέφερε για μια επίσκεψή της, πριν λίγο καιρό στο σπίτι του. Όπου η Κοράλλη προσφέρθηκε να του επιστρέψει ολόκληρο ή έστω μέρος των χρημάτων από τους πίνακες.»

«Ενδιαφέρουσα εξέλιξη!»

«Μάλιστα, φαίνεται ότι έχει ξεκόψει από την παλιά της ζωή, θυμάσαι που σου είχα πει για την σχέση της με τον εργοδότη της, τον Δρακόγλου. Επέστρεψε στη Θάσο, το νησί της καταγωγής της και ασκεί εκεί πια την δικηγορία, με πολύ λίγες υποθέσεις αλλά με μια πολύ πιο ήσυχη ζωή, όπως η ίδια του έχει πει. Απ' ότι κατάλαβα, το τελευταίο διάστημα, έχουν τακτικές τηλεφωνικές συνομιλίες οι δυο τους.»

«Μάλιστα! Κι εσύ υποψιάζεσai ότι υπάρχει κάποια περίπτωση επανασύνδεσης;»

«Η ζωή κρύβει εκπλήξεις. Το είπες κι εσύ. Σίγουρα θα με παραξένευε αλλά δεν θα με άφηνε με ανοιχτό το στόμα. Ακόμα θυμάμαι τις επισκέψεις μου στο εργαστήριο του πριν τα τελευταία γεγονότα, που οι δυο μας συζητούσαμε για διάφορα, ενώ ήμαστε περικυκλωμένοι από τα πορτρέτα της. Κάθε κουβέντα για αυτή τη μυστηριώδη γυναίκα που ασφυκτικά τον συντρόφευε, απαγορεύοντας του ουσιαστικά να προχωρήσει τη ζωή του, ήταν απαγορευμένη. Γιατί ζούσε με αυτόν τον τρόπο; Κατά την άποψή μου, αρνούνταν να την ξεχάσει. Και μετά, όταν ξεκίνησε η δίκη, μου μιλούσε με οργή γι' αυτήν αλλά οι πίνακες εξακολουθούσαν να βρίσκονται εκεί, γύρω του.»

«Ναι, αλλά μετά τους πούλησε ενώ ζούσε μια παθιασμένη σχέση με τη νέα του ατζέντισσα.»

«Της δίνει όμως τα χρήματα και στη νέα του δουλειά, εξακολουθείς να βλέπεις την μορφή της παντού, πολύ περισσότερο από αυτήν της Πάππας.»

«Εμένα θα με φόβιζε αυτό. Δείχνει εμμονή, ότι ακόμα δεν έχει τελειώσει οριστικά με το παρελθόν του.»

«Εμένα πάλι, που τον ζω από κοντά τους τελευταίους μήνες, μου δίνει την εντύπωση ότι είναι έτοιμος για ένα νέο ξεκίνημα. Στην αρχή πίστευα ότι αυτό θα αφορούσε τη ζωγραφική του και χαιρόμουν, αλλά τώρα τελευταία βλέπω, ότι δεν θα είχε κανέναν ενδοιασμό να είναι και πάλι μαζί της. Δεν ξέρω τι πιστεύει εκείνη από τη δική της πλευρά. Γι' αυτό σε ρώτησα, ήθελα να ακούσω μία γυναικεία άποψη. Πάντως αν και δύσκολο, δεν το απέκλεισες. Φοβάμαι ότι η κατάληξη θα μπορούσε να είναι τραγική αυτή τη φορά. Δεν ξέρω τον λόγο, αλλά αυτήν την διαίσθηση έχω.»

Συνεχίσαμε τη κουβέντα μας για αρκετή ώρα ακόμα, της υποσχέθηκα ότι θα την ειδοποιούσα όταν ο Βερεμής θα όριζε ημερομηνία για την νέα του έκθεση για να με συνοδέψει εκεί και να της τον γνωρίσω. Μιλήσαμε και για άλλα γεγονότα σχετικά με την πολιτιστική κίνηση των ημερών και όπως πάντα κλείσαμε με το αγαπημένο της νησί, ομολογώντας μου ότι δεν έβλεπε την ώρα να κλείσουν τα σχολεία για να το επισκεφτεί απερίσπαστη από κάθε τι και να απολαύσει τις καλοκαιρινές της διακοπές. Την συνόδεψα ως το Μοναστηράκι και την αποχαιρέτησα χαρούμενος για τον χρόνο που περάσαμε μαζί. Είναι γεγονός ότι οι συναντήσεις μαζί της με αναζωογονούσαν, μου θύμιζαν πόσο όμορφη μπορεί να είναι η ζωή.

Το ίδιο βράδυ δέχτηκα ένα τηλεφώνημα από τον Βερεμή. Ήθελε να κάνουμε κουβέντα για την νέα του έκθεση. Δεν είχε πια καμία ατζέντισσα να τον μανατζάρει κι έτσι είχε επωμισθεί μόνος του, την όλη οργάνωσή της. Από την εύρεση του χώρου ως την ημερομηνία που πίστευε ότι θα ήταν έτοιμος. Ο ιδιοκτήτης της γκαλερί θα αναλάμβανε με δικά του έξοδα να φτιάξει ένα καλαίσθητο δελτίο τύπου και τον κατάλογο της έκθεσης. Ήδη είχαν υπογράψει το σχετικό συμφωνητικό και τις επόμενες μέρες περίμενε τον φωτογράφο στο ατελιέ του. Μου ζήτησε μία λίστα με τα τηλέφωνα των συναδέλφων μου, ήθελε να τους πάρει ο ίδιος τηλέφωνο για να τους προσκαλέσει στην έκθεση του, που σηματοδοτούσε την οριστική του επιστροφή στα καλλιτεχνικά δρώμενα του τόπου. Ήταν αρκετά αισιόδοξος, το όνομα του είχε την αναγνωρισιμότητα που χρειαζόταν και επιπλέον γνώριζε ότι είχε ζωγραφίσει μια πολύ καλή σειρά πινάκων. Από μένα ζήτησε μία συνέντευξη, την οποία όμως θα δημοσίευα λίγες μέρες πριν την έκθεση, που είχε οριστεί για τα τέλη του Σεπτέμβρη. Για κάποιον λόγο βιαζόταν να τελειώνει, με όλα όσα είχε προγραμματίσει, δεν είχε καμία αντίρρηση να την κάνουμε, ακόμα και μέσα στην επόμενη εβδομάδα. Συμφωνήσαμε, μου είπε χαριτολογώντας ότι δεν θα το κουνούσε από το σπίτι του και όλος ο χρόνος του θα ήταν στη διάθεσή μου. Η αλήθεια ήταν ότι ένιωθα κάπως περίεργα με την συνέντευξη αυτή, διότι πίστευα ότι δεν υπήρχε κάτι, που δεν γνώριζα για εκείνον και τη δουλειά του με αποτέλεσμα η όλη διαδικασία των ερωτο - απαντήσεων να έχανε κάθε αυθορμητισμό της. Του αντιπρότεινα να γράψω ένα κείμενο όπως εγώ ήξερα και στη συνέχεια αν δεν τον ικανοποιούσε, μπορούσαμε να το βελτιώσουμε από κοινού. Αρνήθηκε κατηγορηματικά, ήθελε η συνέντευξη να γίνει με κάθε δημοσιογραφικό τύπο και το κυριότερο, στο οποίο επέμεινε, σαν να μην γνωριζόμαστε από το παρελθόν. Με ήθελε απόλυτα επαγγελματία και να τον αφήσω να πει αυτά που ήθελε, όπως εκείνος επιθυμούσε, δίχως καμία δική μου διορθωτική παρέμβαση. Συμφώνησα, εξάλλου αυτό επιτάσσει και η δημοσιογραφική δεοντολογία, την οποία ούτε για χάρη της φιλίας μας και της βαθιάς μου επιθυμίας να τον βοηθήσω όσο περισσότερο γινόταν, ξεχνούσα ποτέ.

Όση ώρα τον άκουγα, ο ενθουσιασμός του ήταν εμφανής από την άλλη μεριά της γραμμής. Με ενημέρωνε με λεπτομέρειες για κάθε σημείο των προετοιμασιών του, πολλά από αυτά που μου έλεγε, εξαιτίας της ευδιαθεσίας του, μου τα επαναλάμβανε ξανά και ξανά. Ήμουν ο μόνος άνθρωπος στον οποίο ανεπιφύλακτα μιλούσε, μου το είχε τονίσει σε αρκετές συζητήσεις μας, ότι του στάθηκα σαν πραγματικός φίλος κι εγώ όταν του έλεγα ότι έτσι κάνουν οι φίλοι, εκείνος μου απαντούσε ότι, αν δεν τον στήριζα σε όλη την ανάρρωσή του, δεν θα μπορούσε να τα βγάλει πέρα και αυτό ήταν κάτι που δεν θα το ξεχνούσε ποτέ. Μιλούσε και με την Κοράλλη, ο ίδιος μου το είχε φανερώσει, μα περιορίζονταν απ' ότι μου έλεγε, σε κουβέντες δύο ανθρώπων που βίωναν την μοναξιά και ήθελαν απλώς ο ένας να ακούει τη φωνή του άλλου. Τον ρώτησα μέχρι που πήγαιναν οι συζητήσεις που κάνουν, μου απάντησε ότι επικεντρώνονταν στο παρόν, απλώς ο ένας ανάφερε στον άλλον, πως περνούσε ο χρόνος του. Αυτό το τελευταίο για να πω την αλήθεια, δεν το πίστεψα.

Την επόμενη εβδομάδα, την ημέρα που είχαμε κανονίσει, βρέθηκα στο σπίτι του, κτύπησα την πόρτα του, μου άνοιξε ο ίδιος, με χαιρέτισε τυπικά σαν να με έβλεπε για πρώτη φορά, με κατεύθυνε προς το εργαστήριο του και μου υπέδειξε να καθίσω σε μία καρέκλα απέναντι στην πολυθρόνα που συνήθως καθόταν αυτός. Ζήτησα ένα τραπεζάκι για να τοποθετήσω το καταγραφικό μου, έφερε μια καρέκλα και την έβαλε ανάμεσά μας. Οι πρώτες στιγμές για μένα ήταν αρκετά αμήχανες, υποδυόταν άριστα τον καλλιτέχνη που πρώτη φορά θα έδινε συνέντευξη σε κάποιον δημοσιογράφο για τη νέα του δουλειά. Οι κινήσεις του ήταν νευρικές, κάθισε και σηκώθηκε πολλές φορές ρωτώντας με αν ήταν όλα εντάξει, μα το αποκορύφωμα ήταν, όταν τον διαβεβαίωσα ότι μπορούσαμε να ξεκινήσουμε, να τον ακούω να μου συστήνεται με απόλυτα τυπικό τρόπο. Ήταν σαν να με συναντούσε για πρώτη φορά στη ζωή του, τίποτα πάνω του δεν φανέρωνε την δυνατή φιλία με την οποία είχαμε συνδεθεί το τελευταίο διάστημα. Τον ρώτησα και πάλι αν ήταν έτοιμος να ξεκινήσουμε, μου απάντησε ότι ανυπομονούσε. Η συνέντευξη διήρκεσε λιγότερο από ώρα και κατά την εξέλιξη της εξεπλάγην αρκετές φορές, όπως για παράδειγμα όταν προσπάθησε να δώσει συγκεκριμένη ταυτότητα σε αυτό που έκανε, ενώ στις έντονες και μακρές συζητήσεις μας του παρελθόντος, αρνούνταν να εντάξει τον εαυτό του σε κάποιο καλλιτεχνικό ρεύμα, υποστήριζε με πάθος ότι αυτά τον άφηναν αδιάφορο, ότι όλα αυτά ήταν επινοήσεις των κριτικών και των διαφόρων μελετητών της τέχνης, οι οποίοι ανίκανοι να δημιουργήσουν το οτιδήποτε, εφευρίσκουν θεωρίες και ασκούν κριτική σε κάθε έναν που τολμά το διαφορετικό, με προσωπικά και μόνο κριτήρια αισθητικής. Αφού τελειώσαμε, χαλάρωσε βγάζοντας έναν αναστεναγμό ανακούφισης, με ρώτησε με την αγωνία ενός μικρού παιδιού να του πω, πώς μου φάνηκε η όλη σκηνοθεσία του, του απάντησα ενοχλημένος ότι δεν χρειαζόταν, έτσι και αλλιώς είμαι επαγγελματίας, ήξερα να διαχωρίζω τη δουλειά από την φιλία. Μου ζήτησε συγνώμη λέγοντας μου ότι δεν ήταν ο σκοπός του να με υποτιμήσει, απλώς αυτός είχε την ανάγκη να υποκριθεί ότι τώρα ξεκινούσε την καριέρα του, σαν να μην είχε προηγηθεί τίποτε άλλο στη ζωή του. Του επεσήμανα ότι οι μορφές των πρωταγωνιστριών που δέσποζαν σε κάθε πίνακα του, άλλα υπονοούσαν.

Μου θύμισε ότι αυτός ήταν ο τρόπος να κλείσει κάθε λογαριασμό του με το άτυχο παρελθόν του.

Η συνέντευξη δημοσιεύτηκε λίγες μέρες μόνο πριν από την έκθεση του, στα μέσα του Σεπτεμβρίου. Κοινοποιήθηκε συγχρόνως από αρκετούς πιστούς μου ακόλουθους στο facebook, αλλά τα σχόλια που ακολούθησαν, στο μεγαλύτερό τους μέρος περιορίζονταν στην διαμάχη του με την Κοράλλη και τον ξυλοδαρμό του, πολλές φορές και με τελείως άκομψο τρόπο. Κάποιοι, λίγοι όμως, μπόρεσαν να διακρίνουν και στη συνέχεια να σχολιάσουν τη διαφορά στη ζωγραφική του, βλέποντας τον πίνακα που πρόσθεσα δίπλα στην εγγραφή μου, σε σχέση με την προηγούμενη δουλειά του. Οι πλειονότητα των συναδέλφων μου την αγνόησαν.

Η νέα έκθεση του Γιώργου Βερεμή: Διαβάζοντας τα συναισθήματα
14 Σεπτεμβρίου 2016

Έχω την χαρά να σας παρουσιάσω τον γνωστό ζωγράφο Γιώργο Βερεμή, ο οποίος μετά την άσχημη περιπέτεια του προηγούμενου καλοκαιριού, επανέρχεται δυναμικά στο προσκήνιο με μία νέα έκθεση έργων, εντελώς διαφορετικών από αυτά του παρελθόντος, αλλά και με μία νέα δυναμική πάνω στο θέμα που διαπραγματεύεται. Η Έκθεση γίνεται στην γκαλερί Θέαση, που βρίσκεται στο κέντρο του Πειραιά και θα υποδέχεται τον κόσμο από τις 24 του μήνα, ημέρα Σάββατο και ώρα 6 το απόγευμα ως τις 8 Οκτωβρίου. Θα συνιστούσα ανεπιφύλακτα σε κάθε φιλότεχνο, να την επισκεφτεί και να θαυμάσει τη δύναμη των νοημάτων που κρύβουν τα χρώματα καθώς απλώνονται στο τελάρο του καλλιτέχνη διαμορφώνοντας την εικόνα όπως εκείνος επιθυμεί. Ο Γιώργος Βερεμής μεγάλωσε στην Αθήνα, από πολύ νωρίς ήξερε ότι ο μόνος δρόμος που μπορούσε να ακολουθήσει ήταν αυτός της ζωγραφικής, μέσα από την οποία θα αναζητούσε το σημαντικότερο ιστορικό διακύβευμα, την ίδια την ελευθερία του ατόμου. Και όχι μόνο την ελευθερία που του πρόσφερε ο χρωστήρας και το λευκό τελάρο αλλά και αυτήν που αναφέρεται στην ίδια την ζωή του, την οποία ποτέ δεν ήθελε να ανακατέψει με την οποιαδήποτε μορφή εξουσίας. Η εμπλοκή του στην γνωστή δικαστική διαμάχη, σίγουρα δεν ήταν μέσα στις δικές του επιλογές. Μόλις του δόθηκε η ευκαιρία να λευτερωθεί από αυτήν, το έκανε δίχως να λογαριάσει το οποιοδήποτε τίμημα. Στην συνέντευξη που μου παραχώρησε στο εργαστήριο του λίγους μήνες πριν εκτεθούν τα έργα του, ήταν χαρούμενος για την καλλιτεχνική του επάνοδο — θεωρεί ότι τώρα ξεκινά πραγματικά η καριέρα του, μα περισσότερο ήταν ικανοποιημένος για το ίδιο το έργο που παρουσιάζει:

Αγαπητέ μου, κύριε Βερεμή! Χωρίς ανώφελες εισαγωγές θα επικεντρώσω τις ερωτήσεις μου στο έργο σας. Ποια θέματα απασχολούν την ζωγραφική σας;

Ομολογώ ότι με γοητεύει η αναζήτηση της μαγείας του γυναικείου σώματος, της τελειότητας που περικλείονται στις γραμμές που το συνθέτουν. Πέρα από αυτό, ο πραγματικός αγώνας μου ήταν να διεισδύσω στα εσώψυχα του κάθε μοντέλου μου - ζωντανού ή φανταστικού - και αν είναι δυνατόν, στη συνέχεια, τα ευρήματα μου να τα αποτυπώσω στον καμβά που έχω μπροστά μου. Σε αυτήν τη σειρά πινάκων που ετοιμάζω τώρα, επιχειρώ μια στροφή στον τρόπο που διαβάζω το θέμα μου. Το γυμνό δεν είναι το κυρίαρχο στοιχείο πια, η γυναίκα όμως είναι. Αυτό που με ενδιαφέρει πλέον, είναι να διερευνήσω τα συναισθήματά της σε σχέση με τον κόσμο μέσα στον οποίο κινείται. Εκτός των διαφορετικών ρόλων που αναλαμβάνει κάθε φορά, αυτά είναι χιλιοειπωμένα, με ενδιαφέρουν τα συναισθήματα που την καταλαμβάνουν και στη συνέχεια εκπέμπει προς τα έξω. Ο πόνος, η ελκυστικότητα, η έξαρση, η αγανάκτηση, η ζήλια, η απογοήτευση, η απελπισία είναι τόσο ορατά μα και τόσο δυσερμήνευτα. Κι όμως, αυτά τελικά καθορίζουν τον άνθρωπο που έχουμε απέναντι μας.

Οι περισσότεροι πίνακές σου απεικονίζουν γυναικείες φιγούρες. Γιατί σε ελκύει περισσότερο το γυναικείο σώμα και το κάνετε τέχνη σε αντίθεση με ένα ανδρικό σώμα;

Για εμένα δεν υπάρχει κάτι ομορφότερο από το γυναικείο σώμα. Από άποψης γραμμών, αναλογιών και αρμονίας είναι ένα πραγματικό θαύμα. Για έναν ζωγράφο αποτελεί το πιο φιλόδοξο εγχείρημα με το οποίο μπορεί να καταπιαστεί, ειδικά αν προσπαθήσει να αποδώσει και τον εσωτερικό κόσμο της γυναίκας που έχει μπροστά του. Από την άλλη, το αντρικό σώμα δεν υπολείπεται αρμονίας και τέλειων αναλογιών, αλλά συγχρόνως έχει μια τραχύτητα η οποία εμένα με απωθεί. Επιπλέον είναι πιο «ευκολοδιάβαστος», με αποτέλεσμα η πρόκληση να ελαχιστοποιείται. Αυτή λοιπόν η πρόκληση, η προσπάθεια ανάγνωσης του γυναικείας ψυχής, η οποία συνυπάρχει σε ένα τέλειο δημιούργημα, με αντιμαχόμενες οπτικές, είναι αυτό που με ιντριγκάρει αυτήν την περίοδο και με παρακινεί να δημιουργήσω τα έργα μου.

Ποιες τάσεις και ρεύματα έχουν επηρεάσει το έργο σου;

Αρχικά δεν ήθελα ούτε να υπηρετήσω, ούτε να ταυτιστώ με κάποιο από τα λεγόμενα καλλιτεχνικά ρεύματα ή τάσεις. Σε αυτή τη σειρά πινάκων όμως, με χαρά ανακαλύπτω την καθαρότητα του Ακαδημαϊκού ρεαλισμού. Έτσι κι αλλιώς, πάντα απέδιδα την εικόνα με πιστότητα, μόνο που τώρα ακολουθώ της αυστηρότητα που επιβάλλει με μεγαλύτερη ένταση. Δεν είναι πλέον το φως το κυρίαρχο στοιχείο στα έργα μου αλλά αυτό το ίδιο το θέμα. Ιδιαίτερα θα έλεγα ότι επηρεάζομαι από την αντίστοιχη γαλλική σχολή του 19ου αιώνα αλλά και Έλληνες, όπως τον Γύζη ή τον Λεμπέση.

Δεν φοβάστε μήπως τα έργα σας χαρακτηριστούν εκτός εποχής;

Το σπάσιμο της φόρμας, οι μεγεθύνσεις και οι αφαιρέσεις, οι κατακερματισμοί και οι παραμορφώσεις, πιστεύω ότι, όχι μόνο έχουν κουράσει, αλλά κυρίως έχουν απομακρύνει τον απλό θεατή από την χαρά της ζωγραφικής. Δεν μπορεί η τέχνη να είναι ζήτημα μόνον των ολίγων. Ιστορικά τα δημιουργήματα των καλλιτεχνών γίνονταν για την τέρψη των πολλών. Όλες οι τάσεις που από τον 19ο αιώνα αναζητούσαν το καινούριο, πιστεύω ότι έχουν εξαντλήσει πλέον κάθε παραπέρα ανάπτυξη της τέχνης που ασκώ. Το επόμενο βήμα είναι η εισαγωγή των νέων τεχνολογιών στα χέρια του καλλιτέχνη, το κάνουν πολλοί συνάδελφοι μου, αλλά αυτό είναι πλέον κάτι διαφορετικό. Πιστεύω ότι είναι η ώρα, να επανέλθουμε στην απλή, εικονική φόρμα, φυσικά με την εμπειρία που μας προσφέρει η ίδια η εποχή μας. Δεν φοβάμαι λοιπόν, και για να πω την αλήθεια ούτε με ενδιαφέρει, αν κάποιοι λίγοι, με χαρακτηρίσουν αναχρονιστικό.

Ποια είναι εκείνα τα στοιχεία που ορίζουν για εσάς ένα σπουδαίο έργο ζωγραφικής;

Σπουδαίο σημαίνει ότι περιέχει όλα εκείνα τα στοιχεία που το εντάσσουν μέσα στην εποχή που δημιουργείται. Που περιέχει μέσα του, αξίες και δεδομένα, αντιπροσωπευτικά των ερεθισμάτων που εισπράττει και κάνει κτήμα του ο καλλιτέχνης στον συγκεκριμένο ιστορικό χρόνο. Σπουδαίο είναι το έργο, το οποίο ο κόσμος μπορεί να το χαρεί, δίχως να βρίσκεται δίπλα του κάποιος ανόητος υποβολέας για να τον παραμυθιάζει με αρλούμπες κάποιου αόριστου μεγαλείου. Το έργο βρίσκεται εκεί και αφού ο θεατής τόλμησε να σταθεί μπροστά του, αυτό σημαίνει ότι το έργο, ήδη του έχει μιλήσει. Σπουδαίο είναι κάθε έργο, που δεν αφήνει τον οποιοδήποτε αδιάφορο στη θέα του.

Τι σας δίνει η ζωγραφική;

Για μένα είναι όλη η ζωή μου. Θυμάμαι τον εαυτό μου πάντα μέσα στα χρώματα, σε αυτήν αφιέρωσα τη ζωή μου, με την ζωγραφική βρίσκω την πληρότητα που χρειάζομαι για να υπάρξει το οποιοδήποτε νόημα στο είναι μου. Δίχως την δυνατότητα αυτή, η ζωή μου θα ήταν εντελώς ανώφελη.

Πείτε μας λίγα λόγια για την προσεχή σας έκθεση.

Τα έργα που πρόκειται να παρουσιάσω, είναι μία σειρά πινάκων στους οποίους κυρίαρχη θέση κατέχει η γυναίκα. Η γυναίκα η οποία μπορεί να χαρίσει τη μεγαλύτερη χαρά, αλλά και ατελείωτη λύπη στον περίγυρο της. Και δεν χρειάζεται να είναι γυμνή για να σου μεταφέρει κάθε φορά όσα κρυφά ή φανερά θέλει. Για πρώτη φορά ζωγράφισα, δίχως την ανάγκη κάποιου ζωντανού μοντέλου. Στους πίνακες μου λοιπόν θα δείτε γυναίκες ευτυχισμένες ή εξαθλιωμένες, δυναμικές ή άβουλες, αγίες ή σατανικές, όλες γυναίκες σύγχρονες, της διπλανής πόρτας και όχι κάποιες ξωτικές και άπιαστες για τους περισσότερους από εμάς. Γυναίκες που μόνο με την εικόνα τους, μπορούν να μας κάνουν να αισθανθούμε την πραγματικότητα της δικής μας ζωής. Αυτός είναι και ο στόχος αυτής της σειράς πινάκων που θα παρουσιάσω. Ο αποδέκτης - θεατής της εικόνας να αισθανθεί την αύρα, θετική ή αρνητική, των γυναικών που μας περιβάλουν και να αναλογιστεί, τι είναι ικανές να κάνουν στη ζωή μας. Και για να μην παρεξηγηθώ, θεατές δεν μπορεί να είναι μόνο οι άντρες αλλά και οι γυναίκες, οι οποίες όχι μόνο εκπέμπουν το κάθε μήνυμα αλλά και μπορούν να το αντιληφθούν πιο εύκολα.

Κεφάλαιο 20

Το καλοκαίρι πέρασε γρήγορα δίχως τις εντάσεις του προηγούμενου χρόνου, με την κυβέρνηση να προσπαθεί να ισορροπήσει ανάμεσα στις προεκλογικές της υποσχέσεις και τις μνημονιακές επιταγές που όφειλε να εφαρμόσει. Τουλάχιστον ο κόσμος είχε καταλάβει ότι θαύματα δεν γίνονται στην πολιτική κι εφόσον έχεις αποφασίσει ως χώρα την παραμονή σου στο σκληρό μπλοκ των χωρών με κοινό νόμισμα το ισχυρό ευρώ, θα έπρεπε να πληρώσει και το ανάλογο αντίτιμο για την συμμετοχή του σε αυτό. Μέχρι τότε οι περισσότεροι πίστευαν ότι μπορούσε να υπάρξει μια διαφορετική πολιτική, η οποία θα μας απάλλασσε από τον βρόγχο των επιταγών των δανειστών μας. Δυστυχώς τη γνώση αυτήν την πληρώσαμε ακριβά, παραμένοντας σε ένα καθεστώς συνεχόμενων μνημονίων, διότι αρνούμαστε να δούμε την αλήθεια κατάματα. Προσωπικά, ως συνήθως, το καλοκαίρι μου το πέρασα στην Αθήνα, ευτυχώς αυτή τη φορά δίχως απρόοπτα. Τον Βερεμή τον έβλεπα όλο και λιγότερο, λογικό αυτό, ο άνθρωπος είχε σταθεί πια γερά στα πόδια του, δεν χρειαζόταν να τον ενοχλώ συνέχεια.

Λίγες μέρες πριν την έκθεση πήρα τη Μαρίνα Αναγνωστάκη τηλέφωνο για να την ρωτήσω αν ήθελε να με συνοδέψει, όπως της είχα υποσχεθεί. Μου απάντησε θετικά, κυρίως όπως μου είπε, ήθελε να γνωρίσει από κοντά αυτόν τον φίλο μου, για τον οποίο είχε ακούσει τόσο πολλά. Δώσαμε ραντεβού έξω από το κτίριο όπου θα εκτίθεντο οι πίνακές του. Κλείνοντας το τηλέφωνο, ένας συνάδελφος μου μετέφερε την επιθυμία του διευθυντή μου να με δει. Κατευθύνθηκα αμέσως προς το γραφείο του, χτύπησα τη πόρτα και μπήκα. Μιλούσε στο τηλέφωνο μα μόλις με είδε μου έκανε νόημα να καθίσω. Περίμενα λίγο χαζεύοντας τον χώρο γύρω μου, τίποτε δεν άλλαξε εκεί μέσα, ένα καθαρά δημοσιογραφικό γραφείο, με δύο αναμμένες οθόνες μπροστά του και πλήθος χαρτιών, εντύπων και βιβλίων ολόγυρα του. Στους τοίχους, είχε τοποθετήσει κάποια κάδρα με επιτυχημένα, κατά την άποψη του, πρωτοσέλιδα της ιστοσελίδας μας. Κάποια στιγμή κλείνει το τηλέφωνο και αμέσως μου απευθύνει τον λόγο.

«Λοιπόν, Νίκο, θα πας στην έκθεση αυτού του Βερεμή;»

«Μετά από όλα όσα προηγήθηκαν θα ήταν ασυγχώρητο εκ μέρους μου να την αγνοήσω.»

«Ναι, ναι, έτσι είναι! Είδα και την συνέντευξη που του έκανες, ωραία, αν κι εγώ θα ήθελα περισσότερες λεπτομέρειες για την επαναφορά του, για το πως βίωσε την ανάρρωση του. Το ξέρεις πως διαβάζονται αυτά, αλλά ξέρω ότι το άρθρο είναι δικό σου και σέβομαι απολύτως τη δουλειά σου.»

«Τα έχουμε συζητήσει αυτά.»

«Ναι, έχεις δίκιο. Δεν σε κάλεσα γι' αυτό εδώ. Κάποιος μου έδωσε την πληροφορία ότι ο Δρακόγλου δεν έπαυσε την σχέση του με την Κοράλλη. Μου είχες πει ότι αυτή έχει μετακομίσει στο νησί της διακόπτοντας κάθε σχέση μαζί του. Είσαι σίγουρος γι' αυτό;»

«Τι να σου πω, αφεντικό! Για τίποτα δεν είμαι σίγουρος μετά απ' όσα συνέβησαν σε αυτή την υπόθεση. Βρίσκομαι κοντά στον Βερεμή όλο αυτό το διάστημα, τον βοήθησα γιατί έτσι πίστευα ότι έπρεπε να κάνω, αυτός μάλλον δεν μου κρύβει τίποτα. Έτσι νομίζω τουλάχιστον! Με την Κοράλλη, πέρα από μία συνάντηση που είχαν πριν λίγο καιρό, συζητούν κάποιες φορές στο τηλέφωνο, μοιράζονται τις μοναξιές τους, μου έχει πει. Τώρα αν του παίζει τέτοιο παιχνίδι... δεν ξέρω τι να πω!»

«Δεν χρειάζεται να μου πεις τίποτα! Απλώς θέλω να είσαι ενήμερος, δεν χρειάζεται να του πεις τίποτα, μια πληροφορία μου μετέφεραν μόνο, για να πω την αλήθεια δεν ξέρω για ποιον λόγο. Πάντως, γνωρίζεις κι εσύ, ότι οι πηγές μου είναι πάντα έγκυρες. Έχε απλώς στο μυαλό σου και αυτή την παράμετρο στη σχέση σου μαζί του. Την προηγούμενη φορά, αυτός ο Δρακόγλου κατόρθωσε να βγάλει τον εαυτό του λάδι, φορτώνοντας κάθε ευθύνη σε εκείνον τον κακομοίρη, τον, τον ....

«Προδρόμου!»

«Αυτόν τον ανόητο. Αν όντως συμβαίνει κάτι, το μόνο που με ενδιαφέρει είναι να μην βρεθείς στον δρόμο του.»

«Έχουμε κάποιου τύπου απειλές όπως την προηγούμενη φορά;»

«Όχι, όχι! Ευτυχώς! δεν θα ήθελα καμία τέτοιου είδους εμπλοκή πλέον σε μια υπόθεση, που το τίμημα μπορεί να είναι η ζωή ενός ανθρώπου.»

«Φοβάσαι για τον Βερεμή;»

«Εύχομαι μόνο, να μην βρεθεί απέναντί του για δεύτερη φορά.»

Έφυγα από το γραφείο του, με ένα ελαφρύ μούδιασμα. Το τελευταίο διάστημα έβλεπα ότι όλα όσα χώριζαν τον Βερεμή με την Κοράλλη είχαν αμβλυνθεί αρκετά. Δεν θα ήθελα με τίποτα να του παίζει ένα τέτοιο παιχνίδι. Από την άλλη αναρωτήθηκα, τι είδους σχέση μπορεί να είναι αυτή με τον ένα στην Αθήνα και εκείνη στη Θάσο, εκατοντάδες χιλιόμετρα μακριά. Αποφάσισα να μην δώσω περισσότερη σημασία στα λόγια του διευθυντή μου, ακόμα κι αν επρόκειτο για μια αλήθεια που έπρεπε να μάθει ο φίλος μου. Τώρα αυτό που είχε σημασία, ήταν να πάει καλά η έκθεσή του, οτιδήποτε θα τον αποσπούσε από αυτό, έπρεπε να αποκλειστεί.

Ακριβείς και οι δύο στο ραντεβού μας, βρεθήκαμε με την Μαρίνα έξω από την έκθεση. Αφού δώσαμε τον καθιερωμένο ασπασμό μας και ένιωσα όλη τη θετική αύρα της να με διαπερνά, χαρούμενος της έδειξα την είσοδο, πέρασε εκείνη μπροστά κι ακολούθησα εγώ από πίσω. Περνώντας την πόρτα, πέσαμε πάνω στην Γκούση, τη δημοσιογράφο της Αυγής, που είχε κάνει την συνέντευξη με την Κοράλλη.

«Γεια σου συνάδελφε! Βλέπω εξακολουθείς να είσαι πιστός στον φίλο σου!»

«Δεν πιστεύω να με ήθελες διαφορετικό; Δεν θα ρωτήσω αν αισθάνεσαι δικαιωμένη από την πλευρά που διάλεξες να υποστηρίξεις στην υπόθεση Βερεμή. Θα σε ρωτήσω όμως, τι κάνεις εδώ;»

«Ξέρεις ότι το αφήγημα της Κοράλλη, ήταν από αυτά που ενδιαφέρουν κι εμένα και την εφημερίδα μου. Δεν θα άφηνα, για κανέναν λόγο, την ευκαιρία να αναδείξω και την δική της πλευρά. Δεν είσαι κανένας χτεσινός, νομίζω με καταλαβαίνεις. Όσο γιατί είμαι εδώ; Δεν είχα κάτι καλύτερο να κάνω αυτό το απόγευμα και είπα να έρθω να δω, τι μπόρεσε να φτιάξει ο φίλος σου μετά από ότι τραγικό του συνέβη.»

«Και τι είδες; Πώς σου φάνηκε η νέα του προσπάθεια;»

«Θα έλεγα ότι εντυπωσιάστηκα. Είδα έναν τελείως διαφορετικό καλλιτέχνη, που έχει αφήσει πίσω του, έτσι θέλω να πιστεύω, το είδος της ζωγραφικής που απεχθάνομαι, ξέρεις, την εικόνα ενός προκλητικού γυναικείου κορμιού που χαϊδεύει μόνο τα ζωώδη ένστικτα του θεατή, αφήνοντας το μυαλό στην συνήθη απραξία του. Σήμερα είδα έναν ώριμο Βερεμή, που δεν απαρνιέται το αγαπημένο του θέμα, τη γυναίκα, αλλά μπορεί και την διαβάζει σε βάθος. Μου άρεσε για να πω την αλήθεια!»

«Χαίρομαι! Και η στροφή του στον ακαδημαϊκό κλασικισμό, όπως ο ίδιος υποστηρίζει, ότι είναι πλέον η τάση που τον ενδιαφέρει;»

«Όταν διάβασα τη συνέντευξή σου, σχηματίστηκε στο πρόσωπό μου ένα μειδίαμα με αυτό που υποστήριξε. Λέω, πάει αυτός τα έχει χάσει. Από την άλλη ήμουν περίεργη να δω, αν θα μπορούσε πράγματι να καταφέρει κάτι τέτοιο. Το ξέρεις ότι σε τέτοιου είδους επαναφορές δεν είμαστε δεκτικοί, ίσα ίσα, αλλά εδώ μπορώ να πω ότι ταιριάζει απόλυτα με αυτό που θέλει να παρουσιάσει. Μπράβο του!»

«Κι εγώ όταν τον άκουσα να το υποστηρίζει, αν και το έβλεπα καθώς παρακολουθούσα την εξέλιξη των έργων που έφτιαχνε, δεν φανταζόμουν ότι θα τολμούσε να εντάξει δημοσίως τα έργα του εκεί. Συμφωνώ ότι είναι μία αξιόλογη δουλειά και για να πω την αλήθεια, είμαι κι εγώ πολύ χαρούμενος, που τον βλέπω να δημιουργεί και πάλι και μάλιστα με τόση επιτυχία.»

Την ώρα εκείνη μας πλησίασε ο Βερεμής, με χαιρέτησε και ζήτησε να μάθει ποιες ήταν οι κυρίες με τις οποίες μιλούσα. Αμέσως έκανα τις απαραίτητες συστάσεις.

«Γιώργο, έχω τη χαρά να σου συστήσω την αγαπητή μου φίλη, Μαρίνα Αναγνωστάκη, φιλόλογο και ποιήτρια κι από εδώ, η κυρία Ξένια Γκούση, δημοσιογράφο της Αυγής. Από εδώ κυρίες μου, ο καλός μου φίλος, ο ζωγράφος Γιώργος Βερεμής.»

Αφού αντάλλαξαν χειραψίες, ο Βερεμής απευθύνθηκε προς την Γκούση.

«Μάλιστα, στην Αυγή. Ελπίζω η δουλειά μου να ικανοποιεί τα γούστα της εφημερίδας σας, κυρία Γκούση!»

Εκείνη του χαμογέλασε.

«Τη δουλειά μας κάνουμε όλοι, να είστε σίγουρος γι' αυτό, κύριε Βερεμή! Ναι, οι πίνακες σου μου αρέσουν πολύ. Αυτό συζητούσα με τον φίλο σας. Είμαι χαρούμενη διότι βλέπω έναν ώριμο καλλιτέχνη πλέον.»

«Κι εσείς κυρία Αναγνωστάκη, τι έχετε να πείτε σχετικά με τα έργα μου.»

«Δεν προλάβαμε ακόμα να τα δούμε, πολύ ευχαρίστως να σας πω την γνώμη μου στη συνέχεια!»

«Ναι, ναι! Με ενδιαφέρουν πολύ οι γνώμες όλων όσων έκαναν τον κόπο να παραβρεθούν εδώ σήμερα, πολύ περισσότερο όμως με ενδιαφέρει, με ποιον τρόπο οι ίδιες οι γυναίκες διαβάζουν τα έργα αυτής της έκθεσης.»

Χαιρέτησε ικανοποιημένος και απομακρύνθηκε προς κάποια άλλη παρέα, ενώ η Γκούση χάθηκε προτού το καταλάβουμε, με την άκρη του ματιού μου την είδα να κατευθύνεται προς το βάθος της αίθουσας, πιθανόν αναμένοντας τον Βερεμή. Με τη Μαρίνα προχωρήσαμε προς τα μέσα και σταματήσαμε μπροστά στον πρώτο πίνακα που είχε στοιχηθεί στον τοίχο. Αφού για λίγο τον παρατηρήσαμε αμίλητοι, η Μαρίνα με ρώτησε:

« Μου αρέσει! Ευκολοδιάβαστος! Τι βλέπεις όμως εσύ;»

Ο πίνακας έδειχνε μια νέα γυναίκα με ένα ελαφρύ, φλοράλ φουστάνι, σε ένα μοντέρνο ατελιέ, το ένα της χέρι κρατάει την παλέτα με τα χρώματα στο ύψος του στήθους και το άλλο ένα πινέλο, η οποία ετοιμάζεται με απόλυτη συγκέντρωση να αφήσει λίγο χρώμα στον πίνακα, που βρισκόταν στο καβαλέτο μπροστά της. Ο πίνακας που έφτιαχνε απεικόνιζε μία νεαρή κοπέλα, έμοιαζε στην Τζώρτζια, που χόρευε με χάρη.

«Μια νέα γυναίκα, η οποία έχει ολοκληρώσει έναν πίνακα και ικανοποιημένη από το αποτέλεσμα, συμπληρώνει τις τελευταίες, αναγκαίες πινελιές.»

«Εγώ πάλι βλέπω, την κρυφή επιθυμία της ζωγράφου για την ίδια της τη ζωή. Πρόσεξε την αντίθεση ανάμεσα στις έντονες κινήσεις της ζωγράφου και τη χαλαρότητα της χορεύτριας. Η μία έχει αφιερώσει ολοκληρωτικά τον εαυτό της σε αυτό που κάνει και η άλλη απλώς απολαμβάνει τον χορό της, ξέγνοιαστη, δίχως ερωτηματικά.»

Προχωρήσαμε στον διπλανό πίνακα που έδειχνε μια γυναίκα με εμφανή εκνευρισμό, να κάθεται σταυροπόδι σε ένα πεζούλι κάποιου πολυσύχναστο δρόμου της πόλης. Με το κινητό ακουμπισμένο στο αυτί της, ενώ στο άλλο της χέρι έπαιζε με ένα τσιγάρο, που δεν είχε προλάβει ακόμη να ανάψει. Αυτή την φορά η μορφή της γυναίκας προσομοίαζε με αυτήν της Κοράλλη. Η Μαρίνα αφού τον παρατηρήσαμε για λίγο, είπε:

«Η σειρά μου τώρα να σου πω πρώτη τι βλέπω. Εμφανώς η γυναίκα οργισμένη μιλά στο κινητό της. Υποψιάζομαι ότι στην άλλη άκρη της γραμμής βρίσκεται ο εραστής της, ο οποίος παραπονιέται ότι δεν την βλέπει αρκετά και εκείνη έχει εκνευριστεί. Με ποιον όμως έχει εξοργιστεί στην πραγματικότητα, μήπως με τον εαυτό της κι όχι με εκείνον;»

«Ενδιαφέρουσα η ανάγνωσή σου! Για μένα εδώ υπάρχει μία εργαζόμενη γυναίκα, με πολλές ευθύνες, που σταμάτησε κάπου να ξαποστάσει λίγο, αλλά και τότε ακόμα δεν βρίσκει ησυχία, πρέπει να διευθετήσει κάποια απρόβλεπτη εκκρεμότητα με κάποιον συνεργάτη της. Είναι όμως αποφασισμένη, με οποιοδήποτε κόστος, να διεκπεραιώσει την κάθε υπόθεση που της έχει ανατεθεί.»

Χαμογέλασε με συγκατάβαση, δείχνοντάς μου πόσο πεζή θεωρούσε την ερμηνεία που μόλις είχα δώσει, στον πίνακα που είχαμε μπροστά μας. Προσπάθησα να απαλύνω την αίσθηση που της δημιούργησα:

«Τελικά έχει δίκιο ο Βερεμής, όταν λέει ότι τον ενδιαφέρει περισσότερο η γυναικεία ματιά στους πίνακες αυτούς.»

Εκείνη χαμογέλασε. Προχωρήσαμε στον επόμενο πίνακα, έδειχνε μία μητέρα, δεν έμοιαζε με καμία από τις δύο προηγούμενες σχέσεις του Βερεμή, η οποία με απλανές βλέμμα προσπαθούσε κάτι να γράψει, ενώ δίπλα της έπαιζαν με φασαρία τα παιδιά της. Θύμιζε Ιακωβίδη, το στήσιμο των παιδιών όπως είχαν καταλάβει την μία πλευρά του πίνακα. Ξεκίνησα εγώ την προσπάθεια της ανάγνωσης του πίνακα.

«Λοιπόν, εδώ βλέπω μία μητέρα σε απόγνωση, η οποία προσπαθεί να αποστασιοποιηθεί για λίγο από τον χώρο και τον χρόνο. Αγαπά τα παιδιά της, αλλά αυτή τη στιγμή εύχεται να βρισκόταν κάπου αλλού. Ίσως νοερά προσπαθεί να επιστρέψει στην ανεμελιά των παιδικών της χρόνων.»

«Εγώ πάλι διακρίνω την προσπάθεια της να επικοινωνήσει με τον εραστή της. Ακόμα κι αν δεν υπάρχει στη δεδομένη στιγμή, είμαι σίγουρη ότι θα προτιμούσε να βρίσκεται στην αγκαλιά κάποιου, που θα την περιποιόταν όπως κάνουν όλοι τον πρώτο καιρό μιας σχέσης. Κι αυτός σίγουρα δεν είναι ο άντρας της.»

«Δεν παίζεσαι με τίποτα! Παντού βλέπεις κάποιον εραστή! » της είπα, αφού μου ξέφυγε ένα γέλιο το οποίο έπνιξα αμέσως. Αφού σχολιάσαμε κι άλλους πίνακες με τον ίδιο τρόπο, κάποια στιγμή μας πλησίασε και πάλι ο Βερεμής.

«Πώς σας φαίνονται;»

«Τη γνώμη μου την ξέρεις Γιώργο, τα έχουμε συζητήσει πολλές φορές μεταξύ μας. Μου αρέσουν. Το ίδιο μου έλεγε και η Γκούση προηγουμένως. Βρίσκει την δουλειά σου πολύ πιο... ώριμη, απ' ότι έκανες μέχρι τώρα. Νομίζω ότι ήδη κάνεις θεαματική επιστροφή, φίλε μου!»

«Εσείς, κυρία Αναγνωστάκη, τι έχετε να πείτε;»

«Συμφωνώ κι εγώ ότι πρόκειται για μια πολύ καλή δουλειά, δεν μπορώ βέβαια να κάνω συγκρίσεις, δεν είχα την τύχη να δω προηγούμενη δουλειά σας, εκτός από φωτογραφίες βέβαια, αλλά από αυτές, με κανέναν τρόπο δεν αποκομίζεις την πραγματική αίσθηση ενός έργου. Μου αρέσει η δουλειά σας!»

«Ευχαριστώ! Χαίρομαι να ακούω καλά λόγια. Χρειάζομαι τα θετικά σας σχόλια. Η δουλειά βγήκε πολύ γρήγορα, δούλευα σε πυρετώδεις ρυθμούς, βιαζόμουν να εμφανιστώ στον κόσμο και πάλι, να δείξω ότι είμαι παρόν, ότι δεν μπόρεσαν να με βγάλουν από τη μέση. Επιπλέον, οι πίνακες αυτοί για πρώτη φορά, δεν κουβαλούν καμία δέσμευση από το παρελθόν, ακολουθούν απλώς το σήμερα. Μίλησα κι εγώ με την Γκούση. Μου είπε ποια είναι. Μου θύμισε το άρθρο της για την Βασιλική αλλά το σημαντικό είναι, ότι ενθουσιάστηκε με αυτούς τους πίνακες, που έχω σήμερα εδώ. Χαίρομαι σαν μικρό παιδί!»

«Λοιπόν Γιώργο, όχι μόνο δίνεις το παρόν σου στα καλλιτεχνικά δρώμενα της χώρας μας, αλλά κάνεις και μία θριαμβευτική επιστροφή.»

«Θα ήθελα να είστε μαζί μου απόψε, θέλω να σας κάνω το τραπέζι για να γιορτάσω αυτήν την στιγμή. Δεν έχω άλλους φίλους, εσύ είσαι ο μόνος που στάθηκε κοντά μου μέχρι να πάρω τα πάνω μου. Φυσικά θα φέρεις και τη φίλη σου. Εμείς θα είμαστε μόνο, ελπίζω και σε κάποιο άλλο πρόσωπο, θα δούμε. Δεν νομίζω να έχετε κανονίσει κάτι άλλο;»

Κοίταξα την Μαρίνα στα μάτια, μου έδωσε την συναίνεσή της και απάντησα θετικά στην πρόσκληση. Εκείνος θα έμενε μέχρι και την ώρα που θα έκλεινε η έκθεση, ήθελε να μιλήσει με όσο περισσότερους επισκέπτες της μπορούσε. Θα μας έπαιρνε τηλέφωνο, όταν θα ήταν έτοιμος. Απομακρύνθηκε από κοντά μας, αμέσως πλησίασε ένα άλλο ζευγάρι, που ετοιμαζόταν να φύγει. Εμείς συνεχίσαμε το παιχνίδι μας, ανταλλάσσοντας τις οπτικές μας για τους υπόλοιπους πίνακες της έκθεσης. Μας άρεσε να ακούει ο ένας τις σκέψεις του άλλου και να διαπιστώνουμε πόσο διαφορετικά ήταν τα ερεθίσματα, που προσλαμβάναμε από την ίδια εικόνα. Φύγαμε από εκεί μετά από λίγη ώρα, πήγαμε για καφέ σε μία κοντινή καφετέρια και συνεχίσαμε την κουβέντα μας, πάνω στα διάφορα θέματα της επικαιρότητας. Η Μαρίνα μου έλεγε για την οργή των νέων, την οποία έβλεπε καθημερινά να εκφράζεται στο σχολείο που δούλευε, με ποικίλους τρόπους, από την έντονη αντιπαράθεση με τους καθηγητές τους ως τους αιματηρούς καβγάδες τους στην αυλή του σχολείου, κάποιες φορές με την ελάχιστη αφορμή. Ως εκπαιδευτικός, είχε μάθει να είναι με το μέρος των νέων ανθρώπων που δίδασκε, από την άλλη η απογοήτευση της ήταν μεγάλη, διότι έβλεπε ότι σημαντικές αξίες, τις οποίες με θέρμη προσπαθούσε να περάσει στους μαθητές της, όλο και πιο αδιάφορα αντιμετωπίζονταν από εκείνους. Ακόμα κι όταν τους μιλούσε για τη Δημοκρατία, υπήρχαν πολλοί που την συνέδεαν με όλα τα δεινά των οικογενειών τους. Το ότι δεν απολάμβαναν αυτά που θα ήθελαν, το συνέδεαν με τα σκληρά μνημόνια, που ακόμα κι αν δεν ήξεραν τι πραγματικά ήταν, μπορούσαν άνετα να τα συνδέσουν με την πραγματικότητα που ζούσαν. Αξίες όπως η ομορφιά και η καλαισθησία, όχι μόνο τους ήταν αδιάφορες, αλλά τις κατάγγελλαν ως δημιουργήματα αυτών, που θέλουν να ωραιοποιήσουν την ασχήμια αυτού του κόσμου. Τους δικαιολογούσε σε αυτό, βλέποντας την ασχήμια των γειτονιών του Πειραιά, εκεί που ζούσε κι αυτή, όπου οι ελάχιστοι κοινόχρηστοι χώροι είχαν περιοριστεί ακόμα περισσότερο, οι πολυκατοικίες έκοβαν κάθε αίσθηση ότι βρίσκονταν δίπλα στην θάλασσα και το πλήθος των αυτοκινήτων τους εμπόδιζε να ακούσουν ή να μυρίσουν οτιδήποτε γήινο. Υποστήριζε ότι δεν μπορείς να μεγαλώνεις με θετικά συναισθήματα μέσα σε όλο αυτό το αποπνικτικό τοπίο. Αυτή ήταν και η κύρια αιτία, που ήταν χαρούμενη κάθε καλοκαίρι, τότε που επέστρεφε στην άπλα του νησιού της, για να νιώσει τον θαλασσινό αέρα στο πρόσωπό της, ν' ακούσει τον συνάνθρωπό της στη χαρά και τη λύπη, να απολαύσει με όλες τις αισθήσεις τον δικό της παράδεισο. Δεν μπορούσα να αρνηθώ ότι είχε δίκιο σε αυτά που έλεγε. Από την άλλη, εγώ έχοντας συνηθίσει την περιοχή που ζούσα, αποφασισμένος να αφήσω πίσω κάθε τι που με συνέδεε με το μικρό, ορεινό χωριό του Μπράλου που μεγάλωσα, είχα μάθει να μην αφήνω την όποια ασχήμια αυτής της πόλης να με καταβάλει. Αντιθέτως, την είχα εξιδανικεύσει και την αγαπούσα, ήταν κι αυτή κομμάτι της δική μου ζωής πια.

Γύρω στις εννιάμισι μας πήρε τηλέφωνο ο Βερεμής, μας περίμενε σε μία κοντινή ψησταριά, με τα πόδια θα είμαστε εκεί σε λίγα λεπτά.

Στον δρόμο η Μαρίνα με ρώτησε αν έκανε σωστά που ερχόταν μαζί μου, αμφέβαλε αν έπρεπε να μπλεχτεί στην κουβέντα δύο φίλων. Με σιγουριά την διαβεβαίωσα ότι δεν είχαμε κάποια φοβερά μυστικά οι δυο μας κι ότι οι συζητήσεις μας θα ήταν τέτοιες, που πολύ εύκολα θα μπορούσε όχι μόνο να συμμετάσχει, αλλά και να απολαύσει.

Ο Βερεμής μας είδε από μακριά, μας έκανε σινιάλο για να μας δείξει που καθόταν. Διέκρινα μία γυναίκα δίπλα του. Όσο πλησίαζα η αίσθηση που είχα γινόταν σιγουριά. Ήταν η Κοράλλη. Όταν βεβαιώθηκα, κοντοστάθηκα για λίγο. Η Μαρίνα σαν να κατάλαβε κι εκείνη ποια ήταν αυτή που καθόταν δίπλα του, με κοίταξε στα μάτια. Γρήγορα βρήκα την αυτοκυριαρχία μου, με ένα σπασμένο χαμόγελο προσπάθησα να της πω ότι όλα ήταν εντάξει και προχωρήσαμε προς τα εκεί που βρίσκονταν. Μας προσφώνησε με χαρά και μας έκανε νόημα να καθίσουμε απέναντι τους. Έκανε αμέσως τις συστάσεις.

«Ο καλός μου φίλος, Νίκος Μιχαηλίδης, δημοσιογράφος και η φίλη του, Μαρίνα...»

«Μαρίνα Αναγνωστάκη, φιλόλογος.» συμπλήρωσα.

«Από εδώ η Βασιλική Κοράλλη, ξέρετε τι με συνδέει μαζί της, καλές και κακές στιγμές. Βρίσκεται εδώ μαζί μας, ως επιβεβαίωση ότι δεν μας χωρίζει τίποτε και ότι μπορούμε να παραμείνουμε δύο καλοί φίλοι. Προλαβαίνω φίλε μου, την ερώτησή σου!»

Αν και ήξερα ότι συνομιλούσαν, το είχα αναφέρει μάλιστα και στην Μαρίνα την τελευταία φορά που συναντηθήκαμε, δεν απέρριψα ακόμα και το ενδεχόμενο να είναι μαζί και πάλι αν και φοβόμουν για τον φίλο μου. Έχοντας υπόψιν και τις πληροφορίες του αφεντικού μου σχετικά με το σμίξιμο της Κοράλλη με τον Δρακόγλου, δεν μπόρεσα να μην κάνω μια παρατήρηση, ίσως λίγο άκομψη για την στιγμή.

«Είναι περίεργο πως η ζωή ξεπερνά πολλές φορές και την πιο τρελή φαντασία. Έτσι δεν είναι;»

Η Κοράλλη δίχως να χάσει ευκαιρία, δίνει την δική της εκδοχή:

«Ναι, μα πιο σημαντικό είναι, να αφήνουμε πίσω ότι πιο άσχημο μας έχει συμβεί και να προχωράμε.»

«Είναι εύκολο να προχωρήσουμε στα αλήθεια, όταν πίσω μας υπάρχει μια τόσο ζόρικη προϊστορία;»

«Φτάνει να έχεις την ετοιμότητα για να προσπεράσεις το κάθε εμπόδιο.»

Ο Βερεμής διέκοψε την στιχομυθία μας γεμίζοντας τα ποτήρια μας με ρετσίνα, διαβεβαιώνοντάς μας για την άριστη ποιότητά της και μας προέτρεψε να τσουγκρίσουμε. Τα πλησιάσαμε μέχρι που ακούστηκε ο κρυστάλλινος ήχος τους.

«Στον αγαπητό μου φίλο τον Νίκο Μιχαηλίδη, που στάθηκε δίπλα μου καλύτερα κι από αδελφό, στις δύσκολες στιγμές που πέρασα! Και στις όμορφες κυρίες της παρέας μας, τη Βασιλική και τη Μαρίνα! Κι αν μου επιτρέπετε, στις καλές στιγμές που οφείλει σε όλους μας η ριμάδα η ζωή!»

«Χαίρομαι που απόψε βρίσκομαι εδώ, μαζί σου, φίλε μου, έτοιμο αυτή τη φορά να κατακτήσεις με τη ζωγραφική σου την πόλη μας. Μετά από όλα αυτά που τράβηξες τον προηγούμενο χρόνο, σήμερα όλα μοιάζουν με όνειρο αλλά ευτυχώς όχι, είναι πέρα ως πέρα αληθινά!»

«Να κάνω κι εγώ μία ευχή, Γιώργο!» συνέχισε η Κοράλλη: «Η αποψινή σου επιτυχία να είναι το ξεκίνημα μιας λαμπρής καριέρας και να θυμόμαστε πάντα εμείς οι άνθρωποι, ότι ποτέ δεν πρέπει να επιτρέπουμε στον εγωισμό μας να υποσκελίζει τα συναισθήματα που μας εμπνέουν, αρνούμενοι την ίδια την μοίρα μας.»

Η κουβέντα συνεχίστηκε με παραπέρα γνωριμία μεταξύ μας. Η Μαρίνα ενθουσιάστηκε όταν άκουσε ότι και η Κοράλλη ήταν νησιώτισσα και μάλιστα ζούσε μόνιμα πια στην Θάσο. Με λόγια όλο νοσταλγία, αναφέρθηκε στην ευτυχία με την οποία γεμίζει, κάθε καλοκαίρι που επισκέπτεται τον δικό της τόπο, την Κάρπαθο. Η Κοράλλη δεν έδειξε να συμμερίζεται τον ενθουσιασμό της:

«Δυστυχώς δεν μπορώ να πω, ότι η Θάσος με έχει ανταμείψει όπως θα ήθελα. Βέβαια, ακόμα δεν έχω προλάβει να γευτώ τις χαρές της, όλο το προηγούμενο διάστημα προσπαθούσα να στήσω το γραφείο μου από το μηδέν και μόλις τον τελευταίο καιρό φαίνεται ότι τα έχω καταφέρει κάπως. Επιπλέον δεν έχω πια δικούς μου ανθρώπους εκεί, οι παλιές μου φιλενάδες ζουν σε διαφορετικούς κόσμους. Απλώς όφειλα στον εαυτό μου, για τους γνωστούς σε όλους λόγους, να απομακρυνθώ από την Αθήνα.»

«Δεν υπάρχει κάτι που να σε ευχαριστεί εκεί;» ρώτησε με περιέργεια η Μαρίνα.

«Ναι, κάτι υπάρχει! Οι ήσυχοι περίπατοι που κάνω στον παραλιακό της μικρής μου πόλης, νωρίς το πρωί ή αργά, όταν χάνεται ο ήλιος. Τότε καθαρίζει ο νους μου από κάθε έγνοια και ξεγελιέμαι νομίζοντας, ότι βρίσκομαι στα ευτυχισμένα χρόνια της νιότης μου. Μου υπενθυμίζουν τη νεανική μου αισιοδοξία και παίρνω δύναμη για να συνεχίσω τη ζωή μου. Αυτό μόνο!»

Οι δύο άντρες της παρέας ακούγαμε την κουβέντα τους, πάντα υπάρχει ενδιαφέρον όταν οι γυναίκες προσπαθούν να αποκαλύψουν τα πραγματικά τους αισθήματα. Ρώτησα τη Μαρίνα με καχυποψία:

«Δηλαδή η απόφαση της επιστροφής σου στην Θάσο, είναι οριστική;»

«Ναι, έχω αφήσει πίσω μου για πάντα, ότι με πλήγωσε σε αυτήν εδώ την πόλη.»

«Έχεις την δύναμη, να το κάνεις πραγματικά αυτό;»

«Εκτιμώ τον αγώνα που έκανες για να σταθεί και πάλι στα πόδια του ο Γιώργος. Πίστεψέ με όμως! Όσο δύσκολη κι αν ήταν η απόφαση μου, άλλο τόσο είμαι αποφασισμένη να μην επιστρέψω στα παλιά.»

Τη στιγμή εκείνη παρενέβη ο Βερεμής:

«Η Βασιλική έχει περάσει απίστευτα δύσκολες στιγμές, θα ήθελα να μην της το κάνουμε ακόμα πιο δύσκολο.» Απόρησα με τον φίλο μου που ήδη είχε ξεχάσει ότι του συνέβη τον προηγούμενο μόλις χρόνο και προσπαθούσε να την προστατέψει από εμένα. Σήκωσα το ποτήρι μου ως ένδειξη συναίνεσης στην προτροπή του. Τη στιγμή εκείνη κτύπησε το τηλέφωνο της, μας ζήτησε συγνώμη, σηκώθηκε και πήγε λίγο παραπέρα. Από τη θέση μου μπορούσα να τη βλέπω, διέκρινα έναν εκνευρισμό στον τρόπο με τον οποίο απαντούσε, διάχυτο σε όλο το σώμα της. Επέστρεψε και κάθισε, φαινόταν ταραγμένη και ο Γιώργος την ρώτησε αν όλα ήταν καλά. Εκείνη απάντησε ότι ήταν ένας πελάτης της, που την έχει τρελάνει με τις απαιτήσεις του. Σήκωσε το ποτήρι της και το άδειασε. Ζήτησε από τον Βερεμή να της το γεμίσει και πάλι.

«Θέλω να το βλέπω πάντα γεμάτο! Δεν ξέρεις πότε θα το χρειαστείς!»

Εκείνος της το γέμισε ενώ εγώ για να της δώσω την ευκαιρία να απομακρυνθεί από τις όποιες άσχημες σκέψεις της, έφερα την κουβέντα στην έκθεση του Βερεμή, η οποία ήταν και ο λόγος που είχαμε βρεθεί εκεί.

Πρώτα πρώτα αναφέρθηκα στη διαφαινόμενη επιτυχία της, οι πίνακες ήταν πραγματικά καλοί, τα χρώματα και η τεχνική είχαν συνδυαστεί άψογα, ώστε ο θεατής να μπορεί εύκολα να διαβάσει τις θέσεις του ζωγράφου. Η Μαρίνα επιβεβαίωσε ότι η έκθεση της άρεσε πολύ, ως γυναίκα ήταν ενθουσιασμένη με την απόδοση του θέματος, ακόμη και μέσα από την αυστηρή φόρμα που χρησιμοποίησε ο Βερεμής, μπόρεσε με άνεση να νιώσει τα διαφορετικά κάθε φορά, μηνύματα του ζωγράφου. Η Κοράλλη από τη θέση της, διαβεβαίωσε την πίστη της, ότι οι πίνακες αυτοί, σίγουρα θα πωλούνταν μέχρι και τον τελευταίο. Στη συνέχεια ανέφερα τις ενστάσεις μου για το ζήτημα του Ακαδημαϊκού ρεαλισμού, εκείνος μου αντέτεινε ότι αυτή ήταν η ζωγραφική του πια, ρεαλιστική και για τα άσχημα και τα όμορφα, δίχως να χρειάζεται να πνίγεται μέσα στη μαυρίλα ή το φως. Του είπα ότι θα προτιμούσα να ενέτασσε τον εαυτό του σε κάποιο πιο σύγχρονο ρεύμα, μου απάντησε ότι τα καινούρια ρεύματα ολοκλήρωσαν τον κύκλο τους. Η Μαρίνα παρακολουθούσε την κουβέντα μας, πλησιάζοντας πολύ προσεκτικά, προς τις δικές μου απόψεις, ενώ η Κοράλλη φαινόταν χαμένη στον κόσμο της. Την ρώτησα εγώ με σκοπό να την επαναφέρω:

«Βασιλική, ποια η άποψη σου για την σύγχρονη τέχνη;»

«Δεν έχω ιδιαίτερη άποψη πλέον. Κάποτε, παλιά, όταν συζούσα με τον Γιώργο, κάναμε πολλές κουβέντες για την τέχνη, μου άρεσαν! Η δική μου παιδεία δεν μου είχε δώσει την ευκαιρία να ασχοληθώ με τέτοια θέματα και ο Γιώργος άνοιγε μπροστά μου έναν κόσμο ελεύθερο, δίχως την επιστημονική αυστηρότητα στην οποία είχα μάθει να ζω. Αυτός ήταν και ένας από τους λόγους που δέθηκα μαζί του. Δεν ξέρω αν σου έχει μιλήσει ποτέ για εμάς, αλλά μαζί του απολάμβανα την ελευθερία την οποία η δική μου επαγγελματική ενασχόληση μου απαγόρευε. Ίσως αυτή να ήταν και η πραγματική αιτία που έφυγα από κοντά του, τότε που ένιωσα να χάνεται από την σχέση μας αυτή η αίσθηση. Από τον χωρισμό μας και μετά κάθε σχέση μου με την τέχνη διακόπηκε, το πιο πολύ που έχω να σας πω, είναι για κάποια βραδιά στα μπουζούκια με την Πάολα.»

Στο τραπέζι επικράτησε βουβαμάρα, μέχρι την στιγμή που ο Βερεμής προσπάθησε να αλλάξει την κουβέντα.

«Η Βασιλική ζει, το είπαμε αυτό, στο καταπράσινο νησί του Βορείου Αιγαίου, την όμορφη Θάσο. Έχει νοικιάσει ένα πολύ ωραίο σπιτάκι όπως μου έχει πει, με θέα προς την θάλασσα και ...θα σας το πω, με προσκάλεσε να την επισκεφτώ. Δυστυχώς, με την έκθεση μπροστά μου δεν μπόρεσα να πραγματοποιήσω το ταξίδι αυτό. Το σκέφτομαι όμως πολύ σοβαρά! Έστω και τώρα, σίγουρα πριν τον χειμώνα, θα το κάνω αυτό το ταξίδι. Ποτέ δεν γνώρισα από κοντά την περιοχή αυτή, είναι μια καλή ευκαιρία να το κάνω τώρα και φυσικά να γνωρίσω από κοντά τη νέα της ζωή.»

«Ναι, είναι αλήθεια! Η επίσκεψη του Γιώργου θα βοηθούσε στη συμφιλίωση μου με τον τόπο μου. Θα μου θύμιζε ότι υπήρξαν και ευτυχισμένες μέρες στη ζωή μου. Ειδικά τώρα που ο ένας ανακαλύπτει τον άλλον εκ νέου, έστω κι επώδυνα διότι οι μνήμες είναι νωπές ακόμα, είμαι σίγουρη ότι η παρουσία του εκεί θα έφτιαχνε την διάθεση μου ενόψει του επικείμενου χειμώνα.»

«Μένω έκπληκτος για μία ακόμα φορά, φίλε μου! Τελικά, γιατί χωρίσατε εσείς; Γιατί φτάσατε τα πράγματα μέχρι του σημείου εκείνου, που το πιο πιθανόν θα ήταν να μην υπάρξει πλέον καμία δυνατότητα επιστροφής; Τελικά, τι ήταν αυτό, το τόσο σημαντικό, που διέλυσε την σχέση σας. Διότι αυτό που βλέπω εγώ εδώ, είναι μια προσπάθεια επαναπροσέγγισης ή μήπως κάνω λάθος;»

«Άκουσε φίλε μου, αυτό που βλέπεις είναι μια προσπάθεια δύο ανθρώπων να ξαναβάλουν κάτω τα πράγματα και να διερευνήσουν αρχικά αν υπάρχει η όποια ελπίδα επαναπροσέγγισής τους. Η Βασιλική έκανε μια πρόταση κι εγώ την σκέφτομαι πολύ σοβαρά. Μέχρι στιγμής προχωράμε με προσεχτικά βήματα, δίχως εκπλήξεις, πολλές φορές με πόνο αλλά και με ελπίδα.»

«Να συμπληρώσω για να μην γίνει καμία παρεξήγηση, επέτρεψε μου Γιώργο. Η πρόταση μου δεν υπονοεί, ότι αυτόματα μπορούμε να γίνουμε όπως ήμαστε κάποτε. Οι πληγές που ανοίξαμε και δυο μας στον άλλο και βαθιές είναι και πονάνε ακόμα. Αλλά γνωρίζουμε καλά πλέον, ότι αν υπήρξε κάποιος άνθρωπος ικανός να ζήσει δίπλα μας, προσφέροντας την ελάχιστη ευτυχία στον άλλο, αυτός ήταν εμείς οι δύο, ο ένας για τον άλλο. Αλλά, και οι δύο γνωρίζουμε επίσης, ότι τίποτε δεν μπορεί να θεωρείται ως δεδομένο ακόμα.»

Το κινητό της Κοράλλη ήχησε και πάλι, εκείνη το έβγαλε από την τσάντα της, κοίταξε το νούμερο και στη συνέχεια το έσβησε.

«Είναι καλύτερα να μην με ενοχλήσουν ξανά απόψε. Ο Γιώργος δεν έχει καμία οφειλή απέναντί μου. Και οι δύο μας κάναμε κάποιες επιλογές στη ζωή μας, πιθανότατα με δυσανάλογο κόστος για την παραπέρα πορεία μας, αλλά δεν θέλω να νιώθει κανένας από τους δύο μας, ότι οφείλει τίποτα στον άλλο. Η πρόσκλησή μου, χαίρομαι που την έχεις αποδεχθεί ήδη, έναν μόνο λόγο έχει. Να ομολογήσει ο ένας στον άλλο, την ανάγκη μας να προχωρήσουμε τη ζωή μας προς τα μπρος. Έχω ανάγκη την φιλία σου, έχω ανάγκη τις συζητήσεις μας, τις διαφωνίες μας, έχω ανάγκη να μιλώ με κάποιον ειλικρινά, δίχως καμία υστεροβουλία.»

«Μιλάμε για απλή φιλία δηλαδή, διότι για μια στιγμή νόμιζα...

Ο Βερεμής γύρισε προς εμένα και με ενθουσιασμό μου λέει:

«Λοιπόν, φίλε μου! Θα μπορούσες να φανταστείς, πριν ένα χρόνο ακριβώς, αυτήν την εξέλιξη; Εγώ σίγουρα όχι! Κανένας μας, είμαι σίγουρος, αλλά η ζωή ευτυχώς δεν κινείται πάντα σε μία προβλέψιμη τροχιά. Γι' αυτό η δυναμική της κυμαίνεται από την τέλεια καταστροφή ως την απόλυτη ευτυχία. Δεν έχω φτάσει ακόμα στην ευτυχία αλλά την καταστροφή την πλησίασα αρκετά, ώστε να μπορώ να εκτιμήσω ποιο είναι το αληθινό διακύβευμα της ζωής μου από εδώ και πέρα.»

«Και ποιο είναι λοιπόν αυτό, φίλε μου;»

«Η τέχνη μου, οι φίλοι μου και τα όνειρά μου!»

Η Κοράλλη σήκωσε το ποτήρι της και το τσούγκρισε απαλά με το δικό του.

«Και ποια είναι λοιπόν αυτά τα όνειρα, στα οποία επενδύεις από εδώ και πέρα;» τον ρώτησα.

«Η καταξίωση μου ως καλλιτέχνης, όχι λόγω εμπορικότητας, ούτε εξαιτίας κάποιας πρωτοποριακής σύλληψης, δεν πιστεύω σε αυτά, αλλά διότι οι πίνακες μου θα ξεχωρίζουν για την ειλικρίνεια τους. Ορατή, πλήρως αναγνώσιμη από τον καθένα, με τη δική μου αλήθεια κυρίαρχη.»

«Ποια αλήθεια φανέρωνες στα πορτρέτα της Βασιλικής;»

«Μα δεν ήταν προφανές; Τον έρωτα, την ομορφιά, την τελειότητα του γυναικείου σώματος, τον θαυμασμό μου για όλα αυτά.»

«Συγκρίνεις καθόλου εκείνη την δουλειά, με αυτήν που παρουσίασες σήμερα;»

«Ναι, σε αυτό που μόλις σας είπα. Είχε την δική της αλήθεια. Όπως και αυτή η σειρά που παρουσιάζω σήμερα, συνομιλεί με το γυναικείο φύλο, με τρόπο που δεν παρερμηνεύεται. Με μία βασική διαφορά μόνο. Ότι δεν είναι μόνο ο έρωτας αυτός που κυριαρχεί στις ζωές μας. Ούτε δυστυχώς, τα νιάτα που η απουσία τους γίνεται μέρα με τη μέρα όλο και πιο αισθητή. Αλλά και ο πόνος που μπορεί να προκαλέσει η ίδια η ζωή, πολλές φορές ως απόρροια ενός μεγάλου έρωτα. Θα σας κάνω μία αποκάλυψη. Η Βασιλική αγόρασε τον πρώτο πίνακα αυτής της σειράς απόψε. Ίσως αναρωτιέστε ποιον; Δεν είναι δύσκολο να το καταλάβετε! Θυμάστε εκείνον κοντά στην είσοδο, με μία γυναίκα, που μιλά στο κινητό της;»

«Ναι, προσπαθήσαμε μάλιστα να τον διαβάσουμε, με αντικρουόμενες αναγνώσεις ως συνήθως με τον Νίκο.» απάντησε η Μαρίνα.

«Λοιπόν, όταν τον ζωγράφιζα, στο μυαλό μου είχα τη Βασιλική, μόνη, χαμένη στην μεγάλη πόλη μας, να αγωνιά περιμένοντας να ακούσει κάποια καλή είδηση, που να της ανοίγει τον δρόμο για την εκπλήρωση του δικού της ονείρου. Συγχρόνως ήταν θυμωμένη που δεν το έπραξε πιο γρήγορα, αλλά και απόλυτα αποφασισμένη να μην κάνει πίσω αυτή τη φορά.»

«Ναι! Σε αυτόν τον πίνακα είδα τον εαυτό μου, στο σήμερα όμως. Εκφράζει όλα εκείνα που νιώθω, τις αναγκαίες παρακαταθήκες για να προχωρήσω. Θυμό για όλα εκείνα που αποδέχθηκα, μα και αποφασιστικότητα να βρω ξανά τον εαυτό μου.»

«Ξέρετε;» συνέχισα εγώ, «κι εμείς κάναμε τις δικές μας αναγνώσεις. Η Μαρίνα διέκρινε τον θυμό και εγώ είδα την αποφασιστικότητα. Με διαφορετικές ιστορίες αλλά με τα συναισθήματα παρόντα.»

«Είναι οι διαφορετικές αναγνώσεις στις οποίες επιμένω. Ως ζωγράφος όμως χαίρομαι, που διαπιστώνω ότι τα κυρίαρχα συναισθήματα που απέδωσα σε αυτόν τον πίνακα, παρουσιάζονται ευδιάκριτα, μπόρεσαν να ακουμπήσουν στην καρδιά και των τριών σας.»

«Θα ήταν αδιακρισία να ρωτήσω» είπε η Κοράλλη «γιατί θυμό σε σένα Μαρίνα;»

«Δεν ξέρω! Όχι, δεν εννοώ ότι με πειράζει η ερώτησή σου, αλλά δεν το έχω αναλύσει τόσο βαθιά μέσα μου. Στην εποχή, που ήμουν κι εγώ νέα και ξεκινούσα τη ζωή μου, δεν υπήρχαν κινητά... αλλά δεν είναι αυτό το ζητούμενο. Δεν ξέρω, ένιωσα τον εκνευρισμό της κοπέλας όπως προσπαθούσε να δώσει τη δική της άποψη στον συνομιλητή της στην άλλη άκρη της γραμμής. Ίσως γιατί έτσι ένιωσα κι εγώ κάποτε, όταν προσπάθησα να παρουσιάσω το όνειρό μου για το μέλλον, να μοιραστώ την ευτυχία της στιγμής και αρνήθηκαν να με ακούσουν. Μην με ρωτήσετε όμως, τι και πώς.»

Η κουβέντα κύλησε σε ανάλογο μοτίβο μέχρι την ώρα που αποχαιρετιστήκαμε. Άλλοτε συζητάγαμε για θέματα ανώδυνα, απλά, καθημερινά και άλλοτε αφήναμε τα συναισθήματά μας να εμφανίζονται από κάποιες χαραμάδες, που εμείς επιτρέπαμε να μένουν ανοιχτές. Και πάλι όμως, κανένας μας, δεν πίεσε τον άλλο να ανοιχτεί περισσότερο απ' ότι επιθυμούσε.

Περασμένα μεσάνυχτα σηκωθήκαμε από τις θέσεις μας. Ο Βερεμής συνόδεψε την Κοράλλη ως το ξενοδοχείο της, όπως μας είπε έπρεπε να ξυπνήσει από τα ξημερώματα, είχε κανονίσει να επιστρέψει στο νησί της νωρίς την άλλη μέρα, κάποιες υποθέσεις της είχαν πιεστικές ημερομηνίες, τις οποίες έπρεπε να τιμήσει.

Εγώ πάλι συνόδεψα την Μαρίνα ως την κοντινότερη πιάτσα ταξί για να βεβαιωθώ ότι θα έφευγε με ασφάλεια για τον Πειραιά. Αποχαιρετώντας την, με ευχαρίστησε για την ενδιαφέρουσα βραδιά, το μυαλό της είχε γεμίσει πληροφορίες και συναισθήματα αντικρουόμενα, έτσι μου είπε, ένα μόνο θα μου έλεγε προτού φύγει: «Αυτοί οι δύο, μην τους ακούς που προσπαθούν να το κρύψουν, αλλά να το ξέρεις, είναι ακόμα ερωτευμένοι!»

Κεφάλαιο 21

Ο Οκτώβρης είχε μπει πια για τα καλά, ως συνήθως βρισκόμουν στο γραφείο μου, προσπαθώντας να βάλω σε μια σειρά το πρόγραμμα των θεατρικών σκηνών της Αθήνας για την επόμενη σεζόν. Το κινητό μου κτύπησε, το άφησα να κτυπάει, μέχρι που η ματιά μου έπεσε στην οθόνη όπου είχε φανεί το όνομα του Βερεμή. Το σήκωσα.

«Καλημέρα, Νίκο!»

«Καλημέρα, Γιώργο! Τι κάνεις;»

«Έχεις λίγο χρόνο;»

«Πιστεύω σε κανένα εικοσάλεπτο να έχω τελειώσει αυτό που δουλεύω. Συμβαίνει κάτι;»

«Θα προτιμούσα να τα λέγαμε από κοντά.»

«Πού είσαι τώρα;»

«Εδώ, κάτω από τα γραφεία σας. Δεν ξέρω πως έφτασα μέχρι εδώ.»

«Είσαι καλά;»

«Μάλλον όχι!»

«Κοίτα, απέναντι ακριβώς έχει ένα μικρό καφέ. Πάρε ότι θέλεις και περίμενέ με. Σε λίγο ξεμπερδεύω. Εντάξει;»

«Εντάξει, φίλε!»

Η φωνή που μόλις είχα ακούσει, μου έφερε στην μνήμη τις ημέρες της κατάπτωσης του. Τότε που η απογοήτευση για όλα εκείνα που του συνέβαιναν στο διάστημα πριν την γνωριμία του με την Πάππας, τον είχαν φέρει σε μία κατάσταση απραξίας, αδύναμο να δει κάτι θετικό στον ορίζοντα. Με παραξένεψε. Όταν σήκωσα το τηλέφωνο περίμενα να μου εκθέσει με ενθουσιασμό τα καλά αποτελέσματα της έκθεσής του. Είχα την εντύπωση, ότι όλα είχαν εξελιχθεί θετικά για εκείνον. Κάτι άλλο πρέπει να συνέβαινε. Τελείωσα την δουλειά μου, την έλεγξα ακόμα μία φορά και την έστειλα στον κεντρικό σέρβερ της εταιρίας.

Κατέβηκα και τον βρήκα να με περιμένει στην είσοδο των γραφείων, με ένα καφέ στο χέρι.

Πράγματι δεν ήταν σε πολύ καλή κατάσταση, πέρα από το πρόσωπό του που είχε να ξυριστεί για κάμποσες ημέρες, θαρρείς και είχε σκεβρώσει από κάποιο αόρατο βάσανο που τον πλάκωνε, σου έδινε την εντύπωση ότι μετά βίας στεκόταν όρθιος. Μόλις τον είδα έτσι, τον έπιασα από το μπράτσο, τον τράβηξα μαλακά λίγο πιο πέρα και τον κοίταξα στα μάτια. Δεν ήταν δύσκολο να διαβάσω τον πόνο στα μάτια του.

«Πάμε να καθίσουμε κάπου.» του είπα κι εκείνος συναίνεσε με κάποιον ήχο που μόλις μπόρεσα να ακούσω. Σχεδόν τον έσυρα μέχρι την απέναντι καφετέρια, που ήταν άδεια και τον έβαλα να καθίσει στο βάθος της. Ζήτησα κι εγώ έναν καφέ και κάθισα απέναντι του.

«Λοιπόν σε ακούω, φίλε!»

«Δεν ξέρω από που να ξεκινήσω.»

«Πες μου για την έκθεση. Δεν πιστεύω να πήγε κάτι στραβά! Όλα έγιναν όπως έπρεπε.»

«Σχεδόν όλα.»

«Δηλαδή;»

«Κοίταξε, Νίκο! Σε αυτήν την έκθεση επένδυσα πολλά. Και ήμουν σίγουρος ότι όλα θα πήγαιναν όπως ήθελα. Ήξερα ότι είχα κάνει καλή δουλειά, όσο σύντομο κι αν ήταν το διάστημα που αφιέρωσα στους πίνακες αυτούς, είχα κάνει καλή δουλειά. Είχα καλές κριτικές, σε όλους άρεσαν οι πίνακες μου. Το ζητούμενο για έναν ζωγράφο είναι η καλή δουλειά, όχι οι πωλήσεις, αλλά...»

«Αλλά;»

«Ξέρεις, ο μοναδικός πίνακας που πούλησα ήταν εκείνος που αγόρασε η Βασιλική.»

«Είχα την εντύπωση ότι η εμπορικότητα δεν ήταν το πρωτεύον για εσένα.»

«Ναι, σίγουρα, αλλά δεν είναι τόσο απλά τα πράγματα. Όσο για την εμπορικότητα ο ιδιοκτήτης της έκθεσης προσπάθησε να έλθει σε επαφή με κάποιους πολύ καλούς, δικούς του πελάτες. Ξέρεις τι του απάντησαν;»

«Τι, ρε Γιώργο;»

«Ότι μπορεί να αψήφησαν την δύναμη του Δρακόγλου την προηγούμενη φορά, αλλά δεν θα το έκαναν ποτέ ξανά. Προσπάθησε να μάθει τι ήταν αυτό που τους φόβιζε. Από τα μισόλογά τους κατάλαβε, ότι επιθυμούσε τον καλλιτεχνικό μου θάνατο. Μια σιωπηρή ομερτά, σύμφωνα με την οποία εγώ έπρεπε να βγω από την μέση. Μπορεί να μην κατόρθωσε τελικά την φυσική μου εξόντωση αλλά την καλλιτεχνική θα την πετύχαινε.»

«Καλά, και πώς μπόρεσε να επιβάλλει την άποψη του σε τόσους ανθρώπους. Τους οποίους δεν μπορείς να τους χαρακτηρίσεις ως αδύναμους, ίσα ίσα.»

«Φαίνεται ότι καθενός η γούνα από κάπου βρωμάει. Κι ο γαμημένος ο Δρακόγλου δεν διστάζει να τους απειλεί με αυτά που φαίνεται ότι ξέρει γι' αυτούς. Δεν είναι όμως μόνο αυτό. Ένας από αυτούς, τον πληροφόρησε ότι αυτός ο ελεεινός τύπος, μαζεύει όλους τους πίνακες της Βασιλικής, αυτούς που πούλησα με την Τζώρτζια. Όλους! Με ελάχιστο τίμημα ή και μηδενικό ακόμα. Οι άνθρωποι όσο καλή θέληση και να είχαν, δεν θέλουν με τίποτα να μπλεχτούν σε οποιαδήποτε συναλλαγή με εμένα στην μέση. Με τελειώνει φίλε μου! Τόσο απλά, έχει την δύναμη και κανένας δεν μπορεί να τον σταματήσει. Και μην μου πεις τις μαλακίες σου για την δύναμη του τύπου και τα λοιπά, διότι ξέρεις κι εσύ, ότι τίποτα δεν πρόκειται να αλλάξει. Η βρωμιά όλων τους είναι τόσο ορατή, που ο ένας καλύπτει τον άλλο και όλοι μαζί ζούμε σε μια πολύ ωραία ατμόσφαιρα.»

«Δηλαδή ο Δρακόγλου, δεν έχει κάνει πίσω ούτε κατ' ελάχιστο...»

«Γιατί να κάνει; Μπόρεσε να τον ακουμπήσει κανένας μέχρι τώρα; Όχι! Και ούτε πρόκειται. Μα άκου με! Έχει και άλλο, καλύτερο. Στο οποίο εμπλέκεται και η Βασιλική.»

«Τι; Είναι κι αυτή στο κόλπο;»

«Όχι, δεν είναι! Όχι! Αλλά εξακολουθεί να είναι κολλημένη στα πλοκάμια αυτού του αρπακτικού. Αυτός δεν μπορεί να αποδεχθεί ότι δεν είναι δική του πια, ότι δεν την εξουσιάζει όπως έκανε για τόσα χρόνια. Η φυγή της δεν τον εμπόδισε μέχρι στιγμής να συνεχίζει το βρώμικο παιχνίδι του εναντίον της.»

«Δηλαδή;»

«Όταν η Βασιλική αποφάσισε να τον εγκαταλείψει, ήξερε ότι έπρεπε να βρεθεί όσο πιο μακριά του μπορούσε για να μπορέσει να απαλλαγεί από αυτόν. Έτσι γύρισε στο νησί της, ξέροντας ότι έθαβε κάθε επαγγελματική της ανέλιξη, μόνο και μόνο για να του ξεφύγει. Με δυσκολία έστησε ξανά τη ζωή της, σε έναν τόπο που μέχρι πρότινος τον είχε ξεγράψει εντελώς. Βίωσε ξανά την μοναξιά της, αυτήν την είχε σύντροφο της έτσι και αλλιώς όλα τα χρόνια μετά τον χωρισμό μας, αλλά εκεί την αισθάνθηκε πραγματικά. Όλοι είχαν μάθει ότι δούλευε σε μεγάλο δικηγορικό γραφείο των Αθηνών, με σημαντική εμπειρία σε δύσκολες υποθέσεις, αλλά εκείνη φρόντισε με κάθε επιμέλεια να μην εμπλέξει πουθενά το όνομα του Δρακόγλου. Το μεγαλύτερο της πρόβλημα όμως, σε αυτό το νέο ξεκίνημα, ήταν οι δυσκολίες που βρήκε προκειμένου να εγγραφεί στον τοπικό σύλλογο, ώστε να μπορεί να τακτοποιεί μόνη της, τις λίγες υποθέσεις που της ανέθεταν. Από εκεί της είπαν ότι το πρόβλημα βρισκόταν στην Αθήνα, ο εδώ δικηγορικός σύλλογος δεν διεκπεραίωνε την απαραίτητη αλληλογραφία, που απαιτείται γι’ αυτές τις περιπτώσεις. Αποφάσισε να κατέβει ως εδώ, να δει από κοντά τι γίνεται. Με επισκέφτηκε στο σπίτι μου μάλιστα τότε, πρέπει να το θυμάσαι, σου το είχα πει. Το βράδυ μετά την έκθεση που έφυγα μαζί της, ήταν αρκετά φοβισμένη. Με ήθελε κοντά της, μέχρι που φτάσαμε στο ξενοδοχείο της. Την ρώτησα τι συνέβαινε. Δεν αρνήθηκε να μου μιλήσει με κάθε ειλικρίνεια γι’ αυτό που της μαύριζε τη ζωή. Πίσω από την όλη κωλυσιεργία, σχετικά με την άδεια της βρισκόταν ο Δρακόγλου. Άκου τώρα! Μετά από εκείνην την επίσκεψη στο σπίτι μου, εκείνος την περίμενε παρακάτω με τους δικούς του και την απήγαγε.

Ναι, ρε! Την απήγαγε! Την πήγε σε κάποιο ερημικό σπίτι κάπου στα βόρεια προάστια, κι εκεί ούτε λίγο ούτε πολύ, ο καριόλης της είπε ότι αν ήθελε να έχει το ελεύθερο να δουλεύει, θα έπρεπε να του κάθεται όποτε αυτός επιθυμούσε. Ήξερε ότι αν δεν ενέδιδε, θα της έκανε τη ζωή όλο και πιο δύσκολη. Δέχτηκε την συμφωνία! Πίστευε ότι η απόσταση που τους χωρίζει θα ήταν αρκετή, ώστε με τον χρόνο να ξεθυμάνει ο εγωισμός του και να πάψει να μπλέκεται στα πόδια της. Συμφωνία με τον διάβολο τον ίδιο, φίλε μου, ήταν αυτή! Αν και το ταξίδι της εδώ, για την έκθεση μου, ένα βράδυ μόνο κάθισε, το ετοίμασε με κάθε μυστικότητα, αυτός από κάπου έμαθε ότι ήταν εδώ. Οι ρουφιάνοι δεν θα εξαφανιστούν ποτέ από αυτόν τον κόσμο, φίλε μου! Την ώρα που εμείς συζητάγαμε, αυτός την έπαιρνε τηλέφωνο και της ζητούσε να τηρήσει την συμφωνία τους. Εκείνη του το αρνήθηκε. Έχει υπαναχωρήσει από τη συμφωνία τους κι αυτό όπως καταλαβαίνεις δεν του αρέσει. Θυμάσαι κάποια στιγμή, που έκλεισε ενοχλημένη το τηλέφωνό της. Ήταν αυτός! Κάθισα μαζί της όλο το βράδυ, μέχρι το επόμενο πρωί που την συνόδεψα στο αεροδρόμιο για να φύγει. Μιλάμε κάθε μέρα στο τηλέφωνο. Τα πράγματα δεν είναι καλά γι' αυτήν. Όλο περίεργα πράγματα της συμβαίνουν. Ένας φάκελος κάποιας υπόθεσης της βρέθηκε στα σκουπίδια της εισαγγελίας. Ευτυχώς, η καθαρίστρια που δεν της είχε ξανατύχει κάτι τέτοιο, τον μάζεψε και τον παρέδωσε η ίδια στη γραμματεία. Μια άλλη μέρα, πηγαίνοντας στο γραφείο της, βρίσκει την πόρτα σπασμένη. Μόνο αυτό, δεν πείραξαν κάτι άλλο. Ξέρει τι γίνεται! Είναι αποφασισμένη να το αντιμετωπίσει μόνη, είναι δυνατή, μπορεί, ήδη μίλησε με τον εισαγγελέα Καβάλας, αλλά αυτός δεν θεωρεί τα στοιχεία που του εξέθεσε ισχυρά! Νομικές μαλακίες ως συνήθως. Προσπαθεί να με καθησυχάσει, θα παίξει το παιχνίδι του και κάποια στιγμή θα την παρατήσει στην ησυχία της, μου λέει. Δεν είναι όμως τόσο απλά τα πράγματα. Την ακούω εγώ. Καταλαβαίνω από την φωνή της ότι φοβάται! Φοβάται πολύ! Το ένιωσα εκείνο το βράδυ, που δεν αρνήθηκε την παρέα μου μέχρι να ξημερώσει. Αν και καθόμαστε όλο το βράδυ, ο ένας αντίκρυ στον άλλο, ένιωθα την αγωνία της, αλλά και την ανακούφισή της, διότι είχε μαζί της κάποιον αληθινά δικό της. Τώρα είναι εντελώς μόνη της. Όχι για πολύ όμως!»

«Τι εννοείς όταν λες, όχι για πολύ ακόμα;»

«Μα δεν γίνεται φανερό; Θα φύγω για εκεί, όσο πιο γρήγορα γίνεται. Εξάλλου, θυμάσαι ότι εκείνο το βράδυ, χωρίς να έχω ιδέα για όλα αυτά που συνέβαιναν, της είχα υποσχεθεί ότι σύντομα θα την επισκεπτόμουν. Ε! Θα τηρήσω την υπόσχεσή μου. Η απόφασή μου είναι οριστική!»

«Για διακοπές είχαμε μιλήσει, αν θυμάμαι καλά. Εσύ τώρα μου ετοιμάζεσαι για μπράβος. Δεν θα είναι τόσο απλά τα πράγματα αν ξαναμπλεχτείς στα πόδια του Δρακόγλου. Ακόμα σε έχει στο στόχαστρό του!»

«Το ξέρω! Δεν τον φοβάμαι!»

«Εκείνη τι λέει από την πλευρά της;»

«Είναι επιφυλακτική. Ως αρνητική θα έλεγα. Αλλά εγώ πρέπει να είμαι κοντά της, όσο συμβαίνει αυτό.»

«Και τι βοήθεια μπορείς να της προσφέρεις εσύ, ρε Γιώργο; Αυτοί δεν αστειεύονται. Νόμιζα ότι ειδικά εσύ, αυτό το γνώριζες καλύτερα από εμένα.»

«Δεν ξέρω! Απλώς θέλω να είμαι εκεί κοντά της. Χρειάζεται δίπλα της έναν δικό της άνθρωπο. Είναι τελείως μόνη εκεί πάνω.»

«Και είσαι σίγουρος ότι εσύ είσαι ο δικός της άνθρωπος;»

«Δεν ξέρω να υπάρχει κανένας άλλος στη ζωή της!»

«Πες μου την αλήθεια! Γιατί θέλεις να το κάνεις αυτό; Γιατί θέλεις να ξαναβάλεις τη ζωή σου σε έναν δρόμο που το τέρμα του, είμαι σίγουρος, δεν θα είναι ο καλύτερος; Γιατί, δεν κάθεσai στα αυγά σου, μόλις άρχισες να συνέρχεσαι, δεν είναι η κατάλληλη στιγμή για τέτοια μπλεξίματα.»

«Με βλέπεις στα καλά μου; Πού είναι η ζωή μου, που λες ότι μόλις άρχισα να συνέρχομαι; Με έναν απατεώνα δικηγόρο να με κυνηγά, να προσπαθεί να με σβήσει από την πιάτσα; Εκεί που είχα πιστέψει, ότι όλα μπορούσαν να αλλάξουν προς το καλύτερο... Το είχα πιστέψει, μα τι βλάκας που είμαι! Όχι! Δεν είμαι καλά! Εξάλλου το χρωστάω αυτό στην Βασιλική.»

«Τι της χρωστάς, ρε Γιώργο; Το κυνηγητό που σου έκανε δύο χρόνια και τα σπασμένα σου κόκαλα; Έλα τώρα!»

«Δεν καταλαβαίνεις; Εγώ είμαι η αιτία της κατάντιας της! Εγώ την έδιωξα από δίπλα μου με τον πιο ηλίθιο τρόπο που μπορούσε να υπάρξει! Ήμουν τόσο εγωιστής, που δεν μπορούσα να πιστέψω ότι δεν θα υπάκουε στην κάθε παπαριά μου! Και για να ξέρεις. Όλο αυτό που ξεκίνησε με τον Δρακόγλου, μία μόνο αιτία είχε. Εμένα, φίλε μου! Πονούσε για την ζωή που έκανε, για όλα αυτά που υπέμενε δίπλα σ' αυτόν τον καριόλη και ήθελε να τιμωρήσει αυτόν που θεωρούσε υπεύθυνο για όλη την κατάντια της, εμένα δηλαδή. Και ξέρεις κάτι; Είχε δίκιο! Αν την άκουγα λίγο περισσότερο τότε, αν μπορούσα αν συμμεριστώ τις αγωνίες της, τα όνειρα της, όλα θα ήταν διαφορετικά σήμερα, φίλε μου. Όλα!»

«Το ξέρει, ότι θα πας εκεί;»

«Νομίζω, ότι το έχει καταλάβει!»

«Καλά, και τι θα κάνεις εκεί, πέρα από να το παίζεις προστάτης;»

«Ίσως αν αυτός ο καριόλης καταλάβει ότι τελικά θα είμαστε και πάλι μαζί, το πάρει απόφαση και την αφήσει ήσυχη. Έχει οικογένεια, παιδιά, γιατί να επιμείνει;»

«Ξέρεις, οι υποθέσεις αυτές δεν έχουν ως βάση τους τη λογική! Όπως δηλαδή, αντιδράς κι εσύ αυτή την στιγμή. Δεν θα την αφήσει ήσυχη, όπως κι εσύ δεν κάθεσαι στα αυγά σου.»

«Δεν τη συμπαθείς, το ξέρω!»

«Δεν είναι θέμα συμπάθειας, φίλε μου! Σε έζησα τα τελευταία χρόνια! Γνώρισα τον πόνο και την απελπισία στο πρόσωπό σου! Σε είδα και ευτυχισμένο δίπλα στην Πάππας! Σε είδα διαλυμένο σε ένα κρεβάτι νοσοκομείου! Σε βοήθησα να σταθείς και πάλι στα πόδια σου! Εσένα σκέφτομαι! Εκείνην ούτε που την ξέρω!»

«Την ξέρω εγώ, όμως! Έχω πάρει την απόφασή μου. Πίστεψέ με, δεν υπάρχει περίπτωση να αλλάξεις αυτήν την πορεία. Απλά, χρειαζόμουν έναν φίλο να με ακούσει. Και ο μόνος διαθέσιμος είσαι εσύ. Συγνώμη αν σε στενοχώρησα, απλά ήθελα να ξέρεις την απόφασή μου και τα αίτια της.»

«Κοίτα, πρέπει να σου πω κάτι. Το αφεντικό μου είχε μια πληροφορία, ακούγεται στην πιάτσα ότι ο Δρακόγλου και η Κοράλλη, εξακολουθούν να είναι μαζί. Δεν σου την μετέφερα, διότι δεν την αξιολόγησα και τόσο σοβαρή. Φαίνεται ότι έκανα λάθος.»

«Ναι, κάνεις λάθος. Ο δικός του εγωισμός τον ωθεί να διαδίδει τέτοιες μαλακίες. Δεν έχουν πλέον καμία σχέση γι᾽ αυτό και η Βασιλική βρίσκεται σε αυτήν την κατάσταση.»

Σηκώθηκε από την θέση του και κατευθύνθηκε προς την έξοδο.

«Περίμενε!» του φώναξα και έτρεξα πίσω του. Τον πρόλαβα στην πόρτα του καφέ και βγήκαμε μαζί έξω.

«Εντάξει, είμαι μαζί σου! Αυτό δεν θέλεις να ακούσεις;»

Περπατούσα δίπλα του, κατευθυνόταν προς το Σύνταγμα, δεν ήταν δύσκολο να είμαι δίπλα του, έτσι και αλλιώς ίσα που έπαιρνε τα πόδια του. Φτάνοντας στο κάτω μέρος της πλατείας σταμάτησε.

«Τι θέλεις τώρα;»

«Να σε βοηθήσω θέλω! Δεν πιστεύω να έχεις την εντύπωση ότι με αυτά τα χάλια, μπορείς να παρουσιαστείς μπροστά της. Τι να σε κάνει έτσι, όπως είσαι τώρα; Ούτε τα πόδια σου δεν μπορείς να σύρεις. Δεν της φτάνουν τα δικά της προβλήματα, θα έχει κι εσένα να συμπεριφέρεσai σαν μωρό; Αυτό θέλω από εσένα! Αφού έχεις πάρει την απόφαση σου, κάνε το με τον σωστό τρόπο. Σκέψου: Δεν έχετε τίποτα μεταξύ σας, είστε καλοί φίλοι, ok. Θέλεις να την βοηθήσεις, ωραία! Αλλά μπροστά της πρέπει να εμφανιστεί ένας Βερεμής, που να της εμπνέει εμπιστοσύνη. Δεν χρειάζεται έναν καταπονημένο άνθρωπο, αλλά κάποιον που να της εμπνέει εμπιστοσύνη.»

Συνέχισε στον δρόμο του, από δίπλα του κι εγώ. Σταμάτησε μετά από καμιά πενηνταριά μέτρα.

«Έχεις δίκιο! Δεν πρέπει να εμφανιστώ μπροστά της έτσι. Πρέπει να μαζευτώ λίγο.»

«Θέλω να μιλήσουμε πριν φύγεις. Υποσχέσου μου ότι δεν θα φύγεις αν δεν αισθάνεσαι πραγματικά καλά. Η Κοράλλη πρέπει να συναντήσει έναν ήρεμο και αισιόδοξο Βερεμή και όχι κανέναν ...κακομοίρη πρώην γκόμενο! Τι να τον κάνει αυτόν; Θέλει κάποιον, που να ξέρει ότι μπορεί να στηριχτεί πάνω του, αισιόδοξο και κυρίως να της δίνει τη σιγουριά ότι δεν θα την εγκαταλείψει ξανά. Ειλικρινά, δεν ξέρω τι την έκανε να σε βάλει και πάλι στη ζωή της αλλά εσύ οφείλεις, να μην επαναλάβεις το οποιοδήποτε λάθος. Είτε προς αυτήν, είτε προς τον εαυτό σου.»

Μου έδωσε το χέρι για να τον χαιρετήσω ως ένδειξη συμφωνίας αλλά όπως επέμενε να κρατά το δικό μου χέρι, εμένα μου φάνηκε σας αποχαιρετισμός. Έφυγε προς τον σταθμό κι εγώ έμεινα εκεί, να τον κοιτάζω μέχρι που χάθηκε στα σκαλοπάτια του.

Μετά από ένα δεκαπενθήμερο περίπου το τηλέφωνο μου κτύπησε κι εκείνος με ενημέρωνε ότι είχε εγκατασταθεί στην Θάσο, τον φιλοξενούσε η Κοράλλη, την ημέρα ζωγράφιζε έχοντας κάνει ατελιέ το καθιστικό του μικρού της διαμερίσματος, ενώ τον υπόλοιπο χρόνο ζούσαν μαζί σαν δύο καλοί συγκάτοικοι. Με διαβεβαίωσε ότι αισθανόταν πολύ καλά και ότι κανένας δεν τους είχε ενοχλήσει, από τότε που πάτησε το πόδι του εκεί. Το ήξερε ότι είχε μόλις λίγες μέρες στο νησί, αλλά ήταν αισιόδοξος, ότι όλα θα πήγαιναν καλά.

Κεφάλαιο 22

Ξ ημέρωνε η 28η Οκτωβρίου κι όλες οι δουλειές είχαν σταματήσει, όχι μόνο στο νησί αλλά και σε όλη την Ελλάδα. Η Κοράλλη ανασηκώθηκε αργά, της άρεσε να κάθεται άπραγη στο κρεβάτι της, όσο της το επέτρεπε το πρόγραμμά της. Χωρίς σκέψεις, να κοιτάζει έξω από το παράθυρο το πράσινο στα γύρω βουνά και τη θάλασσα στο βάθος. Της άρεσε η αίσθηση αυτή, του κενού, με όλα όσα την απασχολούσαν διαγραμμένα από το μυαλό της. Τις έγνοιες τις άφηνε για την ώρα του καφέ. Να ελέγξει το ημερολόγιο της, να προγραμματίσει τις δουλειές που έπρεπε να κάνει μέσα στην ημέρα, να δώσει λύσεις στις όποιες εκκρεμότητες υπήρχαν. Εκείνη την ημέρα δεν θα έκανε τίποτα. Εκτός, από μια κουβέντα με τον Βερεμή, που έπρεπε να την είχε κάνει, ήδη από μέρες, αν δεν φοβόταν. Δεν της ήταν ξεκάθαρο ακόμα προς τα πού, θα έπρεπε να οδηγήσει αυτή. Τις τελευταίες ημέρες, από τότε που τον δέχτηκε στο σπίτι της, η πρωινή της ηρεμία είχε χαθεί. Τον είχε εκεί, να έχει καταλάβει το μικρό της καθιστικό, αλλά ακόμη δεν ήταν σίγουρη ούτε για την ορθότητα της επιλογής της ούτε για το τι ήθελε ακριβώς. Πρώτη φορά στη ζωή της ήταν τόσο αβέβαιη για τα επόμενα βήματά της. Ναι, αυτή τον είχε επαναπροσεγγίσει. Εκείνος πριν από λίγους μήνες ούτε θα μπορούσε να φανταστεί την εξέλιξη αυτή. Ούτε κι αυτή βέβαια. Αμέσως μετά την βραδιά που πέρασε με τον Δρακόγλου, την ημέρα που με την βία την επιβίβασαν οι μπράβοι του στο αυτοκίνητο, άρχισε να τον παίρνει στο τηλέφωνο. Στην αρχή απλά για να τον ρωτήσει για την υγεία του, για το πως περνούσε τον χρόνο του. Εκείνος αν και διστακτικός, σιγά σιγά μαλάκωσε μέχρι που οι συνομιλίες τους εξελίσσονταν με τρόπο, που τίποτε δεν μαρτυρούσε κάτι από το ταραχώδες κοντινό τους παρελθόν. Στη συνέχεια ενδιαφέρθηκε για την επόμενη του έκθεση, ρωτούσε λεπτομέρειες, έκανε νύξεις για τα χρόνια που έζησαν μαζί, επιβεβαίωνε την άποψη του ότι θα πρέπει να βαδίσουν την ζωή τους με αισιοδοξία. Μέχρις εκεί. Ούτε και μέχρι πρόσφατα είχε ειπωθεί κάτι διαφορετικό μεταξύ τους. Απλώς τα τηλεφωνήματα γίνονταν όλο και πιο τακτικά μέχρι που έφτασαν να είναι καθημερινά. Έλεγαν τα πάντα, βράδυ συνήθως, την ώρα που ο περισσότερος κόσμος καθόταν αποχαυνωμένος μπροστά στην τηλεόραση, αυτοί μιλούσαν με τις ώρες. Μίλησαν τόσο όσο ποτέ στη ζωή τους, ο ένας είπε στο άλλο όσα έκρυβαν μέσα τους σε ένα είδος εξομολόγησης, όπου ο ένας μόνο μιλούσε και ο άλλος άκουγε. Δίχως διακοπές, παρατηρήσεις ή επιτίμια. Και ένιωσαν για πρώτη φορά, μετά από πολλά χρόνια, από την άγουρη εφηβική τους μακαριότητα ακόμη, ότι μπορούσαν να ξαναρχίσουν τις ζωές τους από την αρχή. Όχι μαζί! Αυτό δεν είχε συζητηθεί ποτέ. Τώρα τελευταία μόνο έσπασε και του φανέρωσε τους φόβους και τις αγωνίες της για όσα περίεργα της συνέβαιναν. Όταν έκλεινε το τηλέφωνο εκείνη επανερχόταν στην δική της πραγματικότητα, η συμφωνία της με τον Δρακόγλου δεν ήταν δυνατόν να διαγραφεί ποτέ, ήλπιζε όμως, ότι ίσως κάποια στιγμή, εκείνος βαριόταν το παιχνίδι αυτό και την άφηνε επιτέλους να ανασάνει ελευθέρα.

Και τώρα ο Βερεμής βρισκόταν στο σπίτι της και ζωγράφιζε, μετά θα έπιναν μαζί τον καφέ τους, αν ήταν καθημερινή θα πήγαινε εκείνη στη δουλειά της, αργά το απόγευμα θα επέστρεφε, θα έφτιαχνε κάτι να φάνε, κάποιες φορές κι αυτός έπαιρνε αυτή την πρωτοβουλία, δεν ήξερε να κάνει πολλά, αλλά το προσπαθούσε και το βράδυ θα έβγαιναν στην μικρή πόλη της, όπου θα περπατούσαν για ώρα δίπλα στην προκυμαία, αργότερα θα κάθονταν για ένα ποτό, χωρίς όμως το στόμα τους να έχει την δύναμη να πει οτιδήποτε περισσότερο, απ' όλα εκείνα που ήδη είχαν συζητήσει από το τηλέφωνο. Ώρες ώρες αναρωτιόταν για ποιο λόγο του φανέρωσε τη δύσκολη κατάσταση στην οποία την είχε φέρει ο Δρακόγλου. Δεν του είχε ομολογήσει βέβαια όλη την αλήθεια, δεν του είχε πει για παράδειγμα ότι το απόγευμα πριν την έκθεσή του, το πέρασε στο κρεβάτι μαζί του. Ούτε για τη συνάντηση που είχε μαζί του, στη Θεσσαλονίκη, με την ευκαιρία της Έκθεσης και πάλι. Ούτε βέβαια, ότι στην πραγματικότητα καμία απειλή δεν είχε υπάρξει εναντίον της. Απλώς εκείνο το βράδυ που τον κράτησε δίπλα της στο δωμάτιο του ξενοδοχείου, μέχρι το πρωί, προσπαθούσε να μαντέψει, αν υπήρχε περίπτωση, τα πράγματα να γίνουν γι' αυτήν πιο απλά, όπως ήταν κάποτε, τότε που ζούσε ακόμα μαζί του, αγγίζοντας την ευτυχία.

Οι τελευταίες μέρες στην πραγματικότητα ήταν πολύ πιο περίπλοκες απ' ότι φανταζόταν. Της άρεσε που τον είχε εκεί κοντά της, αλλά δεν ήξερε μέχρι που ήταν διατεθειμένος κι εκείνος να φτάσει. Ούτε κι εκείνη είχε αποφασίσει τι πραγματικά προσδοκούσε μαζί του. Ήθελε δεν ήθελε, έπρεπε να ξεκαθαρίσει, δίχως υπεκφυγές, όσο νωρίτερα τόσο καλύτερα, για ποιον λόγο εκείνος βρισκόταν εκεί. Μα πρώτα έπρεπε να ανακαλύψει εκείνη τον πραγματικό λόγο, που του ζήτησε να έλθει κοντά της. Ήταν μόνο η πίεση που είχε αισθανθεί τον προηγούμενο μοναχικό χειμώνα και ο φόβος για έναν ακόμα δυσκολότερο, κάτι που δεν ήθελε με κανέναν τρόπο να ξαναζήσει; Ήταν ο φόβος για τις διαθέσεις του Δρακόγλου, που όλο και πιο πολύ μεγάλωνε την πίεση που της ασκούσε. Τον ήξερε πολύ καλά, παρά τις όποιες προσδοκίες της, ποτέ του δεν θα την άφηνε στην ησυχία της. Πάντα εκείνος θα ήλπιζε ότι γρήγορα εκείνη θα απογοητευόταν και θα τα παρατούσε όλα για να επιστρέψει και πάλι κοντά του. Ναι, φοβόταν, αλλά ήταν αυτός επαρκής λόγος για να μπερδέψει την ζωή της ακόμα περισσότερο; Σήμερα ήταν η ημέρα που έπρεπε να ξεκαθαριστούν όλα αυτά. Ή τουλάχιστον, κάποια από αυτά.

Σηκώθηκε από το κρεβάτι, βγήκε στο καθιστικό, καλημέρισε τον Βερεμή, μάζεψε τα σεντόνια από τον καναπέ που κοιμόταν εκείνος, περιποιήθηκε για λίγη ώρα το πρόσωπό της μπροστά στο καθρέπτη του μπάνιου, έφτιαξε έναν Νες καφέ, σκέτο, πάντα έτσι τον έπινε. Στάθηκε πάνω από τον ώμο του, κοίταξε για λίγο αυτό που ζωγράφιζε εκείνος σε ένα μπλοκ Ακουαρέλας κοιτώντας έξω απ' την μπαλκονόπορτα, ήπιε την πρώτη της γουλιά.

Για λίγο επικράτησε ησυχία, ήπιε μία ακόμα γουλιά από τον καφέ της ενώ εκείνος με προσοχή συμπλήρωνε κάποιες πινελιές στον πίνακα που τελείωνε με την θέα που είχε μπροστά του.

«Πρώτη φορά σε βλέπω να φτιάχνεις κάτι δίχως την γυναικεία παρουσία.»

«Δες το σαν άσκηση για τον εαυτό μου. Προσπαθώ να δω αν μπορώ να ξεφύγω από το θέμα εκείνο, που πάντα με βασάνιζε.»

«Και ποιο είναι το συμπέρασμά σου;»

«Δεν με ικανοποιεί η μεταφορά άψυχων πραγμάτων στον καμβά.»

«Οι ποιητές λένε ότι η θάλασσα έχει ψυχή.»

«Αυτοί μπορεί να έχουν την ικανότητα να ανακαλύπτουν την ψυχή παντού, ακόμα και στην θάλασσα. Εμένα δεν μου λέει τίποτα. Μόνο χρώματα και τεχνική υπάρχει εδώ.»

«Γι' αυτό επιμένεις στις γυναίκες;»

«Δεν υπάρχει πλάσμα στο κόσμο, πιο μυστηριώδες από την γυναίκα. Εσύ, ποιο στοιχείο πιστεύεις ότι κάνει την γυναίκα τόσο θελκτική για εμάς, τους άντρες ζωγράφους;»

«Ο ερωτισμός της;»

«Όχι! Την ψυχή της ψάχνουμε, μα όσες προσπάθειες κι αν κάνουμε, στο τέλος αδυνατούμε να την γνωρίσουμε αληθινά! Ούτε η ομορφιά ούτε οι καμπύλες ούτε οι όλο χάρη κινήσεις της κάνουν τη διαφορά. Αν δεν υπήρχε η ψυχή της, η τόσο απλησίαστη για μας, θα ήταν απλώς ένα τέλειο δημιούργημα του Θεού. Κενό όμως, που γρήγορα θα μας ήταν αδιάφορο.»

«Κι εσείς, οι άντρες, δεν έχετε ψυχή;»

«Όχι! δεν ξέρω τι είναι αυτό. Γι' αυτό την ψάχνω σε σας. Σε σας τη διακρίνω εύκολα, την βλέπω κάτω από την επιδερμίδα σας, την νιώθω να περιφέρεται στον χώρο που βρίσκεστε. Είναι παρούσα έστω κι άπιαστη ακόμα.»

«Τι έχετε εσείς; Μυαλό;»

«Μυαλό; Αστειεύεσαι! Τετράγωνη λογική και τέτοιες μαλακίες; Το πιστεύεις;»

«Δεν ξέρω! Αλλά ακόμα δεν μου απάντησες.»

«Καρδιά έχουμε! Μόνο καρδιά. Με αυτήν κινούμαστε, με αυτήν αποτυγχάνουμε, με αυτήν αγαπάμε. Αυτή είναι η κινητήριος δύναμή μας. Άκαρδο λένε αυτόν που δεν μπορεί να σας καταλάβει. Άκαρδο! Αυτό τα λέει όλα.»

«Γιατί βρίσκεσαι εδώ, Γιώργο;»

«Μόλις σου απάντησα. Η καρδιά μου μου επέβαλε, να έλθω. Ούτε σκέψεις ούτε βαθιές ενδοσκοπήσεις χρειάστηκαν για να πάρω την απόφασή μου.»

«Και τι θα κάνεις εδώ; Για πόσο καιρό σκοπεύεις να μείνεις;»

«Δεν έχω ορίσει κανένα πλάνο επιστροφής. Εκτός κι αν θέλεις να φύγω! Τα μαζεύω και φεύγω, τώρα αμέσως!»

«Όχι, ηρέμησε! Δεν είναι αυτό. Απλά αναρωτιέμαι τι είναι πραγματικά αυτό που σε έφερε εδώ, μέσα στο σπίτι μου, να συζητάμε σαν να ήμαστε φίλοι από χρόνια. Δύο άνθρωποι που πριν από λίγους μήνες μόνο, βρίσκονταν στα μαχαίρια.»

«Και πριν από χρόνια, ζήσαμε με πάθος τα νιάτα μας, μαζί, κάτω από την ίδια στέγη.»

«Θεωρείς, ότι μπορούμε να γυρίσουμε στα παλιά;»

«Δεν είμαι έτοιμος να σου απαντήσω. Το μόνο που ξέρω αυτήν την στιγμή, είναι ότι έπρεπε να βρίσκομαι κοντά σου. Θα σου θυμίσω κάτι. Τότε, που σε ζωγράφισα στήνοντας σε για ώρες κάτω από τον ήλιο, μέχρι που το δέρμα σου άρχισε να διαλύεται. Όλη την νύχτα προσπαθούσα να σε κάνω καλά με εκείνα τα γιαούρτια, που πήρα από το μοναδικό παντοπωλείο της περιοχής. Το θυμάσαι; Αναρωτήθηκες ποτέ, γιατί ήμουν τόσο εγωιστής; Εγώ το σκέφτομαι πολλές φορές, ειδικά τον τελευταίο χρόνο. Σε πλήγωνα ηθελημένα διότι είχα πιστέψει, ότι ήμουν ο μόνος που διέθετε την ορθή κρίση στη σχέση μας, Ήμουν ο μόνος που είχε τη σωστή απάντηση για τα πάντα. Πίστευα ότι με τη δύναμη του μυαλού μου, έπρεπε να τιθασεύσω εσένα, να σε κάνω ίση και όμοια με μένα. Ναι, όπως το ακούς! Πίστευα ο ανόητος, ότι ήμουν αλάνθαστος κι αν σου το επιβεβαίωνα αυτό, θα κυρίευα και την ψυχή σου. Γι' αυτό σου λέω, δεν είναι το μυαλό αυτό που χρειάζεται σε μία σχέση. Αυτό απέτυχε! Κάηκε! Η καρδιά, μόνο αυτή μπορεί να σπάσει την απόσταση, που έχει δημιουργηθεί μεταξύ μας. Και το τελευταίο διάστημα, αν πετύχαμε κάτι, ήταν διότι αφήσαμε αυτήν να πάρει το πάνω χέρι. Για την δική μου να είσαι σίγουρη πάντως!»

«Μάλιστα! Μία ετεροχρονισμένη συγνώμη και μία καρδιά που οδηγεί τα βήματά σου πλέον. Ενδιαφέρον! Ξέρεις όμως κάτι; Η απάντησή σου δεν μου έδωσε αυτά που χρειάζομαι να ακούσω από σένα, αυτήν τη στιγμή.»

«Ίσως πρέπει να αφήσεις κι εσύ την καρδιά σου να πάρει το πάνω χέρι!»

«Έχεις την εντύπωση, ότι υπάρχει κάποιο κουμπί που πατώντας το, από την μια στιγμή στην άλλη διαγράφονται τα πάντα; Πόνοι, απογοητεύσεις, εξευτελισμοί, χιλιάδες αναπάντητα ερωτήματα, τα οποία σε βασανίζουν κάθε μέρα, χωρίς να βρίσκεις τον τρόπο να καταλαγιάσεις τον πόνο που σου προκαλούν. Μακάρι να είχα την μακαριότητά σου!»

«Αισθάνομαι ότι κάτι μου διαφεύγει. Νόμιζα ότι είχαμε συμφωνήσει να σταθώ δίπλα σου, μέχρι να δούμε που θα καταλήξει όλο αυτό! Εσύ κρατήθηκες πάνω μου κλαίγοντας, εσύ μου έδειξε πόσο αδύναμη, πόσο φοβισμένη ήσουν. Κι όπως εσύ μου έχεις πει, από την ώρα που βρέθηκα εδώ, τα πράγματα έχουν ηρεμήσει. Ίσως, μαθαίνοντας αυτός ο μαλάκας ότι δεν είσαι πια μόνη, έχει καταλάβει ότι το παιχνίδι που προσπάθησε να παίξει μαζί σου, δεν έχει πλέον κανένα νόημα.»

«Δεν είμαι καθόλου σίγουρη γι' αυτό. Επέτρεψέ μου να τον γνωρίζω καλύτερα από εσένα. Τώρα άλλο με απασχολεί. Θα σου το πω ευθέως. Νιώθω υποχρεωμένη βέβαια να σε ευχαριστήσω, που μπήκες στον κόπο να ξεβολευτείς από το άνετο σπίτι σου στην Αθήνα, για να βρεθείς κοντά μου, τη στιγμή που είχα την ανάγκη κάποιου ανθρώπου δίπλα μου. Είμαστε όμως δύο ενήλικες, συζούμε κάτω από την ίδια στέγη, αν και έχουμε μιλήσει μεταξύ μας πολύ το τελευταίο διάστημα, δεν θα έλεγα ότι σε θεωρώ, απλά και μόνο, έναν καλό μου φίλο. Αναρωτιέμαι, τι πραγματικά προσδοκά ο ένας από τον άλλο;»

«Κοίταξε, Βασιλική! Τα έχουμε πει και στο παρελθόν, αλλά καλό είναι να τα συζητάμε αυτά. Ίσως έτσι, κάποια στιγμή, μπορέσουν να φανερωθούν κι εκείνα που φοβόμαστε να ομολογήσουμε, αν και είμαστε ενήλικες, όπως είπες. Όπως για παράδειγμα, για το πόσο ένοχος νιώθω απέναντί σου. Για την ηλίθια συμπεριφορά μου στο διάστημα που ήμασταν μαζί, για την άρνηση μου να αφήσω στην άκρη κάθε εγωισμό, όπως θα άρμοζε σε δύο ανθρώπους που αγαπιούνται πραγματικά. Ένοχος για ότι ακολούθησε και στους δύο μας. Πιστεύω ότι η σχέση σου με τον Δρακόγλου, δεν ήταν αποτέλεσμα κάποιου έρωτα, αλλά κάποιας υποχώρησης που έκανες, για να μπορέσεις να συνεχίσεις τη ζωή σου, να επιβιώσεις αν θέλεις. Από την δική μου πλευρά, έζησα όλα τα χρόνια που χωρισμού μας, οργισμένος. Αλλά και βασανιζόμενος διότι ήξερα ποιος ήταν ο φταίχτης, αν και δεν το ομολογούσα ποτέ. Πονούσα γι' αυτό, αλλά δεν είχα τη δύναμη να σε διεκδικήσω πίσω. Πίστευα ότι ο δρόμος που επέλεξες ήταν αυτός, που θα σου χάριζε την ευτυχία. Ήμουν ένοχος διότι δεν σε κράτησα κοντά μου αλλά και δεν θέλησα να σε αναζητήσω ποτέ. Πού να ήξερα; Σε αγάπησα, συνέχισα να σε αγαπώ, είχα πιστέψει όμως ότι είχες φτιάξει τη ζωή σου από την αρχή, ότι είχες βρει την ευτυχία κάπου αλλού κι εγώ πλέον όφειλα να πληρώσω το τίμημα της ανόητης συμπεριφοράς μου. Νόμισα ότι με είχες ξεχάσει, ότι με είχε συγχωρέσει. Μέχρι που ανακίνησες την υπόθεση των πινάκων, έτσι πορευόμουν. Όταν όμως ζήτησες να καταστραφούν το μόνα πράγματα, που με συνέδεαν πια μαζί σου, τότε κατάλαβα το μίσος που κουβαλούσες για μένα. Το μίσος, πάντα έχει αιτία. Ήθελες να με κάνεις να πονέσω! Για ποιον λόγο; Η μόνη απάντηση που μπορούσα να δώσω στο εαυτό μου, ήταν ότι δεν είχες την εξέλιξη που προσδοκούσες, ότι υπέφερες κι εσύ εκεί που βρισκόσουν και για την δυστυχία σου, ήθελες να τιμωρήσεις τον αίτιο, που ήμουν εγώ. Όχι όμως με τα πορτρέτα, ρε Βασιλική! Ήταν το μόνα πράγματα που με συνέδεαν μαζί σου και δεν ήθελα με τίποτα να μου τα πάρεις με αυτόν τον τρόπο, απειλώντας με ότι θα τα καταστρέψεις. Όχι έτσι! Θα σου πω την αλήθεια, αν μου τα ζητούσες για οποιονδήποτε άλλο λόγο, εγώ θα σου τα έδινα. Θα ζητούσα όμως να κρατήσω ένα, μόνο και μόνο, για να το τοποθετήσω απέναντί μου, ώστε ποτέ μου να μην ξεχάσω το μέγεθος της ηλιθιότητας μου.

Όταν έμαθα ότι ήσουν η ερωμένη του πιο ελεεινού δικηγόρου των Αθηνών, δεν οργίστηκα τόσο, όσο λυπήθηκα για την κατάντια σου. Δεν ήσουν εσύ πια η γυναίκα που θυμόμουν, αυτή που αγαπούσε τη ζωή, που είχε όνειρα και ήταν αποφασισμένη να τα κατακτήσει. Ήξερα ότι είχες πέσει πολύ χαμηλά και σε αυτήν την πτώση σου είχα βάλει κι εγώ το χέρι μου.»

«Με αγαπούσες μέχρι που μπήκε στη ζωή σου η Τζώρτζια!»

«Απλώς έψαχνα μία διέξοδο για να μην τρελαθώ. Εκείνη μου την πρόσφερε. Ίσως τελικά αυτά που σχεδιάσαμε να πήραν μια διαφορετική τροπή απ' ότι είχαμε φανταστεί, αλλά κάπως έτσι θα καταλήγαμε. Δεν μπορούσε να είναι τόσο εύκολα τα πράγματα όπως τα συζητούσαμε συνεπαρμένοι απ' την βλακεία μας, αγνοώντας την πραγματικότητα. Εμείς οι έξυπνοι, που θα την φέρναμε στον Δρακόγλου και τον υπόκοσμο που τον περιστοιχίζει. Ήταν βλακεία μου, που πίστεψα ότι αυτή η γυναίκα με αγάπησε αληθινά. Που την άφησα να με τυφλώνει με τις ντόπες που έβαζε στο στόμα μου. Υπήρξα ανόητος, μια ζωή η μία βλακεία μου ακολουθεί την άλλη!»

«Και τώρα τι αισθάνεσαι; Γιατί είσαι εδώ; Τι πραγματικά θέλεις από εμένα;»

«Αυτό που θέλω, αποτελεί συνάρτηση των δικών σου συναισθημάτων με τα δικά μου. Οπότε θα σου επιστρέψω την ερώτηση.»

Εκείνη αφού ήπιε μια γουλιά καφέ από την κούπα που κρατούσε με τα δυο της χέρια όλη αυτή την ώρα, την άφησε στο τραπέζι δίπλα της, με το ένα της χέρι τον έπιασε από τον ώμο και με το άλλο του πήρε το πινέλο από το χέρι και σκύβοντας του ψιθύρισε στο αυτί:

«Έλα λίγο μαζί μου!» Τον άφησε και προχώρησε προς την κρεβατοκάμαρα. Για λίγο στάθηκε στο παράθυρο ρίχνοντας μια ματιά προς τα έξω, γύρισε απότομα και αφαίρεσε ότι σκέπαζε το κορμί της, αφήνοντάς τα με επιμέλεια σε μια καρέκλα που βρισκόταν δίπλα, τακτοποίησε μηχανικά το σεντόνι του κρεβατιού της και ξάπλωσε ακουμπώντας την πλάτη της ψηλά με την βοήθεια του μαξιλαριού της. Χωρίς να φοβάται την έκθεση του κορμιού της στα μάτια του, άνοιξε τα πόδια της ζητώντας του να την πλησιάσει. Εκείνος την παρακολουθούσε ακίνητος, ήξερε τι θα γινόταν, από την πρώτη μέρα που έφτασε στο νησί και μπήκε στο σπίτι της ήταν σίγουρος για την κατάληξη αυτή. Την κοίταξε για λίγο, μην μπορώντας να κρύψει τον θαυμασμό του γι' αυτό που έβλεπε:

«Είσαι ακριβώς όπως σε θυμάμαι!»

«Έλα δίπλα μου.»

Αφού απελευθερώθηκε με βιασύνη απ' ότι φορούσε, στριμώχτηκε δίπλα της και με το χέρι του προσπάθησε να φέρει το πρόσωπό της κοντά στο δικό του για να την φιλήσει. Εκείνη τον απέκρουσε με ένα χαμόγελο.

«Αποδέξου, ότι εγώ θα έχω το πάνω χέρι εδώ!»

Εκείνος έκανε πίσω και τότε εκείνη τον πλησίασε, βρήκε το στόμα του και το σφράγισε με τα χείλη της, τα χέρια της μάγκωσαν με δύναμη τα δικά του, εκείνος ακολουθώντας τις κινήσεις της βρέθηκε με την πλάτη κάτω ενώ εκείνη εξακολουθούσε να τον σφίγγει με όση δύναμη διέθετε, μέχρι που βόλεψε το κορμί της πάνω του, δίνοντας τον ρυθμό που εκείνη επιθυμούσε. Τα δύο σώματα αντέδρασαν σαν να είχαν βρει το χαμένο τους από καιρό, μοναδικό ταίρι και η κορύφωση δεν άργησε να έλθει με κραυγές ικανοποίησης. Στη συνέχεια άφησε να πέσει το κορμί της πάνω στο στήθος του ενώ εκείνος την αγκάλιαζε με δύναμη σαν να φοβόταν μην την χάσει και πάλι.

«Μου έλειψες! Ανάθεμά με, πόσο ηλίθιος υπήρξα.»

«Μην μιλάς! Άφησε με να ακούσω την καρδιά σου.»

Εκείνος χαμογέλασε. Το ίδιο ακριβώς έκανε κάθε φορά μετά τα παθιασμένα σμιξίματά τους. Ήθελε να ακούει τους ξέφρενους χτύπους της καρδιάς του μέχρι να επανέλθουν στον κανονικό τους ρυθμό, ενώ με το χέρι της του χάιδευε τα μαλλιά.

«Η καρδιά σου ακούγεται το ίδιο. Μακάρι να είναι αλήθεια, ότι αυτή σε κουμαντάρει πια.»

«Δεν θα σε πληγώσω, ποτέ ξανά! Να είσαι σίγουρη γι' αυτό!»

Γύρισε στην πλευρά της, προσπάθησε να βολευτεί στο μονό κρεβάτι του δωματίου της κρατώντας τον γερά από την μέση, ενώ εκείνος την τραβούσε κοντά του.

«Αυτή είναι, λοιπόν η απάντηση σου!»

«Ναι, αυτή είναι! Σε θέλω εδώ μαζί μου. Όπως κι εσύ δεν υπολόγισες τίποτα και βρέθηκες δίπλα μου μόλις αντιλήφθηκες τους φόβους μου, έτσι κι εγώ δεν θέλω να κάνω άλλα λάθη πια στη ζωή μου. Δύο άνθρωποι είμαστε, που κάποια κατάρα μας έχει ορίσει να ζήσουμε μαζί. Δεν χρειάζονται περισσότερα λόγια, έχουμε πει ήδη αρκετά!»

«Γιατί την ονομάζεις κατάρα; Εγώ νιώθω ευλογημένος αυτήν την στιγμή.»

«Κατάρα είναι Γιώργο! Σκέψου για λίγο τον πόνο που βιώσαμε και οι δυο μας.»

«Θα μείνω στην αγαλλίαση των στιγμών, που σε κρατώ και πάλι στην αγκαλιά μου.»

«Φοβάμαι!»

«Τίποτα δεν μπορεί να μπει ανάμεσά μας πια. Μην αφήνεις τον φόβο να σε παρασύρει εκεί που δεν χρειάζεται.»

«Ελπίζω να έχεις δίκιο! Θα μείνεις, έτσι δεν είναι;»

«Φυσικά και θα μείνω! Ούτε θα φύγω, ούτε θα αφήσω να μου φύγεις εσύ!»

«Θέλω να σε πιστέψω!»

«Να είσαι σίγουρη!»

«Ξέρεις αυτός ο τόπος, δεν είναι ο ίδιος με αυτόν που μεγάλωσα.»

«Φαντάζομαι ότι από την αποφοίτηση σου από το Λύκειο, πολλά άλλαξαν.»

«Έτσι είναι! Ο τόπος στον οποίο μεγάλωσα έχει γίνει μια μικρή πολιτεία. Για να σου πω την αλήθεια, έχει ασχημύνει κιόλας. Αλλά δεν είναι αυτό το μεγάλο μου πρόβλημα. Όταν έφυγα από εδώ, όχι μόνο γεμάτη όνειρα, αλλά κυρίως με τη σιγουριά ότι μπορούσα να κερδίσω ότι επιθυμούσα στη ζωή μου, το έκανα με την αδημονία του κοριτσιού που ένιωθε ότι ήταν έτοιμη να πετάξει. Ψηλά, μέχρι εκεί που κανείς να μην την φτάνει. Κι από εκεί να αντικρίζει με περηφάνια το κατόρθωμά της. Ήμουν σίγουρη ότι θα τα κατάφερνα! Ήμουν καλή μαθήτρια, είχα θέσει από νωρίς στόχους στη ζωή μου, ήξερα τη δύναμη της γυναικείας μου φύσης την οποία μέχρι τότε απόκρυβα. Είχα ότι μου χρειαζόταν για να ξεκινήσω μια νέα ζωή, δίχως τις συμβάσεις που οι μικροί τόποι σε μαθαίνουν να υπομένεις. Να όμως τι κατάφερα τελικά! Να επιστρέψω πίσω με την ουρά στα σκέλια, μια άσημη δικηγόρος, που χαίρεται για την κάθε άσχετη υπόθεση που της αναθέτουν αντί των μεγάλων ποινικών υποθέσεων που ονειρευόταν Το χειρότερο είναι, ότι αυτή την απογοήτευση την βλέπω και στα μάτια των λίγων εκείνων ανθρώπων με τους οποίους διατηρώ ακόμα κάποιες σχέσεις από τα παλιά. Νομίζω ότι κι εκείνοι περίμεναν περισσότερα από εμένα κι εγώ το μόνο που κατόρθωσα ήταν να απογοητεύω κι αυτούς. Σου το είπα και πρωτύτερα. Ο τόπος ήταν μικρός, όλοι μας γνωριζόμαστε, τίποτε δεν μένει κρυφό, ούτε τα όνειρά μας, όλοι μας φανταζόμαστε την εξέλιξη του καθενός. Κι εμένα με θεωρούσαν ικανή για μεγάλα πράγματα.»

«Μίλα μου για τα χρόνια εκείνα. Δεν θυμάμαι να μου έχεις μιλήσει ποτέ.»

«Έχεις δίκιο! Είχα απαρνηθεί ότι με συνέδεε με αυτόν τον τόπο, τον ένιωθα ως ένα βαρίδι που έπρεπε να το αποβάλω από πάνω μου όσο πιο γρήγορα μπορούσα, γι' αυτό και οι αναφορές μου ήταν ελάχιστες. Δεν ήμαστε μεγάλη οικογένεια. Οι γονείς μου, μοναχοπαίδια και οι δύο, πράγμα ασυνήθιστο για την εποχή αλλά γεγονός, γνωρίστηκαν σε κάποιο πανηγύρι και με την μία ερωτεύτηκαν τρελά. Έτσι τουλάχιστον έλεγαν σε εμένα και την αδελφή μου. Μια ζωή τους θυμάμαι να εκφράζουν την υπερηφάνεια τους για εμένα, η οποία ήμουν η καλή μαθήτρια της οικογένειας και θα έκανα σπουδαία πράγματα στη ζωή μου. Η μητέρα μου ήταν αυτή, που περισσότερο υποδαύλιζε τις φιλοδοξίες μου σε αντίθεση με τον πατέρα μου, που χαιρόταν αλλά συγχρόνως ήταν έτοιμος να με αποδεχθεί ότι και να γινόμουν. Η μητέρα μου όμως, δεν αποδεχόταν κανένα λοξοδρόμισμα, καμία αποτυχία. Ο κοινωνικός μας περίγυρος ήταν μικρός, ελάχιστοι οι συγγενείς κι έτσι οι παρέες μου περιορίζονταν στον σχολικό περίγυρο. Μόνο που εγώ, κι εκεί κρατούσα τις αποστάσεις, διότι δεν ήθελα να παρασυρθώ σε καμιά από τις νεανικές τρέλες που όλοι κάνουν. Τις έκανα αργότερα όλες μαζεμένες σαν να με τιμωρούσε η ίδια μου η ζωή, που τόσο ιδανικά την είχα ονειρευτεί. Οι περισσότεροι από όσους ήξερα, χάθηκαν. Οι γονείς μου έχουν πεθάνει από καιρό, η αδελφή μου όπως και άλλοι έχουν φύγει από εδώ, κάποιοι τρέχουν όλη μέρα για το μεροκάματο, πολλές συμμαθήτριες μου έχουν φτιάξει οικογένειες, μία είναι και γιαγιά, το φαντάζεσαι; Όλοι τους μου είναι ξένοι πλέον. Γι' αυτό ένιωσα την ανάγκη, να σου ζητήσω να μείνεις μαζί μου. Τώρα που το σκέφτομαι και πάλι, αν δεν θέλεις αληθινά να το κάνεις, έχεις το ελεύθερο από εμένα να φύγεις.»

«Ξέρεις, η πόλη σου εμένα μου αρέσει. Τις λίγες ημέρες που είμαι εδώ, αυτά που έχω δει, μου έχουν αφήσει τις καλύτερες εντυπώσεις. Δεν μοιάζει με καμία από όσες έχω γνωρίσει στα υπόλοιπα νησιά μας. Στην μία της άκρη το παλιό λιμάνι, τα κτίρια που την συνδέουν με το παρελθόν της, λίγα βήματα μόνο πιο μέσα και βρίσκεσαι εντός της αρχαίας της ιστορίας και μετά σιγά σιγά, ακολουθώντας τον παραλιακό φτάνεις στο νέο λιμάνι, στο σήμερα. Κι όλα αυτά χωρίς να χάνεται το πράσινο και το μπλε από τα μάτια σου. Είναι όμορφη πόλη και δεν χρειάζεται να την αδικείς. Θα μείνω μαζί σου! Όχι διότι μου χρωστάς ή σου χρωστώ κάτι, αλλά διότι ξέρω, ότι μακριά σου γίνομαι ο λάθος άνθρωπος.»

«Στην προηγούμενη περίοδο της συμβίωσης μας τα πράγματα, αν θυμάσαι, δεν ήταν και τόσο ρόδινα.»

«Την περίοδο εκείνη, μας χαρακτήριζε η ανωριμότητα, μα κυρίως οι αγωνίες μας για το δρόμο που θέλαμε να χαράξουμε στις ζωές μας. Σε ήθελα, πίστευα ότι έπρεπε να έχω το πάνω χέρι, λάθος μου. Τσακωνόμαστε σαν μικρά παιδιά με το παραμικρό, ζούσαμε στην αφέλεια των είκοσι όπου τα ασήμαντα δεν ιεραρχούνται όπως τους αξίζει. Ήμασταν όμως ερωτευμένοι, ποθούσε ο ένας τον άλλον και το ξέραμε. Θυμάσαι πολύ καλά, όταν αποκαμωμένοι από την ένταση της ημέρας, τα σώματά μας ανταποκρίνονταν αδίστακτα στο κάλεσμα του άλλου. Κι εγώ τα διέλυσα όλα... Είπες προηγουμένως ότι φεύγοντας από εδώ, είχες μεγάλα όνειρα, ότι ήθελες να φτάσεις ψηλά. Το καταλαβαίνω, όλοι μας έτσι ξεκινήσαμε τις ζωές μας. Εγώ όμως τι μπορούσα να σου προσφέρω; Γιατί με ενέταξες στο σχέδιο σου; Τι ήταν αυτό που σε έκανε να δεθείς μαζί μου; Ένας άσημος ζωγράφος ήμουν, δεν είχα καμία σχέση με ότι σπούδαζες, σε τίποτα δεν μπορούσα να σε βοηθήσω, ίσα ίσα το αντίθετο συνέβη, γιατί επέλεξες εμένα;»

«Οι πράξεις των ανθρώπων δεν καθορίζονται πάντα από τη λογική ή τα επιφανειακά μας θέλω, ούτε με ψυχρούς υπολογισμούς. Από την πρώτη στιγμή, με εντυπωσίασες! Ήσουν στην ηλικία μου, εμφανίσιμος, ένιωσα μια αίσθηση πλήρωσης όταν ανταλλάξαμε τις πρώτες μας κουβέντες. Όταν σε γνώρισα καλύτερα, αυτό που με ενθουσίασε με εσένα ήταν ο τρόπος που αντιμετώπιζες το μέλλον. Σε αντίθεση με μένα, που προχωρούσα την μέχρι τότε ζωή μου με απόλυτη πειθαρχία και αυστηρό σχεδιασμό, εσύ έδειχνες ελεύθερος, δίχως καμία δέσμευση και η ζωγραφική σου αποτύπωνε τις αντιλήψεις σου αυτές. Η βαθιά σου πίστη πως το όλο σύστημα αποτελούσε μια μπλόφα ζωής, ίσα ίσα για να επιβιώνουμε ως νοήμονα όντα, ερχόταν σε τέλεια αντίθεση με όλα όσα εγώ θα έπρεπε να υπηρετήσω τα επόμενα χρόνια. Είχα κουραστεί ήδη στα είκοσι τρία μου, να προγραμματίζω τόσο αυστηρά το μέλλον μου. Πίστεψα ότι θα με βοηθούσες να ισορροπήσω ανάμεσα στην αυστηρότητα που επέβαλλαν οι φιλοδοξίες μου και την ελευθερία που ποθούσα. Εν μέρει αυτό το κέρδισα τότε. Το λυπηρό είναι ότι τελικά κι εσύ κατάλαβες, ότι το σύστημα ποτέ δεν μπλοφάρει και εγώ ότι ποτέ μου δεν θα ήμουν ελεύθερη. Παρόλα αυτά, σήμερα που πιάνουμε το νήμα της κοινής μας ζωής από την αρχή, παρά την αμείλικτη εκείνη λογική που μου ψιθυρίζει ότι κάνω και πάλι λάθος, εγώ είμαι διατεθειμένη να ρισκάρω μαζί σου και πάλι.»

«Δεν θα ρισκάρεις μαζί μου! Τουλάχιστον τώρα δεν ονειροβατώ! Η ζωή μου χρειάζεται ένα σταθερό αποκούμπι. Ξέρω ότι εσύ είσαι, η μόνη που μπορεί να μου το προσφέρει, αλλά αντιλαμβάνομαι πλήρως αυτό που λες για την λογική και τις αμφιβολίες σου. Αισιοδοξώ όμως, ότι μαζί μπορούμε να αντιμετωπίσουμε το μέλλον, τις όποιες βουλές του δικηγόρου σου και να νικήσουμε.»

«Μην το ξαναπείς αυτό! Δεν υπάρχει κανένας δικηγόρος μου. Σε χρειάζομαι δίπλα μου για να με στηρίξεις σε ότι μπορεί να πάει στραβά το επόμενο διάστημα. Δίχως καμία αναφορά στο παρελθόν μου ή το δικό σου.»

«Συγνώμη! Απλώς προσπάθησα να εκφράσω τον θυμό μου προς το πρόσωπό του.»

«Το κάνεις με λάθος τρόπο όμως! Φίλησε με! Αγκάλιασε με! Πάρε με! Τα λόγια μόνο ζημιά κάνουν τώρα.»

Τις επόμενες ημέρες οι δυο τους, αφού εξέτασαν τις επιλογές που τους δίνονταν, αποφάσισαν να εγκαταλείψουν το στενάχωρο διαμέρισμα που έμεναν και να εγκατασταθούν σε κάποιο πιο άνετο οίκημα. Βρήκαν μια παλιά δίπατη μονοκατοικία στην Παναγιά, εκεί θα συζούσαν πλέον, δώδεκα λεπτά από τον Λιμένα, με έναν μικρό, απεριποίητο κήπο δίπλα της, αλλά με μία υπέροχη αυλή και φοβερή θέα προς την θάλασσα. Κάποια μερεμέτια που έπρεπε να γίνουν, ανατέθηκαν σε έναν ντόπιο πολυτεχνίτη, παλιό γνωστό της οικογένειας της. Δεν ήταν πολλά αλλά έπρεπε να γίνουν. Σοβάδες που είχαν πέσει από εδώ κι εκεί, οι πόρτες που δεν έκλειναν καλά, τα υδραυλικά που έπρεπε να αντικατασταθούν και φυσικά ένα βάψιμο στους ταλαιπωρημένους από την υγρασία εσωτερικούς του χώρους. Όλα τα επωμίσθηκαν μόνοι τους με αντάλλαγμα την μη καταβολή ενοικίων για έναν χρόνο. Στο ισόγειο υπήρχε ένας κοινός χώρος τραπεζαρίας και καθιστικού και ένα δωμάτιο, που μπορούσε να γίνει το νέο ατελιέ του Βερεμή, αν και εκείνος υπολόγιζε ότι η αυλή θα τον εξυπηρετούσε καλύτερα, μην υπολογίζοντας μάλλον τη διάρκεια και την τραχύτητα τον χειμώνα που ήδη είχε κάνει την εμφάνισή του. Στον όροφο έφτιαξαν την κρεβατοκάμαρά τους και τα υπόλοιπα δωμάτια κλειδώθηκαν. Λίγο πριν τα Χριστούγεννα είχαν εγκατασταθεί, μεταφέροντας τα λίγα πράγματά τους, η Κοράλλη αδειάζοντας το διαμέρισμα και ο Βερεμής μεταφέροντας από την Αθήνα, με το αυτοκίνητο του ότι μπορούσε να χωρέσει. Το πρωί ξυπνούσαν και οι δυο τους νωρίς, έτρωγαν μαζί πρωινό και μετά εκείνη έφευγε για το γραφείο της, ενώ αυτός κλεινόταν στο νέο του εργαστήριο για να ασχοληθεί με την επόμενη σειρά πινάκων που είχε ξεκινήσει. Αργά το μεσημέρι ετοίμαζε φαγητό για τους δυο τους, εκείνη επέστρεφε κι έτρωγαν με την ηρεμία που προσδοκούσαν, ο ένας απέναντι από τον άλλο. Μερικά βράδια τα περνούσαν σε κάποιο από τα μπαράκια της πόλης, αλλά τον περισσότερο καιρό έμεναν στο σπίτι τους, ανάβοντας το τζάκι και με τη συνοδεία του ραδιοφώνου που έπαιζε απαλά μουσική, συζητούσαν για όλα όσα τους είχαν κινήσει το ενδιαφέρον την ημέρα που πέρασε. Το πρόγραμμα αυτό διακοπτόταν μόνο όταν η Κοράλλη, έπρεπε να βρεθεί στην Καβάλα, για κάποια υπόθεση που ήταν αδύνατον να διεκπεραιωθεί από το γραφείο της στον Λιμένα. Τότε εκείνος καθόταν στο σπίτι, χωρίς να ασχολείται με τίποτε άλλο πέρα από την ζωγραφική του. Όλα φαίνονταν ότι τους πήγαιναν καλά, οι αναθέσεις διάφορων υποθέσεων στην Κοράλλη είχαν αποκτήσει μία σταθερότητα και ο Βερεμής πρόσφατα ενημερώθηκε, ότι κάποιος πίνακας της τελευταίας του συλλογής, πουλήθηκε τελικά από τον έμπορο κάποιου μόνιμου εκθετηρίου, όπου τους είχε αφήσει. Το ήξερε ότι είχε κάνει καλή δουλειά, αυτήν την φορά δεν τον στενοχώρησε το μικρό τίμημα της πώλησής του, τον ενδιέφεραν οι καλές κριτικές που είχε αποκομίσει, τις οποίες θεωρούσε ως μία σημαντική παρακαταθήκη για το μέλλον. Μπορεί να μην ήταν αυτό που προσδοκούσε αλλά έφτανε για να του αναπτερώσει το ηθικό. Η επόμενη του έκθεση θα γινόταν στη Βόρεια Ελλάδα, στη Θεσσαλονίκη. Ήδη είχε κάνει τις πρώτες του επαφές με έναν γνωστό γκαλερίστα της πόλης, που στο παρελθόν είχε εκθέσει έργα του πατέρα του και τώρα ήθελε να πάρει σειρά και ο γιος του. Στην ησυχία του νησιού, με το μυαλό του να μπορεί να σκέπτεται με πιο αργούς ρυθμούς, είχε απαλυνθεί και το βάρος της σχέσης του με εκείνον.

Το σημαντικότερο ήταν ότι δεν υπήρχε καμία ενόχληση από τον Δρακόγλου. Τουλάχιστον αυτό καταλάβαινε από τα δικά της λεγόμενα ή καλύτερα, από αυτά που δεν έλεγε. Ο Βερεμής ήταν σίγουρος ότι εκείνος το είχε πάρει πια απόφαση, είχε χωνέψει επιτέλους ότι δεν υπήρχε πια θέση γι' αυτόν ανάμεσά τους. Το πιο πιθανόν θα ήταν ήδη να είχε ρίξει τα δίκτυα του σε κάποια νεαρή, ασκούμενη στο γραφείο του. Εξάλλου αν είχε δεχτεί η Κοράλλη την όποια ενόχληση, δεν θα του το έλεγε; Ζούσαν μια απλή και ήρεμη ζωή, σχεδόν περνούσαν απαρατήρητοι στο νησί, συζητούσαν πολύ μεταξύ τους και έκαναν έρωτα σαν να προσπαθούσαν να αναπληρώσουν τα χαμένα τους χρόνια. Δεν τους έλειπαν και τα όνειρα για το μέλλον, δειλά δειλά ανέφεραν την σκέψη για ένα παιδί το οποίο θα συμπλήρωνε την ευτυχία τους, δίχως όμως να το έχουν αποφασίσει ακόμη. Αν το ήθελε αληθινά η Κοράλλη, εκείνος δεν θα της έλεγε όχι. Έτσι κι αλλιώς από τότε που ξανάσμιξαν, ποτέ δεν της έφερνε καμία αντίρρηση για τα σοβαρά ζητήματα που εμπλέκονταν στη σχέση τους. Εκείνη είχε τον πρώτο και τον τελευταίο λόγο, όπως δική της ήταν η απόφαση να τον βάλει στο κρεβάτι της ξανά ή να μετακομίσουν σε άλλο, μεγαλύτερο σπίτι ή ακόμα και ποιο θα ήταν αυτό το σπίτι. Εκείνος απλώς απολάμβανε την ηρεμία που τόσο ανάγκη είχε σε όλη του τη ζωή και επιτέλους φαινόταν να κερδίζει.

Αρχές Μαρτίου ήταν, ο καιρός πάλευε να αφήσει πίσω τον χειμώνα, ένας υγρός Νοτιάς είχε σκεπάσει με γκρίζα σύννεφα όλο το νησί. Ο Βερεμής προσπαθούσε να τελειώσει έναν πίνακά του με κεντρικό θέμα την Κοράλλη ξαπλωμένη σε μία σεζλόνγκ, στην αυλή του σπιτιού τους, με ένα διάφανο, κίτρινο φόρεμα να σκεπάζει το κορμί της. Είχε αρχίσει και πάλι να προσθέτει στο έργο του την μορφή της, αλλά αυτή τη φορά δίχως να της ζητά να του στήνεται ακίνητη με τις ώρες μπροστά του. Έπιανε μια οποιαδήποτε, καθημερινή στιγμή της ζωής της, στα γρήγορα περνούσε την εικόνα σε ένα μπλοκ σχεδίασης που πάντα είχε μαζί του, της πρόσθετε το υπόβαθρο που ήθελε και στη συνέχεια, σε ανύποπτο χρόνο, την μετέφερε στο καμβά που είχε μπροστά του. Δεν τον ενδιέφερε ούτε το πως την κτυπούσε το φως, ούτε αν εκείνη δεν βρισκόταν εκεί μπροστά του, ούτε αν θα έκανε πιστή μεταφορά των χρωμάτων εκείνης της ημέρας. Δούλευε περισσότερο με τη μνήμη και προσπαθούσε πια να εκφράσει τα συναισθήματα που ένιωθε μαζί της. Το κίτρινο που επέλεξε για το φόρεμά της, αντιπροσώπευε όλη την χαρά του, το πόσο ζωντανός ένιωθε και πάλι, την αισιοδοξία με την οποία αντίκριζε το μέλλον και την γλυκιά αναστάτωση που του προκαλούσε η Βασιλική, κάθε φορά που βρισκόταν μέσα της. Εκείνη αποδεχόταν με ικανοποίηση το γεγονός, ότι ήταν και πάλι ένα από τα κεντρικά θέματα στη ζωγραφική του. Στον πρώτο πίνακα που έφτιαξε με αυτόν τον τρόπο την ρώτησε αν την ενοχλούσε, ότι για μία ακόμα φορά την επέλεγε για μοντέλο του κι εκείνη του απάντησε με νόημα, ότι της ήταν αρκετό που δεν την έστηνε με τις ώρες κάτω από τον ήλιο. Θεώρησε ότι με την απάντησή της αυτή, είχε την πλήρη συναίνεση της και δεν είχε άδικο.

Με δυσκολία πάντως προσηλωνόταν στην δουλειά που προσπαθούσε να κάνει εκείνη την ημέρα. Ο βροχή που κτυπούσε με δύναμη στο τζάμι, κατόρθωνε να περάσει μέσα από τις χαραμάδες των παλιών κουφωμάτων, που όση προσπάθεια κι αν είχε γίνει, καινούρια δεν μπορούσαν να γίνουν. Η υγρασία είχε νοτίσει όλον τον χώρο και η μικρή ηλεκτρική θερμάστρα δεν ήταν ικανή να βελτιώσει τα πράγματα. Τα παντζούρια του σπιτιού αν και μαγκωμένα, έβρισκαν κενό και κτυπούσαν υπόκωφα, με έναν εκνευριστικό ρυθμό στον τοίχο του σπιτιού. Το ραδιόφωνο συντονισμένο πάντα στο Δεύτερο Πρόγραμμα, μια συνήθεια που είχε αποκτήσει πρόσφατα δεν μπόρεσε να καλύψει τους θορύβους που τον αποσπούσαν από την αφοσίωση που απαιτούσε η δουλειά του εκείνη την ώρα, όσο κι αν δυνάμωσε την ένταση του. Στο τέλος άφησε την παλέτα του κάτω, έχοντας αποδεχτεί ότι εκείνη δεν θα ήταν η μέρα που θα ολοκλήρωνε τον πίνακα, όπως τον είχε φανταστεί όταν τον ξεκίνησε. Δεν πρόλαβε να σκεφτεί τίποτε άλλο, όταν την προσοχή του τράβηξε το όνομα μιας είδησης που μόλις εκφωνήθηκε, η οποία τον ακινητοποίησε στην θέση του.

«...ποινικολόγος των Αθηνών, Μενέλαος Δρακόγλου, σε διαμέρισμα της γνωστής πλατφόρμας Airbnb, στο Παλιό της Καβάλας. Σύμφωνα με την ενημέρωση της αστυνομίας πρόκειται για φόνο, ο οποίος διαπράχθηκε με ιδιαιτέρως ειδεχθή τρόπο, πριν από δύο εικοσιτετράωρα περίπου. Η αστυνομία ήδη βρίσκεται στα ίχνη του δράστη.»

Κεφάλαιο 23

Η Κοράλλη είχε επιστρέψει από την Καβάλα μόλις την προηγούμενη ημέρα, μετά από διήμερη παραμονή της εκεί. Δεν διέκρινε καμία ανησυχία ή αγωνία στο πρόσωπό της, όλα ήταν όπως συνήθως και το βράδυ αφού έφαγαν μαζί, ήταν φανερή η επιθυμία της να γευτεί την χαρά του κορμιού του σαν να της είχε λείψει μέρες. Το πρωί τον αποχαιρέτησε ακριβώς όπως κάθε μέρα, τίποτε παράξενο δεν διαφοροποιούσε τη συμπεριφορά της από τις υπόλοιπες ημέρες, αλλά αυτό δεν αναιρούσε το γεγονός ότι εκείνη βρισκόταν στην Καβάλα, ακριβώς την ημέρα του φόνου. Ακόμα κι αν δεν ήταν αυτή η δολοφόνος, πόσο εύκολα θα μπορούσε να αποφύγει την σύνδεση μαζί του; Από την άλλη, τι δουλειά μπορούσε να έχει ο Δρακόγλου στην Καβάλα; Ακόμα κι αν ήταν με άλλη γυναίκα, γιατί απ' όλα τα πιθανά μέρη της Ελλάδας να βρεθεί στην συγκεκριμένη πόλη της Μακεδονίας; Την ίδια μέρα με τη Βασιλική του; Σηκώθηκε, μπήκε στο καθιστικό κι έριξε ένα μεγάλο κούτσουρο στο τζάκι, που πήγαινε να σβήσει. Μήπως το μυαλό του προέτρεχε; Μήπως, απλώς βρισκόταν εκεί για κάποια δίκη; Το ήξερε ότι αναλάμβανε υποθέσεις σε όλη την Ελλάδα. Μήπως η παρουσία της Κοράλλη ήταν απλώς μια άτυχη συγκυρία γι' αυτούς; Δεν ήθελε να είναι αφελής, ήταν αδύνατον να είναι σύμπτωση το ταξίδι της στις ίδιες ημέρες που εκείνος βρισκόταν στην πόλη. Ήλπιζε όμως μέσα του, ότι το απόγευμα, όταν θα επέστρεφε στο σπίτι τους, εκείνη θα μπορούσε να διαλύσει κάθε του υποψία. Το ήθελε με όλη του την ψυχή, αν και καταλάβαινε ότι οι πιθανότητες ήταν εναντίον του. Ήταν αδύνατον να συγκρατήσει τα δάκρυα, που εμφανίστηκαν στο πρόσωπό του. Του ήταν αδύνατον να καθίσει στο σπίτι εκείνο ούτε για ένα λεπτό παραπάνω.

292

Έριξε πάνω του ένα μπουφάν που βρήκε μπροστά του και δίχως να κλειδώσει το σπίτι μπήκε στο αυτοκίνητό του.

Κατευθύνθηκε προς τον Λιμένα, οι υαλοκαθαριστήρες δούλευαν με όλη την έντασή τους, η κίνηση ευτυχώς ελάχιστη. Φτάνοντας σταμάτησε μπροστά σε ένα μίνι μάρκετ, ζήτησε τσιγάρα, έπιασε και ένα Cutty Sark από το ράφι. Πλήρωσε και στην έξοδο θυμήθηκε, ότι δεν είχε ούτε αναπτήρα. Πήρε και αναπτήρα, τα πέταξε στην θέση του συνοδηγού, άναψε ένα τσιγάρο, μετά από καιρό η γεύση του, του φάνηκε σαν βάλσαμο, έβαλε μπροστά τη μηχανή και κατευθύνθηκε προς το Νέο Λιμάνι. Ο βαρύς όγκος των φέρι στη σειρά, ακολουθούσε το αργό σκαμπανέβασμα του κύματος και οι κάβοι τους τεντώνονταν με δύναμη μην αφήνοντάς τα να φύγουν. Έστριψε προς τον Ποτό, οι υαλοκαθαριστήρες εξακολουθούσαν να δουλεύουν με όλη τους την ένταση, η βροχή που είχε δυναμώσει κι άλλο τον δυσκόλευε, ενώ στις στροφές του δρόμου ο δυνατός αέρας έσειε το αυτοκίνητό του. Υπό κανονικές συνθήκες, ποτέ δεν θα έβαζε τον εαυτό του σε τέτοια δοκιμασία.

Προσπαθούσε να συγκεντρωθεί, ήθελε να σκεφτεί πιο καθαρά, αναρωτήθηκε μήπως οι συλλογισμοί του δεν ήταν σωστοί, μήπως η φαντασία του δημιουργούσε καταστάσεις που άδικα τον βασάνιζαν.

«Όχι, γαμώ την τύχη μου! Δεν κάνω λάθος! Γιατί μου το έκανε αυτό;»

Τίποτα δεν μπορούσε να ανατρέψει την αλήθεια, που ήδη ήξερε. Τίποτε δεν δικαιολογούσε το γεγονός ότι εκείνη εξακολουθούσε να βλέπει τον δικηγόρο της. Καθόλου δεν απάλυνε ο πόνος του, υποψιαζόμενος ότι εκείνη επιτέλους είχε αναλάβει το ρίσκο να τελειώσει οριστικά μαζί του. Οργίστηκε μαζί της. Μα πώς μπορούσε να του υποκρίνεται ότι όλα είχαν τελειώσει με εκείνον, ότι ήθελε να κάνει μια νέα αρχή μαζί του, οικογένεια, παιδί... Εκείνη τη στιγμή ευχήθηκε να βρισκόταν κάπου αλλού, να μπορούσε με κάποιον μαγικό τρόπο να γύριζε τον χρόνο, να μην άφηνε ποτέ το σπίτι του στην Αθήνα για να βρεθεί σε αυτόν τον τόπο, που ξαφνικά του φαινόταν τόσο αφιλόξενος.

Λίγο πριν τα Λιμενάρια έστριψε δεξιά προς την Τρυπητή. Στο τέλος του δρόμου έσβησε την μηχανή και έπιασε το μπουκάλι του ουίσκι. Το άνοιξε και ρούφηξε δυο γουλιές, τη μία μετά την άλλη. Το αλκοόλ του έκαψε τον λαιμό, σαν ένα αναγκαίο ίαμα, το οποίο θα τον αποσπούσε από τον πόνο της ψυχής. Για λίγο μόνο. Δεν ήξερε τι έπρεπε να κάνει στην συνέχεια. Να περιμένει τις απαντήσεις της ή να σηκωθεί να φύγει με το επόμενο πλοίο. Προλάβαινε το απογευματινό με άνεση. Θα έπαιρνε μαζί του μόνο ότι μπορούσε να χωρέσει το αυτοκίνητο του. Άναψε κι άλλο τσιγάρο. Η βροχή είχε σταματήσει, όχι όμως και ο δυνατός Νοτιάς. Βγήκε από το αυτοκίνητο και προχώρησε προς την παραλία. Τα πόδια του βούλιαζαν μέσα στη βρεγμένη άμμο γεμίζοντας σκληρούς κόκκους τα παπούτσια του. Δεν τον ένοιαζε. Προχωρούσε κατευθείαν προς τα τεράστια κύματα που έσκαγαν μπροστά του. Όσο πλησίαζε, οι αλμυρές σταγόνες από τον παφλασμό τους τον κατάβρεχαν όλο και περισσότερο. Πέταξε το σβησμένο τσιγάρο από τα χέρια του και σταμάτησε λίγο πριν το σημείο, που η οργή της θάλασσας θα τον κατάπινε. Κοίταξε προς τον γκριζόμαυρο ουρανό απλώνοντας τα χέρια. Ένα απελπισμένο «Γιατί;» παρασύρθηκε από τον άνεμο κάνοντας αδύνατη την ερώτηση του να φτάσει στον παραλήπτη της. Έπεσε στα γόνατα με το νερό να τον μουσκεύει ως τη μέση. Δεν μπορούσε να πιστέψει ότι όλον αυτόν τον καιρό τον παραμύθιαζε τόσο απροκάλυπτα κι αυτός ήταν ανίκανος να διακρίνει την αλήθεια από το ψέμα. Ότι ξαφνικά, από τότε που αυτός έφτασε στο νησί κάθε ενόχληση προς την Βασιλική του, σταμάτησε. Τι φοβήθηκαν; Εκείνον; Μα πόσο ανόητος κατάντησε. Γέλασε αλλά ο αέρας και το νερό του έκλεισαν γρήγορα το στόμα. Γιατί να του το κάνει αυτό; Τι ήθελε τελικά από εκείνον; Ποια δύναμη του διέλυσε κάθε λογική σκέψη και τον έφερε κοντά της; Σηκώθηκε με δυσκολία, έσυρε το βρεγμένο κορμί του με τα ασήκωτα από το θαλασσινό νερό ρούχα ως το αυτοκίνητό του. Μπήκε μέσα βρέχοντας τα πάντα και τότε μόνο κατάλαβε πόσο κρύωνε. Έπιασε το μπουκάλι και άδειασε άλλες δύο γεμάτες γουλιές στον λαιμό του. Ένιωσε καλύτερα. Άναψε τη μηχανή και ο ζεστός αέρας του καλοριφέρ άρχιζε να γεμίζει τον χώρο. Έπρεπε να σκεφτεί καθαρά τα επόμενά του βήματα. Όφειλε να την συναντήσει και πάλι; Κι αν αυτή του παραδεχόταν τα πάντα; Ή αν του αρνούνταν τα πάντα; Κι αν τελικά την αδικούσε κι έκανε ακόμα ένα λάθος μαζί της; Όπως εκείνο το βράδυ, που την έδιωξε από την σκηνή του και στη συνέχεια μόνη της προσπάθησε να σταθεί ξανά στα πόδια της. Υποκύπτοντας στο δικό της λάθος, να μπλέξει στα δίχτυα του ελεεινότερου όλων των δικηγόρων της Αθήνας! Πόση ευθύνη τελικά του αναλογούσε σε όλη αυτήν την ιστορία; Ποια κατάρα τον κατατρέχει από εκείνο το βράδυ του Αυγούστου στην Κρήτη; Κι αν τελικά αυτός ήταν ο πραγματικός φταίχτης, για μία ακόμα φορά, είχε το δικαίωμα να την αφήσει και πάλι μόνη της;

Προσπάθησε να καταλαγιάσει για λίγο την κάθε σκέψη που τον έπνιγε. Έπρεπε να σκεφτεί πιο καθαρά. Ίσως έπρεπε να της δώσει μία ακόμα ευκαιρία. Γι' αυτόν δεν τον ένοιαζε τίποτα. Το ήξερε! Έτσι κι αλλιώς ήταν τελειωμένος. Οι επιτυχίες ήταν αργά για να έλθουν πια στη ζωή του, η ευτυχία αποδεικνυόταν άπιαστη και μακρινή, καμία ελπίδα δεν υπήρχε γι' αυτόν. Θα γύριζε πίσω στην μιζέρια του, στην ετοιμόρροπη μονοκατοικία που προνόησαν και του άφησαν οι γονείς του, έτσι κι αλλιώς ένας εξορισμένος από την αληθινή ζωή ήταν κι έτσι θα παρέμενε. Καλύτερα γι' αυτόν. Συνειδητοποίησε ότι δεν μπορούσε να φύγει ακόμα. Έτσι και αλλιώς, όπου και να πήγαινε η εξέλιξη των πραγμάτων θα ήταν η ίδια. Η αστυνομία να φτάσει στα ίχνη της Κοράλλη και στη συνέχεια θα αναζητούσε κι εκείνον. Δεν υπήρχε μέρος να κρυφτεί κανένας από τους δυο τους. Τουλάχιστον αυτή τη φορά, δεν θα τη άφηνε μόνη της να τα βγάλει πέρα, θα τον είχε δίπλα της. Από την πρώτη στιγμή το ήξερε ότι δεν θα έφευγε από κοντά της, ότι κι αν είχε γίνει. Πονούσε όμως κι αυτό δεν θα άλλαζε με τίποτε. Όσο κι αν όλο αυτό που γινόταν τον παρέλυε ολοκληρωτικά, όσο κι αν ήταν το τελευταίο πράγμα που περίμενε να του συμβεί, δεν θα γινόταν για μία ακόμα φορά εκείνος, που θα δραπέτευε από την πραγματικότητα, έστω κι αν αυτά που διαφαίνονταν πια στον ορίζοντα, οφείλονταν στις δικές της επιλογές. Για κάποια τελευταία φορά αναρωτήθηκε: Κι αν σε όλα αυτά έκανε λάθος, ένα ελάχιστα πιθανό λάθος; Ήθελε, αυτά που θα άκουγε από τα χείλη της να ήταν ευλογία, να αποδείκνυαν για μία ακόμα φορά πόσο ανόητος ήταν, πόσο λάθος την έκρινε. Πόσο ευχήθηκε εκείνη τη στιγμή, αυτή η ελάχιστη πιθανότητα, να ήταν αληθινή.

Κεφάλαιο 24

Στο τέλος της ακροαματικής διαδικασίας, αν και υπήρχαν ακόμα πολλά σημεία τα οποία δεν είχαν φωτιστεί επαρκώς, η ευθύνη για τον φόνο αποδόθηκε στην Κοράλλη. Δεν έγινε δεκτός ο ισχυρισμός που πρόβαλλε η υπεράσπιση, ότι δηλαδή ο φόνος πραγματοποιήθηκε "εν βρασμό ψυχής", ίσα ίσα αποφάνθηκαν ότι η δολοφονία του Δρακόγλου έγινε σε ήρεμη συναισθηματική κατάσταση και ήταν απόλυτα προσχεδιασμένος. Όσες προσπάθειες κι αν έκανε η συνήγορος υπεράσπισης, να αποδείξει ότι η κατηγορούμενη ήταν θύμα της εξουσιαστικής βίας ενός άντρα που την θεωρούσε κτήμα του, έπεσαν στο κενό. Από την πλευρά τους οι κατήγοροι προσπάθησαν να εμπλέξουν στην υπόθεση και τον Βερεμή, ισχυριζόμενοι ότι τους ήταν πολύ περίεργη η σχέση που αναπτύχθηκε ανάμεσα τους, από πρώην αντίδικοι για χρόνια, ξαφνικά να συζούν ενώ ο Βερεμής είχε καρπωθεί το τίμημα της πώλησης των πινάκων που απεικόνιζαν εκείνη. Η υπεράσπιση απέκρουσε εύκολα κάθε προσπάθεια σύνδεσης της παρούσας υπόθεση με αυτά που έγιναν στο παρελθόν. Η τελική ετυμηγορία των ενόρκων ήταν ένοχη και το δικαστήριο μην αναγνωρίζοντας κανένα ελαφρυντικό την καταδίκασε σε ισόβια κάθειρξη.

Τον Βερεμή τον συνάντησα για πρώτη φορά μετά απ' όλα αυτά τα γεγονότα, τον Ιούλιο του 2019. Είχε επιστρέψει στο σπίτι του στην Αθήνα, ενώ η Κοράλλη είχε κλειστεί στις γυναικείες φυλακές του Ελεώνα στη Θήβα. Εκείνος με πήρε τηλέφωνο ρωτώντας με, αν θα ήθελα να πιούμε ένα ποτό και να τα πούμε. Μέχρι τότε μιλάγαμε τακτικά στο τηλέφωνο και πριν αλλά και μετά την δίκη, κατά τη διάρκεια της μόνο για λίγο συναντηθήκαμε. Αν και όλη η εξέλιξη της υπόθεσης αυτής τον είχε τσακίσει, τον τελευταίο καιρό, μετά την ανάγνωση της καταδικαστικής απόφασης, μου έδινε την εντύπωση ότι ήταν πιο ήρεμος. Συναντηθήκαμε το βράδυ στο μπαράκι της γειτονιάς μου, εκεί που είχα μάθει να περνώ μονάχος τα καλοκαιρινά βράδια της αναπαυόμενης Αθήνας. Τον περίμενα στο μπαρ με ένα ουίσκι στο χέρι, κάνοντας μια αδιάφορη για μένα κουβέντα με τον μπάρμαν για την μουσική του μαγαζιού και τις ροκ μπαλάντες της δεκαετίες του 70, που κατά την άποψη του δεν θα ξεπερνιόνταν ποτέ. Αν και διαφωνούσα, τα πάντα κάποια στιγμή παραμερίζονται για να καταλάβουν τη θέση τους άλλα, πιο κοντά στην εποχή που ζούμε, μόνο που εμείς δυσκολευόμαστε να τα αποδεχθούμε, του είπα απλώς ότι είχε δίκιο. Με κέρασε ένα ποτό, διότι τον επιβεβαίωσα. Την ώρα εκείνη ένα χέρι ακούμπησε την πλάτη μου, γύρισα και αντίκρισα έναν άντρα με μακριά άσπρα μαλλιά και μούσι. Το ημίφως με εμπόδιζε να καταλάβω με την μία ποιος ήταν. Γύρισα το σώμα μου πάνω στο σκαμπό και τότε κατάλαβα, ότι ήταν ο Βερεμής. Σηκώθηκα, τον πήρα στη αγκαλιά μου και ένιωσα την δύναμη των δικών του χεριών καθώς ανταπέδωσε την κίνηση χαράς που ένιωσε. Ζήτησε μία μπύρα και μου έδειξε ότι ήθελε να καθίσουμε κάπου έξω. Πήρα το ποτό μου, βρήκαμε ένα τραπεζάκι στην γωνία του μαγαζιού, μακριά από τον δρόμο και καθίσαμε. Άναψε ένα τσιγάρο και ήπιε μια γουλιά από το μπουκάλι του.

«Δεν μου αρέσει η φασαρία!»

«Καλύτερα εδώ έξω, μπορούμε να μιλήσουμε πιο εύκολα.» του απάντησα ενώ η ματιά μου είχε καρφωθεί πάνω του.

«Γέρασες, φίλε μου!»

«Το ξέρω! Ούτε εγώ κατάλαβα πότε έγινε. Με όλα τα τρεξίματα της Βασιλικής, την αγωνία και τον φόβο που έζησα, ο εαυτός μου ήταν το τελευταίο πράγμα που με απασχολούσε. Ένα πρωί κοιτάζοντάς με στον καθρέπτη, αναρωτήθηκα κι εγώ ποιος ήταν αυτός ο άνθρωπος που στεκόταν εκεί μπροστά μου. Δεν μου ήταν εύκολο όλο αυτό. Όλα μέσα στο μυαλό μου μοιάζουν με εφιάλτη, που δεν πρόκειται να διαλυθεί ποτέ.»

«Την παρακολουθούσα την δίκη από κοντά, το ξέρεις. Κατόρθωσα να πείσω το αφεντικό μου, να με στείλει στην Καβάλα και να βρεθώ κοντά στα έδρανα όπου διαδραματίζονταν όλα. Αν και δεν είμαι του δικαστικού, γρήγορα μπήκα στο νόημα. Από πρώτο χέρι ήξερα τι παιζόταν μέσα σε εκείνη την αίθουσα, αλλά συγχρόνως μάθαινα και τα διάφορα παραδικαστικά που διαδίδονταν δεξιά κι αριστερά.»

«Και τι πιστεύεις εσύ μετά απ' όλα αυτά;»

«Εγώ; Εγώ είμαι με εσένα. Έχει καμία σημασία τι πιστεύω εγώ; Σημασία έχει η εικόνα που παρουσίασαν αυτοί.»

«Και πώς αντιμετώπισαν οι συνάδελφοί σου και οι φυλλάδες τους τα γεγονότα;»

«Όπως θα ανέμενες, φίλε! Σαν ένα συνηθισμένο ερωτικό τρίγωνο που κάποιος σπάει και αποφασίζει να καθαρίσει την κατάσταση.»

«Τόσο καλά!»

«Βλέπεις, το όνομα του Δρακόγλου ήταν ένα ισχυρό ατού στα χέρια των συναδέλφων μου, για να κερδίζουν επισκεψιμότητα στις εγγραφές τους. Κι όπως ήταν φυσικό, όλοι τους σχεδόν, τάχθηκαν με το μέρος του.»

«Διαφοροποιήθηκε κανείς τους;»

«Εκείνη η Γκούση, τη θυμάσαι; Βέβαια, όχι στη εφημερίδα της, το πολιτιστικό ρεπορτάζ δεν χωράει τέτοια, αλλά μέσα από το προσωπικό της προφίλ στο fb, έκανε πολλές αναρτήσεις υπέρ της Βασιλικής.»

«Για τι την κατηγορούσαν; Τι μαλακίες έγραφαν εναντίον της;»

«Ότι σε αυτήν έλαχε ο κλήρος να ξεκαθαρίσει την κατάσταση. Όλοι καταλάβαιναν, ότι ήταν μια πράξη απόγνωσης, στην οποία οδηγήθηκε από την απελπισία της, βλέποντας να μην γίνονται τα πράγματα όπως περίμενε αυτή. Απλά υιοθέτησαν, αβασάνιστα θα έλεγα, τον ισχυρισμό της πλευράς του Δρακόγλου, ότι η Βασιλική τον σκότωσε διότι εκείνος ήθελε να την αφήσει. Της απέδωσαν τον χαρακτηρισμό της γυναίκας αράχνης, η οποία ποτέ δεν ήταν ειλικρινής με τους δεσμούς της, η οποία πάντα κατόρθωνε να παίρνει από αυτούς πολλά περισσότερα απ' ότι τους πρόσφερε με το κορμί της. Ανέσυραν την υπόθεση της διεκδίκησης των πινάκων από εσένα, αναφέροντας... δεν ξέρω που το έμαθαν, ότι αυτή τελικά καρπώθηκε το τίμημα της πώλησής τους, με ένα απρόβλεπτα μεγάλο ποσό. Η πληροφορία αυτή έφτασε μέχρι το ακροατήριο και δεν βοήθησε την Βασιλική. Κάποια φυλλάδα μάλιστα, από αυτές τις κουτσομπολίστικες, κατόρθωσε να βρει την Πάππας και να φιλοξενήσει στις σελίδες της μια συνέντευξή της, στην οποία κατηγορούσε τη Βασιλική ότι, στην πραγματικότητα ποτέ δεν σε άφησε να ησυχάσεις από εκείνην, ότι αυτή ήταν η πραγματική αιτία του χωρισμού σας. Σε κάθε δημοσίευση για την δίκη κατέληγαν, καταπατώντας το ιερό τεκμήριο της αθωότητας, ότι προσέβλεπαν στη σκληρή τιμωρία της, για ένα φόνο με τόσο ειδεχθή τρόπο καμωμένος.»

«Μάλιστα! Δεν μου κάνει έκπληξη ότι το σύστημα τάχθηκε υπέρ ενός ανθρώπου, που μια χαρά εξυπηρετούσε τα δικά του συμφέροντα όλα αυτά τα χρόνια. Για μένα τι λέγαν;»

«Στην αρχή σε κατηγόρησαν ως συνεργό. Στη συνέχεια όμως όταν αφέθηκες ελεύθερος, σκάλισαν όλη τη ζωή σου, την αρχική σχέση σας, την υπόθεση των πινάκων, την επανασύνδεσή σας. Δεν μπορώ να καταλάβω από που αντλούσαν όλες αυτές τος πληροφορίες.»

«Τα ξέρω αυτά! Πώς με χαρακτηρίζουν; Αυτό θέλω να μάθω! Είμαι ο μαλάκας της υπόθεσης; Ο ανυποψίαστος τρίτος που ότι γίνεται το μαθαίνει τελευταίος;»

Σηκώθηκε από την θέση του, χάθηκε μέσα στο μπαρ και μετά από λίγο επέστρεψε με μία μπύρα και ένα ποτό για μένα. Πέταξε το τσιγάρο, που η καύτρα του κόντευε να του κάψει τις τρίχες γύρω από το στόμα και άναψε ένα άλλο.

«Συγνώμη, φίλε! Αλλά όπως ξέρεις, πάντα δυσκολευόμουν να καταλάβω πως λειτουργεί το μιντιακό σύστημα. Δίχως κανέναν αξιακό κώδικα, με μόνον οδηγό του, όσα ερεθίζουν τα κατώτερα ένστικτα του ανθρώπου κι όσα είναι της μόδας κάθε φορά.»

«Γι' αυτό βρεθήκαμε απόψε, Γιώργο! Ξέρω ότι πέρα από την αστυνομία και την Βασιλική, δεν υπήρχε κανένας άλλος στον οποίο θα μπορούσες να μιλήσεις. Η αστυνομία συνήθως μόνο ρωτά, όσο για τη

Βασιλική, δεν ξέρω, αν μπόρεσε να σου πει ακόμα όλα όσα αισθάνεται. Ακόμα αμύνεται, φυσικό είναι αυτό. Εσύ όμως, πρέπει να μιλήσεις σε κάποιον. Γέρασες φίλε μου! Δυσκολεύτηκα να σε αναγνωρίσω. Μέσα σου γίνεται πόλεμος και όσο πιο γρήγορα αφήσεις τον εαυτό σου ελεύθερο, τόσο πιο εύκολα θα επανέλθεις.»

«Μιλάς σαν ψυχολόγος και δεν μου αρέσει... Τα ξέρω αυτά. Δεν χρειάζομαι συμβουλές. Ξέρω τι θέλω. Να με ακούσεις μόνο. Να με ακούσεις σαν φίλος και τίποτα άλλο. Πάντα με άκουγες, έλεγες και τα δικά σου, αλλά τελικά είσαι ο μόνος που έχω, ο μόνος διαθέσιμος να με ακούσει.»

«Ξέρεις, οι φίλοι λένε αλήθειες και δεν ωραιοποιούν τα πράγματα.»

«Οι αληθινοί φίλοι! Γι' αυτό ζήτησα να σε δω. Γιατί ήξερα ότι θα μου τρίψεις την αλήθεια στα μούτρα αλλά δεν μου αρέσει. Γιατί εγώ μάλλον δυσκολεύομαι να τη δω. Πάντα αυτή ήταν εκεί μπροστά μου, μα εγώ ήμουν ανίκανος να την ανακαλύψω.»

Του έκανα νόημα τσουγκρίζοντας το ποτήρι μου με το μπουκάλι του ότι ήμουν έτοιμος να τον ακούσω. Άναψε ένα τσιγάρο ακόμα, σκέφτηκα ότι κάτι έπρεπε να του πω γι' αυτό, σίγουρα όμως δεν ήταν η κατάλληλη στιγμή. Ακούμπησε την πλάτη του πίσω στην καρέκλα τεντώνοντας το στήθος του, σαν να ήθελε να πάρει όσο περισσότερο αέρα μέσα του μπορούσε. Ύστερα ανακάθισε κι έγειρε ελαφρά προς εμένα.

«Ξέρεις, όλον αυτό τον καιρό, από τότε που υποψιάστηκα ακόμα, ότι η Βασιλική ήταν αυτή που σκότωσε τον Δρακόγλου, είμαι βέβαιος ότι κάποια κατάρα με έχει δέσει σε αυτήν την ζωή. Το ωραίο είναι, ότι τη σχέση μας κατάρα τη θεωρούσε και η Βασιλική, αλλά εγώ τότε δεν το έβλεπα. Το μόνο που δεν μπορώ να καταλάβω τι είδους κατάρα είναι αυτή; Κάποιο οικογενειακό άγος, το οποίο δεν έμαθα ποτέ; Δεν νομίζω. Οι γονείς μου μια χαρά ήταν στην ζωή τους, η αγάπη τους δεν κρυβόταν παρά τις διαφορές τους και τίποτε σοβαρό δεν φαινόταν να κρύβεται πίσω από αυτούς. Άραγε να ισχύει εκείνο που λένε, ότι οι μοίρες έρχονται στα νεογέννητα και καθορίζουν τη μετέπειτα πορεία τους; Εμένα, σίγουρα, με μούντζωσαν. Ή την ώρα που γεννήθηκα, οι συστοιχίες των πλανητών ήταν στην χειρότερη τους φάση; Δεν τα πιστεύω αυτά, αλλά ψάχνω πια μια απάντηση παντού. Μία γυναίκα αγάπησα σε όλη μου την ζωή, μία μόνο αληθινά, κι όσες στιγμές ευτυχίας μου χάρισε η ζωή δίπλα της, στη συνέχεια φρόντιζε να τις διαγράφει χαρίζοντας μου πολλαπλάσιο πόνο. Και τώρα που έχω αρχίσει να συνηθίζω τον πόνο, νιώθω ότι έχω ολοκληρωτικά παραδοθεί. Σε μια καταραμένη μοίρα, που επιτάσσει να ζήσω από εδώ και πέρα σκυφτός, αγέλαστος, άχαρος μέχρι το τέλος. Και ξέρεις ποιο είναι το πιο σημαντικό; Ότι ενώ πριν από λίγους μήνες, θα έκανα τα πάντα για να την έχω δίπλα μου, όσο φεύγουν οι μέρες, τόσο και πιο δύσκολο μου γίνεται να τη βλέπω. Την επισκέφτηκα προχτές, μιλήσαμε, τίποτα σπουδαίο, μαλακίες λέμε να περάσει η ώρα. Δεν έχουμε τίποτα ουσιαστικό να συζητήσουμε από εδώ και πέρα. Πριν την απόφαση την υποστήριξα, της βρήκα δικηγόρο, ευτυχώς και υπήρχαν τα χρήματα από τους πίνακας σχεδόν στο σύνολό τους. Τι κι αν την αγάπησα; Τι σημασία έχει πια; Τι κι αν πίστεψα ο ηλίθιος, ότι θα μου χάριζε την ευτυχία! Από τα κάγκελα της φυλακής; Πάει κι αυτό! Με κορόιδεψε, φίλε μου! Έπαιξε μαζί μου με τρόπο που δεν μπορώ να της τον συγχωρέσω. Δεν θα ξαναπάω εκεί! Στην τελευταία μου επίσκεψη της το είπα. Το δέχτηκε, έτσι τουλάχιστον μου έδειξε. Όσο κι αν τη λυπάμαι, όσο κι αν γνώρισα την απόγνωση φωλιασμένη για τα καλά στη ματιά της, όσο κι αν έλαμπε από ελπίδα σε κάθε υποτιθέμενα καλή είδηση που της μετέφερα... εγώ δεν θα την ξαναδώ. Όλους αυτούς τους μήνες έτρεξα όσο ποτέ στην ζωή μου. Να βρω την καλύτερη δικηγόρο της περιοχής για την υπόθεσή της, να τη βλέπω σε κάθε επισκεπτήριο, να μιλώ μαζί της δίνοντάς της κουράγιο, κτίζοντας απατηλές ελπίδες, γιατί θεωρούσα ότι της το χρωστούσα, ότι θα ήμουν άτιμος αν την εγκατέλειπα. Συγχρόνως όμως με έπνιγε το γεγονός, ότι ενώ με παραμύθιαζε για μια ήρεμη και ευτυχισμένη οικογενειακή ζωή, την ίδια ώρα, όλο και έβρισκε κάποια δικαιολογία εξαπατώντας με, για να πάει να γαμηθεί μαζί του. Είχε δουλειά μου έλεγε, πρέπει να μείνω κι ένα βράδυ στην Καβάλα, θα πάω μέχρι την Θεσσαλονίκη, αύριο το μεσημέρι θα είμαι πίσω. Κι εκείνη έπαιρνε το αεροπλάνο από τη Χρυσούπολη και βρισκόταν μαζί του, όπου εκείνος της το ζητούσε. Και την άλλη μέρα όταν με έβλεπε, έπεφτε στην αγκαλιά μου, κι από εκεί ζητούσε να κάνουμε έρωτα, και την ένιωθα να μου δίνεται με όλη της την ψυχή, σαν να μην υπήρχε αύριο. Πώς το έκανε αυτό; Γιατί δεν μου είπε τίποτα; Την εκβίαζε, μου τα είπε όλα τις μέρες που κλειστήκαμε στο σπίτι μας περιμένοντας τους μπάτσους να 'ρθουν και να μας συλλάβουν. Ευτυχώς, μας βρήκαν γρήγορα! Μου τα είπε όλα. Έτσι θέλω να πιστεύω. Δεν είμαι όμως σίγουρος. Την εκβίαζε μου είπε. Με τι; Με μια υπόσχεση που του είχε δώσει και όφειλε να την κρατήσει. Κανένας δεν σε αναγκάζει να πας με κάποιον αν εσύ η ίδια δεν το θέλεις αληθινά. Και γιατί δεν ανάφερε στη δίκη το παραμικρό για αυτήν την άτιμη συμφωνία, στην οποία την ανάγκασε ο δικολάβος των Αθηνών να συμφωνήσει μαζί του; Την εκβίαζε με τις δουλειές που μπορούσε να πάρει, αυτά ακούστηκαν μόνο στην δίκη, βλακείες και ανόητα επιχειρήματα, που το μόνο που πέτυχαν ήταν να επιβαρύνουν κι άλλο την κατάστασή της. Ήταν, η ίδια μου το είπε, μια συμφωνία με τον διάβολο, που μόνο με αίμα μπορούσε να σπάσει. Γι' αυτό τον σκότωσε. Θυμάσαι που σου είχα πει για κάποιες ενοχλήσεις που είχε και έπρεπε να βρεθώ γρήγορα κοντά της; Παραμύθια! Απλώς ήξερε, ότι στο πρώτο κούνημα του χεριού της, εγώ θα έτρεχα κοντά της και απλώς ήθελε να το κάνει πιο δραματικό... Και καλά, έχοντας εμένα δίπλα της, εκείνος θα το έπαιρνε απόφαση ότι περίσσευε κι εκείνη θα μπορούσε να ελευθερωθεί, έτσι μου έλεγε.

Γιατί τον σκότωσε στην Καβάλα, εκεί που θα την συνέδεαν εύκολα μαζί του, δίχως κανενός είδους άλλοθι, δίπλα στο σπίτι μας; Εν βρασμώ ψυχής είπε η δικηγόρος της. Τον σκότωσε μέσα στον ύπνο του. Την ώρα που κοιμόταν μακαρίως, αφού προηγουμένως του είχε δοθεί κανονικά. Ένας αυτοκτονικός φόνος, ήταν φίλε μου. Ήξερε την συνέχεια. Ποινικολόγος είναι. Τον έβγαλε από την μέση για να μην εκβιάζεται, όπως λέει, γνωρίζοντας όμως, ότι την επόμενη ημέρα θα την μπαγλάρωναν κι όλα θα τελείωναν για εκείνην. Κι εγώ; Πού ήμουν εγώ σε όλη αυτή την εξίσωση; Ο κομπάρσος, ο μαλάκας, η πιστή της

Πηνελόπη που έπρεπε να την περιμένω στο σπίτι, για να ζήσω μαζί της το παραμύθι; Μα τι ηλίθιος που υπήρξα! Μια ζωή ήμουνα ανυποψίαστος για ότι γινόταν γύρω μου. Έτσι μεγάλωσα! Ζούσα στη γυάλα μου, που μόνο άθραυστη δεν ήταν. Πίστευα ότι τα ήξερα όλα. Ήμουν όμως ανυποψίαστος για τον πόνο που μπορεί να προκαλέσει η αληθινή αγάπη. Προσπαθώ, λέω εγώ ο άμοιρος ζωγράφος, να διαβάσω την ψυχή των γυναικών. Ποιος; Εγώ που ζούσα δίπλα της, ενώ αυτή με κεράτωνε κι εγώ κοιμόμουν τον ύπνο του δικαίου. Κατάλαβες, φίλε μου; Ακόμα απορώ, ειλικρινά δεν μου έχει δώσει καμία πειστική απάντηση, για ποιον λόγο με ξαναέβαλε στην ζωή της; Γιατί, θέλησε να με εμπλέξει σε όλο αυτό; Την ώρα μάλιστα, που είχα αρχίσει να τα βρίσκω και πάλι με τον εαυτό μου, την ώρα που ήμουν έτοιμος να διαγράψω όλο το ζοφερό παρελθόν μου και να ξαναρχίσω όλο αισιοδοξία από την αρχή τη ζωή μου. Μέσα μου με πνίγει ένα τεράστιο γιατί. Και η μόνη λύση για να μην τρελαθώ, είναι να τα διαγράψω όλα, σαν να μην υπήρξαν ποτέ. Την ιστορία με τα πορτρέτα, αυτά που δώσαμε αγώνα να σώσουμε από την καταστροφή, όσα υποστηρίζαμε τότε, διάφορα όμορφα περί ελευθερίας της έκφρασης και το δικαίωμα του δημιουργού τους επί αυτών. Την αίσθηση του θανάτου, τον οποίο πλησίασα τόσο κοντά, ως τίμημα της σωτηρίας τους. Τα πορτρέτα τα μάζεψε όλα ο Δρακόγλου... σχεδόν όλα. Το ξέρεις κι αυτό, τα είπε η Βασιλική στη δίκη για να δείξει την εμμονή που είχε στο πρόσωπό της. Με ποιον τρόπο τα πήρε από τους αγοραστές τους. Κανένας δεν μπόρεσε να μάθει. Όλα τα στόματα έμειναν κλειστά. Τους ήξερα, μίλησα εγώ ο ίδιος μαζί τους, δεν θέλησαν να μου πουν το παραμικρό. Ακόμα κι εκείνοι που μου δήλωσαν ότι τα κατέχουν ακόμα, μου παραπονέθηκαν ότι έκαναν μία κάκιστη αγορά. «Ποιος θέλει να κοσμεί το σπίτι του μια ψυχρή δολοφόνος;» έτσι μου είπε ένας. Ακόμα και τώρα, δεν ξέρω αν τα πορτρέτα της Βασιλικής σώθηκαν τελικά. Ποια θα είναι άραγε η κατάληξή τους; Και για να σου πω την αλήθεια, δεν με ενδιαφέρει πια στο ελάχιστο.

Αυτά ήθελα να σου πω, φίλε μου!»

Είπαμε κι άλλα, πολλά, εκείνο το βράδυ. Συμφώνησα μαζί του. Δεν είχε κανέναν λόγο να συνεχίσει να βασανίζεται, ούτε με τα ερωτήματα στα οποία ποτέ δεν θα έπαιρνε κάποια απάντηση, ούτε με την Κοράλλη, που η ίδια είχε καταδικάσει τη ζωή της. Αυτός όφειλε στον εαυτό του, να κερδίσει πίσω την δική του ελευθερία.

Ιούλιος 2022

ΈΧΟΥΝ ΠΕΡΑΣΕΙ ΗΔΗ ΤΡΙΑ χρόνια από εκείνο το βράδυ. Οι συναντήσεις μου με τον Βερεμή έχουν επανέλθει στην κανονικότητα, που είχαν πριν ξεκινήσει όλη αυτή η υπόθεση. Δυο τρεις φορές μέσα στον χρόνο βρισκόμαστε και τα λέμε. Ζωγραφίζει με πάθος, οι πίνακες του ξεχειλίζουν από συναίσθημα στην γνωστή τεχνοτροπία που εφάρμοσε μετά τον ξυλοδαρμό του κι έχει πια σταθερούς αγοραστές. Δείχνει να έχει αφήσει πίσω όλα εκείνα που τον πλήγωσαν τα τελευταία χρόνια.

Τη Βασιλική; Ναι, εξακολουθεί να την επισκέπτεται στη φυλακή. Δίπλα της στάθηκε και στο Εφετείο, το οποίο έγινε πριν από λίγους μήνες. Κάτι κέρδισε από αυτό. Τα ισόβια μετατράπηκαν σε φυλάκιση είκοσι πέντε ετών. Με καλή διαγωγή, σε καμιά δεκαπενταριά χρόνια θα είναι έξω ίσως και λιγότερα. Δεν ξέρω τι λένε μεταξύ τους, τι περιμένει πια από εκείνην, αυτά δεν τα συζητά μαζί μου. Το σίγουρο όμως είναι ότι ακόμη την θέλει.

ΤΕΛΟΣ

Βιογραφικά στοιχεία συγγραφέα

Γεννήθηκε στην Αυστραλία το 1962. Σε ηλικία 8 ετών μετακομίζει μαζί την οικογένεια του στην Κάρπαθο, ένα νησί του Αιγαίου, τόπο καταγωγής των γονιών του. Εκεί τελειώνει το Δημοτικό, το Γυμνάσιο και το Λύκειο. Το 1981, εισάγεται στην Παιδαγωγική Ακαδημία Ηρακλείου από την οποία αποφοιτά μετά από δύο χρόνια. Στη συνέχεια εργάζεται ως δάσκαλος. Από το 1999 ζει μόνιμα στις Σέρρες. Όπως λέει ο ίδιος στην πρώτη συλλογή διηγημάτων του: *"Κάποτε το μυαλό γεμίζει από εικόνες, ιστορίες, σκέψεις, συναισθήματα... τα οποία θέλουν να δραπετεύσουν. Διέξοδος τους, η γραφή μου!"*

Βιβλία:

Ανθρώπων Ιστορίες (διηγήματα)

Δράμα - συλλογικό (συμμετοχή με ένα διήγημα)

Στη σκιά του ποιητή (μυθιστόρημα)

Ο ζωγράφος και το μοντέλο (μυθιστόρημα στα αγγλικά και ελληνικά)

Διηγήματά μου δημοσιεύονται στο ηλεκτρονικό περιοδικό fractal, Η γεωμετρία των ιδεών (http://fractalart.gr[1]) και αλλού.

Από το 2007, γράφω στο blog: ΤΟΥ ΜΥΑΛΟΥ ΤΑ ΓΥΡΙΣΜΑΤΑ (https://diakovasilisvasileios.blogspot.com[2])

Fb: https://www.facebook.com/profile.php?id=61554345203180

---

1.   http://fractalart.gr/

2.   https://diakovasilisvasileios.blogspot.com/

Για επικοινωνία στο e-mail: bdiak ovas@gmail.com

Don't miss out!

Visit the website below and you can sign up to receive emails whenever Vasileios Diakovasilis publishes a new book. There's no charge and no obligation.

https://books2read.com/r/B-A-WHIEB-CDVZC

Connecting independent readers to independent writers.

Also by Vasileios Diakovasilis

Ανθρώπων ιστορίες
The painter and the model
Ο ζωγράφος και το μοντέλο

Watch for more at https://diakovasilisvasileios.blogspot.com/.